Die türkische Mätresse

Das Buch

Um seine türkische Mätresse Fatima loszuwerden, verheiratet August der Starke sie an seinen Kammerherrn Johann Georg Spiegel. Schon seit langem hegt Spiegel in aller Heimlichkeit tiefe Gefühle für Fatima. Doch die schöne Türkin lehnt den Kammerherrn ab. Spiegel weiß, dass August es nie dulden würde, wenn er dessen einstige Geliebte auch nur berührt. Dann schickt August Spiegel ins blühende Konstantinopel. Dort soll er geheime Bündnisverhandlungen mit dem Sultan führen. Fatima bleibt einsam zurück und erkennt, dass sie sich in ihren Ehemann verliebt hat. Kurzentschlossen reist sie ihm nach und mischt sich in die politischen Verhandlungen ein. August erfährt vom Verrat seiner Mätresse. Das wird er nicht hinnehmen.

Der Autor

Ralf Günther wurde 1967 in Köln geboren. Er schrieb Krimis, Hörspiele, Sach- und Kinderbücher. Außerdem arbeitet er als Drehbuchautor. Sein historischer Roman *Der Leibarzt* wurde ein Bestseller. Ralf Günther lebt mit seiner Familie in Dresden.
Weitere Informationen finden Sie unter: www.rague.de

Von Ralf Günther sind in unserem Hause
bereits erschienen:

Der Dieb von Dresden
Der Leibarzt
Der Gartenkünstler

Ralf Günther

Die türkische Mätresse

Historischer Roman

List Taschenbuch

Besuchen Sie uns im Internet:
www.list-taschenbuch.de

Ungekürzte Ausgabe im List Taschenbuch
List ist ein Verlag der Ullstein Buchverlage GmbH, Berlin.
1. Auflage Mai 2014
© Ullstein Buchverlage GmbH, Berlin 2013 / List Verlag
Umschlaggestaltung: bürosüd ° GmbH, München,
unter Verwendung einer Vorlage von ZERO Werbeagentur, München
Titelabbildungen: Dorothy, Lady Townshend, c. 1718, Jervas, Charles (1675–1739),
© Dulwich Picture Gallery, London, UK / The Bridgeman Art Library (Frau)
© Christie's Images Ltd / ARTOTHEK (Blick auf Dresden)
© FinePic®, München (Hintergrund)
Satz: Pinkuin Satz und Datentechnik, Berlin
Gesetzt aus der Minion Pro
Papier: Pamo Super von Arctic Paper Mochenwangen GmbH
Druck und Bindearbeiten: CPI books GmbH, Leck
Printed in Germany
ISBN 978-3-548-61211-9

*»Treuer Dienst zur falschen Zeit
wird leicht als Verrat ausgelegt.«*

Voltaire in
›Die Geschichte Karls XII.,
König von Schweden‹

PROLOG

Ofen im Sommer 1686

Den Gesang jenes Sommers sangen nicht die Nachtigallen und nicht die Lerchen, sondern die Kanonen. Das Donnern erhob sich mit dem ersten Morgenlicht, schwoll an bis zum Mittag und ebbte mit dem vergehenden Tag wieder ab. Stunde um Stunde, Tag um Tag, Woche um Woche – wie ein Gewitter, das nicht fortziehen will.

Um die Mitte des Monats August erzählte man sich in der belagerten Stadt Ofen, am rechten Ufer der Donau gelegen, das Entsatzheer des Sultans sei eingetroffen, einige Tausend Mann. Doch immer noch zehnfach unterlegen dem Heer der Giauren, das die Mauern fest umschlungen hielt. Der Feldherr der Rechtgläubigen, Suleiman Pascha, mied die offene Feldschlacht. Er begnügte sich damit, die Nachschubwege der Belagerer durch kleinere Scharmützel zu stören. Das aber machte den Feind nicht schwächer, sondern mutiger. Am 2. September 1686 ging das christliche Heer über zum Sturm auf die mohammedanische Stadt.

Obwohl sie fast noch ein Kind war und vom Kriegshandwerk nichts verstand, spürte Fatima die allgegenwärtige Angst. Was konnten Kinder, Händler, Geistliche und Frauen schon ausrichten gegen diese Christenkrieger, diese klirrenden Riesen aus Platten und Ketten, die in der Sonne glitzerten wie Eis? Wenn sie nur vermocht hätte, einen Säbel zu tragen, sie wäre in den Kampf gezogen. Gebt mir einen Dolch, ein Messer, was immer wir im Haus haben!, bettelte sie. Jeder, der kämpfen kann, muss kämpfen! Doch man verlachte sie nur. Du? Was willst denn du?

Die Familie hockte lieber beieinander und zitterte. Und betete.

Dann, zum ersten Mal in diesem Sommer, ebbte das Donnern ab. Schon sprang Fatima auf, um den Sieg zu bejubeln, da wurde das Grollen abgelöst von Schreien. Nicht viele Schreie, nein, ein einziger Schrei war es, der sich die Gassen heraufwälzte. Immer lauter gellte es an ihr Ohr, das Betteln um Gnade – »*Amman, Amman!*« –, gefolgt von Todesschreien. Wie man es ihr erzählt hatte: Die Christen kannten keine Gnade. Nicht mit den Rechtgläubigen.

Die Tür wurde aufgetreten, mehrere Eisenkrieger drangen scheppernd ins Haus, mit den Klingen zerteilten sie die Luft über ihren Köpfen. Rasch waren sie über ihnen, zwischen ihnen, rissen die Familie mit ehernem Griff auseinander. Fatima hörte Schreie, hoch und schrill. Ein glühender Schmerz am Kopf, als wollte man ihr die Stirn spalten. Doch es war kein Schwert, nur die Faust eines Mannes. An den Haaren zog man sie hinaus auf die Gasse. Fatima hob den Arm vors Gesicht. Sie war von der Sonne geblendet – und vom Tod. Verstreut lagen Leiber, ohne Kopf und ohne Glieder. Juden, Türken, Tataren, Armenier – wer immer in der Stadt zu Hause gewesen war, nun waren sie alle gleich. Die Furchen, vom Regen ausgewaschen, füllten sich mit Blut. Rot und zäh durchzogen Blutbäche die Wege. Schwaden von Blutdunst machten die Luft schwer, es roch nach feuchtem Eisen. Fatima musste würgen.

Der Kriegsmann, der sie immer noch an den Haaren hielt, stieß einen Verschlag auf – einen Stall oder Hühnerschuppen –, wollte Fatima hineindrängen. Panik weckte ihre Gegenwehr, sie trat und biss und kratzte – bis ihr Peiniger von einem Herrn auf einem Pferd zur Ordnung gerufen wurde. Ein Wortwechsel, hitzig geführt, Fatima verstand nichts. Selbst wenn sie die Sprache der Giauren erlernt hätte, die Schreie woben ein dichtes Geflecht, durch das kaum ein menschliches Wort drang.

Schließlich schien der Streit entschieden. Widerwillig schob der Eisenmann Fatima dem Herrn zu Pferd entgegen. Der hob sie auf. Nun konnte sie weit blicken, die Gassen hinunter, fast bis zum Tor. Doch wohin sie auch sah, sie sah nur Blut und Tod. Und immer noch sanken neue Opfer auf die Toten, die wie eine Flut aus Leibern die Häuser und Hütten umbrandeten. Da sank Fatima zusammen, und eine Ohnmacht empfing sie mit sanften Armen.

TEIL EINS

Dresden im Juni 1694

Das Kichern der jungen Frauen hallte durch die Treppenflure des Schlosses. »Madame, lasst mich nicht zurück!«, rief die Jüngere der beiden. Die Ältere lachte zur Antwort, raffte ihr Kleid und hüpfte weiter hinauf. »Ein Einbeiniger läuft schneller als du, Fatima!« Aurora von Königsmarck flog förmlich über die Sandsteinstufen. Die Jüngere war als Erste außer Atem. Sie hielt sich keuchend am Handlauf fest. »Sie haben mich gelehrt, Madame«, sagte sie stockend, »dass es nicht schaden kann, die Männer warten zu lassen.«

Die Ältere wandte sich auf dem Treppenabsatz um. »Die Männer wohl, nicht aber einen Kurfürsten!«

Als die Jüngere ein wenig zu Atem gekommen war, zog sie sich die Schuhe aus und nahm sie in die Hand. Maria Aurora lachte. »Wenn du barfuß gehst, wird man dich für eine türkische Sklavin halten.« Wie ein Beil fiel peinliches Schweigen zwischen sie. Nach einer kurzen Irritation wurde Maria Aurora bewusst, was sie gesagt hatte. Sie prüfte Fatimas Blick, ob sie es als Beleidigung auffasste. Doch dann brachen sie beide zugleich in prustendes Lachen aus.

Wann genau sie sich verirrt hatten, wussten sie nicht. Die Lakaien und Wachen, denen sie begegneten, waren entweder zu stolz, um mit ihnen zu sprechen, oder sie benutzten statt des geläufigen Hoffranzösisch ein unverständliches Kauderwelsch. Und dann dieses Schloss mit seinen vielen Treppenaufgängen, Fluren, Höfen und Türmen – ein Minotaurus-Palast gegen den strengen Plan des Stockholmer Schlosses!

Aurora wandte sich um und wollte ihren Weg fortsetzen, in

der Drehung prallte sie fast gegen einen Herrn in Hofuniform. Kein Lakai, das sah sie mit geübtem Blick, sondern ein Mensch, der ein Amt bei Hofe bekleidete. Er räusperte sich indigniert und sagte dann: »Wo bleiben Sie denn, Madame? Der Kurfürst wünscht Sie zu sehen.«

Aurora hörte Fatima keuchen und blickte hinter sich. »Ja, wo bleiben wir denn? Der Kurfürst wünscht uns zu sehen«, wiederholte sie mit einem koketten Augenzwinkern.

Fatima ordnete ihre Kleider. »Dann werden wir wenigstens nicht verhungern.«

Kopfschüttelnd setzte sich der Hofbeamte in Bewegung und vertraute darauf, dass die Damen ihm folgten. Aurora senkte den Kopf. »Wir haben uns verirrt«, bemühte sie sich um Erklärung. Ohne sich umzuwenden, fertigte der Hofbeamte sie mit einem Grummeln ab. Da fiel Auroras Blick auf Fatimas blanke Füße, und sie musste wieder kichern. Fatima konnte nicht an sich halten, und beide prusteten los. Der Hofbedienstete zischte, um die Frauen zur Ordnung zu rufen, dann drohte er mit dem Finger, doch ohne jede Wirkung. Die Frauen standen auf der Treppe, hielten sich die Bäuche, und das Lachen hallte durch die Flure.

In der vergangenen Nacht, ihrer ersten in Dresden, hatte Fatima einen Traum gehabt. Sie träumte häufig, denn sie wusste wenig über ihr vergangenes Leben. Tiefe Nacht hatte sich über ihre Herkunft gesenkt, und es musste Nacht werden, damit sich der Schleier gelegentlich hob. Es waren grausame Träume, voller Blut und Tod. Doch selbst die wildesten von ihnen verrieten wenig, manches Nachtbild warf sie nur noch tiefer ins Ungewisse. So auch dieses: Über einem schwarzen Forst – so schwarz, wie es ihn nur in Schweden gab – flogen zwei Tauben. Wie Peitschenhiebe knallten ihre Flügelschläge durch die Luft, denn sie waren jung und voller Lebenslust. In ihrer Ausgelassenheit vollführten sie waghalsige Manöver. Sie neckten sich, und wenn es im Flug möglich gewesen wäre, hätten sie fortwährend die Schnäbel gekreuzt. Plötzlich verdunkelten drei Schatten die Sonne – Adler auf der Suche nach Beute. Im Traum schrie Fatima auf, sie wollte die Tauben warnen. Doch klein und unbedeutend stand sie auf dem Erdboden, während die Vögel hoch über ihr Kapriolen schlugen. Ihre Stimme war zu leise, um so weit hinaufzudringen. Dann schien es, als habe eine der Tauben die Adler entdeckt. Doch anstatt zu fliehen, flog sie höher und höher hinauf, den Adlern entgegen. Sie warf sich den Raubvögeln in die tödlichen Fänge und wurde noch im Flug geschlagen. Während die drei ihre Aufmerksamkeit auf die erste Taube richteten, verschwand die zweite. Der Himmel war leer, bis auf das Blut, das aus dem Herzen der ersten auf die Erde tropfte. Da formte Fatima aus ihren Händen eine Schale und fing es auf.

Sie erwachte schweißgebadet. Es war früher Morgen, die Lerchen stimmten fröhlich ihre Lieder an. Doch der Ernst des Traumes hielt Fatima gefangen. Lebendig wie tatsächliches Erleben stand er ihr vor Augen. Sie wusste, dass er kein Zufall war. Der Traum gehörte zu dieser Nacht und an diesen Ort und zu Aurora von Königsmarck, ihrer Herrin und Mutter. Als Aurora sie nach ihrer Nacht befragte, hätte Fatima den Traum erzählen können. Hätte ihn erzählen müssen, das hätte dem Tag wohl einen anderen Verlauf gegeben. Doch an diesem Morgen hatte Fatima geschwiegen.

Allmählich bevölkerten sich die Flure mit Hofuniformen und bauschigen Kleidern. Wache, bisweilen listige Augen begutachteten Aurora und ihre Begleiterin. Die Gräfin wandte sich zu Fatima um und raunte: »Zieh die Schuhe an!«

»Ich habe Angst, Sie aus den Augen zu verlieren!«, flüsterte Fatima zurück.

Aurora seufzte. Nur schwerlich war die Ziehtochter als Hofdame auszugeben. Mit ihren etwa neunzehn Jahren – nicht einmal sie selbst kannte ihr genaues Alter – war ihr Dekolleté so flach wie der Rücken einer Bergziege, ihre künftige Schönheit jedoch schon zu erahnen. Die europäische Mode zwang sie freilich dazu, die bronzene Haut unter einer dicken Schicht Puder zu verbergen und das dunkle Haar unter einer Perücke. Allein die Augen, mandelförmig und zur markanten Nase hin leicht schräg, verrieten ihre türkische Herkunft.

Sie gerieten in ein Gedränge und kamen zum Stillstand. Fächer wurden gesenkt, um Maria Aurora Gräfin von Königsmarck besser betrachten zu können. Längst war sie Gegenstand des Getuschels. Weil Klatsch an den Höfen ein Generalvergnügen war, sagte man der reifen, aber unverheirateten Frau zahlreiche Affären nach. Doch Gerüchte waren wie Reifröcke: viel Luft, wenig Substanz. Fatima hielt sich an der Ziehmutter fest und schlüpfte in ihre Schuhe. Dies verursachte neues Geraune.

Endlich bewegte sich der Pulk in den Saal hinein. Rechts und links flankierten Diener in Hoflivree den Eingang. Obwohl es draußen noch einmal dämmerte, war der Saal in das Licht Hunderter Fackeln getaucht. Aurora schlug das Herz bis zum Hals.

»Ich dachte, es handelt sich um eine Privataudienz...«, stammelte sie, obwohl dies nun auch nichts mehr änderte.

»Ihro Wohlgeboren, Maria Aurora Gräfin von Königsmarck mitsamt Gefolge«, vermeldete der Hofmarschall. Seine Stimme bebte ironisch, denn das ›Gefolge‹ bestand einzig aus Fatima. Und da ein Vorname bei Hofe nicht ausreichte, setzte er einen Namen hinzu, den sie noch nie gehört hatte: »Fatima von Kariman.« Noch mehr Köpfe flogen zu ihnen herum, Hälse reckten sich. Fächer, die gerade eben noch in der Luft schwirrten, froren mitten in der Bewegung ein.

»Mein Gott!«, entfuhr es Fatima, die sich dicht hinter der Freundin und Ziehmutter hielt. Der Hofmarschall warf Aurora eine knappe Geste zu, dass sie nun endlich vor den durchlauchtigsten Kurfürsten treten möge.

Etwas mehr als vierzehn Monate zuvor, im April des Jahres 1693, waren sie sich in Hamburg begegnet. Er – frisch verheiratet – war seiner Gattin bereits überdrüssig geworden und reiste unter dem Titel eines kurfürstlichen Prinzen, eine Rolle, die ihm weitaus mehr behagte als die des Ehegatten. Bei ihrer ersten Begegnung von Angesicht zu Angesicht hatte August begonnen, Aurora den Hof zu machen. Sie war standhaft geblieben. Doch mit seinem Charme war es ihm gelungen, sich einen Platz im Herzen der nicht mehr ganz jungen Gräfin zu erobern.

Eine Vielzahl von Visagen drängte sich in ihr Blickfeld, und sie versuchte, seine markanten Züge mit den kräftigen, männlichen Brauen ausfindig zu machen. Mit jedem Schritt, den sie tiefer in den Saal hinein tat, wich die Menge weiter zurück. Eine Gasse öffnete sich, und sie musste ihr nur folgen, um mit einem leichten Schwenk kurz vor der Stirnseite des Saales direkt vor August zu gelangen. Ein Lächeln verzauberte Auroras Gesicht, als sie ihn endlich erblickte. Er erwiderte es. Aus seinem Blick sprach Gefallen. Seine lockenreiche strahlend weiße Perücke war aufopiert, mit einem kräftigen Scheitel mitten auf dem Haupt. Er erhob sich von seinem leicht erhöhten Sitz, der mit goldbrokatenem Stoff gepolstert, aber ohne weitere Verzierungen war. Neben ihm, auf einem weniger auffälligen und wohl auch weniger bequemen Sitz, die bayerische Gattin. Sie verzichtete darauf, sich zu erheben. Mit Hochmut, wenn nicht gar Verachtung, musterte sie die Frau, die der Gatte so ungeduldig herbeigesehnt hatte. Nun strebte er auch noch auf sie zu, streckte die Hände nach ihr aus, als wollte er sie umarmen, die Dirne. Pfui!

»Meine Göttin der Morgenröte!«, rief er in sächsisch gefärbtem, ein wenig breitem Französisch. Aurora war erschrocken, doch nicht so sehr, dass sie den Hofknicks vergaß. Sie sank vor ihm nieder, wie es sich geziemte, und sprach artige Worte der Begrüßung. Geduldig wartete er ab, bis sie geendet hatte, dann reichte er ihr den Arm, damit sie die Hand darauf legen konnte, und begann, ungeachtet seiner düpierten Gattin, eine Tour d'Honneur durch den Saal. Aurora vergaß die missgünstigen Blicke und das Getuschel um sie herum. Nur dass Fatima sich noch immer ängstlich hinter ihr hielt, das spürte sie.

»Seit unserem letzten Rendezvous sind Sie noch schöner

geworden«, lobte August. Er verhielt sich, als befände er sich nicht mitten in einer Menschenmenge, sondern allein mit ihr in einem Lustgarten. Aurora errötete unter dem Puder, der hoffentlich dick genug aufgelegt war. »Und Ihr seid Regent eines Landes geworden, kurfürstliche Durchlaucht«, antwortete sie mit einer Stimme wie aus dem Schraubstock.

»Soll das ein Kompliment sein, Gnädigste?« August runzelte die Stirn und machte mit der freien Hand eine wegwerfende Geste. »Ich trage jetzt eine Zahl hinter meinem Namen, nichts weiter«, kokettierte er. »Und es steht keinerlei Verdienst davor.«

»Der Tod Eures älteren Bruders hat mich sehr betrübt ...« Damit erwies Aurora dem Schicksal Reverenz, das den Zweitgeborenen unerwartet zur Kurwürde befördert hatte.

August senkte den Kopf. »Niemanden mehr als mich. Hatte ich mir doch bereits ein Leben im Dienste der holden Weiblichkeit prächtig eingerichtet.« Er lachte. »Nun muss ich *premièrement* dem Staat dienen. *Quel ennui!* Und Ruhm ist auf diesem Feld ungleich schwerer zu erringen. Alle Welt zieht es vor, über Affären zu reden anstatt über Kameralistik.«

»Gewiss beherrscht Ihr das eine so gut wie das andere.« In seiner Gegenwart wurden Auroras Gedanken leicht wie Schmetterlinge. So leicht, dass sie dem Herrscher ins Wort flatterten. Als sie den Fauxpas bemerkte, verstummte sie und senkte den Kopf.

»In der Tat, das Herrschen ist meine Hauptaffäre geworden«, fuhr August ungeniert fort. »Doch was nützen mir alle Erblande, wenn man nicht einmal so etwas Kleines, Zartes wie Ihr Herz erobern darf?«

August unterbrach den Spaziergang durch den Saal, drehte sich elegant zu ihr um und ergriff ihre Hände. Der Halt kam so abrupt, dass Fatima ihrer Herrin in den Rücken stolperte und sie sachte zu August hin stieß. Aurora sank an dessen Brust, und ein unterdrückter Aufschrei ging durch den Raum. Gleich löste sie sich wieder. Das Getuschel wollte nicht abebben. Sie bat ihn laut und lächelnd um Vergebung, doch er hob nur eine

Augenbraue. »Für so etwas Angenehmes wie das Vergnügen Ihrer Nähe müssen Sie sich nicht entschuldigen, meine Liebe.«

Ihr Gesicht glühte. »Kurfürstliche Durchlaucht, so dürft Ihr nicht sprechen!«

August verzog das Gesicht. »Warum titulieren Sie mich, Verehrteste, als stünde ich doppelt und dreifach vor Ihnen? Hier steht derselbe Mann wie vordem, der Sie hier genauso verehrt, wie er Sie in Hamburg verehrt hat. – Hab keine Angst vor ihm, er wird dir nichts antun«, ging er flüsternd zur intimsten Ansprache über.

»Eure Gemahlin schielt eifersüchtig herüber, kurfürstliche Durchlaucht«, sagte Aurora und lachte spitz auf.

August blickte sich nicht einmal nach der Gattin um. »*Bien sur*, schielen kann sie gut.«

Da sie nun schon längere Zeit an derselben Stelle standen, rückten Höflinge und Hofdamen enger heran, um dem Gespräch folgen zu können. Aurora fand, dass es an der Zeit sei, einen anderen Ton anzuschlagen. »Ich bin in heikler Angelegenheit nach Dresden gekommen.«

Die starken dunklen Augenbrauen, die gegen den gepuderten Teint abstachen, schwangen sich erwartungsvoll in die Stirn. Abrupt entzog er ihr den Arm, Auroras Hand fiel ins Leere.

»Wie Sie sicherlich gehört haben, Durchlaucht, ist mein Bruder Philipp verschwunden.«

»Ha, nun kommen wir auf die Moral zu sprechen!«, triumphierte August mit bitterem Unterton. Seine Augen warfen Blitze. »Hatte er nicht eine Affäre mit der hannöverschen Kurprinzessin?«, bellte er in den Saal hinein.

Die Umstehenden nahmen erschrocken Abstand, und Aurora errötete bis hinter die Ohren. Doch August nahm keinerlei Rücksicht, er fuhr höhnisch fort, das Thema öffentlich zu besprechen, als wollte er sie für die Dreistigkeit strafen. »Die Königsmarcks sind ein Geschlecht von festen Prinzipien. Vor allem, wenn es um die Liebe geht.«

»Allerdings sind wir das!«, konterte Aurora tapfer. »Die

Treue ist meinem Bruder zum Verhängnis geworden, nicht die Untreue.«

»Das ist eine Frage der Perspektive«, versetzte August.

»Was auch immer seine Schuld sei, es ist nicht recht, wie man mit uns verfährt. Mein Haus wurde durchsucht und versiegelt wie das einer Verbrecherin! Ich bin eine Flüchtige, Sire! Und dafür wird man mir bezahlen!«

August trat einen Schritt zurück. »Immer noch das hübscheste Trotzköpfchen von allen«, sprach er wie beiläufig vor sich hin. Und sah sie dabei so intensiv an, dass Aurora alles um sich herum vergaß. Schließlich verkündete er in den Saal hinein: »Die Audienz ist beendet.«

Er machte auf dem Absatz kehrt und ließ Aurora zitternd vor Empörung zurück. Sie sah sich nach Fatima um, doch die war von der Menge verschluckt. »Fatima!« Ihre Stimme kippte und gab die ganze Hilflosigkeit preis. Von unsichtbaren Händen gepufft und gezogen, wurde ihre Begleiterin aus der Menge gespuckt wie Jonas aus dem Wal. Aurora ergriff ihre Hand und strebte hurtig dem Ausgang entgegen.

Am nächsten Morgen ließ sich Johann Georg Spiegel melden, einer der Kammerdiener des Kurfürsten. Aurora trat ihm *en negligé* – einem leichten Hauskleid – entgegen. Sie war eine Schönheit von beinahe römischer Vollkommenheit: blaue Augen, das Haar fast schwarz, der Mund klein, aber die Lippen voll. Aurora konnte es sich als eine der wenigen Frauen bei Hofe leisten, ihr natürliches Haar prachtvoll auftoupieren zu lassen. An Fülle stand es keiner Perücke nach.

Der Kammerdiener, ein junger Mann mit wachem Blick und glatter Haut, etwa in Augusts Alter, musterte sie beeindruckt. Dann lächelte er verkniffen. »Seine Durchlaucht der Kurfürst wünschen Euch zu sehen.«

»So, wünscht Er das? Hat Er mich nicht gestern erst gesehen? Und hat Er nicht die Gelegenheit genutzt, mich zu beleidigen?«

Der Kammerdiener verzog keine Miene. »Ein Fürst achtet

nicht auf Gefühle, Euer Wohlgeboren. Ein Fürst muss herrschen.«

Aurora sah den Kammerdiener an. Wie leicht schlugen sich die Subalternen auf die Seite der Damen, sobald die Herrscher außer Hörweite waren. Dieser aber hielt loyal zu seinem Herrn.

»Dann möge Er«, antwortete sie schließlich, »damit fortfahren und mich mit meinen Gefühlen allein lassen!«

Ohne auf ihre Absage einzugehen, sprach der Kammerdiener weiter: »Er wünscht einen privateren Rahmen, Madame. Einen Rahmen«, und er senkte vertraulich die Stimme, »in dem nicht Beleidigungen, sondern Zärtlichkeiten ausgetauscht werden.«

Aurora verblüffte die Unverfrorenheit, mit der August sein Ziel verfolgte. Sie war gestimmt, ihm einen Korb zu geben. Doch dann dachte sie an das Schicksal ihres Bruders, der vermutlich in irgendeinem Kerkerloch schmachtete. Man sollte sich nicht gegen die Mächtigen wenden, hatte er in seinem letzten Brief geschrieben. Es klang wie ein Vermächtnis.

Mit einer Verbeugung übergab Johann Georg Spiegel Aurora eine Schachtel. Sie öffnete sie und wandte sich ab. Mit zitternden Händen, ohne hinzusehen, reichte sie die Schachtel Fatima. Die Ziehtochter nahm sie und holte ein Schmuckstück heraus, prächtig wie ein Sommertag: ein brillantenbesetztes Diadem.

»Die Kutsche wartet vor der Tür«, sagte Spiegel.

Es war eines der Exemplare, die zu diskreteren Anlässen in Gebrauch genommen wurden. Keine Herrschaftszeichen, keine Wappen. Der Kutscher war unauffällig gekleidet, und die Pagen trugen Livreen in gedeckten Farben. Während sie über das Pflaster gerüttelt wurden, ruhten Spiegels Blicke auf der Jungfer, die auf den Namen Fatima hörte. Diese hielt die Augen gesenkt, aber nur, um hin und wieder kokett zu ihm aufschauen zu können.

Aurora seufzte immer wieder tief, doch die Last auf ihrer Brust ließ sich nicht fortseufzen. »Ich bin nicht käuflich!«, rief sie plötzlich. Ihre Finger zitterten.

Johann Georg Spiegel lupfte eine Augenbraue. »Wenn mein Rat gestattet ist, wohlgeborene Gräfin: Lassen Sie sich kaufen, aber bestimmen Sie den Preis.«

Sie musterte ihn abfällig. »Sie sind ein Mensch ohne Moral!«

»O nein, gewiss nicht«, beteuerte Spiegel, »aber ich kenne meinen Herrn. Keine Dame hat ihm jemals längere Zeit widerstanden. Nicht eine.«

»So?«, fragte Aurora spitz nach. »Wie viele Damen hat er denn auf diese Weise erobert?«

Fatima, die bislang wortlos vor sich hin gestarrt hatte, zeigte plötzlich Interesse. Spiegels Gesicht zierte ein breites Grinsen.

»Ich bezweifle, dass es jemanden gibt, der sie gezählt hat.«

Aurora ließ sich in die Polster fallen. »Ich bin hier, weil ich ein Ziel habe.«

»Ich weiß«, bestätigte Spiegel. »Und auch mein Fürst weiß es.«

»Warum bedrängt er mich derart? Ich bin überhaupt nicht aufgelegt.« Ihr Blick suchte Zuflucht bei der Wandbespannung der Kutsche.

»Ein Ziel lässt sich umso besser verfolgen«, sprach Spiegel leise und verständig, »je mehr Mittel man in der Hand hält. Die Natur hat Ihnen Schönheit geschenkt und die Fähigkeit, Verlangen zu wecken.«

Spiegel sah Aurora geradeheraus an, doch sie wich ihm aus.

»Und das Lager der Liebe«, sagte Spiegel mit einem Seitenblick auf Fatima, »ist nicht der schlechteste Ort, ein Ziel zu verfolgen. Nirgends sind die Fürsten gefügiger.«

»Sie schlagen mir ernsthaft vor, im Bett über das Schicksal meines Bruders zu verhandeln?«

Spiegel beobachtete Fatima aus den Augenwinkeln. Das Mädchen schien ihn zu verzücken.

»Ich schlage Ihnen nichts vor, Gräfin, wie käme ich dazu? Ich sage nur ganz allgemein, dass die Erfolgsaussichten nicht die schlechtesten wären. Es gibt ganz offenbar ein Begehren. Und

Fürsten können es noch viel weniger ertragen als der gemeine Mann, wenn ein Begehren nicht gestillt wird.« Spiegel lächelte, ohne Fatima aus den Augen zu lassen. Und fügte hinzu: »Ich rate Ihnen, weil ich Sie schätze. Mein Herr mag mich dafür prügeln.«

Aurora schnalzte empört mit der Zunge. »Ich bin hier, um die Ehre unserer Familie zurückzugewinnen, nicht, um sie vollends zu verspielen.«

Mit einem Ruck kam die Kutsche zum Stehen. »Wir sind da«, sagte Spiegel.

Aurora raffte den Vorhang und lugte hinaus. Hohe Fassaden auf allen Seiten. Die Kutsche befand sich in einem Innenhof. »Wo sind wir?«

»Das Haus des Geheimen Hofrats von Haxthausen, ehemals Hofmeister des jungen Prinzen. Einer seiner engsten Vertrauten.«

Aurora senkte den Kopf und legte die Hand aufs Herz.

»Für Philipp, Mutter!«, wagte Fatima endlich eine Bemerkung.

Spiegel horchte auf und legte die Stirn in Falten. »Wenn Sie eine Tochter haben, Wohlgeboren, warum zieren Sie sich dann wie eine alte Jungfer?«

Aurora knüllte den Handschuh in der Faust, als wollte sie ihn dem Diener ins Gesicht schlagen. »Fatima ist meine Ziehtochter!«, zischte Aurora und kam Spiegel so nahe, dass er ihren Atem spürte. »Ich bin unverheiratet und unbescholten.«

»Ein guter Ruf gegen das Begehren eines verschwenderischen Fürsten und das Leben eines unmoralischen Bruders? Was für ein Tausch!«

»Mein Bruder ist nicht unmoralisch«, zischte Aurora mit neuer Heftigkeit, »er ist ein Opfer der Liebe.«

»Das«, sagte Spiegel mit flatternden Lidern, »scheint in der Familie zu liegen.«

Der Kutschschlag wurde von außen geöffnet. Ein wohlriechender, als Amor ausstaffierter und spärlich bekleideter junger Mann stand mit einer Fackel vor ihnen. Sie knisterte und spie Funken in die Nachtluft. Seine Haut glänzte im Feuerschein. Aurora seufzte erneut. »August trägt seinen Ruf nicht zu Unrecht.« Sie stieg aus der Kutsche und folgte dem Liebesboten.

Spiegel reichte Fatima die Hand, als sie gerade den Fuß auf die Klappstufe setzen wollte. »Ich erwarte Ihre Befehle, Mutter!«, rief sie Aurora nach, die schon dem Hofeingang zustrebte.

Aurora wandte sich noch einmal um. »Ich empfehle dir, dich vor diesem Subjekt in Acht zu nehmen!«

Fatima warf Spiegel einen scheuen Blick zu. »Wie Sie wünschen«, sagte sie leise.

Die Kerzen waren fast heruntergebrannt.

Spiegel hatte eine einfache Holzbank mit einem Dutzend Kissen versehen lassen, und das Mahl war beinahe so vornehm wie jenes, das August seiner Angebeteten am anderen Ende des Flures auftragen ließ. Sogar der Wein war derselbe, kredenzt aus den kurfürstlichen Karaffen. Fatima hatte mit Appetit gespeist, aber den Wein nur tröpfchenweise genossen. Gleichwohl war ihre Laune gelöst.

Im Laufe des Abends wagte es Spiegel, näher zu rücken. Ein Glanz lag auf Fatimas Haut, sie genoss die Avancen. Und Spiegel gefiel, dass es ihr gefiel.

Mit den Fingerspitzen berührte er sachte einen Umhang aus hauchdünner Seide, der auf Fatimas Schultern lag. »Möchten Sie nicht ablegen, Mademoiselle?«

Ihre mandelförmigen Augen blitzten auf. »Man hat mich vor Ihnen gewarnt!«

Spiegel rückte von ihr ab. »Von mir haben Sie rein gar nichts zu befürchten, Mademoiselle.«

Fatima kicherte. »Wie ein Räuber sehen Sie freilich nicht aus.« Scheu ruhte ihr Blick auf ihm. Seine Haut war glattrasiert, und er trug, im Gegensatz zu ihr, keine Perücke. Sein Haar war braun und lockig.

Er zwinkerte ihr zu. »Obwohl ich Ihnen zu gern einen Kuss rauben würde.« Er schloss die Augen und näherte seine gespitzten Lippen ihrem Gesicht. Sie schob die Hand dazwischen. »Ich muss schon sagen, für einen Lakaien nehmen Sie sich eine Menge heraus!«, tat Fatima empört.

Spiegel gab sich beleidigt. »Ich bin nicht irgendein Diener. Ich bin der Kammerdiener Seiner kurfürstlichen Durchlaucht. Ich besitze sein volles Vertrauen. Die heikelsten Missionen vertraut er mir an.«

»So heikel wie …«, Fatima nutzte das Zögern, um Spiegel einen Augenaufschlag entgegenzuwerfen, »die Liebeshändel?«

»Heikler noch«, prahlte Spiegel. »Die Liebeshändel sind einfach einzufädeln. Der Ruf meines Herrn eilt ihm voraus und wirkt bei vielen Damen eher anstachelnd als abschreckend.«

Fatima lächelte befangen. Auf wundersame Weise schien der Ruf des Herrn auch auf den Diener abzufärben. Es war beileibe nicht so, dass er ihr nicht gefiel. Er war etwas älter als sie, gewiss. Aber das galt für alle Männer, die sie mochte. Diesen hier musste sie nur anschauen, und ihr Herz pochte wie wild. Das vermehrte noch ihre Unsicherheit.

»Wie ein Diplomat sehen Sie auch nicht aus, mit Verlaub. Wo ist Ihre Uniform? Ihre Orden?«

Spiegel achtete nicht auf den Einwand. »Darf ich Ihnen ein Spiel vorschlagen, Mademoiselle?«

»Ein Spiel?«, piepste Fatima mit trockener Kehle.

Wie zufällig rutschte Spiegel heran und legte den Arm um sie. Fatima setzte sich steif auf. »Monseigneur Spiegel!«, mahnte sie. »Unterlassen Sie das! Sie kennen mich doch gar nicht!«

Spiegel winkte ab. »Daher möchte ich Sie kennenlernen. In allen Ehren.« Zum Beweis seiner Aufrichtigkeit rückte er ein wenig von ihr ab. Dann fuhr er fort: »Jeder darf dem anderen eine Frage stellen – im Wechsel. Wenn man aber eine Frage nicht beantworten will, muss man dem anderen einen Wunsch erfüllen.«

»Einen Wunsch?«, fragte Fatima. »Was für einen Wunsch?«

»Einen harmlosen, etwas, das in Ihrer Macht steht.«

Fatima schoss die Hitze in die Stirn. »Geben Sie mir ein Beispiel!«

»Nun, sagen wir«, Spiegel zögerte, »einen ... Kuss.«

»Einen Kuss?«, fragte Fatima und glühte. »Monseigneur, ich sagte doch bereits, das ist unmöglich.«

»Einen unschuldigen Kuss auf die Hand. Oder die Wange«, lenkte Spiegel ein. »Und nur für den Fall, dass Sie die Frage nicht beantworten. Sie haben es in der Hand.« Seine Augen betrachteten sie so mild und voller Zärtlichkeit, dass sie kaum ablehnen konnte.

»Und wenn der Wunsch sich nicht geziemt?«, fragte Fatima, immer noch glutrot.

»Madame, glauben Sie wirklich, ich wollte Sie zwischen Wein und Käse in Verlegenheit bringen?«

Fatima lachte auf. Bei genauerer Betrachtung war die Situation tatsächlich harmlos. Die Herrschaft konnte jeden Moment hereinplatzen oder nach ihnen rufen lassen.

»Gut«, willigte Fatima ein, »mit einer Einschränkung.«

Spiegel zeigte eine Geste der Ergebenheit.

»Das Spiel«, erklärte Fatima, »dauert nur so lange an, bis einer von uns beiden aufgibt.«

»Einverstanden.«

Das rasche Zugeständnis überraschte Fatima. »Sie verzichten auf die Erfüllung Ihres Wunsches, sobald ich ablehne?«

Spiegel nickte.

»Gut«, sagte Fatima, »aber ich darf die erste Frage stellen.«

»Fragen Sie«, sagte Spiegel und griff nach dem Weinglas auf dem Tisch.

»Sind Sie«, Fatima zögerte einen Moment und schlug die Augen nieder, »sind Sie verheiratet?«

Spiegel schloss die Augen und ließ den Wein genüsslich die Kehle hinunterrinnen. In aller Seelenruhe setzte er das Glas ab. »Sehe ich aus wie ein Schuft?«

Fatima musterte ihn, ohne auf die Gegenfrage einzugehen.

Als wollte sie ergründen, was an diesem Gesicht ihr Herz klopfen ließ.

Spiegel griff nach der Weinflasche, um ihr nachzuschenken. »Und wenn ich diese Frage nicht beantworten will?«

»Weichen Sie mir nicht aus«, rief sie aufgebracht. »Sind Sie es?«

»Natürlich nicht«, antwortete Spiegel sogleich.

»Und wie alt sind Sie?«, setzte Fatima gleich nach, doch Spiegel legte den Finger auf die Lippen. »Kommen Sie, verraten Sie es mir!«

»Nun ist es an mir, eine Frage zu stellen. So lauten die Regeln.«

Enttäuscht ließ sich Fatima gegen die Rückenlehne fallen.

Spiegel lächelte listig. »Wie alt sind Sie, Fatima?«

»Tut mir leid, diese Frage kann ich Ihnen nicht beantworten.«

»Keine Koketterie! Dafür sind Sie viel zu jung, Mademoiselle.«

»Es tut mir leid, aber ich kokettiere nicht. Ich weiß es wirklich nicht.«

»Wie kann das sein?«

»Die Einzige, die mein wahres Alter weiß, ist meine Mutter. Doch ich kann mich an kein Gespräch mit ihr erinnern.«

Spiegel machte große Augen. »Sie kennen Ihre Mutter nicht?«

»Ich weiß nicht, wer sie war. Doch sehe ich sie manchmal im Traum.« Fatima schlug die Augen nieder. »Ich hatte nie Gelegenheit, mit ihr zu sprechen. Als ich noch ein Kind war, wurde ich von Christen geraubt. In Ofen …«

Spiegel hatte mit offenem Munde gelauscht. Er benötigte einen Moment, die losen Gedankenfäden zu verknüpfen. »So sind Sie … eine Türkin?«

Fatima wich der Frage aus. »Maria Aurora von Königsmarck ist meine Mutter. Sie hat mich an Tochterstelle angenommen.«

Immer stärker fühlte sich Spiegel von dieser Frau angezogen. »So sind Sie bei der Erstürmung Ofens erbeutet worden? Von einem sächsischen Soldaten?«

Fatimas Miene wurde ernst. »Nun bin ich an der Reihe mit dem Fragenstellen!«

»Aber Sie haben meine erste Frage noch nicht beantwortet!«

»Welche?«

»Die nach dem Alter.«

»Ich sagte Ihnen doch bereits, ich weiß es nicht! Ich kann sie Ihnen nicht beantworten, so gern ich auch wollte!«

»Dann müssen Sie«, Spiegel zögerte listig, »ein Kleidungsstück ablegen.«

Fatima seufzte tief. »Nun gut. Als ich nach Schweden kam, schätzten die Ärzte der Gräfin mein Alter auf elf oder zwölf Jahre ...«

»So wären Sie jetzt ...?«

»Etwa neunzehn.«

Spiegel lächelte und nickte zufrieden. Dann schob er die Lippen vor und sagte: »Das ist eine Schätzung. Keine Antwort.«

»Aber genauer weiß ich es nicht.«

»Tut mir leid, ich kann es nicht gelten lassen.«

Fatima war erschüttert von so viel Dreistigkeit. »Das ist nicht Ihr Ernst!«

Spiegel blieb unerbittlich. »Mein voller. Entweder eine ehrliche Antwort, oder ...«

Er streckte die Hand aus und wollte ihr schon das Tuch von den Schultern ziehen, das den zarten Ansatz ihrer Brüste verbarg. Fatima gebot ihm Einhalt. »Ich möchte das Spiel an dieser Stelle beenden.«

»Erst der Preis«, beharrte Spiegel.

Fatima schaute beleidigt drein. Dann hellte sich ihre Miene auf. Mit einem Griff fuhr sie sich an den Kopf, und schon hielt sie die Perücke in der Hand. Dunkelbraunes Lockenhaar fiel ihr auf die Schultern. Sie schüttelte es aus. Knisternd legten sich die Locken über den Stoff ihrer Robe. Spiegel war zu gebannt, um etwas zu sagen.

Zufrieden legte Fatima die Perücke neben sich auf die Bank. »Ich hasse diese Taubennester!«

Wie von Sinnen streckte Spiegel seine Hand aus. Er wollte ihr Haar berühren.

Fatima zuckte zurück. »Von Anfassen war nicht die Rede«, erinnerte sie ihn.

Mit größtem Bedauern ließ Spiegel die Hand sinken. »Ich würde alles dafür geben«, sagte er erschüttert. »Was auch immer Sie verlangen, Mademoiselle.«

»Alles?«, fragte Fatima ungläubig.

»Und noch mehr.«

Fatima kicherte. In diesem Moment sprang die Tür auf, und ein Haxthausen'scher Diener stürmte den Raum. Spiegel wollte ihn schon für seine aufdringliche Art beschimpfen, da hatte er bereits vermeldet, dass die Herrin ihre Kammerjungfer zu sehen wünsche. Fatima sprang auf und eilte hinaus. Die Perücke ließ sie auf der Bank liegen. Spiegel hob sie auf und presste sie an seine Lippen.

Als Fatima in den Raum trat, hatte Aurora ihre Unterröcke bereits wieder übergestreift. Oder nie abgelegt? Ihre Brüste waren nackt, am Dekolleté von einer Schicht Puder bedeckt. Die vollen Wangen, die ihrem Gesicht einen kindlichen Ausdruck verliehen, glänzten rot wie Oktoberäpfel. Auf einem prachtvollen Bett mit Goldbrokatvorhängen türmten sich Kissen und Federbetten. Darüber ein golden-roter Baldachin. Ein nackter, blasser Fuß stach aus dem Berg von Wäsche und Seide. Er wippte, als folgte er einer stummen Melodie. Als Auroras Blick auf Fatima fiel, nahm ihre Miene einen vorwurfsvollen Ausdruck an.

»Warum hast du deine Perücke abgelegt?«, zischte sie empört.

Fatima senkte den Kopf und verkniff sich die Gegenfrage, was Aurora alles abgelegt habe. Stattdessen sammelte sie schweigend Kleidungsstücke vom Boden.

»Über diese Schamlosigkeit reden wir noch«, zürnte die Ziehmutter. Offenbar war sie schlecht aufgelegt. »Hilf mir ins

Korsett.« Aurora streckte ihr das Kleidungsstück entgegen. Wie tote Flügel klappten die beiden Hälften auseinander, die Bänder hingen traurig herab, einige waren abgerissen. August schien bei der Liebe keine Milde walten zu lassen.

Eben wühlte er sich aus dem Daunengebirge. Mit einem Kissen zwischen den Beinen saß er auf der Bettkante. Seine Brust war muskulös und behaart, darunter wölbte sich ein Bauchansatz.

»Wen haben wir denn da?«, fragte er amüsiert.

Er erhob sich, das Kissen fiel herunter. Sein einziges Kleidungsstück war eine Hose aus dünnem Leinenstoff, die am Bauch und in den Kniekehlen geschnürt war. Sie zeigte mehr, als sie verhüllte, im Schritt zeichnete sich seine Männlichkeit ab. Ohne sich seiner Blöße im Geringsten zu schämen, ging er auf Fatima zu. Verlegen fasste sich Fatima in die Haare, doch da war keine Perücke. Das war, in den Begriffen des guten Tons an europäischen Höfen, nicht weniger als nackt.

»Fatima«, gemahnte Aurora, »fass an!« Die Korsetthälften wie Schildkrötenpanzer um ihre Brüste gelegt, hatte sich die Herrin über eine Sessellehne gebeugt. Fatima begann, die Schnüre über dem Rücken zusammenzuziehen. Zunächst verknotete sie einige davon locker, zog dann andere fest. Das Schnüren eines Korsetts war eine Kunst. Mit Geschick wurde Auroras Oberweite Zoll für Zoll in die gewünschte Form gepresst. Bisweilen musste Fatima das Knie zu Hilfe nehmen, Fischbein und Walbarten, die dem Ungetüm die Stütze gaben, knackten. Aurora keuchte unter der Prozedur. Fatima hörte, wie die Mutter sich mühte, gleichmäßig zu atmen, um eine Ohnmacht zu vermeiden.

Schweiß brach ihr aus, so hochkonzentriert arbeitete sie, während August sie fortwährend umrundete. Dabei ruhten seine Blicke nicht auf Aurora, sondern auf Fatima. Genüsslich wiederholte er leise ihren Namen. Unvermittelt glitt seine Hand in ihr Lockenhaar.

»Fatima!«, ermahnte sie die Königsmarck, doch Fatima war unfähig, sich zu bewegen. Mit einer Zärtlichkeit, die sie ihm nicht zugetraut hätte, ließ der Kurfürst Locke für Locke durch seine Hand gleiten. Fatimas Gesicht glühte – sie wusste selbst nicht, ob vor Anstrengung oder vor Scham. Noch nie in ihrem Leben war sie einem mehr oder weniger nackten Mann so nah gewesen.

»Schlaf nicht ein!«, klagte die Herrin wie aus weiter Ferne.

Da riss sie die Augen auf und fuhr mit flinken Fingern fort. Endlich entließ August ihre Haare, jedoch ohne Abstand zu nehmen. Sein Duft stieg ihr in die Nase und ließ ihre Gedanken wirbeln.

»Fatima«, wiederholte August versonnen. Dann zu Aurora: »Ich wusste nicht, dass Sie eine Sklavin halten, verehrte Gräfin.«

Der Augenblick reichte aus, um Fatima in die Realität zurückzuschleudern.

»Sie ist nicht meine Sklavin, sie ist meine Tochter.«

August zog die Stirn kraus. »So haben Sie einem Türken gewährt, was Sie mir so störrisch verweigern?«

Fatima spitzte die Ohren. Hieß das, es war nicht zum Äußersten gekommen?

Aurora ächzte, vor Erstaunen hatte Fatima ungewohnt fest angezogen. An Stelle der Herrin übernahm sie es zu antworten: »Ihro Wohlgeboren die Frau Gräfin ist meine Ziehmutter, kurfürstliche Durchlaucht. Ich bin durch den Krieg nach Schweden und in meine Familie gelangt.«

August war hinter Fatima getreten. Erneut nahm er ihr Haar in beide Hände, als wollte er es wiegen. Wie durch Zufall berührten seine Oberschenkel ihr Gesäß. Fatima trat einen Schritt vor, Aurora richtete sich auf. Ihr Kopf war hochrot. Mit blutunterlaufenen Augen nahm sie August in den Blick.

»Das Mädchen ist getauft und meine Tochter. Ich erwarte, dass Ihr sie wie eine junge Dame behandelt.«

August schien amüsiert. »Das werde ich, meine Verehrte, das werde ich! Habe ich mich nicht auch Ihnen gegenüber als vollendeter Kavalier erwiesen?« Der Unterton war nicht zu überhören.

»Indem Ihr die Güte besäßt, mich nicht gegen meinen Willen zu bestürmen? Wenn es dazu eines Kavaliers bedarf ...«

Fatima bekam rote Ohren. Sie hoffte, die Unterhaltung ginge nicht noch weiter ins Detail.

»Warum haben Sie überhaupt in den Besuch eingewilligt?«, fragte August, immer noch in größter Gelassenheit.

Aurora beugte sich vor, so dass August ihr tief ins Dekolleté schauen konnte. »Ich habe gelernt, dass ein guter Handel aus Geben und Nehmen besteht. Ich werde Euch, Sire, nicht alles schenken, wenn Ihr mir verweigert, worum ich Euch bitte.«

August schleuderte ein Brusttuch beiseite, das irgendwie in seine Hände geraten war. »Das Bett ist kein Ort für die Politik«, dröhnte er und warf einen herzlosen Blick auf Fatima. Mit hartem Griff zog er sie zu sich heran. »Wenn mir die Herrin ihre Gunst verwehrt, werde ich mich am Gesinde gütlich halten.«

Fatimas Herz setzte aus.

»Lasst sie los!«, zischte Aurora giftig. »Sie ist erst dreizehn Jahre alt!«

»Sie lügen«, behauptete er verdutzt. Und lockerte doch den Griff.

Verschreckt und beleidigt befreite sich Fatima und machte sich auf die Suche nach dem Überkleid. Dabei vermied sie es, August anzusehen. Doch wie verhielt man sich gegenüber einem allzu erhitzten Mann? Sie wusste es nicht.

Endlich fand sie das Kleid zerknüllt auf der anderen Seite des Bettes. Ungeduldig verlangte Aurora danach. Mit wenigen Handgriffen war es übergezogen und am Rücken geschlossen.

»Würden Sie mir einen Gefallen tun, wohlgeborene Gräfin?« August machte immer noch keinerlei Anstalten, sich anzukleiden, doch sein Ton wurde flehend. »Würden Sie zu unserem nächsten Stelldichein wieder Ihre entzückende Tochter und Kammerjungfer mitbringen?«

Aurora warf ihm einen gestrengen Blick zu. »Warum sollte es ein nächstes Stelldichein geben, Euer kurfürstliche Durchlaucht?«

»Nun«, fuhr August säuerlich fort, »obschon ich es für eine Unverfrorenheit Ihrerseits halte, etwas von mir zu verlangen«, er hielt kurz inne, »wäre ich gleichwohl bereit, über die von Ihnen geforderte Gegenleistung nachzudenken.«

Aurora deutete Fatima an, dass sie nun so weit war, die Kammer zu verlassen. Fatima ließ den Blick noch einmal schweifen, ob nicht etwas liegengeblieben war.

»Tut das, Majestät«, sagte Aurora unterdessen mit fester Stimme, »dann ist Euch meine Gunst sicher.«

Mit einem grimmigen Lächeln deutete August eine Verbeugung an.

»Was meine Tochter anbelangt«, fuhr Aurora fort, »muss ich Euch allerdings bitten, Euch nicht zu viel in den Kopf zu setzen!«

Mit diesen Worten wandte sie sich um und schritt erhobenen Hauptes hinaus. Einen Moment lang war Fatima mit August allein. Er richtete sich auf und präsentierte ihr die behaarte Brust. Sie stand einen Moment wie gebannt. Dann wandte sie den Blick ab und folgte hastig der Ziehmutter, nicht ohne den sächsischen Herrscher zum Abschied mit einem flüchtigen Knicks zu bedenken.

Lange war das Poltern der Räder das einzige Geräusch in der Kutsche. Endlich atmete Maria Aurora tief ein und sagte: »Nichts von dem, Tochter, was du heute gesehen hast, wird jemals deinen hübschen Kopf verlassen. Versiegle deine Lippen.«

Maria Aurora drehte den Kopf und sah Fatima in aller Strenge an. Das Mädchen nickte beflissen. Dann senkte sich erneut Schweigen zwischen sie.

»Was hast du denn noch in der Kammer zu schaffen gehabt?«, fragte Aurora nach einer Weile.

»Nichts. Ich konnte nicht weg. Ich war wie gelähmt.«

Aurora hörte die Antwort und seufzte. Erneut fiel sie in tiefes Schweigen. »Er gefällt dir wohl?«, fragte sie nach einer endlosen Weile in das Dunkel der Kutsche.

»Wer?« Fatima saß plötzlich sehr aufrecht. Wie von selbst war ihr der junge Spiegel in den Sinn geschossen.

»Wer schon? August!«, sagte Aurora.

Fatima schüttelte entschieden den Kopf. »Ach nein«, sagte sie dann, um die Geste zu bekräftigen.

»Aber dein Seufzen gerade …«, insistierte Aurora, führte den Gedanken aber nicht zu Ende. Stattdessen fuhr sie fort: »Höre, Tochter, und lerne: Lasse dich niemals – niemals! – von der Liebe regieren. Benutze die Zuneigung der Männer wie ein Instrument. Und wenn du selbst liebst, vergrabe das Wissen darüber im tiefsten Grund deiner Seele.«

Fatima nickte, obwohl sie entsetzt war von der Härte, mit der Aurora sprach. Sie schrieb es dem Entsetzen über das Schicksal ihres Bruders zu. Im Gedanken an Philipp von Königsmarck kam neue Unruhe in ihr auf. Sie rückte vor und ergriff Auroras Hände. »Mutter, letzte Nacht …«

»Was?«

Fatima schlug den Blick nieder und schilderte Aurora den Traum. Um sich besser zu erinnern, schaute sie in unbestimmte Ferne. Doch nach den ersten Sätzen wagte sie, die Ziehmutter anzusehen. Als sie an die Stelle kam, da sich die eine Taube opfert, um die andere zu retten, stiegen ihr Tränen in die Augen. Aurora hielt Fatimas Hand so fest, dass ihre Knöchel weiß wurden. Die Tränen zeichneten feuchte Spuren in den Puder.

»Und damit endet der Traum?«

»Nein.«

»Rede, meine Tochter, lass dir nicht alles aus der Nase ziehen!«

»Ich sah die zweite Taube in einem Dornengestrüpp kauern.« Damit verstummte sie. Das Blut, das sie mit eigenen Händen auffing, unterschlug Fatima. Aurora war schon angegriffen genug.

Die Kutsche stand längst still. Sicher erwartete der Kutscher, dass die Damen ausstiegen, doch Aurora war nicht fähig, sich zu bewegen. »Er ist tot«, sprach sie vor sich hin. Und dann noch einmal zur Bekräftigung: »Philipp ist tot!«

»Sie meinen«, sagte Fatima mit rauer Stimme, »mir träumte vom Schicksal Ihres Bruders?«

Aurora senkte den Kopf. »Wenn Träume eine Bedeutung haben, dann kann es nicht anders sein. Und dieser hier ist sprechend wie ein Buch!«

»Meinen Sie wirklich?«, fragte Fatima. Sie wollte es nicht glauben.

»Es kann nicht anders sein«, sagte Aurora. Ein Weinkrampf schüttelte ihren Körper.

*

August hatte Feldmarschall Flemming zu sich gerufen, seinen fähigsten Berater. Mit gemessenen Schritten trat der hagere Mann vor den Kurfürsten. Seine Gesichtshaut war von einer dünnen Lage Puder bedeckt, doch er hatte darauf verzichtet, sich die Wangen zu röten. Er zog eine skeptische Miene. Der Fall, den es zu besprechen galt, war von einiger Delikatesse.

»Mein teurer Flemming«, hob der Herrscher an, »dass ich mich von einer Dame derart in die Pflicht nehmen lasse! Allein wegen dieser Verlegenheit müsste ich ihr unendlich gram sein.«

»Majestät werden sicherlich Wege finden, sie dafür büßen zu lassen«, sagte Flemming süffisant.

»In der Tat, das werde ich«, schnaubte August. Ein Lächeln überflog seine Miene, doch schon im nächsten Moment versteinerte sie wieder. »Was sollen wir also tun? Philipp von Königsmarck wird bei seinem Regiment erwartet. Soll es Gerede geben, dass der Kurfürst von Sachsen sich nicht um seine Untertanen kümmert?«

»Wie man hört«, und Flemming senkte die Stimme, obwohl sie allein im Raum waren, »ist jeder Schritt in dieser Sache vergebens.«

August zog die Augenbrauen in die Stirn. Flemming hielt dem Blick stand. »Dies ist es, was man sich unter der Hand erzählt: Der Königsmärckische Kavalier gemeuchelt und die Kurprinzessin eingesperrt, damit sie zur Vernunft kommt.«

August starrte düster vor sich hin. »Gemeuchelt?«

Flemming nickte. »Man wird bemüht sein, es als Jagdunfall erscheinen zu lassen.«

August schwieg und atmete tief. »Recht so«, sagte er dann. »Kein Herrscher von Format darf sich Hörner aufsetzen lassen.«

Mit schmalen Lippen breitete Flemming das ganze Drama aus. »Damit ist die Sippe derer von Königsmarck bald ausgelöscht! Er war der Letzte im Mannesstamm seiner Familie. Maria Aurora und ihre Schwester sind die Überbleibsel dieses altehrwürdigen Geschlechts.«

August schwieg betroffen. War dies nicht die Hauptangst jedes Herrschergeschlechts seit je: nicht in der Lage zu sein, den Thron an die nächste Generation zu übergeben – da es keine nächste Generation mehr gab? Aus seinen mitfühlenden Gedanken rettete sich August in den Zorn. »Geschieht ihm recht, dem Hahnrei! Was muss er auch Gattin und Mätresse eines Herrschers zugleich umgarnen? Zwei ohnehin rivalisierende Frauen an ein und demselben Hofe eifersüchtig machen – das heißt, das eigene Todesurteil zu fällen! Philipp ist – war – ein Dummkopf und ein Draufgänger!«

»Und Aurora? Entweder sie gibt nichts auf Gerüchte, oder sie weiß nichts davon. Was fordert sie von Euch?«

August unterließ es, auf die allzu direkte Frage zu antworten. Stattdessen fragte er: »Ist der schwedische Gesandte in der Stadt?«

»Selbstverständlich.«

»Wir werden ihn fortsenden mit einer untertänigsten Botschaft an den Welfenfürsten, ob er meinen Offizier, Philipp von Königsmarck, nicht an sein sächsisches Regiment abschicken mag. Das heißt Aurora gegenüber mein Versprechen erfüllt und Ernst August nicht zu sehr in Verlegenheit gebracht.«

Flemming gestattete sich ein doppelbödiges Lächeln. »Euer Ratschluss, Durchlaucht, ist wie immer weise und umsichtig.«

»Ihr sprecht so wahr, Flemming!« August musterte ihn. Niemals wurde er das Gefühl los, die Äußerungen seines Vertrauten seien ironisch.

»Ich hoffe nur, es wird an deutschen Höfen nicht üblich, missliebige Galane zu morden«, erlaubte sich Flemming im Abgehen eine leise Kritik.

Mit kalten Augen rief August ihm zu: »Was wollt Ihr? Dass sich ein *Dux Elector* des Römischen Reiches seine Frauen fortnehmen lässt?« Flemming sah die Empörung im Blick des Herrschers und verzichtete auf eine Antwort. »Wir«, zischte August, »hätten an seiner Stelle nicht anders gehandelt!«

Flemming wollte sich empfehlen, um den schwedischen Gesandten zu instruieren, da winkte August ihn zurück. »Ich wünsche keinerlei Aufhebens um die Sache. Gerade so viel, um alle Welt zu überzeugen, dass wir keinen unserer Generäle seinem Schicksal überlassen.«

Flemming verbeugte sich tief und verließ, langsam rückwärtsschreitend, den Audienzsaal.

Dresden und Moritzburg
im September 1695

Nachdem der Hofmarschall die Namen und Titel der Maria Aurora Gräfin von Königsmarck in den Audienzsaal des Dresdner Schlosses gerufen hatte, verstummte jedes Gespräch, die Musik erstarb. Im nächsten Moment schlugen die Türflügel auf, um dem kleinen Zug geordneten Eintritt zu gewähren. An der Spitze schritt eine Dame mittlerer Größe, in der jeder im Saal die Schwedin erkannte. Ihr Gesicht lag unter einem schwarzen Schleier, ihr Kleid war von schwarzem Samt. Gemessen wie eine Schicksalsgöttin trat sie in den Saal, man konnte das Schleifen ihrer Schleppe hören. Ihr folgten etliche Jungfern und Damen, auch sie in Schwarz. Es war ein Defilee für den verstorbenen Bruder, der von Unbekannten gemeuchelt war. Doch jeder, der wissen wollte, wusste, dass Ernst August von Braunschweig-Lüneburg, Herzog aus dem Geschlecht der Welfen, hinter dem Mord steckte. August hatte nicht vermocht, seinen General und Freund Philipp von Königsmarck zu schützen. Jeder im Saal erkannte in dem Trauerzug auch eine Anklage.

August trat in das Oval, das die Hofgesellschaft um das Gefolge der schwarzen Gräfin gebildet hatte. Als Aurora ihn sah, blieb sie wie versteinert stehen. Nun erst fiel auf, dass August ein violettes Gewand angelegt hatte – die Trauerfarbe der Fürsten. Violett und Schwarz, die Farben harmonierten auf wunderbare Weise. Aurora wagte nicht, den Schleier zu lüften.

»Ein Jahr ist vergangen«, sprach August sie an. »Es wird Zeit, die Tränen zu trocknen.«

Aurora rührte sich nicht. Ihre Lippen bewegten sich in einem Gesicht von Stein. »Das Geschlecht derer von Königsmarck ist beinahe ausgelöscht. Ich werde für den Rest meines Lebens um Philipp und den guten Namen meiner Familie trauern.« Dann hob sie den Blick und sah ihn geradeheraus an: »Um wen trauert Ihr?«

August blieb die Antwort schuldig. Stattdessen bemerkte er: »Ihr Bruder, Madame, war ein Wanderstern – ein Wanderstern der Liebe. Früher oder später musste er in Amors Feuerkreis verglühen.«

Für einen Moment schien es, als wollte sie in sich zusammensinken. Raunen im Saal. Dann hatte sie sich wieder in der Gewalt. »Vor einem Jahr, als ich Euch um einen … Gefallen bat, da«, ihre Stimme stockte, »da wusstet Ihr es bereits?«

Erneut blieb August die Antwort schuldig. Er sagte: »Ich habe beschlossen, das Geschlecht derer von Königsmarck zu erhöhen und den Fortbestand zu sichern, indem ich Euch, Madame, zu meiner Braut annehme.« August hatte die Worte im Stile einer Verlautbarung gesprochen, allerdings so leise, dass nur Aurora und ihr Gefolge sie hören konnten.

Auroras ganzer Leib wurde von einem Zittern erschüttert. Sie benötigte lange, um eine Entgegnung zu formulieren. »Wie mir zu Ohren kam, sind Ihro kurfürstliche Durchlaucht bereits vor dem Gesetz und vor Gott vermählt!«

August machte einen Schritt auf Aurora zu und suchte in den Falten ihres Kleides nach ihrer Hand. Als er sie ertastet hatte, zog er sie zu sich heran. Er befleißigte sich eines ebenso koketten wie empörten Tonfalls: »Ein Jahr habt Ihr mich warten lassen, durchlauchtigste Gräfin!«

Erst jetzt löste sich Aurora aus ihrer Erstarrung. Sie trat schnell auf ihn zu. »Ich wusste doch nicht, dass Ihr mich erwartet!«

August hob die Augenbrauen. »Nun wisst Ihr es. Nehmt Ihr mich zum Bräutigam an? Es soll dem Geschlecht derer von Königsmarck nicht zum Schaden gereichen.«

»Ist denn in Sachsen die Vielweiberei eingeführt?«, fragte sie, nun wieder im Vollbesitz ihrer Geistesgegenwart.

August verzog keine Miene. »Meine verehrte, teure Gräfin, ich kann Euch nicht als meine Braut heiraten. Diese Position ist in der Tat schon besetzt, mehr schlecht als recht, wenn Ihr mich fragt. Aber ich kann Euch zur *Maîtresse en titre* annehmen. Zur hochfürstlichen Geliebten mit allen Ehren und Würden.«

Aurora schwieg, denn sie wusste keine Antwort. August zog sie mit der einen Hand heran, mit der anderen fuhr er unter den Gesichtsschleier und schlug ihn zurück. Im Wegfahren ließ er den Handrücken sachte über ihre Wange gleiten. Getuschel hob an.

»Weisen Sie mich nicht ein weiteres Mal zurück, Gräfin!« August flehte förmlich. »Im Gedenken an Ihren Bruder, mit dem ich tolldreiste Jungmännerabenteuer durchstanden habe: Werden Sie meine Braut zur linken Hand!«

Es war nicht Aurora, die antwortete. Etwas aus ihr heraus antwortete: »Nein.« Im nächsten Moment schon wollte sie »Ja!« schreien. Doch dann wiederholte sie, so laut, dass alle Umstehenden es hören konnten: »Nein.«

Abrupt kehrte sie dem sächsischen Fürsten den Rücken und verließ den Saal. Nach einem kurzen Moment der Verblüffung machte ihr Gefolge kehrt und trippelte hinterdrein. Dann erst schwoll das Geraune und Getuschel an wie das Summen eines Hornissenschwarms. Und wollte so bald nicht wieder abflauen.

Erst als Aurora vor den zuklappenden Türflügeln zusammensank, kam ihr zu Bewusstsein, dass August diese Demütigung kaum ungesühnt lassen konnte.

Doch sie hatte seinen Ehrgeiz unterschätzt, der erneute Korb stachelte ihn nur noch mehr an. Wenige Tage später erreichte Aurora ein gefaltetes Billet, in der eigenhändigen Schrift des sächsischen Kurfürsten:

Allerdurchlauchtigste Göttin der Morgenröte!
Einer Göttin gebührt der Olymp, und es ist ihr Recht, dass sie sich für gewöhnliche Sterbliche nicht von diesem herabbewegt. Nun trifft es sich, dass Diana, die Göttin der

Jagd, unter uns Sterblichen weilt, der zu Ehren Wir ein weidmännisches Fest auf Unserem Moritzburger Forst auszurichten geruhen. Die Göttin der Jagd weigert sich, dem Geschehen ihr Wohlwollen zu erweisen, wenn nicht auch Sie, verehrte Madame und Göttin der Morgenröte, unter den Gästen weilen. Denn welche Jagd könnte ohne Aurorens Glanz zum Erfolg gelangen? Beehren Sie uns mit der Weihe Ihrer Anwesenheit, Madame, bittet untertänigst Augustus – Dux Saxoniae

Wollte Aurora nicht endgültig alle Gunst des Sachsenfürsten verlieren, durfte sie auf dieses demütige, ja unterwürfige Billet keinen abschlägigen Bescheid geben. Also wies sie seufzend eine ihrer Kammerjungfern an, die Einladung anzunehmen.

Am Tag bevor das Jagdgeschehen anheben sollte, sandte der Kurfürst den besten seiner Hofschneider mit einem Paket. Fatima und alle Kammerjungfern scharten sich um den kleinen Herrn. Mit spitzen Fingern und großem Zinnober entfaltete der Schneider diverse Lagen Papier, um ein Gewand zu enthüllen, wie es die Welt noch nicht gesehen hatte. Als er es mit einem Ruck aus der Schachtel zog, schien es einen Moment lang in der Luft zu schweben. Dann entfaltete es sich mit leisem Rascheln wie von selbst. Fatima und die Kammerjungfern schlugen die Hände vor den Mund. Es war aus hauchdünnem Stoff, doch durch mehrere, raffiniert übereinandergelegte Schichten blickdicht gemacht. Goldfäden, vom Zentrum des Busens ausgehend, symbolisierten die Strahlen der Sonne. Auf den Schultern saßen gestickte Löwenhäupter, die den Schutz der Göttin durch den sächsischen Herkules versinnbildlichten. Sobald der Schneider es hierhin und dorthin schwenkte, glitzerte es tausendfach: eine Unzahl kostbarer Diamanten, hingestreut wie Wassertropfen.

Fatima war wie geblendet, Auroras Miene reines Entzücken. Doch im nächsten Moment verfinsterten sich ihre Züge. »Welche Forderung«, sprach sie laut ihre Gedanken aus, »spricht aus einem solchen Geschenk?«

Die Ziehtochter nannte die Sache beim Namen: »Er wünscht, Sie zu seiner Mätresse zu machen, Mutter.«

»Nenne mich nicht so, Fatima! Es macht mich alt!« Ihre Augen schleuderten Blitze.

Doch Fatima wusste, dass der Zorn sich nicht gegen sie richtete, sondern gegen das Drängen des Fürsten.

»Bitte Madame, ziehen Sie es an«, flehte sie. Nach einem Zögern kam Aurora dem Wunsch nach. Sie verschwand mit der Jungfer hinter einem Paravent und trat nach einer Weile wieder hervor. Das Kleid war wie auf den Leib geschneidert. »Wie kann das sein?«, fragte Aurora den Schneider. »Ich habe Ihnen nie zur Anprobe gestanden?«

»Mit Verlaub, Seine kurfürstliche Durchlaucht«, sagte der Schneider, und in seiner Stimme schwang Ehrerbietung, »weiß mit den Augen maßzunehmen.«

Aurora musterte ihn verblüfft. Wie sich Fatima und die Kammerjungfern hinter ihrem Rücken Grimassen zuwarfen, sah sie nicht. Ohne dass man sie dazu hätte überreden müssen, waren sie Teil der weitläufigen Intrige geworden, die August gegen seine Angebetete geknüpft hatte.

Die Göttin der Morgenröte zeigte sich spendabel, indem sie Sonnenstrahlen wie aus einem Füllhorn über die Ebene goss. Keine Wolke trübte den Himmel, tiefes Blau wölbte sich über das Hochplateau, auf dem das Jagdschloss thronte, benannt nach dem ersten Kurfürsten aus der albertinischen Linie der Wettiner: Moritz.

Vor Sonnenaufgang hatten Aurora von Königsmarck, Fatima sowie die Damen Lewenhaupt und Steenbock in Dresden die Kutsche bestiegen. Nachdem der Friedewald hinter ihnen lag und vor ihnen die lange Allee, die das Jagdschloss mit dem Umland verband, wurde das Verdeck zurückgeklappt. Offen fuhren sie dahin, ließen den Wind mit den Falten ihrer Kleider spielen, bis sie in der Ferne die vier mächtigen Ecktürme erblickten. Sie spiegelten sich in dem See, der das Schloss wie ein silberner Gürtel umfasste. Aurora hieß den Kutscher anhalten, und die Damen standen auf, um den Anblick zu genießen. Ihre Blicke ruhten auf der Fassade, die im Angesicht der Sonne golden erstrahlte. Da öffnete sich das große Tor.

Aurora wies den Kutscher an, weiterzufahren. Der ließ die Peitsche über die schweißnassen Rücken der Pferde knallen, und schon zog der Wagen derart kräftig an, dass es die aufjauchzenden Damen in die Polster warf.

In Windeseile legten sie die letzte Meile zurück. Im Galopp ging es durch das Dörfchen Moritzburg, das die Allee zu beiden Seiten säumte. Gänse rannten um ihr Leben, die Räder knarrten, genau wie die Lederaufhängungen, und die Damen kreischten bei jedem Schlagloch. Man band sich Tücher ums Kinn, damit Hüte und Perücken nicht in den Dreck flogen. In einer Staubwolke fegten sie über einen Damm durch den See, die Rampe hinauf, auf deren Balustrade eine steinerne Schar von Putten und Jägern Spalier stand.

Auf dem Vorplatz ließ der Kutscher die schäumenden Rappen in den Schritt fallen. Hundertfach wurde das Klappern der Hufe von den Wänden zurückgeworfen. Der Wagen beschrieb einen Halbkreis, und just als die Karosse vor dem Tor zum Stehen kam, trat eine Person in den Durchgang. Sie war in eine Jaguniform gewandet, an ihren Gürteln und Riemen hingen ringsum die Attribute der Jagd: Fasanenfedern und Fuchspelze, Wildschweinpfoten und Hirschhornmesser, Pulverhörner und Kugelbeutel. Auf ihrem Kopf saß ein grünes Jagdbarett. Als sie den Mund öffnete, ließ ihr breiter, sächsischer Zungenschlag keinen Zweifel daran, dass es sich um Madame Beuchling, eine der kurfürstlichen Hofdamen, handelte. In Rede und Gewandung aber tat sie den Gästen kund, dass sie sich als die allegorische Verkörperung der Diana betrachtete.

Mit gesetzten Worten empfing sie Aurora und ihre Begleitung zum Jagdvergnügen. Und mit jeder weiteren Wendung dieses Lustspiels wuchs Fatimas Erstaunen darüber, welchen Aufwand der sächsische Kurfürst trieb, um sich eine Dame gefügig zu machen und ihr ein Ja-Wort abzupressen. Und zugleich wuchs ihre Sorge, welchen Kraftakt es bedeutete, ein Nein zu behaupten.

Als die Damen ausstiegen, hielt Diana im nicht mehr ganz jagdtüchtigen Körper der Madame Beuchling eine gereimte Rede auf die Morgenröte. Unterdessen drängten zur Rechten und zur Linken Nymphen aus dem Tor. Sie umgarnten die Damen mit wehenden Schleiern und führten sie in einem feenhaften Tanz in den Saal. Am Boden waren ringsum Schilde postiert, an den Wänden Trophäen. Gemälde erzählten die Lebenslegenden der Göttin Aurora. Zum Ende der Begrüßungsrede befahl die dralle Diana ihren Nymphen, Aurora und ihr Gefolge zu bewirten. Im nächsten Moment hob sich wie durch einen Zauber eine Tafel aus der Mitte des Raumes, angefüllt mit Porzellangeschirr und duftenden Speisen. Durch die Eingänge drangen zur gleichen Zeit die Herren der Schöpfung, verkleidet als Hirten, Jäger oder Waldwesen. An ihrer Spitze der Kurfürst im Kostüm des Gottes Pan.

August war nicht nur gekleidet wie ein Waldgott – in grobem Fell und Schurz, umflochten von einer Girlande aus Weinblättern –, er strahlte auch dessen Macht aus. In dem Moment, da alle Aufmerksamkeit auf Pan lag, schlüpfte ein Satyr mit Maske und Hakennase an Fatimas Seite. Er verneigte sich artig und ganz unsatyrisch, begann dann aber, ihr frech an Gewand und Geschmeide zu zupfen. Fatima konnte gar nicht anders, als seine Neckereien zu erwidern. Doch war sie nur halbherzig bei der Sache. Ihr Augenmerk lag auf dem Herrscher des Geschehens: August. Der befahl nun mit dröhnender Stimme, die Gesellschaft solle an der Tafel Platz nehmen und sich laben, um dem Pan ein Opfer darzubringen. Jeder Bissen sei geeignet, Ruhm und Ehre des Gottes zu erhöhen. Fatima war ganz Ohr und glaubte, was sie hörte.

»Hübsches Schauspiel?«, fragte der Satyr, der sah, wie beeindruckt Fatima war. Er wollte sie wohl sanft auf den Boden der Vernunft zurückholen, doch der Glanz in ihren Augen verriet, dass sie nur allzu bereit war, sich der Illusion hinzugeben.

Die Damen ließen sich nieder, und nun flogen Töne und Melodien in den Saal. Das Orchester mochte hinter einem Paravent oder auf der Galerie verborgen sein. Man spürte seine Anwesenheit, hörte die Musik, doch sehen konnte man es nicht. Pan selbst behauptete den Platz an der Seite der Gräfin Königsmarck, der Göttin der Morgenröte. Und gleichgültig, welche Beziehung die antiken Sagen diesem Paar zuschrieben, August war entschlossen, Aurora zur Geliebten des Pan zu machen. Er umgarnte die Unglückliche mit allem, was er besaß: mal mit säuselnden Liebesworten, mal mit männlich schroffer Art, mal mit dem grenzenlosen Prunk, der, und daran ließ er keinen Zweifel, ganz allein ihr zuliebe entfaltet wurde.

Fatima seufzte. Ihre Blicke ruhten auf dem überaus ansehnlichen Pan, und sie spürte, dass sie an Auroras Stelle längst dahingeschmolzen wäre. Und so viel Mühe sich der Satyr auch gab, so viel er auch zwickte und neckte, Pan regierte die Aufmerksamkeit aller Anwesenden. Schließlich nahm der Satyr entnervt die Maske ab. Dahinter erschien ein verschwitztes Gesicht: Spiegel.

Fatima, die den Braten schon gerochen hatte, freute sich aufrichtig, ihn zu sehen. »Wie ist es Ihnen im vergangenen Jahr ergangen, Monseigneur Spiegel?«

»Schlecht, Mademoiselle«, sagte er und senkte den Kopf.

»Warum«, fragte Fatima und ahnte die Antwort.

»Ihr Anblick ging mir nicht mehr aus dem Kopf.«

Verlegen sahen sie vor sich auf die Tafel. Rechts und links von ihnen regierte die Zügellosigkeit. Da ein jeder in eine Maskerade geschlüpft war, gab man nicht viel auf Sitten. Man griff sich, was immer in der Nähe stand, und selbst die Damen langten mit bloßen Fingern in die Schüsseln. Alsbald waren ihre Wangen gerötet, und die Lippen glänzten.

Fatima antwortete mit vollem Mund auf die Fragen, die

Spiegel auf sie einwarf. Sie musste zugeben, dass es am schwedischen Hofe in Stockholm vergleichsweise nüchtern zuging. Eine frivole Festlichkeit wie diese wäre dort schlechterdings unvorstellbar. Zu sehr achtete man auf den geordneten Umgang der Geschlechter miteinander – und auf das Zeremoniell.

Spiegel erklärte, dass es sich beileibe nicht um eine Laune Augusts, sondern um eine erprobte Strategie handelte: Eine Atmosphäre der Ausgelassenheit und Schrankenlosigkeit werde ihm den Weg zum Sieg über die Dame seines Herzens ebnen.

Fatima errötete und nahm sich vor, die Herrin zu warnen. Doch just in dem Moment, da die Gesellschaft zwar gestärkt, der Wein aber noch nicht zu Kopf gestiegen war, sah einer der Herren unweit des Schlosses einen Hirsch aus dem Gehölz preschen.

Mit aufmunternden Rufen trieb man die Gesellschaft aus dem Saal. An den Türen noch eben mit Jagdutensilien versehen, stürzte man sich ins Abenteuer. Hundegebell brauste, Hörner erklangen, Pferde trippelten, die Beschläge der Waffen glänzten in der Sonne, und mit klopfenden Herzen schwang man sich auf die Sättel. Und als ihnen der Wind um die Nase blies – die *Mesdames* rotwangig im Damensitz, die Herren bleich und gefasst –, da ergriff sie ein heiliger Ernst: Zum Töten wurde gerufen, und man begab sich in die Hand der Schicksalsgötter.

Wer weder am Geschehen teilnehmen noch es aus der Nähe beobachten wollte, fand sich in einer offenen Kalesche wieder, welche der Jagdgesellschaft in einiger Entfernung folgen sollte. Fatima entschied sich für die Kutsche und verlor ihren Galan, der sich die Herausforderung, eine Beute für seine Dame zu erringen, nicht nehmen ließ. Bevor sich Spiegel verabschiedete, verlangte er nach einem Glückspfand, das ihm die Jagdgöttin gewogen machen sollte.

Fatima lachte laut auf. »Muss ich ihnen wieder meine Haare geben?« Und schlug gleich die Hand vor den Mund, denn die zumeist älteren Mitfahrerinnen warfen ihr empörte Blicke zu. Sie zog ein grünes Seidentüchlein hervor und reichte es Spiegel.

Der presste es an seinen Mund und steckte es sich an den Hut. Ein letzter Gruß, und er gab dem Pferd die Sporen, dass der Talisman im Wind flatterte.

Fatima aber hatte bald keine Augen mehr für Spiegel. Sie folgte mit Blicken der Herrin, die August schon von der Jagdgesellschaft abgesondert hatte. Pan entführte seine Morgenröte zu einer Gondel, die bereitstand, das Paar über den silbernen Spiegel des Sees zu tragen. Niemand folgte ihnen.

Auf einer kleinen Insel entdeckte Fatima im Gehölz ein geschmücktes Jagdhäuschen, ohne Zweifel das Ziel des Paares. Die Kutsche aber machte eine scharfe Kehre, wurde mitten hinein in den Moritzburger Forst gelenkt, hinter Jagdhörnern und Gebell her, so dass Fatima ihre Herrin aus den Augen verlor.

Die Rösser, die Hunde, der Hörnerklang und Hundertschaften von Jagdknechten, all dies war nicht die Hauptaktion des Tages, sondern nur die grandiose Bühne für eine Strecke ganz anderer Art.

Fatima klopfte das Herz bis zum Hals. Ihre Stirn glühte, ihr Leib kribbelte, doch niemand hatte einen Blick für sie übrig. Niemand gewahrte, dass sie sich ausmalte, sie wäre an Auroras Stelle.

Am nächsten Morgen wurde Fatima in ein Zimmer des Schlosses geführt, um der Herrin wie jeden Morgen beim Ankleiden zu helfen. Das Bett war mit einem Bezug aus rotem Damast bedeckt. Darauf waren mit Gold Szenen aus der Liebessage Auroras und Tithons aufgestickt. Schwere Borten, auch sie von Goldfäden durchzogen, hingen an den Seiten herab. Die Vorhänge des Himmelbetts wurden von Liebesgöttern gehalten, die das Bett mit Rosen, Anemonen und Mondblumen zu bestreuen schienen.

»Wo sind Sie, Mutter?«, fragte Fatima vorsichtig, da sie fürchtete, erneut August in der Wäsche zu finden. Da rührte sich etwas, der Stoff schlug Wellen, und Aurora tauchte aus einem Meer von Decken und Kissen auf. Sie rekelte sich und schlug das Laken beiseite. Fatima errötete, obwohl sie ihre Herrin und Ziehmutter nicht zum ersten Mal nackt sah. Ihr Körper, obschon nicht mehr taufrisch, schien schöner, sogar jünger geworden zu sein.

»Sind Sie nun seine Braut?«, fragte Fatima. Bedauern lag in ihrer Stimme, doch Aurora überhörte es. Ihr Gesicht nahm einen verträumten Ausdruck an. Wie ein Mädchen warf sie sich Fatima entgegen und stützte ihr Kinn auf die Fäuste. »Die Frau will ich sehen, die einen Mann wie ihn zurückweist!«

Mit ruppigen Griffen sammelte Fatima die Kleider auf. »Es stört Sie nicht, dass er minutiös einen Plan verfolgt? Dass Sie nur eine weitere in einer ganzen Reihe von Eroberungen sind? Dass er nicht treu sein kann? Dass er«, und Fatima atmete tief durch, »den Tod Ihres Bruders nicht verhindern konnte?«

Traurig sah Aurora auf. Nach einem langen Schweigen sagte sie dann: »Diese Affäre stand zwischen uns, ja. Doch nun, da es traurige Gewissheit ist, ist die Last von uns genommen.«

Fatima verzog den Mund. »Nun geben Sie ihm alles ohne Gegenleistung?«

Aurora rollte sich herum, kam auf dem Rücken zu liegen und musterte den Himmel des Bettes. »Ich habe meine Haut teuer verkauft.«

»Ach, wirklich!«, giftete Fatima. »Welches Versprechen haben Sie ihm diesmal abgerungen, das er nicht halten muss?«

»Was ist mit dir, Fatima? So moralisch am frühen Morgen?«, spottete Aurora, ohne auf den Vorwurf einzugehen.

Fatima musste überlegen, ihre Gefühle erforschen, um eine Antwort geben zu können. »Wenn ich Ihr Glück sehe, sehe ich auf der anderen Seite des Spiegels das Unglück, das Ihnen unweigerlich bevorsteht.«

»Welches Unglück?«

»Dass er Sie ebenso schnell, wie er Sie erwählt hat, auch wieder ablegt.«

»Was stört mich das, wenn ich für diesen Moment die Einzige bin?«

»Der Moment ist kurz. Er hat Besitz von Ihnen ergriffen und sucht mit Blicken schon die Nächste.«

»Nein.«

»Nein?«

Fatima hatte die Unterwäsche beisammen. Streckte sie Aurora entgegen, doch die machte keine Anstalten, sie zu ergreifen. Auf einem Sessel lag unberührt ein Gewand, schöner als alles, was Fatima bisher gesehen hatte: Augusts Morgengabe. Fatima wagte nicht, das Kleid zu berühren.

»Ich habe eingewilligt, dass er mich heiratet. Zu seiner Linken, als offizielle Mätresse: *Maîtresse en titre*. Diesen Titel hat er noch nie vergeben.«

»Und seine Frau, die durchlauchtigste Kurfürstin?«

»Wird mich verdammen. Und? Was stört es mich?«

»Und Ihr glaubt, das Versprechen wird ihn binden?«

»Warum sollte er es mir sonst geben? Es ist sein Wille ...«

Fatima war es leid, die Wäsche zu halten. Sie legte das Bündel aufs Bett. »Wann reisen wir zurück in die Stadt?«, fragte sie.

»Gar nicht – vorerst«, antwortete Aurora, setzte sich auf und hielt Ausschau nach den Unterkleidern. Beiläufig sagte sie: »Der Kurfürst hat befohlen, das Fest vierzehn Tage lang fortzusetzen.«

»Vierzehn Tage!«, rief Fatima aus. »Das ist länger als jede königliche Hochzeit!«

»Es ist unser Hochzeitsfest«, bestätigte Aurora. Ihre Stimme überschlug sich vor Glück. »Nun bin ich doch noch eine Braut geworden!«, rief sie mit feuchten Augen.

Fatima musste sich abwenden. Denn was blieb der Gräfin anderes übrig, als ihre Hoffnungen auf diesen Mann zu richten? Einen wie ihn würde sie nie wieder erobern. Nicht als Ehemann, nicht als Geliebten. Sie war eine Frau mit Vergangenheit. Fatima schwor sich hoch und heilig, diese Torheiten, wenn es einstmals um ihre Vermählung zu tun sein würde, nicht zu begehen. Keinesfalls.

Bei Temesvár im August 1696

Seit Tagen lagen sich die Heere gegenüber, ohne dass es zu nennenswerten Kampfhandlungen gekommen wäre. Die stechende Augustsonne, die das Gras gelb brannte und jeden Regenguss gleich wieder verdampfen ließ, schien den türkischen wie den kaiserlichen Truppen die Kampfeslust aus dem Leib zu saugen.

In bequemer Kleidung, ohne Harnisch und Degengehänge, stand August der Starke, Kommandant der kaiserlichen Truppen, auf einer Anhöhe, die belagerte Festung Temesvár im Rücken. Von seinem Stabszelt aus, das in erhabener Lage einen weiten Blick in die Ebene gestattete, konnte er das Lager der Türken sehen. Eben krochen die Mannschaften aus ihren Zelten, um mit den Verrichtungen des Tages zu beginnen. In Sichtweite, auf einem Landbuckel zwischen zwei sumpfigen Senken, hatte der Großherr, Sultan Mustafa II., sein Prunkzelt und Hauptquartier errichtet. August prostete ihm aus der Ferne mit einem goldenen Pokal zu. »Ich grüße den Großherrn der Muselmanen, den Sultan aller Türken und Schrecken des Abendlandes!«

Er trank und tauschte dann den Pokal gegen ein Fernrohr, das sein treuer Kammerdiener Spiegel ihm reichte. Neugierig ließ er die Augen über das feindliche Lager schweifen. Spiegel stand ihm Rede und Antwort über sein nächtliches Husarenstück. Vor Sonnenaufgang hatte er die Linien hinter sich gelassen und war mit weißer Standarte und einer Depesche ins Lager der Türken vorgedrungen. In dem Brief hatte August dem Sultan ein Geheimtreffen vorgeschlagen, doch der Großherr hatte durch einen Wesir ablehnen lassen. Unverrichteter Dinge war Spiegel zurückgekehrt.

Augusts Zerknirschung hätte nicht größer sein können. Seine Neugier auf den Herrscher der Türken, auf eine persönliche Begegnung mit ihm, war unbändig. »Wo ist der Harem untergebracht?«, fragte er seinen Kammerdiener beiläufig.

Spiegel deutete auf eine Gruppe Zelte etwas abseits. »Dort sind die Privatgemächer des Sultans. Er zieht mit all seinen Damen ins Feld. Doch darf sich ihnen niemand außer ihm auf mehr als zehn Schritte nähern. So wie sich ihm selbst niemand nähern darf. Nicht einmal der Großwesir wagt sich näher heran.«

August ließ das Fernrohr sinken. Amüsiert betrachtete er seinen Diener, der ihm zum Greifen nahe stand. »So könntest du nicht mit mir stehen, wenn ich Sultan wäre«, sagte August schließlich. Unwillkürlich trat Spiegel einen Schritt beiseite. »Wenn Ihr Sultan wärt, Sire, hättet Ihr Euer Zelt nicht verlassen.«

August schnaufte hörbar und nahm das Okular wieder an die Augen. »Was für ein langweiliges Leben!«, sagte er kaum hörbar und nicht für fremde Ohren bestimmt. Spiegel hatte die Feststellung vernommen, doch er wusste, dass sie unaufrichtig war. Niemand im Kreise der europäischen Höfe war im Geiste dem Sultan näher als August.

»Da, ein kleiner Sultan!«, rief August plötzlich aus. Er reichte Spiegel das Rohr und deutete auf die Haremszelte. Spiegel hielt es ans Auge und schaute in die angegebene Richtung. Da wieselte in der Tat ein halbwüchsiger Knabe um die Zelte. Seine Kleidung glänzte seidig und bunt in der Sonne, seine spitzen Schuhe flogen über das Gras, er schien etwas zu jagen. Vermutlich war ihm das Haustier abhandengekommen.

Plötzlich sah Spiegel nicht den Jungen um die Zelte springen, sondern ein Mädchen. Ein Mädchen mit langen braunen Haaren und Pluderhosen, eine weite, hängende Kette von Münzen um die kindlichen Hüften gespannt. Beinahe glaubte er, das fröhliche Geklimper des Schmuckes zu hören. So musste Fatima, ein Kind noch an Jahren und Gemüt, um die Zelte gesprungen sein, bis ein christlicher Krieger sie packte – an den Haaren? Um die Hüfte? – und sie wie einen Sack mit sich fortschleppte. Eine Beute, ein Ding ohne Rechte. Spiegel bedauerte das arme Mädchen in diesem Moment, und zugleich brach sich eine Sehnsucht Bahn nach ihrem vollen, glänzenden Haar und ihrem unergründlichen Blick, der durch die schwarzgemalten Augenränder noch geheimnisvoller wurde.

Auf einmal lag der Junge im Gras, er war gegen den gewaltigen Bauch eines Eunuchen geprallt. Erschrocken musste er das Haustier entkommen lassen, denn schon hatte ihn der Haremswärter am Ohr gepackt. Flugs verpasste er dem Kind eine Ohrfeige, und Spiegel zuckte unwillkürlich zusammen. Der Junge, nicht mutlos, bearbeitete den Bauch des Eunuchen mit seinen kleinen Fäusten. Der schleppte ihn unbeirrt in das Zelt zurück, aus dem er entwischt war.

Spiegel ließ das Instrument sinken. »So muss es ihr ergangen sein«, murmelte er.

August nahm ihm das Rohr aus der Hand. »Wem?«

»Ihr«, antwortete Spiegel und wandte sich ab.

August legte die Stirn in Falten. »Mein lieber, verehrter Freund, du wirst exzentrisch«, rief er ihm hinterher.

»Wenn ihr mich so begafft, werde ich an euren Blicken sterben!«, rief August mit dröhnender Stimme in das Audienzzelt hinein, und alle durften sich angesprochen fühlen. Die versammelten Generäle, Geheime und ordinäre Hofräte, Feldmarschall Flemming, ja selbst der kaiserliche Gesandte sahen einander ratlos an. Sie umstanden den Feldthron, der in der Mitte des Zeltes auf kostbaren Teppichen aufgestellt war. Der sächsische Kurfürst hatte ein Bein auf den Fußschemel gesetzt und den unteren Teil der Wade entblößt. Mittels einer großen Lupe besah sich der kurfürstliche Leibmedicus Dr. Morgenstern die Haut. Sie war von roten Flecken unterschiedlichster

Größe übersät, einige nässten. Morgenstern ließ nichts weiter hören als von Zeit zu Zeit ein ›Mmmh‹, oder auch ein ›Tjatja‹. Nichts jedenfalls, das irgendeine Beruhigung oder auch nur eine bestimmte Nachricht über den Zustand des Kurfürsten versprach.

Dementsprechend ungehalten war dieser. »Nun sprecht schon, was ist es? Die Pest? Die Pocken?« August verdrehte die Augen und warf den Kopf zur Seite.

»Ist es so«, fragte der Leibarzt gedehnt, »dass Ihr Euch eigentlich immerzu kratzen wollt, kurfürstliche Durchlaucht?«

August nickte. »Es quält mich unsäglich. Lieber sterbe ich, als es weiter zu ertragen.«

Ein Grummeln ging durch die Gruppe der Anwesenden. Selbst Spiegel, der den Kurfürsten schon weitaus kränker erlebt hatte, ließ sich von der Unruhe anstecken. Der Leibarzt drückte vorsichtig auf einen der Flecken.

»Nicht doch!«, ließ sich August vernehmen.

»Es ist notwendig, Durchlaucht!«, sagte Morgenstern besonnen. August hatte den besten und jüngsten der Quacksalber mit auf die türkische Kampagne genommen, zwei weitere Leibmedici harrten in Dresden aus für den Fall, dass dem ersten etwas zustieße. In Friedenszeiten teilten sie sich zu dritt in den Dienst am allerdurchlauchtigsten Leib.

»Wird er wieder genesen?«, fragte der kaiserliche Gesandte, der befürchten musste, den wichtigsten Verbündeten seines Herrn und Kommandanten dieser Kampagne zu verlieren.

Der Leibarzt schob den Stoff etwas höher. In schönster Regelmäßigkeit setzten sich die Flecken und Pusteln fort. »Sieht es am ganzen Körper so aus, Sire?«

»Am ganzen«, sagte August mit Bestimmtheit. »Doch halt«, wandte er plötzlich ein, »wie es um mein Hinterteil bestellt ist, weiß ich nicht. Das bekomme ich selten zu Gesicht.« Betretenes Schweigen in der Runde. August vertrieb es mit seinem dröhnenden Lachen.

Der Leibarzt reichte Spiegel, der dicht bei ihnen stand, die

Lupe und räusperte sich. »Darf ich fragen, Sire, wie Sie schlafen?«

»Gar nicht!«, polterte August. »Diese fürchterlich juckenden Flecken rauben mir seit Tagen die Nachtruhe!«

»Ich meine«, und hier zögerte selbst der Doktor, der doch mit dem kurfürstlichen Körper auf vertrautestem Fuße stand, »in welchem Bekleidungszustand?«

»Wie bitte?« Nun war es an August zu erröten. Ein seltener Anblick, dieser mächtige Quadratschädel so rot wie der einer Jungfer, die man beim Poussieren erwischt hatte.

Spiegel war irritiert, doch nicht lange. In diesem Fall konnte er seinem Herrn zu Hilfe kommen und ihn aus der Verlegenheit retten. Schließlich war er beim abendlichen Auskleiden ebenso zugegen wie beim morgendlichen Ankleiden. »Seine kurfürstliche Durchlaucht schläft derzeit ganz ohne Nachtkleid.«

Neuerliches Getuschel. Einige Herren wandten sich ab, um in ihre Taschentücher zu husten.

August spürte die Unruhe und meinte, sich verteidigen zu müssen. »Haltet Ihr es denn anders bei dieser Hitze?«, rief er in die Runde.

Spiegel schmunzelte. Es lag nicht nur an der Hitze, dass August vergaß, sein Nachtkleid anzulegen. Es lag auch an den Dirnen, die er Abend für Abend empfing, um »besser einschlafen zu können«, wie er sich ausdrückte. Bauernmädchen, Schankmägde.

Der Leibarzt atmete tief durch. Er wandte seinem Herrscher den Rücken zu und sprach in die Runde: »Meine verehrten Herrschaften, die Krankheit ist kein Grund zur Besorgnis. Seine Durchlaucht, der Kurfürst von Sachsen wird ganz sicher wieder vollständig genesen. Allein der Zeitpunkt ist schwierig zu bestimmen.«

»Ist er in der Lage, ins Feld zu ziehen und das Kommando zu führen, falls es zur Schlacht kommt?«, wollte der kaiserliche Gesandte wissen.

»Das schon«, antwortete der Leibarzt.

»Hat die Krankheit einen Namen?«, fragte Flemming skeptisch wie stets.

Der Leibarzt zuckte mit den Schultern. »Einen Namen nicht, aber die Ursache hat einen. Doch was nützt es, ihn den hochverehrten Anwesenden zu verraten. Sie sind doch des Lateinischen ohnehin nicht mächtig.«

»Oh, da irren Sie sich«, sagte Flemming.

»Nun sagen Sie uns schon, was es ist«, drängte der kaiserliche Gesandte. »Auch ich muss meinem Herrn Rechenschaft ablegen. Falls August ernsthaft erkrankt ist, werden wir Maßnahmen ergreifen müssen ...«

»Ich sagte doch bereits, es ist nichts Ernsthaftes«, wand sich der Doktor.

»Was?«, beharrte der Gesandte.

Der Leibarzt seufzte und fügte sich ins Unvermeidliche. »Die Ursache der Pusteln und nässenden Pocken ist: *Anopheles claviger*.«

Ein neuerliches Raunen durchfuhr die Menge. Die Pest war es nicht, so viel war sicher, aber was war es dann? Auch Spiegel war ratlos.

»Stechmücken«, lüftete Flemming das Rätsel. Der Leibarzt nickte und dozierte: »*Anopheles claviger* schwärmt vor allem in der Abenddämmerung aus. Ein nackter menschlicher Leib ist den Biestern ein Festschmaus ... die nahen Sümpfe ...«

Die Erleichterung ließ Bewegung in die Runde kommen, einige unterdrückten ein Lachen. Mit einem Ruck zog August den Strumpf über seine Wade. »Hinaus«, schrie er, »allesamt!« Und diesem Befehl wurde, mehr noch als jedem anderen seiner Befehle, augenblicklich Folge geleistet.

Als sich die Menge zu lichten begann, nahm der Leibarzt Spiegel beiseite. Er warf einen Blick auf den Kurfürsten, um sicher zu sein, dass er außer Hörweite war. Am Arm zog er ihn zu sich heran. »Es ist nicht nur die *Claviger*, woran Seine kurfürstliche Durchlaucht leidet.«

Spiegel beugte sich näher und senkte die Stimme. »Was denn noch?«

»Es ist«, und der Doktor warf einen vorsichtigen Blick auf den Fürsten, »auch die Langeweile.«

Spiegel machte große Augen.

»Sie verstehen«, fuhr der Arzt fort, »der Kurfürst ist ein junger Mann. Seine Energie muss sich Bahn brechen. Sonst wird er über kurz oder lang ernsthaft erkranken.«

Spiegel breitete die Arme aus. »Was kann ich tun? Vier Fourageure sind allein damit beschäftigt, die Gegend nach hübschen Mädchen zu durchkämmen ...«

»Das meine ich nicht.«

»Was sonst? Hofbälle sind rar in dieser Gegend.«

»Seine kurfürstliche Durchlaucht muss eine Gelegenheit bekommen, sich zu bewähren«, flüsterte der Leibarzt und zog die Brauen in die Stirn. »Ein Kriegszug ohne Schlacht ist eine Katastrophe für den jugendlichen Übermut und das Gleichgewicht der Temperamente.«

»Sie meinen ...«, fragte Spiegel mit großen Augen. Er musste den Satz nicht beenden, der Leibmedicus tat es für ihn. »Ein Gefecht muss her. Und sei es nur ein klitzekleines Scharmützelchen.«

Spiegel nickte und versank in tiefes Brüten.

Niemand wusste, was den Anlass zur Schlacht gegeben hatte. Als hätte sie sich durch Zufall gelöst, flog eine einzelne Kanonenkugel pfeifend in Richtung des türkischen Heerlagers. Während sich die aufgescheuchten Truppen des Sultans sammelten, stürmte August aus dem Audienzzelt. Mit zitternden Fingern versuchte er, sich mit dem Degengehänge zu gürten. »Endlich!«, rief er aus. Ohne sich um einen Brustharnisch zu bemühen, rief er nach seinem Pferd.

August war ein Vorbild an Kampfesmut. Noch bevor auch nur ein einziger Türke in Schlachtformation angetreten war, war der Herrscher und Kommandant schon an der Spitze seiner

Garde du Corps durch die sumpfige Niederung geritten, mitten hinein in das Lager des Feindes. Noch wollte sich ihm niemand entgegenstellen. Die Osmanen waren zu überrascht. Und die Leibgarde des Kurfürsten gab acht, dass ihm niemand zu nahe kam, dem er nicht gewachsen gewesen wäre.

Doch die Sorge war unbegründet. Da man um die Kampfeslust des Herrschers wusste, wandte man sich stets dahin, wo der Widerstand am größten war. Und bald stand man mitten unter den Privatzelten des Großherrn. Hinter der Leinwand war Gewimmer zu hören. August spürte ein erregtes Kribbeln, als er ahnte, dass man sich den Haremszelten näherte. »Dort hinüber«, schrie er durch das Klirren der Klingen. Seine Leibgarde wandte sich in die angegebene Richtung. August war gerade in einen Zweikampf mit einem dürren Janitscharen verwickelt. Der Feldherr strotzte vor Energie und bedurfte kaum der Hilfe seiner Trabanten. Mit Lust drosch er auf den Krieger ein, dass der sich zu den Zelten hin zurückzog. Plötzlich wurde der Gegner nachlässig in seinen Paraden. August hätte die Chance nutzen können, ihn seinem Herrgott näherzubringen, doch ritterlich unterbrach er die Attacken. Und bereute es nicht.

Neben ihnen war ein Herr aus dem Zelt getreten. Er trug einen mächtigen weißen Turban, an der Stirnseite geschmückt mit einem Strauß aus Ibisfedern und einer Diamantagraffe, die Augusts Pretiosensammlung würdig gewesen wäre. Ein rötlich brauner Bart schmückte seinen schön geformten Mund. Seine Augen, umrahmt von zierlichen Falten, strahlten eine unendliche Würde aus.

August ließ das Schwert sinken. Er stand dem Sultan gegenüber. Der Janitschar sank auf die Knie, ohne August aus den Augen zu lassen. Seine Miene ließ keinen Zweifel daran, dass er sich eher in Augusts Schwert gestürzt hätte, als einen Angriff auf den Großherrn zuzulassen.

Nun legte auch August den Arm vor die Brust und deutete eine leichte Verbeugung an. Nicht die Verbeugung eines Herrschers vor einem anderen, sondern die der Jugend vor dem

Alter. Ein Lächeln flog über die Miene des Großherrn. Dann rief er einige Befehle in seiner kehligen, harten Sprache, und von links drangen mit trommelnden Hufen die Pferde einiger Sipahis zwischen die Zelte. Augenblicklich war August von seiner Leibwache umringt, die ihn aus dem Zentrum des Kampfes drängte.

Unlustig focht August weiter. Seine Gedanken hingen der Begegnung nach: Er hatte den Sultan gesehen! Kein Sterblicher durfte ihm aufrecht gegenübertreten, alle Welt hatte vor ihm auf dem Boden zu kriechen. Doch sie hatten Auge in Auge gestanden! Wie gern hätte er einige Sätze gewechselt.

Für einen kurzen Moment vergaß August, dass er ein Kurfürst war – einer der mächtigsten Männer des Reiches und, bei Lichte betrachtet, des Erdkreises. *Augustus Dux Elector Saxoniae*. Aber was war das gegen einen Sultan, den Großherrn der Muselmanen?

August hatte genug von diesem Kriegszug. Er befahl seinen Truppen, sich zurückzuziehen. Gab die Festung Temesvár auf und überließ sie dem Rivalen.

In den Reihen seiner Soldaten herrschte Verwunderung über diesen Schritt. Der kaiserliche Gesandte ließ das Gerücht streuen, August habe zu sehr dem Wein zugesprochen, als dass er noch klar denken könne. Man solle ihm das Kommando abnehmen. Und so geschah es.

Dresden im Herbst 1696

August löste die Brustkette des Umhangs und ließ ihn in Spiegels Arme gleiten. Spiegel strich liebevoll über den Hermelinbesatz, faltete den Mantel und reichte ihn dem Lakaien, der ihn an seinen Platz trug. Die Rückkehr im Triumphzug hatte den Herrscher in Hochstimmung versetzt. Man nannte August nun allgemein ›den Türkenbezwinger‹. Die Gerüchteköche des Hofes hatten gute Arbeit geleistet und die gescheiterte Belagerung in einen glänzenden Sieg verwandelt.

Die kurfürstliche Garderobe quoll über von Beutestücken aus der türkischen Kampagne: ein Sarazenenschild, eine goldgeschnittene Prachtausgabe des Koran, ein türkischer Mokkakocher, tatarische Mützen und Harnische, Pistolenläufe mit eingravierten Schriftzeichen. August besah sich die Stücke, nahm einzelne in die Hand, streichelte sie. »Dies«, sprach er feierlich, »soll der Beginn meiner hocheigenen türkischen Sammlung sein.«

Spiegel nickte, ohne zu verstehen, was August meinte. Die Bewunderung für alles Türkische kam ihm übertrieben vor, da August zur gleichen Zeit behauptete, die Türken vernichtend in die Flucht geschlagen und aus Europa vertrieben zu haben. Tatsächlich, so empfand es wenigstens Spiegel, hatte der Sultan August besiegt. Seine Vorstellungen und Ideen schienen nur noch darum zu kreisen, dem Großherrn der Gläubigen ähnlich zu werden.

»Wir werden«, führte August aus, »türkische Feste feiern und Speisen in türkischer Art zubereiten. Wir werden die Sonne des Orients über Sachsen aufgehen lassen. Zunächst brauche ich Geschirre für die Pferde. Nein, ein Mokkaservice. Nein, vierhundert tatarische Rüstungen, um die Schlachten nachzustellen. Wir benötigen Vorlagen, um die edlen Gegenstände mit schön gemalten Buchstaben zu schmücken! Gebt Hofjuwelier Dinglinger Bescheid, Spiegel! Er soll Menschen ausfindig machen, die der arabischen Schrift mächtig sind. Der Sultan soll, wenn es ihn nach Dresden verschlägt, vor Neid erblassen!«

»Ich möchte bezweifeln, dass in Dresden auch nur ein einziges Individuum zu finden ist, das arabische Schriftzeichen lesen oder schreiben kann ...«, gab Spiegel zu bedenken.

»Auch gut«, polterte August, »wir haben genug Stücke erbeutet. Wir imitieren einfach die Zeichen.«

»Wenn es sich aber um Flüche handelt? Oder andere unschöne Bemerkungen? Wenn Ihr, kurfürstliche Durchlaucht, bei nächster Gelegenheit dem türkischen Gesandten entgegentretet und auf Eurem Prunksäbel steht in arabischer Schrift: ›Der Träger dieser Klinge ist ein Esel?‹«

Das überzeugte August. »Gut, mein teurer Spiegel. Es wird dir gelingen, eine Person aufzutreiben, welche über diese Kenntnisse verfügt.«

Spiegel richtete die Augen zum Himmel und machte sich schon Vorwürfe für seine Schnapsidee. »Wenn Euer Durchlaucht es wünschen ...«, sagte er. Doch dann unterbrach er sich, und das Lächeln einer freudigen Überraschung zuckte über sein Gesicht. »Allerdings, es könnte doch sein, dass es jemanden gibt ...«

Sein Blick war abwesend, als schwelgte er in einer schönen Erinnerung. August legte eine türkische Schale beiseite und sah Spiegel von der Seite an. »Wer ist es, der dich so andächtig glotzen lässt? Eine Frau?«

Spiegel riss sich aus seinen Gedanken. »Oh, nichts. Niemand.«

August fuhr ihm mit dem Zeigefinger unters Kinn und hob es leicht an. »Sag, an wen dachtest du?«

»An Maria Aurora«, gestand Spiegel und hoffte, August könnte mit Fatimas Taufnamen nichts anfangen oder ihn auf die Königsmarck beziehen.

»Du meinst die kleine Fatima«, fragte August, zufrieden nickend, »die Ziehtochter meiner Mätresse? Die meinst du doch, hab ich recht? Dies hübsche Ding mit den Mandelaugen!«

An Spiegels Blick sah der Kurfürst, dass er richtiglag.

»Fatima!«, wiederholte August. Dann setzte er nach: »Weilt sie denn in der Stadt, die kleine Türkin?«

»Ich werde es herausfinden«, versprach Spiegel.

»Tu Er das, mein Teurer!«, forderte August ihn auf. »Sie wird uns sehr nützlich sein.« Den letzten Satz sprach August gedehnt, mit einem Unterton, der Spiegel einen Stich versetzte.

August gab ihm einen aufmunternden Stups. »Nun steh Er nicht so betröppelt da! Es wird dein Schaden nicht sein, Spiegel, mein Freund.« Doch nicht einmal diese Aussicht schien Spiegels Laune aufzuhellen.

»Auf gar keinen Fall, das kommt nicht in Frage!«

Spiegel seufzte. Und konnte man die Königsmärckin nicht verstehen? »In Ihrer Lage, Madame, wird es schwierig, dieser Bitte zu widerstehen.«

»Ich soll das Bett räumen für meine Nachfolgerin? Ausgerechnet meine Ziehtochter?«

Spiegel wand sich. »Nun, Madame, das ist vielleicht etwas drastisch ausgedrückt ...«

»Drastisch?«, keifte die Königsmärckin. Ihre Brust hob und senkte sich. Mit der Hand strich sie fahrig über das Polster der Chaiselongue. »Das Mädchen ist noch ganz unschuldig! Sie weiß nichts von Männern.«

Spiegel hob eine Augenbraue.

»Und«, fuhr die Königsmärckin fort, »ich werde sie nicht hergeben!«

Spiegel hob die Hände und suchte sie zu beschwichtigen. »Es geht doch nur darum, dem Hofjuwelier behilflich zu sein.«

»Dinglinger?«, fragte Aurora misstrauisch.

»Dinglinger«, bestätigte Spiegel. »Fatima soll lediglich in seine Werkstatt kommen und seine Entwürfe begutachten. Sie ist doch der arabischen Schriftzeichen mächtig?«

»Natürlich ist sie das!«, bekräftigte Aurora. »Sie war etwa elf Jahre alt, als sie in unsere Familie kam. Ihr Gebaren war ganz türkisch. Sie hat sich an unsere Tafel gehockt wie ein Affe. Es dauerte Monate, ehe sie auf Stühlen saß, wie eine junge Dame zu sitzen hat.«

»Nun, Sie reden selbst von einer jungen Dame. Dann ist sie doch kein Mädchen mehr.«

»Zu jung jedenfalls, um die Hoffnung auf eine gute, ehrenhafte Verbindung aufzugeben!«, sagte Aurora mit erstickender Stimme. Dann besann sie sich, trat auf Spiegel zu und strich vertraulich über die Aufschläge seiner Weste. »Versprechen Sie mir, dass Sie sie mir wohlbehalten zurückbringen.«

Spiegel wich ihrem Blick aus.

»Sie müssen es mir versprechen!«

Spiegels Kehle war trocken, seine Stimme rau. »Ich verspreche es.«

Aurora von Königsmarck ließ sein Revers los, als hätte sie sich daran verbrannt. Voller Wut stieß sie ihn von sich. »Sie tun es, obwohl Sie in Ihrem Herzen das Gegenteil wollen!«, warf sie ihm vor.

Spiegel senkte den Kopf. »Es geht mir wie Ihnen, Madame: Ich habe keine Wahl.«

»Was sind wir doch für armselige Existenzen!«

Er blieb ihr die Antwort schuldig. »Ich werde Fatima zum Abend abholen. Ein Nachtmahl wird bereitet sein.«

Spöttisch stieß Aurora Luft durch die Nase. »Sind Sie sicher, Herr Spiegel, dass der Kurfürst nicht doch zugegen sein wird?«

»So hat er es wenigstens verlauten lassen«, sagte Spiegel. Und fühlte sich unwohl wie noch nie in seiner Haut.

Fatima saß vor dem Toilettenspiegel und betrachtete sich wie eine Fremde. Aurora stand hinter ihr. Sie nahm eine Bürste von der Kommode und begann, ihrer Ziehtochter das Haar zu bürsten.

»Was tun Sie, Mutter?«

»Ich bürste dein Haar.«

»Warum?«

»Weil es schön ist und glänzen soll.«

»Das galt früher auch, und trotzdem haben Sie es noch nie gebürstet!«

Aurora hielt inne und musste lächeln angesichts der unbestechlichen Klugheit der jungen Dame. »Nun gut: Ich mache dich hübsch für deinen Kavalier.«

Knisternd ließ Maria Aurora die Bürste durch die Strähnen gleiten.

»Wer ist denn mein Kavalier?«, fragte Fatima scheu. Sie sah, dass Aurora weinte. Aber stolz und ohne jede äußere Bewegung.

»Das wird sich weisen.«

»Hat jemand«, und Fatima stockte, »um meine Hand angehalten?«

»Nicht in dieser Art«, gab Aurora zu.

Fatima verstummte und dachte sich ihren Teil. Strähne für Strähne bürstete Aurora und ballte sie dann in der Faust zu einem festen Schopf zusammen. »Du bist eine starke Frau, Fatima. Ich kann es spüren.«

Fatima neigte verlegen den Kopf. Dann fuhr sie zu Aurora herum. Die Haare entglitten deren Faust. »Ich will nicht die Geliebte irgendeines Kavaliers sein, sondern als eine Braut zum Altar geführt werden.«

Aurora nickte nachdenklich. »Das hättest du verdient, Fatima.« Sie zögerte. »Aber ...«

»Aber?«, setzte Fatima nach.

»Du bist eine Türkin ... eine Beute. Man wird deinen Willen noch weniger respektieren als den jeder anderen Dame. Und dann ...«

»Ich bin getauft, Ihr habt mich an Kindes statt angenommen. Ich bin längst keine Türkin mehr, sondern Mitglied einer schwedischen Adelsfamilie!«

»So lass mich doch ausreden!«, erregte sich Aurora. Sie schob die Bürste beiseite und legte die Hand auf ihren Busen. Als sie sich beruhigt hatte, fuhr sie fort: »Du bist – und das wiegt ungleich schwerer – keine Jungfrau mehr.«

Das Blut schoss Fatima ins Gesicht. »Was sagen Sie da? Aber woher ...«

Aurora nahm ihr die Peinlichkeit ab, die Details zu erfragen. »Als du in unsere Familie kamst, ließen wir dich durch einen angesehenen Arzt der Stockholmer Akademie untersuchen. Wir mussten doch sichergehen, dass du gesund bist, dass alles seine Ordnung hat ...«

Fatima senkte den Kopf. Noch in der vagen Phantasie war die Prozedur eine Demütigung.

»Der Arzt stellte fest, dass du zwar vollkommen gesund, aber nicht mehr unschuldig bist.«

»Aber ...«

Mit einer Geste unterband Maria Aurora den Einspruch. »Wir haben Erkundigungen eingeholt. Bei Alexander Erskine, der dich zu uns brachte. Bei anderen Soldaten, die gegen die Osmanen gekämpft haben. Nicht zuletzt beim türkischen Gesandten in Stockholm ...«

Fatima schwieg, sah aber Aurora aus tränennassen Augen an. »Und?«, fragte sie schließlich.

»Es ist möglich, dass du – obwohl noch ein Kind – in der Türkei bereits verheiratet warst.«

»Das ist absurd!«, sagte Fatima. »Ich soll einen Ehemann haben? Ich erinnere mich nicht. An nichts!«

Aurora nickte. »Es ist sicherlich ein großer Schock für dich«, hob sie an. Doch Fatima wollte nichts weiter hören.

»Das sind doch Märchen. Sie wollen, dass ich werde wie Sie! Dass ich Ihren Weg einschlage, Ihr Schicksal erleide. Herumgeschubst von Männern. Gelitten und ausgehalten.«

Aurora zitterte vor Zorn. »Halte deine Worte im Zaum, Fatima!«

»Weil Sie sie nicht hören wollen? Ich sage Ihnen, Mutter, ich werde keine alte Hure werden, vor der sich die Männer ekeln!«

Blitze fuhren aus Auroras Augen, ihr Körper bebte vor Zorn. »Wie nennst du mich?« Aurora holte aus zur Ohrfeige. Im Reflex riss Fatima die Arme hoch und kauerte sich zusammen. Wie damals, schoss es ihr durch den Kopf. Sie erwartete, dass man sie an den Haaren packte und fortriss. Doch nichts geschah, Aurora ließ ihre Hand wieder sinken.

Erschrocken sahen sie einander an. Dann stand Fatima langsam auf und fiel Aurora in die Arme. »Verzeih mir, Mutter! Bitte verzeih mir!«

Als ihm Fatima an der Hand ihrer Ziehmutter entgegentrat, blieb Spiegel das Herz stehen. Das Mädchen war zur Frau erblüht. Sie trug ein Kleid, das Hüften und Dekolleté betonte, aber auch ohne dies sah man, dass ihre Rundungen Formen angenommen hatten. Als sie Spiegel erblickte, röteten sich ihre bronzefarbenen Wangen. Ihre Hand löste sich aus den mütterlichen Fingern. Feierlich schritt sie voran, während Maria Aurora auf der Schwelle zurückblieb.

Spiegel reichte ihr den Arm, und wie ein Schmetterling auf einer Blüte ließ sich Fatimas Hand darauf nieder. Er spürte den sanften Druck durch den Stoff, und sein Herz schlug wie wild.

»Sie sind herausgeputzt wie eine Braut«, kam es unwillkürlich über seine Lippen, und jetzt bemerkte er, was für ein schlechtes Omen dies für seine eigenen Absichten bedeutete.

»Es ist das Werk meiner Mutter«, sagte Fatima in ihrem samtenen, ein wenig fremd klingenden Tonfall.

Spiegel nickte. Er half ihr in die Kutsche und ging dann um den Wagenkasten herum, um auf der anderen Seite einzusteigen. Lange blieb er neben ihr sitzen, ohne den Befehl zur Abfahrt zu geben. Ruhig und mit tiefen Zügen atmete er ihren Duft ein, als wollte er sie auf diese Weise ganz in sich aufnehmen. Sie vor der Welt zum Verschwinden bringen und in seinem Herzen tragen – ganz für sich allein.

»Warum fahren wir nicht?«, fragte Fatima.

»Weil ich diesen Moment verlängern möchte«, gestand Spiegel und atmete flach aus.

»Oh«, lachte Fatima, von neuem errötend, »wir saßen bereits Seite an Seite, vor Jahresfrist, da machten Sie nicht so ein Aufhebens. Und ich war noch ein Flausenkopf!«

»Sie erinnern sich?«

»Natürlich«, bestätigte Fatima. »Es war doch nur ein Jahr.«

»Und doch reichte die Zeit, Sie in eine Fee zu verwandeln.«

Fatima schlug den Blick nieder. »Das ist nun wirklich nicht mein Verdienst.«

»Wie selten paart sich eine Schönheit wie die Ihre mit Bescheidenheit!«, rief Spiegel aus und hätte sterben wollen für einen Kuss von ihr.

»Von meiner Schönheit weiß ich erst durch Sie, Monseigneur!«, sagte sie artig und warf ihm einen bezaubernden Blick zu.

Nun war es an Spiegel, zu erröten. »Aber nein, alle Welt weiß davon, jeder sieht es. Ich meine, wie ... wie ... meinen Sie das?«, stammelte er hilflos wie ein Bettlerjunge.

»Ihr Name ist doch Spiegel, nicht wahr?«

Endlich begriff er. Überrumpelt atmete er aus. »Nun hat sich Schönheit auch noch mit Scharfsinn gepaart. Was für ein begehrenswertes Wesen wir in unseren Mauern beherbergen!«

Diese Bemerkung quittierte Fatima mit einem glockenhellen Lachen. »Sie sind allerdings der Einzige, der das zu schätzen weiß.«

Ein Schatten verdüsterte seine Miene, er wandte sich ab. »Nein«, bemerkte er, »leider nicht.«

»Wie dem auch sei«, sagte Fatima, »wir sollten abfahren, sonst lassen wir den armen Hofjuwelier zu lange warten.«

Ohne dass Spiegel einen Befehl gegeben hätte, ruckte die Kutsche an. Er machte sich klein in seinem Polster. Ich bin ein

Nichts, dachte Spiegel. Und weniger als das, wenn ich meine Geliebte dem Manne ausliefere, der sie ganz sicher vernichten wird. Wie unter einem stechenden Schmerz verzog er seine Miene. Er würde sie für immer verlieren und tat nichts dagegen – nichts! Jetzt, da es noch möglich war. Nichts! Er hasste sich.

»Warum sind Sie so einsilbig geworden?«, fragte Fatima. »Lassen Sie uns doch das angenehme Gespräch fortsetzen, solange noch Zeit ist.«

»Ja«, sagte Spiegel und schien doch nichts mehr sagen zu wollen. »Solange noch Zeit ist«, murmelte er, dann versank er wieder in seine Gedanken.

Fatima gab den Versuch auf, das Gespräch neu zu beleben. Sie betrachtete ihn noch eine Weile. Dann sah sie durch das im Rahmen klirrende Fensterchen ins Dunkel der Stadt hinaus.

Spiegel blieb allein mit seiner Qual.

August wartete nicht einmal ab, bis Spiegel Fatima mit Dinglinger bekannt gemacht hatte. Sobald sie in dessen Werkstatt getreten waren, erschien der Fürst wie herbeigezaubert aus einem Nebengemach. Die eben noch leichtfüßige und scherzende Fatima wurde plötzlich ernst. August erfasste ihre Furcht und bemühte sich, der Begegnung die Schwere zu nehmen.

»Tochter der Morgenröte, erkennen Sie mich?«, fragte er lächelnd.

Fatima hatte die Hände auf die Schöße ihres Kleides sinken lassen. »Wie könnte man Euch nicht erkennen, kurfürstliche Durchlaucht!«

»Tun Sie mir die Ehre an und verzichten Sie auf die Titel. Ein einfaches ›Sire‹ klingt in meinen Ohren hoheitsvoll genug. Und wenn es aus Ihrem Mund kommt, ist es mehr wert als jeder Titel.«

»Wie Sie wünschen, Sire«, sagte Fatima artig und machte einen Hofknicks.

Als sie sich wieder erhob, nahm August sie wie ein Kind an

die Hand. »So, und nun gehen wir nach oben. Ich habe ein Mahl anrichten lassen!« In gemessenen Schritten geleitete er sie eine Treppe hinauf.

Versteinert starrte Spiegel hinter ihnen her. Dann, als sie seinem Blick entschwunden waren, überwand er die Lähmung. »Gibt es ein Geschoss über jenem?«, fragte er den Hofjuwelier mit flehendem Blick.

»Sie wollen den Kurfürsten ausspionieren?«, fragte Dinglinger mit Verachtung.

»Er selbst hat mir den Befehl dazu erteilt«, beteuerte Spiegel. »Zu seinem eigenen Schutz.« Aus Dinglingers Blick ging hervor, dass er dieser Behauptung wenig Glauben schenkte. Spiegel sah zu Boden. »Bitte«, drängte er dann, »gibt es eine Kammer, von der aus man ...«

»Es gibt einen Speicher. Aber der ist schmal und staubig – und im Sommer unerträglich heiß.«

»Wie gelangt man hinauf?«

»Über eine Treppe ...«

»Wunderbar!«, rief Spiegel aus.

»... aber sie quert die Kammer, wo für den Kurfürsten und seine Begleiterin die Tafel gerichtet ist.«

»Gibt es eine andere Möglichkeit?«

Dinglinger musterte Spiegel ausgiebig. »Nun, außen an der Fassade gibt es ein Spalier. Mit etwas Glück trägt es Ihr Gewicht, und Sie gelangen an eine Dachluke ...«

Spiegel war schon fast hinaus.

»Sie riskieren einiges für Ihren Herrscher«, bemerkte Dinglinger spöttisch.

»Alles!«, rief Spiegel, ohne sich umzuwenden.

Das Erste, was Fatima erblickte, war eine prachtvolle Tafel, geschmückt mit sämtlichen Gaumenfreuden, die in einer verwöhnten Residenz wie Dresden aufzutreiben waren. Diese beherrschte die eine Seite des Raumes. Auf der anderen stand ein Bett, das ein Dutzend Personen hätte beherbergen können. Es war zugedeckt mit einer roten Damastdecke, auf der wie hingestreut Goldbrokatkissen lagen. Das Feldlager der Liebe wirkte so leicht, als wäre man darauf gebettet wie eine Feder auf einer Windböe. Doch das alles war nicht die Hauptsache. Die Hauptsache war ein Palast von der Größe einer Puppenstube, aufgebaut auf einer quadratischen Grundfläche, golden und silbern und türkisfarben schimmernd. Brillanten und Diamanten brachen das Licht und warfen es als glitzernde Sterne ins Auge des Betrachters. Es war ein Paradestück der Juwelierskunst. Ein Dutzend Kerzen illuminierten die Szenerie.

Fasziniert trat Fatima näher. Solch ein Kunstwerk hatte sie ihren Lebtag noch nicht gesehen. Sie streckte eine Hand nach der Kostbarkeit aus und wagte dennoch nicht, irgendetwas davon zu berühren.

»Mein kleiner Dinglinger ist ein großer Zauberer«, kam August ihr mit einem Kompliment zuvor.

Der Palast war bevölkert von Miniaturpuppen, winzig klein und gekleidet in Silbergewänder mit Lapislazuligürteln, Spitzhüten aus Kupfer und Spazierstöcken aus Bronze. Es waren menschliche Figuren von der Größe zweier Fingerglieder, darunter Mohren und Asiaten mit Turbanen oder seltsamen Mützen, und dazu Elefanten mit kostbaren Geschirren in einem prächtigen gold-silbernen Saal. In einer Ecke der Miniatur thronte, auf einem erhöhten Podest, ein Herrscher unter einem prächtigen, mit Perlentropfen umkränzten Baldachin. Der Saal war ausgekleidet mit silberglänzenden Spiegeln, so dass man die Figurinen von allen Seiten betrachten konnte. Über den Spiegelwänden thronten Skulpturen fremdgestaltiger Göttinnen in pagodenartigen Gebäuden. Jeder Pfeiler, jede Brüstung, jedes noch so kleine Detail, ja sogar der Boden war ein Kunstwerk für sich. Selbst die winzigen Troddeln, die von den Satteldecken der Porzellanelefanten herunterhingen, waren geflochtene Goldfäden. Fatima war sprachlos. Sie spürte den Wunsch, sich in eine der Figurinen zu verwandeln, um auf ewig von dieser Pracht umgeben zu sein.

»Es ist noch nicht vollendet«, sagte August in aller Bescheidenheit. »Es heißt: Der Hofstaat des Großmoguls Aureng-Zep aus Anlass eines Empfangs zu seinem Geburtstag.«

Fatima hatte die Hände vors Gesicht geschlagen, als wollte sie die Augen vor der gleißenden Pracht schützen. Sie hätte weinen mögen. »Ein Traum kann nicht schöner sein«, sagte sie schließlich. August nahm ihr Kinn zwischen Daumen und Zeigefinger und bog es mit sanfter Gewalt zu sich herum. Fatima wagte nicht, ihn anzusehen.

»Das ist nichts«, flüsterte August, »verglichen mit der Zartheit Ihrer Lippen, mit der Linie Ihrer Augenbraue«, sagte er in tiefem Ernst. Fatimas Lider flatterten.

Ein Rumpeln aus der Dachkammer über ihnen warf sie in die Realität zurück. Verblüfft sahen sie sich an.

»Was kann ich diesem Kunstwerk noch hinzufügen? Welche Handreichung wird von mir verlangt?«, fragte Fatima.

August entließ ihr Kinn. »Ihre Schönheit ist meine Religion«, flüsterte er. »Ich bin bereit, einen Altar zu errichten und Sie anzubeten, meine Göttin.«

Fatima errötete bis unter die Haarspitzen. »Ich eigne mich nicht zur Göttin. Ich bin eine gewöhnliche Frau.«

»Wenn Sie eine gewöhnliche Frau sind, Madame, dann ist dies alles hier ein Haufen Blech.« August hatte das Kunstwerk mit beiden Händen ergriffen und hob es, ohne zu zögern, von den Böcken. Mit Leichtigkeit stemmte er es hoch und tat, als wollte er es fortschleudern.

»Nein!«, schrie Fatima und fiel ihm in den Arm.

Gehorsam – und weil er ihren Protest erwartet hatte – hielt August inne. Er senkte den Hofstaat zurück auf die Böcke und lächelte zufrieden. »Ich werde dir, Fatima, einen Altar errichten, prächtiger als dieser Hofstaat! Und du musst mir alles über den Orient erzählen. Alles!«

Fatima sank in sich zusammen. »Euer kurfürstliche Durchlaucht ...«

»Sire!«, berichtigte August sie sanft.

»Sire«, flehte Fatima, »ich weiß nicht viel über meine Heimat.«

»Was kümmert mich das Wissen? Sie strömt aus jeder Pore deiner Haut.«

Fatima wusste nicht, wie Augusts Lippen plötzlich auf ihre nackten Schultern gelangen konnten. Sie spürte sie an verschiedenen Orten zugleich: an der Schulter, am Oberarm, auf dem Schlüsselbein. Wo war nur der Stoff ihres Kleides geblieben? Seine Lippen wanderten in die Nackenbeuge.

Da riss sie sich los und zog die Stola wieder hoch. »Sire, ich bin zwar unverheiratet, doch beabsichtige ich, mich demnächst zu vermählen.«

»Schön«, sagte August ohne hörbares Bedauern. Er ließ von ihr ab, erhob sich und ging leichtfüßig hinüber zum Büfett an der Stirnseite der Kammer. Er nahm sich einen Apfel und biss hinein. Nun bedauerte Fatima, dass er sich so brüsk von ihr abgewandt hatte. Sie sehnte ihn wieder herbei, recht nah an ihre Seite. Wie hatte er ihr den Kopf verdreht!

»Wie heißt der Glückliche?«, fragte August mit vollem Munde. Der Saft des Apfels lief ihm aus dem Mundwinkel.

Fatima hob stolz das Kinn. »Das ... weiß ich noch nicht«, gab sie zu.

»Nun, wir werden einen Gatten für dich finden, mein Kind!«

Fatima senkte den Kopf. Sie war enttäuscht, dass es ihm nichts auszumachen schien.

»Doch zunächst will ich mich von den Vorzügen der Braut überzeugen«, sagte August dann. Blitzschnell hatte er mit der freien Hand ihre Taille umfasst und zog sie zu sich heran. Sie versuchte, ihn auf Abstand zu halten. »Sire, bitte!«, rief sie aus und spürte, dass sie nicht mehr viel Kraft hatte zu widerstehen. Ihre Knie zitterten.

August musste lachen. »Sie sind furchtsam wie ein junges Reh!« Er hielt sie mit sanfter Gewalt im Arm, sie ließ es geschehen. »Sire«, versuchte Fatima eine Erklärung, »hat das Reh denn keinen Grund, sich vor dem Jäger zu fürchten?«

Augusts Augen blitzten amüsiert. »Meine Liebe, Verehrte, ich will Sie nicht töten!«

Fatima lockerte mit windenden Bewegungen seinen Griff. »Sire, mit Verlaub: Es ist die Art Wunde, die nicht heilt. Meine Ehre und mein guter Name würden daran verbluten.«

Der Kurfürst entließ sie aus seinen Armen und legte den Apfel zurück auf die Tafel. Der Gedanke an ein Blutvergießen hatte seine Jagdlust sichtlich gedämpft.

»Ist es nicht unter der Würde des Ritters«, fuhr Fatima fort, »ein wehrloses Opfer hinzumetzeln? Ist es nicht vielmehr seine Pflicht, einen ebenbürtigen Gegner in fairem Kampf zu bezwingen?«

August verzog das Gesicht und ließ die flache Hand auf die Tafel krachen. Äpfel und Orangen sprangen aus den Schalen und kullerten zu Boden. »Sie wünschen einen fairen Kampf, Madame?«, polterte er. »So bestimmen Sie Ort und Zeit des Treffens. Sie können sicher sein, dass meine Klinge gewetzt ist. Noch einmal kommen Sie mir nicht davon!«

»Ich werde Sie beizeiten davon unterrichten«, sagte Fatima mit klopfendem Herzen und verließ geschwind die Kammer. Vom Dachgebälk polterte es erneut. Da dröhnte Augusts Stimme verärgert durchs Haus: »Hier wimmelt es von elenden Mäusenestern, Dinglinger!«

Wie ein Dieb auf der Flucht war Spiegel an der Hauswand hinuntergerutscht. Im Haar hingen ihm Weinblätter, aus einem Kratzer quer über der Wange troff Blut. Doch Fatima hatte keine Augen für ihn. Mit raschelndem Kleid huschte sie vorüber und bestieg die Kutsche. Spiegel sprang hinterdrein und verriegelte den Schlag. Der Kutscher wusste, wohin er zu fahren hatte.

Fatima verkroch sich in einen Winkel der Sitzbank. Spiegel wollte ihre Hand ergreifen, aber Fatima zog sie zurück.

»Sie sind eine so mutige Frau – so geistreich und schön! Wie Sie ihm die Stirn geboten haben, das war ... anbetungswürdig!«, sprudelte es aus Spiegel heraus.

Lange sah sie ihn ausdruckslos an, bevor sich ein Lächeln auf ihre Lippen wagte. »Sie haben gelauscht, mein Herr!« Sie schüttelte den Kopf. »Was für eine Art!«

Die Empörung war ehrlich. Das überraschte Spiegel. Er zog sich zurück. »Weil ich«, erklärte er kleinlaut, »Anteil an Ihrem Schicksal nehme.«

Fatima betrachtete ihn, sagte jedoch nichts. Sie zupfte Blätter aus seinen Haaren, dann ließ sie die Hand sinken, und ihre Gedanken wanderten fort. Ihre Augen ruhten auf seinem Gesicht, doch ihr Blick wurde immer abwesender. Spiegel wunderte es nicht. Was für ein Sturm der Gefühle musste in ihrem Innern toben! Wie viel Mut steckte in diesem kleinen, zerbrechlichen Körper!

Im ersten Überschwang hatte Spiegel beabsichtigt, ihr die Ehe anzutragen. Hatte nicht Fatima selbst vor dem Kurfürsten ihre Heiratsabsicht erklärt? Doch als Spiegel sie so zertrümmert und in sich zurückgezogen dasitzen sah, beschloss er, eine günstigere Gelegenheit abzuwarten. Also schwiegen sie, bis sie das Haxthausen'sche Palais erreicht hatten, das Aurora mit ihrem kleinen Hofstaat bewohnte.

Als Fatima aus der Kutsche stieg, eilte ihr die Hausherrin schon entgegen. Fatima stürzte sich weinend in ihre Arme. Es war die blanke Erleichterung, die sich in den Tränen löste. Aurora aber missverstand sie. Ihre Miene versteinerte. Sie nahm den Kopf ihrer Ziehtochter in beide Hände und musterte ihr Gesicht: »Was hat er dir angetan?«

»Nichts, nichts hat er mir angetan«, versicherte die junge Frau. Temperamentvoll und erleichtert zog die Gräfin sie an ihren Busen.

Da hörten sie aus der Gasse eine Kutsche heranpreschen. Ihre Köpfe flogen in Richtung des Wagens. Er war mit dem kurfürstlichen Wappen versehen, der Mann auf dem Bock trug die Hoflivree. Trippelnd kamen die Pferde vor dem Palais zum Stehen. Die Achsen knarrten noch in den Federn, da sprang schon der kurfürstliche Kammerherr, Graf Vitzthum, aus dem Schlag. »Seine kurfürstliche Durchlaucht wünscht Sie zu sehen, Madame!«

Fatima wurde blass. Maria Aurora drückte sie noch fester an sich, als wollte sie sie niemals hergeben.

Doch Vitzthum winkte ab. »Nicht die Mademoiselle. Seine kurfürstliche Durchlaucht wünscht die Gräfin zu sehen.« Die Frauen sahen sich an, einander noch immer in den Armen haltend. Vitzthum duldete keinen Aufschub. »Madame!«, sagte er mit drohendem Unterton. Er hielt ihr die Hand entgegen. Auroras Blick wurde stolz und unnahbar. Sie legte ihre Stola enger um die Schultern. »Ich werde mich mit einer geeigneten Garderobe versehen«, sagte sie und wollte ins Haus zurückgehen.

Vitzthum unterbrach sie. »Das ist nicht notwendig. Es handelt sich nicht um eine Audienz. Das Treffen hat ...«, er zögerte vieldeutig, »rein privaten Charakter.«

Energisch wandte sich Aurora dem Grafen zu. »So«, sagte sie mit spöttischem Unterton, »Seine Durchlaucht verlangen also höchst ungeduldig nach mir. Was mag der Anlass sein?«

Vitzthum schwieg und öffnete den Schlag noch etwas weiter. Mit einer herrischen Geste forderte er sie auf, endlich einzusteigen. Aurora drückte Fatima noch einmal und leistete dann dem Befehl Folge. Vitzthums ausgestreckte Hand übersah sie.

Aurora war glücklich, dass Fatima nichts zugestoßen war. Alles andere, so beschloss sie, sollte ihr in dieser Nacht gleichgültig sein. Sie tat gut daran. Denn August ließ sie ohne Umschweife in seine Privatgemächer bringen, wo Vitzthum sie anwies, sich zu entkleiden.

Nackt ließ der Kurfürst sie warten wie eine Dirne. Sie machte es sich bequem, so gut es ging. Im Kamin loderte ein Feuer, aber die Scheite waren dünn und gaben wenig Wärme. Die Lichter ließ sie gelöscht, der Feuerschein tauchte den Raum in ein zuckendes Gewand. Sie hörte die Tür knarren und spürte, wie er hereinschlüpfte. Sie konnte ihn riechen und fühlen, er war ihr vertraut mit jeder Faser seines Körpers. Und – ja! – sie hatte ihn geliebt. Liebte ihn noch. Doch August hielt sich nicht mit Liebesschwüren auf. Er bestieg sie und stieß sich die Wut aus dem Leib.

In dieser Nacht erkaltete der letzte Rest ihrer Liebesglut für August den Starken. Als er fertig war, verließ er sie, ohne sie auch nur mit Namen angesprochen zu haben.

Aurora blieb liegen, bis Vitzthum in den Raum trat und sie bat, sich anzukleiden. Als sie wieder nach Hause gebracht wurde, war ihr längst klar, dass ihre Niederlage der Preis für Fatimas Triumph war. Sie zahlte ihn gern. Und ahnte doch, dass es ein Triumph auf Zeit war.

Wer konnte dem Willen eines Kurfürsten des Reiches auf Dauer widerstehen? Niemand. Nicht einmal ein Sultan.

Augusts Lachen war im ganzen Schloss zu hören. Mit jedem Atemzug sank Spiegels Mut, er schnurrte förmlich in seiner Hofuniform zusammen. Doch er bewahrte Haltung.

Es war ein Fehler gewesen, um Fatimas Hand anzuhalten.

»Ich weiß deine treuen Dienste zu schätzen, Spiegel. Außerordentlich«, erklärte August, als er sich wieder beruhigt hatte. »Aber diesen Dienst musst du mir nicht erweisen. Ich habe«, und er zögerte nur einen kurzen Moment, »anderes für sie vorgesehen.«

Spiegel biss sich auf die Lippen. Natürlich konnte er seinem Herrn nicht aufs Geratewohl sagen, dass Fatima ihn, den Diener, liebte und nicht den Kurfürsten. Dass sie jenen immer ablehnen würde. Dass, wer einmal Kraft und Mut gespürt hatte, einen Korb zu geben, dies wieder tun konnte. Beliebig oft. All dies trieb Spiegel um. Doch nichts davon konnte er seinem Herrscher offenbaren.

Er spürte Augusts Blick. Sah die buschigen, dunklen Augenbrauen, die so kraftvoll gegen die weiß gepuderte Perücke abstachen. Eine Sorgenfalte lag zwischen ihnen.

»Ich wollte meinem Herrscher lediglich die Treue erweisen,

indem ich mich um ein Fräulein Seines Hofstaats kümmere, das der Fürsorge dringend bedarf.«

August stieß sich aus dem Sessel. »Ein Diener hat die Befehle seines Herrn auszuführen«, polterte er. »Eigene Gedanken sind hinderlich.« Spiegel senkte den Kopf. August ließ seinen Blick immer noch auf dem Kammerdiener und Vertrauten ruhen. Milde kehrte zurück, sein im Kern verständnisvolles und kluges Herz gewann die Oberhand.

»Allerdings, mein teurer Spiegel«, fuhr August fort, »weiß ich, dass du zu Höherem berufen bist. Du hast dich als verständig erwiesen und stets im Sinne deines Herrschers gehandelt. Deine Treue war vorbildlich – bislang.«

Der Nachsatz enthielt eine unausgesprochene Drohung. Spiegel horchte auf und rechnete mit einer Strafe. Doch dann musste er zur Kenntnis nehmen, dass August offenbar Verwendung für ihn hatte.

»Wie dir sicherlich zu Ohren gekommen ist, ist der polnische König Jan Sobieski verstorben.« Stumm bezeugte Spiegel, dass er davon wusste. »Von verschiedenen Seiten ist mir angetragen worden – und nicht zuletzt ich selbst fühle mich geneigt –, mich zur Wahl seiner Nachfolge zu stellen. Einige Kräfte – auch solche aus Polen – haben mich dazu ermutigt. Allerdings ist die Situation unübersichtlich. Die Magnaten wie die Angehörigen der Schlachta zeigen sich zerstritten, und darüber hinaus ist es ganz und gar fraglich, ob die Summen, die zum Gewinn der Wahl notwendig sind, überhaupt zur Verfügung stehen.«

Spiegel hing an Augusts Lippen. Es war nicht selbstverständlich, dass August ihn in ein solches Staatsgeheimnis einweihte. »Flemming, mein getreuer Diener und Rat, weilt bereits in Polen, um die Chancen eines derart ambitionierten Planes auszuloten.«

»Wenn Flemming sich der Sache angenommen hat, ist am Erfolg kaum zu zweifeln«, kommentierte Spiegel.

»Er mag ein Erfolgsgarant sein, doch auch er benötigt Helfer. Vieles ist auszukundschaften, Vorkehrungen sind zu treffen,

Meinungen müssen in aller Stille und Verschwiegenheit eingeholt werden. Auf dem Feld des Belauschens und Auskundschaftens hast du dir bereits Verdienste errungen.« Seine glasklaren Augen ruhten auf Spiegel. Der senkte den Blick.

»Und sollte der Coup tatsächlich glücken«, fuhr August ungerührt fort, »warten vielfältige Aufgaben auf uns ...«

Erwartungsvoll sah August ihn an. Spiegel wusste nicht, ob er geschmeichelt sein sollte. »Seine kurfürstliche Durchlaucht wollen mich unter Flemmings Kommando stellen und nach Polen schicken?«

August bestätigte dies mit einer leichten Neigung des Kopfes, ließ aber Spiegel nicht aus den Augen. »Eine derart heikle diplomatische Mission erfordert mannigfache Winkelzüge. Darunter auch solche, die sich nicht eignen für die Ohren des einfachen Volkes. Ja, die so geheim sind, dass sie nicht einmal zum Hoftratsch taugen. Du arbeitest unter Flemmings Befehl, doch mir allein bist du Rechenschaft schuldig.«

Spiegel erriet, worauf August hinauswollte, und sank in eine Verbeugung.

»Das bedeutet, dass du deine Lippen in Zukunft vor allen verschließt – außer vor mir, mir ganz allein.«

Spiegel verharrte in der Verbeugung.

»Es soll dein Schaden nicht sein, wenn du verstehst, was ich meine.«

Spiegel verstand. Mit verschwiegenen Sonderaufgaben betraut zu werden versprach eine goldene Zukunft. Und wenn er sich tatsächlich bewähren sollte, wäre vielleicht, in ferner Zukunft, auch der Wunsch nach einer Frau wie Fatima nicht mehr so leicht abzuweisen ...

»Im Übrigen«, ließ August noch verlauten, als Spiegel den Saal beinahe verlassen hatte, »kann es nicht schaden, Polnisch zu lernen.«

Sachsen im Frühsommer 1697

Obwohl die Nacht über Dresden lag, ließ August es sich nicht nehmen, seinen Rat selbst zu empfangen. Als er in den kleinen Schlosshof trat, wo Flemmings Kutsche eben eingetroffen war – der Aufbau schwankte noch sanft in den Lederriemen –, hatte sein höchster Diplomat den Schlag bereits verlassen. Flemming ging auf und ab, um die Glieder zu dehnen. Man hatte ihm zugeraunt, dass der Herrscher auf dem Weg war. Fackeln tauchten die Szenerie in unruhiges Licht.

Als wollte er seinen Feldmarschall umarmen, lief August mit erhobenen Händen auf ihn zu. Doch bevor er ihn erreichte, machte Flemming eine tiefe Verbeugung, und August ließ die Arme sinken. »Mein Teuerster«, begrüßte er ihn warmherzig, »sprecht rasch, wie stehen die Aussichten?«

»Nicht schlecht, nicht schlecht«, meinte Flemming und wiegte den Kopf. Augusts Miene hellte sich auf. Abzüglich der gewohnten Skepsis Flemmings konnte das doch nur bedeuten, dass man kurz vor dem Ziel stand. »In der Schlachta gibt es kaum noch Widerstand. Nur der Hochadel zögert. Die päpstliche Partei tendiert zum französischen Kandidaten. Doch wir haben einen Trumpf im Ärmel, der uns auf einen Schlag alle Sympathien des Kurienkardinals Davia eintragen kann.«

»Redet schon!«, forderte August. »Lasst Euch nicht jeden Satz wie einen faulen Zahn aus dem Mund drehen!«

Flemming gestattete sich eine dramatisch lange Kunstpause, bevor er fortfuhr: »Ein naher Verwandter des Kardinals befindet sich in Konstantinopel in den ›Sieben Türmen‹, als Gefangener der Hohen Pforte. Wer in der Lage ist, den Spross aus dieser Lage zu befreien, könnte sicherlich auf mehr als nur Davias Fürsprache bei der Wahl hoffen. Wir wären um einen Bundesgenossen reicher, der uns nicht nur hilft, die Warschauer Königswürde zu erringen, sondern sie auch durch stürmisches Wetter hindurch zu verteidigen.«

»Woran denkt Ihr? Sollen wir ein Heer zum Entsatz des jungen Kerls senden? Einen Krieg gegen den Sultan vom Zaun brechen?« August flüchtete sich in Ironie, um seine Ratlosigkeit zu kaschieren.

Flemming erlaubte sich ein Lächeln. »Nein. Die Befreiung des jungen Davia wird sich in aller Stille zutragen.«

Flemmings Reden in Andeutungen brachte August schier zur Raserei. »Wovon redet Ihr? Habt Ihr einen Pakt mit dem Teufel geschlossen? Eure Seele eingetauscht gegen den Neffen des Kardinals?«

»Nicht meine Seele. Aber den Chargan Pascha.«

August verstand immer noch nicht. »Welchen Pascha? Was ist mit ihm?«

»Der Chargan Pascha sitzt auf dem Königstein«, half Flemming August auf die Fährte. »Als Gefangener aus der türkischen Kampagne. Vor Temesvár haben wir ihn eingesackt. Bestimmt würde es den Sultan sehr erleichtern, ihn wieder bei sich zu wissen.«

August ballte die Faust und ließ sie in seine offene Hand klatschen. »Flemming! Hätte ich mehr Männer wie Sie, ich wäre längst polnischer König.«

Flemming beugte sein Haupt. »Alles ist vorbereitet. Der Gefangenenaustausch soll in Lemberg stattfinden. Auf polnischem Gebiet, aber nahe dem Außenposten der Pforte. Der Khan der Krimtataren, der Lemberg in wenigen Tagesreisen erreichen kann, wird den Sultan vertreten.«

»Flemming«, rief August enthusiastisch aus, »Sie besitzen mein volles Vertrauen. Tun Sie alles, was nötig ist!«

»Leider bin ich in Warschau unabkömmlich. Morgen in aller Frühe muss ich aufbrechen. Ich habe Sorge, dass mir die Dinge bei zu langer Abwesenheit entgleiten … Nein, wir benötigen einen Vertrauten. Einen, der Euch auf Leben und Tod treu ergeben ist.«

August dachte nicht länger als einen Wimpernschlag nach. »Ich habe ihn schon gefunden.«

»Wer ist es?«

»Spiegel.«

Flemming schob die Lippen vor und nickte zufrieden. »Spricht er Polnisch? Wenn nicht, macht es auch nichts. In Lemberg werden viele Sprachen gesprochen. Besser noch als das Reden muss er das Schweigen beherrschen …«

»Er ist mir vollkommen ergeben. Und hier benötige ich ihn derzeit nicht.«

Flemming hatte sich eben abgewandt, sonst hätte er ein leises Zucken auf Augusts Gesicht bemerkt. »Er mag sich bereithalten«, fuhr der Kurfürst zufrieden fort. »Sobald ich schriftliche Instruktion gebe, soll er sich mitsamt dem Gefangenen nach Lemberg verfügen.«

Flemming wich dem Blick seines Herrschers aus, als trage er noch etwas mit sich herum. August rieb seine Handflächen aneinander. »Was braucht es noch? Nur heraus damit, ich bin bei Laune.«

Flemming zögerte dennoch. »Eine Kleinigkeit nur.«

»Heraus damit!«, forderte August.

»Sie müssen katholisch werden«, sagte der Feldmarschall.

August hörte auf, sich die Hände zu reiben. Er hielt inne und presste sie flach gegeneinander, als betete er. »Wenn's weiter nichts ist«, sagte er und hüstelte trocken.

*

Von den Wänden hörte man es tropfen. Die Feuchtigkeit machte Spiegel zu schaffen, das Atmen war mühsam. Auf den Gängen standen in Abständen geschmiedete Feuerkörbe. Aus denen rußte es unerträglich, und sie verbreiteten mehr Gestank als Wärme. Hinter manchem der kaum tellergroßen, vergitterten Gucklöcher in den hölzernen Zellentüren gähnte nichts als Dunkelheit. Hinter anderen erhob sich ein Jammern und Flehen, sobald draußen jemand vorüberging.

»Sie haben Glück«, sagte der Schließer, der mit dem Schlüsselbund vorwegging. »Die meisten überleben das erste halbe Jahr nicht.« Er war Zivilist und seine Kleidung abgerissen, nicht viel besser als die eines Gefangenen. Von den regulären Wachmannschaften, den Soldaten, die auf dem Königstein ihren Dienst versahen, wagte sich niemand hier herab.

»Mit diesem«, fuhr der Schließer fort, »ist es nicht wie mit den anderen: Die ersten Tage hört man sie wüten und klagen. Sie hämmern sich die Fäuste an den Türen blutig. Dann werden sie leiser und richten ihre Klagen gegen die Wände. Manche beginnen zu beten oder zu singen. Andere halluzinieren. Nach zwei Wochen hört man nichts mehr. Nur noch stumpfes Brüten.«

»Und wie ist es bei diesem?«, fragte Spiegel.

Der Schließer schob die Lippe vor. »Ich weiß nicht, wie er es in der Dunkelheit anstellt. Aber er scheint eine Möglichkeit gefunden zu haben, die Zeit zu messen und die Tage zu zählen.«

»Warum glauben Sie das?«

»Jeden Tag erhebt er pünktlich sein kehliges Geraune. Und freitags will er gar nicht mehr verstummen. Sie müssen wissen, der Freitag ist der heilige Tag der Muselmänner, so wie unserer der Sonntag ist.«

»Ach?«, sagte Spiegel. Er hatte mit seinem Herrn vor Olasch gestanden, den Muezzin von Temesvár rufen hören – fünfmal am Tag! Natürlich wusste er, welcher Tag den Muslimen heilig ist.

»Es scheint«, fuhr der Schließer fort, »als bete er den ganzen Tag. Von Sonnenauf- bis -untergang. Und er hat sich noch nie geirrt! Er trifft den Freitag stets.«

Spiegel nickte. Er war nicht aufgelegt, darüber nachzudenken, wie der Gefangene sein Zeitempfinden gerettet hatte. Das Grauen des Ortes hatte ihn gepackt und vergiftete sein Gemüt.

Der Ruf des Staatsgefängnisses war elendig. Doch der Ort selbst war noch elender. »Ist es noch weit bis zu seiner Zelle«, fragte er gepresst. Schlimme Ahnungen durchzuckten seinen Geist. Er schwitzte vor Angst, trotz der Kälte.

Der Schließer antwortete nicht. Wortlos bog er in einen weiteren, noch finstereren Gang ein und blieb dann vor einer Kerkertür stehen. Umständlich suchte er den Schlüssel an einem Bund, wo einer dem anderen zu gleichen schien. Endlich fand der Schließer den richtigen, steckte ihn ins Schloss und drehte ihn herum. Das metallene Geräusch ließ Spiegel erschauern.

Der Schließer reichte Spiegel die Fackel, legte beide Hände gegen die Holzbohlen, und die Tür schwenkte ins Verlies hinein. Dahinter lag undurchdringliches Dunkel. Spiegel trat vor und rief in die Dunkelheit: »Efendi? Chargan Pascha?«

Er tat noch einen Schritt, da entdeckte er, nur eine Armlänge entfernt, ein bärtiges Gesicht. Spiegel hob die Fackel, um besser sehen zu können. Da legte der Gefangene seinen schrundigen Arm vor die Augen. Ein klirrendes Geräusch begleitete die Geste, denn von seinem Handgelenk hing die Metallkette, mit der man ihn an seinen Kerker geschmiedet hatte.

Spiegel wich erschrocken zurück. Sein Herz pochte. »*Vous êtes Chargan Pascha?*«, fragte er erneut.

»*Oui*«, sagte der Bärtige. Er war abgemagert, und die Reste seiner Kleidung hingen ihm in Fetzen vom Leib.

»Mach ihn los, rasch«, sagte Spiegel und konnte den Zorn nur schwerlich unterdrücken.

*

»Und wie duftet das sagenhafte Konstantinopel?«, fragte August seine kleine türkische Freundin. Fatima sah ihn lange an. August hatte nach türkischer Art einige Kissen auf dem Boden häufen lassen. Im Türkensitz thronte er darauf, während Fatima wie eine Gazelle zu seinen Füßen lag. »Ich weiß es nicht, Herr. Ich war so jung, als ich ging ...«

»Versuche dich zu erinnern!«

Sie sah, wie dringend er es wünschte. Also wünschte sie es auch. Ihr Blick ging durch die offenen Türflügel in die Ferne. Die Vorhänge tanzten im Wind, der vom Fluss heraufwehte. Jenseits des Wassers erhob sich die Elbinsel. Fatima schloss die Augen und atmete tief ein. Ein Eichelhäher krächzte in den Baumwipfeln, für sie klang es wie der Schrei eines Pfaus. Und da, tatsächlich – ihr Herz setzte vor Schreck aus! –, roch sie den Orient. »Wie hunderttausend blühende Blumen im Mai«, hörte sie sich sprechen, ohne dass sie darüber nachgedacht hätte. »Wie Kardamom und Mokka. Wie ein Wadi, dessen Sand noch dunkel ist von der Ahnung des Wassers. Wie ein Leopard, den man im Gebüsch schnurrend vorbeischleichen hört. Wie ein Kamel, das durch das Meer der Hitze schreitet. Wie geröstete Nelken und Weihrauch. So riecht der Orient.« Erstaunt öffnete sie die Augen und gewahrte, dass August sie die ganze Zeit über angestarrt hatte. Ihre Lider flatterten verschämt, und sie senkte den Blick.

August klatschte in die Hände, zwei Diener in Livree trugen Kaffee in türkischen Henkelkannen herein. Fatima sog gierig den Duft in die Nase. »Ja, das ist er! Das ist der Geruch!«, rief sie aus. »Und noch so vieles mehr.«

»Wie aber«, fragte August nun mit gesenkter Stimme, »erklärt man im Orient seiner Liebsten, dass man sie anbetet? Mehr als alles?«

Fatima schoss die Röte in die Wangen. »Man würde es ihr niemals ins Gesicht sagen. Man würde ihr eine verschlüsselte Nachricht schicken. Eine Botschaft in symbolischer Form, die nur für sie bestimmt ist.«

»Und wie stelle ich das an?«, fragte August. Er streckte die Hand nach ihr aus. Sie machte keine Anstalten, sie zu ergreifen. Da legte er sie sachte auf ihre Hüfte.

Fatimas Stimme zitterte. »Ein Pfefferkorn. Man schickt seiner Liebsten ein Pfefferkorn.« Darüber hatte sie in einem Buch gelesen. Sie wusste nicht, ob es der Wahrheit entsprach.

August lachte. »Man sendet ein Pfefferkorn als Liebesbeweis? Warum das?«

Fatima schob seine Hand von ihrer Hüfte. Sein Lachen hatte sie verletzt, ohne dass sie es zugeben mochte. »So ist es üblich bei uns. Ihr habt gefragt, Euer kurfürstliche Durchlaucht, ich habe geantwortet.« Ihre Haltung, ihr Tonfall – alles an ihr war abweisend.

August respektierte ihren Willen und behielt die Hand bei sich.

»Darf ich gehen, Durchlaucht?«, fragte Fatima nun.

August entließ sie mit einer generösen Handbewegung. Fatima erhob sich, raffte ihr Kleid, schlüpfte in ihre Schuhe und rannte hinaus. Vor der Tür hielt sie inne und lehnte sich gegen eine Wand. Sie war überwältigt von einem Gefühl, das sie seit langer Zeit nicht mehr gespürt hatte. Die Gerüche, die sie so lebendig wie das Leben selbst gerochen hatte, die Bilder, deutlicher als Träume, all dies hatte mit seinem Verschwinden einen Schmerz hinterlassen.

Bis Fatima im Haxthausen'schen Palais – nun das Domizil der Maria Aurora von Königsmarck – anlangte, verging ein halber Tag. Aus unerfindlichen Gründen war es schwierig gewesen, in Pillnitz eine Kutsche aufzutreiben. Als sie endlich eintraf, erwartete Aurora, die Patin und Ziehmutter, sie bereits ungeduldig. »Wo bleibst du? Die Nacht bricht herein, und die Tore werden geschlossen!«

»Was kann mir schon passieren?«, meinte Fatima leichtherzig. »Der Kurfürst ist mein Schutzherr!«

Auroras Miene versteinerte. »Auf diesen Schutz darfst du nicht viel geben. Denn genauso schnell, wie der Kurfürst erhebt, lässt er auch wieder fallen. Ich habe es am eigenen Leibe erfahren, und du hast es selbst mit angesehen. Muss ich dir das vorhalten?«

Fatima senkte den Blick. Sie hatte Verständnis für Auroras Bitterkeit, die Ziehmutter konnte nicht gegen die Eifersucht an.

Welche Frau konnte das? Galt sie doch immer noch als Augusts Favoritin, als *Maîtresse en titre*. Aber Fatima wusste es besser. Wenn sie auch jung und unerfahren war, August hatte sein Herz an sie verloren. Sie spürte es.

Fatima fiel ihr zärtlich um den Hals. Die Umarmung war süß und schmerzlich zugleich, denn Aurora erwiderte sie nicht. Gewiss, Aurora war zu Recht eifersüchtig. Aber hatte nicht auch Fatima ein Recht auf einen Liebsten?

»Ach Mutter, du machst dir unnötig Sorgen«, versuchte sie zu beschwichtigen.

»Das glaube ich kaum«, sagte Aurora streng. »Nimm dich in Acht!«

»Er möchte nur etwas über meine Heimat erfahren, fragt mich tausenderlei Dinge, von denen ich selbst nichts weiß«, schilderte sie die Angelegenheit harmloser, als sie war.

Aurora hörte mit versteinerter Miene zu. Sie ließ sich nicht täuschen. »Warum macht er dir Geschenke?«, fragte sie dann.

Fatima war ratlos. »Er hat mir keine Geschenke gemacht.«

»Geh hinauf in deine Kammer. Du wirst dich wundern.«

Fatima stürmte nach oben. Gerade erklang das Angelusläuten. Nun wurden die Stadttore geschlossen, die Nachtwachen waren auf dem Posten, kein Fremder gelangte mehr in die Stadt. Fatima schloss das Fenster, um das Geschepper auszusperren. Auf dem Bett, im Dämmerlicht, lag ein kunstvoll geschichteter Haufen Pfefferkörner.

Sie schrie erfreut auf, schlug die Hände vors Gesicht. Da fiel ein letzter Strahl Abendsonne durch das Fenster, die schwarzen schrumpeligen Körner lagen plötzlich in gleißendem Licht. Doch es schien nicht von außen zu kommen. Auf wundersame Weise leuchteten sie aus dem Inneren heraus.

Fatima trat näher. Da bemerkte sie, dass nur die äußerste Schicht der Pyramide aus den dunklen Körnern bestand. Vorsichtig nahm sie einzelne beiseite. Unter der ersten Schicht erstrahlte eine zweite, ungleich prächtigere, aus weißen reinen

Perlen. Doch in deren Mitte fand sich stolz und glänzend eine schwarze.

Fatima wurde schwindlig, sie ging einen Schritt zurück. Plötzlich fühlte sie sich von hinten gehalten. Aurora stand hinter ihr und umklammerte ihre Oberarme. Presste sie mit festem Griff zusammen. »Niemand«, sagte sie in unterdrücktem Zorn, »macht solche Geschenke ohne Hintergedanken.«

Fatima entwand sich und sah der Ziehmutter offen in die Augen. »Was, wenn er mich wirklich liebt? Muss man sich vor der Liebe in Acht nehmen?«

»Aber natürlich! Diese Lehre wenigstens solltest du aus den Jahren mit mir gezogen haben.«

»Sie wollen es mir nur vergällen!«, brach es aus Fatima heraus. »Aber ja doch, so seid ihr alle! Nichts könnt ihr genießen! Allem Süßen müsst ihr ein Saures beigeben.«

»Wen meinst du mit ›ihr alle‹?«

»Ihr ... Nordmenschen, ihr Europäer!«

»Ach?«, spottete Aurora. »Und du bist anders?«

»Ich war anders. Aber Ihr habt mich zu Euresgleichen gemacht. Ich hasse Euch!«

Fatima atmete schnell. Sobald die Worte aus ihrem Munde waren, bereute sie. Sich gleich zu entschuldigen, dazu war sie zu stolz. Also schwieg sie.

Maria Aurora musterte sie eindringlich. »Ach, du bist so jung«, seufzte sie dann.

»Nicht zu jung, um mich zu verlieben«, widersprach sie trotzig. »Ich bin eine Frau wie Ihr!«

»Was weißt du schon«, sagte Maria Aurora da. Sie wandte sich ab. »Bitte, lass mich allein!«

Niedergeschlagen ging Fatima zur Tür. Auf halbem Weg hielt sie inne. Sie ahnte, dass noch nicht alles gesagt war, und drehte den Kopf nach der Ziehmutter.

Da sagte Aurora: »Ich erwarte ein Kind von ihm.«

Lemberg im Sommer 1697

»Kommen Sie, kommen Sie«, flüsterte der schlanke Mann mit den feinen Gesichtszügen und zog Spiegel hinter sich her, »von hier aus hat man den besten Blick!« Sie gelangten an eine schiefe Pforte. Der Dolmetsch Simon Barchodar trat auf die Schwelle und klopfte mehrmals mit der flachen Hand gegen das Holz. Das Pochen fuhr Spiegel durch Mark und Bein. Er sah sich um, ob man sie beobachtete. Seine Mission vertrug keinen Lärm. Doch niemand achtete auf zwei verhüllte Männer, die verloren vor einer Tür standen. In der Ferne erklang eine fremdartige Musik. Die Passanten reckten die Hälse.

»Bald sind sie heran!«, mahnte Spiegel.

Barchodar beschwichtigte mit einer Geste. Endlich hörten sie von drinnen Schritte, dann schwenkte die Tür, in den Angeln quietschend, nach innen. Ein kleines Männlein mit Mütze und spitzem Bart bat sie herein. Man erwartete sie, Barchodar hatte gute Dienste geleistet.

Ohne Worte zu verlieren, gelangten sie über eine Stiege hinauf in den ersten Stock. Eine Kammer mit Austritt, von wo aus man einen weiten Blick auf die Gasse hatte. Da kam schon die Spitze des Zuges – der Grund, warum Hälse gereckt und Lastesel mit der Peitsche traktiert wurden – in Sichtweite. Hörner und Zimbeln kündeten von einem hohen Herrn. Die Menschen sprangen beiseite. Wie von Zauberhand war mit einem Mal Platz für drei, vier Reiter nebeneinander. Wie Feuer über ein Stoppelfeld eilte die Botschaft von Mund zu Mund: »Der Gesandte des Tataren-Khans!«

Die Musik klang nun lauter an ihr Ohr, blechern, irgendwie

schief, mit ungewöhnlichen Tonfolgen, wie Spiegel sie noch nie vernommen hatte, nicht einmal auf den Schlachtfeldern von Olasch: Janitscharenmusik. Pferde und Reiter kamen in Spiegels Blickfeld, prachtvoll anzusehen mit Bannern und Standarten, die im Wind flatterten.

Spiegel hielt sich hinter der Tür verborgen. Er mochte nicht auf den Balkon hinaustreten. Lieber verzichtete er auf den freien Blick, stieß die Läden auf, um sich besser dahinter verbergen zu können. Aus dem Versteck heraus musterte er seinen künftigen Verhandlungspartner, der nun auf einem Rappen, schwarz wie die Nacht, vorüberritt: ein bärtiger Mann mit Pelzhut. Das Profil kräftig, die Nase lang, die Lippen energisch. Unter dem vollen Bart waren die Wangen hohl, was dem Gesicht einen edlen Schnitt verlieh. Für einen Moment trafen sich ihre Blicke, und Spiegel zog sich noch weiter zurück.

Erst als der Gesandte vorüber war, wagte Spiegel sich wieder nach vorn. Gerade noch rechtzeitig, um die Person zu begutachten, derentwegen er die weite Reise unternommen hatte: den Neffen des Kardinals Davia. Ein junger Mann mit ebenmäßigen Gesichtszügen, glattrasiert. Sicherlich hatte man ihn unters Messer genommen, um die Spuren des Arrests zu beseitigen. Auch in den Sieben Türmen wurden Staatsgefangene nicht vom Barbier besucht. Davia war nach europäischer Sitte gekleidet, was ihn von den übrigen Reitern abhob. Die waren in offene, hüftlange Jacken gehüllt, trugen bunte Pluderhosen. An den Füßen Pantoffeln, deren Spitzen nach oben gebogen waren, auf den Köpfen flache Pelzmützen. Ihre Anordnung war militärisch, sie saßen aufrecht wie Krieger auf dem Pferd. Doch hatten sie weder Dolche noch Pistolen im Gürtel, auch die Bögen hatten sie daheimgelassen. Im Kriegsornat hätte man sie nicht über die Grenze gelassen.

Im Hof des Stadtkommandanten, abgeschirmt vom Straßenleben, trafen sich wenig später die Gesandtschaften. Der Boden war noch nass vom letzten Regen, einzelne Pfützen standen im Lehm. Im Abstand von zwanzig Fuß hatten die Parteien auf gegenüberliegenden Seiten des Hofes Aufstellung genommen. Davia hatte man wieder gefesselt, nachdem er ungebunden in die Stadt eingezogen war. Zwei Janitscharen hielten ihn, um den Austausch in aller Ordnung durchführen zu können. Den Chargan Pascha hatten sie nicht gebunden. Auf dem Weg hierher hatte Spiegel sich mit dem jungen Mann regelrecht angefreundet. Fast bedauerte er es, ihn hergeben zu müssen.

Der Bärtige mit dem spitzen Hut, den Simon Barchodar als den Scheferschaha Bey bezeichnet hatte, trat vor. Er war der Anführer. Spiegel tat es ihm gleich. Gemessenen Schrittes gingen sie so lange aufeinander zu, bis sie einander in normalem Tonfall, ohne die Stimmen zu erheben, ansprechen konnten. Beide wurden von ihren Dolmetschen begleitet. Dennoch hob der Bey in klarem, verständlichem Französisch zu sprechen an: »Mein Herr und Gebieter, der Khan der Tataren, Statthalter des Sultans Ahmed, entbietet Euch seinen Gruß.«

Spiegel antwortete im Namen seines Herrschers. Der Bey lauschte aufmerksam auf die Titel Augusts des Starken. Als Spiegel die Aufzählung beendet hatte, fügte der Bey hinzu: »Und bald auch Rex Poloniae, so ihm das Glück zuteilwird, genügend Stimmen auf seine Seite zu ziehen.«

Spiegel nickte. »In der Tat, mein Gebieter strebt diesen Titel an.« Der Gesichtsausdruck des Scheferschaha Bey blieb unverändert. Mit einem leichten Kopfnicken gab er zu erkennen, dass er die Offenheit guthieß.

»So wünsche ich Eurem Herrn Glück.«

Diese Aussage verblüffte Spiegel, denn in Dresden ging man davon aus, dass die Pforte Stanisław Leszczyński, den Kandidaten der Schweden, favorisierte. Doch vielleicht war es nur ein Ausdruck von Höflichkeit.

»Bringt mir den Chargan Pascha«, forderte der Bey nun in seiner Muttersprache, »ich möchte mich davon überzeugen, dass Ihr ihn freundlich behandelt habt und er bei guter Gesundheit ist.«

Spiegel wartete ab, bis Barchodar übersetzt hatte, dann winkte er den Pascha heran. Zugleich ließen die Janitscharen den Neffen des Kardinals Davia vortreten. Die Gefangenen standen einander gegenüber und musterten sich hasserfüllt. Als gäben sie sich gegenseitig die Schuld an ihrem Schicksal. Spiegel musste zugeben, dass der Kardinalsspross auf den ersten Blick in der besseren Verfassung war. Der Chargan Pascha war blass und mager, seine Haut schrundig. Die Reise hatte seinen Zustand noch verschlechtert, in Abständen wurde sein Leib von Hustenanfällen geschüttelt. Das Klima auf dem Königstein griff offenbar stärker an als das in den Sieben Türmen, dem Fremdenarrest Konstantinopels.

Der Bey wechselte ein paar Worte mit dem Gefangenen. Dann zog er den Neffen Davia an den Fesseln heran und schob ihn herüber. Jede Gruppe begrüßte ihren Heimgekehrten und nahm ihn in ihre Mitte.

Nachdem der Austausch vollzogen war, sprach man die Schlussformel, die das Treffen offiziell beendete, entbot einen flüchtigen Gruß und wandte sich dann ab. Die tatarische Gesandtschaft hatte offenbar Eile, den Platz hinter sich zu lassen.

Nun richtete der Neffe des Kardinals das Wort an Spiegel: »Ich weiß nicht, wer Ihr seid und was Euch dazu veranlasst hat, meine Freilassung zu erwirken. Aber ich danke Euch!«

Spiegel nickte versonnen. Er würdigte Davia keines Blickes, sondern schaute dem Bey hinterher. Er hatte das Gefühl, dass er ihm noch eine Auskunft schuldig war.

*

Zärtlich fuhr August mit den Fingerspitzen Fatimas Schlüsselbein entlang, verweilte für einen kurzen Moment in der samtenen Grube, dann ließ er seine Hand weiter hinunterwandern. Auf ihrer Brust ließ er sie ruhen. Diese war so handlich, dass sie im Nest seiner Finger Platz fand.

Fatima schloss die Augen und bog sich ihm entgegen. Sie musste an Auroras Warnung denken. Nein, es konnte nichts

Falsches daran sein, der Stimme der Liebe zu folgen. Und sie liebte den sächsischen Herrscher, das wusste sie nun sicher.

Der Morgen graute vor dem Fenster, das Licht fiel fahl auf Kissen und Laken. Dennoch war Fatimas Haut nicht blass und bläulich wie die der europäischen Frauen, sondern von edler Bronze. Kräftiger getönt als die Haut eines Bauernmädchens. Unter Augusts Liebkosungen entspannte sich Fatima. »Du bist mein erster Mann und du wirst mein letzter sein«, sagte sie feierlich.

August nahm die Hand von ihrer Brust und sagte ernst: »Das Erste ist eine Lüge, und für das Zweite werde ich sorgen!« Mit einem Mal lag sein Blick hart auf ihr.

Fatima zog eine erschrockene Miene und richtete sich auf. »Was sagst du da?«

Da begann er zu lachen. »Ach, wir stehen doch erst am Anfang, warum schon an das Ende denken?«

Fatima nahm seine Hand und legte sie wieder auf ihre Haut. August setzte seine Zärtlichkeiten fort. Sie schloss die Augen. »Der Anfang und das Ende sind durch eine unsichtbare Schnur miteinander verknüpft.«

»So wie wir«, sagte August rasch. »Niemand wird uns trennen. Niemals.«

»Ich werde immer deine Dienerin sein.«

»Meine Dienerin? Ich werde dich zu meiner Frau machen. Meine Sultanin!«

Fatima kicherte und schlug die Augen wieder auf. Liebreizend musterte sie August, der sich über sie gebeugt hatte. Seine gepuderten Locken fielen schwer auf ihre Haut. Mit dem Finger zeichnete er Wirbel auf ihren Bauch.

»Der Morgen bricht an«, sagte August nun mit feierlicher Stimme, »erzähle mir eine Geschichte, Scheherazade, oder ich muss dich leider umbringen.«

»Töte mich«, flehte Fatima, »bitte, töte mich noch einmal, bevor die Sonne am Horizont steht!«

»Erst die Geschichte«, forderte August.

Amüsiert setzte sich Fatima auf, und die seidene Decke rutschte bis zur Hüfte hinab. »Es war einmal vor langer Zeit«, begann sie zu erzählen, »eine Frau mit Namen Hafitén. Sie war die Gattin des Sultans Mustafa. Sie war jung und schön, während Mustafa bereits ein alter Mann war.«

»Na, na!«, meldete August Protest an.

Fatima legte ihm sachte den Finger auf die Lippen. »Mustafa starb«, fuhr sie fort, »als Hafitén noch die Figur einer Gazelle und die Haut einer Aprikose hatte. An seinem Sterbebett schwor sie, dass sie niemals einem anderen Mann gehören würde. Mit dem Tod ihres Liebsten sei die Liebe selbst in ihr gestorben. Hafitén hatte sehr ernsthaft gesprochen. Niemand zweifelte an ihren Worten, und alle lobten ihre Opferliebe, die stärker war als der Tod. Doch waren ihre Worte auch dem Nachfolger Mustafas zu Ohren gekommen. Er selbst hatte kein Interesse an Hafitén, da er gerade einer anderen Favoritin zugetan war. Aber als er hörte, wie sehr sie seinen Vorgänger geliebt hatte, wollte er sie auf die Probe stellen. Er zwang Hafitén, sich erneut zu verheiraten. Er wollte sie demütigen und das Andenken an seinen Vorgänger, der sehr beliebt gewesen war, schwächen. Dem Befehl des Sultans darf sich niemand verweigern. Niemand, nicht einmal der Großwesir, sonst ist er des Todes. Also musste Hafitén gegen ihren Willen und gegen ihren Schwur handeln.«

»Ha«, rief August da aus, »wie bequem muss das Regieren für den Sultan sein! Jedes seiner Worte wird befolgt, während man hier nichts weiter als der Bittsteller bei seinen Untertanen ist!«

Fatima sah ihn an. »Willst du das Ende der Geschichte hören?«

»Ist sie denn noch nicht zu Ende?«

»Nein, denn Hafitén hielt trotz Heirat das Versprechen, das sie Mustafa gegeben hatte. Und das, ohne sich dem Befehl des Sultans zu widersetzen.«

»Wie das? Heiratete sie einen Eunuchen?«

Fatima lachte. »Beinahe. Der Sultan hatte ihr gestattet, den

Gatten frei zu wählen. Also heiratete sie einen über achtzigjährigen Mann mit einem weißen Bart, der ihm bis zu den Knien reichte. Obwohl sie bei Mustafas Tod erst einundzwanzig Jahre zählte, blieb sie ihm treu bis in den Tod. Und wurde selbst steinalt.«

»Die Ärmste«, sagte August mitleidig und beugte sich über Fatimas Schulter, um ihre Haut mit Küssen zu pflastern.

»Ich werde Hafitén zu meinem Leitstern machen«, verkündete Fatima und zog die Decke hoch, um ihre Brüste zu bedecken.

»Nichts anderes habe ich erwartet«, sagte August ernst.

»Wirst auch du mir treu sein, wie es bei euch üblich ist?«, fragte Fatima, während sie ihn mit den Augen anflehte.

August unterbrach sein Küssen. »Der Sultan hat viele Frauen. Aber es gibt nur einen Sultan.«

»Wir sind aber nicht im Orient«, wagte Fatima Widerspruch, »wir sind mitten in Europa.«

»Allerdings«, sagte August aus tiefem Herzen, »das dauert mich sehr.« Er blieb ihr die Antwort schuldig, und Fatima durchfuhr eine Welle von Trauer. Als August sie erneut in die Kissen drücken wollte, wandte sie sich ab und verließ das Bett.

Fatima stieg aus der Tragchaise, Aurora stand bereits auf der Schwelle. Sie wartete ab, bis die Tochter die wenigen Treppenstufen hinaufgeschritten war und unmittelbar vor ihr stand. Fatima senkte den Blick. Sie hatte die Wut in Auroras Gesicht gesehen. »Wo warst du?«, wurde sie zischend empfangen.

Fatima konnte die Ziehmutter nicht belügen. Also schwieg sie. Sie machte einen Schritt auf Aurora zu, doch die rührte sich nicht. Stattdessen sog sie Luft durch die Nase. »Du warst bei ihm!«, sagte sie mit Entschiedenheit. Ihr Gesicht war blass und wurde immer blasser. Bleich wie der frühe Morgen. »Gib es zu!«, schrie sie jetzt. »Ich rieche ihn an dir!«

»Lassen Sie mich hinein!«, bat Fatima.

Da begann Aurora, ihre Ziehtochter mit beiden Händen zu schlagen. Rechts, links, rechts regnete es Ohrfeigen auf sie herab, scheinbar mehr, als zwei Hände austeilen konnten. Fatima hob schützend die Arme über den Kopf.

»Wie kannst du es wagen, dich ihm anzuhuren! Wie kannst du es wagen, die Frau, die dich an Mutterstelle angenommen hat, auszustechen! Wie kannst du es wagen, in die Laken zu schlüpfen, die noch warm von mir sind! Wie kannst du es wagen, den Vater meines Kindes zu lieben!«

Fatima stand gebückt, unter ihre Arme gekauert, auf der Schwelle. Sie versuchte nicht mehr, an Maria Aurora vorbeizugelangen. Sie floh nicht, sondern ließ das Gewitter über sich ergehen. »Ich liebe ihn doch«, wisperte sie schließlich und kämpfte die Tränen zurück, zu stolz, sie vor Aurora zu vergießen.

Da hörten die Schläge auf. Aurora ließ einen unmenschlichen Schrei hören, sank über Fatimas Rücken zusammen. Die stieß sie von sich und richtete sich auf. »Ich liebe ihn mehr, als ich begreifen kann«, wiederholte sie etwas lauter, da sie Mut gefasst hatte.

Maria Aurora erhob sich zu voller Größe. Auge in Auge standen sie sich gegenüber. Dann begann die Ältere, Fatima rückwärts die Stufen hinabzuschubsen. Wie in ohnmächtigem Taumel setzte Fatima einen Schritt hinter den anderen, kam wie durch ein Wunder heil hinunter und blieb am Fuß der Treppe stehen. Erstaunt sah sie zu Aurora hinauf. Die hob stolz ihren Kopf. »Er ist kein Mann, den man lieben kann«, erklärte sie. »Er ist ein Fürst, und bald wird er ein König sein.«

»Aber Sie lieben ihn doch auch!«, sagte Fatima.

»Nein«, schrie Maria Aurora, als spaltete man ihr das Herz, »niemals! Ich habe ihn nie geliebt. Ich bin viel zu klug, um zu lieben!« Sie warf den Kopf in den Nacken und hielt sich den Bauch, als müsse sie ihn vorm Zerreißen bewahren.

In diesem Moment begannen in der ganzen Stadt die Glocken zu läuten.

Die beiden Frauen standen schwer atmend am Fuße der Treppe. Verwundert sahen sie sich um.

Mit einem Mal waren die Gassen bevölkert. Passanten und

Laufburschen hasteten vorbei, um irgendeine Neuigkeit zu verbreiten. Fatima griff nach einem von ihnen und bekam ihn zu packen. »Sag, Bursche, was hat das Läuten zu bedeuten?«

»Ja, wisst Ihr es denn nicht? Der schwedische König ist tot!«

Fatima und Aurora hatten beschlossen, den Besuch gemeinsam zu absolvieren, selbst wenn er peinlich werden konnte. Sie hatten sich zusammengerauft und wollten, soweit es ging, zusammenhalten. Aurora würde August eröffnen, dass sie ein Kind von ihm erwartete, und ihn um Rücksichtnahme bitten. Sie wollte ihm mitteilen, dass sie trotz der noch frühen Schwangerschaft gemeinsam mit Fatima nach Stockholm zu reisen gedachte, um am Begräbnis Karls XI. teilzunehmen. Noch in der Kutsche hatten sich die beiden Frauen zurechtgelegt, wer welchen Teil der Rede übernehmen sollte. Der Schicksalsschlag und die Reisepläne verbündeten sie über den Schmerz der Kränkung hinweg. Doch als sie am Dresdner Schloss vorstellig wurden und um eine Audienz nachsuchten, beschied man ihnen, dass der König nicht empfange, da er außer Haus sei.

»Was soll das heißen, ›außer Haus‹?«, fragte Aurora empört.

»Er ist«, gab der Sekretär des Hofmarschalls, ein borniert junger Mann mit Kneifbrille, bereitwillig Auskunft, »abgereist.«

»Nimmt er ebenfalls in Stockholm an den Begräbnisfeierlichkeiten teil?«

»So viel kann ich sagen: Er ist nicht nach Stockholm abgereist.« Der Sekretär des Hofmarschalls setzte eine Miene auf, die das Ende der Auskunftsfreude anzeigen sollte, und widmete sich wieder seinen Papieren.

Doch so leicht ließen sich Fatima und Aurora nicht abspeisen. Zu groß war ihre Vorfreude auf dieses – für August wohl durchaus peinliche – Treffen gewesen.

»Wie kann es sein, dass er einfach fort ist?«, fragte Aurora.

»Er hat sich nicht von uns verabschiedet!«, empörte sich Fatima.

Der Sekretär zuckte grinsend mit den Schultern. »Wenn er

vor jeder Abreise eine Abschiedstour bei seinen Liebschaften machen sollte, käme er nie fort«, beschied er den Damen frech, ohne sie anzusehen.

Fatima und Aurora warfen ihm empörte Blicke zu. Aurora verpasste dem unverschämten Sekretär einen Stüber mit ihrem Fächer. »Wir sind keine Liebschaften, mein Herr! Erkennen Sie mich nicht?«

Der junge Mann streifte Aurora mit einem verächtlichen Blick. »Natürlich kenne ich Sie, Madame. Ich weiß um Ihre Stellung bei Hofe – und dass sie sich dem Ende neigt.«

Aurora verschlug es den Atem. »Was sagen Sie da?« Vor Zorn hieb sie mit ihrem Fächer auf das Schreibpult.

Der Sekretär zuckte hoch. Aber nur, um sie im nächsten Moment umso dreister anzugrinsen. »Für einen Kuss von Euch«, sagte er anzüglich, »verrate ich das Ziel.«

Aurora zögerte einen Moment. Dann hielt sie ihm gnädig die Hand hin.

»O nein«, sagte der Sekretär, »nicht ich darf Euch küssen, sondern Ihr mich!«

»Nimm meine Hand, mehr bekommst du nicht«, sagte Aurora. Der Hofsekretär ließ sich nicht noch einmal bitten und drückte einen sehr festen Kuss auf Auroras Handrücken. Sie verdrehte die Augen. »Wenn Sie Ihr Weib so küssen, kann ich sie auf der Straße erkennen – an ihren blauen Flecken.«

»Ich bin ledig«, sagte der Sekretär.

»Das erstaunt mich nicht«, setzte Aurora nach.

»Nun«, fragte Fatima ungeduldig, »wohin ist Seine Durchlaucht gereist?«

»Nach Polen«, antwortete der Sekretär schleunigst, »man sagt, um sich dort zum König wählen zu lassen.«

Polen und Dresden im Sommer 1697

Das Häuschen im Lemberger Judenviertel war unscheinbar, die Decken niedrig, die Balken krumm. Es roch nach Rindertalg, Ruß und altem Holz. Spiegel war durch ein Schreiben Flemmings dorthin bestellt worden, ohne zu wissen, was er hier zu schaffen hatte. Man empfing ihn wortkarg und bat ihn in ein Kontor. Durch nichts war zu erkennen, mit welcher Art Handel hier Geld verdient wurde. Keine Muster, keine Stoffe, keine Stücke. Ein Schreibpult und ein massiver Schrank mit schweren Schlössern – sonst nichts.

Der Jude prüfte Spiegels Schreiben. Dann entfaltete er ein zweites, gesiegeltes Blatt, das Spiegel laut Instruktion verschlossen überbracht hatte. Der Jude prüfte das Siegel und öffnete auch dies. Es war ein Wechsel, ausgestellt auf die unglaubliche Summe von 100 000 Talern. Beglaubigt durch August und seinen Hofjuden, den Halberstädter Kaufmann und Geldverleiher Berend Lehmann. Nach sorgfältiger Prüfung der Schriftstücke trat der Jude an einen schrankartigen Kasten. Er nahm mehrere Schlüssel vom Gürtel und öffnete ein Schloss nach dem anderen. Dann wuchtete er Säcke auf den Tresen, gewissenhaft, einen nach dem anderen.

Spiegel sah zu. Sein Herz pochte. Nie im Leben hatte er eine solche Menge Goldes gesehen, nie hätte er es auch nur zu sehen erwartet. Er war erschüttert. »Wie soll ich das fortschaffen?«, fragte er den Juden. Der wuchtete immer mehr und immer weitere Säcke hinüber. »Wohin sollt Ihr es bringen?«

»Nach Warschau«, antwortete Spiegel wahrheitsgemäß.

Der Jude lächelte versonnen. Jedermann wusste, dass in Polen die Königswahl vor sich ging. Und damit wusste er auch, dass diese Säcke einen Teil des Preisgeldes für die polnische Krone darstellten. Von riesigen Summen war die Rede, so gewaltig, dass man sie in allen Ecken Europas zusammenkratzen musste. Die Zahl von fünf Millionen Talern allein für die seit Jahren ausstehende Besoldung polnischer Soldaten stand im Raum. Schulden, die der neue Herrscher übernehmen sollte ...

»Warschau ist weit, und die Wege sind unsicher. Lips Tullian und seine Räuberbande durchstreifen die Wälder Sachsens und Böhmens. Was, wenn er einen Abstecher nach Schlesien unternimmt? Man muss sich vorsehen!«

Spiegel nickte. »Ich benötige Bewachung.«

Der Jude stützte leere Hände auf den Tresen. Endlich schien die geforderte Summe beisammen. Die Säcke türmten sich. »Wer so viel Gold mit sich führt, kann sich jede Art von Bewachung leisten. Und er sollte es auch, denn er zieht jede erdenkliche Art von Gaunern an.«

Spiegel ließ die Hand über den groben Stoff gleiten. Man sah ihm nicht an, welch wertvollen Inhalt er umschloss. Nur wenn man die Säcke aneinanderstieß oder ablegte, ließen sie ein leises, verräterisches Klimpern hören.

»Ich werde Ihnen einen Wagen mit guten Achsen beschaffen«, sagte der Jude. »Die Wege nach Warschau sind nicht nur unsicher, sondern auch schlecht. Und wir wollen doch nicht, dass Augusts Gold nach einem Achsbruch auf der Straße liegt ...«

»Einen Wagen?«, fragte Spiegel ein wenig dümmlich. »Wovon soll ich einen Wagen bezahlen?«

Der Jude lachte mit offenem Mund. »Wollt Ihr behaupten, Ihr hättet kein Geld?«

»Aber es gehört mir doch nicht!«, sagte Spiegel mit einiger Empörung.«

Entschuldigend hob der Geldverleiher die Hände. »Seid Ihr jemals auf die Idee gekommen, nachzuzählen?«

Spiegel sah sein Gegenüber aus großen Augen an.

»Der König würde bestimmt nicht wollen, dass Ihr am falschen Ende spart, Herr!«, sagte der Jude und öffnete ergeben die Arme. »Er würde wollen, dass Ihr alles daransetzt, das Gold sicher nach Warschau zu bringen. Besser, es fehlen zweihundert Taler, als dass die ganze Summe in Lips Tullians Räuberhöhle endet.«

Der Jude hat recht, dachte Spiegel. August hätte es nicht anders gesagt.

»Wollt Ihr nun einen Wagen mitsamt einer diskreten Bewachung?«

Spiegel nickte. Der Jude zog einen der Goldsäcke wieder zu sich heran. »Das wird reichen. Was übrigbleibt, händige ich Euch aus. Es sei Euch überlassen, was Ihr damit anstellt.«

Sie trafen nicht in einem Schloss aufeinander, sondern im Wohnhaus des Deutschmeisters von Breslau, dem Prinzen Karl von Neuenburg. Dennoch entbot Spiegel Friedrich August, der sich nun, als polnischer König, Augustus Secundus zu nennen geruhte, größere Ehre als üblich. Er beugte lange das Knie und wagte kaum, seinen Herrscher anzuschauen. Der Breslauer Magistrat hatte eine Gesandtschaft zur Huldigung des neuen Königs geschickt, die Abgesandten der Rzeczpospolita warteten bereits, und Spiegel wusste, dass er nur wenig Zeit mit seinem Herrscher und Gönner hatte. »Königliche Hoheit«, sprach er ihn mit dem neuen Ehrentitel an. Die polnischen Stände hatten Friedrich August zwar zu ihrem König erkoren, doch noch war August nicht gekrönt.

August ergriff Spiegels Hände und half ihm aus der ehrerbietigen Haltung. Als er ihn auf beide Beine gestellt hatte, erhob er die Stimme, um den Zuhörern die Sache zu erleichtern: »Ohne Euer Zutun, mein Herr Spiegel, und ohne die Gnade Gottes wäre ich heute nicht König.« August lächelte ihn an. Der Stolz des Königtums verlieh ihm eine besondere Aura. Seine Haut war glatt und frisch rasiert, eine dünne Schicht Puder gab dem

Teint eine edle Blässe. Die gepuderten Locken fielen ihm schwer auf die Schultern.

Spiegel schlug den Blick nieder. »Zu viel der Ehre, Königliche Majestät.«

»Mein Spiegel«, sagte August, nun etwas vertrauter, »darf ich Euch weiterhin so nennen? Dann dürft Ihr mich ›mein König‹ titulieren.« Erneut fiel Spiegel auf die Knie. Diesmal war August schneller dabei, ihn aufzuheben. »Ihr habt einen Wunsch an mich frei«, verkündete er.

Spiegel wusste nicht, wie ihm geschah. Eine Glückswallung durchströmte ihn, und er zögerte nicht lange. »Gebt mir die türkische Jungfer Fatima zur Frau!«

Augusts Lächeln gefror, seine Züge versteinerten. »Keinesfalls«, sagte August. An der Tür räusperten sich schon die Räte der Stadt Breslau, die dem neuen polnischen König die Ehre erweisen wollten.

»Warum nicht?«, fragte Spiegel.

»Weil es nicht geht«, polterte August in unterdrücktem Zorn. Spiegel spürte, dass man ihn an der Schulter ergriffen hatte und mit gelindem Zwang vom König fortzog. Er drehte den Kopf und erblickte Flemming. »Ich rate Ihnen, zu weichen und zu schweigen«, zischte dieser ihm zu. Dann brachte er ihn aus der Stube, die mit Stoffbahnen, Wappenschilden und Gardisten behelfsmäßig in einen Audienzsaal verwandelt worden war.

»Womit haben Sie seinen Zorn erregt?«, fragte Flemming, als sie den Saal verlassen hatten. Dem Wortwechsel hatte er offenbar nicht folgen können, in diesen Tagen war er ein vielbeschäftigter Mann.

»Er fragte nach meinen Wünschen, und ich habe die Hand der Fatima als Belohnung für meine Dienste gefordert«, gestand Spiegel in aller Unschuld.

Flemming legte die Stirn in Falten. »Hilfreich waren Ihre Dienste, in der Tat. Jedoch …« Er musterte Spiegel, als wollte er prüfen, ob jener tatsächlich nicht wusste, worin das Unbotmäßige seiner Forderung lag. Mit spitzen Lippen suchte er nach der geeigneten Formulierung. Er floh ins Lateinische: »Quod licet Iovi, non licet bovi.«

Fragend sah Spiegel ihn an.

Flemming seufzte theatralisch ob der mangelnden Bildung des Untergebenen und legte das Sprichwort für ihn aus: »Einem Diener steht es nicht zu, das zu begehren, was der Herr begehrt.«

Unbewusst spannte Spiegel die Muskeln an. »Die Jungfer hat ihm einen Korb gegeben. Ich dachte, sein Interesse an ihr sei erschöpft.«

Flemming sah ihn aus halb geschlossenen Lidern an. Die Mitglieder des Magistrats der Stadt Breslau hatten sich vollzählig in die Audienzstube gedrängt. Es herrschte eine ungute Enge. Spiegel begann zu schwitzen.

»Davon kann keine Rede sein«, sagte der Diplomat. Er war aufgrund seiner Verdienste bei der Königswahl und seiner intimen Kenntnisse des polnischen Adels zu Augusts wichtigstem Berater aufgestiegen.

Spiegel starrte ihn ungläubig an. »Ihr meint ...«, versuchte er zu fassen, was ihm unfassbar bleiben musste. Die letzten Wörter verschluckte er.

Flemming nickte.

Ein unangenehmes Schweigen stand zwischen den Männern. Schließlich ging Flemming hinüber zu einem Tisch, wo der erste Hofsecretarius hinter einem Stapel von beschriebenem Papier und einem riesigen Tintenfass Posten bezogen hatte. Er nahm ein gesiegeltes Schreiben, dann trat er wieder zu Spiegel und legte ihm die Hand auf die Schulter. »Unsere Aufgaben und Pflichten in diesen Tagen sind ohne Zahl. Sie werden sich mit der regulären Post nach Görlitz begeben, wo der übrige Hofstaat den Befehl Seiner Königlichen Majestät erwartet. Geben Sie Kunde von der Wahl und der bevorstehenden Krönung. Dieses Schreiben wird Ihre Botschaft beglaubigen. Der Hofstaat soll sich unverzüglich nach Krakau verfügen, wo die Krönung stattfindet. Sie selbst werden dann ...«

»Ich selbst begebe mich anschließend nach Dresden, mit Verlaub«, fiel Spiegel ihm ins Wort.

Flemming lächelte unheilvoll. Die tiefen Furchen auf seiner Stirn verrieten, dass dies nicht die beabsichtigte Instruktion war. Er machte eine Geste, als wollte er seinen Unmut über Spiegels Sturheit beiseitewischen. Dann glättete sich seine Miene wieder. »Wie haben Sie das nur erraten?«, sagte er mit spitzen Lippen und merkwürdiger Betonung und wandte sich wieder seinen Geschäften zu.

Noch vor seiner Abreise gen Dresden erfuhr Spiegel, dass August den Grafen Flemming zum Generalmajor des kursächsischen Heeres ernannt hatte.

Eine Küchenmagd war die Einzige, die sich bereitfand, Spiegel Auskunft zu geben. Verlegen stand sie auf der Schwelle des ehemals Haxthausen'schen Palais und trocknete sich die Hände an der Schürze. Spiegel sah finster drein und blieb auf dem Pflaster vor der Treppe stehen. »Was soll das heißen, niemand zugegen?«, fragte er verdutzt nach.

»Von der Herrschaft niemand. Von der Dienerschaft nur wenige.«

»Wohin sind sie gereist? Mit dem Hofstaat nach Warschau?« Schon ärgerte sich Spiegel, dass er Flemming nicht über Fatimas Verbleib ausgefragt hatte. Sollten sie sich verfehlt haben?

»Nein. Nach Stockholm. Auch dort ist ein König gestorben. Und als schwedische Untertanen war es ihre Pflicht …«

»Nach Stockholm!« Erschrocken weiteten sich Spiegels Augen. »Wie lange werden sie dort bleiben?«

Die Küchenmagd zuckte mit den Schultern. »Das weiß niemand von uns, Herr. Man hat uns den Lohn für ein halbes Jahr ausbezahlt, was danach passiert …«

»Ein halbes Jahr!«, wiederholte Spiegel erschüttert.

»Vielleicht kehren sie auch nie zurück. Weiß man's? Unsre Herrschaft zog von Hof zu Hof. Stockholm, Dresden, Wien,

Warschau. Sie folgen den gekrönten Häuptern wie die Zugvögel der Wärme.«

Er hatte es wohl mit einer Philosophin in Holzpantinen zu tun. »Und Fatima war mit ihnen?«, fragte er ungeduldig.

»Natürlich, Herr. Sie war eine Spielgefährtin des Thronfolgers, so hieß es wenigstens. Wer weiß, vielleicht wird sie seine Braut?«, sagte das einfältige Ding und grinste.

»Rede nicht so einen Dreck daher!«, schleuderte Spiegel ihr entgegen. Dann bereute er seine Wut. »Falls sie doch zurückkehren sollten, schick mir einen Boten!«

Verlegen wischte sich die Magd immer noch die Hände, die doch längst trocken sein mussten. »An wen soll ich den Boten schicken, Herr?«

»An den Spiegel des Königs«, antwortete Spiegel.

Die Magd lachte begriffsstutzig. »Wirklich?«

»Wirklich!«

Spiegel tastete nach den Geschenken, die er in Augusts Auftrag aus Lemberg mitgebracht hatte. Ein goldenes Ohrgehänge. Einen Ring. Zwei allerliebste Topase. Einen türkischen Kopfputz. Sie waren sorgfältig in seiner Tasche verstaut. Wie albern er sich nun vorkam. Hatte er sich wirklich Hoffnungen gemacht, sie als die seinen ausgeben zu können?

Er versicherte sich, dass alles an seinem Ort war. Dann ging er fort und beschloss, die Angelegenheit auf sich beruhen zu lassen. Eigentlich, so sagte er sich, war es gut so. Ein armseliger Schwindel war ihm erspart geblieben.

Stockholm im November 1697

Aus dem Thronsaal waren Schüsse zu hören. Nicht das unregelmäßige Knattern eines Gefechts, sondern einzelne, trockene Schüsse. Umso mehr fuhren sie ins Mark. Hin und wieder ertönte ein Klirren.

Nordenhielm, der Erzieher des Königs, entschuldigte sich für seinen Zögling. »Wie oft habe ich ihn schon gebeten, zum Schießen ins Freie zu gehen!«

Fatima und Aurora sahen sich an. »Er schießt im Haus? Worauf?«

Nordenhielm zuckte mit den Schultern. »Auf die Fensterscheiben. Aber«, fügte er mit erhobenem Kinn hinzu, »er schießt hervorragend!«

Fatima und Aurora sahen sich an. »Reicht es denn nicht, dass ein Schloss zerstört ist?«

Das große Stockholmer Schloss war nur wenige Tage nach dem Tod des Vaters in Flammen aufgegangen. Mit Mühe hatte man den königlichen Leichnam und die alte Königinwitwe noch heraustragen können. Eine Kapelle, die kurz zuvor geweiht worden war, war vom Feuer zerstört worden. Das Unglück wurde, wie alles, was dem Königshaus zustieß, von den Untertanen als Menetekel aufgefasst. Es belastete den Kronrat, der an Karls Stelle das Regieren auf sich genommen hatte. Nicht wenige in der Bevölkerung verlangten, dass der Sohn recht bald auf dem Thron nachfolge. Doch der war erst fünfzehn Jahre alt, und der Vater, Karl XI., hatte per Dekret bestimmt, dass nur ein volljähriger Prinz auf den Thron gelangen dürfe. So lag nicht nur das Schloss, sondern das ganze Reich in Unordnung.

Als Residenz hatte man das Wrangelsche Palais behelfsmäßig eingerichtet. Und solange Karl den Thron nicht besteigen konnte, überließ man das Regieren dem Kronrat. Doch täglich verlangte es den jungen Mann, seinem Vater nachzufolgen als Karl, der zwölfte seines Namens.

»Ah, meine Tante!«, klang es hinter ihrem Rücken. Karl hatte den Audienzsaal aus Langeweile verlassen und vorne nach dem Rechten geschaut.

»Aber mein Prinz!«, sagte Nordenhielm erschrocken. Über der Aufgabe, einen Prinzen zu erziehen, war sein Haar schlohweiß geworden. Und Sorgenfalten hatte er überall im Gesicht. »Warum bleibt Ihr nicht im Audienzsaal?«

Karls Blick ruhte auf Fatima. »Und ihre kleine Sklavin!« Er sprach die Worte spöttisch aus, mit Verachtung. Fatima senkte den Blick. Unvermittelt drehte er sich um, wandte ihnen den Rücken zu und schritt energisch zurück in den Saal. Aurora beeilte sich, hinterherzukommen. »Ich soll meine aufrichtige Anteilnahme ausrichten ...«

»Von meinem eitlen Vetter?«, fragte Karl und warf den Kopf herum, ohne die Schritte abzubremsen.

»Ganz recht, von August.«

»Seine Nachrichten interessieren mich nicht.«

Aurora erstarrte. Gewiss, Karls Kandidat hatte bei der polnischen Krönung den Kürzeren gezogen, aber deshalb konnte man trotzdem die Formen der Höflichkeit wahren.

»Trifft es zu, was man sich erzählt?«, fragte Karl spitz nach. Er hatte den Thronsessel erreicht. Ein Bein legte er über die Lehne und ließ es baumeln, mit dem anderen schlüpfte er aus dem Schuh. Der Fuß wippte im Strumpf, der Schuh fiel mit einem harten Pochen auf die Dielen.

»Was erzählt man sich?«, fragte Aurora verunsichert.

Der Prinz beugte sich vor. Seine Haut war unrein und schrundig. Zu den Pockennarben, die er seit seiner Kindheit trug, hatten sich die Pickel des reifenden Jünglings gesellt.

»Dass er zu Ihnen, verehrte Tante, ins Bett gekrochen ist.«

Er verzog den Mund, als ekelte ihn die Vorstellung. Seltsam hasserfüllt fuhr er fort: »Er übt seine Herrschaft nicht mit dem Zepter aus, sondern mit seinem ...«

»Er ist ein verständiger Mann und weiß eine Dame zu hofieren«, fiel Aurora ihm ins Wort. Angesichts der blanken Unverschämtheit des Schwedenprinzen klang es wie eine Anklage. Doch Karl machte nicht den Anschein, sie sich zu Herzen zu nehmen. Im Gegenteil, er lachte. »Nun erdreistet er sich, das Königreich Polen zu seiner Mätresse zu machen.«

Aurora lächelte. »Sicherlich sind es andere Beweggründe, die ihn zu solch einem Schritt verleitet haben.«

»Hast du ihm nicht einen Bastard geboren?« Der Jüngling grinste, Aurora senkte den Kopf. Die Geburt des Kindes hatte sich ein Jahr zuvor in aller Heimlichkeit in Goslar vollzogen. Ihr war schleierhaft, wie Karl davon wissen konnte.

Karl nahm das Bein von der Lehne und schnellte vor. »Sag August, auf meine Unterstützung kann er nicht rechnen, Tante – falls das der Grund Eures Besuchs ist!«

Aurora war ehrlich überrascht. »Ich komme aus eigenem freien Willen. Nicht, weil er es uns befohlen hat.«

Karl lachte ungläubig. »Frauenzimmer, wie Ihr es seid, glauben immer, sie hätten einen eigenen freien Willen. Tatsächlich«, und Karl beugte sich drohend vor, »seid ihr Puppen in unseren Händen.«

Aurora versteinerte. »Wenn Ihr mich gütigst empfehlen wollt, Königliche Hoheit.«

Karl griff zu seiner Pistole und begann sie mit wenigen geübten Griffen zu laden. Nordenhielm sah hilflos zu. »Majestät, mögt Ihr die Damen nicht verabschieden?«

Karl schenkte ihm nur einen verächtlichen Blick. Aurora winkte Fatima mit sich, ohne den Schritt zu beschleunigen oder sich sonstwie aus der Ruhe bringen zu lassen.

»Ich kann es kaum erwarten«, rief Karl in provokantem Tonfall, »ihn in seinem neuen Königreich zu besuchen. Richtet ihm aus, er möge mich erwarten.« Sein Gesichtsausdruck nahm eine

Härte an, die das noch kindliche Gesicht zur Grimasse verzerrte. »Und er soll sich wappnen!«

Die Damen gingen schneller, als sie ein metallisches Klicken hörten. Karl hatte den Hahn der Pistole gespannt.

»Majestät!«, rief Nordenhielm, als wäre Karl schon König.

Aurora und Fatima waren beinahe an der Tür, da knallte der Schuss. Die Damen zuckten zusammen. Es klirrte. Irgendwo zersprang eine Scheibe und splitterte aus dem Bleirahmen.

Vor der Tür fielen sich Fatima und Aurora in die Arme. Beide zitterten. Aurora ging in die Knie und hielt sich den Bauch. Seit der Geburt ihres Sohnes litt sie an Krämpfen. Fatima stützte sie. »Geht es gut, Mutter?«

Aurora griff nach ihr und zog sich hoch. »Ich weiß«, flüsterte Aurora gepresst, »es ist nicht gerade ein frommer Wunsch. Aber gebe Gott, dass er die Volljährigkeit nicht erlebt!«

Bis zum November dauerten die Hofintrigen an. Am sechsten des Monats wurde ein Reichstag einberufen, um das Begräbnis Karls XI. vorzubereiten. Der Beichtvater des verstorbenen Königs eröffnete es mit den Worten: »Wie wir Mose gehorsam sind gewesen, so wollen wir auch dir gehorsam sein.« Es klang wie eine Ermunterung für den Fünfzehnjährigen. Am Abend des 9. November 1697 hatte sich die Partei, die für eine baldige Krönung des unmündigen Sohnes als König Karl XII. eintrat, durchgesetzt. Kurzerhand erklärte man ihn, trotz seiner jungen Jahre, für mündig, da er vortreffliche Leibes-, Geistes- und Gemütsgaben vorzuweisen habe. Das hielt ihn nicht davon ab, zum Dank seinen Hofräten die Perücken vom Kopf zu reißen.

Zum Begräbnis seines Vaters fiel der erste Schnee in Stockholm. Und am 29. November schloss der Reichstag mit der Krönung Karls XII.

Das Gedränge in der Kirche sorgte für Wärme. Fatima und Aurora standen in einer der ersten Reihen. Die Königsmarcks hatten so manche Schlacht für die schwedischen Könige entschieden. In Maria Aurora und ihren Schwestern ehrte man

– vielleicht zum letzten Mal auf schwedischem Boden – die Überreste eines edlen Geschlechts. Niemand ahnte, dass der uneheliche Sohn der Gräfin Aurora von Königsmarck und Augusts von Sachsen neuen Kriegsruhm dem seiner Ahnen hinzufügen würde – Ruhm, der dem ihren in nichts nachstand.

Als Karl die Kirche betrat, ging ein Raunen durch die Reihen. Der Jüngling hatte die Zeremonie nicht abwarten können: Er trug die Krone bereits. Hatte sie seit dem Krönungsbeschluss nicht aus der Hand gegeben.

Während er das Mittelschiff der Kirche mit wohlgesetzten Schritten, beinahe tänzerisch durchmaß, raunten sich die Gäste die Vorzeichen zu, die geeignet waren, die Qualität von Karls Herrschaft erahnen zu lassen: Man erinnerte sich, dass er mit geballten Fäusten zur Welt gekommen war. Als man sie mit Gewalt öffnen wollte, sei Blut herausgequollen. Man rühmte sein Jagdgeschick: Dass er im zarten Alter von sieben Jahren einen Damhirsch auf sechsundneunzig Schritt erlegte, den sein Vater zuvor verfehlt hatte. Dass er ritt, als wäre ihm das Pferd am Leibe festgewachsen. Dass er von Kindesbeinen an größtes Interesse für Waffen und das Fechten gezeigt hatte. Dass er, wenn nicht alle Hinweise täuschten, ein Kriegskönig werden würde. Die Deuter sollten recht behalten.

Karl durchlitt die Zeremonie wider Erwarten mit der gebotenen Würde. Nur die Dauer schien ihn zu langweilen, begann er doch während der Predigt an seinem Hermelinkragen zu zupfen. Er riss ihm die dunklen Flecken aus, was wieder als Vorzeichen für alles Mögliche hergenommen wurde.

Als es zur eigentlichen Krönung ging, ergab sich eine vorhersehbare Schwierigkeit: Wie sollte man einen König krönen, der die Krone schon auf dem Haupte trug? Als Karl sich also von seinem Thron erhob, um die Insignien kniend in Empfang zu nehmen, wollte der Bischof Karl die Krone in einem Handstreich vom Haupt klauben, um ihn dann ordnungsgemäß krönen zu können.

Doch Karl durchschaute den Plan und fuhr dem Geistlichen

in die ausgestreckten Hände. Erst als der Bischof ihn dringend ermahnte, die Krone wenigstens für die Dauer der Zeremonie herzugeben, folgte Karl. Doch nur, um sie ihm wenig später, kaum hatte der Bischof die Weiheworte gesprochen, aus der Hand zu reißen und sie sich wieder aufs Haupt zu drücken. Selten war ein Thronfolger so begierig auf eine Krone gewesen.

Die Szene war so absurd, dass das Geraune die Musik übertönte. Fatima musste mehrmals in ihr Taschentuch beißen, um nicht vor Lachen laut herauszuplatzen. Doch dann war es vollbracht, und Karl zog aus der Kirche. Alle atmeten auf.

Vor der Kirche kam es zu einem weiteren Zwischenfall. Unter Glockengeläut sollte Karl auf ein Pferd steigen, um im Triumphzug durch die Stadt zu ziehen. Doch seine Hände waren mit dem Zepter und den Zügeln mehr als beschäftigt, so dass er beim Besteigen des Schimmels nicht verhindern konnte, dass die Krone herunterfiel. Schnell sprangen Helfer herbei – Oxenstierna oder Piper, Fatima konnte die engsten Vertrauten um Karl mit ihren breit gefältelten Krägen nicht sicher auseinanderhalten. Die Helfer hoben die Krone vom Pflaster und drückten sie ihm erneut aufs Haupt, nicht ohne den Reif vorher mit Stoff etwas auszupolstern, damit sie sicher saß.

Und so war an diesem Tage die Regentschaft Karls XII. durch allerlei sinnfällige Begebenheiten bereits vorgezeichnet. Man musste die Zeichen nur zu deuten wissen: Karls Regentschaft sollte von Unreife und Kampfeslust geprägt sein und ein gewaltsames Ende finden. Und so kam es.

TEIL ZWEI

Dresden im Jahr 1705

Das Kind konnte kaum Schritt halten. »Warum rennst du, Mutter?«

Fatima hielt inne und beugte sich zu ihrem Sohn hinab, wobei sie im Gedränge des Neumarkts hin und her geschubst wurden. »Dein Vater ist wie ein Wolf, nie lange an einem Ort. Wir müssen uns beeilen, wenn wir ihn antreffen wollen.«

»Warum?«, fragte der Junge, der auf den Namen Friedrich August hörte und zumeist Gusti gerufen wurde.

»Weil man ihm ans Fell will.«

Am Arm wollte sie ihn weiterziehen, doch der Junge sträubte sich. »Aber ist denn mein Vater kein König?«, fragte er mit großen Augen.

»Doch«, sagte Fatima. »Aber auch Könige können in Bedrängnis geraten.«

»Wieso?«

»Weil er einen verrückten schwedischen Vetter hat.«

»Der, von dem jetzt alle erzählen?«

Fatima nickte. »Karl der Zwölfte, König von Schweden. Ich kenne ihn gut. Ein Königreich ist ihm nicht genug. Deshalb ist er über die Ostsee gekommen und will deinem Vater einen Tritt versetzen.«

»Aber«, und der kleine Gusti ballte die Faust, »mein Vater lässt sich nicht treten, oder?«

Fatima musste lächeln angesichts der grimmigen Miene des Knaben. »Siehst du, deshalb herrscht Krieg, und er hat kaum Zeit für uns.« Ihr Lächeln wurde bitter. Seit der Nacht, in der ihr Sohn gezeugt worden war, hatte sie August nicht wiedergesehen. Und – sie besah sich den Knaben eindringlich – allmählich wuchs Gusti zu einem jungen Burschen heran.

Seit dem Mittag hatte sich die Kunde wie ein Lauffeuer verbreitet: August endlich wieder in Dresden! Seit der Krönung zum polnischen König – und erst recht nach Ausbruch des Krieges – war August zum Reiseherrscher geworden, immer auf dem Weg von hier nach da, von Warschau nach Bautzen, nach Dresden, nach Krakau, nach Thorn, nach Meißen, nach Breslau, nach Torgau. Dazwischen zur Kur nach Karlsbad oder Teplitz. August verbrachte mehr Zeit in Kutschen als in Betten – und das wollte etwas heißen!

Die Nachricht von seiner Anwesenheit in der sächsischen Residenz hatte Fatima alles andere vergessen lassen. Wie besessen war sie von einem einzigen Gedanken: Ich muss zu ihm! Doch trotz ihrer Ungeduld hatte es bis zum Abend gedauert, dem kleinen Friedrich August eine hoffähige Uniform zu beschaffen, ein Gewand, das würdig genug war, um den kleinen Prinzen erstmalig seinem Vater zu präsentieren.

Fatima kannte die Parolen, welche die Herzen und Hellebarden der Schlosswachen öffneten. Maria Aurora, die dem Herrscher immer nähergestanden hatte, immer vertrauter mit ihm gewesen war als Fatima, hatte sie ihr verraten. Sie war ebenfalls Mutter geworden, lange vor Fatima, und hatte den kleinen Knaben Moritz getauft. Auch dies ein Herrschername aus dem Geschlecht der Wettiner, auch ihr Sohn ein Spross des Herrschers. Die Mutterschaft führte die beiden Frauen wieder zusammen, machte sie zu Verbündeten. Gemeinsam zogen sie die Kinder groß. Moritz war von August als Sohn anerkannt worden, nun hoffte Fatima auf dieselbe Gnade für ihren Friedrich August.

Die Wachen ließen sie ein. Mit dem Knaben an der Hand hetzte sie die Stufen hinauf. Sie musste an die ersten, genauso hastigen Schritte in diesem Schloss denken, vor mehr als zehn Jahren. Sie beide, Aurora und Fatima, waren Fremde gewesen, hatten sich verirrt. Nun kannte sie jeden Winkel.

Dann, im Vorzimmer, noch bevor sie dem König unter die Augen trat, widerfuhr ihr eine Begegnung, die ihre Knie weich werden ließ.

»Spiegel!«, rief sie aus. »Was machen Sie denn hier?«

Der Angerufene fuhr herum, entdeckte Fatima und wankte. Seine Hand suchte Halt an der Wand. So gestützt sah er Fatima aus traurigen Augen an. »Das Gleiche könnte ich Sie fragen, Madame!« Verblüfft schüttelte er den Kopf. »Jahre sind vergangen, doch Sie sind immer noch die Schönheit in Person!«

Es war, wenn auch die Worte wenig originell waren, kein dahergesagtes Kompliment. Es kam aus seinem Herzen.

Sein Ernst schüchterte Fatima ein. Sie wich Spiegel aus und beugte sich stattdessen zu ihrem Jungen hinab, der zwar in Hofuniform gewandet, aber völlig außer Atem war. Mit geübter Hand zog sie sein Spitzentuch gerade.

Als er den Jungen sah, wurde Spiegels Miene hart und unversöhnlich. »In welcher Angelegenheit wünschen Sie vorgelassen zu werden?«, fragte er förmlich.

Fatima richtete sich auf und sah Spiegel mit nur schwerlich unterdrückter Wut in die Augen. »Ich werde mich von niemandem zurückhalten lassen, Monseigneur. Ich möchte diesen Jungen seinem Vater vorstellen.« Ihre Finger schlossen sich fest um die kleine Faust des Sohnes, ihre Lippen begannen zu zittern. »Er hatte bislang nicht das Vergnügen.«

Mit einem verächtlichen Blick musterte Spiegel den Jungen. »Soso, das ist also einer der Bastarde des Königs.«

Das Klatschen der Ohrfeige hallte durch das Treppenhaus. Spiegel hielt sich die Wange, die rot anlief. Der Abdruck der Finger wurde sichtbar.

»Sie werden sich unterstehen, meinen Jungen einen Bastard zu nennen!« Fatima sprach ganz ruhig, aber der Ton war scharf, und ihre Augen blitzten. »Es ist eine Frechheit! Der König wird es nicht zulassen.«

Spiegel schluckte die Demütigung und baute sich vor ihr

auf. »Der König wünscht niemanden zu sehen, es sei denn Seine Durchlaucht, den Fürsten Fürstenberg, und die Geheimen Räte.«

»Ich wünsche, vorgelassen zu werden«, wiederholte Fatima.

»Ich habe Befehl, niemandem als den genannten Personen Eintritt zu gewähren.«

Fatima atmete schnell. »Spiegel, dies ist der falsche Moment für Rache. Dieser Junge hier möchte seinen Vater sehen. Und«, sie hob stolz das Kinn, »ich den Geliebten.«

Spiegel schüttelte mehrmals wortlos den Kopf, bevor er das Wort aussprach. »Nein.« Dann: »Es geht nicht.«

Spiegel hatte sich halb abgewandt, da stürzte sich Fatima ohne Vorwarnung auf ihn. Sie traktierte ihn mit Fäusten, als wäre der Teufel in sie gefahren. Der Junge, der zunächst fassungslos neben der Mutter ausgeharrt hatte, verlegte sich aufs Flennen. Kurz: Die Szene war gegen jede Hofetikette.

Spiegel war beim Rückwärtsgehen gestolpert, gestürzt. Fatima nutzte den Vorteil, hockte sich auf seinen Bauch und stäupte ihn mit beiden Händen. Keinen Flecken seines Körpers ließ sie aus. Er versuchte mehr schlecht als recht, sein Gesicht zu schützen, doch bald erlahmte seine Abwehr, während Fatima mit unverminderter Kraft auf ihn einhieb. Dann, völlig überraschend, sprang sie auf, nahm den weinenden Jungen an der Hand und zerrte ihn in den Audienzsaal. Spiegel blieb auf dem Rücken liegen und starrte an die Decke. Dann schloss er die Augen und wünschte, er wäre tot. Eine derartige Schmach war unverzeihlich. Niemand hatte ihm jemals so etwas angetan! Was unterstand sich dieses Frauenzimmer!

Man erwartete niemanden. Die Audienz der Geheimen Räte war eine intime Angelegenheit. Nach jeder Abwesenheit des Herrschers waren tausenderlei Fragen zu beantworten. Als August auf ein Dielenknarren hin den Kopf wandte und die Frau erblickte, verstummte das Gespräch. Fatima warf die Tür ins Schloss, um das Schlachtfeld des Vorzimmers hinter sich zu lassen. Der Knall schlug wie eine Faust in die Stille, und August schickte Flemming, Fürstenberg und die Räte hinaus.

Nach einem Moment der Bestürzung über die Dreistigkeit des Frauenzimmers folgten sie dem Befehl und zogen sich durch eine Tapetentür an der Seite des Saales zurück. Niemanden hatte Fatimas Anblick kaltgelassen. Ihre Perücke war verrutscht, das Kleid zerknittert und zerrissen. Strähnen kräftiger brauner Locken hingen ihr ins Gesicht. Ihre Fäuste waren blau, mit roten Bluträndern unter den Fingernägeln. Eine Rachegöttin hätte nicht furchteinflößender sein können. Einzig der Junge schien zu begreifen, dass man die Form wahren musste, und beugte sein Haupt. Die unbeholfene Geste zauberte ein Lächeln auf Augusts Antlitz. Verzückt ging er auf den Kleinen zu und nahm dessen Kinn zwischen Daumen und Zeigefinger. Der Blick des Knaben war offen und neugierig. August zog ihn an einen Leuchter heran, drehte sein Gesicht ins Licht und begutachtete es sorgfältig. »Die schönen, mandelförmigen Augen hat er von dir«, sagte er mit Stolz. »Den kräftigen Kiefer darf ich mir zuschreiben. Die starke Nase uns beiden.«

Fatima vergaß allen Zorn und fiel auf die Knie. »Verzeiht, Sire! Ich bin nicht gekommen, um für mich zu bitten. Wenn es dem Sultan gefällt, sich eine andere Gattin zu erwählen – dann gefällt es dem Sultan. Aber mein Sohn hier ... unser Sohn ... Friedrich August wünschte so sehr, seinen Vater kennenzulernen. Er fragte jeden Abend nach ihm und ...« Endlich löste sich Fatimas Anspannung in Tränen.

August reichte dem Jungen die Hand, damit er sie küsse. Der kleine Friedrich August zögerte nicht. Seine Finger griffen nach der starken, mit goldgefassten Steinen geschmückten Hand des Herrschers und zogen sie zögernd zu sich heran, wie man ein unbekanntes Krabbeltier aus der Wiese angelt. Erneut flog ein Lächeln über Augusts Gesicht. »Es hat Euch gefallen, ihn auf meinen Namen zu taufen.«

Fatima beugte den Kopf. »Wir dachten, es würde Euch erfreuen. Und es Euch erleichtern, ihn als Sohn anzuerkennen.«

August nickte versonnen, ohne die Augen von seinem Sprössling zu wenden. Lange hatte sich Fatima die Rede zurechtgelegt. Doch nun schossen alle Gedankenfäden zugleich durch den Kopf und ergaben nichts als ein wirres Knäuel.

»Welchen Krieg hast du in meinem Vorzimmer entfacht?«, ging August zu alter Vertrautheit über. Er nahm ihre Hände und hob sie zu sich auf. »Reicht es nicht, dass euer Schwedenkarl in meinem Land steht?« Er ließ den Sohn nicht aus dem Blick, und der wiederum musterte mit großen Augen seinen königlichen Vater.

»Spiegel wollte uns nicht vorlassen, ausgerechnet er!«, beklagte sich Fatima, wischte sich mit dem Handrücken die Tränen fort und schob die Locken wieder unter den Saum der Perücke.

»Spiegel? Ja …«, August lächelte, »das war sein Befehl, in der Tat. Und unter den derzeitigen Umständen kann ich mich glücklich schätzen, wenn es Menschen gibt, die meine Befehle beherzigen …« Fatima schlug den Blick nieder, und August nutzte die Gelegenheit, sie in aller Ruhe zu betrachten. Dann schien ihm die demütige Stille peinlich zu sein. Er lachte. »Ich hoffe, du hast ihn am Leben gelassen?«

»Er ist zäh.« Nun musste Fatima ebenfalls lächeln.

»Er hält im Übrigen große Stücke auf dich.«

Fatima senkte den Kopf.

»Hat er dir meine Geschenke verehrt?«, fragte August und beobachtete sie gefällig.

Fatima überlegte. »Geschenke?«

»Natürlich. Aus Lemberg. Er sollte einige türkische Dinge von dort mitbringen, von denen ich wusste, dass sie dir Freude bereiten würden.«

»Ich weiß nichts von Geschenken.«

Augusts Lächeln war verschwunden. »Nun, wenn er sie als die seinen ausgibt, hätte es mich nicht verwundert. Aber dass er sie ganz und gar unterschlägt, erstaunt mich. Es ist ganz gegen seine Art. Wie dem auch sei, ich werde ihn später zur Rechenschaft ziehen. Wie kann ich deiner Bitte Genüge tun?«

»Meiner Bitte?«, fragte Fatima, als wäre ihr nicht klar, was August meinte.

»Nun, du bist doch als Bittstellerin zu mir vorgedrungen. Ohne Rücksicht auf Verluste.« August schmunzelte. »Also trage mir vor, worum du mich zu bitten gedenkst!«

»Es war mir nur darum getan«, formulierte Fatima sehr zaghaft, »dass Ihr Friedrich August als Euren Sohn anerkennt.«

»Ich erkenne ihn an und fühle mich ihm zugetan«, sagte August, ohne zu zögern. »Ich werde für seine Ausbildung und sein Wohlergehen sorgen. Es wird ihm an nichts fehlen. Wenn er tapfer ist, wird ihm eine Laufbahn in der sächsischen Armee eröffnet sein. Solange sie«, und er machte eine bittere Pause, »noch nicht die schwedische Armee heißt.« Er überlegte kurz, dann zog er einen der schweren Ringe von seinem Finger, presste ihn in Gustis Hand und schloss seine kleine Faust darum. Dann segnete er das Haupt des Sohnes. Der kleine Friedrich August wagte kaum zu atmen.

Schließlich wandte sich der Herrscher Fatima zu. »Heißt dies gerecht getan, Sultana Hafitén?«

Fatima ging erneut vor ihm auf die Knie und bedeutete ihrem Sohn, desgleichen zu tun. Der kleine Friedrich August gehorchte und faltete die Hände, wie er es im Gottesdienst gelernt hatte. Nur der Ring störte ein wenig. Wohlwollend sah August auf die beiden hinab. »Ich werde Euch, Fatima, in die Lage versetzen, ein angemessenes Leben zu führen.«

»Ihr seid großmütig, Herr, einem Sultan ebenbürtig!«

Fatima lag immer noch auf Knien, Friedrich August hatte sich bereits erhoben. August tätschelte seinem Sohn den Haarschopf. Dann kniff er ihm in die Wange. »Nun lasst mich meinen Regierungsgeschäften nachgehen. Ein schwedischer Halunke, mit dem ich unseligerweise verwandt bin, sitzt mir wie eine Laus im Pelz und saugt sächsisches Blut.«

Fatima, die wie ganz Sachsen vor Karls Härte zitterte, erhob sich und verließ den Saal.

»Und schicke mir diesen Nichtsnutz von Spiegel herein«,

rief August ihr hinterher, »damit ich ihm den Kopf zurechtsetze!«

Spiegel hatte sich in eine Fensternische gelehnt. Als Fatima aus dem Audienzsaal trat, sprang er auf. Händeringend lief er auf sie zu. »Es tut mir so leid, Madame, sollte ich Sie gekränkt haben.«

Fatima beachtete ihn nicht, verminderte nicht einmal das Tempo ihrer Schritte. »Gehen Sie aus dem Weg. Der König wünscht Sie zu sehen.«

Spiegel gab nicht auf. Er beugte sich zum kleinen Friedrich August hinunter. »Deine Mutter hat alles Recht der Welt, auf mich böse zu sein. Aber glaube mir, ich tat es nur, weil ich sie einst liebte.«

Der Junge machte große Augen. Da blieb Fatima stehen. »Bringen Sie mir mein Kind nicht durcheinander!«, schrie sie Spiegel an. »Sie sind ein Subjekt, das keinerlei Vorstellung von guten Sitten besitzt. Keinerlei Hochachtung vor den Gefühlen anderer.«

»Sie irren sich, Madame«, setzte Spiegel zu einer Verteidigung an. Da wurde er aus dem Audienzsaal gerufen: »Spiegel!« Die Stimme ließ keinen Zweifel daran: Aufschub wurde nicht geduldet.

Spiegel ergriff Fatimas Hände. »Bitte, Madame, warten Sie auf mich!«, flehte er.

»Verschwinden Sie«, zischte Fatima, und aus ihren Augen zuckten Blitze. »Verschwinden Sie für immer!«

»Spiegel!«, zürnte es erneut aus dem Saal.

Fatima entriss ihm ihre Hände. Spiegel zögerte einen kurzen Moment, dann folgte er der Stimme seines Herrn. Fatima nahm Friedrich Augusts Finger in ihre Hand und zog ihn mit sich fort.

»Mutter?«, fragte das Kind da vorsichtig.

»Mein Sohn?«

»Was ist ein Bastard?«

Spiegel schämte sich, er war sichtlich derangiert. »Mein König ...«, begann er, doch August fiel ihm ins Wort: »Was soll ich von einem Kammerdiener halten, dem es nicht gelingt, mir ein Weib vom Leib zu halten?«

»Sire«, fiel Spiegel ein, doch August unterbrach ihn mit einer harschen Handbewegung.

»Was soll ich von einem Kammerdiener halten, der Geschenke seines Herrschers nicht ordnungsgemäß ausliefert?«

»Aber ich habe es doch versucht! Und die Damen nicht angetroffen.«

»Und alsdann beschlossen, die Dinge für Euch zu behalten?«

»Keineswegs. Ich habe sie dem Leibkämmerer Seiner Majestät ausgehändigt.«

August wischte die Ausflüchte mit einer Handbewegung fort. »Und sagt mir bitte: Was soll ich von einem Kammerdiener halten, der die Mätresse seines Königs begehrt?«

Spiegel versuchte nicht einmal mehr eine Antwort. Die lädierten Kleider hingen an ihm herab. Er ließ sich auf die Knie nieder und versuchte, die Hand seines Herrschers zu küssen. August entzog sie ihm. »Ich habe genug damit zu tun, meine Herrschaft zu retten. Ich kann mich nicht auch noch um meine Buhlschaft kümmern!«, sagte er und wandte sich ab. »Wenn er«, und er hatte Spiegel immer noch den Rücken zugewandt, »wenn er sich nicht gegen eine Dame mit einem Kind stellen kann, wie kann er sich gegen meine Todfeinde stellen?«

»Ich würde mein Leben geben für Euch, Sire«, sagte Spiegel aus tiefster Seele. »Und Ihr wisst es!«

»Ah, gut«, sagte August. »Dann ist es also so, dass Ihr sie immer noch begehrt und deshalb nachgegeben habt?«

»Herr, ich habe nicht nachgegeben. Ich habe gekämpft wie ein Löwe.«

»So, habt Ihr das?« Damit wandte sich August um und sah ihn streng an. »Noch schlimmer. Dann habt Ihr Euch von ihr besiegen lassen!«

Spiegel gab keine Antwort. Er wünschte sich mit aller Kraft an einen fernen Ort.

Noch war die Standpauke nicht vorüber, erneut ergriff August das Wort. »Ich rate Euch: Lasst Euch nicht ein zweites Mal von ihr besiegen! Das hieße seinem Herrscher einen schlechten Dienst erweisen.« August vermied das Wort ›König‹. Denn der Schwedenkarl hatte ihm die Krone entrissen und sie einem Gegenkönig, Stanisław Leszczyński, aufgesetzt.

»Herr«, stammelte Spiegel nun, »wie kann ich mich Eurer Gnade und Vergebung würdig erweisen?«

August präsentierte ihm nichts als den Rücken. »Indem Ihr in Zukunft nur das tut, was ich von Euch verlange!«

Spiegel sah ein, dass es an der Zeit war, sich mit weiteren Ergebenheitsadressen und in fortwährender Verbeugung zu entfernen. Als Spiegel an der Tür angekommen war, rief August ihn noch einmal zurück.

»Spiegel!«

»Ja, Herr?«

»Ihr wisst, was mit Verrätern geschieht?«

»Ja, Herr.«

»Sprecht es laut aus, damit ich höre, dass Ihr es wisst!«

»Sie hauchen ihr jämmerliches Leben auf dem Königstein aus.«

»Genauso ist es.« August nickte ernst. »Ich sehe, Ihr seid im Bilde.«

Als Spiegel in seiner Kammer im Schloss angelangt war, zog er sich vollständig aus. Der Stoff hing ihm ohnehin wenig kleidsam über dem Leib. Fatima hatte ihm vor allem am Brust- und Bauchbereich schwer zugesetzt. Am Hals trug er blaue Flecken. Die Arme waren von Rissen zerfurcht.

Nachdem er seine Oberkleidung abgelegt hatte, drehte er den Knauf und öffnete das Fenster, das zum kleinen Schlosshof hinausging. Er stellte sich so, dass er sich darin sehen konnte. Mit besorgter Stirnfalte wandte er sich hierhin und dorthin und musterte seinen geschundenen Leib. Dann berührte er mit den Lippen die Kratzer auf dem Arm. Tief hatten sich ihre Fingernägel in seine Haut gegraben. Er liebkoste mit dem Mund die Stellen, die er erreichen konnte. Wo er blutete, fuhr er mit der Zunge über die Wunde. Der Speichel brachte sie zum Brennen. Mit dem Handrücken strich er über die blauen Flecken, spürte Haut über Haut streifen. Harte, haarige Haut. Aber das tat nichts, er stellte sich einfach vor, dass es ihre wäre. Sie hatte ihn berührt! Ihre Haut hatte an seiner Haut gelegen. Doch mehr noch als die Berührung erregte ihn der Geschmack des Blutes. Er stellte sich vor, dass es nicht bloß sein Blut war, das er schmeckte, sondern dass es sich mit dem ihren vermischte. Ihr Blut in seinem. Zwei Wesen werden eines. Spiegel schloss die Augen und ergab sich seinen Phantasien. Er sah ihren nackten Körper, den er noch nie gesehen, aber in Gedanken tausendundein Mal entworfen hatte. Er warf sich auf den Boden und wälzte sich in der eigenen, schmerzhaften Wollust.

Später kam er wieder zu sich. Als er sich erhob, fiel sein Blick erneut in das spiegelnde Fensterglas. Nun war ihm die eigene Nacktheit fremd. Ich muss verrückt sein, dachte er. Ich liebe meine Wunden. Aber nicht, weil es die meinen sind, sondern weil sie sie mir eingegraben hat. Sie! Spiegel warf das Fenster zu, dass die Scheiben klirrten, und stützte sich auf die steinerne Bank. Ich liebe sie so sehr, dass ich verrückt werden muss, wenn ich sie nicht besitzen darf, sagte er zu sich selbst und war tief davon überzeugt.

Die Kutsche war ein schlichter Kasten auf Rädern, ohne Wappen, ohne Hoheitszeichen. Nicht einmal ein livrierter Diener stand auf dem hinteren Tritt, stattdessen ein Mann in einfachem Rock, die Mütze tief in die Stirn gezogen. Selbst der Kutscher war vermummt. Die Pferde hatten den Weg vom Schloss im Schritt zurückgelegt, um die schlafende Stadt nicht zu alarmieren. Sie trippelten auf dem Fleck, als der Kutscher die Zügel anzog. Die Feststellbremse quietschte, der Wagen schaukelte nach. Die Pforte des Hauses, vor dem die Kutsche gehalten hatte, öffnete sich einen Spaltbreit. Eine Gestalt mit einem Nachtlicht stand auf dem Austritt.

Im Inneren der Kutsche zog August mit einer Hand den Vorhang beiseite. Er tat überrascht. »Aber das ist doch Haxthausens Besitz?«

Fürstenberg, Augusts Dresdner Statthalter während seines polnischen Abenteuers, verzog einen Mundwinkel. Beinahe sah es wie ein Lächeln aus. »Es ist Euch während Eurer Abwesenheit manches entgangen, Hoheit.«

»Wie kommt sie dazu, hier zu logieren?«

»Maria Aurora hat das Haus rechtmäßig erstanden«, antwortete Fürstenberg.

»Maria Aurora?« August schien überrascht. »Ich dachte, sie wäre in Quedlinburg?«

Nun lächelte Fürstenberg wirklich. Doch in der Dunkelheit der Kutsche blieb es unbestimmt. »Sie lebt hier und dort, Majestät.«

August hielt sich ein parfümiertes Taschentuch vor den Mund und sog Luft ein. »Habt Ihr dafür gesorgt, dass ich ihr nicht begegne?«

Fürstenberg beugte ergeben den Kopf und machte eine Geste des Bedauerns. »Sie wollte sich nicht davon abhalten lassen, Euch selbst zu empfangen.«

August stieß Luft aus. Widerwillen sprach aus jeder seiner Gesten. Er öffnete den Kutschschlag und ließ ein Bein herausbaumeln. »Wozu beschäftige ich eigentlich ein Heer von Dienern, Kammerherrn und Ministern, wenn ich doch alles selbst machen muss?«, fragte er missgelaunt. Ohne Fürstenberg einen Gruß zuzuwerfen, schwang er sich vom Polster. Nur die Erwartung des Stelldicheins hob seine Laune.

Auf der Straße raffte August seinen Mantel vor dem Hals und stieg gemessenen Schrittes die wenigen Stufen hinauf. Die Dienerin mit der Nachtleuchte versank in einer tiefen Verbeugung, und August reichte ihr seinen Hut. Durch einen Türspalt schlüpfte er ins Haus.

Das Entree war hell erleuchtet. Aurora hatte sich prachtvoll herausgeputzt, der Reifrock schien die Breite des Flures einzunehmen. Ihr dunkles, gelocktes Haar war nicht gepudert, aber kunstvoll aufgetürmt, und von dem Doppelgipfel ihres Haarturms fiel ein perlenbesetztes Medaillon auf ihre Stirn hinab. »Mein herzlieber Fürst, es ist mir eine Ehre, Euch in meinem bescheidenen Hause empfangen zu dürfen.«

August hatte sich vorgenommen, sich gleichgültig gegen Aurora zu verhalten. Doch der Liebreiz ihrer Gestalt, die blitzenden, dunklen Augen, die Glätte ihrer Haut und das Ebenmaß ihres Gesichts nötigten ihm Bewunderung ab. Er erinnerte sich an die Handlichkeit ihrer Brüste, die rosige Farbe ihrer Haut, und konnte nicht leugnen, dass ihm der Appetit erwachte.

Die Situation war ihm unangenehm. »Ich hoffe, verehrte Maria Aurora, man hat Euch davon in Kenntnis gesetzt, dass ich …« August war froh, frischen Puder aufgelegt zu haben. Unter diesem errötete er furchtbar, und der Kronleuchter, der das Entree in flackerndes Licht tauchte, hätte Aurora diese Tatsache zweifellos zu Gesicht gebracht.

Sie senkte den Kopf. »Ich bedaure Eure Wahl, aber ich habe sie zu respektieren, Sire.«

August räusperte sich. »Nun gut. Wo finde ich sie?«

Maria Aurora besaß ein rundes, weiches Gesicht, doch nun verhärteten sich ihre Züge. »Oben, auf der zweiten Etage. Hinter der dritten Tür linker Hand findet Ihr ihre Schlafkammer.«

»Gut, gut«, sagte August und wandte den Blick ab. »Schläft sie schon?«

Aurora ließ ihn nicht aus den Augen. »Sie hat sich früh zurückgezogen. Was sie dann tat, weiß ich nicht. Sie ist meine Ziehtochter, nicht mein Schatten.«

»Gut«, wiederholte August. Sachte, beinahe zärtlich, ließ er die Hand auf die Sandsteinbrüstung der Treppe sinken. Bevor er nach oben ging, wandte er sich noch einmal um. »Ihro Lieblichkeit halten sich ebenfalls bereit«, sagte er mit breitem Lächeln.

»Wer? Ich?«, fragte Maria Aurora, obwohl sie nicht bezweifelte, dass sie gemeint war.

August nickte ungehalten. »Wer sonst?«

»Aber ... wo?«, fragte Maria Aurora.

»In Ihrer Kammer«, sagte August, ohne sie anzusehen. Er schickte sich an, die Treppe zu erklimmen, und fügte mit gespitzten Lippen hinzu: »Und übrigens, bevor ich's vergesse: unbekleidet.«

Maria Aurora lief rot an, doch wagte sie nicht zu widersprechen.

August hatte bereits die Hälfte der Treppe zurückgelegt, da fiel ihm noch etwas ein. »Man stelle Lichter auf, damit ich den Weg finde.«

Aus Verlegenheit, aber auch, weil es sich durchaus schickte, machte Maria Aurora einen Hofknicks. Als August am oberen Ende der Treppe verschwand, war ihre Gesichtsröte noch immer nicht gewichen.

Fatima hörte ein Knarren vom Flur her und war sofort hellwach. Nur für einen Moment fiel ein schwacher Lichtschein auf die Dielen, dann wurde die Tür von innen geschlossen. Fatima wusste, dass jemand im Zimmer war. »Wer ist da?«, rief sie in die Dunkelheit.

Niemand antwortete. Stattdessen setzte sich eine Gestalt auf den Rand ihres Bettes. Sie hörte eine Stimme flüstern. »Sei gegrüßt, Hafitén. Der Sultan ist von den Toten auferstanden und wünscht von den Früchten des Lebens zu kosten.«

Fatimas Herz tat einen Sprung. Niemanden hätte sie sehnlicher herbeigewünscht. Sie tastete nach ihm, ergriff ihn am Arm, streichelte den starken, behaarten Unterarm und schmiegte ihr Bein an seine Hüfte. Sie hörte Stoff rascheln, offenbar beeilte er sich, seiner Kleidung ledig zu werden. Fatima richtete ihren Oberkörper auf und zog sich das Nachthemd über den Kopf.

Da schoss ihr ein Gedanke ein. »Der kleine Friedrich August, er schläft bei mir, in einem Bettchen neben dem meinen!«

August hielt kurz inne. »Hast du ihn etwa nicht einer Amme anvertraut? Den Sohn des Kurfürsten?«

Fatima blieb stumm. Sein Ton war vorwurfsvoll, und sie ahnte, dass sie einen Fehler gemacht hatte. »Ich möchte ihn selbst erziehen. Er ist mein größter Schatz.« Ihre Stimme zitterte. »Da ich doch sonst keinen habe.«

August nahm ihren Kopf in beide Hände und küsste sie. »Du hast einen Schatz. Aber du musst ihn oft entbehren. Im Übrigen wünsche ich nicht, dass meine Kinder leben wie die Betteljungen. Gleich morgen wirst du eine Kinderfrau für ihn aussuchen, einen Spielgefährten und einen Hofmeister.«

»Aber ...«, versuchte Fatima zu protestieren.

»Du wagst es, dich dem Befehl des Sultans zu widersetzen?« August hatte sie hart angefasst und ihren Oberkörper auf das Laken gezwungen. Zugleich bedeckte er sie mit Küssen und liebkoste sie mit Hingabe. Da vergaß Fatima ihre Einwände und unterwarf sich seiner Leidenschaft.

Am nächsten Morgen beim Frühstück schwiegen die beiden Frauen, während die Aufwärterinnen ebenso wortlos ihren Dienst versahen. Nur das Klappern des Porzellans und des Bestecks war zu hören. Der kleine Friedrich August frühstückte bei der Köchin in der Küche – sein Lieblingsort.

Aurora trug eine gepuderte Perücke. Sie hatte große Sorgfalt auf ihre Toilette verwendet, sich die Augenbrauen nachgezogen, die Haare von der Kammerzofe auftoupieren lassen, kurzum, sie sah aus wie eine der ersten Damen des Hofes. Das ganze Gegenteil war Fatima. Auf die Perücke hatte sie verzichtet, die dunkelbraunen Haare fielen strähnig herab, und Aurora war sich nicht sicher, ob sie an diesem Morgen schon einen Kamm gesehen hatten. Puder hatte sie auch nicht aufgelegt. Fatimas Bräune stieß Aurora unangenehm auf: Sie war schlichtweg ordinär! Die Gegenwart ihrer Ziehtochter war an diesem Morgen kaum auszuhalten. Doch Aurora riss sich zusammen.

Fatima sah aus, als hätte sie vierzig Tage lang geweint. Tatsächlich war es nur der Rest der Nacht gewesen, Aurora, deren Schlafkammer nicht weit entfernt lag, hatte es gehört. Die Ziehmutter wartete den Moment ab, da beide Aufwärterinnen aus dem Zimmer waren. Dann kam sie auf das zu sprechen, was zwischen ihnen stand. »Was hast du gedacht? Dass du die Einzige sein kannst?«

Fatima, die bislang vermieden hatte, Aurora anzusehen, schleuderte ihr nun Augenblitze entgegen. »Das nicht. Aber ich hätte nicht gedacht, dass ich ihn mit meiner Mutter teilen muss!«

Maria Aurora drückte das Kreuz durch und unterbrach das Rühren in ihrem Kaffee. »Pardon, meine Liebe, aber ich glaube, Sie verwechseln die Reihenfolge.«

»Ach, damals war ich fast noch ein Kind. Er konnte mich leicht haben ...«

»Und weil er Sie so leicht haben konnte, nahm er mit mir vorlieb«, ergänzte Maria Aurora mit bitterem Tonfall.

Fatima schwieg.

»Glaubst du«, und Aurora lächelte maliziös, »das hätte ihn aufgehalten? Schon damals zeigte er lebhaftes Interesse an dir. Als wir ihm zum ersten Mal begegneten. Ich in Trauer, du als – wie sagtest du? – Kind? Äußerlich warst du es vielleicht. Aber innerlich, wie man hört ...«

»Es stimmt, ich habe mich schon damals in ihn verliebt«, gab Fatima zu.

»Wie konnte es anders sein? Er war ein Herrscher, ein junger Mann, alle Welt beugte sein Haupt vor ihm ... Welches junge Mädchen würde sich nicht an seine Seite träumen?«

Fatima seufzte. »Aber er liebt mich auch.«

Wieder lächelte Maria Aurora und sah ungnädig auf die Ziehtochter. »Glaube mir, Gefühle spielen bei diesem Mann keine Rolle. Nicht die geringste. Sei froh, wenn du ihm für den

Moment gefällst. Wenn das Gefallen eine Nacht vorhält, preise dich glücklich! Aber glaube ja nicht, dass du geliebt wirst.«
»Ich glaube, Sie sind eifersüchtig, Madame.«
»Auf wen? Auf dich? Oder die Lubomirska? Eher auf die Lubomirska!«
»Was? Wer ist sie?«
»Eine polnische Dame. Sie gebar ihm jüngst einen Knaben.«
Fatima sprang auf. »Warum nur, Mutter, warum haben Sie eine Madame aus mir gemacht?«
Auroras Lippen verloren alle Farbe, so sehr presste sie sie zusammen. »Was meinst du?«
»Eine Türkin ist an das Haremswesen gewöhnt. Aber mich schmerzt es in der Seele! Ich habe es versucht, doch es gelingt mir nicht, ihn zu teilen. Warum nur haben Sie mich zur Europäerin gemacht? Ich hasse Sie dafür!«
Aurora schwieg und musterte die junge Frau. »Eine Europäerin bist du nur dem äußeren Anschein nach, Fatima. Was trägst du denn gewöhnlich? Kleider, Perücken, Puder? Nichts als Maskerade! Schleier und Pluderhosen sind dir näher. Und ein Schmuck, der bei jedem Schritt klirrt. Das ist deine Natur. Niemals wirst du sie ablegen.« Aurora hatte nicht verhindern können, dass sich Verachtung in ihren Tonfall mischte.
»Das nenne ich eine Zwickmühle, Madame! Sie selbst haben mich doch in die Maskerade gezwungen! Sie selbst entwickelten doch den Ehrgeiz, aus der Türkin Fatima die Schwedin Maria Aurora zu machen. Jetzt erklären Sie den Versuch für gescheitert! Heißt das, Sie verstoßen mich, Madame?«
Maria Aurora wischte den Vorwurf beiseite. »Ich möchte dich nur zur Vernunft bringen.«
Fatima war an der Tafel entlanggegangen, nun stand sie unmittelbar vor Maria Aurora und maß sie mit herausfordernden Blicken. »Welche Vernunft meinen Sie: die europäische oder die türkische?«

Dresden im Jahr 1706

Fatima wand sich seit Stunden unter Schmerzen. Zu Beginn der Wehen hatte sie noch in ihrem Bett gelegen, nun lief sie in der Kammer umher. Die Haare hingen ihr ins Gesicht und schienen wie mit dickem Tintenstrich die Ströme von Schweiß nachzuzeichnen, die ihr über die Haut rannen. Sie presste ihre Hände gegen den Bauch, dessen Haut so glatt und gespannt war wie das Fell einer Trommel. Ein langes Stöhnen kroch ihr aus der Kehle, schwoll an und endete in einem hellen, klaren Schrei. Wenn der Schmerz sie übermannte, ging sie hinüber zum Fenster und hängte sich an die Vorhänge.

Die Hebamme bewahrte Ruhe. Sie hielt ihr Handwerkszeug bereit und beobachtete Fatima. Sie wusste, dass es mit dem Gebären nur etwas werden konnte, wenn die Schwangere zur Ruhe kam. Also ließ sie sie herumlaufen. Fatima schüttelte Hände und Arme aus. Ihr ganzer Körper schien angespannt.

Plötzlich stand Aurora in der Tür. Hinter ihr drängelten sich drei männliche Personen, die von Amts wegen Klugheit und Gelehrsamkeit ausstrahlten.

»August schickt Hilfe«, erklärte Aurora. Ihr Tonfall zeugte nicht von Begeisterung. »Den ganzen Sachverstand seiner Leibärzte jedenfalls«, sagte sie spitz.

Ohne eine Aufforderung abzuwarten, drängten die Ärzte herein. Aurora blieb an der Schwelle zurück. Sie stürzten sich auf Fatima und umkreisten sie, wobei sie mit lateinischen Ausdrücken um sich warfen. »Hat sie denn schon einmal entbunden?«, fragte der eine. »Sehen Sie«, sagte der andere, »die Röte der Wangen? Das zeugt von einem Übermaß an Blut. Wir müssen sie zur Ader lassen.« – »Nein«, wandte daraufhin der Dritte ein, »das würde sie schwächen. Was sie benötigt, sind kalte Güsse, um die Flüssigkeiten zu beruhigen.«

Vor Schreck hatte Fatima ihre Geburtsschmerzen vergessen. »Lassen Sie mich in Ruhe!«

Die *Doctores* schienen sie nicht gehört zu haben. Sie umrundeten Fatima noch immer. »Was steht sie hier auch herum? Sie muss hinauf aufs Kindbett!« – »Ach was, Bewegung! Das tut ihr gut, das bringt die Organe in Wallungen und befördert das Kind zum Ausgang.« Der Dritte schnalzte verächtlich mit der Zunge. »Hat man so was schon gehört? Als ob Gebärende umherspringen, bis das Kind herausfällt!«

»Verzeihen Sie«, sagte die Hebamme vom Schemel aus, auf dem sie sich betont breitbeinig niedergelassen hatte. Doch die Leibärzte ließen sich nicht in ihrem Eifer stören.

»Entschuldigen Sie«, rief die Hebamme da mit einigem Volumen und drang endlich durch. Fatima nutzte den Moment der Verblüffung, um aus ihrer Mitte zu schlüpfen.

»Wer ist dieses Weib?«, fragte einer die beiden anderen. Doch die zuckten nur mit den Schultern. Sie musterten die Frau mit dem gewaltigen Busen, die wie der Kommandant über seine Kompanie über eine Formation aus Wassereimern und Leinentüchern gebot, die sie gegen jegliche Komplikation in die Schlacht zu führen gedachte.

Im Kampf gegen diese Herren allerdings gab es kein anderes Instrument als das lateinische Wort. Und darüber gebot sie nicht. Schwerfällig erhob sie sich vom Schemel. »Wie vielen Entbindungen haben Sie denn schon beigewohnt?«, fragte die Hebamme seelenruhig. Die Ärzte sahen sich an. »Was meint sie?« – »Die Anzahl, Monseigneurs, die Anzahl!« – »Der Bücher? Nun, es gibt vortreffliche Werke …« – »Nicht der Bücher, der tatsächlichen *casi*.« – »Als ob es eine Frage der Zahl wäre!« – »War nicht die Geburt des Thronfolgers …?« – »Das war vor meiner Amtszeit.« – »Tatsächlich? So verhält es sich auch bei mir.« – »Wirklich? Bei mir ist es exakt dasselbe.«

»Nun?«, fragte die Hebamme. Die Ärzte streckten die Köpfe zusammen. Dann trat einer vor, um das Ergebnis zu verkünden: »*Nulla.*«

»Wie bitte?«

»Wir waren bis dato bei keiner Entbindung zugegen«, formulierte der Leibarzt so geschraubt wie möglich. »Allerdings wissen wir aus berufenem Munde …«

»Wir sind die Leibärzte des Königs, Weib!«, äußerte da der Älteste empört, so als müsste sie den Fakt nun endlich zur Kenntnis nehmen. »Und Ihr examiniert uns wie im Anatomischen Theater!«

Die Hebamme ließ sich in aller Seelenruhe wieder auf dem Schemel nieder. »Ich habe es vernommen. Also unternehme ich nichts und erwarte den königlichen Befehl?«

»Wir erwarten den königlichen Befehl!«, stellte der Älteste klar. »Denn nur wir haben das Recht, Befehle des Königs, die Hofdame Fatima betreffend, entgegenzunehmen. Und Sie«, und damit stach er mit ausgestrecktem Zeigefinger gegen ihre Brust, »Sie erwarten gefälligst unsere Befehle!«

Resigniert faltete die Hebamme die Hände im Schoß. Im nächsten Moment schrie Fatima erneut auf. In Erwartung der Wehe hatte sie sich am Vorhang postiert. Nun fasste sie ihn. Breitbeinig ging sie in die Hocke, hängte sich an den Stoff wie an ein Seil und ließ sich von der Welle des Schmerzes überrollen.

Die dürren Herren mit ihren gewaltigen Perücken zuckten zusammen. Erst als der Schrei verebbt war, scharten sie sich wieder um die Patientin. »Haben Sie Schmerzen?«, fragte einer.

Fatima war nicht in der Lage, Antwort zu geben. Auf ihrem Hemd bildeten sich Schweißflecken. Dort, wo sie gehockt hatte, glänzte Flüssigkeit auf den Dielen. Die Hebamme sprang auf.

»Ich sage ja, wir müssen sie zur Ader lassen! Es sind die Flüssigkeiten, die herausdrängen!«

Die Hebamme verlor die Geduld. Sie erhob sich, indem sie

ihre Pranken auf die Schenkel fallen ließ. »Würden Sie bitte die Kammer verlassen? Ich möchte die Frau waschen.«

»Waschen? Ja, womit denn?«

»Mit erhitztem Wasser, wenn es gestattet ist.« Sie schob die Ärzte mit dem einen Arm beiseite und breitete mit dem anderen dort, wo Fatima hockte, frische Laken und Tücher über die Dielen. Diese Art der Entbindung war auch ihr neu. Doch sie war es gewohnt, die Dinge zu nehmen, wie sie kamen.

»Das Köpfchen! Ich spüre das Köpfchen!«, schrie Fatima und krallte sich erneut in den Stoff. Im nächsten Moment krümmte sich ihr Körper unter einer Presswehe. Dazu schrie sie gellend.

Die Leibärzte warfen sich ängstliche Blicke zu.

»Darf ich Sie bitten, die Kammer zu verlassen!«, wiederholte die Hebamme und schob die drei Herren zur Tür.

»Wer sind Sie, dass Sie uns Befehle erteilen?«, wollte der Älteste noch protestieren, wurde aber von den beiden anderen niedergezischt. Ein schneller Abgang kam ihnen nicht ungelegen.

Nach dem Abklingen der Wehe mischte sich Fatima selbst ein. »Hinaus!«, schrie sie mit letzter Kraft. »Oder es ist Ihre Schuld, wenn das Kind stirbt.«

Die Ärzte setzten ihre Hüte auf und flohen aus der Kammer. Wenig später landete das Kind blutig, doch wohlbehalten auf einem warmen weißen Laken. Die Hebamme nahm es und legte es Fatima an die Brust. Sofort begann das Mündchen nach der Warze zu suchen. Glückselige Tränen liefen Fatima über die Wangen.

Die Hebamme lächelte vor sich hin. »Ein Mädchen«, sagte sie stolz. Und nach kurzem Zögern fügte sie hinzu: »Ein Mädchen – doch so stark wie sein Vater!«

Als Maria Aurora mit dem kleinen Friedrich August an der Hand das Zimmer betrat, war Ruhe eingekehrt. Katharina, wie Fatima das Mädchen sogleich genannt hatte, lag friedlich in einer Wiege und schlief. Fatima hatte die Augen geschlossen. Die

Anstrengungen der Geburt hatten ihr Gesicht gezeichnet. Als sie hörte, dass jemand ins Zimmer trat, konnte sie kaum die Lider heben. Erst als der kleine Friedrich August sie von der Seite her stupste und sich auf das Bett schwang, als seine zarten Finger nach ihrer Hand tasteten, öffnete sie die Augen. »Komm her!«, sagte sie zu dem Jungen. Der wusste gleich, was seine Mutter wollte, und näherte seine Wange ihrem Mund. Sachte presste sie ihre Lippen auf seine weiche, frische Haut. »Mein kleiner Prinz«, sagte sie stolz, »du hast ein Schwesterchen bekommen. Eine Prinzessin.«

»Ich weiß«, nickte Friedrich August eifrig. »Sie heißt Katharina und ist noch ganz klein. Viel kleiner als ich.«

Fatima lachte, dann brach sie ab, da es sie zu sehr anstrengte.

Aurora räusperte sich. »Seine Majestät hat Geschenke und Gaben geschickt. Prachtvolle Kleider für die Kleine. Schmuck. Auch Gold ist dabei ...«

Fatima wandte ihren Kopf ab. »Ich dulde es nicht.«

Aurora trat einen Schritt näher, um sicherzugehen, dass sie sich nicht verhört hatte. »Du duldest es nicht, Geschenke zu empfangen? Aber Kind ...«

Mit letzter Kraft hob Fatima den Arm. Maria Aurora verstummte augenblicklich.

»Er hat mir seine Ärzte geschickt«, sagte Fatima, »das war genug.«

»Aber ...«

»Ich mag seine Geschenke nicht nehmen.«

»Aber warum nicht?«

»Das will ich dir sagen«, Fatima versuchte, sich hochzustemmen, doch es gelang ihr nicht. Also ließ sie sich wieder in die Kissen fallen und sprach gegen die Zimmerdecke: »Wenn er nicht selbst erscheint, um seine Tochter zu begrüßen, will ich nichts von ihm haben.«

»Aber ... es wird ihn gegen dich aufbringen«, wandte Maria Aurora ein letztes Mal ein. »Ist es denn klug – in deiner Lage zumal! –, seinen Zorn herauszufordern?«

Fatima schwieg lange. Dann sagte sie schließlich: »Es mag nicht klug sein, aber ich kann nicht anders.«

Als Maria Aurora vor das Haus trat, schaute Spiegel auf. Die Diener in Livreen trugen Kisten und Kästen heran und stapelten sie neben den Eingang. In der Kutsche lagen noch weitere Pakete, verschwenderisch auf einen Haufen geworfen, wie es Augusts Art war. Spiegel trat einen Schritt auf Aurora zu.

Hilflos hob sie die Arme. »Packen Sie wieder ein. Sie will es nicht. Ich kann auch nichts machen.«

Spiegel legte die Stirn in Falten. »Weiß Fatima, was sie tut? August war außer sich, als er von der Behandlung seiner Leibärzte erfuhr!«

Auch Aurora stand die Sorge ins Gesicht geschrieben. »Ich habe es ihr gesagt. Ich weiß nicht, was ich noch tun soll, um sie zur Besinnung zu bringen.«

Spiegel trat einen Schritt zurück.

»Ich bitte Sie«, wandte sich Aurora flehend an den Kammerdiener, »lassen Sie uns Seiner Majestät gegenüber nicht in schlechtem Lichte dastehen!«

»Nun«, sagte Spiegel ruhig, »Fatima zeigt sich in allem, was den König betrifft, von größter Abneigung. Was gibt es da zu beschönigen?«

Aurora neigte den Kopf. Ihre Hand suchte die seine. Als sie sich berührten, strich sie wie zufällig über seine Haut. »Ich weiß, Sie mögen Fatima. Stellen Sie es so dar, als wäre sie geschwächt von der Geburt und noch nicht bei Sinnen. Ich bitte Sie! Es ist der größte Dienst, den Sie uns erweisen können.« Sie beugte sich vor und gab ihm einen Kuss auf die Wange.

Spiegel genoss die kurze, vertrauliche Berührung. Dann zog er die Hand zurück und wandte sich ab. »Wir werden sehen. Ich kann sie nicht in besseres Licht stellen, als ihr gebührt.« Er klatschte zweimal in die Hände und befahl: »Alles einpacken!« Nach einem Moment der Verblüffung begannen die Knechte, alles wieder in den Wagen zu werfen.

Zum Abschied trat Spiegel vor Aurora. »Bitte seien Sie so freundlich und bestellen ihr meine untertänigsten Wünsche.« Dann wandte er sich ab.

Als die Gräfin ins Haus trat, lächelte sie. Sie hatte das Bedauern in seinen Augen gelesen und wusste, dass Spiegel den Affront der Ziehtochter dem König in den mildesten Tönen schildern würde.

Dresden im Jahr 1709

Einige Jahre waren seit der Geburt der Tochter vergangen, da begegneten sich, ohne dass sie damit gerechnet hätten, Fatima und Spiegel im Vorzimmer des Königs. Sie musterten einander in einer Mischung aus Empörung und Freude. Spiegel fasste sich als Erster. »Madame«, sagte er, noch immer wie erstarrt, »es ist mir eine Ehre!«

»Was tun Sie hier?«, fragte sie schließlich, ohne den Gruß zu erwidern. Und dann, um ihre eigene Anwesenheit zu erklären: »Seine Königliche Majestät hat mich einbestellt.«

»Auch mich ließ er rufen. Ich bin also ganz rechtmäßig hier.«

»Was will er von uns?«

Fatima hatte begonnen, ihn lauernd, in einer engen Kreisbewegung, zu umrunden, um ihn von allen Seiten begutachten zu können. Spiegel ließ sich prüfen wie ein Ochse auf dem Markt, wich ihrem Blick aus. Dann wurde er hineingerufen. Rasch trat er aus dem Bannkreis und entkam durch die Tür, die ein Lakai ihm öffnete.

Spiegel durchmaß den halben Saal, bevor er in gebührendem Abstand vor dem Thron stehen blieb. Dann entbot er die üblichen Demutsbezeugungen. Als er sich wieder aufrichtete, versuchte er im Mienenspiel Flemmings und Augusts zu lesen, was der Zweck der Audienz sein mochte. Flemming blickte, nicht anders als sonst, hochmütig und kalt auf Spiegel herab, August hatte die Augenbrauen eng zusammengezogen.

Die übrigen Anwesenden waren an einer Hand abzuzählen: ein Kammersecretarius, ein paar Schreiber, Fürstenberg. Der achtete nicht auf den Eingetretenen. Er stand an der Seite eines Schreibers und war damit beschäftigt, eine Akte auszufertigen.

»Mein Spiegel«, sprach August ihn mit kräftiger Stimme an.

Spiegel sank erneut in eine Verbeugung. »Ihr wünscht, Sire?«

Bevor August weitersprach, drang ein Geräusch aus seiner Kehle, eine Art Knurren. Zufrieden und bedrohlich gleichermaßen, wie es einem Bären entfahren mochte, der seine Beute beschnuppert.

»Wir wissen nicht recht, was wir von Euch zu halten haben«, sagte August brummend, und Spiegel senkte den Kopf. »Wir sind durchaus unzufrieden mit ihm.« Er schwieg, und Spiegel hielt die Luft an, denn der König schien noch nicht am Ende seiner Rede angelangt. »Und auf der anderen Seite sind wir es wiederum nicht«, folgte der Nachsatz.

Flemming stieß Luft durch die Nase. Spiegel wartete ab.

»In manchen Belangen«, fuhr August fort, »seid Ihr mir ein treuer Diener und willfahrt meinen Befehlen zur größten Zufriedenheit. In anderen hingegen erweist Ihr Euch als eigensinnig.«

Spiegel hatte den Kopf noch nicht wieder gehoben. Mit dem Blick zum Boden beteuerte er: »Mein König, ich war stets bemüht, Euch in jeder Hinsicht dienlich zu sein.«

»Und doch übergebt Ihr Geschenke nicht, wie es Euch aufgetragen wurde«, fuhr August ihm in die Parade. »Und doch begehrt Ihr Weiber, die Euch nicht versprochen sind.«

»Mein König«, setzte Spiegel zu einer Rechtfertigung an, doch August schnitt ihm das Wort ab: »Ich werde Eure Treue auf eine letzte Bewährungsprobe stellen.«

Spiegel senkte sein Haupt tiefer in Erwartung des Urteils. Aus den Augenwinkeln sah er, wie sich Flemmings Mundwinkel genüsslich auseinanderzogen, und machte sich auf das Schlimmste gefasst.

»Ich ernenne Euch mit sofortiger Wirkung zum Ober-Akzisrat mit der gebührenden Apanage. Das Ernennungsschreiben«, mit einer Geste wies August beiläufig auf einen der Schreiber, »wird eben ausgefertigt.«

Spiegel trat vor und versuchte, Augusts Hand zu ergreifen, um sie zu küssen. August entzog sie ihm. »Hört zu Ende, bevor Ihr vor Dankbarkeit zerspringt.«

Spiegel wich zurück.

»In dieser Funktion«, fuhr August fort, »werdet Ihr nach Lemberg gehen und das Amt des Obersten Administrators der Zollbehörde und Verwalters der königlichen Güter bekleiden.«

»Zu Diensten, mein König«, akzeptierte Spiegel verblüfft. Eine Pause entstand, und Spiegel wusste nicht, ob er sich entfernen sollte. Doch Augusts Blick ruhte immer noch auf ihm, weshalb Spiegel sich nicht zu rühren getraute.

»In Lemberg kreuzen sich«, sprach August und senkte die Stimme ein wenig, »wichtige Handelsrouten. Man findet dort schwedische Spione ebenso wie türkische Kaufleute oder die Kuriere des Tataren-Khans. Jüdische Geldverleiher ebenso wie Pelzjäger aus der Walachei. Euer Vorteil: Ihr kennt die Stadt bereits.«

»In der Tat, mein König: Diese Stadt ist ein eigener kleiner Kontinent.«

»Da Ihr die Abwechslung liebt, wird es Euch nicht schwerfallen, Euch dortselbst zu etablieren.«

»Ganz und gar nicht, Königliche Hoheit!«, warf sich Spiegel in die Brust. »Wann reise ich ab?«

»Sobald Eure Instruktionen ausgefertigt sind.«

»Mit dem größten Vergnügen«, sagte Spiegel. Er realisierte zwar, dass es von zweifelhaftem Vorteil war, aus Augusts unmittelbarer Umgebung entfernt zu sein. Doch selbst wenn es eine Intrige war, um ihn loszuwerden, hatte man ihn auserkoren, ein über die Maßen ehrenwertes Amt zu bekleiden! Fern des Hofes, aber gerade deshalb mit Befugnissen, Spielräumen …

Er wollte sich endlich entfernen, da hielt August ihn zurück. »Eine Kleinigkeit gibt es noch, bevor Ihr die königliche Kutsche entert.«

»Stets zu Diensten«, sagte Spiegel willfährig.

»Ich geruhe, Euch mit der Hofdame Fatima von Königsmarck zu verheiraten.«

Spiegel wusste nicht, wie ihm geschah.

»Das mag Euch überraschen.« August beobachtete ihn scharf. Er wollte die Wirkung seines Entschlusses zur Gänze auskosten.

Spiegel musste mehrmals schlucken, ehe er fortfahren konnte. »Sire, mein König, womit habe ich diese Gnade verdient?« Er griff nach Augusts Hand und drückte einen Kuss darauf. Der König ließ es zu. »Uns scheint, Ihr seid Euch der vollen Bürde dieser Aufgabe nicht bewusst ...«

»O Königliche Hoheit, es ist keine Bürde. Alles andere als das. Ein Geschenk des Himmels!«

Flemming räusperte sich, und August warf ihm einen Seitenblick zu. »Nun, ich bin zwar Kurfürst von Sachsen und nun auch wieder König in Polen, doch im Himmel habe ich keine Pfründe.«

Spiegel ging die Wortwahl des Königs nicht aus dem Kopf. »Warum sollte dieses Geschenk eine Bürde sein?«, fragte er naiv.

Wieder warf August Flemming einen Blick zu. Der erwiderte ihn amüsiert. »Nun«, sagte August, »Ihr steht mir mit allem, was Ihr habt, und sei es mit Eurem Leben, für die Unversehrtheit dieser Dame ein.«

»Aber sicher«, sagte Spiegel, »nichts liegt mir mehr am Herzen.«

»Ich werde Euch vermählen«, sagte August, »aber Ihr werdet nicht wie Gemahl und Gemahlin zusammenleben. Vielmehr werdet Ihr wie ein Vater auf die Dame, wie ein Großvater auf die Kinder – meine Kinder – achtgeben.«

»Wie ein Vater«, wiederholte Spiegel lakonisch. Dann riss er sich aus der Starre. »Wenn es Euch beliebt, sei es so.«

»Es beliebt«, sagte August, nun sichtlich erleichtert, da die Sache ausgesprochen war. »Es beliebt uns in der Tat sehr.«

Spiegel schmeckte den Wermutstropfen. Doch sein Herz

hüpfte wie wild, denn per königlichem Dekret würde er der Fatima so nahe sein wie nie zuvor – Tag für Tag.

Flemming geleitete Spiegel hinaus. Es war keine Geste der Höflichkeit. Der engste Berater des Kurfürsten und Königs wollte lediglich verhindern, dass sich die zukünftigen Eheleute verständigen konnten.

Indem er Spiegel entließ, bat er Fatima hinein. Keine Zeit für einen noch so kurzen Wortwechsel.

Spiegel suchte Fatimas Blick zu begegnen. Doch sie wich ihm aus.

Fatima trat ein wie eine Königin. Als sie Augusts ansichtig wurde, entbot sie einen tiefen Hofknicks. Sie beugte das Haupt, das auftoupiert, aber nicht geweißt war. Umso imposanter türmten sich die kraftvoll gewellten dunkelbraunen Haare.

Galant trat August auf sie zu und half ihr auf. Er nahm sie in den Arm, und Fatima lehnte den Kopf an seine Schulter. »Wie glücklich Ihr mich macht, mich zu Euch zu befehlen, Herr«, sagte sie und strahlte ihn an. »Ich wähnte mich schon in Ungnade.«

August nahm sie an seine Seite und flanierte mit ihr durch den Kronsaal. Vorbei an den Schreibern, deren Federn eilig über Papier kratzten. Vorbei am Thronsessel, der verwaist an der Stirnseite stand. Vorbei auch an Flemming, der mit verschränkten Armen im Raum ausharrte und das Paar beobachtete.

»Ihr habt meine Gnade niemals verloren und werdet sie nie verlieren, Hafitén.«

Fatima schmiegte sich an ihn. Er ließ es geschehen. »Allerdings gehört ein Sultan nicht nur den Frauen«, sagte August ernst und fügte noch ernster hinzu: »Vor allem gehört er seinem Land. Er kann keine Rücksicht nehmen auf die Stimme seines Herzens, sondern muss dem folgen, was die politische Vernunft ihm gebietet.«

»Ich bin die Mutter zweier Kinder Eurer Majestät, mehr hab ich mit der Politik nicht zu schaffen.«

»Das freut mich zu hören.« August lächelte. »Allerdings gebietet Euch die Politik, einen Platz einzunehmen. Eben weil Ihr die Mutter meiner Kinder seid.«

»Wenn es der Platz an Eurer Seite ist, werde ich die Bürde leichten Herzens auf mich nehmen.« Fatimas Stimme zitterte in freudiger Erwartung.

Abrupt blieb August stehen, musterte sie irritiert. Fatima wurde so ungeduldig, dass sie drängte: »Sprecht, welches Schicksal habt Ihr für mich vorgesehen?«

August entließ sie aus seinen Armen und trat zum Fenster, als er das Urteil verkündete: »Mir beliebt es, Euch mit einem treuen Diener zu vermählen. Als Euer Gemahl wird er unsere Kinder an Vaters statt aufziehen. Es wird ihnen an nichts fehlen, dafür bürge ich mit meinem Wort. Ihr – als seine Frau – werdet Eure Schritte dorthin wenden, wohin auch er geht. Ihr werdet Euch dort niederlassen, wo auch er sich niederlässt. Und dort sterben«, er senkte die Stimme, »wo er stirbt.«

»Euer Diener? Wer ist es? Nun sprecht schon!«

»Ihr seid Euch verschiedentlich begegnet«, sagte August. »Es ist Johann Georg Spiegel.«

Fatima nickte mit leeren Augen. »Spiegel«, wiederholte sie. Ihr Gesicht zeigte keinerlei Regung.

»Er ist ein guter Mann«, sagte August, »und ich habe ihm eine Aufgabe zugeteilt, die ihm zur Ehre gereichen wird, wenn er es geschickt anstellt.«

»Wird dies fern von Euch sein?«, erkundigte sich Fatima mit erstickter Stimme. »Muss ich Dresden verlassen?«

»Durchaus«, sagte August. Dann wandte er sich von ihr ab und trat zu Flemming, um einen anderen Gegenstand zu erörtern. Mit keinem Zeichen bedeutete er Fatima, dass die Audienz beendet war. Er ließ sie einfach stehen.

Fatima blieb einen Moment wie versteinert. Dann knickten ihre Knie ein, und mit einem Seufzer stürzte sie ohnmächtig zu Boden.

Polen im Jahr 1709

Sie kamen nur langsam voran. Es regnete, als hätte sich der Himmel entschlossen, die Erde davonzuschwemmen. Zur ersten Nacht gelangten sie nicht weiter als bis Bautzen. Spiegel sprang aus der Kutsche und reichte Fatima die Hand. Sie schlug das Angebot mit säuerlichem Gesicht aus. Dass Spiegel sie dem Wirt als Madame Spiegel vorstellte, trieb ihr die Röte ins Gesicht. Als er ihr auf der Stiege den Vortritt ließ, flüsterte er ihr zu: »Es war nicht meine Entscheidung. Wenn du deinen Herrscher liebst, solltest du seine Beschlüsse respektieren.«

Erhobenen Hauptes schritt sie an ihm vorüber, ohne ihm auch nur anzudeuten, ob sie ihn verstanden hatte. Es war nicht meine Entscheidung, dachte Spiegel dann – aber mein sehnlichster Wunsch.

Fatima bestand auf getrennten Kammern, Spiegel folgte ihrem Wunsch. Bis sie, nach zweiwöchiger Fahrt schon tief in Südpolen, an eine Herberge kamen, die vollkommen überfüllt war. Niemand wusste den Grund dafür zu sagen. Doch die Lage war so prekär, dass die einfachen Reisenden auf den Tischen der Gaststube schliefen.

Der Wirt beugte sich der Anordnung, Platz für den Beamten des Königs zu schaffen, doch mehr als eine Kammer war beileibe nicht freizuräumen. Also willigte Fatima ein.

Die Kammer, in der sie schlafen sollten, war räudig und besaß nur ein Bett. Nachdem Spiegels Diener Anton beim Verstauen der Truhen und beim Auskleiden behilflich gewesen war, ließ er die Herrschaft allein. Er selbst begab sich auf den Heuboden des Pferdestalls, ein besserer Platz war für ihn nicht aufzutreiben gewesen. Die Offiziere, die August der Starke ihnen zum Geleit beigegeben hatte, vergnügten sich derweil in der Wirtsstube. Immerhin reiste Spiegel als Amtsträger des Königs und führte eine erkleckliche Reisekasse mit sich, zudem ausreichend Mittel, sich in Lemberg zu etablieren. Fatima befahl den Kindern, die Kleider abzulegen. Als Spiegel dem Befehl ebenfalls Folge leistete und seine Allongeperücke auszog, um sie einem hölzernen Ständer für die Nacht anzuvertrauen, war die Begeisterung groß. Fatima, die seit einiger Zeit keine künstlichen Haare mehr trug, versuchte noch, zur Disziplin anzuhalten. Doch Spiegel ermunterte die Kinder, hier anzufassen, da zu zupfen, bis er schließlich zuließ, dass Gusti sie auf den Kopf zog. Natürlich war sie ihm viel zu groß. Gusti musste sie mit beiden Händen an die Ohren pressen, damit sie ihm nicht vom Kopf rutschte. Er sah in den Spiegel und schüttete sich aus vor Lachen.

Katharina hatte vor dem gepuderten Lockenmonstrum Schutz auf dem Schoß der Mutter gesucht. Doch der Kampf des Bruders mit der Haarpracht entlockte auch ihr ein Kichern.

Fatima beobachtete eine Zeitlang das Treiben, dann scheuchte sie Katharina vom Schoß und Gusti aus der Perücke. Die Kinder zogen lange Gesichter, spürten sie doch, dass sich die Wut der Mutter nicht gegen sie richtete, aber an ihnen entzündete. Eins nach dem anderen wusch sich in einer Schüssel auf der Kommode.

Dann versammelte Fatima ihre Kinder am Bettrand. Sie knieten gemeinsam nieder und sprachen ein Nachtgebet. Mit hochrotem Kopf stand Spiegel daneben und stellte mit Erschrecken fest, dass er keines kannte. Nur das Vaterunser fiel ihm ein.

Die Kinder schlugen das Kreuz und schlüpften von der anderen Seite ins Bett. Nach einer Weile verstummte das Kichern.

Fatima und Spiegel entkleideten sich in den am weitesten voneinander entfernten Winkeln der Kammer. Sie taten dies verschämt, verborgen durch Paravents und spanische Wände, so dass die Kinder schon schliefen, als sie endlich zur Nacht gewandet hinter den Schirmen hervortraten.

Da standen sie in ihren knöchellangen Nachthemden und zierten sich, unter dasselbe Laken zu schlüpfen. Wären es Fremde gewesen, dachte Spiegel, es hätte ihn weniger gestört. Aber diese Frau und diese Kinder! Nachwuchs hätte er sich zwar gewünscht, aber nie die Zeit gefunden, sich um eine stille, bescheidene Ehefrau zu bemühen. Und welche hätte auch Fatima das Wasser reichen können? Stelldicheins mit Dienstmädchen oder Küchenmägden ergaben sich, die Hofuniform besaß Verführungskraft. Aber eine Ehefrau?

Er hob die Decke und schob sein Bein auf die Matratze. Unterdessen fragte er sich, ob er wohl schnarchte zur Nacht? Ob sein Atem unangenehm roch? Vor Fatima und ihren Kindern wollte er so angenehm und liebenswert wie möglich erscheinen. Er warf ihr einen scheuen Blick zu.

Wag dich nicht zu nah heran!, blitzte es aus ihren dunklen Augen.

Er ließ Abstand. Doch die Kinder rückten, als sie die Nähe des Körpers spürten, unwillkürlich näher. Zwei Spannen nur zwischen sich und den kleinen Wesen. Katharina lag ihm am nächsten. Sie hatte ihm ihr Gesicht zugewandt, die Augen waren geschlossen. Doch plötzlich schlug sie die Lider auf und lächelte. Nur mit den Lippen, ohne einen Laut, warf er ihr aus der Distanz einen Gutenachtkuss zu. Sie küsste zurück, mit einer stummen, doch überaus liebenswerten Geste. Niemals war er mit einem erhabeneren Gefühl eingeschlafen.

Als sie am nächsten Morgen das Dorf und den Gasthof hinter sich ließen, schlüpfte Katharina ohne Umschweife auf Spiegels Schoß. Fatima wollte sie herunter- und auf ihre Seite ziehen, doch das Mädchen entwand sich dem Griff und behauptete seinen Platz. Spiegel tat unschuldig und zuckte die Schultern. Tiefe Genugtuung legte sich auf seine Gesichtszüge. Alsbald begann Katharina, an Spiegels Perücke zu zupfen. Das Mädchen hatte jede Scheu verloren. Sie ergriff sie und zog die Locken lang. Dann ließ sie sie zurückschnellen wie eine Feder. Spiegel lachte,

Katharina fiel ein, und auch Gusti sah amüsiert zu. Die Begleitoffiziere bemühten sich wegzuschauen.

Katharinas Gesicht wurde ernst, und sie fragte sehr abgeklärt: »Bist du jetzt unser Vater?«

Spiegel lächelte, doch nur mit dem Mund. »Nun, so etwas in der Art bin ich wohl.«

Katharina strahlte, während der kleine Friedrich August eine skeptische Miene zog. »Es gibt kein ›So-etwas-wie-ein-Vater‹«, sagte er bestimmt. »Entweder Vater. Oder nicht Vater.«

Spiegel wusste nicht, was er darauf antworten sollte. Katharina zupfte verlegen am Saum ihres Kleides.

Da brach Fatima in lautes Schluchzen aus. Sie verbarg ihr Gesicht in den Händen. Dann sprang sie auf, öffnete das schmale Schiebefenster und schob den Kopf hinaus. Der Fahrtwind ergriff ihre Locken. Fatima atmete tief durch, konnte sich aber nur schwer fassen. Da sprang Gusti hinter sie und umarmte sie. Er flüsterte Trostworte, redete beruhigend auf seine Mutter ein, und ganz allmählich schien es Fatima besserzugehen.

Und als die helle Scheibe der Sonne endlich die Gipfel der Karpaten erklettert hatte, rang sich Fatima ein Lächeln ab, das sie Spiegel schenkte. Früher hätte er es dankbar erwidert. Doch in dem Moment hatte er keine Muße für Geturtel. Katharina stand auf seinen Schenkeln und prüfte seine Nasenflügel mit Kniffen. »Autsch«, rief Spiegel unerwartet laut, denn der Schmerz war ehrlich empfunden. Katharina zuckte erschrocken zurück und wäre fast hinuntergefallen, doch Spiegel hielt sie gedankenschnell fest. Mit einem Lachen warf sie sich gegen seine Brust und legte die Ärmchen um seinen Hals.

Dann fiel ihr Blick erneut auf die Locken, die sich vor der Morgenmahlzeit noch eindrucksvoll auf dem hölzernen Ständer getürmt hatten. Nun saßen sie nicht weniger eindrucksvoll auf Spiegels Haupt, sorgfältig gepudert. Mit neugierigem Blick inspizierte Katharina den Übergang zwischen Spiegels hoher, rötlich glänzender Stirn und der bleiweißen Haarpracht. Spiegel legte die Stirn in Falten, dann zog er sie wieder glatt. Dies wiederholte er mehrmals in rascher Folge. Die Perücke rutschte vor und zurück, tanzte förmlich auf seinem Kopf. Katharina lachte, und auch Friedrich August konnte sich nicht länger zurückhalten. Fatima bemühte sich, recht teilnahmslos durch das kleine Schiebefenster zu schauen. Doch manchmal, wenn er ihr einen Blick zuwarf, sah Spiegel in der Spiegelung des Glases, wie sie flüchtig lächelte.

Katharina zupfte wieder am Saum der Perücke. Da zog Spiegel sich die Locken vom Kopf und schleuderte sie Gusti in den Schoß. Ein unterdrückter, spitzer Schrei. Der Junge wollte aufspringen, dann begriff er, was in seinem Schoß lag. Keine tote Fledermaus, sondern lediglich das modische Haarteil. Mit spitzen Fingern nahm er das gepuderte Gespinst und schleuderte es angewidert zur Seite. Spiegel ließ es liegen. Katharina stemmte sich hoch und ließ die Finger über seine bloße Stirn gleiten. Der Haaransatz war weit zurückgewichen, aber an den Seiten war Spiegels Haar noch voll und üppig gewellt. Die Perücke hatte die Locken lediglich platt an den Schädel gedrückt.

»Warum trägst du das?«, fragte Katharina arglos.

»Weil ich ein Mann von Ehre bin«, sagte Spiegel.

»Dann will ich nie ein Mann von Ehre sein«, verlautbarte Gusti und verschränkte die Arme. Seine mandelförmigen Augen – ein Erbe der Mutter – schauten streng unter den kräftigen, dunklen Augenbrauen des königlichen Vaters.

»In Lemberg«, fuhr Spiegel unverdrossen fort, »werde ich noch mehr Ehre und Würde zu verkörpern haben als in Dresden. Dort bin ich oberster Zolleinnehmer des Königs und Domänenverwalter.«

»Der König ist mein Vater«, sagte Friedrich August mit tiefem Ernst.

Spiegel lächelte. »Und ich bin der Vertreter deines Vaters. Vielleicht könnt ihr mich so ansehen: als Vatervertreter. Wäre das eine Möglichkeit?«

Friedrich August sah nachdenklich vor sich hin. Spiegel suchte Fatimas Blick. Sie wich ihm aus.

»Ist Lemberg eine schöne Stadt?«, fragte Katharina da.
Spiegel nickte. »Wunderschön.«
»Beschreib sie uns, bitte!«
Spiegel sah sich amüsiert um. Die Kinder hingen an seinen Lippen, und auch Fatima schien nicht abgeneigt, ihm zuzuhören. Die Offiziere unterhielten sich leise auf Polnisch und schenkten der Familie keine Aufmerksamkeit.

Spiegel schloss die Augen. »Es ist eine Stadt, die nach Zimt riecht. Die Häuser sind prächtig und hoch. Vier, fünf, manchmal sechs Stockwerke! Oft ist es warm, manchmal heiß, und im Sommer bricht die Hitze aus den Fugen der Häuser. Dann riecht die Stadt nach Abenteuer, nach der Steppe. Am interessantesten aber sind die Menschen. Es gibt Juden dort, in kostbaren schwarzen Pelzen, die bis zu den Knöcheln reichen. Die Litauer erkennt man an ihren Mützen. Es gibt Armenier und sogar Tataren! Letztere haben eine sehr dunkle Haut und geschlitzte Augen. Sie tragen Zöpfe unter ihren Kappen – die Männer wenigstens. Die Tatarenpferde sind klein und drahtig. Viel wendiger als unsere.«

Katharina machte große Augen. »So ein Pferd möchte ich reiten!« Sie war wieder auf seinen Schoß geklettert und sah ihn aus großen Augen an. Jedes Wort aus seinem Mund schien für sie wie ein Wunder. Auch Fatima hatte ihm ihr Gesicht zugewandt. Die Trauer war verschwunden, offen und neugierig sah sie ihn an. Spiegel genoss die Aufmerksamkeit und rekelte sich.

In dem Moment fuhr die Kutsche durch ein Schlagloch. Knarrend legte sie sich auf die Seite, man musste befürchten, dass sie umstürzte. Katharina schrie mit feiner, heller Stimme und krallte sich in Spiegels Hals. Er schloss die Augen und unterdrückte einen Schmerzenslaut. Roch den kindlichen Duft des Mädchens, presste seine Nase in ihr Haar. Er dachte: Meine Tochter – und war glücklich.

Er hatte Fatima begehrt und begehrte sie noch. Aber diese famosen Kinder seines Herrn, die hätte er sich nie zu wünschen gewagt. Das Vergnügen, das es bedeutete, sie um sich zu haben – nie hätte er es geahnt. Spiegel entdeckte völlig neue Winkel seines Herzens. Es war wie ein Wunder. Es musste Gottes Ratschluss sein.

Katharina löste sich von ihm. Er hielt sie an den Armen und sah sie an. »Du hast einen festen Griff. Ich glaube, nein, ich bin mir sicher, dass du ein Tatarenpferd bändigen kannst!«

Katharina setzte einen stolzen Blick auf. »Natürlich kann ich das.«

»Erzähl weiter von Lemberg«, forderte Fatima da leise. Spiegel atmete tief ein und genoss den Moment des Glücks. Dann hob er schwungvoll an: »Es besitzt Kirchtürme, hoch wie der Himmel. Und wenn die Abendsonne über der Stadt steht, blitzen die Dächer wie von Gold«, sagte Spiegel schwärmerisch. »Und der Kaffee wird auf türkische Art zubereitet. Am Nachmittag und auch abends, nach dem Essen, duftet es nach Kardamom.«

»Liegt Lemberg denn in der Türkei?«, fragte Gusti da.

»Nein.« Spiegel lachte. »Aber es sind viele türkische Händler in der Stadt. Und Krimtataren, die mit Waren aus dem Morgenland handeln.«

»Das ist langweilig!«, protestierte Katharina. »Erzähl mir von meinem Pferd!«

»Wir werden ein kleines Gut bewohnen, vor den Toren der Stadt. Dort ist Platz genug für Pferde.«

»Wirklich?«, fragte Katharina.

»Natürlich«, sagte Spiegel. »Und ein Haus in der Stadt haben wir auch. Wir werden leben wie die Fürsten.«

»Wir werden sehen«, dämpfte Fatima die Begeisterung.

Spiegel lächelte breit. »Ich bin der oberste Steuereinnehmer der Stadt. Kein beliebter Mensch, aber auch kein armer. Augustus Rex sorgt für uns. Und ich sorge für ihn.«

»Wer ist Augustus Rex?«, fragte Gusti.

Fatima und Spiegel sahen sich an. Es war gefährlich, den Kindern beizubringen, sich allzu vertraulich über den hohen Vater zu äußern.

»Ein Freund«, sagte Spiegel da, und zum ersten Mal warf

Fatima ihm einen wirklich warmen, dankbaren Blick zu. Dann setzte sie hinzu: »Ein sehr, sehr guter Freund.«

Versonnen sah sie aus dem Fenster, das Sonnenlicht fiel auf ihre bronzene Haut, und Spiegel wollte nur noch eines: diese Frau in die Arme nehmen. Hier vor den Kindern und den Offizieren. War es nicht sein gutes Recht? War sie nicht seine Gemahlin? Doch er hielt an sich, streckte die Hand nach ihr aus, ergriff ihre Finger und drückte sie sachte. Und Fatima erwiderte kaum spürbar seinen Druck.

Lemberg, weit im Südosten von Augusts Imperium gelegen, hielt mehr, als Spiegel versprochen hatte. Sie erreichten die Stadt bei untergehender Sonne. Als Türme und Zinnen in Sichtweite kamen, befahl Spiegel dem Kutscher, anzuhalten. Mit Gusti und Katharina an der Hand stieg er aus dem Schlag und kletterte auf den Kutschbock. Es war eng, Katharina saß auf Spiegels Schoß, aber sie konnten wunderbar ringsum schauen. Wie eine gigantische Burg wuchsen die Giebel und Firste vor ihren Blicken empor.

»Du hast nicht geschwindelt, die Dächer sind aus reinem Gold!«, rief Gusti aus. Er wusste nicht, wohin er zuerst sehen sollte.

Spiegel lächelte. »Wenigstens in der untergehenden Sonne.«

Als sie das Tor und alle Formalitäten hinter sich gelassen hatten, drängelten auf Lembergs Lehmstraßen die Menschen immer dichter gegen die Kutsche. Wer das königliche Wappen auf der Karosse erkannte, winkte den Kindern zu. Manche ließen lauthals den König hochleben. Andere hasteten vorüber, ohne dem neuen Herrn der Stadt einen Blick zu schenken. Einige wandten sich ab und spuckten aus.

Der Empfang vor dem ›Königlichen Haus‹ war eines Herrschers würdig. Von den Amtsschreibern über die Nachtwächter bis hin zu den Laufburschen standen die königlichen Bediensteten Spalier, um den neuen Domänenverwalter und obersten Steuereintreiber zu begrüßen. Gerüchte waren im Umlauf, er sei ein enger Vertrauter Augusts. Über die Freitreppen schritten sie unter den Standarten hindurch, während das Volk gaffte. Gejubelt wurde hier nicht, es schien gegen die Sitten. Aber die Neugier war nicht feindselig.

Die Kinder hielten sich am Rock der Kammerjungfer fest, während Spiegel Fatima an seine Seite genommen hatte. Gemeinsam traten sie durch die Pforte, zogen ein im großen Empfangssaal des Hauses. Der Bürgermeister sprach einige Worte der Begrüßung – auf Polnisch. Spiegel lächelte, doch Fatimas Gesicht versteinerte. Spiegel spürte das Unbehagen seiner Gattin. Obwohl es gegen die Etikette war, beugte er sich zu ihr hinab und flüsterte ihr zu: »Es gibt Stadtviertel, in denen ausschließlich Deutsch gesprochen wird. Und auf dem Markt hört man alle Sprachen dieser Erde.«

Fatima sah ihn dankbar an, doch wirklich beruhigt schien sie nicht. Sie verstand kein Wort, außer einer Formel, die sich wieder und wieder und mit unterschiedlichen Auslauten versehen zu wiederholen schien: Spiegelski. Seltener: Monseigneur Spiegel. Das Französische war an diesem Ort nicht sehr verbreitet.

Nachdem der Bürgermeister geendet hatte, trat Spiegel vor und erwiderte seine Begrüßung in stockenden, doch klaren Worten in der Landessprache. Die Versammlung lauschte wohlwollend. Die ersten Herzen hatte er gewonnen. Dann wurde in einen benachbarten Saal zum Essen geladen. Spiegel informierte Fatima, dass nur Männer zur Teilnahme aufgefordert seien. Ein Amtsdiener werde sie und die Kinder umgehend in das vorbereitete Stadthaus geleiten. Es werde ihnen an nichts fehlen.

Fatima klammerte sich an ihn. Sie wollte sich keinem Fremden anvertrauen, sondern bei ihm bleiben. Spiegel kniff ihr aufmunternd in den Arm und schob sie von sich fort.

Bevor Spiegel an die Tafel treten konnte, nahm ihn ein älterer Herr mit nachlässig frisierter Perücke beiseite. Seine Haut war von roten Flecken gesprenkelt, und auch die zahlreichen Äderchen auf seiner Nase kündeten von einem lockeren Lebenswandel. Er stellte sich als Akziserat Leszek Wolinski vor, sprach ein gebrochenes, doch warmes und wohlklingendes Deutsch und präsentierte ihm einen gesiegelten Umschlag auf kräftigem Pergament. Spiegel erkannte sofort den Envelope, den Umschlag, in dem August für gewöhnlich seine Depeschen zu verschicken pflegte. Er erbrach das Siegel und überflog den Titel:

›*Instruktion für den Ober-Akziserat Johann Georg Spiegel, daselbst in Löwenberg befindlich*‹

Das Schreiben stellte Spiegels Aufgaben vor, wie August sie wohl haben wollte. Unterschrieben war die Depesche von Flemming. Spiegel zog die Augenbrauen zusammen. Er war es gewohnt, seine Befehle von August persönlich zu empfangen. Doch nachdem er die ersten Zeilen überflogen hatte, schwante ihm, warum das Schreiben von Flemming kam. Spiegel war nur dem Namen nach Ober-Akziserat. Der Instruktion nach sollte er auf diesem Außenposten des sächsisch-polnischen Reiches vor allem eines sein: Augen und Ohren seines Herrn.

Vor allem interessiere den König und Kurfürsten, schrieb Flemming, wie Augusts Vetter, König Karl XII. von Schweden, der nach der verlorenen Schlacht von Poltawa sich in höchster Not auf das Gebiet des Sultans gerettet hatte, sich dortselbst einzurichten gedenke und welche weiteren Schritte er plane. Spiegel solle, auf welchen Wegen auch immer, Erkundigungen über Pläne und Ziele des Verwandten und Erzfeindes einholen. Spiegel ließ das Schreiben sinken.

Der ›Oberste Steuereinnehmer‹ war nur ein feines Kleid, in das man ihn gesteckt hatte. Nun spürte er mehr und mehr das raue, schmutzige Unterkleid. Wolinski deutete auf das Nebenzimmer, wo die Tafel wartete. Spiegel nickte. August sollte zufrieden mit ihm sein. Er würde seinem Herrn treue Dienste erweisen und war sich auch für Grobes und Schmutziges nicht zu fein.

Die Fülle von Lauten, Farben, Gerüchen und Gewändern war berauschend. Unter allem entdeckte sie einen Geruch, der sie bestürzte, der ihr die Tränen in die Augen trieb: den Geruch ihrer Kindheit. Sie musste innehalten und merkte, wie die Magd beisprang, um sie zu stützen, bis Fatima sich wieder gefangen hatte. Sie konnte nicht bestimmen, ob es ein Gewürz oder eine Frucht oder eine Mischung aus mehrerem war. Doch sobald sie die Augen schloss, sah sie ein kleines Mädchen. Sah sich durch einen sonnenbeschienenen Hof tollen, in dessen Mitte ein Brunnen plätscherte. Vögel in Bambuskäfigen zwitscherten ihre Melodien, und ihre Fußsohlen streuten ein rhythmisches Tapsen in den Singsang. Im Schatten der Arkaden hielt sie inne und hörte die Stimme eines Jungen. »Fatima!«

Ihr wurde schwarz vor Augen.

»Madame!«, hörte sie eine Frauenstimme wie von fern rufen. Und noch einmal: »Madame, was ist Ihnen?«

Fatima riss die Augen auf. Der Händler sah sie freundlich an. Das Gesicht länglich, die Haut sonnengegerbt. Ein Schnurrbart, dessen Seiten in gezwirbelten Spitzen bis zum Kinn hingen. Fatima spürte eine seltsame Vertrautheit. Er ergriff ihr Handgelenk und zwang ihre Finger mit sanftem Druck, über eine Unterlage zu streichen. Der Geruch von Leder stieg ihr in die Nase.

»Weich, sehr weich«, sagte er in seltsam kehligen Tonfall. »Saffian.«

Die Küchenmagd wiederholte seine Worte auf Polnisch. Fatima nickte. Gedankenverloren strich sie über das Ziegenleder, beugte ihre Nase darüber. Tief sog sie den Duft ein und schloss die Augen.

»Es gibt Schuster in Lemberg, die fertigen feinstes Schuhwerk daraus. Äußerst bequem, für das Haus, für die Straße. Es gibt nichts Besseres, glaubt mir, Herrin. Ihre Füße werden sich fühlen, als liefen sie durchs Paradies – bei Allah, ich schwöre es!«

Die Magd wollte übersetzen, da hatte Fatima bereits reagiert: »Wie viel wollt Ihr dafür haben?«

Die Magd starrte Fatima mit offenem Munde an.

»Wollt Ihr ihm nicht übersetzen?«, forderte Fatima sie auf.

Die Magd war immer noch stumm vor Staunen, ohne dass Fatima den Grund erahnte. Dann erwiderte sie: »Wozu? Ihr habt bereits Türkisch gesprochen!«

Der Händler überging die Irritation der Frauen und nannte den Preis, nicht ohne erneut in den höchsten Tönen von seiner Ware zu schwärmen. Fatima überwand die Überraschung und hörte genauer hin. Sie verstand jedes seiner Worte.

Erwartungsvoll sah die Magd Fatima an. »Und? Was hat er gesagt?«

»Ich habe alles verstanden«, sagte Fatima verblüfft.

Die Magd schlug die Hand vor den Mund. »Ihr sprecht Türkisch! Warum habt Ihr das nicht gleich gesagt?«

Leise antwortete Fatima: »Weil ich es nicht wusste. Ich habe die Sprache seit meiner Kindheit nicht gehört.«

Der Händler, der allmählich dem Grund der Verwirrung der Frauen auf die Spur kam, sagte: »*Allahu akbar.*«

Fatima nickte langsam und bedächtig. Gott ist groß. Dann fing sie sich und kehrte in die Wirklichkeit zurück. »Natürlich spreche ich Türkisch«, sagte sie, als gäbe es nichts Gewöhnlicheres. Und zum Händler gewandt: »Ich benötige Leder, um für meine Familie und alle Bediensteten Schuhe fertigen zu lassen. Liefern Sie es ... die Magd wird Ihnen den Ort nennen. Sie werden fürstlichen Lohn erhalten.« Zuletzt war Fatima wieder in die deutsche Sprache gefallen. Die Magd übersetzte, und der türkische Händler legte eine Hand auf seine Brust. Er neigte den Kopf. »Friede sei mit Euch, Fatime, Tochter des Propheten!«

Fatima stutzte, als der Händler sie bei ihrem Namen rief. Sie konnte sich nicht erinnern, ihn genannt zu haben.

Bald darauf wurde ihre Aufmerksamkeit von einem Menschenauflauf gefangen genommen. Mehrere Wachen hatten einen Halbkreis um zwei Männer herum gebildet. An ihren Kaftanen, den Schläfenlocken und Kippas war zu erkennen, dass es sich um Juden handelte. Ihre Kleidung machte einen gepflegten, wohlhabenden Eindruck, die Kaftane glänzten seiden in der Sonne. Wie Tagediebe sahen sie nicht aus. Dennoch schien es, als wollte man sie als solche abführen. Die Juden protestierten und machten Anstalten, sich zu wehren. Schließlich ergriff man die beiden mit Gewalt und schleppte sie vom Platz. Fatima beobachtete das Schauspiel, sie wollte verstehen, was sie sah. Doch es ließ sich nicht verstehen.

»Kommen Sie, Herrin, das ist nichts. Es passiert alle Tage.« Die Küchenmagd drängte darauf, etwas zu erhandeln, was man in ein Mittagsmahl verwandeln konnte.

Doch Fatima war nicht zum Weitergehen zu bewegen. »Was wirft man ihnen vor?«

»Das werden sie selbst am besten wissen«, wiegelte die Magd ab und wandte sich schon dorthin, wo Obst und Gemüse feilgeboten wurden.

Fatima rührte sich nicht, sah den Wachen immer noch nach. »Wohin bringt man sie?«

»Ins Königliche Haus«, gab die Magd beiläufig weiter, was sie aufgeschnappt hatte, und schob den noch immer bedenklich leeren Korb unter den Ellbogen.

Fatima riss die Augen auf. »Zu Spiegel? Was hat denn er damit zu tun?«

»Woher soll ich das wissen?«, fragte die Magd nun pampig. »Es wird schon seine Richtigkeit haben.«

Wolinski trat ein und vermeldete mit gelassener Stimme die Festnahme zweier Juden auf dem Markt. Spiegel, der sich eben mit der Übersicht der Steuer- und Zolleinnahmen der letzten Monate vertraut machen wollte, verstand nicht recht.

»Die Juden reisen im Auftrag Karls von Schweden. Vermutlich führen sie geheime Instruktionen mit sich«, erklärte Wolinski.

»Tatsächlich«, antwortete Spiegel unbestimmt.

»Gehört es nicht zu Euren Obliegenheiten, den Schwedenkönig im Auge zu behalten?«, fragte Wolinski vorsichtig.

»Natürlich. Was wisst Ihr darüber?«

Wolinski überging die Frage. »Warum wollt Ihr Euch dann die Gelegenheit entgehen lassen, Neuigkeiten aus erster Hand zu erfahren?«

Spiegel spürte, dass man eine bestimmte Reaktion von ihm erwartete. Doch er wusste beim besten Willen nicht, welche. »Was meint Ihr?«

Wolinski stützte die Fäuste auf und beugte sich Spiegel weit entgegen. »Nun«, sagte er süffisant, »Euer Vorgänger hat es sich nicht nehmen lassen, die Verhöre selbst durchzuführen.«

»Verhöre?«, fragte Spiegel nach.

»Ja, glaubt Ihr denn, Spione gäben ihre Geheimnisse freiwillig preis?«

»Was werft Ihr ihnen vor?«

»Sie haben versucht, in Karls Auftrag Waffen zu erhandeln. Anscheinend will er immer noch keine Ruhe geben. Die Türken nennen ihn zu Recht den Eisenkopf.«

Spiegel pochte mit den Fingerspitzen auf die Tischplatte und überlegte, was zu tun sei. »Sie taten unrecht? Und es gibt Beweise dafür?«

Wolinski nickte.

»Und Ihr seid sicher, dass sie von Karl geschickt sind?«

Wolinski grinste. »Es fanden sich auf ihn ausgeschriebene Wechsel in ihren Taschen.«

»Nun gut. So verhört sie«, sagte Spiegel mit einem Seufzen.

Wolinski zögerte. »Und Ihr seid sicher, dass Ihr nicht zugegen sein wollt?«

Spiegel spürte, dass er blass wurde. »Nein. Ganz gewiss möchte ich nicht zugegen sein.«

Bevor Wolinski den Raum verlassen konnte, hielt Spiegel ihn am Arm zurück. »Wo werdet Ihr sie ... verhören?«

»Im Keller.« Wolinski grinste erneut.

»Hier?«

»Wo sonst? Es ist das Haus des Königs. Wir handeln in seinem Namen.«

Spiegel schwieg lange. Plötzlich standen Schweißperlen auf seiner Stirn, er zog ein Tuch aus dem Ärmel. »Wenn es denn so üblich ist«, sagte er und betupfte sich die Schläfen.

Kurze Zeit später begannen die Schreie. Erst unterdrückt, in langen Abständen, dann häufiger, lauter, gellender. Schließlich in Todesangst. Spiegel versuchte, sich ganz in Zahlenkolonnen zu versenken. Als dies unmöglich wurde, sprang er auf und begann, in seinem Amtszimmer auf und ab zu laufen. Er lief sich die Gewissensbisse von der Seele. Er öffnete das Fenster – und schloss es dann schnell wieder, da er befürchtete, das Schreien sei auch auf den Straßen zu hören. Zum Schreibtisch. Zur Wand mit den königlichen Standarten. Zur Tür. Öffnete sie, doch auch durch den Flur drangen die Schreie bis nach oben.

Spiegel rief einen Amtsdiener herbei und befahl ihm, im Keller nach Wolinski zu schicken. Prompt verstummten die Schreie.

Wenig später trat Wolinski mit schweren Schritten ins Zimmer. Seine hohe, fast haarlose Stirn glänzte.

Spiegel musste sich zusammenreißen, um seiner Stimme Festigkeit zu verleihen. »Was habt Ihr erfahren?«

Wolinski verzog den Mund. »Nicht viel, Pan Spiegelski.«

»Was?«, brüllte Spiegel außer sich. »Sie müssen doch endlich reden!«

Wolinski verzog den Mund zu einer Grimasse. »Sie haben genug mit Schreien zu tun.«

Wieder und wieder betupfte sich Spiegel die Stirn. Er ächzte, bevor er seine Entscheidung verkündete: »Wenn Ihr nichts von ihnen erfahrt, macht ein Ende und lasst sie laufen.«

Nun war es an Wolinski, sich zu wundern. »Aber warum denn? Wir wissen, dass sie aus Karls Lager in Bender aufgebrochen sind. Sie besitzen Instruktionen des Schwedenkönigs, von ihm selbst gezeichnet und gesiegelt. Sie kennen seine Pläne, denn sie sind ein Teil von ihnen. Diese Juden sind das blanke Wissen in unseren Händen. Und Ihr wollt sie laufenlassen?« Wolinski runzelte die Stirn. Verachtung mischte sich in seinen Blick.

Spiegel sah, dass er im Begriff war, den Respekt seines Untergebenen gleich zu Beginn zu verspielen, und schwieg.

»Fühlt Ihr Euch unwohl, Pan Spiegelski?«, fragte Wolinski mit diabolischem Grinsen.

Spiegel sah ihn düster an. Er war völlig unerfahren in der Führung dieses Amtes und auf Hilfe angewiesen.

»Die Reise war anstrengend«, säuselte Wolinski nun in ganz anderem Tonfall. »Jeder hat Verständnis dafür, wenn Ihr Euch für den Rest des Tages zurückzieht.« Um jeden Zweifel zu zerstreuen, machte er eine höfliche Geste, die nach draußen wies. Spiegel ließ seinen Blick lange auf Wolinski ruhen. Das Grinsen war dem Steuereintreiber ins Gesicht gemeißelt.

Schließlich gab Spiegel nach. »Ich werde mich für heute zurückziehen«, sagte er. »Aber ich werde Euch beweisen, Wolinski, dass es bessere Methoden gibt, Informationen zu erlangen. Weitaus bessere!«

Wolinski machte eine tiefe Verbeugung. So tief, dass sie das Gegenteil von Hochachtung ausdrückte. »Euer gelehriger Schüler«, sagte Wolinski, um der Demütigung die Krone aufzusetzen. Spiegel wandte sich ab und verließ seine Amtsstube. Er war noch auf der Treppe, da hoben die Schreie wieder an. Es ist ein Irrtum, dachte er da, dass man Macht verliehen bekommt. Man muss sie sich täglich erkämpfen.

Kaum dass Spiegel über die Schwelle seines Hauses getreten war, flog Fatima förmlich auf ihn zu. »Was geht da vor sich?«

»Ich fühle mich unwohl.«

Das war es nicht, was Fatima hören wollte.

»Ich war Zeuge«, erklärte sie, »wie man auf dem Markt zwei unbescholtene Reisende ohne Grund festnahm und abführte. Man sagte mir, aufs ›Königliche Haus‹.«

»Waren es Juden?«

»Ja«, bestätigte Fatima, »aber was tut das zur Sache? Du bist der Repräsentant des Königs in dieser Stadt. Es braucht nur eines Machtworts von dir und ...«

Spiegel unterbrach sie mit einer schroffen Geste. »Man muss wissen, was vor sich geht, bevor man redet«, schrie er Fatima an. »Man muss sich auskennen.« Die Demütigung des Tages entlud sich im Zorn.

Fatima wich zurück. Von dieser Seite hatte sie Spiegel noch nicht kennengelernt. »Nun, so erkläre es mir. Was geht da vor sich, dass man zwei unschuldige Menschen festnimmt und verschleppt?«

Spiegel sah sich um, nahm Fatima beim Arm und durchquerte mit ihr raschen Schrittes den Flur.

»Was tust du?«, fragte sie verwundert, ließ sich aber fortführen.

»Ich suche einen verschwiegenen Ort.«

»Was soll dies Geziere? Hüten wir ein Staatsgeheimnis?«

Sie durchschritten den zu ebener Erde gelegenen Gartensaal und traten an der Rückseite hinaus auf eine geräumige Terrasse. Ein – für ein Stadthaus – recht ansehnlicher Garten erstreckte sich zu ihren Füßen. Über eine zweigeteilte, gewundene Freitreppe gelangte man auf eine sauber gekehrte Sandfläche. Daran schloss sich Grün an. Zwischen den Treppenbögen plätscherte ein Brunnen. Spiegel, der das Haus am Morgen nur flüchtig inspiziert hatte, gewahrte mit einem Mal den Frieden und die Schönheit des Ortes. Es raubte ihm schier die Sprache.

»Sag mir endlich: Was ist deine Aufgabe hier?«, stellte Fatima ihren Mann zur Rede. Sie stemmte die Hände in die Hüften. Aus den oberen Stockwerken klang Kinderlachen, neben ihnen plätscherte lakonisch der Brunnen.

»Liebste Gattin«, begann Spiegel nun mit sehr klarem Kopf, »ich weiß nicht, wie vertraut Sie mit der politischen Lage sind ...«

»Vertraut genug«, warf Fatima ein, »um zu beurteilen, was gerecht ist und was nicht.«

»Gerechtigkeit!« Spiegel lachte auf.

Fatima hob das Kinn. Offenbar war sie nicht gewillt, sich auslachen zu lassen. Spiegel schüttelte amüsiert den Kopf. »Ich bin der höchste unmittelbare Vertreter unseres Königs an diesem Ort«, erklärte er. Fatima hörte ihn an, ohne ihre Gefühle auch nur durch ein Zucken der Lippen zu verraten.

Spiegel fuhr fort: »Der größte Feind unseres Königs, des von uns so hochgeliebten«, Fatima schlug den Blick nieder, »steht mit einem Heer von zweitausend Mann keine fünfhundert Meilen von hier.«

Fatima wusste, dass er vom Schwedenkönig Karl sprach – dem Mann, den sie noch als pickligen Jüngling kannte. Mittlerweile zitterte alle Welt vor ihm und seinen Armeen.

»Er hat«, fuhr Spiegel fort, »bei seinem Verbündeten Sultan Ahmed, dem Großherrn der Muselmanen, Schutz gefunden. Nun scheint er bereit, ein Heer auszurüsten, um von neuem über uns herzufallen. Falls es ihm gelingt, den Sultan zu einem neuerlichen Kriegszug zu überreden, kann aus einem armseligen Haufen von zweitausend Mann leicht ein mächtiges Heer von zwanzigtausend werden, das uns von Süden her überrollt. Mehrfach haben die Türken den Vorstoß gen Norden gewagt, oft mit Erfolg. Wir tun gut daran, in Erfahrung zu bringen, was dort an der türkischen Grenze vor sich geht.«

Fatima hatte, konzentriert und ohne eine Regung zu zeigen, zugehört. Als Spiegel geendet hatte, sprach sie feierlich: »Der Sultan soll mich anhören. Ich kenne den Schweden. Ich werde den Großherrn vor ihm warnen.«

Spiegel war hin und her gerissen zwischen Lachen und Unglauben. »Du bist bekannt mit Karl dem Zwölften? Du kennst seine Charakternatur?«

Fatima senkte die Lider. »Ich kannte ihn als Jüngling. Ich war dabei, als er sich die Königskrone aufs Haupt setzte. Ich habe es mit eigenen Augen gesehen!«

Nun war es an Spiegel, seine Ehefrau mit Bewunderung zu messen. Er zählte zwei und zwei zusammen, erinnerte sich, dass Aurora von Königsmarck einem angesehenen schwedischen Adelsgeschlecht entstammte. Das Unglaubliche war möglich.

Da er schwieg, fuhr Fatima fort: »Lass uns nach Konstantinopel reisen! Der Sultan muss erfahren, was für ein Mensch Karl ist. Dann wird er von einem Bündnis mit ihm ablassen.«

Spiegel lachte laut auf über die Naivität seiner Frau. »Keine Frau darf mit dem Sultan in der Öffentlichkeit sprechen. Darf nicht einmal mit ihm in einem Raum sein!«

Fatima nickte. »Deshalb wirst du für mich sprechen.«

»Ich? Was soll ich beim Sultan?« Spiegel konnte sich kaum halten vor Lachen.

»Was spricht dagegen?«, fragte Fatima. »Ich habe hier in dieser Stadt Menschen getroffen, die kamen aus Konstantinopel. Die Reise dauert nicht viel länger als einen Monat – bei günstigem Wind.«

Fatima sah so entschlossen aus, dass Spiegel am Ernst ihrer Absicht nicht länger zweifelte. Nachdenklich sah er seine Gattin an. »Noch empfange ich meine Instruktionen von unserem König und nicht von dir. Kümmere dich lieber um die Erziehung unserer Königskinder. Sorge dafür, dass genügend Speisen im Hause sind, und bewirte unsere Gäste mit der gebotenen Höflichkeit. Die Politik aber überlasse mir!«

Fatima öffnete verletzt die Lippen. »Wirst du«, fragte sie und bemühte sich um einen sanften Tonfall, »wirst du die Juden jetzt freilassen? Es sind harmlose Reisende.«

»Keinesfalls«, sagte Spiegel. »Ich bezweifle, dass du dies beurteilen kannst. Es handelt sich um Spione. Sie können von Glück reden, wenn sie mit dem Leben davonkommen!«

Mit traurigen Augen sah Fatima ihn an. Spiegel beendete das Gespräch und entfernte sich. Der Sand knirschte unter seinen Füßen. »Nach Konstantinopel reisen«, dachte er laut und kopfschüttelnd, »hat man so etwas schon gehört?«

Betrübt blieb Fatima zurück. Nach Konstantinopel reisen. Sie wusste selbst nicht, wie sie auf diesen Gedanken gekommen war. Doch nun, wo er ausgesprochen war und in der Welt stand, spürte sie, wie sehr ihr Herz danach verlangte.

»Ihr habt was?«, fuhr Spiegel am nächsten Morgen Wolinski an.

»Ich habe seine Leiche verschwinden lassen«, antwortete jener mit einem Gleichmut, als rede er von einem verregneten Jagdausflug.

Spiegel knetete seine Finger. »Wie könnt Ihr im Hause Seiner Königlichen Majestät Menschen ermorden?«

Wolinski stieß verächtlich Luft durch die Nase. »Unschuldig waren sie gewiss nicht. Sie wollten Waffen erhandeln, mit denen Karls Soldaten sächsische und polnische Köpfe abgeschlagen hätten. Das haben sie eingestanden! Freiwillig!«

»Freiwillig. Sicher doch. Ich habe die Schreie gehört«, bemerkte Spiegel hämisch. »Und was nun?«

Wolinski zuckte mit den Schultern. »Man hat ihn auf dem Armenfriedhof verscharrt.«

Gegen seinen Willen war Spiegel erleichtert. Die Unbeschwertheit, mit der Wolinski die Angelegenheit abhandelte, hatte auch ihr Gutes. »Und der Zweite?«

»Bis zur Grenze eskortieren lassen. Soll er sich dorthin zurückscheren, woher er kam.«

»Der Weg bis zur Grenze ist sicher?«

»Solange man nicht schwedischen Banden in die Hände fällt, die auch diesseits der Grenze fouragieren.«

»Woher wisst Ihr das?«

»Von den Gefangenen.«

»Was konntet Ihr noch erfahren?«

»Die Gastfreundschaft des Sultans ist bekanntermaßen großzügig. Karl erhält ein tägliches Handgeld von fünfhundert Silbertalern und jenen Proviant, den der Unterhalt eines Hofes erfordert, der aber niemals ausreicht. Seine Armee ist unruhig, denn sie muss tatenlos vor der Stadt kampieren. Karl verbietet die einzigen Freuden, die das Soldatenleben bereithält: Den Besuch der Huren hat er untersagt, Trinkgelage werden bestraft.

Er lebt selbst wie ein Mönch. Seitdem man ihm vor Poltawa den Fuß zerschossen hat, ist er noch härter gegen sich und die Seinen.«

Spiegel spürte allmählich Hochachtung vor diesem Herrscher, der doch von ganz anderer Natur war als August. Es juckte ihn, ihm zu begegnen.

»Was führt er nur im Schilde?«, fragte er nun, fast dankbar für Wolinskis Auskunftsfreude.

»Das ist, was die Juden erzählt haben: Er bedrängt täglich und stündlich den Pascha von Bender, ein Wort beim Sultan einzulegen. Er soll gegen die Russen ziehen. Oder gegen die Sachsen. Am besten gegen beide. In beiden Fällen wäre Polen das erste Schlachtfeld.«

»Und der Sultan?«

»Schickt seinen Großwesir nach Bender, um mit Karl zu verhandeln.«

»Das alles konnten die Juden berichten?«

Wolinski nickte.

»Wie könnt Ihr ausschließen«, gab Spiegel zu bedenken, »dass sie nicht gelogen haben?«

Wolinskis Gesichtsausdruck wurde hart und erbarmungslos. »Niemand erzählt Lügengeschichten mit glühenden Splinten unter den Nägeln. Niemand erzählt Lügengeschichten, wenn ihm die Knochen langsam aus den Gelenken gedreht werden …«

»Genug!« Spiegel wandte sich ab. Er trat ans Fenster und betrachtete das Treiben unter der Sommersonne. Männer in karpatischer Tracht, die Ziegen durch die Straßen trieben. Ruthenen in ihren farbenfrohen Jacken. Ein Reisewagen kam in sein Blickfeld.

»Ich werde Karl selbst aufsuchen«, verkündete er schließlich.

Wolinski betrachtete Spiegel mit Hochmut. »Ihn aufsuchen? Wozu?«

»Um Informationen aus erster Hand zu erhalten. Seine Majestät König August hat mehr verdient als Gerüchte.«

Spiegel suchte Wolinskis Blick, wollte Achtung erzwingen, doch der wich ihm aus. »Wie Ihr meint«, sagte er schließlich. »Wie wollt Ihr reisen?«

»Mit der regulären Post«, sagte Spiegel entschlossen.

»Und wann?«

»So bald wie möglich.«

Spiegel hatte die Köchin instruiert, ein besonderes Mahl zuzubereiten. Die Kinderfrau hatte Friedrich August und Katharina bereits zu Bett gebracht, der Diener Anton wartete ihnen auf. Spiegel und Fatima waren unter sich.

»Du willst dich bei mir einschmeicheln«, stellte Fatima nüchtern fest. Sie ließ den Blick über die Tafel wandern, sah die gebratenen Wachteln, die in Honig eingelegten Taubenbrüste. Spiegel hob den Becher mit schwerem Wein und prostete ihr zu. Trotz der durchschaubaren Absicht ergriff sie den Becher und erwiderte das Prosit.

»Mag sein«, gab Spiegel zu, »denn ich möchte, dass du mich in guter Erinnerung behältst.«

Fatima zögerte. Die Oberfläche ihres Weins warf kleine Wellen. »Du willst uns verlassen?«

Spiegel schmeckte den Wein lange auf der Zunge, bevor er ihn hinunterschluckte. Dann verkündete er: »Ich werde zu Karl reisen. Ich werde versuchen herauszufinden, was er im Schilde fühlt.«

Spiegel hatte mit Fatimas Verblüffung gerechnet. Er hatte vermutet, dass sie überrascht und womöglich aufgebracht sein würde. Doch eine derart heftige Reaktion hatte er nicht erwartet:

Fatima sprang auf, dass der Stuhl hintüberstürzte, und fiel vor ihm auf die Knie: »Bitte, nimm mich mit!«

Spiegel runzelte die Stirn. »Du willst die Kinder allein zurücklassen?«

Fatima senkte den Kopf. »Sie sind in guten Händen. Milena ist zuverlässig und eine Seele von Mensch. Bitte!« Ihre Augen glänzten. Spiegel konnte den flehenden Blick nicht länger ertragen. »Was zieht dich nach Bender?«

»Da fragst du noch? Ich kenne Karl, seit ich nach Schweden kam. Er wird dich anhören, wenn ich dabei bin, glaube mir! Bitte, du musst mich mitnehmen!«

Spiegel wagte nicht, Fatima in die Augen zu schauen.

»Spiegel«, sagte Fatima, und nun rollte ihr eine Träne über die Wange, »du musst. Ich bin eine Schwedin – und Türkin. Sächsin bin ich am allerwenigsten. Man wird nicht wagen, Hand an mich zu legen! Aber du, du bist Karls Todfeind!«

»Ich werde unter dem Schutz Augusts reisen. Niemand wird Hand an mich legen.«

Fatima schüttelte verächtlich den Kopf. »Karl gibt nichts auf Schutzbriefe.«

»Erzähl mir von ihm«, drängte Spiegel. Er nahm noch einen Schluck Wein und lehnte sich zurück.

»Was willst du wissen?«, fragte Fatima. Sie stand auf und bewegte sich mit ausgeprägtem Hüftschwung zurück zu ihrem Stuhl.

»Woran immer du dich erinnerst.«

Fatima setzte sich, ließ lasziv ihre Hand über das Rückenpolster baumeln und sah Spiegel herausfordernd an. »Nur, wenn du mich mitnimmst.«

Wütend riss Spiegel die Serviette vom Kragen und schleuderte sie auf den Tisch. »Ich lass mich nicht erpressen!«, schrie er. Dann erhob er sich und verließ den Raum.

»Karl ist unberechenbar und launisch, Spiegel«, rief sie ihm hinterher. »Er wird dich umbringen!«

Von der Schwelle aus warf Spiegel zurück: »Mein Entschluss steht fest. Ich reise allein.«

Zwei Tage nachdem Spiegel abgereist war, erreichte Fatima ein gesiegeltes Schreiben aus Sachsen. Auf der Vorderseite war in schwungvollen Bögen von schwarzer Tinte die Adressatin angezeigt: *A la chère Dame Madame Marie Aurore, Dame de Spiegel.*

Der Name las sich fremd. August hatte sie immer nur bei ihrem türkischen Namen gerufen, Spiegel ebenso. Maria Aurora war zwar ihr Taufname, doch allein die Königsmarck benutzte ihn gelegentlich. Dieser Brief aber kam nicht von der Ziehmutter.

Sie drehte den Umschlag in den Fingern und betrachtete ihn genauer. Das Siegel trug nicht das königlich-polnische, sondern das kursächsische Wappen. Aus unerfindlichem Grund ging Fatima davon aus, dass das Schreiben von August kam. Noch auf der Schwelle des Hauses öffnete sie es. Ihr Herz klopfte, als sie die Bögen entfaltete. Rasch überflog sie die Zeilen, ohne Klarheit über den Inhalt zu gewinnen. Am Schluss des Briefes gelangte sie an einen Namenszug. Es war nicht der erwartete, sondern der eines Johann Fabian von Ponuckau auf Luga, Königlich Polnischer und Churfürstlich Sächsischer bestellter Rat und Ober-Amtshauptmann zu Bautzen. Und obschon dies ein langer und titelreicher Name war, hatte Fatima ihn noch nie gehört.

Enttäuscht begann sie von neuem zu lesen, und diesmal bemühte sie sich, den Sinn zu erfassen. So viel war ihr bereits nach dem ersten Überfliegen klar: Es waren nicht die erwarteten Liebesschwüre. Nicht die dringende Bitte, zurückzukehren. Nicht das Flehen, keinen Tag verstreichen zu lassen, die Kinder zu nehmen und zu ihm nach Dresden zu eilen. Oder nach Warschau. Wohin auch immer. Fatima hätte eine Reise durch die Hölle angetreten, wenn sie nur zu ihm führte ...

Doch stattdessen nur die nüchterne Aufforderung, sich in einer unverständlich komplizierten Grundstücksangelegenheit nach Bautzen zu begeben. »So rasch, als es Madame möglich ist.«

War es ihr möglich? Fatima stand immer noch auf der Schwelle des Hauses, und während sie die Strahlen der Morgensonne genoss, kam ihr ein Gedanke: Dieser Brief war ein Vorwand. Natürlich!

August wusste nichts davon, dass Spiegel nicht in Lemberg war. Konnte es nicht wissen, denn Spiegel war auf eigene Faust aufgebrochen – ohne seinen Herrscher davon zu unterrichten. Sie wusste nicht einmal, ob August diese Reise billigte, falls er davon erfuhr.

Es konnte nur folgendermaßen sein: Alles war fingiert, um Spiegel, von dem man sicher annahm, dass er Fatimas Post las, in Sicherheit zu wiegen. Dieses Schreiben war der heimliche Liebesruf des Angebeteten. Was auch sonst? Er wollte sie wieder in seiner Nähe haben! Und die Kinder? Ein drittes Mal überflog Fatima den Brief. Von ihnen stand da nichts. Vermutlich wollte er sie durch eine solche Reise nicht gefährden. Doch nach ihr, Fatima, sehnte sich sein Herz, und es war ein starkes Herz, das sich sehnte. August wollte, dass sie ohne jede Begleitung zu ihm reiste.

Doch wie konnte sie das, allein, als Frau? Das Beste würde sein, die reguläre Postkutsche zu nehmen. Sie würde die Kammerjungfer bei den Kindern lassen und stattdessen Spiegels treuen Diener Anton zu ihrer Begleitung nehmen. Spiegel hatte ihn zurückgelassen, um kein unnötiges Aufsehen zu erregen. Ein Mann bewegte sich unauffälliger als zwei. So würde sie es tun. Mit dem Diener nach Bautzen reisen, um August zu treffen.

Gleich würde sie ihn um Billets für die Postkutsche schicken. Dann würde sie in nüchternen Worten ihre Ankunft annoncieren. An den Oberamtstrohmann, natürlich, der Schein musste gewahrt bleiben. Dann den Kindern erklären, dass sie eine Weile ohne sie auskommen mussten. Fatima vertraute Milena, dem Kindermädchen. Sie war eine tüchtige Person. Kein Grund zur Sorge. All diese Gedanken fuhren Fatima wie die Blitze eines Sommergewitters durch den Kopf. Und sie lösten ein gewaltiges Getöse aus. Fatima hatte Mühe, den einen Gedanken, der alles beherrschte, in den Hintergrund zu drängen: August sehnt sich nach mir, er möchte mich sehen, mich spüren, in die Arme nehmen! Nein, sie durfte sich diesen Gedanken nicht zu oft hingeben, sonst hätte sie schreien mögen vor Glück.

Der Abschied war tränenreich. Gemeinsam mit Milena, der Kinderfrau, die die kleine Katharina auf der Hüfte trug, standen sie auf dem Platz, von wo aus die Postkutschen gen Norden aufbrachen. Bautzen war etliche Tagesreisen entfernt, Fatima hatte sich mit Gepäck und einigen Goldstücken aus Spiegels Privatschatulle versehen. Der Diener trug gemeinsam mit einem Knecht, den man herbeigerufen hatte, die Kleidertruhen, während Fatima der Kinderfrau in gebrochenem Polnisch Anweisungen erteilte. Sie war nervös, plapperte eine Ermahnung nach der anderen heraus, während die Kinderfrau auf alles gelassen nickte. Katharina, die Kleine, und Friedrich August, der Große, liebten Milena. Fast war sie wie eine zweite Mutter für sie. Umso leichter fiel es Fatima, die Kinder bei ihr zurückzulassen. Für die Reise hatte sie sogar die alte Perücke aus einer Truhe hervorgekramt, frisieren lassen und eigenhändig gepudert. Als Fatima sich anschickte, in die Postkutsche zu steigen, sah sie aus wie eine Dame an den Höfen Europas.

»Mama!«, rief Katharina herzzerreißend und sprang Milena von der Hüfte. Fatima ging in die Knie und nahm die Tochter fest in die Arme. Katharina drückte ihr kleines Gesicht in das raschelnde Kleid der Mutter. Sie konnte die Tränen nicht länger zurückhalten.

»Ich werde deinen Vater treffen«, tröstete Fatima, auch um sich selbst Mut zuzusprechen.

Katharinas Gesicht hellte sich auf. »Du triffst Spiegel?«

Fatima sah Katharina lange an. Dann schüttelte sie den Kopf. »Nein. Deinen richtigen Vater. Den König.«

Katharina straffte ihren kleinen Oberkörper. »Dann hast du eine Krone in der Tasche? Eine Königin braucht eine Krone.« Fatima musste lachen. »Nein, das nicht. Ich bin keine Königin. Aber ich werde ihn bitten, für euch kleine Kronen anfertigen zu lassen. Immerhin seid ihr seine Kinder.«

»Ich brauche keine Krone«, sagte Katharina aus voller Brust. »Ich will nicht, dass du gehst.«

Fatima bemühte sich, stark zu bleiben. Sie umarmte die

Tochter von neuem. Über die Schulter hinweg erblickte sie den kleinen Gusti, der wie versteinert an der Hand der Kinderfrau hing und die Lippen tapfer zusammenpresste. Fatima winkte ihn heran, er ließ sich bitten. Dann lagen sie zu dritt einander in den Armen. Schließlich befreite sich Fatima, erhob sich, kniff Friedrich August in die Backe und strich Katharina über den Kopf. »Macht mir keine Schande, Königskinder!«

Friedrich August nickte, Katharina starrte der Mutter unverwandt hinterher.

»Gib auf dich acht, Mama!«, rief Katharina, während Anton gemeinsam mit dem Postillion die Reisetruhe auf dem Dach verzurrte. Die Kutsche fuhr noch längst nicht ab, auf Polnisch wurden Anweisungen geschrien, immer noch eilten Passagiere mit Gepäck heran.

Um den Schmerz zu verkürzen, nahm Milena die Kinder kurz entschlossen an die Hand und verließ mit ihnen den Posthof. Fatima sah ihnen mit feuchten Augen hinterher. Und immer wenn die kleine Katharina sich umwandte, hob sie die Hand und winkte.

In einem Gasthaus dreißig Meilen vor Bender schlug Spiegel sein Lager auf. Das Völkergemisch, das er von Lemberg her kannte, wurde hier im Fürstentum Moldau noch bunter. Von hier aus richtete man den Blick bereits auf eine andere Welt: auf das jenseitige Ufer des Schwarzen Meeres, gen Süden, in den Orient. Im Norden herrschten Krieg und Barbarei. Im Süden begannen Frieden und Zivilisation!

Türkische und tatarische Elemente überwogen, hellhäutige Menschen, die die Sonne flohen, waren in der Minderzahl. Die Nähe des Meeres ließ schon hier, weit im Landesinneren, die Zahl der Seeleute und Matrosen anschwellen.

Spiegel versuchte sich im Gastraum an der *Table d'Hôte* – ein Name, viel zu nobel für das erbärmliche Mahl auf der Grundlage von Hirse, das hier aus der Schüssel des Wirtes an alle Gäste verteilt wurde. Er hatte sich entschlossen, das schwere Gepäck in diesem Gasthof zurückzulassen und die Reise nur mit Pferd und Mantelsack fortzusetzen. Je weiter man sich von den Grenzen der polnischen Adelsrepublik entfernte, desto schlechter wurden die Wege, desto wortkarger die Einheimischen, wenn man um Auskunft bat. Die Nähe der schwedischen Armee lag wie eine Seuche über der Gegend. Der Sultan sah sich zwar verpflichtet, den königlichen Gast auskömmlich zu unterhalten, doch die Schweden fouragierten unbenommen. Mit ihren Beutezügen machten sie die Umgebung unsicher, obwohl Karl es ihnen untersagt hatte. Wen er beim Plündern erwischte, ließ er erschießen. Doch selbst die Exempel der Strenge hatten wenig bewirkt.

In der engen, rauchigen Wirtsstube erkundigte sich Spiegel nach der exakten Lage von Karls Biwak. Es ging laut zu, mit Worten geizte hier niemand. Doch sobald Spiegel einzelne Gäste beiseitenahm, war nichts mehr aus ihnen herauszukriegen – nicht auf Polnisch, nicht auf Deutsch, nicht auf Französisch. Spiegel bereute allmählich, Fatima nicht mitgenommen zu haben, denn mit der türkischen Sprache hätte man vermutlich mehr ausrichten können. Je beharrlicher Spiegel den Gästen am Tisch zusetzte, desto strengere Blicke warf ihm der Wirt zu. Die Gäste, die auf Spiegels Fragen antworteten, Kaufleute zumeist – ein Jude, der mit seiner Tochter reiste, und ein Armenier –, behaupteten, noch keinen Schweden zu Gesicht bekommen zu haben. Dabei beugten sie sich so tief über ihre Holzschüsseln, dass sie zweifelsohne mit irgendetwas hinterm Berg hielten.

Nach dem Essen ging Spiegel durch die Gassen des kleinen Städtchens zu dem Hufschmied, der nach Auskunft des Wirtes über die stärksten und wohlgenährtesten Pferde verfügte. Ein Knecht hatte ihn bereits vorab von Spiegels Ansinnen unterrichtet. Von weitem vernahm er die kräftigen, regelmäßigen Schläge und das hohe, metallische Klirren, wenn der Hammer aufs Eisen fiel. Offenbar hatte er Spiegels Wunsch zum Anlass genommen, das Pferd zu beschlagen. Der Schmied schien ein umsichtiger Mann zu sein.

Er trat in den Stall, ein niedriger, windschiefer Anbau. Der Schmied sah nur kurz auf. Der Geselle, dem der Schweiß auf der Stirn stand, hielt den Huf. Er würdigte den Eintretenden keines Blickes.

Spiegel trat an das Pferd und ließ seine Hand über das dichte glänzende Fell gleiten. »Ein gutes Tier!«

Der Schmied holte aus und trieb mit wenigen Schlägen einen Nagel in den Huf. »Sie stehen mir dafür gerade«, sagte er, ohne Spiegel dabei anzusehen.

»Natürlich. Ist der Weg gefährlich zu dieser Jahreszeit?«

Der Schmied nahm einen zweiten Nagel und drehte ihn in den Fingern, um nach der flachen Seite zu suchen. »Kein Weg ist ohne Gefahr, seit die Schweden vor Bender liegen.«

»Sie sind wohl nicht sehr beliebt, die Schweden?«, setzte Spiegel nach.

In schwerfälligem, sehr weich gefärbtem Polnisch sagte der Schmied: »Mit denen haben wir nichts zu schaffen. Karl ist ein Freund des Sultans. Nur weil unser Fürst ein Vasall des Sultans ist, müssen wir ihn erdulden.«

»Aber Bender ist dreißig Meilen von hier. Was kann Euch das bekümmern?«

Der Schmied legte den Hammer auf seiner Schulter ab und erhob sich zu ganzer Größe. Er überragte Spiegel um mehr als einen Kopf. Der Gesell, ein Bursche von vielleicht dreizehn Jahren, ließ das Bein des Pferdes fallen, dass die Spitze des Hufeisens auf dem Pflaster Funken sprühte.

»Dreißig Meilen sind nichts. Karls Banden machen die Gegend unsicher. Schänden Frauen, führen das Vieh fort, bringen die Bauern um ihre Ernte.«

Spiegel nickte zufrieden. Wenn August zu einem Schlag gegen Karl ausholen wollte, wären diese Menschen auf seiner Seite. Aber wie sollte er, solange Karl von Schweden unter dem Schutz des Großherrn stand?

Der Schmied ließ seine Hand auf die Kruppe klatschen. Das Pferd machte einen Satz und sprang aus der Schmiede in eine

Koppel. Dort blieb es stehen, hob den Kopf und spitzte die Ohren.

»Sehen Sie sich vor. Der Weg ist leicht zu finden, immer am Dnister entlang. Wenn vor Euch eine steinerne Festung auftaucht, mit spitzhütigen Türmen, dann habt Ihr Bender erreicht. Karls Lager liegt vor den Toren der Stadt. Er hat es eigens errichten lassen.«

Spiegel entlohnte den Schmied für seine Dienste und kündigte weiteren Lohn für den Fall seiner Rückkehr an. Der Schmied schüttelte den Kopf. »Die ganze Summe. Jetzt. Niemand garantiert mir für Eure Rückkehr.«

Vieldeutig lächelnd langte Spiegel erneut in seinen Beutel und zog einen weiteren Goldtaler hervor. »Falls ich mitsamt Pferd abhandenkomme, sollte dies ein angemessener Ausgleich sein. Falls wir wohlbehalten zurückkehren, werde ich die Münze zurückfordern.«

Der Schmied betrachtete den Taler zufrieden und nickte gefällig. »Nehmt Euch vor Trupps von mehr als zwei Mann in Acht«, sagte er dann. »Das sind reguläre Patrouillen des Schweden, auch wenn sie kein militärisches Kleid tragen. Es gibt nicht viel, was ihnen entgeht.«

Abschließend bat Spiegel den Schmied, den Gesellen am nächsten Morgen mit aufgezäumtem Pferd zum Gasthaus zu schicken. Dann dankte er und wünschte eine gute Nacht. Beflügelt von Tatendrang verließ Spiegel die Schmiede. Er hatte es bis hierher geschafft, er würde es auch bis Bender schaffen.

Der Diener Anton half ihr, die Perücke aufzusetzen, und puderte sie sorgfältig. Fatima hielt sich einen Papiertrichter vors Gesicht, um Nase und Augen vor dem feinen Staub zu schützen. Als sie die Maske fortnahm, betrachtete sie sich zufrieden im Spiegel. Sie wollte hübsch sein wie nie, wenn sie August unter die Augen trat.

»Gibt es Nachricht von ihm?«, fragte sie Anton und ärgerte sich über das Zittern in ihrer Stimme.

Anton schüttelte den Kopf. »Keine.«

Fatima schlug mit dem Fächer auf den Oberschenkel, erhob sich, ging ein paar Schritte und angelte dann nach dem Schreiben, das sie nach Bautzen befohlen hatte. »Johann Fabian von Ponuckau auf Luga, Königlich Polnischer und Churfürstlich Sächsischer bestellter Rath und Ober-Amtshauptmann zu Budissin«, war es – etwas gewunden – unterschrieben. Das erbrochene Siegel am Rand des Papiers zeigte immer noch einen Teil der Bautzner Türme. Fatima war überzeugt davon, dass August dahintersteckte. Sicherlich würde er vor ihr in die Knie sinken, sich bei ihr entschuldigen für die Demütigungen und Missachtungen, die er sie in den letzten Monaten hatte erleiden lassen. Nur wenn Fatima an Spiegel und Lemberg dachte, wurde es ihr etwas weh ums Herz. Falls August sie erneut zu seiner Geliebten annahm, konnte sie unmöglich zurückkehren. Was würde aus den Kindern werden? Sie würde nicht eher Ruhe geben, bis August sie an den Hof genommen und zu seinen legitimen Nachkommen erklärt hatte!

Am Vorabend, kaum waren Stadt und Herberge erreicht, hatte Fatima durch Anton Nachricht an den Oberamtshauptmann geschickt: Sie stehe zur Verfügung, wann immer er es wünsche. Der Diener hatte das Billet auf das Amtshaus getragen, man hatte es entgegengenommen und ihm beschieden, der Herr Rat sei nicht mehr zugegen, er werde sich gedulden müssen. Nur wie lange, das hatte man ihm nicht erklärt. Anton kehrte mit einem unguten Gefühl zurück – und teilte dies seiner Herrin auch mit.

Doch kaum war Fatima herausgeputzt und hatte Ringe und Perlenketten – allesamt Geschenke Augusts – angelegt, trat ein Stadtbote in die Kammer und bat sie untertänigst, ihm zu folgen. Fatimas Herz jubelte. Er schien nicht abwarten zu können, sie zu sehen!

Anton wünschte Glück und versprach, für das Gepäck zu sorgen. Fatima folgte den Boten über die belebten Gassen Bautzens, die, anders als in Lemberg, gepflastert waren. Sie gelangten auf den geräumigen, von prächtigen Fassaden umstandenen Markt. An der Stirnseite das Rathaus, geschmückt von einem schlanken Uhrenturm und Arkaden. Beschwingt stieg Fatima die Treppe hinauf. Sie wunderte sich, dass August für ein erstes Treffen einen öffentlichen Ort gewählt hatte – doch August tat nie das, womit man rechnete. Fatima hüpfte das Herz in heller Vorfreude.

Der Bote klopfte an eine hölzerne Tür, wartete den Befehl ab, drückte dann die Klinke und trat zur Seite. Mit dem Öffnen hatte er der Tür einen leichten Stoß versetzt, so dass sie quietschend in den Raum schwenkte. Fatima lugte durch den Spalt, ob sie ihn erspähen konnte, doch noch hielt sich August versteckt. Mit pochendem Herzen trat sie ein. Der Raum war finster, das Eichenholz der Regale und Schränke mit den Jahren gedunkelt. Aus einer Nische trat ein Herr. Fatima hatte schon eine Bewegung auf ihn zu gemacht, doch dann erkannte sie an der Statur, dass dies keinesfalls August sein konnte. Ein kleiner Herr mit rundlichem Gesicht und feuchten Lippen. Das ganze Gegenteil dessen, was sie erwartet hatte. »Wo ist er?«, fragte sie in einem Ton, der die Enttäuschung nicht verschleiern konnte.

»Verzeihung«, fragte der fremde Herr. »Wer?«

Fatima zögerte einen Moment, ob sie sich noch eine weitere Blöße geben sollte.

»Der König«, antwortete Fatima mit einer Spur Trotz.

Lächelnd kam der Oberamtmann auf sie zu. Er musterte sie ausgiebig und ohne Scham, so dass Fatima den übermäßigen Putz ihrer Kleidung schon bereute.

»Verstehe.« Er lächelte breit. »Sie dachten, Seine Majestät ...«

»Nichts dachte ich«, unterbrach ihn Fatima ungehalten. »Haben Sie mich eine Dreihundertmeilenreise antreten lassen, um sich über meine Aufmachung zu mokieren?«

Der Amtmann Johann Fabian von Ponuckau auf Luga entbot eine knappe Verbeugung. Doch so einfach war Fatima nicht zu besänftigen. »Ich hoffe, Sie haben einen guten Grund, Monseigneur!«

»Sicher, sicher«, sagte der Herr und floh hinter den Schreibtisch. Mit spitzen Fingern schob er ein amtliches Schreiben über die Tischplatte. Langsam trat Fatima näher. Die Buchstaben waren geziert, mit hübschen Schnörkeln versehen und in kräftiger schwarzer Tinte ausgeschrieben. Fatima kniff die Augen zusammen, um das Schreiben aus der Entfernung zu entziffern, so als scheute sie sich, es in die Hände zu nehmen. Die Formulierungen waren so umständlich, dass Fatima den Sinn nur annähernd erfasste. Fragend schaute sie Ponuckau an. Der wand sich sichtlich. »Nun ... es geht ... um nicht viel mehr als die Rückgabe einer Länderei aus dem Besitz Seiner Königlichen Majestät.«

»Gut Särichen, das habe ich gelesen. Was ist damit?«

»Gut Särichen und die zugeschlagenen Dorfschaften«, präzisierte der Amtmann.

»Nun sagen Sie schon!«, fuhr sie ihn an. Der Amtmann schob die Perücke hoch und kratzte sich am Haaransatz. »August wünscht es von Ihnen zurück, Madame.«

Nun sank Fatima auf den Stuhl vor dem Schreibtisch. »Aber er hat es mir geschenkt! Auf Lebenszeit! Zu meiner und meiner Kinder Verfügung.«

Ponuckau legte die Kuppen seiner Finger gegeneinander, stützte sein Kinn darauf und schlug die Augen gen Himmel, als erhoffte er sich göttlichen Beistand. Fatima war zu keinem Zorn mehr fähig. Die Enttäuschung raubte ihr alle Kraft.

»Er – nun, wie soll ich sagen – fühlt sich an das Versprechen nicht mehr gebunden. Er benötigt das Gut anderweitig.«

»Was für ein Schuft!«

»Madame Spiegel«, setzte Ponuckau an, doch Fatima fuhr ihm in die Parade.

»Nennen Sie mich nicht bei diesem Namen! Ich heiße Fatima von Kariman!«

Ponuckau presste die Lippen zusammen. »Kein Name berechtigt Sie, in Gegenwart einer Amtsperson Seine Majestät unseren König zu beleidigen!«

»Und was berechtigt Seine Majestät, mich zu beleidigen?«

Der Amtmann wich aus. »Verstehen Sie doch, ich habe nur Ihre Unterschrift einzufordern. Mehr ist nicht meine Aufgabe!« Mit einer möglichst beiläufigen Geste schob er das Tintenfass zu Fatima hinüber.

»Darf ich fragen«, hob Fatima an und konnte einen gehässigen Tonfall nicht länger unterdrücken, »wozu er dies so dringend benötigt?«

Ponuckau schluckte. »Ich weiß es nicht.«

»Heraus damit!« Fatima schoss auf den Amtmann zu und präsentierte ihm ihre langen, schlanken Finger. »Oder ich zerkratze dir das Gesicht, dass deine Frau dich nicht wiedererkennt.«

Ponuckau wich zurück und fuhr sich mit dem Zeigefinger in den Kragen. »Wie man hört, will er es erneut verschenken.«

»An wen?«

»An die Fürstin Teschen.«

»Eine neue Favoritin?« Fatimas Lippen zitterten.

Der Amtmann nickte.

»Falls Sie jemals Gelegenheit haben«, zischte Fatima, »dieser Dame zu begegnen, richten Sie ihr aus, dass ich sie von ganzem Herzen verachte!«

»Ich werde mich hüten«, sagte der Amtmann ehrlich. Dann, etwas mutiger, da er spürte, dass die schlimmste Wut verraucht war: »Darf ich Sie jetzt um Ihre Unterschrift bitten, Madame?«

Fatima beugte sich vor und riss die Feder aus dem Tintenfass wie eine Klinge aus der Scheide. Schwarze Tropfen flogen durch die Luft und zerplatzten auf der Holzvertäfelung. Fatima hatte den Ärmel ihres Kleides so weit hinaufgeschoben, dass ihr Unterarm nackt war. Mit spitzer Feder schrieb sie sich ihren Namenszug auf die Haut. Sie schrieb mit solchem Druck, dass die Haut einzureißen drohte. Ponuckaus Augen weiteten sich entsetzt. Sie musste ein zweites Mal eintunken, neu ansetzen.

Nachdem sie ihren vollen Namen auf den Unterarm geschrieben hatte, warf sie die Feder auf den Tisch und sagte:

»Wenn er meine Unterschrift will, soll er sie sich holen!« Sie schickte sich an, das Gebäude zu verlassen. Ohne sich noch einmal umzudrehen, fügte sie hinzu: »Aber er soll sich beeilen. Es wäscht sich ab mit der Zeit.«

Mit diesen Worten verließ sie das Rathaus und die Stadt Bautzen und nahm sich vor, sie nie wieder zu betreten.

Wenigstens das Pferd war zurückgekehrt. Als sie von draußen ein Wiehern vernahmen, schaute der Schmied seinen Gesellen nur an. Sie traten hinaus und sahen, was sie schon ahnten: Der Sattel war leer. Der Schmied befahl dem Gesellen, abzuzäumen und Sattel mitsamt Zaumzeug in den Stall zu schaffen. Dann untersuchten sie das Tier nach Verletzungen oder anderen Spuren. Sie fanden keine. Das hatte nichts zu sagen. Es gab Verbrechen, die keine Spuren hinterließen.

Später kam die Frau des Schmieds mit einem Gerücht vom Markt: Man habe außerhalb von Bender einen Fremden an der Landstraße gefunden, halbtot und nicht in der Lage, seinen Namen zu nennen. Der Schmied nickte dem Gesellen zu. Dann bat er ihn, das Pferd aufzuzäumen und mit einer Decke zu versehen.

»Sollen wir nicht den Wagen anspannen?«, fragte der Geselle. Der Schmied schüttelte den Kopf. Am Strick führten sie das Pferd etliche Meilen bis zu dem Pfarrhaus, wo der Fremde lag. Meister und Gesell zogen die Mützen vom Kopf, als sie über die Schwelle traten. Er war es: der Fremde, der sich Spiegel genannt hatte. Gewiss nicht sein richtiger Name. Das tat nichts zur Sache, er würde sein Grabkreuz zieren. Kerzen an Kopf- und Fußende, sein Gesicht so weiß wie das Laken. Die Letzte Ölung hatte er bereits erhalten. Zwischen seinen Fingern lag ein Rosenkranz. Der Priester saß auf einem Schemel am Kopfende und betete.

Der Schmied trat heran, kniete sich neben das Bett und flüsterte in Spiegels Ohr: »Wollt Ihr leben oder sterben?«

Spiegels Lippen waren rissig, die Augenlider geschlossen.

Er schwieg so lange, dass der Schmied schon dachte, er wäre endgültig dahingeschieden. Dann aber hob sich seine Brust. Er sammelte alle Kraft, um zu antworten: »Bringt mich fort von hier!«

Vor den Augen des verblüfften Pfarrers wickelte der Schmied Spiegels Körper in die Decke und trug ihn mit Hilfe des Gesellen nach draußen. Dann legten sie ihn über das Pferd und zogen von dannen. Der Pfarrer stand im Gartentor, den Rosenkranz noch in der Hand, und sah ihnen nach. »Gott sei gepriesen, wenigstens das Sakrament hat er empfangen!«

Vor seinem Haus angekommen, griff der Schmied in Spiegels Haare und hob ihm den Kopf. Spiegel öffnete den Mund und schrie. Er schrie und schrie und wollte nicht aufhören zu schreien. Küchenmagd und Ehefrau kamen herbeigelaufen, sie wollten dem Schmied zureden, den Fremden nicht länger zu quälen. Da warf dieser Spiegels Leib über die Schulter und trug ihn hinein. Immer noch schrie er wie am Spieß. Der Schmied runzelte die Stirn. »Hör auf!«, zischte er, und dann, lauter: »Hör auf, sonst schmeiße ich dich in die Ecke!«

Schon begannen die Nachbarn die Hälse zu recken. Die Schmiedsgattin hatte ein einfaches Lager gerichtet, und erst als Spiegel auf dem Stroh zu liegen kam, unterließ er das Schreien. Stattdessen verfiel er in Gejammer. »Tut mir nichts, nein, nicht! Ich will, dass es aufhört!«

Der Schmied fuhr mit seinem mächtigen Handrücken über Spiegels Wange. »Was haben sie mit Euch gemacht?«, fragte er nachdenklich.

Spiegel wandte den Kopf und sah ihn aus großen Augen an. Sein Blick war vollkommen leer. Dann begannen seine Wangen zu zittern und auch die Lippen. Alles Blut war aus ihnen gewichen. Mit der Faust zog Spiegel die Decke unters Kinn und drehte sich zur Wand. Der Schmied beugte sich über ihn und betrachtete seine Finger. Dort, wo die Nägel gewesen waren, klafften schwarze, eiternde Wunden.

Seine Rückkehr war nicht angekündigt. Spiegel trat aus der Postkutsche und sah sich unverwandt um. Das übliche Lemberger Volk war zusammengelaufen, wie immer, wenn der Postillion Signal gab: Neugierige, die auf gut Glück kamen, um Nachrichten oder ein paar Blicke zu erhaschen. Passagiere für die nächste Strecke. Angehörige, die ihre Liebsten erwarteten. Spiegel ertappte sich dabei, wie er nach Fatima Ausschau hielt. Ein helles Kinderlachen ließ ihn herumfahren. Doch wie sollte ihn jemand erwarten? Niemandem hatte er seine Ankunft annonciert ...

Jetzt hatte man ihn doch erkannt! Er hörte seinen Namen auf Polnisch rufen. »Spiegelski ist zurück!« Hüte flogen in die Höhe, wohlmeinende Zurufe. Der Beifall hielt sich in Grenzen. Welche Stadt liebte schon ihren obersten Steuereintreiber?

Er warf sich die leichte Tasche über die Schulter und machte sich zu Fuß auf den Weg.

Schon von weitem hörte er Kindergeschrei. Endlich gelang ihm ein Lächeln. »Da ist Spiegel!«, hörte er Gusti rufen, und schon hingen zwei glückliche Bündel an seinen Rockschößen. Ihre Ärmchen schlangen sich um seinen Bauch, der deutlich an Umfang verloren hatte.

Die Kinderfrau schlug die Hand vor den Mund, dann stand Fatima in der Tür. Sie trug ein einfaches Hauskleid. Das braune Haar fiel über ihre Schultern, in voller, dunkler Pracht. Sie lächelte seltsam verklärt. So, als wollte sie sich freuen, wäre sich aber noch nicht ganz sicher, ob er es auch war.

Spiegel wurden die Beine schwach, er musste sich auf die Kinder stützen, die ihn rechts und links flankierten. Mit zögernden Schritten ging er Fatima entgegen. Sie breitete die Arme aus, hielt dann aber erschrocken inne. Sie hatte die Fremdheit in seinem Gesicht entdeckt. Hatte erkannt, dass Spiegel ein anderer war als jener, der sie vor mehr als drei Monaten verlassen hatte. Ein ganz anderer.

Spiegel verlor sich in Fatimas Blick, merkte nicht, dass Gusti seine Hand inspizierte. »Was ist mit deinen Fingern passiert?«

Augenblicklich vergrub er sie in den Taschen seines Rockes. Mit energischem Griff zog Fatima sie wieder heraus. Spiegel hielt dagegen. Doch schließlich entspannte er die Muskeln. Es war gut, den Druck ihrer Finger zu spüren. Ein Schreckenslaut entfuhr ihren Lippen. Dann hob sie den Kopf und sah Spiegel an. »Wer hat dir diese Wunden zugefügt?«

»Karls Schergen«, gab Spiegel zu. Dann entwand er sich Fatimas Griff und ging ins Haus. Anton, seinen treuen Diener, wies er an, das Gepäck von der Poststation zu holen. Fatima folgte ihm ins Haus. Die Kinder sprangen rufend und jubelnd hinterdrein. »Spiegel ist zurückgekehrt! Spiegel ist zurück!«

Am Abend saß Spiegel lange auf der Bettkante, während Fatima schon ihr Nachthemd angelegt hatte. »Er ist ein selbstsüchtiges Monster.«

»Wer?«, fragte Fatima gedankenverloren.

»Karl!« Er zog sich das Hemd über den Kopf. Jede Bewegung schmerzte. Dann sah er ihren Gesichtsausdruck, und ihm wurde bewusst, dass sie erst jetzt die schlimmsten Wunden sehen konnte. Eitrige Striemen zogen sich quer über seinen Oberkörper.

Eine ganze Weile saß er reglos da. Sie sagte nichts. Er hörte nur ihren raschen Atem. Dann erhob sie sich schweigend. Es hätte ihn nicht verwundert, wenn sie das Zimmer verlassen hätte, um irgendwo anders eine Bettstatt aufzuschlagen. Aber sie kehrte zurück. So plötzlich, dass er zusammenschreckte, berührte ihre Hand seine nackte Haut. Und mit sanften, kreisenden Bewegungen, so zärtlich, dass er keinen Schmerz mehr spürte, strich sie einen wohlriechenden Balsam auf seine Wunden.

Spiegel schloss die Augen und genoss den Druck ihrer Hand mit jeder Faser seiner Seele. Und als sie aufhörte, hätte er seinen rechten Arm hingeben mögen, nur damit sie von neuem begann. Sie umarmte ihn von hinten, verschränkte die Hände, die nach dem Balsam dufteten, vor seiner Brust und drückte ihm einen Kuss auf die Schulter. Er blieb vollkommen reglos und empfing jede ihrer Berührungen wie ein Geschenk. Auch sie schien Gefallen zu finden und begann, über Spiegels Brust zu streichen. Ihr Atem loderte in seinem Nacken.

Als sie begann, ihre Brüste an seinem Rücken zu reiben, stieß er sie von sich. Er zitterte am ganzen Körper. Sie wickelte sich in ihre Decke und wandte sich zur anderen Seite des Zimmers. Schon bedauerte er seine Schroffheit.

»Fatima?«, fragte Spiegel in das Schweigen hinein, während er die Flamme des Nachtlichts zwischen Daumen und Zeigefinger löschte. Sie antwortete nicht.

»Ich bin stolz darauf«, sagte er feierlich, »eine Frau wie dich an meiner Seite zu haben.«

Sie atmete tief ein.

Im Garten hinter dem Haus gab es Gebüsch und einige Bäume, die sich zum Verstecksspielen eigneten. Lachend und jauchzend tollten Spiegel und Katharina durch den Garten. Immer wenn Spiegel Katharina am Zipfel des Kleides gepackt und in seine Arme gezogen hatte, kreischte sie auf vor Vergnügen. Sie entspannte die Muskeln, hing in seinen Armen wie ein leerer Weinschlauch und genoss es für einen kurzen Moment, wehrlos und gefangen zu sein. Dann strampelte sie sich wieder los, und das Spiel begann von neuem.

Oben lernte Gusti gemeinsam mit Madame Spiegel Polnisch. Jeden Tag eine Stunde bei Herrn Piełkowski, darauf hatte Spiegel bestanden. Katharina dagegen lernte die Sprache ohne jede Mühe von Milena, dem Kindermädchen. Täglich fieberte sie der Zeit entgegen, da sie ihren Ziehvater ganz für sich alleine hatte.

Spiegel machte sich keine Sorgen um Gewand oder Perücke. Einmal verloren sie das Gleichgewicht und kollerten Arm in Arm auf den Rasen. Das gepuderte Etwas war Spiegel vom Kopf gerutscht, und Katharina nutzte die Gelegenheit, ihn mehrmals mit der flachen Hand auf den unbekleideten Kopf zu patschen.

Wieder schütteten sie sich aus vor Lachen, und Katharina fiel ihm um den Hals. Dann sagte sie aus voller Brust: »Ihr lasst uns nie wieder allein, ja?«

Spiegel lachte, da er nicht richtig verstanden hatte. »Warum sollten wir Euch allein lassen?«

Katharina sah ihn ernst an. »Wenn Ihr wieder verreisen müsst.«

»Aber ...«, sagte Spiegel und zögerte, denn er ahnte, was nicht für ihn bestimmt war. Sein Gesicht nahm einen traurigen Ausdruck an. »Aber Ihr hattet doch die große Madame bei Euch ... Eure Mutter.«

Verlegen sah Katharina ihn an. Ihre Augen waren groß und unschuldig. Plötzlich standen kleine Pfützen darin. »Madame Spiegel war ebenfalls verreist?«, fragte Spiegel nur, um ganz sicherzugehen.

Katharina nickte. Er ergriff sie an beiden Armen und sah ihr fest in die Augen. »Wie lange?«

Als sie nicht gleich antwortete, schüttelte Spiegel sie sachte. »Sag!«

»Ein paar Tage«, sagte Katharina schnell. »Und als sie zurückkam, war sie sehr traurig.«

Katharina versuchte, ihren Arm zu befreien. Spiegel begriff, dass er ihr wehtat. Er ließ sie los und richtete sich auf. »Das bin ich auch. Dabei dachte ich eigentlich, ich wäre glücklich.«

Nachdenklich stand er im Garten. Längst war Katharina über die Terrasse ins Haus gehüpft. Der Wind frischte auf, und Spiegel merkte, dass ihn am Kopf fror. Er hob die Perücke vom Rasen und setzte sie wieder auf.

Der Geselle hängte sich mit ganzer Kraft in den Balgzug. Funken stoben unter den Schlägen des Schmieds, als Pferdegetrappel an ihre Ohren drang. Der Geselle ließ das Seil aus der Hand gleiten und der Schmied legte den Hammer auf den Amboss.

Der Mann, der in die Schmiede trat, war in fremdartiger Tracht gekleidet. Als Unterkleidung eine Art Strumpfhose, darüber eine Jacke, die wie ein Kleid über die Oberschenkel fiel. Ein Schnurrbart mit hängenden Spitzen, eine Fellmütze. In den Hüftgurt hatte er einen Dolch geklemmt, daneben hing ein Lederbeutel. Kein Jude und kein Armenier. Sondern ein Untertan des Khans der Krimtataren. Tataren waren keine Seltenheit im Fürstentum Moldau. Man teilte sich eine lange Grenze, und der Moldauer Gospodar war – wie der Khan – dem Sultan tributpflichtig. Wenn man so wollte, waren sie alle Untertanen Sultan Ahmeds, des Großherrn der Muselmanen. Christen in dieser Gegend allerdings fühlten sich dem Großherrn fern und dem katholischen polnischen König näher. Der Schmied und sein Geselle waren Christen und daher misstrauisch allem Tatarischen gegenüber.

Der Abgesandte des Khans blieb an der Schwelle stehen und rief mit einem Kopfnicken und einem von kräftigem Akzent gefärbten Tonfall hinüber: »Stimmt es, dass Ihr einen Fremden beherbergt habt? Einen Abgesandten des sächsischen Fürsten August?«

Der Schmied stemmte die Fäuste in die Hüften. Die Lederschürze, die ihn vor fliegender Glut schützen sollte, blähte sich wehrhaft wie ein Harnisch. »Wenn Ihr schon alles wisst, warum soll ich es Euch dann noch sagen?«

»Ich will in Erfahrung bringen, ob es stimmt. Und ob Ihr aus seinem Munde irgendetwas über seine Absichten erfahren habt.«

Der Schmied wandte sich ab und tat, als wollte er sich wieder seiner Arbeit widmen. »Ich habe nur meine Christenpflicht getan«, grummelte er. »Sollte ich das bereuen müssen?«

»Man sagt, er habe den Schwedenkönig Karl auskundschaften wollen. Dabei habe man ihn in die Hände bekommen und unter der Tortur seine Absichten erpresst.«

»Das ist es, was die Leute erzählen, ja«, sagte der Schmied, ohne aufzuschauen.

»Wir wollen ihm nichts Böses. Sag uns nur seinen Namen. Und wohin er ging, als er dich verließ.«

Der Schmied musterte den Tataren unwillig. »Warum sollte ich das tun?«

Der Bote lächelte. »Weil der Sommer heiß war und die Dachschindeln deiner Schmiede trocken sind wie Zunder?«

Der Schmied verzog keine Miene. »Willst du mir drohen?«

»Keineswegs«, sagte der Tatar immer noch lächelnd, »aber ein offenes Feuer im Haus, der Funkenflug – wie leicht passiert etwas …«

Der Schmied nahm den Hammer vom Amboss und ließ ihn in seine Pranke klatschen. »Seht zu, dass Ihr Land gewinnt!«

Der Tatar zog die Stirn kraus. »Es ist ein Wunsch des Khans, den Aufenthalt des Mannes zu erfahren, der im Auftrag des polnischen Königs kundschaftet. Und es ist gar nicht gut, Wünsche des Khans zu missachten. Manchmal«, setzte er listig nach, »ist es sogar gefährlich.«

Der Schmied warf seinem Gesellen einen Blick zu. Der hing kraftlos am Blasebalg und zitterte an allen Gliedern. Der Schmied überlegte. Einmal hatte er Spiegel schon das Leben gerettet. Sie waren quitt.

Der Tatar legte die flache Hand auf seine Brust. »Wir möchten nur mit ihm reden.«

»So wie Ihr mit mir geredet habt? Und dann gedroht, mir das Dach über dem Kopf anzuzünden!«

Der Tatar verzog das Gesicht, als hätte der Schmied etwas Unanständiges gesagt. »Es ist wichtig für den Tataren-Khan.«

Der Schmied fand sich in das Unvermeidliche. »Spiegel hieß er und kam aus Lemberg. Dorthin ist er zurückgekehrt, nachdem ich ihn halbtot bei mir aufnahm. Ein hoher Emissär des Königs. Das ist alles, was ich weiß. Ich bin nicht halb so neugierig wie Ihr.«

Der Tatar lächelte zufrieden. Mit den Fingerspitzen schnippte er dem Schmied eine Münze hinüber. Sie landete auf dem Lehmboden, nachdem sie sich mehrmals in der Luft überschlagen hatte. Der Geselle huschte heran und hob sie auf. »Ein Piaster – eine türkische Münze«, sagte er begeistert.

»Ja, das ist die türkische Münze: Feuer oder Gold«, bestätigte der Schmied und sah vor sich hin.

Der Tatar überhörte die Anspielung, schwang sich aufs Pferd und hieb ihm die Hacken in die Flanken. Über die Schulter hinweg warf er den Handwerkern einen Abschiedsgruß zu. »Friede mit Euch – und mit Euren Söhnen!«

»Wem verdanke ich das Vergnügen?«, rief der Schmied ihm hinterher. Und bekam wider Erwarten eine Antwort.

»Ahmed, Bote des Scheferschaha Bey, Murza des Tataren-Khans«, rief der Fremde.

In aller Ruhe befahl Spiegel der Kinderfrau, sich mit der Kleinen in ihr Zimmer zurückzuziehen. Dann suchte er den Salon auf, wo Friedrich August und Fatima bei der Polnischlektion saßen. Als er Gusti und den Lehrer bat, das Zimmer zu verlassen, war er noch ganz ruhig. Doch sobald sich die Tür hinter ihnen geschlossen hatte, spürte er, wie sein Herz zu rasen begann.

»Was gibt es denn?«, fragte Fatima und war sich offenbar keiner Schuld bewusst.

Spiegel versuchte, ruhig zu bleiben. »Wie kannst du es wagen, in meiner Abwesenheit eine Reise zu unternehmen? Wie kannst du überhaupt auf den Gedanken kommen, allein, ohne meine Begleitung, in eine Kutsche zu steigen?«

»Ich war nicht allein«, sagte Fatima. »Ich hatte Anton bei mir.«

»Ich werde ihn noch heute aus dem Haus werfen«, sagte Spiegel.

Fatima warf sich vor ihm auf die Knie. »Nicht, Spiegel, bitte! Wirf mich hinaus, ich habe ihn angestiftet. Ich musste reisen.«

»Wohin musstest du reisen?«

Fatima blieb auf Knien und berührte mit der Stirn die Dielen. »Es war nicht recht.«

»Wohin?«, beharrte Spiegel.

»Ich erhielt ein Schreiben aus Bautzen …«

»Aus Bautzen? Und gleich springt man in die Kutsche …«

»Es ging um die Klärung einer Besitzangelegenheit«, erläuterte Fatima.

Spiegels Herz klopfte nach wie vor, doch er konnte wieder klar denken. »Welche Besitzangelegenheit?«

»Das Gut Särichen. August bat mich, es ihm zurückzugeben.«

»Was du ihm ganz gewiss verweigert hast?«

Fatima blieb die Antwort schuldig. Ein unangenehmes Schweigen entstand, denn in Spiegel wuchs ein Verdacht. »Du hast ihn gesehen. August. In Bautzen«, vermutete er. Sein Tonfall war gedämpft, lauernd.

Gequält warf Fatima den Kopf von einer Seite zur anderen. Die Befragung spülte den ganzen Schmerz der Kränkung wieder in ihr Bewusstsein. Ihre Augen glänzten feucht, die Lippen zitterten. »Er war nicht dort.«

»Du lügst.«

»Nein!«

Spiegel beobachtete seine Frau wie ein Forscher, der ein seltenes Insekt durch ein Okular beguckt – bevor er es aufspießt. Fatima schwieg beharrlich.

Spiegel schüttelte den Kopf. »Nach allem, was er dir angetan hat.«

Fatima sagte nichts. Ihr Schweigen war Spiegel Antwort genug. Er riss sich von ihr los, ging entschlossenen Schrittes auf den Flur hinaus, die Treppe hinunter und dann auf den Hof. Dort ließ er anspannen. Fatima blieb mit zerrissenem Herzen zurück.

Als Spiegel im Königlichen Haus ankam, herrschte große Aufregung. In der Nacht hatte man einen schwedischen Kurier festgesetzt. Er schien direkt aus dem Lager Karls XII. zu kommen, man hatte Briefe des Königs bei ihm gefunden. Unverfängliche, an seine Schwester gerichtete. Aber man war sicher, dass er wichtigere Nachrichten bei sich tragen musste. Briefe an die Schwester ließ Karl für gewöhnlich nicht mit einem separaten Kurier befördern, sondern mit der üblichen diplomatischen Korrespondenz.

Als Spiegel den Keller betrat, war der Kurier vollständig entkleidet und auf eine Holzplanke geschnallt. Seine Haut war blutig von den Hieben der ›Katze‹ – einem mit Nägeln gespickten Ledergurt. Vor Schmerzen warf er den Kopf hin und her. Er stöhnte und jammerte. Das Blut troff in zähen Strömen über die Planke auf den Boden.

»Wir sind sicher«, erstattete Wolinski Bericht, »dass er geheime Nachrichten übermitteln soll.«

Spiegel nickte. Schweiß brach ihm aus.

»Doch Schriftliches ist nicht bei ihm zu finden. Vermutlich soll er die wichtigsten Botschaften mündlich übermitteln.«

»Dann werden wir ihn wohl freilassen müssen.«

»Nicht doch«, sagte Wolinski in versöhnlichem Ton, »wir werden das Wissen schon aus ihm herausprügeln. Ein Befehl nur ...«

Spiegel trat an Wolinski heran und maß ihn mit Blicken. »Hier habt Ihr Euren Befehl: Ihr werdet ihn sofort freilassen, sonst lasse ich Euch selbst auf die Folter spannen.«

Wolinski sah Spiegel aus hasserfüllten Augen an. »Ihr handelt gegen die Interessen Eures Königs, Spiegelski!«

»Mein König ist kein Menschenverächter. Er würde zutiefst missbilligen, was Ihr hier treibt.«

»Ihr macht Euch des Verrats schuldig!« Wolinski kniff die Augenlider zusammen.

»Ich sage: Lasst den Gefangenen frei!«

Wolinski stand unschlüssig da. Da ergriff Spiegel die ›Katze‹, zog sie ihm aus der Hand und legte sie übers Knie. Er wunderte sich, wie leicht der Griff des Folterinstruments zerbrach. Dann warf er die zwei Hälften in den Sand, drehte sich um und ging.

Die Folterknechte starrten Wolinski schweigend an. Schließlich warf er ihnen eine wütende Geste zu. »Was gafft ihr? Macht ihn frei!«

Später am selben Tag wurde ihm Besuch angekündigt. Wolinski vermeldete einen Kurier des Tataren-Khans. Spiegel wurde sofort hellhörig. Er bat darum, den Reisenden vorzulassen. Der Mann hatte den Staub der Straße noch auf den Kleidern. Offenbar hatte er es eilig, mit Spiegel zu sprechen. Spiegel schickte Wolinski hinaus, der dem Befehl mürrisch Folge leistete. Dann ließ er nach einer Schüssel Wasser schicken, damit sich der Kurier waschen und erfrischen konnte.

»Zu gütig«, sagte der in einem türkisch gefärbten Polnisch. »Darf ich auch beten? Reisenden gewährt Allah die Befreiung vom Gebet. Doch nun bin ich am Ziel.«

Spiegel willigte ein und beobachtete den Tataren bei seinen Handgriffen. Wie er sich sorgfältig Gesicht, Stirn, Hals und Ohren wusch und trocknete. Während dieser Prozedur schien er mehr und mehr entrückt, seine Sinne schienen sich Gott zuzuwenden. Spiegel mühte sich, keinen Mucks zu geben. Nie zuvor hatte er einer muselmanischen Gebetszeremonie so nahe beigewohnt. Dem Mohammedaner schien es nichts auszumachen. Er schien Spiegel nicht einmal wahrzunehmen.

Der Tatar entrollte ein reich bemustertes Stoffgeviert. Stellte sich dann an den Saum, schlug die Hände vors Gesicht und begann mit leise murmelnden Lippen das Gebet. Nach einer Weile kniete er sich nieder, immerfort murmelnd, beugte den Rücken und berührte den Stoff mit der Stirn. Es war der Inbegriff völliger Unterwerfung. Spiegel verstand, dass muselmanische Gläubige ergebene Geschöpfe ihres Gottes waren.

Als der Fremde das Gebet beendet und den Teppich wieder aufgerollt hatte, wandte er sich mit einem friedlichen Gesichtsausdruck an Spiegel: »Ihr seid ein guter Christenmensch, Herr. Habt Dank!«

Spiegel bat den Fremden, auf einem Stuhl Platz zu nehmen. Der winkte ab. »Ich habe nie gelernt, auf Holz zu sitzen. Wenn es Euch nichts ausmacht, würde ich gern stehen bleiben.«

Spiegel gewährte es lächelnd und ließ sich selbst nieder. Mit einer Handbewegung forderte er dann den Kurier auf, seine Nachrichten zu überbringen.

»Ich reise im Auftrag des Scheferschaha Bey. Vielleicht habt

Ihr von ihm gehört? Er ist der Schatzkanzler des Taraten-Khans.«

Spiegel erinnerte sich an den Abgesandten der Hohen Pforte, mit dem er einst den Gefangenenaustausch durchgeführt hatte. Trug er nicht einen ähnlichen Namen? Handelte es sich um den nämlichen Mann? Er atmete tief durch. »Ich fühle mich geehrt. Welche Kunde habt Ihr für mich?«

Obwohl niemand in Hörweite war, senkte der Kurier die Stimme. »Seid Ihr derjenige, der in König Augusts Namen bei Karl vorsprechen sollte? Karl, zwölfter dieses Namens, König von Schweden, den sie bei uns nur ›den Eisenkopf‹ nennen?«

Spiegel lächelte unsicher. »Euer Herr und Meister weiß sicherlich, dass mein König und Karl, obschon verwandt, aufs Ärgste verfeindet sind?«

»Natürlich«, sagte der Muselmane mit leichter Verbeugung. »Das wissen wir. Doch allmählich beginnen wir es zu schätzen.« Der Tatar sah ihn durchdringend an.

Spiegel kniff die Augenbrauen zusammen. »Es gab Zeiten, da Ihr Karl als Euren engsten Verbündeten zu bezeichnen pflegtet.«

Der Kurier neigte den Kopf. »Zeiten ändern sich.« Offenbar war es ihm gestattet, vielsagende Andeutungen zu machen.

Spiegel war hochkonzentriert. »Warum solltet Ihr das Bündnis mit ihm lösen wollen?«

Der Tatar machte eine entschuldigende Geste. »Verratet Ihr mir, warum Ihr dieses tut oder jenes unterlasst? Ich bitte Euch, zieht Eure eigenen Schlüsse. Ich bin lediglich befugt, das zu übermitteln, was mir aufgetragen wurde.«

»Aber ich muss Eure Gründe kennen, damit ich weiß, ob Ihr aufrichtig redet.«

»Fragt den Scheferschaha Bey, meinen Herrn.«

»Ist er denn in der Nähe?«

»Er bittet um die Erlaubnis, Euch besuchen zu dürfen. Allerdings nur, wenn Ihr berechtigt seid, für Euren König zu sprechen.«

Spiegel schob sich in seinem Stuhl nach oben. »Ich genieße Augusts volles Vertrauen.«

»Ihr habt unmittelbaren Zugang zu ihm?«

»Jederzeit«, bestätigte Spiegel. »Wir sind vertraut seit Kindesbeinen.«

»So seid Ihr der Richtige«, sagte der Kurier zufrieden.

»Richtet Eurem Herrn, dem Scheferschaha Bey, Murza des Tataren-Khans, aus, es wäre mir eine Ehre, ihn zu empfangen. Wann immer er es wünscht.«

Der Kurier legte die flache Hand auf seine Brust und verbeugte sich tief. »Ich danke Euch im Namen meines Herrn und Gebieters. Es wird mir eine Ehre sein, ihm diese Nachricht zu überbringen.«

Damit verließ er Spiegels Amtszimmer. Spiegel erhob sich, um ihm zum Abschied die Ehre zu erweisen. Dann ließ er sich zurück in den Stuhl fallen. Eine Weile saß er wie benommen da. Dann sprang er auf. Rannte in den Keller, um den Befehl zu bekräftigen, den armen Schweden laufenzulassen.

Spiegel erkannte das eigene Haus kaum wieder. Mit Antons und Milenas Hilfe hatte Fatima die Möbel hinausschaffen lassen – allem voran Tische und Stühle. Diese Möbel waren den Orientalen unbequem, manchen verhasst. Anschließend hatten sie den Gartensaal mit Teppichen ausgelegt. Diwane, unter schweren Teppichen und Stoffen verborgen, schufen Erhöhungen, die einluden, sich darauf niederzulassen. Überall lagen bequeme Polsterkissen. Bilder und Skulpturen, die das Palais sonst schmückten, waren von den Wänden genommen und von den Piedestalen gehoben. In den Ecken standen Wasserpfeifen bereit und glühende Kohlestücke, um sie zu entzünden. Auf dem Boden zwischen den Diwanen waren Messingschalen und Schüsseln aufgebaut, die die köstlichsten Dinge enthielten: Trockenfrüchte, süßes Gebäck, in Honig eingelegte Früchte. Von den Decken hingen mit dünnen Blechmünzen verzierte Kandelaber, die bei jedem Windzug klimperten. Der Geruch der Speisen, die unter Fatimas Aufsicht zubereitet wurden, erinnerte Spiegel an die armenischen und tatarischen Märkte in Lemberg. Darüber lag der Duft von Rosenwasser, das die Diener überall versprengt hatten.

Fatima flatterte wie eine Nachtigall zwischen all den Preziosen umher, während die Kinder sich einen Spaß daraus machten, sich mit Anlauf auf die Polster zu stürzen. Es war, als hätte ein Dschinn die Schatzhöhle des Ali Baba mitten in Spiegels Wohnung gezaubert.

Spiegel, der ungeübte *Giaur*, stolperte durch diese Pracht. Er war ein bisschen eifersüchtig, als er Fatimas Eifer und ihre Liebe zu den Dingen sah.

»Sieht es nicht zauberhaft aus? Wollen wir es nicht für immer so lassen?«, fragte Fatima und umarmte ihn im Überschwang.

»Es sieht türkisch aus«, sagte Spiegel.

»Aber nur ein bisschen.«

»Es ist wunderbar!«, riefen Gusti und Katharina wie aus einem Mund.

Fatima lächelte. »Der Bey wird sich wie zu Hause fühlen.«

»Aber er ist doch Gast in unserem Haus! Sollten wir ihm nicht zeigen, wie wir leben?«

»Es ist der türkische Begriff von Gastfreundschaft, dem Gast so weit wie möglich entgegenzukommen. Aber das werdet Ihr Europäer nie verstehen!« Fatimas Tonfall war beinahe ein wenig feindselig.

Spiegel horchte auf. »Warum verstehst du es plötzlich? Warst du nicht bislang auch ein Teil von uns?«

Hochmütig sah Fatima ihn an. »Ich bin ein Teil von euch – und ein Teil meiner Heimat. Nie habe ich das stärker erfahren als hier in Lemberg. Ich rieche die vertrauten Blumen der Kindheit, ich spüre ihre Nähe. Nacht für Nacht bestürmen mich die Erinnerungen ...« Fatima brach ab, von ihren Gefühlen überwältigt. Spiegel musterte sie schweigend. Fatima sah zur Seite. »Ach«, rief sie mit einem Stoßseufzer aus, »ich muss unbedingt mit dem Bey reden.«

»Wozu?«, fragte Spiegel verständnislos.

Fatima dachte nach. Es gab keinen bestimmten Grund. Vielleicht wollte sie nur eine Unterhaltung im Ton ihrer Muttersprache führen. Sanft, aber unerbittlich wies Spiegel sie zurecht. »Du glaubst doch nicht, dass du ihm begegnen wirst? Er ist ein Abgesandter des Sultans und in diplomatischer Mission. Weiber haben dabei nichts, aber auch gar nichts zu schaffen.«

Während Spiegel sich in Rage redete, hatte Fatima die Hände gefaltet. »Ich muss mit ihm sprechen, bitte!«, beschwor sie ihren Mann.

»Sage mir: »Wozu!«

Fatima errötete. »Ich will es.«

»Aber ich will es nicht«, beschied Spiegel. »Punktum.«

Fatima senkte den Kopf. »Nur ein paar Sätze. Bitte!«

Fatima hatte sich ihm genähert und die Hände auf seine Schultern gelegt.

Spiegel blieb hart. »Nein.«

Fatima sah ihn aus leeren Augen an, so als hätte sie jedes Interesse an der Angelegenheit verloren. »Was hältst du von der Idee«, fragte sie plötzlich, »die Diener in türkischem Gewand aufwarten zu lassen?«

»Warum das?«, fragte Spiegel.

»Weil es dem Bey gefallen würde.«

»Sollte nicht vielmehr er sich bemühen, mir zu gefallen?«

Nun konnte Fatima wieder lachen. »Ihr werdet immer ein Sachse bleiben, Spiegel.«

»Warum auch nicht?«, sagte Spiegel trotzig. »Ich bin es, und ich bin stolz darauf.«

Fatima näherte sich ihm, der im Bewusstsein seines Stolzes erstarrt schien. Ohne Vorwarnung drückte sie ihm einen Kuss auf die Wange. Spiegel errötete bis unter die Perücke.

Lachend verließ Fatima den Raum, um die Instruktionen betreffs der türkischen Kostüme zu erteilen.

Katharina und Friedrich August hielten Ausschau nach dem Fremden. Als endlich eine goldblitzende Reiterschar die Straße heraufkam, sprangen sie wie junge Zicklein durchs Haus, liefen die Treppen hinauf und hinunter und verkündeten überall, dass der hohe türkische Herr sich nähere. Sie öffneten sogar die Tür zu Spiegels Ankleidezimmer und riefen ihm zu: »Der türkische Herr kommt, der türkische Herr kommt!« Die Kinder umrundeten den Ziehvater und rannten dann weiter ins nächste Zimmer, ohne die Tür zu schließen.

Spiegel ließ sich nicht beirren. Seelenruhig prüfte er, ob die Perücke richtig saß und die Aufschläge gebürstet waren, dann ließ er sich von Anton in den Rock helfen. Der Diener trat einen Schritt zurück und begutachtete den Sitz des Rockes und der Haare. Dann ging er auf die Knie, spuckte zweimal kurz auf Spiegels Schnallenschuhe und polierte sie mit dem Ärmel. Erst als er auf diese Weise Glanz auf das Leder gezaubert hatte, schien er zufrieden.

Spiegel hatte sich eigens einen Stock mit Elfenbeingriff zugelegt, um würdevoll wie ein Graf die Treppe hinunterzuschreiten. Einen Adelstitel besaß er nicht, aber der Khan der Krimtataren beehrte ihn mit einem Unterhändler – das war so gut wie ein Titel. Er würde dieser kleinen, schmutzigen, grausamen Stadt noch entkommen! Er würde seinem König zeigen, dass er mehr konnte, als bloß Augen und Ohren offen zu halten und Gerüchte weiterzutragen. Viel mehr!

Seine Hände waren dennoch feucht, als er den Gesandten des Khans in der Eingangshalle empfing. Der Scheferschaha Bey hatte sich seit ihrer ersten Begegnung kaum verändert. Er trug einen prächtigen, pelzbesetzten Mantel und eine spitz zulaufende Kappe. Sein längliches Gesicht wurde von einem gesetzten, ein wenig blasierten Ausdruck dominiert. Die Augen waren groß und dunkel, die starken, waghalsig geschwungenen Brauen reichten fast bis auf die Schläfen. Sein gepflegter Bart wies, wohl aufgrund der unruhigen Zeiten, mehr graue Strähnen auf als vordem. Der Saum des Mantels glitt mit einem erhabenen Geräusch über die Dielen.

Ihm auf den Fersen betrat ein höchst eindrucksvoller Mensch das Haus, der sofort alle Aufmerksamkeit auf sich zog: ein Mohr von den Maßen eines Riesen, der den Bey um zwei ganze Köpfe überragte. Er schien dem Gesandten Diener und Wächter zugleich zu sein. Gekleidet war er in sehr bunte, sehr glänzende Stoffe. Auf dem Kopf trug er eine Art Turban, seine Brust aber war nackt.

Hinter ihm drängten die Begleiter Mann um Mann ins Haus. Fatima nahm sich ihrer an und bat die Köchin, es dem Gefolge an nichts fehlen zu lassen.

Von irgendwoher hörte Spiegel die Kinder tuscheln. Er drehte den Kopf und hielt über die Schulter hinweg Ausschau. Sie hatten sich am oberen Ende der Treppe hinter der Brüstung verborgen. Ein allzu offensichtliches Versteck.

Auch der tatarische Gesandte hatte die beiden entdeckt und warf ihnen im Vorbeigehen ein Lächeln zu. Das ließ ihn in Spiegels Ansehen steigen.

Als sie sich gegenüberstanden, führte der Tatar seine Hand erst zur Stirn, dann zur Brust. Gleichzeitig verbeugte er sich in einer eleganten, fließenden Bewegung. Spiegel verneigte sich ebenfalls. Der Bey richtete sich wieder auf, ließ die Blicke umherwandern und zog eine Miene, als missfiele ihm die Umgebung. Spiegel war gespannt, in welcher Sprache der Gesandte des Khans ihn ansprechen würde. Es war Französisch.

»Ich freue mich, Gast in Ihrem Haus sein zu dürfen«, begann er feierlich.

»Es ist mir eine Ehre, Sie zu empfangen«, gab Spiegel zurück.

»Sind Sie befugt, für Seine Durchlaucht Kurfürst August, Erzmarschall des deutschen Kaisers, zu sprechen?«

»Ich bin im Besitz aller Vollmachten«, gab Spiegel an.

Der Bey löste die Klemme seines Mantels und reichte ihn dem Mohren, der ihn über den Arm legte. Dabei verzog er keine Miene. Und ließ mit keinem Wort erkennen, ob er sich an ihre erste Begegnung erinnerte. Spiegel bat den Gesandten, ihm zu folgen.

Als sie in den Gartensaal traten, hellte sich das Gesicht des Beys mit einem Schlag auf. Erfreut schritt der Gast im Raum umher, um sich alles genau anzuschauen. Dann kehrte er zu Spiegel zurück. »Mit Verlaub, Monseigneur, woher haben Sie den Geschmack und die Kenntnis, einen Diwan im türkischen Stile einzurichten?«

Spiegel lächelte überlegen und erging sich erneut in einer Verbeugung. »Ich bin ein großer Bewunderer der türkischen Kunst. Die Bequemlichkeit und Schönheit, mit der Euer Volk die Dinge des täglichen Lebens einrichtet, ist bewundernswert.«

Nun erst realisierte er, dass Fatima die Atmosphäre des Raumes noch verfeinert hatte – auf welche Weise, konnte er nicht einmal genau sagen. Von irgendwoher nahm er das Aroma von Kaffee wahr, aus mehreren kleinen Vogelkäfigen plätscherte Gezwitscher. Anton reichte eine Schüssel mit Zitronenwasser, und der Bey wusch sich die Hände. Dann hielt der Diener ihm ein parfümiertes Tuch entgegen, damit der Gast sich abtrocknen konnte. Mit Wonne ließ sich der Bey auf dem Diwan nieder, davor stand ein niedriger Tisch, eine Schüssel mit Früchten – frische, getrocknete und in Honig eingelegte. Alles, was das Herz begehrte.

»Sie verstehen es, einen Gast zu bewirten, Monseigneur Spiegel«, sagte der Bey aufrichtig.

»Mir ist nur allzu bewusst, welche Ehre es bedeutet, den Murza des Tataren-Khans in meinem Haus beherbergen zu dürfen«, entgegnete Spiegel geschmeichelt.

Der Bey lehnte sich zurück und schlug nach türkischer Art die Beine über Kreuz.

»Obzwar ich nicht genau weiß, aus welchem Anlass ich zu dieser Ehre komme«, setzte Spiegel nach.

»Nach einem guten Mahl redet es sich besser«, vertröstete ihn der Bey und nahm sich von den Früchten.

Spiegel fand nicht, dass es guter Gastsitte entsprach, gleich nach der Speise zu verlangen. Andrerseits hatte der Bey einen langen Weg hinter sich und ein Recht darauf, hungrig zu sein. Also befahl er Anton, aufwarten zu lassen.

Der erste Hausdiener klatschte in die Hände, und im nächsten Moment betraten zwei Dienerinnen mit dampfenden Schüsseln den Raum. Sie waren in türkische Gewänder gekleidet und bewegten sich lasziv.

Spiegel traute seinen Augen nicht, Röte schoss ihm ins Gesicht. Er hatte diese Frauen noch nie in seinem Haus gesehen – jedenfalls nicht in diesem Aufzug. Sie waren nicht weniger als unsittlich gekleidet, die Körper von durchscheinenden Stoffen umweht und die Gesichter von ebenso dünnen seidigen Tüchern verdeckt. Befestigt waren die Gesichtsschleier an Ketten mit goldenen Gliedern, die von Haarkränzen aus Münzen herunterhingen. Mit tänzerischen Schritten platzierten sie Schüsseln auf den niedrigen Tischen vor den Knien der Gäste.

Spiegel, der sich ebenfalls in den türkischen Sitz gezwungen hatte, musste seine Position verändern, denn schon taten ihm die Glieder weh. Die erste Tänzerin glitt an ihm vorbei, und Spiegel versuchte, durch den Schleier hindurch einen Blick auf ihr Gesicht zu erhaschen. Da erkannte er Fatima! Auch sie wurde gewahr, dass er sie entdeckt hatte, und wollte sich rasch entfernen. Doch geistesgegenwärtig griff er zu und hielt sie am nackten Fußgelenk fest.

»Was fällt dir ein, den Willen deines Gatten zu missachten?«, fragte er sie in ruppigem Polnisch.

»Ich bin die Geliebte eines Königs. Wer ist denn mein Gatte, dass er mir befehlen kann?«, zischte sie.

»Und doch machst du dich zur Dienerin, ehemals Geliebte eines Königs?«, spottete Spiegel scharf, durch zusammengebissene Zähne.

Der Bey musste bemerkt haben, dass der Wortwechsel nicht das übliche Geplänkel zwischen Dienerin und Herr war. Er warf ihnen einen amüsierten Blick zu und ließ sich nicht anmerken, ob er Polnisch verstand oder nicht.

»Ich lasse mich nicht fortschicken wie ein Kind«, gab Fatima zurück. Mit einem sanften Tritt befreite sie ihr Fußgelenk und verließ den Raum.

Spiegel versuchte, gute Miene zum bösen Spiel zu machen, und strengte ein ungezwungenes Gespräch an. Der Scheferschaha Bey tat höflich und unbeteiligt. Er griff in eine der Schüsseln und hob einen Teigfladen heraus. Dann öffnete er ihn mit den Daumen, nahm ihn geschickt zwischen die Finger, um mit ihm wie mit einem Handschuh in eine andere Schüssel zu greifen, mitten hinein in ein Linsengericht.

Spiegel beobachtete ihn genau, denn noch nie hatte er einen so hohen Herrn auf türkische Art – mit nichts weiter als den Fingern – speisen gesehen. Unterdessen trugen die verschleierten Frauen weitere Schüsseln und Platten auf. Düfte und Aromen, einer köstlicher als der andere, erfüllten den Raum. Gewürze so stark und durchdringend, dass man ihren Geruch wohl niemals vergessen würde.

»Da Ihr ein Kenner orientalischer Gastfreundschaft seid«, fuhr der Bey in gelassenem Tonfall fort, »wisst Ihr sicherlich, dass es bei uns Sitte ist, dem Gast eine Dienerin für die Nacht zu überlassen?« Mit diesen Worten schob er sich genüsslich einen mit einem grünlichen Mus gefüllten Fladen in den Mund.

Spiegel wusste nicht, was er antworten sollte. Plump und überrumpelt bemerkte er: »Von diesem Brauch habe ich noch nichts gehört …«

»Nun, Efendi«, sagte der Bey und wischte sich über den Bart, »so habt Ihr etwas Wichtiges gelernt.« Ohne Vorwarnung griff der Bey nach derjenigen Dienerin, die ihm am nächsten stand. Es war Fatima. Sie kreischte laut auf. Der Bey ließ sich nicht abschrecken und zog sie zu sich heran. Fatima wand sich. »Wenn Ihr erlaubt«, sagte der Bey mit breitem Lächeln, »nehme ich mit dieser vorlieb!«

Spiegel sprang auf, um seiner Frau zu Hilfe zu eilen. Doch die hatte dem Bey einen türkischen Fluch an den Kopf geworfen, der ihn derart verdutzte, dass er sie losließ. Mit wehenden

Schleiern floh sie aus dem Raum. Noch von fern hörte man die Münzen ihres Gewandes klimpern.

Unschlüssig, mit geballten Fäusten, stand Spiegel da. Der Scheferschaha Bey hielt sich den Bauch vor Lachen und wollte sich nicht wieder einkriegen. Doch plötzlich wurde er ganz ernst. »In Eurem Hause, Efendi, wird Türkisch gesprochen!«

Spiegel lief rot an. Er war sich sicher, dass dieser türkische Herr jedes Gastrecht überstrapaziert hatte. »Warum denn auch nicht?«, presste er heraus.

Der Bey beschwichtigte mit einer Geste. »Ich möchte diese Dienerin kennenlernen. In allen Ehren. Ich bitte Euch, Monseigneur!«

Fieberhaft überlegte Spiegel, wie er dieser Zwickmühle entkommen konnte, ohne den Gesandten des Khans vor den Kopf zu stoßen. Ihm fiel nichts Besseres ein als »Es geht nicht«.

Der Bey erhob sich missmutig. »Ihr verweigert mir das Gespräch mit einer Dienerin?«

Spiegel blieb sitzen wie unter einer Last. Schon beim ersten Treffen schienen seine diplomatischen Ambitionen zu zerschmelzen wie Schnee unter der Aprilsonne. »Sie ist keine Dienerin. Sie ist meine Gattin«, kam es tonlos von seinen Lippen.

Nun sank der Bey verblüfft zurück auf seinen Platz. »Eure Gattin? Monseigneur Spiegel, Ihr nennt tatsächlich eine Türkin Eure Gemahlin?« Das Gesicht des Beys strahlte. »Ihr seid ein wahrer Bruder unseres Volkes!« Er sprang auf, um Spiegel an seine Brust zu drücken. Spiegel ließ es geschehen.

Fatima hatte sich in ihre Kammer zurückgezogen. Stück für Stück tauschte sie ihre türkische Kleidung gegen die europäische. Währenddessen versuchte sie, die Tränen niederzuringen. Da trat Spiegel in die Kammer. »Fatima, der Bey möchte sich dir vorstellen.«

Sie verbarg ihr Gesicht in den Händen. »Ich kann ihm nicht in die Augen schauen.«

»Warum spielst du ihm auch so eine Komödie vor?«

Fatima blickte Spiegel flehentlich an, und seine Wut verflog. »Ich weiß es selbst nicht. Vielleicht wollte ich in seinen Augen so türkisch wie möglich erscheinen?«

Spiegel sah traurig auf sie hinab. »Nun hast du Gelegenheit dazu. Der Bey bittet darum, dich sehen zu dürfen.«

»Wozu? Um mich erneut zu demütigen?«

»Das wird er nicht wagen. Nun weiß er, dass du meine Gemahlin bist. Die Gastfreundschaft gebietet uns, ihm die Bitte zu gewähren.«

»Die Gastfreundschaft?«, stieß Fatima hervor. »Er hat das Gastrecht mit Füßen getreten!«

»Ich möchte ihn dennoch nicht verärgern.«

Fatima spürte, dass der Bey kein Recht hatte, nach ihr zu verlangen. Andererseits war sie noch immer neugierig, ihn kennenzulernen. Sie ordnete ihre Kleidung, dann bat sie Spiegel, vorauszugehen. Der Ehemann gehorchte ihr.

Als Fatima in gebührendem Abstand hinter dem Gatten den Gartensaal betrat, begrüßte der Bey sie ausnehmend höflich, ganz so, als wollte er seine frühere Unverfrorenheit ungeschehen machen. Dann bat er sie, Platz zu nehmen, ließ sich selbst feierlich nieder und redete auf Türkisch auf sie ein. Es sei ihm eine Ehre, eine Tochter seines Landes zu begrüßen – so unerwartet, so fern von dessen Grenzen.

Mit äußerster Selbstbeherrschung gelang es Fatima, ihm die gebotene Höflichkeit zu erweisen. Geräuschlos und unbeteiligt wie ein Schatten ließ sich Spiegel neben ihnen nieder.

Der Bey erkundigte sich, wie Fatima zu einem sächsischen Ehemann gelangt sei. Fatima warf Spiegel einen Seitenblick zu. Dann erklärte sie in stockendem Türkisch und der Wahrheit entsprechend, dass der sächsische Kurfürst sie mit ihrem Manne vermählt habe.

Wie in Trance sprach Fatima weiter. Erzählte, was sie wusste und bislang nicht gewusst hatte, denn mit der Sprache kehrte ein Teil der Erinnerung zurück. Sie sei in Stambul, das die Christen Konstantinopel nannten, geboren. Bei der Schlacht um

Ofen habe man sie – ein Kind noch – ihrer Familie entrissen. Ihr Vater sei ein Krieger gewesen, und ein anderer Krieger namens Alexander Erskine habe sie erbeutet und nach Schweden verbracht. Dort habe sie ihre Jugend vollendet, als Ziehtochter einer Adligen, Hofdame des schwedischen Königs: Aurora von Königsmarck. In deren Gefolge habe Gottes allmächtiger Wille sie dann nach Sachsen geführt.

Der Bey hörte das alles mit ernstem Gesichtsausdruck an. Er befragte Fatima, ob sie irgendwelche, auch nur die geringsten Kenntnisse über ihre türkische Familie habe?

Fatima starrte ihn an, als hätte sie nicht verstanden. Der Bey wiederholte seine Worte, doch Fatima konnte nichts erwidern. Alles Wissen über ihre Herkunft und Familie war verbannt in unzugängliche Tiefen ihrer Seele, nur die wiederkehrenden Träume, die wenigen Bilder, einige Gerüche, Geräusche kündeten davon. Ihre Gedanken versuchten einen Punkt zu fassen, an dem sich das feste Tau, das sie einst mit der eigenen Vergangenheit verband, in lose Fäden verwandelt hatte. Sie sah sie liegen, doch sie konnte sie nicht greifen.

Der Bey beobachtete sie scharf. »Ihr müsst Tochter eines Offiziers sein«, sagte er auf Türkisch und betonte jedes Wort, »denn die einfachen Soldaten ziehen nicht mit ihren Familien in den Krieg. Das ist den Anführern vorbehalten.«

Fatima hörte seine Worte, doch sie waren ihr so fern wie das Gemurmel eines Gebets. Ihre Sinne waren von etwas anderem gefangen genommen. In Gedanken weilte sie in einem Bretterverschlag in den Gassen von Ofen. Sie roch das trockene Holz, der sommerschwangere Wind fuhr durch die Fenster und Ritzen. Von der Straße waren gellende Schreie zu hören, Waffengeklirr. Plötzlich waren Klingen über ihr, Krieg und Tod mitten unter ihnen. Da hörte sie einen einzelnen, furchtbaren Schrei. Sie wandte sich um …

Fatima begann zu zittern. Zum ersten Mal in all den Jahren hatte sie nicht nur Tod und Leid gesehen. Sie hatte ein Gesicht erkannt! Das Gesicht ihrer Mutter.

»Was habt Ihr ihr erzählt?«, hörte sie Spiegel wie aus der Ferne fragen. Sein holpriges Französisch zog Fatima zurück in die Gegenwart.

»Er erkundigte sich nach meiner Familie«, antwortete Fatima, bevor der Bey reagieren konnte. Sie legte ihre Hand auf die Brust, um sich zu beruhigen.

»Ich bin deine Familie. Katharina und Friedrich August. Wir sind deine Familie«, beteuerte Spiegel. Er tastete nach ihrer Hand. Und in diesem Moment tat Fatima etwas, was ihren Mann bis ins Innerste erschütterte: Sie ergriff nicht nur seine Hand, sondern verwob ihre Finger förmlich mit den seinen und hielt sie fest, als wäre es das Letzte, was sie zu greifen bekam.

Der Scheferschaha Bey hatte die Geste bemerkt. »Ich glaube immer sicherer«, sagte er auf Französisch, »dass ich in diesem Hause am richtigen Ort bin.«

Spiegel hielt sich weiter an der Hand seiner Frau fest. Er genoss die Nähe. Sie gab ihm Mut und Zuversicht. »Verratet uns bitte, was Euch hierherführt?«, fragte er schließlich den Bey. Und war über das ›uns‹ selbst erstaunt.

Der Bey ließ sich Wasser einschenken. Dann begann er mit ruhiger Stimme zu erzählen – auf Französisch, damit Spiegel es verstand: »Der Sultan und sein Großwesir sind über die Beschwernisse, die uns die Freundschaft Karls XII. eingetragen hat, sehr erbost. Karl genießt Gastrecht in Bender, ohne auch nur im Geringsten die Pflichten eines Gastes zu erfüllen. Er fordert immer höhere Prisen, immer mehr Rechte für seine Soldaten. Und nicht zuletzt fordert er von meinem Herrn, dass er in den Krieg zieht! Gegen Zar Peter! Doch unsere Truppen sind erschöpft, und der Zar verfügt über ausgeruhte, frisch ausgebildete Kämpfer. Karl musste doch vor Poltawa am eigenen Leibe erfahren, wie gut organisiert und tapfer sie sind! Aber er ist wie ein Löwe, der seine Krallen immerfort wetzen muss. Der Sultan hingegen hält es für einen schlechten Zeitpunkt, dem Zaren den Krieg zu erklären. Ihm auch nur einen Vorwand zu geben, auf unser Gebiet vorzudringen. Kaplan Giray, mein Herr und

Gebieter und Khan der Krimtataren, befürchtet, sein kleines Fürstentum könnte zu Peters erstem Ziel werden. Mit anderen Worten: Zwischen dem Sultan, dem Großherrn der Gläubigen, und dem Eisenkopf herrscht große Missstimmung.«

»Aber warum«, fragte Spiegel, »beklagt Ihr Euch bei mir darüber? Es ist doch bekannt, dass Karl und August, obschon Vettern, bis aufs Blut verfeindet sind.«

Der Bey hob die Augenbrauen und machte eine Miene, die bedeutete, dass Spiegel den Finger auf die Krux der Sache gelegt hatte.

»Wollt Ihr etwa andeuten«, tastete sich Spiegel, auf diese Weise ermuntert, weiter vor, »dass der Großherr darüber nachdenkt, dem Schwedenkarl das Bündnis aufzukündigen?«

»Ein Bündnis, das ihm nur Scherereien einträgt«, ergänzte der Bey, ohne die Frage ausdrücklich zu bejahen.

Spiegel warf Fatima einen Blick zu. Sollten sich die Türken tatsächlich von Karl lossagen, stünde der Anerkennung Augusts als polnischer König durch die Pforte nichts mehr im Wege. Ein bedeutender Schritt, um die Königswürde nicht nur dem polnischen Adel, sondern der ganzen Welt gegenüber zu behaupten. Spiegels Herz schlug schneller.

Der Bey hatte seine Aufregung wohl registriert. »Ich sehe, dass Ihr die Tragweite dieser Angelegenheit erkennt. Werdet Ihr Euren Herrscher davon in Kenntnis setzen?«

»Es ist das Erste, was ich tun werde«, bestätigte Spiegel eifrig.

Der Scheferschaha Bey beugte sich vor. »Nun hören Sie gut, Efendi. Brennen Sie sich meine Worte ins Gedächtnis, denn ich werde sie nur einmal aussprechen: Karl muss Gelegenheit erhalten, aus Bender abzurücken. Sobald er die Grenze überschritten hat, ist der Sultan nicht mehr an sein Gastrecht gebunden. Karls Schicksal kann ihm dann gleichgültig sein. Wenn Kurfürst August sich in dieser Sache als kluger und treuer Partner erweist, wissen wir, dass wir uns auf sein Wort verlassen können. Mehr als auf das des abgesetzten Königs von Polen.«

»Wollt Ihr etwa andeuten, der Sultan könnte Stanisław Leszczyński die Unterstützung vollständig entziehen?« Spiegel machte große Augen. Bislang hatte die Pforte stets auf der Seite des Erzrivalen gestanden.

Der Bey lehnte sich zurück. Man konnte dies als Zustimmung auslegen.

»Das bedeutet eine völlige Umkehr der Politik der Pforte!«, sprach Spiegel die Ungeheuerlichkeit aus.

Der Bey neigte sachte sein Haupt. »Wir reden hier von Möglichkeiten«, schränkte er ein. »Noch ist es zu früh, von Wirklichkeiten zu reden. Doch aus einer Möglichkeit kann leicht eine Wirklichkeit werden.«

»Aber wie?«

»Wir benötigen einen Verhandlungspartner des Kurfürsten. Vor Ort.«

»Das bedeutet ...?«

»In Stambul, am Sitz der Hohen Pforte.«

»Mein König soll einen *Envoyé* zum Großherrn schicken?«

Der Bey nickte. »Nicht nur einen einzigen Gesandten. Eine große, hochoffizielle Gesandtschaft, aus deren Mitte der höchste Gesandte, wenn die Zeit reif ist und die Dinge sich zum Guten neigen, zum regulären *Ambassadeur* aufrücken könnte. Zur Verstetigung unserer guten Beziehungen.«

»Und dieser Gesandte könnte Eurer Meinung nach ich sein?«, sprach Spiegel aus, was er kaum zu denken wagte.

Der Bey hob die Schultern. Dann machte er eine Geste, als wasche er sich die Hände. »Es ist nicht unsere Aufgabe, August von Sachsen, den man bei uns den Hufeisenbrecher nennt, Ratschläge zu erteilen. Doch es muss eine polnische Gesandtschaft sein, denn nur mit einem König kann der Großherr der Gläubigen von Angesicht zu Angesicht reden. Mit einem Fürsten des Heiligen Römischen Reiches nicht. Was ist denn schon ein Kurfürst gegenüber dem Sultan? Nicht viel mehr als ein Kommandant der Sipahi!«

Fatima hatte das Gespräch verfolgt. Verzückt starrte sie vor sich hin, denn sie konnte nur einen Gedanken denken: Stambul! Wie anders das klang als das harte europäische ›Konstantinopel‹. Natürlich und vertraut. Mit dem Namen verbanden sich Erinnerungen, die sie lange Zeit verloren geglaubt hatte. Womöglich lebten ihre Eltern noch, ihre Mutter? Nein, die sicher nicht! Die Mutter war bei der Erstürmung Ofens durch die Christen getötet worden. Das war so sicher wie die Worte Allahs. Fatima hatte ihren Todesschrei gehört, nachts, in ihren Träumen – wieder und immer wieder. Sie hatte lange nicht geträumt …

Fatima drückte Spiegels Hand, die immer noch in der ihren lag. Spiegel versicherte feierlich, er werde Seiner Majestät, dem König von Polen, die Botschaft des Großherrn Wort für Wort überbringen. Unverzüglich. Der Bey lächelte. »Habe ich doch das richtige Haus gefunden. Und den richtigen Mann. Und«, mit einem Lächeln fügte er an Fatima gewandt hinzu, »auch die richtige Frau für die Aufgaben, die vor uns liegen.«

Als Fatima und Spiegel den Bey verabschiedeten, spürten sie mehr als die Vertrautheit eines halben Tages. Sie spürten, dass sie einen Freund und Fürsprecher gewonnen hatten.

»Ich werde versuchen, etwas über Ihre Herkunft in Erfahrung zu bringen, Madame Spiegel«, versprach der Bey.

»Das wäre wunderbar«, sagte Fatima, während Spiegel skeptisch schaute – wie immer, wenn die beiden sich auf Türkisch unterhielten. Daher fuhr der Bey auf Französisch fort: »Es wäre mir eine Ehre, wenn ich Sie in die Hände Ihrer Familie zurückgeben könnte.«

Spiegel versteinerte. »Das wird nicht geschehen«, sagte er mit grimmiger Entschlossenheit.

Fatima sah ihn an. »Warum nicht?«

»Weil du mich nicht begleiten kannst.« Und fügte, weil ihm die fassungslose Stille unangenehm war, hinzu: »Es wäre gegen alle Gepflogenheiten.«

Der Bey und Fatima warfen sich einen Blick zu. Dann entriss Fatima Spiegel ihre Hand und rannte hinaus.

In der darauffolgenden Nacht kehrten die Träume zurück. Nach langem Disput mit Spiegel war Fatima in einen unruhigen Schlaf gefallen. Da loderten plötzlich Bilder auf, bruchstückhaft: Kanonengrollen, brüllende Soldaten in blutigem Kriegskleid, durch die Luft sausende Säbel. Schreie, Verwundung, Tod.

Dann, ganz allmählich, öffnete sich eine Knospe der Erinnerung: eine Hütte nahe der Stadtmauer. Lange schon liegt das helle Knattern der Schüsse in der Luft, Kanonen grummeln im Hintergrund wie übelgelaunte Greise. Eine Frau und drei Mädchen liegen einander in den Armen, als wollten sie zu einer Person verschmelzen. Wie einen Schutzschild hat die Mutter ihr Gewand über die Kinder gebreitet. Da ertönen verzweifelte Rufe von draußen, die Schlacht sei verloren. Die Kanonenschüsse grollen nur noch vereinzelt, stattdessen erklingen Hilfe- und Verzweiflungsschreie von überall her. Die Frau und die Kinder verharren zitternd, ihre Zähne schlagen in Angst aufeinander. Niemand getraut sich, auch nur einen Blick durch die Lücken zwischen den Latten zu werfen. Da wird die Tür aufgetreten, Krieger drängen herein, brüllen, fuchteln mit Säbeln. Verschmierte Gesichter, Augen, die wie irre blicken, Kleidung, die nach Blut und Pulverdampf riecht. Die Mutter wird am Schopf gepackt, sie zetert und klagt: »Verschont die Mädchen – Allah!« Fatima weiß ganz sicher, dass die Männer kein Türkisch sprechen. Doch der Name des Gottes macht sie wütend. Die Mutter wird in einen Nebenraum geschleift.

Schmerz erstickt Fatimas Angst. Tageslicht sticht plötzlich in die Augen. Sie hört sich schreien, verliert die anderen aus dem Blick. Jemand zerrt sie irgendwohin. Ringsum säumen Leichen die Gassen. Einem ist der halbe Oberkörper weggeschossen, die Rippen klaffen wie eine mörderische Fallgrube. Einige Dächer lodern, Rauch hängt schwer in der Luft. Fatima schlägt die Hände vors Gesicht, an den Haaren wird sie weitergeschleppt, es tut schrecklich weh. Doch sie hat aufgehört zu schreien …

In diesem Moment riss sie die Augen auf. Dunkelheit umgab

sie. Sie zitterte am ganzen Körper, schweißnass das Gesicht, das Nachthemd klebte an ihr. »Spiegel!«, rief sie in die Dunkelheit.

»Ich bin hier«, antwortete der sofort und kein bisschen schlaftrunken. »Du hast geschrien. Fürchterlich geschrien.«

Fatima schmiegte sich an ihn. »Sei bei mir! Ich hatte solche Angst.«

Spiegel umfasste sie vorsichtig.

»Mir träumte von dem Tag, als ich geraubt wurde«, erklärte Fatima.

Spiegel schwieg. Seine Hände strichen über ihren Rücken.

»Ich sah meine Geschwister«, sagte Fatima mit belegter Stimme, »und meine Mutter. Ich muss wissen, ob sie noch lebt.«

Spiegel atmete tief ein. »Ich werde mich nach ihr erkundigen. Sobald ich in Konstantinopel bin. Ich verspreche es!«

Fatima schmiegte sich an ihn. Legte den Schenkel über seine Hüfte. »Nimm mich mit«, flehte sie. »Ich werde dir unschätzbare Dienste leisten.« Sie schloss die Augen und trank seinen Atem. Er küsste sie. Sie erwiderte den Kuss, bebend vor Verlangen. Sie pressten ihre Körper aneinander, erkundeten sich mit zitternden Händen. Spürten den anderen nah wie nie.

Als Spiegel noch näher rücken wollte, nahm sie alle Kraft zusammen und stieß ihn mit beiden Händen fort. »Nein«, sagte sie entschlossen. »Nein.«

Spiegel wälzte sich auf den Rücken und starrte, immer noch rasch atmend, an die Decke.

»Es ist nicht recht«, keuchte Fatima und ließ ihre Hand wie ein Beil auf seine Brust fallen.

Und Spiegel bestätigte: »Nein, das ist es nicht.«

Warschau im Jahr 1710

August und Flemming hörten Spiegels Bericht schweigend an. Schon nach den ersten Worten hatten sie begriffen, dass diese Angelegenheit mit Umsicht behandelt sein wollte. Denn es konnte sich auch um einen fein gesponnenen Fallstrick handeln. Selbst die Schreiber, die durch ihren Amtseid zu Stillschweigen verpflichtet waren, wurden aus dem Saal geschickt.

»Sultan Ahmed bittet um einen Gesandten Augusts an die Pforte, um über den Abzug Karls von Schweden zu unterhandeln. Und ich, Königliche Hoheit, biete mich an. Ich könnte und möchte dieser Gesandte sein.«

Flemming verzog ironisch die Mundwinkel, enthielt sich jedoch eines Kommentars.

August schüttelte den Kopf. Seine Gedanken kreisten weniger um Spiegel. »So hat es den Anschein, als stünde mein blutrünstiger Vetter bald ohne einen Verbündeten da.«

Flemming pflichtete ihm bei: »Die Kriegslust ist auf allen Seiten versiegt. Nur Karl scheint nach wie vor zu allem entschlossen.«

»Es ist seine Natur!«, unterbrach August seinen wichtigsten Berater. »Blutdurst wie ein Raubtier.«

Flemming nickte. »Sein Leben besitzt keinen Inhalt ohne Krieg. Seit einem Jahrdutzend steht er im Felde. Er hat vergessen, wie sich der Frieden lebt.«

August hatte mit dem Kopfschütteln nicht aufgehört. »Erinnern Sie sich, Flemming, wie er ohne die leiseste Ankündigung mit zweien seiner Husaren auf dem Schlossplatz erschien? Ohne Garde? Ohne Schutz?«

Flemming lächelte, eine Gemütsbewegung, die er nur selten zur Schau stellte. »Die Armee kam auf ihrem Marsch nahe an Dresden vorbei ...«

»Da stand er plötzlich vor uns, wie ein Landstreicher«, erinnerte sich August. »Abgerissen, der Mantel löchrig.«

»Auch sonst unterscheidet ihn wenig von einem Wegelagerer«, ergänzte Flemming.

»Ich fühlte mich unpässlich, lag im Bett und musste mich eigens ankleiden!«

Flemming und August warfen sich die Erinnerungsfetzen zu. Spiegel lauschte schweigend.

»Ich hatte ihn«, fuhr Flemming fort, »zufällig vom Fenster aus entdeckt. Wie er und seine beiden Trabanten vom Pferd sprangen, als wären sie Postreiter!«

August lachte mit offenem Mund. »Solche Grillen muss man sich gestatten – als einer der mächtigsten Herrscher Europas! Die Armee im Stich lassen und auf Stippvisite gehen!«

Flemming fiel in das Lachen ein, hoch und keckernd, wie das Schimpfen einer Elster. Nur Spiegel war nicht zum Lachen zumute – ausgeschlossen aus dem Amüsement der hohen Herrn. Sie beachteten ihn nicht einmal.

»Ich musste ihm alles zeigen«, fügte August dem Mosaik ihrer Erinnerung ein weiteres Steinchen hinzu. »Das Schloss, die Gärten, alles! Bei der Gelegenheit bat ich ihn um Gnade für einen Livländer aus meinem Gefolge, doch Karl blieb hart.«

»Überhaupt ist die Härte diejenige Charaktereigenschaft, die ihn am deutlichsten zeichnet.«

»Nur vor Frauen nimmt er Reißaus – ausgerechnet!«, trompetete August und schüttete sich erneut aus vor Lachen.

»Dafür nimmt er seine Soldaten umso härter in die Hand«, sagte Flemming und strich sich mit dem Finger einen Puderkrümel aus dem Gesicht.

»Und des Abends rief er seine Husaren, stieg aufs Pferd und war verschwunden wie ein Sommergewitter«, fügte August mit letztem Atem hinzu.

»Ausnahmsweise ohne Tote zu hinterlassen.«

»Ja, das ist mein Cousin Karl von Schweden, ein Haudegen, wie ihn die Geschichtsschreiber lieben.«

Spiegel wartete ab, bis sie sich die Lachtränen von den Wangen gewischt hatten. Dann brachte er sich und sein Anliegen erneut in Erinnerung. »Wie auch immer, der Sultan möchte ihn loswerden, doch fehlt es an einem Weg.«

»Das haben wir verstanden!«, fuhr August ihn an.

»Ich bezweifle«, sagte Flemming naserümpfend und maß Spiegel mit einem Blick, »dass Sie in der Lage sind, das Geschick und die Umsicht – ja, und auch die Verschlagenheit aufzubringen, welche auf diplomatischem Parkett vonnöten sind.«

Spiegel wusste, dass er Flemming überzeugen musste, wollte er August auf seine Seite ziehen. »Der Finanzminister des Khans der Krimtataren hat mich aus eigenem Antrieb aufgesucht. Er schien von meinen Fähigkeiten überzeugt zu sein.«

August und Flemming sahen einander kurz an. »Womöglich hat er Euch gerade aus dem Grunde erwählt, da er Euch für einen leichten Gegner im diplomatischen Ringen hält.«

Mit Augusts Billigung hatte Flemming den Part übernommen, ihn zu schulmeistern. Spiegel begriff die Untiefen des diplomatischen Spiels. Man musste auf alles gefasst sein, in jedem Moment mit einer Finte des Gegenübers rechnen. Vielleicht war er wirklich zu leichtgläubig …

»Königliche Hoheit, in wichtigen Missionen konntet Ihr Euch stets auf mich verlassen. Habt die Güte, Euch an den Austausch Davias zu erinnern! Konnte ich dieses schwierige Mandat nicht zu Eurer ganzen Zufriedenheit erledigen?«

»Eine einmalige Mission ist etwas anderes als eine Gesandtschaft. Als Gesandter darf man niemals auch nur den kleinsten Fehler machen, muss sich allezeit der öffentlichen Wirkung seines Tuns bewusst sein«, dozierte Flemming.

Widerstrebend zog Spiegel seinen letzten Trumpf aus dem Ärmel. »Bedenkt, dass ich mit der türkischen Kultur aufs engste vertraut bin.«

»Ach?«, sagte Flemming und hob die Augenbrauen.
»Allerdings«, beteuerte Spiegel, »durch meine Gattin.«
Säuerlich verzog August die Miene.
»Sprecht Ihr von Fatima?«, fragte Flemming verschlagen.
Spiegel nickte.
»Aber sie ist ganz und gar Europäerin, der türkischen Kultur vollkommen entfremdet.«
»Im Gespräch mit dem Scheferschaha Bey hat sie große Dienste geleistet. Er war mehr als entzückt, mit einer so guten Kennerin der sächsischen Angelegenheiten in seiner Muttersprache verkehren zu können«, hielt Spiegel dagegen.
»So sollte ich eher Fatima zu meiner Gesandten machen«, sagte August und verzog spöttisch den Mundwinkel.
Spiegel schwieg, konnte aber die Verletzung nicht verbergen.
»So gute und treue Dienste du auch geleistet hast, Spiegel, es geht nicht«, sagte August und bemühte sich um einen versöhnlichen Tonfall.
»So wollt Ihr diese Chance ungenutzt verstreichen lassen?«
August erhob sich von seinem Thronsessel. »Mitnichten, Spiegel. Man kennt mich nicht dafür, dass ich Chancen ungenutzt verstreichen lasse!«
»So werdet Ihr einen anderen schicken?«
August trat vor Spiegel und legte ihm eine Hand auf die Schulter. Die vertraute Geste tröstete den Weggefährten. »Ich kann gar nicht anders«, erläuterte er. »Der Sultan hat mich nicht als König von Polen anerkannt. Daher kann er keinen Sachsen an der Spitze der Gesandtschaft akzeptieren. Der *Dux Elector Saxoniae* bedeutet ihm nichts. Er verhandelt allein mit dem König von Polen oder seinem Vertreter. Der Fürst von Moldau, der Hospodar der Wallachei, der Khan der kleinen Tatarei – das sind seine natürlichen Untertanen. Doch die Polen leben Tür an Tür mit ihm. Sie sind die nächsten Nachbarn. Und Sachsen ist weit. Nein, der Sultan wird nur eine polnische Gesandtschaft mit einem Polen an der Spitze akzeptieren.«
Spiegel musste einsehen, dass August recht hatte. »So werdet

Ihr eine Gesandtschaft unter Führung des polnischen Adels ausschicken, um ebendiesen Adel auszubooten?«

»Das ist es, was der Sultan mir anbietet. Mehr kann er nicht tun, denn noch ist er mit dem Schwedenkönig verbündet. Und Karl ist Leszczyńskis schützende Hand.«

»Ein meisterhaftes Verwirrstück, ganz nach meinem Geschmack«, fügte Flemming hinzu.

»Das ist zu hoch für mich.« Spiegel sah seine Hoffnungen schwinden.

»Und doch«, fuhr August versöhnlich und mit gesenkter Stimme fort, »werde ich in dieser Angelegenheit deine Dienste benötigen.«

August warf Flemming einen Blick zu. Der Generalfeldmarschall machte nicht den Eindruck, als hätte er den Plan des Königs bereits durchschaut.

Der Herrscher maß Spiegel mit aller Sorgfalt. Dann sprach er: »Du wirst die polnische Gesandtschaft begleiten. Du wirst exakt den Dienst versehen, den du auch in Lemberg so zuverlässig versehen hast: Augen und Ohren offen zu halten. Bericht zu erstatten, falls du glaubst, dass der polnische Gesandtschaftsführer nicht in meinem Sinne handelt. Du wirst mein Auge, meine Ohren und, falls es erforderlich wird, auch mein Dolch sein.«

Spiegel verstand. Das war weniger, als er erhofft hatte, doch mehr, als ihn in Lemberg erwartete. Außerdem eine Gelegenheit, Wolonski zu entkommen. »Aber«, wandte Spiegel ein, »wird der polnische Gesandtschaftsführer nicht misstrauisch sein? Wenn er ein kluger Mann ist, wird er nicht versuchen, alles von mir fernzuhalten? Oder gar ...«, Spiegel stockte, »sich meiner zu entledigen?«

August lächelte. »So liegt es an deinem Geschick. Beweise dich! Ich weiß um deinen Einfallsreichtum.«

»Aber warum sollten mich die Polen in ihrer Gesandtschaft akzeptieren?«

August wischte den Einwand beiseite. »Es ist immer noch meine Gesandtschaft. Ein Vorwand wird sich finden lassen.«

Spiegel begriff, wie heikel und undankbar die Mission war. Es würde nicht viele Menschen geben, die zu ihm hielten.

»Und wenn du«, fügte August hinzu, »dein Amt zu unserer Zufriedenheit ausfüllst, so wird dir das Tor zu Höherem offen stehen.«

Flemming hatte sich lange zurückgehalten. »Ein weiser Ratschluss, mein König. Und Fatima? Sollten wir sie nicht an den Hof zurückrufen und ihre Kenntnisse für unsere Zwecke nutzen?«

Dieser Vorschlag versetzte Spiegel einen Schlag in die Magengrube. Er selbst in Konstantinopel und Fatima bei August?

»Keinesfalls«, sagte August da entschlossen. »Sie soll ihr Geschick ganz auf die Erziehung meiner Kinder verwenden.«

Erleichtert erging sich Spiegel in einer tiefen Verbeugung. »So werde ich mich also in Warschau bereithalten?«

Diesmal übernahm Flemming es, zu verneinen. »Sie, Spiegelski, werden unverzüglich nach Lemberg zurückkehren und dort auf weitere Instruktionen warten.«

Spiegel horchte auf. Flemming hatte die polnische Form seines Namens benutzt, wie es in Lemberg üblich war. Wollte er nur zeigen, dass er des Polnischen mächtig war? Oder ihm bewusst machen, dass auch er seine Spione besaß, die längst über alles im Bilde waren?

»Wir werden«, fuhr der Generalfeldmarschall unverdrossen fort, »über den kaiserlichen Residenten an der Pforte überprüfen, ob die Gesandtschaft dem Sultan wirklich willkommen ist. Der Gefahr einer öffentlichen Demütigung wollen wir uns nicht aussetzen!«

Spiegel sank erneut in eine tiefe Verbeugung. »Ganz wie Ihr es befehlt, Monseigneur!«

»Es ist das Spiel mit dem Feuer«, bemerkte Flemming, kaum dass Spiegel den Audienzsaal verlassen hatte.

»Deshalb gilt es, Vorsicht walten zu lassen.«

»Zar Peter ist Sultan Ahmeds Todfeind. Der wird es nicht gern sehen, wenn Ihr eine offizielle Gesandtschaft nach Konstantinopel schickt.«

August nickte zustimmend. »Deshalb werde ich auch Stanisław Chomętowski schicken, den Woiwoden von Mazowien.«

»Chomętowski? Er steht Leszczyński nahe, Eurem größten Rivalen um den polnischen Thron.«

»Und mir steht er fern. Zar Peter wird die Geste verstehen. Nicht ich bin es, der mit Ahmed verhandelt, sondern das Lager meiner Gegner. Er wird es als Teil der polnischen Verschwörung gegen mich ansehen.«

Flemming lächelte, ein Zeichen größter Anerkennung. Mit dem Zeigefinger tippte er an seinen Nasenflügel. »Ihr benötigt mich nicht, Sire. Ihr seid selbst Euer bester Berater!«

»Es liegt auch«, fuhr August unbeirrt fort, »in Zar Peters Interesse, dass Karl endlich auf sein schwedisches Eiland zurückkehrt. Wie viel Blut hat er auf dem Kontinent vergossen!«

»Er ist sich selbst sein größter Feind. Man muss ihn nur gewähren lassen, dann wird er es sich auch mit dem Sultan verderben.«

»Doch wenn der Sultan ihn aus Bender entfernen will, werden wir ihm behilflich sein. Es kann nicht schaden, wenn er uns zu Dankbarkeit verpflichtet ist.«

»Glaubt Ihr, er strebt tatsächlich engere Beziehungen an?«, fragte Flemming vorsichtig.

»Ich glaube, er will uns nur auf die Probe stellen. Herausfinden, wozu wir taugen. Und ob wir zuverlässigere Partner sind als Karl.«

»So weit wird es nie kommen. Es ist unmöglich«, sagte Flemming mit großer Entschiedenheit.

»Ja, leider«, stimmte August zu. »Peters Gunst ist zu wichtig für uns.« Verträumt betrachtete er seine Hand, die in einem bestickten Handschuh steckte.

»Und Spiegel?«, fragte Flemming vorsichtig.

August sah in die Ferne. Dann seufzte er. »Wie sehr ich ihn

beneide! Konstantinopel! Er wird die lieblichste, süßeste aller Städte sehen.«

»Aber was wird aus ihm? Spione leben gefährlich. Und nirgendwo gefährlicher als im Orient!«

»Mein Spiegel.« August sprach den Namen aus, als hörte er ihn zum ersten Mal. Dann sagte er hart: »Er wird sich aus der Affäre ziehen. Das ist sein größtes Talent.«

Es war schon Abend, und Spiegel machte sich zur Abreise am folgenden Tag bereit, als ein Hoflakai an die Tür der Herberge pochte. Er forderte Spiegel auf, ihm zu folgen. Seine Majestät König August wünsche ihn zu sehen. Spiegel warf sich einen Mantel über. Eine bequeme, herrschaftliche Berline wartete im Hof, und Spiegel bestieg sie beunruhigt. Wenn August ihn ein weiteres Mal empfing, bei Nacht, außerhalb einer offiziellen Audienz, gab es Dinge zu besprechen, die kein Tageslicht vertrugen.

Mit gemischten Gefühlen ließ er sich zum Schloss kutschieren. Dort wandte der Lakai seine Schritte auf den Flügel zu, in dem Augusts Privatgemächer untergebracht waren. Über niedrige Gänge und schmale Treppentürme gelangten sie in sein Schlafzimmer. Es war offensichtlich, dass Spiegels Besuch vor den Augen anderer verborgen werden sollte.

Eben half Graf Vitzthum dem König, das Ornat abzulegen. Es war eine Ehre, dem Herrscher bei diesen einfachen Verrichtungen zur Hand zu gehen. Sie wurde nur denen zuteil, die sein ganzes Vertrauen besaßen. Der Graf zupfte August die Herrscherhandschuhe von den Fingern.

»Wie geht es meiner Sultanin?«, fragte der König unumwunden.

»Prächtig«, erwiderte Spiegel nach einem kurzen Moment der Irritation. Dann fügte er hinzu: »Der Umgang mit dem Gesandten des Tataren-Khans hat ihr gefallen.«

»Sie war bei den Gesprächen zugegen?«

»Ohne sie hätten wir uns nicht so gut verständigt. Sie spricht

Türkisch genauso flüssig wie Deutsch und Französisch. Schwedisch nicht zu vergessen. Sogar im Polnischen macht sie große Fortschritte.«

»Ein kluges Mädchen«, sagte August.

»Lemberg tut ihr außerordentlich gut. Diese Stadt ist ein Schmelztiegel der Kulturen. Ihr müsstet sie sehen, Sire.«

August winkte ab. »Ich reise ohnehin zu viel. Ich werde noch in einer Kutsche sterben.«

»Dies möge Gott verhüten, Sire.«

Schweigen fiel zwischen die Männer, während Vitzthum die zahlreichen Kissen so drapierte, dass August aufrecht sitzen konnte. Spiegel wartete ab, bis der Herrscher recht umständlich ins Bett gestiegen war. Dann setzte er nach: »Lemberg ist ein Geschenk. Fatima möchte diese Stadt nie mehr verlassen. Nur eine gibt es, die sie dagegen eintauschen würde ...« Er schüttelte den Kopf. »Aber nein. Sie wird in Lemberg bleiben.«

»Wenn es mich nach ihr verlangt«, sagte August mit Schärfe und ohne Spiegel aus den Augen zu lassen, während Graf Vitzthum die Decke über die königlichen Beine schlug, »werde ich sie einbestellen. Wohin immer es mir beliebt.«

Spiegel verbeugte sich. »Das ist Euer gutes Recht.«

»Es ist mir zu Ohren gekommen, dass Ihr ein ausgezeichnetes Verhältnis pflegt. Dass du dich als liebevoller Vater meiner Kinder erweist.«

Spiegel verharrte immer noch in der Verbeugung. Der Tonfall gebot Vorsicht. »Alles, was Ihr von mir verlangt, Königliche Majestät.«

»Und noch viel mehr. Denn ich habe keineswegs von dir verlangt«, dröhnte August nun aus tiefer Brust, während der Kammerherr ihm half, das Hemd über den Kopf zu ziehen, »meine Stelle einzunehmen! Du sollst den Kindern ein guter Erzieher sein, das ist mir genehm. Aber ein zweiter Vater? Keinesfalls.«

Spiegel hatte sich aufgerichtet. Er betrachtete Augusts dichtbehaarte Brust. Ein eindrucksvoller Mann, zweifellos! Auch wenn er nicht Kurfürst von Sachsen und gewählter König der polnischen *Rzeczpospolita* gewesen wäre, käme man nicht umhin, ihn zu bewundern.

»Noch weniger«, und damit senkte August die Stimme, »beliebt es mir, wenn du meiner Sultanin zum zweiten Gatten wirst. Verstehst du mich, Spiegel?«

August war ihm jetzt ganz nahe, Spiegel wich seinem Blick aus. »Wie könnte ich?«, sagte er. »Weiß ich doch, wie es Männern ergeht, die sich der Nebenbuhlerschaft anheischig machen.« Ihm wurde heiß, als er das Tabu aussprach.

»Nun? Wie ergeht es ihnen?«, fragte August und sah Spiegel geradeheraus an. Vitzthum hielt ihm ungerührt ein gewaschenes, gefaltetes Nachthemd hin. In keiner seiner Gesten, seiner Mimik war ihm anzumerken, ob er das Gespräch verfolgte.

August ließ den Grafen das Hemd halten und beachtete ihn nicht. Sein nackter Oberkörper lag in einem Gebirge aus weißen Kissen. In einer Ecke des Schlafzimmers bollerte ein Ofen, und Spiegel schwitzte so sehr, dass er schon feuchte Flecken auf dem Rücken spürte.

»Ich weiß von Signore Constantini«, sagte Spiegel eingeschüchtert. »Seines Zeichens Kammerdiener Seiner Kurfürstlichen Durchlaucht.«

»Kammerdiener meiner damals noch kurfürstlichen Durchlaucht«, bestätigte August.

»Vor einigen Jahren«, fuhr Spiegel fort, »machte er sich anheischig, dasselbe Mädchen zu begehren, auf das Seine Kurfürstliche Durchlaucht ein Auge geworfen ...«

»Ein Mädchen ganz ohne Namen, Spiegel – keine *Maîtresse en titre*! Ein Schankmädchen. Oder eine Bauerntochter, ich kann mich nicht erinnern ...«

»Constantini holte sie sich in die eigenen Laken, bevor er sie ins kurfürstliche Gemach führte«, fuhr Spiegel stockend fort.

August war immer noch nackt, seine Hüften nur von einem Leinentuch bedeckt. Intensiv nahm Spiegel den Körpergeruch des Königs wahr. Die Manneskraft strömte ihm aus allen Poren. Spiegel sah auf den Boden. August lehnte sich vor, ergriff mit der bloßen Hand Spiegels Kinn und drehte seinen Kopf, damit sie sich wieder in die Augen sahen. »Er hatte den Auftrag, mir eine Jungfrau zu beschaffen!«

Spiegel schwitzte, doch er hielt dem Blick stand. »Ein Narr war er, zu glauben, es bliebe unentdeckt.«

August wiederholte Spiegels Rede, Wort für Wort: »Ein Narr, zu glauben, es bliebe unentdeckt!«

Eisiges Schweigen senkte sich zwischen sie. Spiegel schoss die Röte ins Gesicht. Endlich presste er hervor: »Ich würde mein Leben geben für Fatimas Wohlergehen.«

Endlich ließ August das Kinn los und wandte sich ab, um das Nachthemd überzustreifen. Vitzthum hatte es die ganze Zeit bereitgehalten.

»Sorge nicht zu gut«, sprach August in das Nachthemd hinein. »Sie soll wissen, was sie an mir hat.«

Dem Bann des königlichen Blickes entkommen, bat Spiegel, sich empfehlen zu dürfen. August gestattete es ihm, rief ihn jedoch an der Tür zurück. »Du erinnerst dich, Spiegel, wie es Constantini ergangen ist?«

Spiegel erinnerte sich. »Er ist auf dem Königstein krepiert.«

»Bei Wasser und Brot«, pflichtete August bei. »In einem der unteren Verliese, ohne Tageslicht.« August genoss es sichtlich, Spiegel die Atmosphäre auszumalen.

»Ich kenne die Festung«, sagte Spiegel mit trockener Kehle. »Ich war dort, als ich Davia austauschen half.«

Plötzlich wurde Augusts Gesichtsausdruck weich, beinahe zärtlich. Im Nachthemd glich er einem kranken Kind. »Du warst mir stets eine treue Hilfe. Ich vertraue dir, Spiegel, wie kaum einem anderen. Aber wisse: Wenn ich mich hintergangen fühle, wird meine Strafe grausam sein!«

»Ich werde nur tun, was Seiner Königlichen Majestät zur Ehre gereicht.« Spiegel sprach die Worte so feierlich wie einen Schwur. August lächelte und winkte ihn dann mit einer lässigen Geste aus dem Raum. Und Spiegel war heilfroh, dass er endlich im Dunkel der Gänge verschwinden konnte.

Lemberg im Jahr 1710

Wenige Tage später hielt ein schwerbeladenes Fuhrwerk vor dem Haus. Ein Knecht half, alles hineinzutransportieren. Die Kinder hüpften um die Kisten wie die Israeliten um das Goldene Kalb. Doch niemand hatte auch nur eine Idee, was darin sein konnte. Die Kisten waren fest mit groben Brettern verschalt und dreifach vernagelt. Einzig die Köchin schien zu wissen, was zu tun war. »Wir brauchen ein Stemmeisen!«, verkündete sie.

Anton holte eines, und mit vereinten Kräften – mittlerweile war die gesamte Dienerschaft zusammengelaufen – bog man die Latten nach oben. Knackend und quietschend, mit knirschendem Holz gaben die Nägel nach und die Kisten ihren Inhalt preis. Mit fliegenden Händen zerrten Gusti und Katharina die Strohfüllung heraus. Zum Vorschein kamen glattpolierte Lederfutterale. Darauf waren in goldener Prägung feinste kursächsische Krönchen graviert. Fatima klatschte vor Entzücken in die Hände und bat die Kinder um Vorsicht. Voller Ehrfurcht reichten die Kinder Stück für Stück weiter an Fatima und Milena. Die öffneten sorgsam die Lederschnallen. Die Deckel klappten auf, und zum Vorschein kamen reinweiße und wunderhübsch bemalte Tassen, Tellerchen, Silberlöffel und aus Silberblech getriebene Kannen und Schüsseln. Einige waren von gewöhnlicher Größe, andere sahen aus, als seien sie für Puppenstuben gefertigt.

Katharina entdeckte einen Brief – ein eigenhändiges Schreiben Augusts des Starken. Fatima erkannte die großen und feingeschwungenen Bögen seiner Handschrift. »Ma chère Sultana!«, hob es an. Mit hochrotem Kopf griff Fatima danach und wandte sich ab, um mit Augusts Worten allein zu sein. Pochenden Herzens überflog sie die Zeilen und sprach sich immer wieder vor: »Wie mir Ihr teurer Gatte, mein treuer Diener Johann Georg Spiegel, versicherte, entboten Sie uns Ihre wertvollen Dienste in den Affären mit dem Gesandten des Tatarenkhans in Lemberg, wo Sie allfällig zu residieren die Gnade haben, zu Unserem allergrößten Nutzen. Als Dankeschön erlaube Ich Mir, Ihnen diese Gaben zu Ihrer Verfügung und Ihrem Plaisir zu senden.

Ihr untertänigster Diener, August II. Rex Poloniae.«
Fatima las die Zeilen wieder und wieder.
»Mutter, Mutter, wer schreibt uns? Wer schickt uns diese traumhaften Dinge?«

»Ein Tee-, ein Schokoladen- und ein Kaffeeservice«, erläuterte die Köchin, die die Stücke bereits gezählt und in Gedanken inventarisiert hatte.

»Am Nachmittag gibt es Schokolade für alle«, verkündete Fatima. Die Dienerschaft jubelte. Dann beantwortete sie die Frage ihrer Tochter: »Es ist Euer Vater, der uns dies schickt.« Die Freude in ihrer Stimme war nicht zu überhören.

»Monseigneur Spiegel?«, fragte Friedrich August mit glänzenden Augen. »Wann kommt er zurück?«

»Nein«, sagte Fatima und zog ihren Sohn zu sich heran. »Nicht Spiegel. Dein königlicher Vater August.«

Friedrich August wandte sich steif ab. »Spiegel ist mein Vater«, beharrte er trotzig.

Fatima zog ihn wieder heran und drückte ihn gegen ihren Busen. Der Sohn ließ es geschehen. »Du Dummchen. Wirst es noch zu schätzen wissen, zwei Väter zu haben!«

Katharina horchte auf. Für einen Moment verlor sie das Interesse an den kleinen goldenen Löffelchen. »Wenn wir zwei Väter haben, heißt das, du hast zwei Männer?«

Friedrich August warf ihr einen überlegenen Blick zu. »Ein Unfug! Keine Frau hat zwei Männer.« Dann entwand er sich Fatimas Liebkosung.

Die Mutter entließ ihn mit Bedauern. Leeren Blickes starrte sie vor sich hin.

Milena trat zu ihr und sagte: »Es sind Kinder, Herrin. Sie wissen nicht, wie es zugeht in der Welt.«

Fatima nickte, doch es war nur ein schwacher Trost.

»Schau mal, *Maman*!«, rief Katharina in diesem Moment. Sie hatte einen Musikautomaten mit einer Aufziehfeder entdeckt. Einen Geiger, der mit dem Bogen über seine Fiedel strich und sich dabei um sich selbst drehte. Aus einem reichverzierten Gehäuse erklang das Geklimper einer einfältigen Melodie. »Ist das nicht wunderbar?«, rief Katharina verzückt. Und Fatima musste lächeln.

Spiegel war verändert von der Reise zurückgekehrt. Am Morgen hatte er Lemberg erreicht, den Vormittag nahmen ihn die Kinder in Beschlag. Natürlich hatte er Spielzeug und Spezereien aus Warschau mitgebracht. Dann, als es an den Polnisch-Unterricht ging, ließen sie Spiegel allein. Im Gartensaal traf er mit Fatima zusammen. Der Raum sah jetzt ganz türkisch aus. Die Diwane hatten die europäischen Möbel vollends ersetzt, unter den Teppichen waren die Dielen nicht mehr zu sehen. Fatima trug einen bestickten Überwurf – auch er orientalisch-farbenfroh, aber nicht so aufreizend wie das Gewand, das sie beim Besuch des Beys getragen hatte. Die Haare aber ließ sie im Haus offen und unbedeckt.

Während es Spiegel noch schwerfiel, die Beine neben die Polsterkissen zu drapieren, schlug Fatima einfach die Füße unter. Ganz selbstverständlich nahm sie den Türkensitz ein. Schmiegte ihren Kopf an Spiegels Seite und legte beiläufig ihre Hand auf seinen Oberschenkel. Er nahm sie und legte sie zurück.

Erstaunt sah sie ihn an. Spiegel wich ihrem Blick aus. Dann holte er tief Atem und sprach: »Wir sind die Diener unseres Herrn.«

Nun verstand Fatima. »Was weiß August?«

Spiegel stöhnte und bog den Rücken durch. Niemals würde er lernen, bequem auf diesen Kissen zu sitzen. »Womöglich gibt es Zuträger, die uns nicht wohl gesonnen sind. Jedenfalls hat er es an Warnungen nicht fehlen lassen.«

Fatimas Gesicht wurde streng. Das Gefühl tiefer Demütigung war mit der Erinnerung zurückgekehrt. »Womit droht er uns?«

»Mit dem Kerker.«

Fatima stieß Luft durch die Nase. »Niemals würde er mich einkerkern!«

Spiegel war sich nicht sicher. »Die Drohung beschränkte sich nicht auf mich, obwohl er vor allem mich im Blick hatte. Denn du warst ja nicht da.« Er drehte den Kopf zu ihr. Sein Blick war herzerweichend. Fatima fiel ihm um den Hals.

Sie umklammerten sich lange. Dann küssten sie sich leidenschaftlich. Als ihre Münder voneinander ließen, stammelte Spiegel: »Es ist nicht recht.«

»Was kann nicht recht sein an der Liebe? Wir sind Mann und Frau vor Gott. August steht nicht über Gott.«

»Ich musste ihm die Treue schwören!«

»Auch mir hast du Treue geschworen.«

Spiegel senkte in heller Verzweiflung den Kopf. »Man kann nicht zwei Herren zugleich dienen!«

Fatima gab ihm einen zärtlichen Kuss auf die Wange. »Diene mir, und du dienst deinem König.«

»So einfach ist es nicht. Der König verdammt mich dazu, dich zu verlassen.«

»Mich verlassen? Warum? Für wie lange?«

»Auf unbestimmte Zeit. August geruht, mich nach Konstantinopel zu senden.«

Fatima schoss auf dem Polster in die Höhe. »So bist du Augusts Gesandter?«

»Nein. Aber ich werde den Gesandten begleiten.«

»Wer wird es sein?«

»Ein polnischer Adliger.«

»Ein Pole? Warum?«

»Weil es keine sächsische Gesandtschaft geben wird. Es wird eine polnische Gesandtschaft sein. Und der Gesandte wird ausgewählt aus der Partei der Feinde.«

Fatimas Freude schien mit einem Mal verflogen. »Ein Parteigänger Leszczyńskis? Warum?«

»So soll es sein. August hat es mir selbst gesagt.«

Wieder fiel Fatima ihm um den Hals. Diesmal drückte sie ihn aus Verzweiflung. »So wird die Sache scheitern.«

Spiegel schlug die Scham heiß ins Gesicht. »Warum glaubst du das?«

»Wenn August seinen ärgsten Feind schickt – was wird er anstreben? Dessen Erfolg? Oder den Misserfolg?«

Spiegel versank in tiefes Brüten. Er konnte nicht umhin, Fatimas Vermutung eine gewisse Zwangsläufigkeit zuzugestehen. Doch hätte er das niemals zugegeben. »Du bist eine Frau! Was verstehst du von Politik?«

Fatima drückte das Kreuz durch. »Ich kenne ihn. August ist ein Fürst und König. Wenn er dich nach Stambul schickt, so gibt es dafür einen einzigen Grund: Es nützt ihm.«

Spiegel verzichtete darauf, seine Frau für die vorschnelle Verurteilung zurechtzuweisen. Mühsam erhob er sich. Seine Beine schmerzten. »Ich habe ihm treue Dienste gelobt, und ich werde ihm treue Dienste leisten.«

»Du wirst also tatsächlich ohne mich nach Stambul fahren?«, fragte Fatima mit ersterbender Stimme.

»Ich sehe keinen Weg und keinen Grund, dich mitzunehmen. Was hättest du dort zu schaffen?«

Fatima spürte unendliche Traurigkeit. Sie schwieg, um die Tränen niederzukämpfen. Dann fragte sie: »Wann wirst du abreisen?«

»Sobald ich Augusts Instruktion erhalte. Und höre auf«, fügte Spiegel nach einer Pause hinzu, »die Stadt Stambul zu nennen.«

Bender im Herbst des Jahres 1710

Als sich der Scheferschaha Bey der Festung näherte, kam er durch das Lager der Schweden. Es war in Sichtweite der Mauern aufgeschlagen. Über ein Jahr schon währte der Aufenthalt im türkischen Exil, und ein Ende schien nicht in Sicht. Also hatten die Soldaten ihre Kriegsröcke ausgezogen und, barfuß und im Hemd, begonnen, Baumstämme zu schälen. Blockhütte um Blockhütte wuchs auf dem felsigen Boden. Die Winter in dieser Weltgegend waren zwar keine froststarrenden schwedischen Winter, doch auch hier besaßen sie Klauen und Zähne.

Je stolzer sich das Lager erhob, desto mehr verkamen die Bewohner. Die Zeit des Wartens hatte die Krieger mürbe gemacht. Der Bey sah zerlumpte, bärtige Gestalten, die nur noch ein Schatten von Karls einst so stolzer Armee waren. Nun bereiteten sie in zerbeulten Kesseln Wassersuppe zu. Er sah niedergebrannte Zelte und Hütten. Immer wieder kam es zu Aufständen, zu Streitigkeiten und Scharmützeln unter den Nationen, die noch bei Karl waren: Saporoger Kosaken, einige in den Kriegsdienst gepresste Sachsen, die Polen der Leszczyński-Partei und natürlich seine Schweden.

Auf einer Anhöhe erhob sich das Hauptquartier – man konnte nicht von einem Palast sprechen. Es war ein schmuckloses, zweckmäßiges Gebäude, aber aus Stein. Allein das königliche Wappen über dem Portal kündete vom edlen Bewohner. Rauch quoll aus den Essen und strahlte Gastlichkeit aus. Doch dem schwedischen König würde sich der Bey später empfehlen. Sein erstes Ziel war Ismail Pascha, der Seraskier von Bender, Stadtkommandant und Gouverneur der Provinz.

Der Bey befahl seinen Bediensteten, sich um Pferde und Gepäck zu kümmern, und schritt, noch im staubigen Reisekleid, die Stufen zum Gouverneurspalast hinauf. Der Pascha war der unmittelbare Vertreter des Sultans in dieser Provinz und dem Scheferschaha Bey an Ansehen und Würde ebenbürtig. Allerdings war sein Haar bereits weiß. Das Alter hatte ihm den Rücken gebeugt und Sorgen seine Stirn zerfurcht. »Er ist ein verwundeter Löwe, maßlos in seiner Wut«, beklagte sich Ismail Pascha gegenüber dem Bey, nachdem sie die Rituale der Begrüßung vollzogen hatten. »Der Sultan will ihn so schnell wie möglich fortjagen. Zwei Türken mussten schon gehenkt werden, da sie sich mit schwedischen Offizieren prügelten. Sie waren nicht schuld an dem Streit, aber die Gastfreundschaft gebietet, dem König auch dort recht zu geben, wo er es nicht hat.«

Der Bey nahm auf den Polstern Platz, in deren Mitte Wasserpfeifen standen. Ismail Pascha hieß die Bediensteten Kohle auflegen und wartete, bis der Tabak Glut gefangen hatte. Dann führte er das Mundstück an die Lippen. Mit dem Rauch schien sich Ruhe auf seine Seele zu legen. Der Scheferschaha Bey griff ebenfalls zur Pfeife und ließ den parfümierten Tabakgeschmack in seine Mundhöhle sickern. Mit geschlossenen Augen genoss er die Wärme, die bis hinunter in die Lunge strömte, und das Beißen auf der Zunge. Dann stieß er den Rauch wieder aus, und der Geist der Ruhe waberte in mannigfachen Gestalten durch den Raum. Der Bey und der Pascha beobachteten die grauweißen Wirbel.

»Ich habe«, brach der Scheferschaha Bey das Schweigen, »Fäden an den Hof Augusts von Sachsen gesponnen. Wir benötigen sein Wohlwollen, um Karl auf schwedisches Gebiet zurückzuexpedieren.«

»Der Sultan«, antwortete der Seraskier gelassen, »möchte ihn lieber heute als morgen zum Teufel jagen. Mit Mühe konnte ich ihn von dem Plan abhalten, Karl von zehntausend Kriegern des walachischen Gospodaren nach Salernicko verschleppen zu lassen. Das hätte Krieg bedeutet. Karl lässt sich nirgendwohin bringen. Es bedarf der Überredungskunst, ihn glauben zu machen, dass es besser für ihn ist, nach Hause zurückzukehren.«

»Man muss ihm Einhalt gebieten«, sagte der Bey. »Den halben Kontinent hat er in Blut getaucht. Es ist genug!«

Der Seraskier beugte zustimmend das Haupt. »Der Sultan ist entschlossen, ihn von Bender zu vertreiben. Ich werde alles tun, ihn dabei zu unterstützen. Doch werde ich Karl nicht den Krieg erklären. Das hieße alles Gastrecht missachten. Ich kann lediglich mit Nadelstichen versuchen, ihm das Leben hier so unbequem als möglich zu machen.«

Der Bey schüttelte den Kopf. »Der Schwedenkönig ist kein Mensch, der etwas auf Bequemlichkeit gibt.«

»Man müsste«, sagte der Pascha und blies erneut Rauch aus, »eine Person finden, die einen guten Einfluss auf ihn ausübt. Eine Person, auf deren Rat er etwas gibt.« Er sah den Bey an. »Ob August Hufeisenbrecher diese Person sein könnte? Immerhin sind sie verwandt.«

Der Scheferschaha Bey verneinte energisch. »Ausgeschlossen. Karl hält immer noch zu Leszczyński, dem Gegenkönig und Erzrivalen Augusts!«

»Wie Karl ist Leszczyński fast besiegt, er besitzt vermutlich nur noch wenig Einfluss im polnischen Adel.«

»Aber wie viel genau, wissen wir nicht«, gab der Bey zu bedenken. »Wir müssen in aller Vorsicht und Schritt für Schritt auf unser Ziel hinwirken.«

»Das dauert zu lange«, sagte der Seraskier. »Der Sultan bringt Tonnen von Gold auf für die Verpflegung von Karls Armee, dennoch fouragieren seine Soldaten. Sie treiben meine Bauern in die Armut, sie greifen sich unsere Sklavinnen und schänden sie …«

»Unmöglich!«, unterbrach der Bey empört. »Das würde Karl niemals zulassen!«

»Der König kann nicht hinter jeden Soldaten eine Wache stellen. Es sind Männer im besten Alter. Sie sind seit Jahren von ihren Familien getrennt, Karl bleibt ihnen den Sold schuldig. Was sollen sie machen? Leben wie die Eremiten?«

Der Scheferschaha Bey erinnerte sich der zerlumpten Gestalten im schwedischen Lager. »Ich werde so schnell wie möglich Verhandlungen mit August Hufeisenbrecher aufnehmen, welche die Bedingungen des Durchzugs durch polnisches Gebiet zum Gegenstand haben.«

Ismail Pascha hatte den Rauch ausgeatmet und den Schlauch der Wasserpfeife in die Halterung gehängt. Er beugte sich zum Bey hinüber. »Das ist gut. Doch reicht es nicht, Bedingungen zu schaffen. Wir brauchen jemanden, der in Karl den Willen weckt, abzuziehen. Jemanden, der sein Herz erreicht.«

»An wen denkt ihr?«

»Der gute Geist eines Mannes ist seine Mutter«, sagte der Seraskier.

»Die ist lange tot«, wandte der Bey ein. »Aber Karl hat Schwestern.«

»Gab es nicht an Augusts Hof«, überlegte der Seraskier laut, »eine Verwandte des Schwedenkönigs? Eine schwedische Adlige? War sie nicht sogar des Königs Mätresse?«

Der Bey wurde hellhörig. »Die Lubomirska?«

Der Seraskier winkte ab. »Nein, eine Schwedin.« Ismail Pascha legte eine Hand an seine Stirn. »Ich erinnere mich nicht an den Namen ...« Dann plötzlich hellte sich seine Miene auf. »Irgendetwas ... Markt?«, schlug er vor.

»Königsmarck!«, setzte der Bey nach.

Die Augenbrauen des Paschas sprangen nach oben, sein Gesicht strahlte. »Merhaba! Aurora von Königsmarck, so hieß sie! Lebt sie noch an Augusts Hof?«

»Das werde ich in Erfahrung bringen.« Der Bey stutzte, denn mit einem Mal erinnerte er sich an die Geschichte, die Fatima ihm anvertraut hatte. »Maria Aurora von Königsmarck hatte eine türkische Ziehtochter. Sie war ein Kriegsraub. Wisst Ihr etwas über dieses Mädchen? Fatima soll ihr Name gewesen sein.«

Der Pascha schmunzelte vielsagend. »Der Name der Prophetentochter schmückt viele Mädchen. Und Legion ist die Zahl der Kinder, die von den Ungläubigen verschleppt wurden. Von welchem Schlachtfeld soll sie denn geraubt sein?«

»Von Ofen«, sagte der Scheferschaha Bey, sich nun immer lebhafter an das Gespräch mit Fatima erinnernd.

»Ich habe in Ofen gekämpft, zur letzten Kampagne. Das war ein hartes Treffen. Die Giauren haben gesiegt und ihr Mütchen gekühlt ... Hätten wir es anders gemacht?«

Der Bey war jetzt ganz bei der Sache. »Fatima sprach von Schwestern, die mit ihr waren.«

Ismail Pascha runzelte die Stirn. »Ich erinnere mich an einen Sipahi-Kommandanten, der verlor eine Tochter. Doch war sie bereits verheiratet. Von Schwestern weiß ich nichts.«

»Wie war sein Name?«, fragte der Bey atemlos.

Der Seraskier schüttelte den Kopf. »Ihr müsst entschuldigen, Aga. Ich bin ein alter Mann, und mein Gedächtnis ist löchriger als ein Fischernetz.«

Der Scheferschaha Bey beugte sich dennoch vor und drückte ihm beide Hände. »Habt Dank. Ihr habt mir sehr geholfen.«

»Was werdet Ihr nun tun?«, fragte der Seraskier. »Wird dies helfen, Karl fortzujagen?«

»Ich werde versuchen, die Schwedin zu finden. Und falls sie einen Einfluss auf Karl haben sollte, werden wir das für unsere Zwecke zu nutzen wissen.«

Der Pascha legte ergeben die Handflächen zusammen. »Möge Allah all Euer Tun mit seinem Segen versehen. Und möge er Karl dorthin schicken, woher er kam: in die Hölle.« Die letzten Worte hatte er durch die geschlossenen Zähne gepresst. Hass loderte plötzlich in seinem Blick.

»So sei es«, sagte der Scheferschaha Bey und hob den Kopf.

Bachtschysaraj im Herbst
des Jahres 1710

Die Erkenntnisse über die mannigfachen Verbindungen Karls von Schweden mit seinem erlauchten Vetter August von Sachsen erschienen dem Bey bedeutend genug, sich mit seinem Herrn und Gebieter, dem Khan der Krimtataren, zu beraten. Also verstaute er seine Habe in zwei Taschen, die er über einen Pferderücken legen konnte, und gab seinem Gaul die Sporen. In schnellem Ritt waren die siebenhundert Meilen von Bender auf die Krim in vier Wochen zurückzulegen. Für einen Tataren, von denen es hieß, sie schliefen auf dem Rücken eines galoppierenden Pferdes, genügten drei. Dem Seeweg, der schnellsten Verbindung zwischen der Türkei und der Krim, misstraute das Reitervolk. Der einzige Ozean, den sie liebten, war das wogende Grasmeer der Steppe.

Der Bey ritt Tag und Nacht. Wenn europäischen Reitern das Kreuz bricht, erwacht im tatarischen Reiter erst die Lust. Er stieg nur ab, wenn er den Ruf des Muezzins vernahm. Dann erlöste er sein kleines Pferd vom Sattel und ließ es grasen. Um sich beim Gebet vor dem Staub der Erde zu schützen, nahm er die Decke vom Rücken des Tieres. Dann trat er ein paar Schritte abseits.

Mittlerweile war er nicht mehr weit von der Halbinsel Krim entfernt. Die Landschaft war von schroffen Gebirgszügen durchzogen, der Boden hell und kalkig, nicht so schwer wie in Moldau. Sobald ein Wind ging, hob sich feiner Staub, der sich auf Körper und Kleidung niederließ. Der Bey nahm einige Tropfen Trinkwasser und reinigte sich notdürftig Hände und Füße. Dann trat er auf die Satteldecke und verrichtete sein Gebet.

Während er noch in Andacht verharrte, frischte der Wind auf. Ein Wind, der ihm den Duft von Blüten in die Nase wehte, obwohl es bereits spät im Jahr war. Ein Wind, der nach dem Schwarzen Meer roch, dessen Geruch auf der Halbinsel allgegenwärtig war, obwohl man es im bergigen Inneren nicht vermutete. Dem Bey lachte das Herz, und mit neuer Kraft schwang er sich auf sein kleines, kurzbeiniges Pferd. Bald eilten die Hufe wieder über den Kalksand, Sprung für Sprung kurze Explosionen in den Boden hämmernd.

Das letzte Stück Wegs verging wie im Flug. Die Sonne war noch nicht untergegangen, da trat der Bey, den Übermantel noch staubig vom Ritt, auf eine hölzerne Brücke. Durch ein Tor in Form einer Rosenknospe gelangte er in den Hof.

Innerhalb der Mauern des Khanspalastes von Bachtschysaraj fand man sich, wie durch die Kraft eines Dschinns, in ein Märchenland versetzt. Die Gärten wucherten in verschwenderischer Blütenpracht, Vögel flatterten von Ast zu Ast und besangen das Abendrot.

Als der Scheferschaha Bey einem Diener gegenüber den Wunsch äußerte, den Khan noch vor dem Nachtmahl zu sprechen, erfuhr er, dass der Wesir des Großherrn von Konstantinopel zu Gast sei. Im Stillen lobte sich der Bey für den Gewaltritt, denn er hätte es nicht besser antreffen können.

Der Khan empfing ihn auf einem Diwan am ›Brunnen der tausend Tränen‹. Der war, so erzählte man sich, von einem Großvater des Khans errichtet worden. Am Sterbebett seiner geliebten Gemahlin hatte er geschworen, dass seine Tränen niemals versiegen würden. Doch nur der Tod ist ewig. Um sein Gelübde dennoch zu erfüllen, ließ der Khan einen Brunnen erbauen, mit zierlichen Marmorschälchen, die jedes Mal, wenn das Wasser überlief und in die nächstniedrigere Schale tropfte, das Geräusch einer fallenden Träne erzeugte. So hielt er sein Versprechen – und konnte dennoch weiterleben.

Unweit des Tränenbrunnens lagerten der Großwesir und Kaplan Giray, der Khan der Krimtataren, auf einem Dutzend großer Samtpolsterkissen. Zwischen ihnen standen die bauchigen Gefäße und bunten Schläuche der Wasserpfeifen. Doch hingen die Mundstücke in den Halterungen, die Glut der Kohle war erkaltet. Ungeduldig erwarteten sie die Nachrichten, die er, der Murza und Abgesandte seines Herrn, zu überbringen hatte. Der Bey grüßte die hohen Herren – der Khan weißhaarig und rundlich, der Wesir hager und mit einem spitzen Bart, die Augen so tief in den Höhlen, als wäre er in Trauer.

»Konntet Ihr einen Unterhändler des Sachsenfürsten treffen? Werden wir zu einer Verständigung gelangen?«, erkundigte sich der Khan sogleich.

»Augusts Zukunft«, holte der Bey aus, »ist ungewiss. Es ist nicht so, dass er – trotz Karls Niederlage – den polnischen Thron fest in den Händen hält. Aber er scheint gewillt, uns bei der Lösung des Problems des schwedischen Vagabunden zu helfen.«

»Allah ist groß!«, sagte der Großwesir mit einiger Erleichterung. Er war ein Mann, der den Frieden liebte.

»Was glaubt Ihr, darf man August trauen?«, fragte der Khan, der ein umsichtiger Fürst war. »Kann man Bündnisse mit ihm eingehen? Oder ist er ein zweiter Peter, der einem, kaum dass die Tinte unter dem Vertrag trocken ist, hinterrücks seine Kosaken schickt?«

»Ich traf ihn nicht persönlich«, erinnerte der Bey, »sondern nur einen engen Vertrauten. Doch dieser Vertraute kennt ihn seit seiner Jugend. Er macht einen treuen, aufrichtigen Eindruck. Und er ist uns gewogen, denn seine Gattin ist eine Tochter des Propheten.«

Der Khan und der Großwesir machten große Augen. »Er hat eine türkische Gemahlin?«

»Eine Kriegsbeute. Sie war eine Kammerfrau der Schwedin Aurora von Königsmarck. Diese wiederum«, der Bey atmete tief durch, während der Khan und der Großwesir ihm aufmerksam lauschten, »diese wiederum ist eine Patin Karls.«

Der Khan und der Großwesir schauten verständnislos. Der

Bey sah, dass er die Zusammenhänge erklären musste. »Die Christen vollziehen an jedem Mitglied der Gemeinde die Taufe nach, die der Prophet Isa, den die Christen Jesus nennen, durch den Propheten Johannes, den sie den Täufer nennen, erfahren hat.«

»Yahya!«, nannte der Großwesir den Täufer bei seinem arabischen Namen.

»Diese Zeremonie«, erläuterte der Bey weiter, »erfährt jeder *Giaur* wenige Tage nach der Geburt. Die Christen glauben, dass er ohne sie nicht in die Ewigkeit Allahs eingehen kann. Das Ritual wird durch einen Paten oder eine Patin bezeugt.«

»Wollt Ihr damit sagen«, fühlte sich der Großwesir bemüßigt nachzufragen, »diese türkisch-schwedische Dame kann uns eine Brücke zu August bauen – und zu Karl gleichermaßen?«

»Sie selbst nicht. Aber sie kann uns den Weg ebnen zu Aurora von Königsmarck. Geliebte von August Hufeisenbrecher und Patin Karls des Zwölften.«

»Wie man hört, hat er zahlreiche Geliebte. Einen wahren Harem!«, sagte der Großwesir mit amüsiertem Gesichtsausdruck.

Der Khan schmunzelte. »Sie verachten wortreich unsere Vielweiberei – und tun es doch selbst!«

»August Hufeisenbrecher«, erläuterte der Bey, »verehrt alles Türkische. Er sammelt türkische Kunstgegenstände, ja, er gibt Hoffeste im türkischen Stil.«

»Das ist der richtige Verbündete! Gemeinsam werden wir uns des Eisenkopfs entledigen!«

»Ich darf also mit Eurer Erlaubnis versuchen, die Schwedin für uns einzunehmen?«

»Und diese Türkin?«

»Wird mir dabei behilflich sein.«

»Aber woher wissen wir, dass sie auf unserer Seite ist? Woher, dass sie zuverlässig und nicht August oder gar Karl mehr verbunden ist als uns?«

»Es gibt einen einfachen Weg, sie ganz auf unsere Seite zu ziehen«, sagte der Bey leise.

»Und der wäre?«, fragte der Großwesir ungeduldig.

»Ihre frühere Familie ausfindig zu machen. Blutsbande sind die engsten Bande. Wir führen die verschleppte Tochter zurück.«

Ein nachdenkliches Schweigen entstand.

»Es ist mir zu viel Weiberwirtschaft in alledem«, sagte der Großwesir schließlich. »Einen Plan auf eine Frau zu bauen ist wie ein Haus auf Sand.«

Der Khan pflichtete ihm bei: »Mit Männern kann man verhandeln. Mit Frauen kann man sich nur ins Unglück stürzen.«

»Die Sächsisch-Polnische Gesandtschaft wird nach Stambul kommen. Aber es wird lange Zeit dauern, bis sie Ergebnisse vorweisen kann – wenn überhaupt. Warum nicht in der Zwischenzeit versuchen, Karls Herz zu erreichen? Und Weiber – so geschwätzig sie auch sein mögen –, in einem sind sie sehr zuverlässig …«

Ratlos sahen sich der Khan und der Wesir an. »Worin?«

»Im Öffnen von Männerherzen.«

»Inschallah«, sagte der Khan. Der Bey fasste es als Erlaubnis auf.

Dann fügte der Fürst hinzu: »Gott gebe, dass sie dein Herz nicht fesselt. Dein Interesse an dieser Frau scheint groß zu sein.«

Der Bey leugnete die Vermutung gestenreich. Er konnte aber nicht verhindern, dass er errötete.

TEIL DREI

Lemberg im Spätsommer des Jahres 1712

Vom Balkon des königlichen Hauses aus verfolgte Spiegel in vollem Amtsornat den Einzug der Großen Polnischen Gesandtschaft unter Führung des Woiwoden von Masowien, Stanisław Chomętowski. Rechts und links der Brüstung waren die kursächsische sowie die polnische Fahne aufgepflanzt. Die Bediensteten der königlichen Domänenverwaltung flankierten ihn, viele jubelten dem polnischen Adligen und Helden des Nordischen Krieges zu. Hüte und Mützen flogen in die Luft, als Chomętowski in purpurrotem Überwurf mit blinkendem Harnisch vorüberritt. Chomętowski war barhäuptig, sein Haaransatz war schon auf den Zenit des Schädels gerückt. Spiegel erwartete, dass der Pole aufsah und dem höchsten Repräsentanten König Augusts seine Reverenz erwies – doch nichts dergleichen geschah. Er ritt mit seinem Tross unter Spiegel hindurch und würdigte ihn keines Blickes. Dem blieb nichts übrig, als dem polnischen Adligen aufs kahle Haupt zu schauen.

Unweit des königlichen Hauses bezog der Gesandte in einem gewöhnlichen Gasthaus Quartier.

Spiegel sandte Wolinski aus, um in Erfahrung zu bringen, ob der Pole beabsichtigte, bei ihm vorstellig zu werden. Doch Wolinski, seit Chomętowskis Ankunft noch widerspenstiger als sonst, buchstabierte genüsslich die Antwort des Woiwoden: Er kenne keinen Spiegel, und er benötige auch keinen.

Spiegel wollte zerspringen vor Wut. Für dieses Verhalten gab es nur zwei mögliche Erklärungen: August hatte ihn noch nicht über Spiegels Teilnahme an der Gesandtschaft informiert – oder Chomętowski ignorierte Augusts Befehle.

Am dritten Tage nach Chomętowskis Eintreffen in Lemberg erhielt Spiegel endlich durch einen Boten Augusts eigene Instruktionen. Unverzüglich ließ er sich beim Woiwoden melden. Dieser hielt in seiner Herberge Hof, als wäre er selbst der König. Im Vorzimmer drängelte sich zahlreiches Volk, Chomętowski empfing Bittsteller und Mitglieder der Schlachta. Die meisten der Herrschaften kannte Spiegel persönlich, es waren jene Mitglieder des niederen polnischen Adels, die Spiegels Position beharrlich missachteten und August nie als ihren legitimen König anerkannt hatten. Sie hingen immer noch dem Gegenkönig Stanisław Leszczyński an. Für ein paar Jahre war es diesem gelungen, August vom Thron zu drängen. Das waren die Jahre, da der Schwedenkarl mit blutigem Säbel durch Nordeuropa zog. Doch nach dem Gemetzel vor Poltawa hatte sich das Blatt gewendet. Leszczyński musste ebenso fliehen wie sein schwedischer Gönner, und August war im Triumph auf den Wawel zurückgekehrt.

Chomętowski ließ Spiegel lange warten. Als er ihn dann endlich empfing, war er die Freundlichkeit in Person. Er erhob sich von seinem Stuhl, der Ähnlichkeit mit einem Thron hatte, und eilte Spiegel mit ausgestreckten Armen entgegen. Sein Gesicht strahlte, der Schnurrbart zauberte ein freundliches Lächeln auf sein Gesicht. »Pan Spiegelski«, sagte er erfreut auf Polnisch, »endlich unterziehen Sie sich der Mühe, mich aufzusuchen. Ich hätte Ihnen längst zuvorkommen sollen. Verzeihen Sie meine Nachlässigkeit!«

Die Freundlichkeiten ließen Spiegel nur umso vorsichtiger werden. »Man sagte mir, Sie kennten keinen Spiegel?«, entgegnete er auf Französisch.

»Ein Missverständnis. Das blanke Missverständnis!« Chomętowski blieb bei der polnischen Sprache, und Spiegel lenkte ein. »Ich hoffe, es wird sich aufklären«, entgegnete er sehr förmlich.

»August hat mich davon in Kenntnis gesetzt, dass Sie geruhen, unsere Große Polnische Gesandtschaft an die Hohe

Pforte zu begleiten ...« Die Bemerkung war als Frage formuliert.

»Ich führe die sächsische Gesandtschaft an, die Teil der polnischen ist!«, stellte Spiegel richtig. »Wir haben allerdings eigene Aufgaben zu erfüllen.«

»Dann teilen Sie mir doch bitte mit, welche Mitglieder Ihre sächsische«, er sprach das Wort mit spitzen Lippen aus, »Gesandtschaft noch hat – außer Ihnen?«

Spiegel schwieg, denn tatsächlich waren alle übrigen Gesandtschaftsmitglieder Polen: Sieniawski, der Kastellan von Krakau, sowie ein Gesandtschaftssekretär, den Spiegel nicht kannte. Die notwendigen Pagen und Bediensteten – allesamt Polen. Er war das einzige sächsische Element.

Der Woiwode von Masowien brach Spiegels Schweigen und nahm ihn in den Arm. »Wie ich hörte, sollen Sie nicht geringe Verdienste bei der Wahl Ihres Herrn zum König in Polen erlangt haben?«

Spiegel konnte nicht umhin, die Brücke der Eitelkeit zu beschreiten, die Chomętowski ihm gebaut hatte. »Ich war nicht unwesentlich beteiligt an der Befreiung des Grafen Davia aus der Hand des Sultans«, sagte er.

»So haben wir Ihnen diesen Coup zu verdanken!« Diesmal verbarg Chomętowski den Unterton nicht.

»Wann werden wir endlich abreisen?«, stellte Spiegel die Frage, die ihn am meisten interessierte.

»Sobald wir den Befehl des Kurfürsten in den Händen halten.«

»Er ist Euer König, das solltet Ihr als sein Gesandter wohl wissen und beherzigen.«

Chomętowski lächelte vielsagend. »Aber ich beherzige es doch, Pan Spiegelski.«

»So nennen Sie Seine Majestät den König auch bei seinem Titel!«

Chomętowski verbeugte sich tief vor Spiegel. Doch das Lächeln, mit dem er sich wieder aufrichtete, war die reine Häme.

»Ich habe mir erlaubt, Eure Perspektive anzunehmen, und sprach aus Sicht der sächsischen Gesandtschaft. Und in Sachsen ist August – soweit ich weiß – immer noch ein *Dux Elector* – Kurfürst und Erzmarschall des Heiligen Römischen Reiches Deutscher Nation. Ein nicht geringer Titel und Eurem Herrn wohl angemessen. Ihr solltet nicht abfällig darüber denken.«

»Aber ich denke doch gar nicht ...« Spiegel brach ab. Unversehens war er in die Lage gebracht, sich rechtfertigen zu müssen. Mit Fuchses Schläue hatte Chomętowski Spiegels Vorwurf gegen ihn selbst gewendet. Spiegel sah ein, dass er es hier mit einem Gegner zu tun hatte, den man nicht unterschätzen durfte.

Chomętowski lächelte gelassen. »Wären Sie jetzt so gut, Pan Spiegelski, mir Eure Instruktion zu überreichen?« Spiegel zögerte, doch August hatte sie ihm eigens zu diesem Zweck übersandt. Die eigentliche Aufgabe, Chomętowski bei allem, was er tat, auf die Finger zu schauen, war freilich nirgends vermerkt.

Der Woiwode griff nach dem gesiegelten Schreiben, erbrach und überflog es. Das, was er las, trieb ihm die Falten auf die Stirn. »Das ist nichts weiter als ein Einkaufszettel!«, beschwerte er sich und reichte Spiegel den Brief zurück.

»Mein Auftrag besteht darin«, erläuterte Spiegel, »türkische Pretiosen und Ausrüstungen für meinen Herrscher zu erhandeln.«

»Dazu braucht es keinen *Envoyé*. Diese Aufgabe kann ein Handelsagent ebenso gut erfüllen!«, polterte Chomętowski. Zweifellos hatte er das Spiel längst durchschaut.

Spiegel hob die Schultern und tat unschuldig. »Seine Majestät der König liebt seine Sammlungen und legt höchsten Wert auf erlesene Stücke. Er verlässt sich in diesen Dingen nur auf seine treuesten Diener.«

»In mancher Treue ist der Verrat schon enthalten«, sagte Chomętowski offenherzig. Dabei ließ er Spiegel nicht aus den Augen.

Schließlich bedeutete er ihm mit derselben Handbewegung, mit der man Fliegen verscheucht, sich zu empfehlen.

Chomętowski selbst ließ sich wieder auf den erhöhten Sitz nieder, doch als Spiegel schon an der Tür war, schien ihm noch etwas einzufallen: »Wenn Sie mit Ihrem Handel beginnen, lassen Sie es mich wissen. Es wird mir eine Ehre sein, Sie mit meinem Dolmetscher zu versehen. Oder sprechen Sie das Türkische genau so gut wie das Polnische?«

Spiegel wandte sich um und sah Chomętowski geradewegs in die Augen. »Ich spreche nur ein paar Brocken Türkisch. Die Dienste Eures Dolmetschers werde ich gern in Anspruch nehmen.«

Chomętowski lächelte zweideutig, und Spiegel beschloss, es nach Möglichkeit zu vermeiden, einen Dolmetscher zu bemühen – dieser würde ihn zweifellos nur begleiten, um Chomętowski Bericht zu erstatten. Spiegel verließ den polnischen Gesandten in der Gewissheit, einen mächtigen Feind an seiner Seite zu haben.

Spiegel kehrte nicht ins ›Königliche Haus‹ zurück, sondern begab sich in sein Stadtpalais. Er hatte sich daran gewöhnt, auf türkische Art an der Schwelle zum Salon die Schuhe auszuziehen. Von einem der Hausdiener ließ er sich eine Wasserpfeife bringen. Er nahm ein paar tiefe Züge, und als der Rauch ihn in seine Ruhe gebettet hatte, entfaltete er das Schreiben erneut. Eine nach der anderen ging er die Positionen durch, die August in feiner, geschwungener Schrift hatte niederlegen lassen:

Memoire donné de la Majesté le Roi de Pologne à son Conseiller Spiegel

Beschreibung dessen, was Spiegel im Auftrag Augusts des Starken in der Türkei kaufen soll

1 ein ganzes Feldlager eines Großwesirs, wenn dies nicht möglich ist, soll er ein Modell ausfertigen lassen; für den Transport und die Aufstellung des Zeltlagers in Sachsen oder Polen soll er

Armenier oder Tataren mitbringen (auch zum Erklären); zusammen mit grünen und roten Stoffen sowie dem Tauwerk

2 verschiedene Kleidung türkischer Männer und Frauen sowie Soldaten mit ihren Waffen

3 er soll Zeichnungen anfertigen lassen von Häusern, Bädern, Moscheen und Wohnungen der Türken

4 er soll Möbel, Betten, Kissen, Tische, Geschirr und verschiedene Kaffees, »Sorbettes« etc. beschaffen

5 einen Jungen und ein Mädchen zwischen 12 und 14 Jahren, Araber, schön schwarz, mit flachen Nasen, besonders große Lippen, von schönem Wuchs soll er mitbringen

6 1 oder 2 Paare von Eunuchen, schwarz oder weiß, soll er beschaffen und mitbringen

7 Musikinstrumente der Janitscharen, wenn dafür keine Türken erhältich sind, soll er Armenier oder Wallachen mitbringen, die in der Lage sind, diese Instrumente zu spielen

8 alle Sorten von Fell- oder Federtieren

9 des Weiteren soll er Wein aus Shiraz in Persien und getrocknete Melonen und andere Früchte von dort beschaffen

10 was die Pferde betrifft, hat der Woiwode den Auftrag genauso wie Spiegel; er soll gemeinsam mit ihm vorgehen, mit der Absicht, sie zu kaufen, wenn er gute in der Gegend findet, oder er soll es ihm sagen, falls er davon Kenntnis erlangt

11 schließlich soll er alles von Interesse bringen, aber nicht vergessen, was Seine Majestät gesagt hat, am Ende des letzten Memorandums, gegeben, wenn er sich nicht irrt, à Thorn.

Geschrieben in Warschau, den 30. April AR

Spiegel war so in die Liste vertieft, dass er Fatima nicht kommen hörte. Er zuckte zusammen, als sie ihn von hinten umarmte. »Steht der Tag des Aufbruchs fest?«, flüsterte sie ihm bang ins Ohr. Spiegel schüttelte unmerklich den Kopf. »Sobald der Befehl ergeht. Es kann morgen sein, in einer Woche – oder in einem Monat.«

Fatima hielt ihn umklammert und schmiegte sich an ihn. »Nimm mich mit. Ein Mann soll nicht ohne seine Frau sein.«

Spiegel atmete tief, um ganz in ihren Duft einzutauchen. Er streichelte ihr über den Unterarm. Über die tiefbraunen Haare, die die Haut noch dunkler erscheinen ließen. »Es ist zu gefährlich. Und ich möchte die Kinder nicht allein zurücklassen.«

»Sie sind nicht allein. Milena ist bei ihnen.«

»Eine Kinderfrau ist keine Mutter.«

Fatima löste die Umklammerung, um sich ihm zu Füßen zu werfen. »Vielleicht gibt es eine Familie, vielleicht leben meine Geschwister noch! Spiegel, versteh doch, ich vergehe vor Heimweh!« Die Verzweiflung riss ihr schönes Gesicht entzwei. Sie kämpfte darum, keine Träne zu vergießen. Um Spiegel zu überzeugen, musste sie stark sein, nicht schwach.

»Nein«, sagte Spiegel.

»Warum nicht?«, schrie Fatima.

»Weil es eine gefährliche Mission ist. Ich möchte die Kinder des Königs«, Spiegel stockte, »nicht als Waisen zurücklassen.«

»Selbst wenn mir etwas zustieße – August würde sich um sie kümmern.«

Spiegel wandte sich ab. Fatima spürte, dass ihm die Nennung des Namens Schmerz bereitete.

»Es ist nicht leicht, Vertrauter und Freund eines Königs zu sein.« Spiegel seufzte. Er hatte seine Worte gegen die Wand gesprochen. Seine Lippen zitterten. Nochmals seufzte er tief. »Ich liebe ihn.«

Wie ein Tier kroch Fatima auf seinen Schoß. Sie barg seine Wangen in den Händen, drückte ihm einen Kuss auf den Mund.

Er erwiderte ihn mit heißen Lippen. Dann schob er sie von sich. »Es ist nicht recht.«

Fatima zog ihn wieder heran. Schließlich gab er nach und sank in ihre Arme. »Wir lieben uns. Und wir lieben ihn. In unsrer Liebe erfüllen wir seine«, sagte Fatima und schloss: »Es ist recht.«

Spiegel gab ihr erneut einen Kuss, viel keuscher als der erste.

»Lass mich nicht zurück«, flehte sie, atemlos wie er.

»Ich muss«, sagte er. Und wiederholte es, um sich selbst zu überzeugen: »Ich muss.«

Als die Große Polnische Gesandtschaft Lemberg unter Wimpelflattern und Flötenspiel verließ, stand Fatima, begleitet von ihren Kindern, Milena und Anton an der Straße. Spiegel hatte seinen Diener zu Fatimas Schutz zurückgelassen. Zur Gesandtschaft gehörte zahlreiches Gesinde – alles in allem zählte sie siebenhundert Personen. Spiegel würde sich wohl zu helfen wissen.

Er saß auf einem prächtigen polnischen Ross, welches der Woiwode von Masowien ihm verehrt hatte. Als er seine Familie in der Menge entdeckte, winkte Spiegel ihr zu, doch Fatima zeigte keine Regung. Kraftlos lagen ihre Hände auf den Schultern der Kinder. Die kleine Katharina schluchzte bitterlich, während Friedrich August mannhaft die Tränen niederkämpfte. Allein seinen glasigen Augen sah man an, wie er über Spiegels Abschied dachte. Fatima wartete nicht, bis die mahlenden Hufe der Kaltblüter und die knarzenden Räder der Wagen außer Hörweite waren. Sobald Spiegel hinter einer Häuserecke verschwunden war, zog sie die Kinder mit sich fort. Ihr Kopf war taub und ihr Herz wie ausgeleert, wie eine Fremde irrte sie durch die Gassen und fand nicht auf geradem Weg zurück ins Stadtpalais.

Friedrich August, der sich als Mann erweisen wollte, war vorausgelaufen. Katharina jagte einen Hahn und verlor dabei ihre Trauer. Das Tier schlug Haken, und Katharina erwies sich als eine so zähe und wendige Verfolgerin, dass sie ein zaghaftes Lächeln auf das Gesicht der Mutter zauberte. Als Mutter und Schwester endlich zu Hause anlangten, stand der Junge mit erschrockener Miene auf der Schwelle und meldete einen Gast: »Es ist der Tatar. Er wartet im türkischen Salon.«

Fatima sah ihn erschrocken an. »Der Scheferschaha Bey?« Mit einem Freudenschrei stürmte sie nach drinnen, während sich Milena mit den Kindern in den Garten zurückzog.

Der Bey berührte seine Stirn und Brust mit der Hand und verbeugte sich. Fatima versuchte, sich zu beruhigen und in seiner Miene zu lesen, welche Kunde sie erwartete, doch sein Gesicht war verschlossen.

»Es wird kein Zufall sein, dass Ihr mich am Tag der Abreise meines Mannes in meinem Haus aufsucht«, sagte Fatima in banger Erwartung.

»Ich bedaure, dass ich nicht warten konnte, bis Ihre Abschiedstränen getrocknet sind. Aber die Angelegenheit, in der ich Sie sprechen möchte, duldet keinen Aufschub. Sie steht in engstem Zusammenhang mit der Mission Ihres Gatten. Wenn Sie ihm helfen wollen, hören Sie, was ich zu sagen habe.«

Fatima bat ihn, Platz zu nehmen. »Ich hätte Spiegel helfen können, wenn ich mit ihm gereist wäre«, sagte sie bitter.

Der Bey hob eine Augenbraue. »Hören Sie mich an, und Sie werden sehen, dass Sie ihm auf andere Weise weitaus besser helfen können.«

»Wie denn?«, fragte Fatima ungeduldig.

»Der Schwedenkönig Karl hat sich in eine schier ausweglose Lage manövriert. Er harrt mit den getreuesten seiner Mannen vor Bender aus.«

»Ich weiß«, sagte Fatima.

Der Bey pries Fatima als eine Frau von ausgesprochener Klugheit. Sie lächelte. Das Türkisch des Tataren klang ihr ein wenig fremd, aber es war heimischer als das Polnische. Sie genoss es, ihm zuzuhören. »Fahren Sie fort.«

»Ich erfuhr auf Umwegen, dass Sie eine Ziehtochter der Aurora von Königsmarck sind?« Der Bey hatte dem Satz absichtlich einen fragenden Tonfall verliehen.

»Mein Taufname ist Maria Aurora. Sie ist meine Patin«, erklärte Fatima.

»Und Sie stehen nach wie vor in einem engen Verhältnis?«

»Nun, wir schreiben uns gelegentlich«, verriet Fatima ausweichend.

»Wir suchen nach einer Person, die in der Lage ist, Karls Herz zu erreichen. Eine Person, die ihm von Kindesbeinen an vertraut ist und geeignet, vernünftige Gedanken in ihn zu pflanzen. Derzeit wird er von Unvernunft regiert.«

»Aurora lebte viele Jahre am Hof in Stockholm, sie kennt ihn seit seiner Kindheit«, gab Fatima Auskunft.

»So ist sie vielleicht die Person, die wir suchen.«

»Sie soll Karl überreden, nach Schweden zurückzukehren?«, fragte Fatima, nachdem sie gründlich nachgedacht hatte.

Der Bey lächelte anerkennend. »So ist es. Madame, ich habe Ihre Klugheit nicht überschätzt.«

»Und Spiegel?«, erkundigte sich Fatima vorsichtig.

»Ihr Gatte wird dem Wunsche des Sultans gemäß die Bedingungen aushandeln. Kein einfaches Unterfangen, ein Heer von zweitausend Mann, ausgehungert, abgerissen, über tausend Wegstunden nach Hause zu bringen.«

»Nach Schweden?«

»Oder wenigstens an die diesseitige Küste des Baltischen Meeres. Dort gibt es schwedische Besitzungen. Greifswald ist schwedisch und wäre gut zu erreichen. Oder Wismar. Traurige Reste eines einstmals großen Reiches. Karl besteht darauf, dass ihn sein Zug durch polnisches Gebiet führt. Er besteht ferner auf einer Eskorte von Janitscharen. Das müsste August genehmigen, damit es nicht wie ein Kriegszug aussieht. Und man muss Vorkehrungen treffen, dass es nicht ein solcher wird.«

Fatima befahl der Aufwärterin, dem Bey einen Mokka zu brauen. Dann lächelte sie ihn voller Grazie an. »Ist es dem Sultan nicht verboten, Damen zu empfangen?«

Der Bey nickte. »Außer im Harem.«

»Aber in der Not sucht ihr die Hilfe meines schwachen, unzuverlässigen Geschlechts?« Fatima sah ihm freiheraus in die Augen. Der Bey schwieg. Was konnte man dagegen schon vorbringen?

Fatima rief, man solle ihr etwas zum Schreiben bringen. Doch der Bey unterbrach sie. »Nicht schreiben. Wir werden zu ihr reisen.«

»Nach Dresden? Oder Quedlinburg? Oder Warschau? Ich weiß nicht einmal mit Sicherheit, wo sie sich derzeit aufhält.«

»Nun, das gilt es zu ermitteln.«

»Frauen meines Standes dürfen nicht allein reisen.«

»Sie werden nicht allein reisen.«

»Wer wird mich begleiten?«

»Meine Wenigkeit«, sagte der Bey und sank in eine Geste tiefer Ergebenheit.

»Sie?« Fatima musterte ihn mit spöttischem Blick. »Sie sind sich doch hoffentlich bewusst, dass Sie mich damit unendlich kompromittieren würden!«

»Nicht, wenn wir als Monseigneur und Madame Spiegel reisen und eine eigene Karosse benutzen. Kaum ein Dutzend Personen wird davon wissen. Und auch die Comtesse de Königsmarck wird Stillschweigen bewahren, wenn sie die Bedeutung dieser Mission versteht.«

Fatima war verunsichert. Die Ziehmutter aufzusuchen war nicht unbedingt ein verlockender Gedanke. Beide schoben der jeweils anderen die Verletzungen durch August in die Schuhe. Sie waren zu Rivalinnen um die Gunst des Königs geworden – und um die Zukunft ihrer Kinder. Auroras Sohn Moritz hatte August als Spross von eigenem Blute anerkannt, Fatimas Kinder hingegen nicht …

»Ich bitte Sie«, sagte der Bey da mit sicherem Instinkt, »tun Sie es Ihrem Gatten und Ihren Kindern zuliebe. Je bereitwilliger sich Karl in Verhandlungen fügt, desto rascher ist Ihr Gatte wieder daheim.«

»Ich muss nachdenken«, sagte Fatima.

»Darf ich morgen zurückkehren, um Antwort zu erhalten?« Der Bey erhob sich.

»Gewiss«, sagte sie. Ein Gefühl der Unruhe wollte sich nicht legen.

»Sie sind eine kluge Frau, Sie werden den richtigen Entschluss fassen«, sagte der Bey lächelnd. Nach einem letzten, durchdringenden Blick verließ er Fatima. An der Tür schlug er seinen Umhang vors Gesicht, um auf der Gasse nicht erkannt zu werden.

Dresden an der Wende zum Jahr 1713

Sechs Wochen fuhren sie über schlechte, ausgewaschene Wege. Die vielen dunklen Stunden des Tages nährten die Angst vor Räubern. Selbst der Bey wurde immer wortkarger, denn Tataren waren in diesen nördlichen Landstrichen nicht wohlgelitten. Jahrhundertelang hatten sie die Einheimischen mit Überfällen und Brandschatzung drangsaliert, hatten Söhne und Töchter geraubt, um sie dem Sultan und seinen Untertanen als Sklaven anzudienen. Wen man nicht auf die Sklavenschiffe bringen konnte – die Alten und die Kranken –, hatte man den Halbwüchsigen übergeben. Damit sie an ihnen das Handwerk des Tötens erlernten.

Dem Bey, der viele Jahre als Mittler zwischen den Kulturen wandelte, waren längst Zweifel am Althergebrachten gekommen. Er war zu einem Zwitterwesen geworden: die Herkunft tatarisch, der Umgang europäisch. Um mit den Menschen aus dem Norden verhandeln zu können, musste er in der Lage sein, sich in ihre Gedankengänge zu versetzen. Dabei hatte er ihre Sichtweise nicht nur verstehen, sondern auch schätzen gelernt.

Es fiel ihm nicht schwer, die Tatarenhaube gegen den Dreispitz zu tauschen. Und den Kaftan gegen einen Rock mit goldenen Litzen. Dennoch wurde er in den Herbergen mit Argwohn beobachtet. So kohleschwarze Augen, so hohe Wangenknochen waren selten im Norden. Sie kehrten niemals lange ein, nur um sich zu waschen, eine Mahlzeit einzunehmen oder die Pferde zu wechseln. Unangenehme Fragen wurden mit Gold niedergemacht. Der Bey führte einen Beutel mit sich, der dazu diente, Gunst oder Schweigen zu erkaufen. Zuverlässiger als ein Dschinn.

Die meiste Zeit verbrachten sie in der Kutsche. Oft schliefen sie ausgestreckt auf den schmalen Polstern, der Bey auf der einen, Fatima auf der anderen Seite. Je weiter nördlich sie kamen, desto kälter wurde es. Sie verteilten Stroh auf dem Boden und hüllten sich in mehrere Lagen Pelze.

Der Bey behandelte Fatima mit größtem Respekt. Obwohl sie auf engstem Raume beisammen waren, trat er ihr niemals zu nahe. Er war älter als Fatima, sein Bart wies schon einzelne graue Haare auf. Im Nordwesten wurden die Wege besser. Immer öfter ließ der Kutscher die Pferde in den Galopp fallen. Doch je weiter nördlich sie kamen, desto widerstreitender wurden auch Fatimas Gefühle. Sie hatte ihr ganzes Jugendalter im Norden verbracht, aber die Sehnsucht ihres Herzens – das spürte sie so stark wie nie zuvor – gehörte dem Süden.

Als sie die Dresdner Silhouette im Morgennebel erblickte, erwachte eine ganz andere Sehnsucht: die nach dem herrlichen Leben bei Hofe, nach rauschenden Bällen und Moritzburger Jagden, nach Seeschlachten und Gondelfahrten.

Fatima seufzte auf. Der Bey schreckte aus dem Schlaf und fragte: »Was haben Sie?«

Mit einem Kopfnicken wies sie aus dem Fenster. »Dresden.«

Der Bey wischte sich mit den Händen übers Gesicht. Die Finger raspelten über die Bartstoppeln. Er, der sich sonst jeden Morgen zu rasieren pflegte, war auf der Reise ziemlich verwahrlost. Als er ganz wach war, blinzelte er aus dem Fenster in die aufgehende Sonne. Was er sah, entzückte ihn so sehr, dass er den Kutscher anhalten ließ. Sie standen auf einer Anhöhe vor den Toren der Stadt, unter ihnen das silbrige Band der Elbe. Die Wiesen rechts und links waren weiß, doch nicht von Schnee, sondern von Raureif.

Über dem Fluss lagen Nebelfetzen wie zerrissene Hochzeitsschleier, in einiger Entfernung ragten Dachfirste aus dem Dunst, Rauchfahnen zogen ruhig ihre Bahn. Man hätte es für ein Gemälde halten können. Doch dann kam Bewegung ins Bild, ein Reiher schwang sich aus dem Ufersand und schraubte sich mit mächtigem Flügelschlagen in die Lüfte.

»Hübscher Ort«, sagte der Bey mit aufgesetzter Beiläufigkeit – und Fatima lächelte still.

Maria Aurora Gräfin von Königsmarck residierte noch immer im Haus des Hofrats von Haxthausen, auch wenn sie sich selten dort aufhielt. Thilda, ihre treue schwedische Dienerin, stand in der Tür und warf Kehricht auf die Straße, als die Kutsche vorfuhr. Als Fatima den Schlag öffnete, starrte die Dienerin sie an wie einen Geist. Dann ließ sie die Kehrschaufel fallen, lief ins Haus und verkündete mit lauter Stimme das Wunder: »Die kleine Maria ist heimgekehrt!« In ihren Augen war Fatima immer noch das zierliche Mädchen, als das sie an den schwedischen Hof gekommen war. Thilda hatte sie stets bei ihrem Taufnamen gerufen. Heidnische Namen waren ihr suspekt, und ihr strenger schwedischer Protestantismus verbot ihren Gebrauch.

Die Tür stand offen, ohne dass sich jemand darin zeigte. Die Ankündigung schien niemanden anzulocken, leer starrten die Fensteraugen auf die Straße hinaus. War überhaupt jemand daheim?

Fatima fasste sich schließlich ein Herz und stieg die wenigen Stufen hinauf. Da endlich erschien hinten, im Durchgang zum Hof, ein Schatten. Es war die Ziehmutter, Fatima erkannte sie an der Körperhaltung. Ihr ovales weißes Gesicht hob sich selbst im Gegenlicht ab, die Haare waren noch nicht der Mode entsprechend auftoupiert, sondern flossen ihr dunkel und wellig über die Schultern.

Einen Moment lang herrschte vollkommene Stille. Selbst das Krächzen der Krähen, der dunkle Morgengesang des Winters, war nicht mehr zu hören. Vorsichtig trat Fatima einen Schritt vor. »Madame?«, fragte sie in die Stille hinein.

»Kleine!« Aurora stieß einen Schrei aus und rannte ihr entgegen. Sie fielen sich in die Arme und drehten sich wie Kinder im Kreis.

Noch in der ersten Umarmung flüsterte Fatima: »Verzeih mir!«

»Was gibt es denn zu verzeihen?«, fragte Maria Aurora und sah sie an.

Fatima errötete.

»Teilen wir nicht das gleiche Schicksal?«, seufzte die Ziehmutter. »Sind wir nicht beide wie ausgediente Handschuhe?«

Fatima senkte beschämt den Kopf. Wie eine Schwester nahm Aurora Fatima in den Arm und wollte sie in den Salon führen. Da räusperte sich der Scheferschaha Bey. Er trat ins Licht und zog vollendet den Hut. »Wer ist das?«, fragte Aurora ehrlich erstaunt. »Spiegel ist es nicht!«

»Das ist Scheferschaha Bey, der Gesandte des Tataren-Khans«, erwiderte Fatima.

Aurora sah Fatima aus großen Augen an. Was hast du mit dem zu schaffen?, fragten die Augen. Doch ihr Mund blieb stumm.

Bei einem Tee saßen Fatima, ihre Ziehmutter und der Scheferschaha Bey im Gartensaal, während die Sonne allmählich höher stieg und den Raureif von den Blättern brannte. Ein mächtiger Kachelofen heizte den Raum, doch die Kälte der Fahrt steckte den Reisenden in den Knochen. Der Bey hatte sich wieder in einen Pelz gehüllt. Sein Gesicht war blass, die Nasenspitze rot.

Da Aurora kein Polnisch verstand, verständigten sie sich in französischer Sprache.

»Auf gar keinen Fall kann ich etwas unternehmen«, bekräftigte Aurora, »das gegen Augusts Willen ist. Seine Gunst ist mir teuer. Er erweist mir große Ehre, indem er meinem Sohn die beste Ausbildung gewährt.«

Fatima musterte das Gesicht der Ziehmutter, das immer noch freundlich und reizvoll, aber nicht mehr ganz jung war. Wieder spürte sie Bitterkeit. August der Starke gab Auroras Sohn gegenüber ihren Kindern deutlich den Vorzug.

»Unser Handeln ist nicht gegen Augusts Willen«, sagte der Bey. »Es entspricht ihm genau, denn er möchte keinen neuen Krieg. Nicht mit Karl und nicht mit dem Sultan. Und erst recht nicht mit dem Zaren, denn die beiden stehen sich nahe, fast wie Brüder.«

»Wenn es in Augusts Interesse ist, wenn es gar seinem Willen entspricht, so möchte ich seinen schriftlichen Befehl sehen. Wenn er es befiehlt, dann reise ich – noch heute.«

Der Scheferschaha Bey schüttelte den Kopf. »Er wird es nicht befehlen. Denn er beginnt eben erst, Tuchfühlung mit dem Sultan aufzunehmen. Er muss vorsichtig sein. Daher wollen wir ihn vor zu viel Wissen schützen.«

»Haben Sie sich um seine Zustimmung bemüht?«

»Es ist zwecklos, er kann sie nicht geben!«, beteuerte der Bey.

Fatima fiel ein: »Tun Sie es mir zuliebe, kommen Sie mit uns. Sie sind eine freie Frau, was hindert Sie daran, zu mir nach Lemberg zu kommen? Bitte!«

Aurora tätschelte Fatimas Arm. »Ich bin Mitglied des Hofstaats und Anwärterin auf das Amt der Pröbstin von Quedlinburg. Ich kann mich nicht einfach ohne Augusts Erlaubnis entfernen, Fatima, versteh doch!«

»Die Pfründe Ihres Sohnes sind Ihnen wichtiger als der Frieden?«, warf Fatima ihr vor.

Aurora rang die Hände.

»Wir sind drei Wochen gereist!«

»Mein Haus steht Euch offen. Bleibt, solange es Euch gefällt.«

»Madame!«, rief Fatima aus.

Aurora sah sie lange an. »Früher nanntest du mich ›Mutter‹«, sagte sie dann.

Fatima senkte den Kopf. »Das kann ich nicht mehr. Vielleicht, weil ich nun selbst eine Mutter bin.« Fatima wusste, dass dies nicht der Wahrheit entsprach. Aber es schien eine akzeptable Erklärung für etwas, das sie sich selbst nicht erklären konnte.

Die Damen schwiegen, und der Bey saß unschlüssig daneben.

»Was könnte ich schon tun«, sagte Aurora dann, und es klang endgültig.

Der Bey erhob sich. Er hatte die Fäuste geballt, die Knöchel glänzten weiß. »Wir reisen sofort wieder ab!«

Enttäuscht schüttelte Fatima den Kopf.

Flemming tunkte eben sein Gebäck in den Kaffee, als ihm der Kommandant der Wache wie jeden Morgen diejenigen Personen vermeldete, die in den ersten Stunden des Tages die Tore passiert hatten. Ein Name war auf der Liste, der Flemming aufhorchen ließ: Bald nach Öffnung der Schläge habe die Wache am Weißen Tor Monseigneur und Madame Spiegelski passieren lassen.

»Spiegelski?« Flemming tunkte das Gebäck erneut, bis es ganz eingetaucht war. Nach einer Weile nahm er es wieder heraus und ließ es in seinen Mund gleiten. Mit der Zunge zerquetschte er den matschigen Teig am Gaumen. »Welches Ziel haben sie angegeben?«

Der Kommandant zuckte mit den Schultern. »Es waren hohe Herrschaften, sie sind in der eigenen Kutsche vorgefahren. Es gab keinen Anlass, sie wie Strauchdiebe auszufragen.«

Flemming sprang auf und lief zum Fenster. »Warum hat man mich nicht sofort benachrichtigt?«, rief er wütend.

Der Kommandant, der nicht wissen konnte, durch welches Verhalten er sich Flemmings Zorn zugezogen hatte, suchte eine Ausrede.

»Schickt Eure Agenten aus!«, befahl Flemming. »Ich möchte wissen, wohin diese Kutsche gefahren ist. Und wenn man der Insassen habhaft werden kann, haltet sie fest! Sie dürfen die Stadt nicht mehr verlassen.«

»Aber warum denn nicht? Handelt es sich nicht um den ehemaligen Kammerherrn des Königs? Was hat er sich zuschulden kommen lassen?«

Flemming musterte den Wachkommandanten. »Warum wir Spiegelski festnehmen wollen?«

Der Wachkommandant nickte.

»Weil es nicht Spiegelski ist. Denn der befindet sich auf dem Weg an die türkische Grenze.«

Der Wachkommandant verstand, setzte seinen Hut auf und eilte hinaus.

Die Reisenden schwiegen, nachdem sie den Weißen Schlag, die nordöstliche Toranlage der Stadtbefestigung, hinter sich gelassen hatten. Der Weg war sandig und stieg leicht an, der Wagen kam nur mühsam voran. Den Blick auf die bezaubernde Silhouette konnten sie diesmal nicht recht genießen.

»Es tut mir leid, dass wir sie nicht überreden konnten«, beteuerte Fatima.

Der Bey rieb seine Hände wie unter Wasser. Dann streckte er sie von sich. »Sie ist August noch immer vollkommen ergeben. Das war nicht zu erwarten.«

Fatima wollte das nicht unwidersprochen lassen. »Ich glaube nicht, dass sie noch zärtliche Gefühle für ihn hegt. Sie hofft nur darauf, dass er weiterhin die militärische Laufbahn ihres Sohnes protegiert.«

»Dann ist es nicht verwunderlich, dass sie nichts gegen Augusts Willen unternehmen mag. Das hätten wir vorher wissen sollen.«

»Es tut mir leid«, sagte Fatima erneut, mit aufrichtigem Bedauern.

»Nun wird es schwierig, durch weibliche Herzenswärme auf Karl einzuwirken.«

Fatima versank in tiefes Brüten. Doch plötzlich fuhr sie hoch. »Lassen Sie mich mit ihm reden«, schlug sie vor.

»Sie, Madame? Mit Verlaub, warum?«

»Ich habe Karl erlebt, am Hof, als junges Mädchen. Ich war Zeugin seiner Krönung. Bestimmt erinnert er sich an mich. Ich werde ihm von Aurora erzählen. Wir werden das Schatzkästlein gemeinsamer Erinnerungen öffnen. Das wird auch sein Herz aufschließen.«

Der Bey sah Fatima zerknirscht an. »Wir haben eine sehr weite Reise unternommen – ohne jeden Erfolg.« Er sah zum Fenster hinaus, als habe er kein Interesse mehr, das Gespräch fortzusetzen.

Fatima überließ ihn für eine Weile seinen trüben Gedanken. Seine dunklen Augen musterten die Gehölze, die vorüberzogen. Still rollte die Kutsche über den weichen, sandigen Boden des Buchenwaldes, der Dresden von Nordosten her umschloss. Helle Frühlingssonne fiel durch die Baumwipfel, Vögel zwitscherten. Wie ein Pfeil schoss ein Specht durch die silbrigen Stämme.

Unerwartet begann der Bey zu sprechen. Die Frage fuhr Fatima direkt ins Herz: »Was meinte die Gräfin Königsmarck mit ihrer Bemerkung der ausgedienten Handschuhe?«

Fatima gab vor, sich nicht zu erinnern, errötete jedoch.

»Doch, doch, gewiss! Sie sprach davon, dass Sie beide in derselben Lage seien: ausgediente Handschuhe des Fürsten.«

Fatima überlegte, ob sie das Geheimnis lüften sollte.

»Wohin planen Sie Ihre künftigen Schritte zu lenken?«, fragte sie dann, scheinbar an einen ganz anderen Gedankengang anknüpfend.

Der Bey wandte ihr den Kopf zu. »Wie belieben?«

»Wohin«, präzisierte Fatima, »würden Sie sich begeben, wenn ich nicht in dieser Kutsche säße?«

Der Bey überlegte nicht lange. »Nach Bender. Ich habe immer noch *ordres*, den Schwedenkönig zum Abzug zu bewegen.«

Fatimas Miene hellte sich auf. »So nehmen Sie mich doch einfach mit. Entscheiden Sie dann, ob Sie mich vorsprechen lassen. Sie ersparen sich einen Umweg und gewinnen eine Begleiterin. Ich kann auch charmant sein.« Sie lächelte ihn an.

Der Scherz ließ ihn schmunzeln. Doch nicht lange, dann wurde seine Miene wieder ernst. »Auf gar keinen Fall«, verlautbarte er.

Fatima versuchte zu handeln. »Ich verrate Ihnen das Geheimnis der Handschuhe, wenn Sie es mir versprechen.«

Der Vorschlag schien ihn zu amüsieren. »Woher weiß ich, dass es ein solches Zugeständnis wert ist?«

»Vertrauen Sie auf mein Wort. Das Geheimnis ist es wert. Drei- und vierfach.«

Der Bey zögerte einen Moment. Dann nickte er, ohne ein Wort zu sagen, zum Zeichen seiner Einwilligung.

Fatima lehnte sich, das Lächeln des Triumphes schon auf den Lippen, in die Polster. »Katharina und Friedrich August, meine Kinder, sind Augusts Kinder. Ich war, ebenso wie meine Ziehmutter, Mätresse des sächsischen Kurfürsten und jetzigen polnischen Königs.«

Der Bey erblasste. »Sie scherzen?«

Fatima schüttelte den Kopf.

»So haben wir die Kinder von August Hufeisenbrecher allein und ohne Schutz zurückgelassen?«, fragte der Bey entgeistert.

Fatima legte ihm die Hand auf den Arm. »Sie sind in Sicherheit.«

Unwillkürlich fuhr sich der Bey mit der Hand an die Kehle. »Der Khan wird mich strangulieren lassen, wenn ihnen durch meine Schuld etwas zustößt!« Schweißperlen standen auf seiner Stirn. »Sie müssen zurückkehren!«

Fatima schmeckte die Bitterkeit der Enttäuschung. Mit ihrer Äußerung hatte sie das genaue Gegenteil ihrer ursprünglichen Absicht erreicht. »Ich habe Ihr Wort, Aga! Und ein Ehrenmann hält sein Wort. Im Orient wie im Okzident.«

Der Bey wand sich in Verlegenheit. »Madame, Sie fällen mein Todesurteil!«

Fatima wischte den Einwand beiseite. »Meinen Kindern geht es gut. Sie befinden sich in besten Händen. In der Obhut von Menschen, die sich eher töten lassen würden, ehe dass den Kindern etwas zustößt!«

Der Bey schien sich durch ihre Worte beruhigen zu lassen. »So werden wir nach Bender gehen«, beschloss er. »Sie, Madame, werden Karl treffen und dann umgehend zu Ihnen und des Hufeisenbrechers Kindern zurückkehren.«

»*Olsun* – so soll es sein.« Nun erst fiel ihr auf, dass sie sich auf Türkisch mit dem Bey unterhalten hatte. In dem Moment machte sich ein unangenehmes Jucken unter der Perücke bemerkbar. Mit raschem Griff riss Fatima das gepuderte Ungetüm herunter, zog die Fensterscheibe auf und warf es hinaus. Am Wegesrand blieb es, unweit von Dresden, liegen. Nur wenige Tage, dann würde der erste Schnee es verschlucken.

Mit Schaum vor dem Mund erreichte das Pferd das Weiße Tor. Flemmings Adjutant sprang ab und eilte in die Wachstube. Die Wachen, die eben ihr Frühstück aus Wurst und Wein aßen, nahmen die Stiefel von den Stühlen. Der Adjutant entrollte, ohne auch nur mit einem Wort auf ihr Verhalten einzugehen, ein Schriftstück. Es war ein Befehl Flemmings, eigenhändig gezeichnet. Laut verkündete der Bote dessen Inhalt: »Die Equipage, die am Morgen die Stadtgrenze passierte und deren Insassen sich als Monseigneur und Madame Spiegel ausgegeben haben, darf Dresden auf keinen Fall wieder verlassen.«

Den Wachsoldaten blieb der Bissen im Mund stecken. »Warum?«, fragten sie.

»Weil sie unter falschem Namen reisen. Es handelt sich um Staatsfeinde.«

Die Wachen sahen sich an. Das Kauen unterließen sie ganz. Mit vollem Mund sagte der eine. »Das wird nicht möglich sein.«

»Warum nicht? Sprich!«

Der Soldat beeilte sich, den Happen hinunterzuschlucken. »Weil sie das Tor bereits passiert hat.« Mit dem Zipfel der Wurst wies er die Richtung, hinaus aus der Stadt.

»Wann?«, fragte der Adjutant.

Wieder sahen sich die beiden Stadtwachen ratlos an. »Bevor wir mit dem Frühstück begannen.«

Der Adjutant ließ seine Blicke über den Tisch schweifen. Die Weinflasche war zur Hälfte geleert. Es mochte keine halbe Stunde sein. Auf den Stiefelabsätzen machte er kehrt und verließ die Wachstube. Sprang auf das Pferd und preschte davon.

Wenig später stand er in der Flemmingschen Stube. Auch der Generalfeldmarschall war bei der Einnahme des Morgenmahles. »Habt Ihr sie?«, fragte er den Adjutanten in seiner harten pommerschen Aussprache.

Der starrte auf die Tapete hinter Flemmings Kopf, während er umständlich verkündete: »Die Equipage mit den falschen Monseigneurs und Mesdames Spiegelski hat gegen ohngefähr clock 8 das Weiße Tor passieret.«

Flemming riss sich die Serviette vom Hals und sprang auf. »Teufel auch!« Er blieb vor seinem Adjutanten stehen, als überlegte er, ihn zu maßregeln. Dann bog er ab zum Fenster, sah hinaus und trommelte auf das Brett.

»Soll ich Späher auf ihre Spur schicken?«, fragte der Adjutant diensteifrig. »Sie können noch nicht weit gekommen sein.«

»Haben Sie denn eine Vermutung, zu welchem Ziel sie aufgebrochen sind?«, fragte Flemming scharf.

Der Adjutant blickte zu Boden. »Nein.«

»Sehen Sie«, sagte Flemming, wandte sich um und sah ihm offen ins Gesicht. »Ich nämlich auch nicht.«

Doch plötzlich hellte sich seine Miene auf. »Das ist auch nicht nötig.«

Fragend blickte der Adjutant ihn an. »So?«

»Nein. Denn wir werden einfach die Gräfin Königsmarck befragen.«

»Glauben Sie mir, Exzellenz, das ist alles, was ich sagen kann.« Die Königsmarck fühlte sich unwohl in ihrer Haut. Der harte Blick Flemmings aus graublauen Augen konnte selbst intrigenerfahrene Höflinge einschüchtern.

»Eine Reise nach Bender, zu Karl? Was soll das bewirken?«

»Eben, das konnte ich mir auch nicht erklären«, gab Aurora Auskunft. »Deshalb habe ich ja auch abgelehnt. Zum Wohle unseres Königs.«

»Und Ihr seid sicher, dass es sich wirklich um Madame Spiegel handelte?«, bohrte Flemming nach. Er stellte die Frage nur, um Zeit zum Nachdenken zu gewinnen. Seinen Informationen gemäß weilte Madame Spiegel in Lemberg. Doch mit Informationen war es wie mit dem Wetter: Erst wenn es da war, kannte man es genau.

»Wie sollte ich mir nicht sicher sein? Sie ist meine Ziehtochter!«, bemerkte Aurora.

»Und der Mann?«

»Den kannte ich nicht. Er hat sich auch nicht vorgestellt. Er sprach Französisch mit einem fremden Akzent. Vielleicht ein Russe.«

»Er reiste als Monseigneur Spiegel?«

»Spiegel war es ganz sicher nicht. Den hätte ich erkannt.«

Flemming nickte. »Das dachten wir uns. Aber wer war es dann?«

Aurora war das Schweigen unangenehm. Unruhig rutschte sie auf dem Polster hin und her. »Ich weiß doch auch nicht, wie ich Ihnen helfen kann«, rief sie entnervt aus. »Wenn ich es doch nur könnte!«

Flemming streifte sie mit einem verächtlichen Blick. Angst war selten eine hilfreiche Empfindung. Er überlegte scharf. »*Cui bono*«, murmelte er vor sich hin.

»Wie belieben?«, fragte Maria Aurora.

»Wem nützt es?«, erklärte Flemming. Und schnippte mit dem Finger, als er die Antwort selbst gab: »Es muss sich um einen Abgesandten der Pforte handeln. Dem Sultan allein ist daran gelegen, dass Karl rasch und unverzüglich von Bender verschwindet.«

»Ein Türke? Hier?«, fragte Maria Aurora.

»Es muss kein Türke sein«, erklärte Flemming. »Die Tataren dienen sich oft dem Sultan als Gewährsleute an.«

»Ein Tatar …«, überlegte Aurora laut. Sie rief sich sein Antlitz ins Gedächtnis: den spitzen Kinnbart, die hohen Wangenknochen, die kohleschwarzen Augen. »Das ist möglich«, schloss sie und erschauderte. Man erzählte sich schreckliche Dinge von diesem Menschenschlag. Arme Fatima! Doch schwerer noch als das Bedauern wog die Zufriedenheit, die richtige Entscheidung getroffen zu haben.

Aurora suchte Flemmings Blick und bemerkte das amüsierte Blitzen in seinen Augen. »Es freut mich, wenn ich behilflich sein konnte«, sagte sie aus schierer Verlegenheit.

»In der Tat, das konnten Sie«, erwiderte Flemming in schmeichelndem Ton. »Und Sie können noch weitaus hilfreicher sein, indem Sie einen Brief verfassen.«

»Einen Brief?«

Flemming nickte. »Teilen Sie Spiegel mit, dass seine teure Gattin in Begleitung eines Tataren übers Land zieht. Diese Information«, bemerkte Flemming süffisant, »dürfen wir dem wahren Spiegel nicht vorenthalten. Nicht wahr?« Erwartungsvoll sah er sie an.

Aurora hatte sich in den Jahren des Hoflebens einen sicheren Instinkt für kleine Intrigen zugelegt. Hier jedoch schien eine Großintrige im Gange zu sein.

»Darf ich auf diesen kleinen Dienst zählen?«, fragte Flemming maliziös.

Aurora hätte gern abgelehnt. Doch sie nickte.

»Ich danke Ihnen für Ihre Hilfe«, sagte Flemming nun mit dem charmantesten Lächeln. »Und auch Seine Majestät der König wird es Ihnen danken. Sicherlich wird es hilfreich sein bei den Überlegungen, welche Laufbahn Ihr Sohn Moritz einstmals einschlagen soll.«

Maria Aurora raffte ihr Kleid und machte einen Hofknicks. »Ihre ergebene Dienerin.«

Adrianopel im Winter
der Jahre 1712/13

Der Anblick der Stadt raubte Spiegel den Atem. Vom Fuße einer Anhöhe aus erstreckte sich Adrianopel am Rande einer weiten Flusssenke. Die niedrigen Wehrmauern wurden überragt von Dächern und Kuppeln hoch wie das Himmelszelt, allen voran die der Sultansmoschee des Baumeisters Sinan, umkränzt von vier schlanken Minaretten.

Vor einer Woche erst hatten sie die Stadt Bukarest passiert – ein feuchtes, lehmiges Kaff gegen dieses Kleinod von Stadt. Spiegel äußerte seine Bewunderung dem Legationssekretär Dorengowski gegenüber, der in den vergangenen Tagen häufig neben ihm einhergeritten war. Er war ein umgänglicher, freundlicher Mann, etwas jünger noch als Spiegel, und machte einen aufrichtigen Eindruck. Seine polnische Fellmütze saß keck auf einem Haupt ohne Haare.

Doch Spiegel blieb vorsichtig. In dieser Gesandtschaft konnte er nicht mit Verbündeten rechnen. Vielmehr war zu erwarten, dass Chomętowski, der Woiwode Masowiens und polnischer Kronhetman, ihn von allen Seiten ausspionieren ließ. So hatte Spiegel bisher alle Annäherungen Dorengowskis kühl abgewiesen. Nun wandte er sich zum ersten Mal mit einer Frage an ihn: »Wie kommt es, dass man in unseren Breiten von dieser prächtigen Stadt noch nichts gehört hat?«

Dorengowski lächelte und führte sein Pferd näher heran, damit er nicht so laut sprechen musste. »Man hat durchaus. Für einige Zeit war Adrianopel, die Stadt des römischen Kaisers Hadrian, die Hauptstadt des Osmanischen Reiches. Aus jener Zeit stammt die Sultansmoschee. Doch schon immer überstrahlte der Glanz Konstantinopels die Schönheit dieser kleinen Perle.«

»Konstantinopel ist nicht mehr weit?« Spiegel hoffte auf Erleichterung. Ihn, der das Reisen gewöhnt war, ging es diesmal hart an.

»Zwei schnelle Tagesritte«, antwortete Dorengowski.

»So wäre es für den Sultan ein Leichtes, hierherzukommen?« Dorengowski lächelte wissend. »Ein Leichtes wäre es. Aber er wird es nicht tun.«

»Warum nicht?«, fragte Spiegel.

»Nicht für uns.«

Spiegel schwieg, und Dorengowski zwinkerte ihm zu. »Für einen Gesandten stellst du sehr viele Fragen.«

»Ich war noch nie in diesem Teil der Welt«, gab Spiegel zu.

»Es ist auch noch nicht allzu lange, dass Sachsen eine gemeinsame Grenze mit der Pforte hat.« Dorengowski sagte dies als Pole, aber keineswegs feindselig. Am Wegesrand meckerte eine Ziege. Für einen Moment dachte Spiegel, dass dieses Tier mehr über den Orient wusste als er. Dann besann er sich. Er hatte heikle Missionen und harte Prüfungen bestanden. Nicht umsonst hatte August Vertrauen zu ihm gefasst. Es war die Fremde, die Spiegel verunsicherte, nicht die eigenen Talente. Und die Last der Verantwortung. Vielleicht wäre es, bei aller gebotenen Vorsicht, nicht ungünstig, Dorengowskis Nähe zu suchen. Er sprach sogar einige Brocken Türkisch!

»Der Sultan«, fuhr Dorengowski fort, »verlässt seine Hauptstadt nur selten.«

Spiegel hob erstaunt die Augenbrauen. Seine Majestät König August war die meiste Zeit auf Reisen. »Warum?«, fragte er nach.

Dorengowski zog seinem Pferd, das immer vornwegpreschen wollte, die Zügel an. »Ich weiß nicht«, sagte er schmunzelnd. »Vielleicht hat er Angst, dass er nach seiner Rückkehr kein Sultan mehr ist?« Gemeinsam lachten sie.

Dorengowski führte sein Pferd noch näher heran, lehnte sich

herüber, damit nur Spiegel ihn hören konnte. »Wenn du schon die Intrigen in unserer Weltgegend grausam findest – dort ist es schlimmer. Wenn dem Sultan ein Großwesir nicht mehr passt, wird er stranguliert.«

Spiegel schüttelte den Kopf. »Seine Majestät König August hält die Türken für ausgesprochen zivilisiert. Er hat diesbezüglich sogar eine regelrechte Manie entwickelt.«

»Warum sollte es sich mit den Türken anders verhalten als mit uns: zivilisiert und barbarisch zugleich.«

Spiegel musste wieder lachen, und Dorengowski fiel ein. Der unprätentiöse junge Mann mit der kecken Mütze gefiel Spiegel. Er nahm kein Blatt vor den Mund. »Woher habt Ihr Euer Wissen über den Orient? Wart Ihr schon häufiger Teil einer Gesandtschaft?«

Dorengowski schüttelte den Kopf. »Alles aus Büchern.«

»Führt Ihr diese Bücher mit Euch?«, fragte Spiegel.

»Einige«, sagte Dorengowski.

»So werde ich sie mir ausborgen, wenn's recht ist.«

»Wenn es hilft, einen echten Gesandten aus dir zu machen«, sagte Dorengowski nicht ohne Spott.

»Ich bin ein echter Gesandter«, stellte Spiegel fest. Dann fügte er gekränkt hinzu: »Ich bezweifle, dass wir überhaupt Zeit zum Lesen haben werden.«

»Keine Sorge«, sagte Dorengowski da. »Werden wir.«

»Woher wisst Ihr das?«

»Nun, du glaubst doch nicht etwa, dass Chomętowski irgendetwas unternehmen wird?«

»Wird er nicht?«

»Natürlich nicht!« Dorengowski zog ein empörtes Gesicht. »Er hat keinerlei Interesse daran. Karl soll bleiben, wo er ist. Denn nur solange er und sein Heer eine Bedrohung darstellen, hat Leszczyński noch den Hauch einer Chance, August erneut vom polnischen Thron zu verdrängen.«

»So ist Chomętowski also ein Parteigänger Leszczyńskis?«

»Aber ja doch. Wenn nicht offiziell, dann insgeheim.« Dorengowski grinste. »Und es würde mich sehr wundern, wenn dein Fürst dies nicht wüsste.«

Spiegel schüttelte den Kopf. Es war nicht nur der Inhalt, der Spiegel an diesem Gespräch missfiel. Mehr noch störte ihn der Tonfall. Dass der Gesandtschaftssekretär den König nicht bei seinem Titel anredete. Dass er ihn, Spiegel, hartnäckig duzte. Dass er ihn nicht als gleichwertig ansehen wollte. Doch Spiegel schwieg.

Sie hatten eines der Stadttore erreicht. Der Zug stockte, denn die Menschenmenge verengte den Durchgang so, dass sich die Reiter einzeln hindurchzwängen mussten. Spiegel fädelte sich hinter Dorengowski ein.

»Warum sollte unser König jemanden mit einer wichtigen Aufgabe betrauen, von dem er weiß, dass er sich nicht auf ihn verlassen kann?«, fragte Spiegel, als sich der Weg wieder weitete.

»Vielleicht ist ihm die Aufgabe nicht so wichtig, wie es uns erscheint«, versetzte Dorengowski lächelnd. Und fügte hinzu: »Außerdem hat er doch seinen Aufpasser geschickt.«

Dorengowski sah Spiegel offen in die Augen und zwinkerte schon wieder. Spiegel entgegnete nichts. Wenn ihn selbst der Legationssekretär als Augusts Spion betrachtete, war es mit seiner Geheimmission nicht weit her …

»Ich hoffe«, sagte Dorengowski da und führte sein Pferd noch einmal dicht heran, »ich hoffe sogar sehr, dass du als Agent besser informiert bist denn als Gesandter!« Dann gab er seinem Pferd die Sporen und preschte vor Spiegel durch die Gassen, dass das Volk beiseitespritzte. Spiegel hielt sein Pferd, das nachsetzen wollte, mit kraftvollem Griff zurück. Er konzentrierte sich darauf, das Tier unbeschadet durch die Menge zu leiten. Insgeheim musste er Dorengowski recht geben: Für einen Gesandten war er nicht gut informiert. Vielleicht war er doch lediglich ein Handelsagent, der türkische Pretiosen erstehen sollte? Er wusste selbst nicht mehr, was er glauben und was bezweifeln sollte, welche Rolle er in Augusts Namen spielen sollte. Wenn es Dorengowskis Aufgabe gewesen war, Spiegel zu verunsichern, so hatte er sie bestens erfüllt.

Kaum hatten sie abgesattelt, machte eine Botschaft des Sultans die Runde: Er werde an der Spitze seines Gefolges der Großen Polnischen Gesandtschaft entgegeneilen und in wenigen Wochen Adrianopel erreichen. Man solle nichts weiter unternehmen, als ihn geduldig zu erwarten. Zwei Gebäude eines alten Palastes wurden ihnen umgehend zum Quartier gewiesen. Der *Seraj* hatte einst dem Großwesir Kara Mustafa Pascha gehört, demjenigen, der erst die Schlacht am Kahlenberg und danach seinen Kopf verloren hatte. Ein großer Triumph des polnischen Königs Jan Sobieski und seiner Husaren, wie man mit Genugtuung feststellte.

Chomętowski und der Kastellan von Krakau bezogen mit ihrem Gefolge das größere der Gebäude. Spiegel und Dorengowski wurden in dem zweiten untergebracht, das etwas abseits lag. Als sich die Tore hinter ihnen geschlossen hatten, wurden Janitscharen vor den Mauern postiert. Auch im kreisrunden Hof, auf einem gemauerten Podest, bezogen sie Posten. Von hier aus hatten sie alles im Blick.

Aus den Mauern des Tores aus Bruchsteinen fielen metallene Ketten mit Gliedern, durch die ein Menschenarm bequem langen konnte. Sie waren fest im Mauerwerk befestigt, doch liefen sie ohne erkennbaren Nutzen am Boden aus. Dorengowski fragte die Wächter einmal, wozu diese Ketten dienten. Die Antwort war, dass sie einst einen wichtigen Polen gefangen gehalten hätten. Darauf lachten die Janitscharen, was nichts Gutes verheißen konnte.

In den ersten Wochen regnete es viel, und die Gesandtschaft bekam das Wetter zu spüren, denn die Gebäude waren auf den Hund gekommen. Beinahe dreißig Jahre waren vergangen seit der zweiten Schlacht um Wien, als der Palast an den Sultan übergegangen war. Doch der hatte ihn Wind und Wetter überlassen. Noch erkannte man den Glanz vergangener Tage: Die

Decken waren mit goldverzierten Schnitzereien versehen, die Schränke, groß wie Wände, aus Walnuss- und glänzendem Ebenholz. Die Fenster waren in allerlei Formen und mit gefärbtem Glas gefüllt.

Für die Verbesserung der Gebäude fühlte sich die Pforte nicht verantwortlich. Der Gesandte selbst musste in den ersten Tagen Handwerker aus eigener Schatulle dingen, um wenigstens die Dächer auszubessern. Doch ansonsten ließ es der Sultan an nichts fehlen. Seine Büttel sorgten dafür, dass sich die Tafeln immer unter der Last der Speisen bogen. Alles, was der Orient hergab: Feigen, fremdartige Nüsse, in Honig eingelegtes Gebäck. An Fleisch war Hammel das häufigste. Die Diener hielten sie gütlich, und wenn sie nur ein paar Monate hier ausharrten, würde aufgrund von Leibesfülle wohl niemand mehr durch die Pforte hinausgelangen können.

In der Tat schien dies das Ziel des Großherrn zu sein: sie alle im Palast festzuhalten. Als Spiegel zum ersten Mal durchs Tor treten wollte, stellten sich ihm die Janitscharen in den Weg. Spiegel fragte, was es zu bedeuten habe. Niemand dürfe das Tor passieren, antworteten die Soldaten in ungelenkem Französisch. Es sei zu ihrer eigenen Sicherheit, denn den Russen sei der Krieg erklärt, die Armee rücke bereits heran, und nicht jeder wisse zwischen Russen und Polen zu unterscheiden.

Dorengowski, der den Aufruhr offenbar gehört hatte, sprang Spiegel bei. »Wessen Gefangene sind wir?«, fragte er, gleichermaßen empört. »Die des Sultans oder die des Woiwoden?«

Die Janitscharenwache antwortete: »Die Gesandten sind niemandes Gefangene. Die Bewachung ist zu ihrem eigenen Schutz.«

»Wir können uns selbst schützen!«, empörte sich Spiegel. »Wir sind zwei starke Männer. Der soll sich hüten, der uns überwinden möchte!«

»Es ist ein Befehl.«

»Wir wollen mit dem Gesandtschaftsleiter reden«, forderte Dorengowski.

Der Wachsoldat zögerte. Dann erklärte er: »Ich werde ihm Eure Forderung übermitteln.«

Spiegel und Dorengowski zogen sich zurück in die Säulenhallen, die den Innenhof umgaben.

Spiegel war froh, nicht allein zu stehen. Doch war er sich immer noch nicht sicher, ob er Dorengowski trauen konnte. »Warum«, fragte er ihn geradeheraus, »sollte man uns gefangen nehmen?«

»Oh, die Erklärung ist ganz einfach«, sagte Dorengowski. »Man möchte nicht, dass verhandelt wird.«

»Warum sind wir dann hier?«

»Um es uns gutgehen zu lassen«, antwortete Dorengowski und angelte sich ein Büschel Trauben, die in großen Schalen überall im Palast verteilt standen. »Das hat Chomętowski doch schon vor der Abreise allen verkündet, die es wissen wollten: dass er als reicher Mann zurückzukehren gedenke.«

»Das heißt, er verfolgt ganz persönliche Ziele?«

»Er wird den Teufel tun, das Verhältnis Augusts zur Pforte zu verbessern. Es ist gegen die Interessen seiner Partei.«

»Dann hat unsere Reise keinen Sinn?«

Kauend sah Dorengowski Spiegel an und schüttelte den Kopf. Mit vollem Mund fuhr er fort: »Es sei denn, es gäbe jemanden in dieser Gesandtschaft, der nicht der Leszczyński-Partei angehöre und bereit wäre, mutig für deinen König in die Bresche zu springen!«

»Ist August nicht auch dein König?«, stellte Spiegel eine Gegenfrage.

Dorengowski lächelte vieldeutig. »Er ist unser legitimer, gewählter Herrscher.«

»So stehen wir also auf derselben Seite, als Diener unseres Königs«, vollendete Spiegel den Gedanken. Er sprach sehr leise.

»Wie lautet dein Auftrag, Spiegel?«, fragte Dorengowski geradeheraus.

Spiegel blieb auf der Hut. »Kunstgegenstände für Seine Majestät zu erstehen, um seine türkische Sammlung zu vervollkommnen.«

Zufrieden sah Dorengowski Spiegel an. »Und weiter?«

»Nichts weiter«, sagte Spiegel.

»Das klingt nicht gerade nach einer diplomatischen Mission«, spottete Dorengowski. Spiegels Gesichtszüge verhärteten sich.

»Der eine will nicht verhandeln, der andere soll nicht ...« Dorengowski ließ den Satz unvollendet, damit Spiegel seine eigenen Schlüsse zog.

»Ihr meint, der ganze Aufwand ist eine einzige Finte?«

»Natürlich ist es das! August hat keinerlei Interesse, dass es Karl bessergeht. Er ist sein größter Feind. Was kann ihm Besseres passieren, als dass er – weit außerhalb seines Reiches – zusammen mit einer Handvoll Soldaten gerade so am Leben gehalten wird? Warum sollte er wollen, dass Karl mit mehreren Tausend Mann durch Polen zieht?«

Spiegel konnte sich der Logik des Gedankengangs nicht verschließen. »Was sollen wir also tun?«, fragte er Dorengowski einigermaßen ratlos.

Mit spitzen Fingern steckte sich Dorengowski eine Traube in den Mund. »Abwarten und das Leben genießen?«

Er hatte es als Frage formuliert, doch Spiegel wusste darauf keine Antwort. Es war nicht das, was er sich erhofft hatte. Dorengowski nahm das Schweigen als Zustimmung und schmatzte zufrieden.

Im Orient ist der Winter feucht und windig. Die ganze Nacht lang hatte es geregnet, und in den behelfsmäßig hergerichteten Gebäuden herrschte eine klamme Kälte. Die Kohlebecken und Tonöfen, die man im Gebäude verteilt hatte, wärmten kaum. Die halbe Gesandtschaft litt an Fieber und Durchfall. Es konnte Spiegel daher nicht verwundern, dass er Dorengowski klagend in seinem Bett fand. Er hielt sich den Bauch und wand sich in Krämpfen. Obwohl es empfindlich kühl war, hatte er die Decken und Felle von sich geworfen. Er schien die Kälte nicht zu spüren. Im Gegenteil hatte ihn große Hitze gepackt, das Nachthemd klebte am Körper, darunter war er nackt. Spiegel setzte sich auf den Rand des Lagers und befühlte Dorengowskis Stirn. Die Berührung riss den Polen aus der Agonie, sein Blick irrte umher. Doch als er Spiegel erkannte, verdrehte er die Augen.

»Was hast du?«, fragte Spiegel.

»Geh«, bat Dorengowski, »geh fort!«

»Aber warum denn?«

»Du bist schuld, wenn ich sterben muss.«

Darauf fand Spiegel keine Entgegnung.

»Geh!«

Spiegel blieb. »Was ist passiert?«

Dorengowski stöhnte auf. »Wenn ich darüber rede, wird es nicht besser.«

Spiegel lachte verlegen. »Spiel dich nicht auf! Jeder zweite Mann im Lager ist krank.«

»Ich bin nicht krank, ich muss sterben. Hol den Priester!«

Jetzt lachte Spiegel laut. »Was musst du die Dinge immer so übertreiben! Du hast eine Erkältung.«

»Ich habe eine Vergiftung.« Mit einem Kopfnicken wies Dorengowski auf eine Katze, die leblos in der Ecke lag.

Spiegel legte die Stirn in Falten.

»Ich habe ihr die Reste meines Frühstücks gegeben«, stieß Dorengowski unter großer Anstrengung hervor. Schweißperlen liefen ihm übers Gesicht.

Spiegel begriff den Ernst der Angelegenheit. »Vergiftet? Ich hole ein Antidot!« Schon war er aufgesprungen und auf den Hof geeilt. Dorengowski hatte ihm noch hinterhergerufen, dass es zu spät sei, den Priester, er solle den Priester holen! Doch Spiegel wollte es nicht wahrhaben. Neugierig zeigten die Janitscharen auf dem Aussichtsturm mit dem Finger auf ihn.

Spiegel rannte in die Palastküche, wo zu jeder Tages- und Nachtzeit ein Dutzend Köche damit beschäftigt war, die Gesandtschaft zu versorgen. Wenn einer von ihnen gewollt hätte, er hätte sie allesamt töten können. Auf Deutsch, Polnisch, Französisch fragte Spiegel nach Salz, doch niemand verstand ihn. So griff er selbst zu Tiegeln und Töpfen, riss die Deckel herunter und steckte, als er eine weiße Kristallsubstanz entdeckte, den Finger hinein. Beim Probieren verzog er das Gesicht. Dann schöpfte er mit einem Becher Wasser aus dem Wasserfass und schüttete das Salz großzügig hinein. Das Gemisch verrührte er mit dem Finger.

Er fand Dorengowski wie zuvor auf dem Lager, neben dem er sich bereits erleichtert hatte. Spiegel reichte ihm den Becher, Dorengowski setzte an und trank ansatzlos. Dann spie er aus. »Salzwasser!«

»Trink!«, forderte Spiegel. »Es wird das Gift hinausbefördern.«

»Es ist schon heraus!«

»Trink!«

Dorengowski sah Spiegel verwundert an. Dann trank er bis zur Neige und schleuderte den Becher mit einem Laut des Ekels von sich. Er wollte sich umwenden und sich zur Wand zusammenrollen, doch dann schnellte er nach vorn und erleichterte sich erneut. Spiegel verzog die Miene. »Ich werde einen Diener holen.«

Bevor er sich entfernen konnte, hatte Dorengowski sich in Spiegels Ärmel gekrallt. Er durchbohrte ihn mit fiebrigen Blicken. »Es ist eine Warnung, Spiegel! Und sie richtet sich an dich!«

»An mich? Aber hätte man dann nicht eher mich vergiften sollen?«

»Natürlich nicht, das wäre ein Affront gegen deinen König gewesen. August hätte deinen Tod nicht ungesühnt lassen können. Aber mich, einen kleinen Legationssekretär, ersetzt der Woiwode mit einem Federstrich.«

Spiegel schüttelte den Kopf. »Es ist die Fremde und die Kälte, die uns krank macht.«

Dorengowski verzog das Gesicht zu einer Grimasse. »Und die Katze?«

Spiegel vermied es, den Kadaver erneut anzuschauen. »Wird eines natürlichen Todes gestorben sein.« Selbst in seinen eigenen Ohren klang das nicht sehr überzeugt.

»Vor dem Frühstück machte sie noch einen sehr lebendigen Eindruck«, sagte Dorengowski so sarkastisch, wie es sein Zustand zuließ. »Nein«, er schüttelte zur Bekräftigung den Kopf, »es gibt jemanden, dem es nicht gefällt, dass wir so offene, bisweilen freundschaftliche Worte wechseln.«

Spiegel runzelte die Stirn und musterte Dorengowski lange. »Meinst du?«

Dorengowski schwieg und wandte sich ab. Spiegel blieb eine Weile und beobachtete ihn, bis er ruhiger atmete. Die schlimmste Krisis schien überwunden.

Dorengowski erholte sich. Er war einer der wenigen, die sich radebrechend mit den Janitscharen unterhalten konnten, und bald sprach er Türkisch fließend. Die neuen Fähigkeiten nutzte er, sich eine türkische Kleidung zuzulegen: Kaftan, Spitzenpantoffeln, sogar einen Turban. Die Janitscharen begannen, ihn als einen Freund zu betrachten. Und Spiegel war fast ein wenig neidisch.

Nach Wochen des Müßiggangs betraten zwei Janitscharen den Teil des Palastes, wo Spiegel und Dorengowski und zahlreiche untergeordnete Teilnehmer der Gesandtschaft – Schreiber, Bedienstete – residierten. Sie hatten den Auftrag, Spiegel vor den Leiter der polnischen Gesandtschaft zu eskortieren. Dorengowski bestand darauf, ihn zu begleiten, und Spiegel ließ ihn gewähren.

Wie Gefangene nahmen die Wächter die beiden in ihre Mitte und führten sie – unter den Blicken der übrigen Janitscharen – über den Hof.

Im Audienzsaal des Woiwoden schlug Spiegel einen scharfen Ton an. »Ihr behandelt uns wie Gefangene! Ich bin im Besitz von Instruktionen unseres Herrschers, Seiner Majestät König Augusts von Polen. Wie könnt Ihr mich hindern, dessen Befehle auszuführen?«

Chomętowski hob ergeben die Hände. »Wie könnte ich wagen, die Befehle Seiner Majestät zu missachten«, heuchelte er. »Es handelt sich um eine reine Vorsichtsmaßnahme, auf Empfehlung des Sultans. Ich bin Seiner Majestät gegenüber verantwortlich, für Leib und Leben eines jeden von Ihnen«, sagte Chomętowski. »Die Stimmung in der Stadt ist feindselig. Ich kann nicht jedermann umherlaufen lassen, wie es ihm beliebt.« In einer Unschuldsgeste breitete er die Arme aus.

»Kein Muselmann würde es wagen, Gäste des Sultans zu behelligen«, warf Dorengowski ein. Damit schlug er sich offen auf Spiegels Seite.

Chomętowski sah ihn verächtlich an. Jede Falte seines Gesichtes verriet, wie sehr er Dorengowskis türkischen Aufzug missbilligte. »Auch in Bender ist es zu Zwischenfällen gekommen«, sagte er. »Und Karl ist ein enger Verbündeter des Großherrn.«

»Wenn Sie uns weiterhin wie Gefangene behandeln«, drohte Spiegel, »werde ich eine Beschwerde an Seine Majestät König August senden. Sicherlich wird es ihn interessieren, dass auf Mitglieder seiner Gesandtschaft Giftanschläge verübt werden.«

»Ach was, Hirngespinste!« Der Gesandte blickte seinen Sekretär nicht einmal an.

»Das soll Seine Majestät entscheiden«, beharrte Spiegel.

»Glauben Sie mir«, sagte Chomętowski und nahm Spiegel scharf in den Blick, »seinen Befehlen ist am besten gedient, wenn wir uns ruhig verhalten. Nichts anderes erwartet der Sultan.«

Spiegel biss sich auf die Lippe. War es auszuschließen, dass der polnische Gesandte am Ende tatsächlich Augusts Willen entsprach, indem er die Angelegenheit in die Länge zog?

»Ich verlange«, sagte Spiegel entschlossen, »dass ich den Palast verlassen darf, um meinem Befehl nachzukommen. Ich soll für die Sammlung Seiner Majestät türkische Pretiosen erhandeln! Das kann ich nicht innerhalb der Mauern.«

Chomętowski musterte Spiegel mit verächtlicher Miene. »Ihre Instruktion ist das Papier nicht wert, auf das sie geschrieben ist.«

»Dennoch ist genau dies mein Auftrag. Ich habe keinen anderen. Und Sie werden mich nicht daran hindern, ihn auszuführen!«

Chomętowski sah Spiegel lange an. »Nun gut«, sagte er dann, »Sie dürfen den Palast verlassen. Aber allein, um Handel zu treiben. Versuchen Sie nicht, Kontakt mit dem Seraskier aufzunehmen! Außerdem werde ich einen Mann zu Ihrer Bewachung abstellen.«

»Unnötig«, sagte Dorengowski, »ich werde Spiegel begleiten.« Er legte die Hand auf Spiegels Schulter. Chomętowski verzog den Mundwinkel. Dann sagte er mit einem Lächeln: »Von mir aus, begleitet ihn. Es wird dennoch eine Patrouille abgestellt, Euch zu schützen.«

»Uns zu bewachen, meint Ihr«, berichtigte Spiegel.

Chomętowski wandte sich ab zum Zeichen, dass er die Audienz für beendet hielt.

Dorengowski beugte sich tief, angelte nach Spiegels Ärmel und forderte ihn mit einem Zupfen auf, desgleichen zu tun. Wieso war er so unterwürfig nach allem, was ihm zugestoßen war?, fragte sich Spiegel, während er der Anweisung Folge leistete. Doch dann schob er die Fragen beiseite. Dorengowski hatte sein Leben aufs Spiel gesetzt, indem er zu ihm hielt. Er war über jeden Zweifel erhaben.

»Wann werden wir nach Konstantinopel aufbrechen?«, ermannte sich Spiegel noch zu fragen.

Wider Erwarten erhielt er eine ehrliche Antwort: »Womöglich nie. Der Großwesir hat uns einbestellt, um uns hier mit seiner Anwesenheit zu beehren. Und auch der Sultan hat uns ein Treffen in Aussicht gestellt. Es bleibt uns nichts, als abzuwarten …«

»... was nicht ganz ungelegen kommt«, ergänzte Spiegel mit bitterem Unterton.

»Nein, ganz und gar nicht«, gab Chomętowski zu. »Adrianopel ist eine bezaubernde Stadt.«

»Ich werde mich«, sagte Spiegel da spitz, »bei Gelegenheit selbst davon überzeugen.«

Der Woiwode griff in die Falten seines Gewandes und zog ein Schriftstück heraus. »Der Brief einer Hofdame unserer vielgeliebten Königlichen«, er machte eine verräterische Pause, »Majestät ist eingetroffen. Er kam mit einem Kurier. Adressiert an den hochgeehrten Monseigneur Spiegel.«

Als wäre er unschlüssig, ob er ihn wirklich überreichen sollte, drehte Chomętowski das Schreiben in den Fingern. Spiegel sah, dass das Siegel bereits erbrochen war.

»Durch einen glücklichen Zufall«, sagte Chomętowski süffisant, »ist er zunächst in meine Hände gelangt. Und da ich«, fügte er gedehnt hinzu, »ranghöchster *Envoyé* dieser Gesandtschaft bin, obliegt es mir durchaus, über die Schritte der Mitglieder meiner Delegation informiert zu sein.«

»Ihr erlaubt Euch, Briefe, die nicht an Euch adressiert sind, zu öffnen?«, fragte Spiegel.

»Wenn sie meine Angelegenheiten betreffen«, antwortete Chomętowski.

»Wie könnt Ihr das wissen – bevor Ihr sie gelesen habt?«

Chomętowski blieb die Antwort schuldig. Er überreichte Spiegel das Schriftstück. Der riss es ihm förmlich aus der Hand, empfahl sich und zog sich unter Bewachung in seine Gemächer zurück.

Spiegel lagerte sich auf einem Diwan. Den Türkensitz schätzte er nach wie vor nicht, aber eine halb liegende, halb sitzende Position auf den Kissen hatte sich als bequem erwiesen. Dann entfaltete er das Schreiben:

»An den Herrn und treuen Diener Seiner Königlichen Majestät, August Rex Poloniae, Monseigneur Johann Georg Spiegelski.
Meine Treue und Aufrichtigkeit Ihnen gegenüber verlangt es, Monseigneur, Sie davon in Kenntnis zu setzen, dass Ihre Gemahlin, Madame Fatima von Spiegel, vor wenigen Tagen in Begleitung eines mir unbekannten Mannes hier eintraf. Gemeinsam mit dem Fremden wollte sie mich dazu bewegen, einer Reise nach Bender zuzustimmen, an den Fluchtort des zwölften Karls von Schweden. Ich sehe mich aus alter Verbundenheit verpflichtet, Ihnen dies mitzuteilen, und versichere Ihnen, dass dies nichts als die Wahrheit ist. Glauben Sie mir, dass ich keinerlei unlautere Absichten verfolge. Bitte geben Sie in Zukunft besser auf Ihre Frau acht, damit sie nicht den Unmut bedeutender Herrn erregt. In alter Treue – Ihre ganz untertänige Maria Aurora Gräfin von Königsmarck.«

Spiegel ließ die Seite raschelnd zu Boden sinken und starrte ins Leere. Offenbar trieb Fatima ein doppeltes Spiel! Sie begleitete einen Herrn. Doch war es weder Spiegel, der ihr angetraute Ehemann, noch war es August. Wem aber zum Teufel diente dieses Weib?

Nachdem er einen halben Tag damit verbracht hatte, über die offenbare Untreue seiner Gemahlin nachzugrübeln, griff er zu Papier und Feder und begann ein Schreiben zu formulieren, in dem er Flemming um Auskunft bat. Der Generalfeldmarschall war der bestinformierte Berater des Königs, seine Spione saßen überall im Lande. Spiegel war sich sicher, dass er das Rätsel um die Identität des Begleiters würde lüften können.

Bender, im Frühjahr 1713

Lange vor Bender zerriss es Fatima das Herz. Bei Otschakow überschritten sie den Bug, ließen Europa hinter sich und betraten das Reich der Nachkommen Osmans. Die Janitscharen mit ihren geschmückten Hüten und wallenden Mänteln, die in Ehrfurcht verharrten, sobald sie den Schutzbrief des Bey inspiziert hatten, die Gerüche der Blüten und der Duft der Dörfer, das alles schlug Wunden. Und wären die Kinder nicht in Lemberg zurückgeblieben, niemals wieder hätte sie nach Europa zurückkehren wollen. Die Kutsche rollte über Wege und durch Furten, die sie nicht kannte, vorbei an Dörfern, die sie nie zuvor gesehen hatte, und doch war ihr all das so lieb wie ein Brief von der Hand ihrer Mutter. Am liebsten hätte Fatima die ganze Landschaft umarmt und an ihren Busen gedrückt.

»Ich habe«, erklärte der Bey, den der Seelenzustand Fatimas peinlich berührte, »eine Untersuchung in die Wege geleitet. Es gibt Hoffnung, deine Familie wiederzufinden.«

In den letzten Tagen ihrer Reise war der Ton zwischen ihnen vertraut geworden. Zwar vermieden sie jede Berührung, doch ihre Herzen waren sich nahegekommen. Fatima hatte den Bey beim Gebet beobachtet. Sie hatte die Worte erkannt – und manchmal hatten sich ihre Lippen still mitbewegt.

»Meine Familie ist in Ofen vernichtet worden«, sagte Fatima mit feuchten Augen. »Mein Vater erschlagen, meine Mutter verschleppt. Ich sehe es vor mir, Nacht für Nacht. Es ist so, ich habe mich damit abgefunden.«

Obzwar seine Informationen gänzlich andere waren, versuchte der Bey nicht, sie von ihrem Glauben abzubringen.

»Weine nur, kleine Fatima, weine«, ermunterte er sie. »Man sagt, die Tränen der Fatima bringen den Menschen Glück.«

Ismail Pascha, der Seraskier von Bender, wollte sich weigern, eine Frau zur Audienz zuzulassen. Doch als er hörte, dass Fatima eine Geliebte des Hufeisenbrechers war und Mutter von zweien seiner Kinder, überlegte er es sich anders. Er schickte alle Schreiber und Lakaien hinaus und empfing den Bey und Fatima unter sechs Augen.

»Du bist also die Frau, die Karls Herz erreichen will?«, empfing der Seraskier Fatima ohne Respekt, doch mit Neugier. »Hat er denn eines?«

Fatima wagte nicht zu antworten, sondern sank vor dem höchsten Würdenträger der Provinz und Vertreter des Großherrn auf den Boden. Die Stirn legte sie auf den kalten Marmor. Der Bey verschränkte die Arme und beugte den Oberkörper. Nach einer Weile richtete er sich auf, während Fatima stumm liegen blieb.

»Antworte dem Pascha«, ermunterte sie der Bey.

Fatima sprach, ohne den Kopf zu heben. »Karl ist mir seit meiner Jugend bekannt.« Sie stockte und verschwieg, dass er bei ihrer Taufe gewesen war. Sicherlich hätte der Pascha kein Verständnis dafür, dass eine Muslimin sich hatte taufen lassen.

»Und?«, forderte der Seraskier sie auf.

»Ich werde unsere gemeinsamen Erinnerungen beschwören und ihn bitten, mich anzuhören.«

Ismail Pascha lachte abschätzig. »Der Schwedenkönig ist ein Mann ohne Einsicht. Wovon er sich einzig leiten lässt, ist sein Starrsinn. Was sein Herz begehrt, ist der Kampf. Er wird sich nicht beschwatzen lassen. Schon gar nicht von einer Frau.«

Der Bey ersparte Fatima die Antwort. »Gestatten Sie, edler Ismail Pascha«, sagte er, »dass wir es dennoch versuchen. Mit Waffen ist er nicht zur Vernunft zu bringen. Welche Wege bleiben noch? Das Ziel ist zu groß, als dass wir nicht jeden probieren, und sei er noch so steinig.«

Der Pascha verharrte eine Weile, ohne etwas zu erwidern.

Dann bat er Fatima, ihm ihr Gesicht zu zeigen. Sie hob den Kopf, ohne ihre unterwürfige Haltung aufzugeben. Er beugte sich vor und musterte sie eindringlich. »Eine Tochter des Propheten, wahrlich!«, sagte er anerkennend. »Willkommen daheim!«

Auf Knien rutschte Fatima näher heran und küsste den Saum seines Gewandes. Der Seraskier legte seine Hand auf ihren Kopfschleier.

»Dürfen wir neben Allahs Gnade mit der Erlaubnis des Seraskiers rechnen?«, fragte der Bey, als er sah, dass Ismail Pascha durch Fatimas Unterwürfigkeit gerührt war. Der wandte sich abrupt ab und schickte sie mit einer Handbewegung fort. Weil er aber kein ablehnendes Wort vernommen hatte, nahm der Bey ihre Absichten als genehmigt hin.

Adrianopel im Frühjahr 1713

Simon Barchodar war weder fett noch dürr, sondern von schlaksiger, biegsamer Gestalt, mit einem Spitzbart am Kinn und einem nachlässig gebundenen Turban mit topfartiger Bekrönung auf dem Kopf. Fortwährend rieb er sich die Hände, gerade so, als befürchtete er ständig, etwas könnte daran klebenbleiben. Seine Augen waren groß und lagen tief in den Höhlen. Er war kein Muselmane, sondern Jude.

»O Herren, bitte nicht in den Basar, ich war schon gestern und vor zwei Tagen dort. Ich bin des Feilschens müde!«

»Ich bezweifle«, trumpfte Dorengowski auf, »dass man die Dinge, die Monseigneur Spiegel im Auge hat, auf dem Basar erwerben kann.«

Barchodar wurde hellhörig. »Worum geht es denn?«

Schnellen Schrittes gingen sie durch die Gassen aus gestampftem Lehm, begafft von den Einwohnern, verfolgt von einer stetig wachsenden Schar Kinder. Eben begannen die Muezzins zu rufen. Einer begann: »Allah ist groß«, ein zweiter fiel ein, und binnen kurzem war die Luft von kehligem Singsang erfüllt. Von allen Seiten drangen die Gebetsrufe auf sie ein. Wo sie eben standen, in den Vorhöfen der Häuser, inmitten der Gassen, breiteten die Gläubigen ihre Teppiche aus, um sich vor Gott niederzuwerfen. Spiegel war ganz damit beschäftigt, Eindrücke zu sammeln, also übernahm es Dorengowski, für ihn zu antworten. »Monseigneur Spiegel ist beauftragt, für Seine Königliche Majestät verschiedene Dinge zu erwerben.«

»›Dinge‹?«, wiederholte Simon Barchodar spitz. »Darunter kann ich mir manches vorstellen.«

Dorengowski forderte darauf Spiegel auf, die Dinge aufzuzählen. »Prunkzelte, wie sie die türkischen Sultane auf ihren Feldzügen mit sich führen. Musikinstrumente, wie sie die Janitscharen benutzen. Ausrüstungen der Sipahi und Zaumzeug ihrer Pferde ...«

»Genug, genug«, bat Barchodar und hob die Hände. »Das ist eine Angelegenheit für Emir Pascha.«

»Emir Pascha«, sprach ihm Spiegel ehrfürchtig nach. Schon der Name flößte Respekt ein.

»Emir Pascha ist der König der Kaufleute von Adrianopel«, erläuterte Simon Barchodar. »Wenn Ihr mit ihm den Handel nicht abschließen könnt, dann könnt Ihr es mit niemandem.«

»So lasst uns den Emir Pascha suchen.«

»Hat Euch Euer Auftraggeber mit Kapital versehen?«, fragte Simon der Dolmetscher.

»Monseigneur Spiegel ist berechtigt, Wechsel in unbegrenzter Höhe auszustellen«, preschte Dorengowski vor. Spiegel zischte, damit er nicht alles ausplauderte. Doch Simon Barchodar hatte gute Ohren. Das Wort ›unbegrenzt‹ war die Zauberformel, sein Lächeln spannte seine dünne, von der Sonne gegerbte Haut. Spiegel sah jetzt, dass Simon Barchodars Zähne krumm und schwarz waren. Trotz seiner jungen Jahre fehlten einige.

»Emir Pascha wird uns in Ehren empfangen.«

Unter der Führung Simon Barchodars arbeiteten sie sich durch den Basar. Immer wieder hielt Dorengowski verzückt an, um bald einen Turban, bald eine Hüftschärpe zu erstehen, und Spiegel fragte sich, ob der stolze Pole nur noch als Türke einherstolzieren wollte. Doch hatte auch Spiegel nach Wochen der Gefangenschaft keine Eile. Er ließ sich von den Farben und Gerüchen des Basars einfangen, beobachtete die Händler, die ihre Kunden sehr genau abschätzten und nicht nur ihren Geldbeutel, sondern auch ihren Charakter zu taxieren schienen. Jeder wollte schließlich auf ganz eigene Weise eingefangen werden.

Spiegel griff, während er auf Dorengowski wartete, in einen

Sack getrockneter, blutroter Blüten. Er hob sie an die Nase, und ein frischer, fruchtiger Geruch durchdrang ihn. »Kakadee«, sprach ihn der Händler an. Erschrocken ließ Spiegel die Blätter wieder zurückrieseln. Der *Basari* lachte mit offenem Mund. Simon Barchodar fragte nach Emir Pascha, und der Händler gab bereitwillig Auskunft. Gestenreich beschrieb er einen Weg, der sie immer tiefer in das Labyrinth des Basars führte. Immer spezieller wurden die Waren, die von den Händlern feilgeboten wurden. Endlich kamen sie an Buden, in denen Gold und kostbare Geschmeide ausgelegt waren. Dorengowski gingen die Augen über, doch Barchodar strebte weiter. Um noch eine Ecke, ein paar Treppenstufen hinauf. Je weiter sie gingen, desto mehr wurden die Basarbuden durch gewöhnliche Häuser ersetzt. Sie verließen den Bereich der Händler und Teeknaben und standen plötzlich auf einem kleinen Platz. Der Handel schien hier ganz zum Erliegen gekommen. Am Rande erhob sich ein wuchtiges Gebäude mit großem, hölzernem Tor. Sie klopften, und man ließ sie ein. Im Entree bat man sie, die Schuhe auszuziehen. Spiegel folgte und spürte unter seinen Fußsohlen Teppiche, weich wie Wolken.

Emir Pascha empfing sie in einem Säulengewölbe an der Stirnseite eines Innenhofes. Der war auf allen Seiten von Arkaden umgeben, doch nur zu einer Seite weitete sich der Gang zu einer Halle. Dort erhob sich Emir Paschas Diwan, nicht viel weniger als ein Thron. Die Lehne war überreich mit Ornamenten, die Sitzfläche mit Polstern ausgestattet. Der Pascha der Kaufleute trug einen Turban und einen pelzbesetzten Mantel über dem Kaftan. An jedem seiner Finger steckten mehrere Ringe. Die Beine hatte er untergeschlagen, die Schöße des Mantels waren elegant über die Kissen gebreitet. Sein Gesicht war rund und freundlich. Der Schnurrbart allerdings wucherte borstig wie ein alter Pfeifenreiniger auf der Oberlippe.

Emir Pascha war das stille Zentrum eines Orkans. Um ihn herum huschte und liebdienerte es. Schreiber fertigten Schriftstücke aus und hielten sie ihm hin, Waren in Säcken oder Kisten wurden über den Innenhof getragen und in den Gewölben verstaut, Geld wurde abgezählt und wechselte von Hand zu Hand. Dies alles ließ Emir Pascha geschehen, gab nur hin und wieder einen Wink, und es machte dennoch den Eindruck, als wisse er stets, was vor sich ging.

Simon Barchodar näherte sich unterwürfig, und der Pascha nahm dies als Einladung, ihn mit Herablassung zu behandeln. Den beiden Abgesandten des Hufeisenbrechers hingegen begegnete er mit ausgesuchter Freundlichkeit. Er erkundigte sich, welche Waren sie zu erhandeln gedächten. Da erklärte Barchodar auf eigene Faust, es ginge um eine erhebliche Menge türkischer Kunstgegenstände. Das Verhalten des Kaufmannes wurde noch freundlicher. Mit einer einladenden Geste bot er ihnen Sitzgelegenheit zur Rechten und zur Linken. Er schickte nach *çai* und ließ auch die Wasserpfeifen holen. Mit dem Rauchzeug erschienen drei halbwüchsige Burschen, deren einzige Aufgabe es war, die Glutstücke, die den Tabak auf so schmackhafte Weise vernichteten, zu warten und gegebenenfalls zu tauschen. Nachdem auf diese Weise alles zu seiner Zufriedenheit eingerichtet war, blickte der Pascha die Fremden erwartungsvoll an.

Spiegel begann, seine Interessen darzulegen, und Barchodar übersetzte. Je weiter Spiegel in seiner Aufzählung kam, desto milder wurde der Blick des Paschas. Als Barchodar geendet hatte, nahm er einen tiefen Zug aus dem Korallenmundstück seiner Pfeife und hub dann, umgeben von einer Dampfwolke, zu einer wackligen französischen Ansprache an:

»Monseigneur Spiegel, Ihr seid der glücklichste Mensch unter der Sonne. Denn Ihr habt in mir einen Freund gefunden, der Euch all diese Dinge beschaffen kann. Allerdings...«, und seine Miene nahm einen Zug des Bedauerns an, »allerdings wird es nicht ganz leicht sein. Prunkzelte... rassige Pferde... Janitscharentrachten...«, er schüttelte den Kopf, »das findet sich nicht so einfach. Und«, fügte er mit rollenden Augen hinzu, »es laufen so viele Schurken herum!«

Spiegel antwortete, dass er sich glücklich schätze, in Emir

Pascha einen ebenso ehrlichen wie kundigen Agenten seiner Interessen gefunden zu haben. Der Pascha nahm die Worte wohlwollend auf. Dann senkte er die Stimme und flüsterte Barchodar etwas auf Türkisch zu. Der Dolmetscher übersetzte sogleich. »Der Pascha sagt, gleich welche Summe Ihr für die Erwerbungen veranschlagt habt, verdoppelt Eure Kalkulation, denn er werde exakt diese Summe nochmals für die Vermittlung dieses schwierigen Kaufes aufzubringen haben.«

Spiegel vermeinte seinen Ohren nicht zu trauen. »Er schlägt hundert Prozent Provision auf den Kaufpreis auf?« Barchodar nickte und breitete hilflos die Hände aus.

Spiegel erhob sich. »So werden wir einen anderen Pascha finden.« Er wandte sich zum Gehen. Dorengowski und Barchodar standen ebenfalls auf – nur unschlüssiger. »Es gibt keinen anderen König der Kaufleute in Adrianopel«, zischte Barchodar Spiegel zu.

Der Pascha wartete mit einem Lächeln ab, bis sich die Gesandten ein paar Schritte entfernt hatten. Dann rief er sie mit ausgebreiteten Armen zurück: »Monseigneurs! Kommt heran. Lasst uns reden.«

Spiegel blieb stehen und wandte sich zum Pascha um. Der entbot ihm mit einer generösen Geste den Sitzplatz, den er bis eben eingenommen hatte. Zögernd nahmen die drei wieder ihre Plätze ein. »Wenn wir uns doch schon einmal gefunden haben und einig darüber sind, dass wir die besten Partner für diese Art von Geschäft sind, wäre es doch zu schade, sich aus den Augen zu verlieren?«

»Eine Provision von einhundert Prozent ist Wucher. Zumindest in der Weltgegend, aus der wir stammen.«

»Auch in dieser«, ergänzte Dorengowski trocken. Barchodar nickte beifällig.

»Was wollt Ihr«, fiel der Pascha auf Französisch ein, »es ist doch nicht Euer Geld, das Ihr ausgebt? Was stört es Euren Herrn, ob Ihr fünftausend oder zehntausend Taler aufwendet? Ich habe gehört, August Hufeisenbrecher sei ein Mann, der die

Schönheit liebt. Schönheit fragt nicht nach Gold. Habe ich nicht recht, bei Allah?«

»Ich will das Vertrauen meines Herrn nicht enttäuschen«, warf sich Spiegel in die Brust.

Amüsiert schüttelte der Pascha den Kopf. Dann legte er dar, dass sie außer ihm selbst weit und breit niemanden finden würden, der ihnen die gewünschten Gegenstände beschaffen könne. Er werde sich mit einem Drittel des Kaufpreises begnügen, und Spiegel müsse keinerlei Anzahlungen oder Vorschüsse leisten. Das Geschäft sei allein auf Vertrauen gebaut!

Dorengowski war verstummt. Er genoss das Ziehen an der Pfeife und starrte auf die Wasserbläschen, die mit jedem Zug an die Oberfläche blubberten. So suchte Spiegel Barchodars Rat.

Dann fragte er ungläubig: »Der Kaufpreis wird erst fällig, wenn alle Gegenstände zu meiner Zufriedenheit beschafft sind?«

Der Pascha zupfte sich an seinem Mantel. »Sehe ich aus wie ein Bettler?«

Spiegel lachte verlegen. Dorengowski ließ von der Wasserpfeife ab und schüttelte den Kopf.

»Glaubt mir, Monseigneurs«, fuhr der Pascha auf Französisch fort, »wenn ich nicht in der Lage wäre, Euch die paar läppischen Paras auszulegen, müsste man mich einen armen Mann nennen.«

Simon Barchodar runzelte die Stirn. »Die paar läppischen tausend Taler«, wiederholte er leise. Um den Handel zu bekräftigen, schüttelte der Pascha nach europäischer Sitte Spiegel, Dorengowski und schließlich auch Barchodar die Hand. »Es ist mir stets ein Vergnügen, mit so ehrenwerten Monseigneurs Geschäfte zu machen«, sagte er lächelnd. »Ihr seid so ehrliche, zuverlässige Leute.« Er legte Spiegel die Hand auf die Schulter. »Wirklich, Ihr seid der edelste Schmuck Eures Königs!«

Bender, im Frühjahr 1713

Ismail Pascha, der Seraskier von Bender, hatte Fatima und dem Scheferschaha Bey ein Gefolge beigegeben, das eines Herrschers würdig gewesen wäre. Die Unterhändler saßen in einer von Mohren getragenen Sänfte. Federbuschgeschmückte Tscherkessen bliesen und trommelten die Soldaten des Feldlagers beiseite. Karls Armee bestand aus abgerissenen, zerlumpten Gestalten, denen man ansah, dass sie ihrem Dasein keinen Sinn mehr abringen konnten. Der Bey war erschüttert, als er sie sah. Fatima schlug die Hand vor den Mund. »Sie müssten nicht arm und zerlumpt sein«, sagte der Bey. »Der Großherr schüttet jeden Tag eine Wagenladung Gold vor Karl aus. Er befolgt die Regeln der Gastfreundschaft auf das genaueste.«

»Wie konnte er sich und seine Soldaten nur in diese Lage bringen?«

Der Bey wusste die Antwort: »Maßlosigkeit. Blutdurst. Hochmut.«

»Ich kenne ihn nur als jungen, ein wenig kränklichen Mann. Erzählt mir von ihm als König.«

Und während die Mohren ihren Weg durch die Wälle und an den Lagerfeuern vorbei suchten, erzählte der Bey:

»Sein Leben war Krieg. Kaum gekrönt – gerade erst wuchs ihm der Flaum auf den Wangen – griff er seine Erzfeinde, die Dänen, in ihrem eigenen Lande an – und gewann. Das gab ihm den Mut, den Schritt auf den Kontinent zu wagen. Er schiffte sich ein und zog mit Degen und Feuer über Nordeuropa. Viele Jahre war ihm das Kriegsglück hold. Die Russen, die Dänen, die Sachsen – er überwand, was sich ihm in den Weg stellte. Doch dann, mit dem Erstarken Peters, erwuchs ihm ein mächtiger Gegner. Aus dem Jäger wurde ein Gejagter. Und endlich, vor der Festung Poltawa, war das Schwert geschmiedet, mit dem man ihn erlegen sollte. Die Niederlage war ein Weg in die Hölle. Drei Jahre sind vergangen, doch man erzählt sich immer noch davon. Und wenn du in die Augen dieser zerlumpten Soldaten schaust, Fatima, dann ist dort der Tag der Schlacht noch immer lebendig.«

»Fahre fort in deiner Erzählung«, verlangte Fatima, während sich die Sänfte langsam dem Scheitel der Anhöhe näherte, auf der Karl ein festes, aber schlichtes Steinhaus hatte errichten lassen.

Der Bey räusperte sich: »Peter hatte bittere Niederlagen gegen Karl erlitten. Doch an diesem Tag, den 8. Julius 1709 nach Eurem Kalender, wollte er die Scharten allesamt auswetzen. In den Sümpfen rings um Poltawa hatte er auf einer Anhöhe eine uneinnehmbare Befestigung errichtet. Den einzigen Zugang hatte er mit Bastionen geschützt und diese wiederum mit Kanonen gepflastert, um die Schweden wie Hasen zu jagen. Doch Karl, dem alle Berater vom Kampfe abrieten, hatte eine List ersonnen: Er wollte die starken Geschütze am Zugang zum russischen Feldlager vor dem Morgengrauen, noch im Schutze der Dunkelheit, umschleichen. Der Plan schlug fehl. Teile der Armee trafen zu spät ein, der Morgen graute, und die Schweden, die sich tief ins Gras geduckt hatten, wurden entdeckt. Die Hasenjagd begann ...« Während Fatima lauschte, war ihr Gesicht mehr und mehr von Schrecken gezeichnet. Die Schilderung weckte Erinnerungen. Sie wusste, wie Kanonenschüsse klangen. Nur zu genau. Der Bey schien ihre leichenhafte Blässe nicht zu bemerken. »Des Königs List war schuld an seinem Untergang«, fuhr er fort. »Denn wie immer war er der Einzige, der den Plan kannte. Die einzelnen Teile der Armee, einmal auseinandergerissen, irrten im Gelände umher, ohne zu wissen, wohin sie sich wenden sollten.«

»Starrköpfig, das war er schon als Junge«, bemerkte Fatima

mit leiser Stimme. Der Bey achtete nicht auf sie. Die Erzählung trug ihn fort: »Und dann wurde Karl von einer Kugel getroffen. Sie zerschmetterte ihm die Ferse. Und er, der gewohnt war, sein Heer vom Pferde aus zu dirigieren, musste sich unter Schmerzen in eine Sänfte legen. Das Chaos brach aus, ein Flügel wusste nicht, was der andere tat. Dann traf eine Kanonenkugel die Pferde, die der Sänfte des Königs vorgespannt waren. Sogleich wurden frische Zugtiere angeschirrt. Da zerschmetterte eine Salve auch die Tragbahre, der König stürzte zu Boden. Die Schweden hörten, ihr König sei tot, die Reihen wankten unter dem Kugelregen der feindlichen Geschütze. Schon war der Prinz von Württemberg, waren Rehnskjöld und viele hohe Offiziere gefangen. Das schwedische Lager wurde erstürmt, doch Graf Piper, Karls Kanzler und engster Berater, und einige Beamte der Kriegskanzlei hatten rechtzeitig entkommen können. Und mit ihnen die Kriegskasse.«

Derweil hatten sie den Zugang zum schwedischen Königslogis erreicht. Der Bey sprach mit einem hohen Offizier der Leibwache und bat um Zutritt für eine Dame, die ehemals Mitglied des Hofstaats war. Fatimas Namen nannte er nicht, denn einen Namen konnte man begrüßen oder ablehnen. Der Neugier aber konnte man nicht die Tür weisen.

Während sie auf den Bescheid des Königs warteten, bat Fatima den Bey mit versteinerter Miene, seine Erzählung fortzusetzen.

Der fügte sich. »Karl – der Totgeglaubte – lebte. Er wollte nicht fliehen, aber verteidigen konnte er sich auch nicht mehr. Einzig Oberst Poniatowski, der Befehlshaber der polnisch-schwedischen Leibwache, befand sich noch bei ihm. In der brenzligen Lage wurde dieser, der bei der Armee kein Kommando hatte, zum Führer. Poniatowski sammelte fünfhundert Berittene – Leibgardisten, Offiziere, gewöhnliche Kavalleristen. Der Anblick des zwar verwundeten, aber lebenden Königs gab der kleinen Schar Kraft. Sie fassten ihn unter den Schultern und hoben ihn auf ein Pferd. Mit der blanken Waffe bahnten sie einen Weg durch mehr als zehn russische Regimenter und erreichten den schwedischen Tross. Auf diesem von allen Seiten gehetzten Ritt, einem wahren Spießrutenlauf, wurde erneut das Pferd des Königs getötet. Oberst Gierta gab ihm das seine. Doch die Flucht war noch nicht zu Ende, und Karl fiel es immer schwerer, sich auf dem Pferderücken zu halten. Da fand man bei der Bagage Pipers Karosse. Seit der Abreise aus Stockholm hatte der König keine Kutsche mehr bestiegen, doch nun blieb ihm keine Wahl. Abseits fester Wege, über Stock und Stein trieb man den Wagen dem Dnjepr zu. Bevor man den Fluss überquerte, fragte Karl die Mannen, die ihn umgaben, was aus seinen Truppen, dem Kriegsminister Piper, aus seiner Kanzlei geworden sei?

»Gefangen, getötet, unterworfen«, war die Antwort.

»Dann lasst uns zu den Türken gehen!«

Unterdessen bemächtigten sich die Russen seines Lagers, seiner dort verschanzten Artillerie, einiger Vorräte und der Kriegskasse von sechs Millionen Talern Bargeld, der Beute aus Polen und Sachsen. Nahezu neuntausend Mann, Schweden und Kosaken, waren in der Schlacht gefallen. Sechstausend wurden gefangen genommen. Doch immer noch waren es sechzehntausend Schweden, Polen und Kosaken, die nun, von Lewenhaupt geführt, zum Dnjepr flohen.«

Fatima schüttelte sich. Es war nicht die Abneigung gegen die Erzählung, sondern die eigenen Erinnerungen, die sie abschütteln musste, um weiter zuhören zu können. Nun erst bemerkte der Bey, wie blass und marmorn sie geworden war. Er warf einen Blick auf das Portal, durch das der Offizier der Leibtrabanten verschwunden war, um die Besucher zu melden. Dort tat sich nichts. »Ich werde«, schloss der Bey zartfühlend, »meine Erzählung ein andermal vollenden.«

Fatima zog den Pelz vor der Brust zusammen und schüttelte energisch den Kopf. »Ich will wissen, wie der König aus einem Stockholmer Palais in diese Hütte gelangt ist«, sagte sie und deutete mit einem Kopfnicken auf das Behelfsquartier.

»Wie Ihr wollt.« Mit einem Seufzen sprach der Bey weiter: »Es war bereits tiefe Nacht. Um das Maß des Leidens vollzumachen, geriet Karl im Dunkeln in die Irre. Dabei brach die Achse von Pipers Wagen. Also wieder aufs Pferd. Karls Kraft war am Ende, und gegen die ins Unerträgliche gesteigerten Schmerzen vermochte kein Mut mehr anzukämpfen. Sein Pferd brach zusammen, er sank am Stamm eines Baumes nieder. Dort schlief er einige Stunden, nur bewacht von seinen engsten Begleitern – jenen, die ihn liebten. Endlich, im Laufe der Nacht auf den 10. Julius, fanden Kuriere die Reste der Armee unter General Lewenhaupt am Ufer des Dnjepr. Die Freude über die Nachricht, dass der König am Leben sei, flößte den Schweden neuen Mut ein. Doch der Feind nahte, und nirgends ein Steg, um über den Fluss zu gelangen. Dennoch, sie waren Schweden, und hätte nicht der unbändige Schmerz seinen Geist gelähmt, der Eisenkopf hätte die Reihen geordnet und sich dem Kampf gestellt. Doch die Wunde eiterte, und Karl war nicht mehr er selbst. Mit Allahs Hilfe fand sich noch ein alter Wagen. Man hob jenen auf ein Floß, den König trug man auf ein Boot, in das sich auch der Kosakenhetman Mazeppa setzte – mit mehreren Kisten voller Gold, die man bis hierhin gerettet hatte. Aber die Strömung war stark, ein heftiger Wind erhob sich, und man musste drei Viertel der Schätze opfern, um das Schiff zu entlasten. Müller, Poniatowski und weitere Günstlinge setzten in anderen Booten über. Dreihundert Reiter und eine große Schar Polen und Kosaken begaben sich in Allahs Hand und durchquerten den Dnjepr schwimmend. Sie schlossen sich eng zusammen und widerstanden auf diese Weise der Strömung. Jeder, der sich vom Pulk trennte, wurde von den Wellen verschlungen. Währenddessen erreichte Fürst Menschikow mit zehntausend Reitern, von denen jeder auf der Kruppe seines Pferdes noch einen Fußsoldaten mitführte, die Reste des schwedisch-polnischen Heeres. Die Leichen der Schweden, die unterwegs ihren Wunden erlegen waren, hatten ihn geführt.

Menschikow schickte einen Stabstrompeter zur Unterhandlung, und obwohl der Kampfgeist noch nicht überall erloschen war, willigte Lewenhaupt schließlich in die Kapitulation ein. Die Liebe zum Leben hatte die Tapferkeit besiegt. Die gefangenen Schweden mussten vor dem Fürsten Menschikow defilieren, ihm ihre Waffen zu Füßen legen und in die Sklaverei gehen. Sie wurden in alle Gegenden Russlands verstreut.«

Der Bey sah, wie sehr Fatima unter der Erzählung litt. Er wollte erneut abbrechen, obwohl es noch immer keine Nachricht von Karl gab. Doch Fatima schluckte die Trauer hinunter und sagte mit fester Stimme: »Fahre fort, bitte. Allzu weit kann der Weg nicht mehr sein, der Karl vom Dnjepr bis hierher geführt hat.«

Der Bey nickte. »Der übrige schwedische Haufe gelangte zunächst nach Otschakow, das auch wir passiert haben. Die Julisonne brannte, nirgends war Nahrung aufzutreiben. Pferde fielen einfach um, Menschen starben vor Durst. Als die Bewohner die abgerissenen Kriegsleute sahen, deren Tracht und Sprache niemand kannte, weigerten sie sich, ihnen die Tore zu öffnen. Dann gelangte man erneut an einen Fluss: den Dnister. Der Eisenkopf schickte einen Eilboten zum Gouverneur, um die Überquerung des Dnister und freien Durchmarsch zu erbitten. Ein einziger Fehlgriff kann in diesem Land den Kopf kosten, also beschloss der Türke, die Sache dem Seraskier von Bender zur Entscheidung vorzulegen – ebenjenem Mann, dem Ihr gestern begegnet seid. Er saß nur dreißig Meilen entfernt in seinem Palast. Während man auf Antwort wartete, nahten die Russen. Sie überquerten den Dnjepr. Karl aber musste am Ufer des Dnister ausharren, nur wenige Meilen entfernt. Hätte Karl auch nur eine Stunde länger auf Antwort warten müssen, sein Schicksal wäre besiegelt gewesen. Endlich aber ließ der Seraskier von Bender melden, für den König und ein Gefolge von zwei oder drei Mann werde er ein Boot hinüberschicken. In einem kleinen Nachen setzten sie über, holten so viele Boote, wie sie am anderen Ufer fanden, und ruderten zurück. Es war ihre Rettung. Doch musste der König noch erleben, wie russische Reiter heransprengten und fünfhundert Mann, die in den Booten keinen Platz gefunden hatten, überrannten. Karl erhielt einen ehrenvollen Empfang beim Seraskier von Bender, und seitdem wird ihm alle Bequemlichkeit zuteil, die in solcher Lage zu erhalten ist. Denn solches ist bei uns Brauch: Gästen wird freier Unterhalt gewährt, bis sie wieder aufbrechen. Mehr als drei Jahre ist der Eisenkopf nun Gast des Sultans, und währenddessen hat es ihm und seinen Mannen an nichts gefehlt. Dennoch brechen sie ständig Streit vom Zaun und wollen Sultan und Großwesir drängen, erneut gegen die Russen zu marschieren. Mit seinem heißen Blut bringt Karl ganze Kontinente zum Kochen – es ist genug.«

So schloss der Bey seine Erzählung und hob stolz das Kinn. Wie aufs Stichwort näherte sich da vom königlichen Quartier her der Offizier der Leibgarde. Fatima las die Antwort an seiner Miene ab. Sie war abschlägig. Karl kenne kein weibliches Mitglied des schwedischen Hofes, das diesen Weg auf sich nähme. Die Heimat sei ihm fremd geworden, und er erwarte nichts von ihr. Offenbar hielt er die Sache für einen Vorwand.

»Warum empfängt er uns nicht?«, fragte Fatima erschüttert.

Der Offizier zuckte mit den Schultern. »Weiß ich, was in diesem Schädel vor sich geht? Womöglich liegt es an den Gerüchten, die Pforte treibe die Verhandlungen mit den Russen voran?«

Der Bey schwieg. Diese Gerüchte waren ihm neu, fügten sich aber ins Bild. Dem jüngst ernannten Großwesir war an dauerhaften Bündnissen gelegen, nicht an Krieg.

Ohne weiteren Protest befahl der Bey den Sänftenträgern, den Weg zurück zur Festung zu suchen. Seiner Miene aber war die Zerknirschung anzusehen. Fatima, die sich für die Unfreundlichkeit des Schweden schämte, wollte ihn aufmuntern. »Wenigstens weiß ich jetzt, welche Wendung Karls Leben genommen hat. Es wird mir helfen, ihn zu verstehen, sollte ich ihm einst begegnen.«

Der Bey nickte. »Sie werden ihm begegnen – bald.«

»Wenn er uns aber nicht empfangen will?«

»Dann werden wir ihn in einer Situation aufsuchen, in der er uns nicht empfangen muss«, sagte der Bey. Und ganz langsam schlich sich ein Lächeln auf sein Gesicht.

Fatima fuhr hoch, als der Bey an sie herantrat und sachte an der Schulter berührte. »Kleide dich an, rasch! Es ist Zeit.«

Fatima, noch schlaftrunken, tat wie geheißen. Sie wusch sich in einer Schüssel, kleidete sich in bequeme, doch nicht unbescheidene Gewänder. Immerhin sollte sie einem König unter die Augen treten. Die Handgriffe der Toilette waren Gewohnheit, doch ihre Finger zitterten. Sie spürte die Last der Verantwortung, eine Unterhaltung zu führen, von der Krieg oder Frieden abhingen.

Als Fatima vor das Haus trat, wartete der Bey mit zwei Pferden auf sie. Fatima bestieg das eine, das ein Reitknecht für sie hielt, bis sie sicher im Damensattel saß. Dann preschte sie hinter dem Bey her, hinaus aus dem Stadttor, das Lager der Schweden lag vor ihnen. Die Morgensonne hatte den Himmel schon tiefblau gefärbt, war jedoch noch nicht zu sehen. Zielstrebig lenkte der Bey sein Pferd den Hügel hinab, Fatima musste ihm nur folgen. Der Saum des Kleides flatterte, kalter Morgenwind strich um ihre Waden, und ein Grimmen im Bauch erinnerte sie an die bevorstehende Aufgabe. Doch der rasche Ritt machte ihren Kopf klar.

Der Bey blieb auf einer Anhöhe stehen, Fatima führte ihr Pferd neben das seine. In der Senke erblickten sie Reiter. Eine Handvoll nur, doch sie flogen dahin wie der Wind. Wie an Fäden gezogen, bewegten sie sich durch das Gelände, mal als Linie, einer nach dem anderen, mal aufgefächert in einer Front. Fatimas Blick wanderte etwas weiter, sie sah ein rotbraunes Etwas durch die Wiese huschen – ein Fuchs. Ihr stockte das Herz. Sie legte die Hand auf die Brust, ihr war, als hätte sie diese Szene schon einmal im Traum gesehen.

Der Abstand zwischen Reitern und Fuchs verringerte sich

stetig. Der Fuchs machte sich lang, als wollte er, wenn auch nichts sonst, wenigstens seine Schnauze in Sicherheit bringen. Der buschige Schweif lag waagerecht in der Luft. Schon zerpflügten die Pferdehufe den Boden hinter ihm. Noch einmal nahm er Tempo auf, die Todesangst trieb ihn voran. Dann waren die Verfolger über ihm, und ein Hieb Karls streckte ihn nieder.

Dies war der Moment, in dem der Bey seinem Pferd die Sporen gab. Fatima folgte in kurzem Abstand.

Als sie die Jagd erreichten, hatten die Reiter abgesessen, um dem Fuchs die Ehren zu erweisen. Im Halbkreis umstanden sie das Tier, hatten die Hüte gezogen und verharrten in stiller Andacht.

Karl ließ sich nicht stören, schaute nicht einmal auf, als auch der Bey absaß und sich ihm näherte. Fatima glitt seitlich vom Pferd und landete weich. Tau drang durch den Stoff ihrer Schuhe, und sie spürte Karls Blick.

Der Bey redete auf den König ein und deutete immer wieder auf Fatima. Karl runzelte die Stirn. Unsicheren Schrittes trat Fatima näher. Der Schwede starrte sie schweigend an, wie eine Erscheinung.

Fatima hatte ihn zuletzt als Jüngling gesehen, nun war er zum Mann gereift. Und was für ein Mann! Eine Pockenerkrankung hatte sein Gesicht mit Narben gezeichnet, doch die lange Nase stand stark wie eh und je im Gesicht. Die wohlgeformten, ein wenig kindlichen Lippen presste er zusammen. Sein schlichter Uniformrock war nicht sorgfältig geknöpft, wie es der Etikette entsprach, sondern stand über der Brust offen. Einzig der Pelzbesatz an den Aufschlägen unterschied ihn von den Begleitern.

Fatima machte noch einen Schritt, dann sprach sie ihn auf Schwedisch an. Fragte, ob er sie erkenne. Sie hatte seit ewigen Zeiten kein Schwedisch mehr gesprochen, doch nun kam es erstaunlich flüssig über die Lippen.

Nachdem er eine Weile verblüfft geschwiegen hatte, antwortete Karl. Zögerlich, doch er sprach. Der Bey hatte mit Fatima wohl zwei Dutzend Male verabredet, was sie ihm sagen solle. Dass seine Lage aussichtslos sei, dass er faktisch ein Gefangener des Sultans sei, was ihm, so angenehm ihm der Großherr das Leben auch durch seine Gastfreundschaft gestaltete, auf Dauer nicht behagen könne. Dass seine Erblande zu verkommen drohten und einen Herrscher benötigten. Dass der Krieg niedergeschlagen sei und niemand noch das Bedürfnis habe, weiterzukämpfen.

Doch Fatima hielt sich nicht an die Richtschnur. Sie erzählte von Stockholm, vom harten Licht des Baltischen Meeres, das die Konturen so scharf zeichnete. Von den Sommern voller Blütenduft und Sternenglanz. Von ihrer Taufe in der kleinen deutschen Kirche von Stockholm, in Anwesenheit Karls und seiner beiden Schwestern: Hedwig Sophia, die nun schon im Frieden des Herrn ruhte, und Ulrike Eleonora, der Lieblingsschwester. Ja, und auch Karls Mutter, die Königin, lebte damals noch. Zu jener Zeit war Karl ein Jüngling gewesen, jünger als Fatima. Und Maria Aurora von Königsmarck, ihre Patin und Ziehmutter, eine bewunderte und begehrte Hofdame. Fatima benutzte die vertrauten Namen. Sie schilderte die Krönung Karls, wie nur eine Augenzeugin sie schildern konnte.

Der König der Schweden hörte schweigend zu. Sein Blick ging in die Ferne. Und plötzlich – Fatima war selbst überrascht – sah sie, wie seine Augen glänzten. Sie war erschüttert vom Erfolg ihrer Rede. Offen sah sie Karl ins Gesicht – ohne Übermut, doch auch ohne Angst. Sie konnte zusehen, wie sich die für kurze Zeit entspannten Züge wieder verhärteten. Wut glomm auf in seinen Augen – Wut über die eigene Schwäche. »Was fällt Ihnen ein, Madame, mich mit der Vergangenheit zu behelligen!«

Er machte auf den Stiefelabsätzen kehrt und schritt weit aus, auf sein Pferd zu.

»Die Vergangenheit lebt in uns fort«, rief Fatima ihm hinterher.

Ohne sie anzusehen, schwang Karl sich hinauf und hieb seinem Pferd in die Flanken, dass es einen Sprung machte. Die

Begleiter taten es ihm gleich, und binnen weniger Augenblicke blieben der Bey und Fatima allein beim Fuchskadaver zurück.

»Was haben Sie ihm gesagt?«, fragte der Bey.

»Was mir aufgetragen war«, antwortete Fatima.

»Und was war seine Antwort?«, fragte der Bey.

»Er hat keine Antwort gegeben«, sagte Fatima und senkte den Kopf.

Der Bey konnte seine Wut nicht länger unterdrücken. Seine Hand ballte sich zur Faust, er zitterte am ganzen Körper. »Er glaubt, er wäre der Jäger«, sagte er gepresst. »Doch in Wirklichkeit ist er der Fuchs.«

Der Seraskier von Bender ließ es sich nicht nehmen, sie zu verabschieden. Er tat dies in seinen Privatgemächern, denn nach wie vor wollte er Fatima nicht offiziell empfangen. Sie hatte unauffällige Kleidung angelegt, einen wallenden, erdfarbenen Kaftan, dazu einen Turban, so dass man sie nicht von einem Mann unterscheiden konnte.

Obwohl der Seraskier sie mit Blicken verzehrte, durfte sie sich nicht in das Gespräch der Männer einmischen. Der Bey hatte sie zuvor darauf verpflichtet. Die Männer unterhielten sich in gedämpftem Ton über den Verlauf der Begegnung mit Karl und über die zunehmende Hoffnungslosigkeit seiner Lage. Der Großwesir hatte begonnen, Kontakte zu russischen Unterhändlern zu knüpfen, um über einen Frieden zu verhandeln. Er hatte beschlossen, sich in dieser Angelegenheit nach Adrianopel zu begeben. Diese Auskunft alarmierte den Bey. »So werde ich mich ebenfalls dorthin begeben.«

»Der Großwesir geht davon aus, dass Sie das tun werden«, sagte der Seraskier.

Der Name ließ Fatima aufhorchen. »Adrianopel«, kam es ihr unwillkürlich über die Lippen. Sofort presste sie die Hand auf den Mund. Sie kniete ein wenig abseits der Männer, die es sich mit gekreuzten Beinen auf dem Diwan bequem gemacht hatten. Der Bey bedachte sie mit einem zornigen Blick. Der Seraskier drehte ihr langsam den Kopf zu. »Wie beliebt?«, fragte er sie sehr förmlich.

Fatima antwortete leise, doch in der Landessprache, die ihr immer flüssiger über die Lippen ging: »Ich hörte den Bey von Adrianopel sprechen. Dort befindet sich mein Gatte.«

Der Seraskier sah den Bey erstaunt an. Er sei der Annahme gewesen, bei der Dame handele es sich um eine Mätresse Augusts? Der Bey klärte ihn über die Zusammenhänge auf. Dass Fatima zum Schein mit einem Vertrauten Augusts vermählt sei, der derzeit in Adrianopel weile.

Fatima hörte seine Worte und sah sich gezwungen zu protestieren: »Wir sind nicht nur zum Schein vermählt. Ich liebe meinen Gatten und würde alles tun, ihn wiederzusehen!«

Der Bey warf ihr einen finsteren Blick zu. »Schweig endlich, Weib!«

Fatima stand auf und zog sich zurück, ohne dazu die Erlaubnis erhalten zu haben. Der Bey unterdrückte einen Fluch.

Nachdem die Audienz beim Seraskier beendet war, begab sich der Bey unverzüglich in die Frauengemächer. Seine Schritte waren schnell und energisch, Fatima hörte ihn kommen. Sie hatte mit diesem Besuch gerechnet. Der Tadel des Beys war ihr sicher. Rasch griff sie zu einem Dolch, den sie im Basar erstanden hatte. Sie zog den Ärmel des Kaftans so weit nach oben, dass ihr Unterarm freilag. Dann presste sie die flache Klinge darauf. Sie war scharf und ritzte die Haut. Fatima schreckte zurück, doch der schmale Faden des Bluts, das in den Schnitt sickerte, würde ihrer Forderung Nachdruck verleihen. Da flog die Tür auf, und der Bey stand im Raum. Fatima sah, wie ihn der Zorn, der seine Schritte beflügelt hatte, angesichts der Wunde augenblicklich verließ. Stattdessen malte sich Erstaunen und dann Angst auf sein Gesicht. »Was tun Sie da?«

»Sie lassen mich mit nach Adrianopel reisen!«, forderte Fatima. »Oder ich nehme mir auf der Stelle das Leben!«

Der Bey machte einen Schritt auf sie zu und ergriff ihren Arm. Ohne Mühe bog er ihn zur Seite und verdrehte das Handgelenk so, dass Fatima den Dolch fallen lassen musste. Erst das Klirren brachte sie wieder zur Vernunft. Tränen tropften auf den steinernen Boden.

»Du wirst deine Kinder nicht zu Waisen machen!«, schrie er sie an. Es fehlte nicht viel, und er hätte sie geohrfeigt. Auch ohne einen Schlag stürzte Fatima zu Boden. Das besänftigte den Bey. »Du hast zu lange unter Christen gelebt, Tochter der Sonne. Die Frauen der Giauren sind ungehorsam und anmaßend! Deinem Gatten gehorchst du nicht, und mir gehorchst du auch nicht!«

»Sie waren es doch, der mich zum Ungehorsam überredete! Sie selbst haben mich meinen Kindern entführt!«, warf sie ihm vor.

Der Bey zischte ein deftiges Schimpfwort.

»Es ist das Letzte, worum ich Sie bitte, Aga!«, flehte Fatima. »Bringt mich zu meinem Mann. Ich werde mich seinem Willen unterwerfen, wie es sich gehört. Auch unter Christen!«

Der Bey hob das Messer auf und wischte die Klinge am Ärmel seines Gewandes ab. Ein dünner Blutstreifen zeichnete den Stoff. »So sei es«, sagte er resignierend. Und zischte dann abfällig hinterher: »Soll er sich doch mit dir herumschlagen.«

Fatima entfuhr ein Freudenschrei.

Der Bey schob den Dolch unter den Gürtel, der sein Gewand zusammenhielt. »Ich werde dich an dein Wort erinnern, Fatima«, sagte er ernst.

Am Abend teilte der Bey dem Großwesir durch eine Eilbotschaft mit, dass er Fatima, genannt Madame Spiegel, die ehemalige Mätresse August Hufeisenbrechers, nach Adrianopel führen werde, um sie dort ihrem Gatten zu übergeben.

Adrianopel im Frühsommer 1713

In Adrianopel überschlugen sich die Nachrichten. Es ging die Rede, der Großwesir selbst sei dorthin unterwegs. Auch eine große Gesandtschaft Zar Peters sei avisiert, um Frieden zu schließen. Spiegel erfuhr von diesen Dingen durch Dorengowski. Kein Mitglied der polnischen Gesandtschaft machte sich die Mühe, ihn in aller Form zu unterrichten. Immerhin durfte Spiegel nun in Begleitung den alten Sultanspalast verlassen, der Weg zum palastartigen Sitz des Emir Pascha war ihm bereits vertraut. Er hatte gelernt, im Labyrinth des Basars die richtigen Gassen zur erkennen und die Abzweigungen zu nehmen, die zum Ziel führten. Mittlerweile grüßten die Händler ihn und sein kleines Gefolge, die Teejungen boten ihm in einer Mischung aus Neugier und Ehrfurcht ihre dampfenden Becher dar. Und Spiegel ließ es sich gefallen. Er war ein geachtetes, gerngesehener Mann. Emir Paschas Hand lag schützend über ihm.

Der König der Kaufleute empfing ihn mit ausgesprochener Ehrerbietung. Spiegel musste nur ein Augenlid heben, und schon brachte man ihm Tabak, Kaffee, Früchte und honigtriefendes türkisches Gebäck – was immer sein Herz begehrte. Dorengowski und Barchodar wurden mit derselben Umsicht hofiert. Sie genossen es nicht minder und waren Spiegel dankbar.

»Wann dürfen wir mit dem Eintreffen der Waren rechnen?«, fragte Spiegel bei jedem Besuch. Die Antwort Emir Paschas war stets dieselbe: »Bald, Efendi, bald.«

Und da die Haussklavinnen des Emir Pascha die Genüsse

raffiniert zu kredenzen verstanden, wünschte Spiegel bald nicht mehr, dass der Handel zügig vonstattengehen möge. Allmählich verzichtete er sogar darauf, nach dem Fortgang der Dinge zu fragen. Der regelmäßige Besuch wurde das, was er war: eine Geste der Höflichkeit. Unterdessen wurden die Tage warm, und rasch, viel rascher als im Norden, zog der Sommer heran.

Eines Tages – Spiegel hatte längst aufgehört, mit einem Erfolg der Angelegenheit zu rechnen – empfing der Pascha die kleine Truppe besonders freundlich. Seine Augen leuchteten, und seine ganze, kugelrunde Gestalt schien in Unruhe. Flugs führte er sie durch die Gänge seines Palasts, trat durch ein schmales Gelass in einen Garten, dann blieb er unvermittelt stehen. Er verschränkte die Arme und erwartete die Ausrufe der Bewunderung.

Spiegel und seinen Begleitern bot sich ein prächtiges Bild: Auf einer Wiese waren Zelte aufgebaut, aus schillernden, farbenfrohen Stoffen, gemustert in den allerfeinsten Ornamenten und mit Goldborten geziert. Die schweren Vorhänge, mit denen sich die Eingänge schließen ließen, hätten den ersten europäischen Häusern zur Ehre gereicht. Die Böden waren mit Teppichen ausgelegt, wahre Gebirge von Polsterkissen luden ein sich zu lagern und zu rekeln. Porzellan und aus Goldblech getriebene Platten boten Früchte und Naschwaren feil. Und von Mohren wurden noch weitere Kostbarkeiten aufgetragen. Es war dieselbe verschwenderische Pracht, die sie aus den Sultanspalästen kannten – nur um ein Vielfaches vermehrt.

Spiegel schritt umher, ließ die Fingerspitzen über die Stoffe gleiten, wog die Vorhänge in seinen Händen. Es war, als ertaste man die Ränder eines Märchens. Verzaubert trat er ins Innere. Die Teppiche schluckten seine Schritte, die Stimmen wurden durch die Wände aus Stoff gedämpft. Die Farben leuchteten wie die der buntverglasten Fenster europäischer Kathedralen. Doch die Atmosphäre war nicht kalt und streng wie dort, sondern warm und gastlich. Auch Barchodar und Dorengowski spazierten mit sperrangelweiten Mündern umher. August würde zufrieden sein!, war Spiegels erster Gedanke.

Er fragte nach der Summe, doch der Pascha winkte ab und lud ihn stattdessen ein, sich niederzulassen und von dem Kaffee zu kosten, den sein Diener auf türkische Art zubereitet hatte. Dann bot er von den Früchten an, dann von den Naschwaren. Auch Dorengowski und Barchodar ließen es sich nicht nehmen, zuzugreifen. Da der Emir Pascha das Französische einigermaßen beherrschte, musste sich Barchodar nur für den Fall einer Unstimmigkeit bereithalten.

Als Spiegel auf angenehme Weise gesättigt war, erkundigte er sich erneut nach dem Kaufpreis. Der Emir nannte ihn auf Türkisch. Barchodar übersetzte mit unbewegter Miene. Spiegel meinte, sich verhört zu haben. Die Summe überstieg alle Erwartungen. Spiegel erkundigte sich erneut, um einen Irrtum auszuschließen. Äußerlich war er ganz ruhig, doch innerlich begann er zu beben.

Mit freundlichster Miene setzte ihm der König der Händler den Preis auseinander: Etwa die Hälfte war der reine Kaufpreis, ein Drittel der zweiten Hälfte die Provision des Händlers, der wiederum die Provisionen der Zwischenhändler auszuwerfen hatte. Spiegel hörte zu und nahm einen Schluck vom Kaffee. Obschon reichlich gesüßt, schmeckte er bitter. Der Emir fuhr in seiner Aufzählung fort, indem er die Fingerglieder zu Hilfe nahm: Das zweite Drittel der Hälfte war die Provision des Monsieur Spiegel, das dritte Drittel sollten sich die Herren Dorengowski und Barchodar teilen. Spiegel winkte ab: Dann könne man zwei Drittel der Hälfte bereits sparen, denn Provisionen für ihn, seinen Begleiter und den Übersetzer seien nicht vorgesehen. Der Emir protestierte, und auch Barchodar und Dorengowski begannen zu maulen: Wenn es doch üblich sei in hiesigen Gegenden, dass alle, die an einem Geschäft beteiligt waren, auch daran zu verdienen hatten, habe man sich der Landessitte anzupassen! Auch Chomętowski, führte Dorengowski ins Feld, der Gesandtschaftsleiter und als solcher über alle Zweifel erhaben, halte es so: Von allem, was er vom Gastgeld des Sultans erwerbe, zweige er sich eine Summe ab. Es sei der übliche Brauch und nichts weniger als des Gastes Pflicht, der Landessitte Folge zu leisten.

Spiegel rutschte auf den Polstern hin und her. Von drei Seiten wurde er bedrängt, er ließ die Blicke über die Pracht wandern und war sicher, dass August genau wie er selbst von diesem Glanz überwältigt sein würde.

Der König der Händler beobachtete ihn aus hellwachen Augen. Er sah, wie Spiegel wankend wurde, und schien nur auf diesen Moment gewartet zu haben. Zweimal klatschte er in die Hände, und in demselben Augenblick hörten sie, wie Hufe herantrommelten. Nicht das schwere, donnernde Dröhnen eines fränkischen Schlachtrosses, sondern das helle, wendige Trippeln eines Tatarenpferdes. Wie ein Derwisch tobte es in einer Staubwolke heran. Der Pascha erhob sich und ging ihm durch die hochgeschlagene Stirnseite des Zeltes entgegen. Auch Barchodar und Spiegel sprangen auf, weil sie fürchteten, überrannt zu werden. Doch geschickt griff der Pascha dem Pferd in die Zügel, zog es zu sich heran und tätschelte ihm den Hals. Ebenso schnell, wie es herangestürmt war, beruhigte sich das Tatarenpony wieder.

Jetzt erst hatte Spiegel die Muße, die Ausstattung zu begutachten. Das Pony war mit einem Sattel versehen, den feinste Stickereien zierten. Goldbrokat ließ die Decken glitzern, und an manchen Stellen waren Perlen und Diamanten aufgenäht. Die Riemen waren aus feinstem Leder und die Steigbügel aus purem Goldblech. Doch was Spiegel und seine Begleiter am meisten entzückte: Es war das Reitzeug für ein Kind. Nicht nur den Maßen eines Tatarenpferdes angepasst, sondern auch denen eines halbwüchsigen Knaben.

»Woher habt Ihr das?«, fragte Spiegel brüsk, um sein Entzücken zu überspielen.

Der Pascha wog den Kopf. »Eine Anfertigung für den Großwesir, allerdings den verronnenen. In Stambul kommen und gehen die Wesire wie die Jahreszeiten.«

»Es ist das Reitzeug eines Kindes«, stellte Spiegel fest.

Der Pascha nickte. »Es wurde für ein Kind gefertigt. Doch bevor der Meister es fertiggestellt hatte, hatte Allah die Güte, es zu sich zu nehmen. Es hat seinen Besitzer nie gesehen.«

Spiegel wusste nicht, was ihn mehr berührte: die Geschichte des Reitzeugs oder dessen Pracht. Und plötzlich war der Gedanke da: Es würde seinen Gusti prächtig schmücken, wenn er dereinst neben dem königlichen Vater paradierte!

Mit dem sicheren Instinkt des Händlers las Emir Pascha Spiegels Gedanken. »Wie ich hörte, ist Euer Herrscher, der König von Polen, im glücklichen Stande, bereits Söhne zu haben.«

Spiegel nickte.

»Allah schenke Ihnen eine lange Gesundheit. Und Eurem König fruchtbare Lenden.«

Dorengowski strich fasziniert mit der Hand über die Satteldecke.

»Befinden sich«, fragte der Pascha der Händler da, »solche darunter, die im richtigen Alter für dieses Reitzeug sind?«

»Durchaus«, sagte Spiegel nachdenklich. Er seufzte und fragte: »Was kostet es?«

»Ist es nicht prächtig?«

»Ja. Das ist es. Die Anfertigung war vermutlich sehr aufwendig.«

Der Pascha machte große Augen. »Ein geübter Sattlermeister arbeitet ein halbes Leben daran!«

Spiegel konnte das Lachen nicht unterdrücken. »Dass Ihr immer übertreiben müsst!«

Der Pascha legte die Hand auf die Brust und sagte mit einem beinahe beleidigten Gesichtsausdruck: »Ich übertreibe nicht, Efendi!«

»Es ist gebraucht, und Ihr werdet es nur schwerlich loswerden.«

Lächelnd wog der Pascha den Kopf. »Es liegt heute zum ersten Mal auf einem Pferd – und der französische Gesandte in Stambul hat ebenfalls einen Sohn im rechten Alter ...«

»... aber hat er auch das Geld dazu?«

»Er ist jedenfalls nicht für seinen Geiz berühmt, sondern liebt alles, was mit Pferden zu tun hat.«

Spiegel scharrte mit der Schuhspitze im Staub. »Ihr macht Eure Sache gut, aber nun sagt mir, was ich dafür geben soll!«

Der Pascha beugte sich vertraulich vor. »Wenn Euch an Eurem Anteil nicht viel liegt, ist der Handel leicht gemacht: Lasst mir Eure Provision – die Ihr ohnehin nicht wollt –, und schon sind wir uns einig. Für Euren König keinen Taler mehr als notwendig. Es ist alles schon da. An der Summe ändert sich nichts. Ihr bekommt mehr für das gleiche Geld.« Der König der Kaufleute schaute unschuldig wie ein Heiliger.

»Für eine Unsumme Geld!« Spiegel setzte ein strenges Gesicht auf. »Zieht meinen Anteil ab! Ich bin nicht der Mann, meinen König zu hintergehen.«

Emir Pascha machte eine Verbeugung zum Zeichen, dass ihm auch dies recht war.

»Unseren nicht!«, rief Barchodar und hatte sich flugs ermächtigt, für Dorengowski zu sprechen.

Spiegel ließ sich Schreibzeug und Tinte bringen. Dann schrieb er einen Wechsel über eine Summe aus, die ihm angemessen erschien und unterhalb dessen lag, was der Emir ihm genannt hatte. Schließlich setzte er seinen Namen darunter und überreichte das Schriftstück dem Händler. Der sah die Summe, rollte die Lippen und hielt Spiegel die offene Hand hin. Spiegel schlug ein.

»Ihr seid ein Ehrenmann und werdet es nicht bereuen!«, sagte der Pascha.

Und Spiegel sagte: »Ich hoffe es.«

Emir Pascha ließ neuen Kaffee und neue Köstlichkeiten kommen – sogar Wein ließ er auftragen –, und bald war man bei den Überlegungen, wie die Schätze möglichst schnell nach

Warschau expediert werden konnten. August hatte sich schon ungeduldig danach erkundigt.

Emir Pascha wies darauf hin, dass der Transport weitere Kosten verursachen werde. Die seien aber im Vergleich zu dem, was man bisher eingesetzt habe, lapidar. Spiegel schlug die Augen gen Himmel und verfluchte eine Mission, die eine teuflische Verführung nach der anderen bereithielt. Doch er war froh, seinem Herrn endlich einen Erfolg präsentieren zu können.

Nach gelungenem Handel und beendetem Gelage stand Spiegel in gelöster Stimmung im Kreise seiner Begleiter vor dem Palasttor. Just als man die Janitscharenwache um Einlass bitten wollte, näherte sich aus dem Dunkel eine Gestalt, das Gesicht wie eine Frau in ein gemustertes Tuch gehüllt. Sie ließ es sinken, und Spiegel erkannte: Es war ein Mann.

Mit fester Stimme bat er Spiegel, ihm zu folgen. Spiegel erblickte tiefliegende Augen in dunklen Höhlen und meinte, sie zu kennen. Doch vermochte er nicht zu sagen, woher. Auch die Stimme kam ihm bekannt vor. Sie hatte die Bitte mit so großer Festigkeit und Überzeugung ausgesprochen, dass Spiegel unwillkürlich folgte. Da trat ihm Dorengowski in den Weg: »Auf Befehl des Obersten Gesandten Seiner Majestät König Augusts verbiete ich Ihnen, sich ohne Begleitung zu entfernen.«

Spiegel musterte Dorengowski verblüfft. »Sie wollen mich nicht gehenlassen?«

»Nicht allein. Ich habe *ordres*.«

Spiegel wollte ihn daran erinnern, dass er ihm einst das Leben gerettet und vor nicht langer Zeit einen Handel abgeschlossen hatte, der nicht zuletzt ihm, Dorengowski, gewaltige Vorteile verschaffte. Doch wozu etwas erzählen, was er wusste? Also schüttelte Spiegel nur den Kopf.

Dorengowskis Ton wurde weicher. »Ich möchte lediglich verhindern, dass sich Ihre Stellung dem Woiwoden gegenüber weiter verschlechtert.«

»Wenn dem so ist, Monseigneur, muss man wohl von Bewachung und nicht von Begleitung sprechen!«

»Spiegel«, drängte der Fremde, »kommen Sie!«

Schon wollte Spiegel der Gestalt mit der bekannten Stimme folgen, doch Dorengowski trat erneut dazwischen. Da nahm der Fremde das Tuch vollends vom Gesicht. Spiegel erkannte den Scheferschaha Bey und konnte die Freude nicht verbergen.

»Ich erfülle«, sagte der Bey an Dorengowski gewandt, »die Weisungen des Großherrn und müsste mich sehr irren, wenn wir uns nicht auf seinem Gebiet befinden.«

Dorengowski blickte auf den Boden, auf dem sie standen. Noch war es türkischer. Er hätte die Janitscharen anweisen müssen, Spiegel gegen seinen Willen in den Palast zu schleppen. Der Pole rang mit sich. »Mit wem spreche ich?«, fragte er, um Zeit zu gewinnen.

»Scheferschaha Bey, Murza des Khans der Krimtataren. »Der Bey verbeugte sich, und als er sich wieder aufrichtete, prangte ein breites Lächeln auf seinen Lippen. »Und mit wem habe ich das Vergnügen?«

»Adam Dorengowski, erster Legationssekretär der Großen Polnischen Gesandtschaft.«

»Polnisch-Sächsischen Gesandtschaft«, warf Spiegel ein. Dorengowski knurrte nur.

»Sie werden nicht so unhöflich sein und einem Untertan des Sultans, Ihrem großherzigen Gastgeber, eine Bitte abschlagen!«, mahnte der Bey.

»Ich habe meine Befehle«, beharrte Dorengowski.

»Und ich habe die meinen«, erwiderte der Bey. »Und die lauten, dass Monseigneur Johann Georg Spiegel sich in die Obhut des Murza begeben soll – was meine Wenigkeit ist.« Er lächelte voller Genugtuung.

Dorengowski versuchte, die Lage zu retten. »Dann werde ich Sie begleiten.«

»Keinesfalls«, sagte der Bey, legte den Arm um Spiegel und

führte ihn durch die Menge davon. Dorengowski und Barchodar blieben zurück.

»Sie sind mir eine Erklärung schuldig«, verlangte Spiegel in unterdrücktem Zorn.

»Sie werden sie erhalten – später«, zischte der Bey und steuerte Spiegel mit fester Hand durch das Gedränge der Gassen. »Sonst überlegt er es sich noch anders und schickt uns die Wachen hinterher.«

»Bisher habe ich ihn für einen Freund gehalten«, sagte Spiegel traurig.

»In der Diplomatie gibt es keine Freunde«, sagte der Bey. Und das machte Spiegel noch trauriger.

Fatima lief auf und ab. Der Bey hatte ihr verboten, die Kammer zu verlassen, niemand durfte wissen, dass sie sich in Adrianopel befand. Niemand außer Spiegel. Immer wenn sich draußen Schritte näherten, pochte Fatimas Herz bis zum Hals. Dann legte sie ihre Hand auf die Brust, erstarrte und erwartete, dass sich die schmucklose Holztür öffnete. Doch stets gingen die Schritte vorüber.

Endlich hörte sie mehrere Paar Stiefel. Stille trat ein, die Tür schwang auf, der Bey betrat mit ernstem Blick den Raum. Dann machte er einen Schritt zur Seite, und Spiegel kam hinter ihm zum Vorschein. Fatima stürzte in seine Arme. Sie drückte ihn an sich und lehnte den Kopf an seine Brust.

Spiegels Arme hingen herunter. Er machte keinerlei Anstalten, Fatima zu umarmen oder auch nur zu berühren. Allein seine Lippen zitterten.

Als sie bemerkte, dass er auf ihre Liebkosungen nicht reagierte, löste sie sich von ihm und wandte sich ab.

»Was tust du hier?«, sprach Spiegel wie vom Schlag gerührt.

»Ich wollte zu dir«, sagte Fatima mit tränenerstickter Stimme.

»Wie kannst du es wagen«, fragte Spiegel nun, bebend vor Empörung, »dich ohne meine Einwilligung in Begleitung eines Fremden auf Reisen zu begeben?«

»Ich wollte bei dir sein«, wiederholte Fatima.

»Und daher hast du mich in Dresden gesucht? Obwohl du genau wusstest, wo ich bin?«

Der Bey und Fatima warfen sich Blicke zu.

»Wie kommst du überhaupt«, schrie Spiegel nun, »zu einem solchen Einverständnis – mit einem Fremden?«

»Ich bin kein Fremder, mit Verlaub, Monseigneur. Ich bin ein Freund.« Und er fügte leise hinzu: »Vielleicht der einzige.«

»Eben noch behaupteten Sie, in der Diplomatie gebe es keine Freundschaft.«

Der Bey verbeugte sich, vielsagend lächelnd.

»Freundschaft beweisen Sie gewiss nicht, indem Sie meine Frau entführen!«

»Der Bey hat sich in jeder Beziehung wie ein Ehrenmann verhalten«, erklärte Fatima.

Spiegel schwieg, musterte den Bey misstrauisch. Der hielt dem Blick stand und empfahl ihm mit einer Handbewegung, sich zu setzen. »Lassen Sie es mich erklären: Ihre Frau ist in der Lage, durch ihre Herkunft und ihre Kenntnisse eine wichtige, womöglich sogar die entscheidende Rolle in dieser Affäre zu spielen.«

Spiegel winkte ab. »Die Situation ist zu verfahren.«

Der Bey legte ein Bein über das andere und stützte sein Kinn in die Hand. »Schildern Sie sie mir.«

Spiegel gab sich einen Ruck. »Chomętowski hat keinerlei Interesse, die Verhandlungen voranzutreiben. Er feiert Gelage und lässt es sich wohlergehen. Es ist nicht in seinem Sinne, zu verhandeln, denn das hieße, die Pforte würde August als Verhandlungspartner und damit als König von Polen anerkennen. Also tut er rein gar nichts. Es ist zum Verzweifeln.«

Der Bey nickte. »Dann lassen Sie uns etwas dagegen unternehmen!«

Spiegel war nicht abgeneigt. »Was könnte das sein?«

»August liebt alles Türkische«, brach es aus Fatima heraus. Sie hatte sich die ganze Zeit über zurückgehalten. »Er wäre der ideale Bündnispartner für den Sultan! Die Russen und die Türken sind Erzfeinde, seit jeher. Sie könnten niemals Frieden schließen!«

Spiegel warf Fatima einen zornigen Blick zu. »Auch wenn sie sich zurückhalten sollte«, sagte er zähneknirschend, »meine Frau hat recht.«

Der Bey lächelte zufrieden. »So werde ich dem Großwesir, der sich auf dem Weg nach Adrianopel befindet, entgegenreisen. Ich werde ihn davon in Kenntnis setzen, dass August der natürliche und zuverlässigste Verhandlungspartner des Sultans ist – und nicht Zar Peter. Ist das Eure Meinung?«

Fatima und Spiegel nickten in stillem Einverständnis. Spiegel warf seiner Frau einen Blick zu, und sie senkte verschämt den Kopf. Insgeheim aber konnte sie ihre Freude nicht verbergen.

»Und was machen wir mit Chomętowski?«, fragte der Bey in die Runde.

Spiegel schwieg. Fatimas Gedanken waren schneller: »Wir berichten August von seiner Weigerung zu verhandeln. Das ist Verrat. August muss ihn von der Spitze der Gesandtschaft abberufen …«

»So kann ich dem Großwesir berichten, dass Monseigneur und Madame Spiegelski auf unserer Seite stehen und das polnisch-türkische Einvernehmen gegen alle Widerstände vorantreiben werden?«

»Das polnisch-sächsisch-türkische Einvernehmen«, präzisierte Spiegel.

Der Bey lächelte.

Fatima trat neben Spiegel, und Spiegel legte den Arm um seine Frau. »Berichten Sie es.«

Als sie allein im Raum waren, löste Spiegel die Umarmung. »Mit der ersten Gelegenheit werde ich dich nach Hause schicken«, ließ er sie wissen. »Du wirst zu unseren Kindern zurückkehren.«

»Unsere Kinder?«

»Ja«, sagte Spiegel bestimmt. »Du hast sie lange genug allein gelassen.«

Fatima kniete sich ihm zu Füßen. »Spiegel«, sprach sie ernst und feierlich, »die Kinder sind versorgt. Ich mache mir Sorgen um dich!«

Sie ergriff seine Hände. Er schüttelte sie ab. »Ach was, du selbst bist in Gefahr. Wenn Chomętowski entdeckt, dass du hier bist, wird er nicht zögern, es August mitzuteilen. Und dann gnade uns Gott! Oder«, Spiegel stutzte, sein Blick irrte durch den Raum, »weiß August längst, dass du hier bist?« Er fasste sich an die Stirn. Sie war nass von Schweiß.

Fatima schüttelte den Kopf. »Niemand weiß davon – außer dir und dem Bey.«

»Das sind zwei zu viel«, sagte Spiegel.

Fatima sprang auf und warf sich ihm an den Hals. »Bitte, Spiegel, schick mich nicht fort, ich habe Angst um dich! Ich kann dir hier nützlich sein.«

»Wie denn? Du darfst nicht einmal das Haus verlassen!« Spiegel versuchte, sie abzuschütteln, doch Fatima blieb hartnäckig. Sie nahm seinen Kopf zwischen die Hände und bedeckte sein Gesicht mit Küssen. Als sich ihre Münder berührten, öffnete sie ihre Lippen. Ihre Zungen suchten und fanden sich. Fatima wollte ihn aufs Bett ziehen, da machte Spiegel sich los. »Nicht jetzt«, schrie er. »Nicht jetzt, da wir so viel erreicht haben! Wenn er davon erfährt ...«

Fatima, der das Herz bis zum Hals schlug, trat einen Schritt zurück. »Ich bin es nicht, die dich in Gefahr bringt«, fuhr sie ihn an, »du selbst bist es. Du bist wie Ikaros, der so hoch hinaufwill, dass er am Ende abstürzt. Lass uns gemeinsam zurückkehren. Was willst du noch hier?«

Spiegel hob seinen Dreispitz, der im Eifer des Gefechts zu Boden gefallen war, von den Dielen auf und drehte sich um. Im Hinausgehen beschied er ihr: »Du wirst abreisen. So rasch wie möglich. Ohne dich ist es schon gefährlich genug!«

»Und du?«, schrie Fatima.

»Ich bin auf Befehl meines Herrschers hier und werde nicht ohne seinen Befehl abrücken.« Ohne Gruß ging er hinaus.

Fatima ließ sich aufs Bett fallen. Sie verbarg ihr Gesicht in den Armen und weinte bitterlich.

Noch bevor Spiegel den Seraj, der ihm zum Aufenthalt bestimmt war, erreicht hatte, fing Dorengowski ihn ab. Aus dem Dunkel einer Gasse, deren Händler ihre Waren schon fortgeräumt hatten, trat er dicht an ihn heran. Spiegel vermutete zunächst einen Räuber, dann erkannte er das blasse Gesicht. »Wo warst du?«

Spiegel packte den Polen am Rock. Obwohl er kleiner war, zog er ihn zu sich heran und sah ihm tief in die Augen. Dann zischte er unheilvoll: »Ich habe mich heimlich mit einem Abgesandten des Tataren-Khans getroffen. Nun renne zu deinem Gesandtschaftsleiter und berichte, wie es deine Aufgabe ist!«

Er schleuderte Dorengowski von sich fort. Die ganze Wut, die sich am Ungehorsam seiner Frau entzündet hatte, entlud sich nun an ihm. Dorengowski strauchelte, fiel jedoch nicht, sondern duckte sich ins Dunkel der Gasse. »Was denkst du? Hältst du mich für einen Agenten Chomętowskis?«

»Warum spionierst du mir sonst hinterher?«

»Spiegel! Sei nicht irre! Man wollte mich vergiften, weil unsere Freundschaft manchem missliebig ist.«

»Tatsächlich?«, schrie Spiegel. »Und wenn es eine Finte war? Wenn es nur eine tote Katze und gutes Schauspiel war? Damit ich Vertrauen zu dir fasse?«

»Spiegel!«, gab Dorengowski empört zurück. »Solch einen Betrug traust du mir zu! Ich sollte kein Wort mehr mit dir reden.«

»Selbst meine Frau ist nicht aufrichtig zu mir! Wem soll ich da noch vertrauen? Sag es mir!«

Dorengowski schwieg. Er fixierte Spiegel durchdringend. »Und wenn ich ein Spion Chomętowskis wäre«, sagte er, mit zu Schlitzen verengten Augenlidern, »was bist du dann?«

Spiegel rang die Hände. »Ich weiß bald selbst nicht mehr, wer ich bin und was meine Aufgabe ist. Ich weiß, dass der Sultan verhandeln will. Nur der Anführer unserer Gesandtschaft will nicht das tun, was seine Aufgabe ist.«

Dorengowski trat einen Schritt näher und musterte Spiegel mit forschendem Interesse. »Du willst dich offen gegen den Woiwoden von Masowien stellen? Einen der wichtigsten Magnaten des polnischen Königs?«

»Wenn er seinem König nicht dient? Oder …«, und Spiegel senkte die Stimme, »dem falschen König?« Angriffslust blitzte in seinen Augen. So klar wie in diesem Moment hatte er die ganze Affäre noch nie gesehen. »Welcher polnische Gefolgsmann ist Karls engster Verbündeter?« Spiegel sah den Legationssekretär an, doch dann gab er sich die Antwort selbst: »Leszczyński. Der Mann, der nach Augusts Schmach von Altrannstädt von Karl auf dem polnischen Thron platziert wurde. Indem Chomętowski die Verhandlungen verzögert, sorgt er dafür, dass Karl weiterhin seine Lieblingsrolle spielen kann: den Unruhestifter und Kriegstreiber. Leszczyński ist Karls Handlanger und Chomętowski sein Erfüllungsgehilfe. Wir haben es mit einer handfesten polnischen Verschwörung gegen den sächsischen König zu tun.« Spiegel sah Dorengowski herausfordernd an. »Und du? Bist du ein Teil von ihr?«

Dorengowski scharrte mit dem Stiefelabsatz über den Lehm. Aus einem Fenster über ihnen schimpfte ein Mann auf Türkisch. Spiegel zog Dorengowski am Ärmel fort. Seite an Seite gingen sie die Gasse hinunter.

»Spiegel, Spiegel«, mahnte Dorengowski kopfschüttelnd, »du willst den Kampf gegen einen Kronhetman aufnehmen?«

Spiegel hob abwehrend die Hände. »Wenn ich meinem König treu sein und seine Interessen vertreten will, bleibt mir eine Wahl?«

Sie wichen einer Pfütze aus. Dabei kam ihm Dorengowski nahe, ihre Arme berührten sich. Spiegel wusste, dass er einen Freund und Verbündeten bitter nötig hatte. Doch Dorengowski war ihm noch eine Antwort schuldig.

Der Pole gab zu bedenken: »Wenn du Chomętowski bei August anschwärzt, wirst du ihn dir zum Todfeind machen! Weißt du, was das bedeutet?«

»Es bedeutet«, antwortete Spiegel und sah ihm tief in die Augen, »dass auch du mein Todfeind sein wirst. Kein Wort mehr werde ich dir verraten, kein Wort! Es sei denn, du stellst dich an meine Seite.«

Dorengowski seufzte. »Ich soll mich von meinem Landsmann abkehren? Vom Woiwoden Masowiens?«

»Ich biete dir die siegreiche Seite an. Es wird dein Schaden nicht sein.«

Sie waren nicht mehr weit vom Seraj entfernt. Dorengowski blieb stehen und wandte sich ihm zu. »Ihr seid ein mutiger Mann, Johann Georg Spiegel.«

»Ich habe ein Ziel«, antwortete Spiegel. »Das flößt mir Mut ein.« In dem Moment wurden ihm die Knie weich und lachten seinen Worten hohn. Dorengowski bemerkte es nicht.

»Morgen«, sprach Spiegel feierlich, »werde ich einen Brief an den König senden. Ich werde ihm melden, dass Chomętowski nichts unternimmt, um der Instruktion seines Herrschers zu entsprechen. Er soll den Befehl erneuern oder einen anderen ermächtigen, die notwendigen Schritte zu unternehmen.«

Sie waren nun beinahe in Hörweite der Wachen. »Du bist verrückt«, sagte Dorengowski lachend. Dann flüsterte er kaum hörbar: »Aber ich bin es auch.«

Spiegel horchte auf und schöpfte Hoffnung. »Dann formuliere auch du einen Brief an August. Schildere ihm in ehrlichen Worten, was Chomętowski tut und was er unterlässt.«

Dorengowski atmete tief durch. Spiegel sah, wie er mit sich rang. Die Wachen legten die Hände an die Säbelknäufe und verlangten nach der Parole. »Ich werde es tun«, flüsterte Dorengowski. Er nannte die Parole, und Schulter an Schulter betraten sie den Seraj.

Unwirsch stürmte der Scheferschaha Bey die Kammer, in der Fatima auf einem kargen Strohlager kauerte und in den Tag hineinträumte.

»Nun ist er endgültig wahnsinnig geworden«, schrie der Bey und schleuderte seine Handschuhe in die Ecke.

Fatima erhob sich. Der Bey war blass bis auf die Knochen, seine Wangen eingefallen. »Ich kann gar nicht anders, ich muss zu ihm«, eröffnete er Fatima.

»Was ist passiert?« Fatima suchte seine Blicke, doch der Bey wich ihr aus und schüttelte den Kopf.

»Der Sultan gab Karl ein prächtiges Gefolge, Sipahis, Pferde, Wagen für den Tross, Gold für seine Soldaten. Er forderte ihn auf, Bender zu verlassen und über die Donau zu gehen«, erzählte der Bey so zögernd, als glaubte er seinem eigenen Bericht nicht.

»Und dann?«, drängte Fatima.

Der Bey holte Atem, bevor er fortfuhr: »Karl behandelte den Kurier des Sultans rüde. Gab ihm unverschämte Antworten. Schließlich tötete er alle Pferde, die der Sultan ihm als Geschenk gesandt hatte. Auch die Pferde der Sipahi tötete er und schickte die Reitersoldaten zu Fuß zum Großherrn zurück. Welche Schmach durch einen Ungläubigen! Es fehlte nicht viel, und er hätte die Boten enthaupten lassen.«

Nun erblasste auch Fatima. »Der Sultan wird es als tödliche Beleidigung auffassen.«

Der Bey senkte den Kopf. »Er hat es schon getan. Sandte umgehend den Wesir nach Bender, mit dem Befehl, nicht ohne Karls Kopf zurückzukehren.«

Fatima schlug die Hand vor den Mund. »Er will ihn enthaupten lassen?«

Resigniert schloss der Bey die Schnallen seiner Reisetasche. »Es wäre eine Katastrophe. Niemals mehr wird ein europäischer Fürst türkischen Boden betreten, wenn er sich seines Lebens nicht sicher sein kann. Es würde uns für eine Ewigkeit von allen Entwicklungen auf dem Kontinent abspalten!«

»Und wer weiß, was Karls Soldaten dann anrichten!«, gab Fatima zu bedenken.

»Es ist nur ein Häuflein. Die Janitscharen des Großwesirs könnten leicht über sie herfallen – und schon gäbe es kein schwedisches Gefolge mehr.«

»Es sind Polen darunter. Wenn Polen getötet werden, polnische Adlige gar, müsste August eingreifen.«

»Innerhalb kürzester Zeit hätten wir den Krieg, nach dem Karl immer strebte. Selbst im Tode würde er noch Unruhe stiften. Nein, er muss leben, damit der Frieden leben kann. Aber er muss endlich unschädlich gemacht werden!«

Der Bey warf seinem Diener die Satteltaschen über die Schultern und verließ die Kammer mit einem knappen Gruß. Zuvor empfahl er Fatima noch, sich nicht aus der Kammer zu entfernen, sondern bis zu seiner Rückkehr auszuharren.

»Sie lassen mich allein?«, fragte Fatima erschrocken.

»Ich habe eine Dienerin gedungen. Sie ist schweigsam und wird sich um Ihr Wohl kümmern. Ihr Name ist Aische.« Damit empfahl er sich.

Im nächsten Moment wurde Fatima bewusst, wie einsam sie zurückblieb. Sie ließ sich auf dem Strohlager nieder, richtete die Augen zur Decke, und als sie die Lider schloss, drang ganz gedämpft der Schrei des Muezzins an ihr Ohr. Da riss sie die Augen wieder auf. Sie spürte das Bedürfnis zu beten.

Es war das zweite Mal seit ihrer Ankunft in Adrianopel, dass Spiegel den Seraj betrat, der Chomętowski und seinem Gefolge zugewiesen war, den größeren und prächtigeren der beiden Paläste. Er wurde hereingeführt wie ein Gefangener. An seiner Seite, zwei Schritte hinter ihm, waren Janitscharen postiert.

Chomętowski empfing ihn auf seinem thronartigen Sessel. Mit seinen weißen Haarbüscheln, die das fast kahle Haupt wie einen Kranz umgaben, und dem hängenden Oberlippenbart strahlte er Güte und Großmut aus. Doch kaum hatte sich Spiegel vor ihm verbeugt, stieß Chomętowski sich mit grimmiger Miene vom Sitz und trat auf ihn zu. Ohne Spiegel auch nur einen Gruß zu entrichten, schrie er: »Wie könnt Ihr es wagen, auf eigene Faust durch die Stadt zu ziehen und mit Unterhändlern zu konferieren?«

Spiegel war von der Wucht der Anklage überwältigt. Stockend antwortete er: »Durchlaucht, Ihr kennt die Instruktionen unseres Königs. Was mich betrifft, bin ich beauftragt, wichtige Dinge für die königliche Haushaltung zu erhandeln. Nichts anderes habe ich getan.«

»Und habt Ihr Euch nicht mit dem Murza des Tataren-Khans getroffen? Ohne meine Erlaubnis?«, schrie der Woiwode mit ungehaltener Wut.

»Wollt Ihr mir verbieten, alten Freunden die Ehre zu erweisen?«, verteidigte sich Spiegel.

»Ich habe Euch bei Strafe untersagt, den Seraj zu verlassen. Ich hatte die Güte, das Verbot zu lockern, damit Ihr Euren Händeln nachgehen könnt. Doch Ihr habt mein Vertrauen missbraucht. Ich werde nun umso härter auf dessen Einhaltung pochen!«

»Mit Verlaub, Durchlaucht, Ihr könnt mich nicht daran hindern, die Befehle unseres Herrschers zu befolgen.«

»Befolgt Ihr sie denn?« Chomętowski streckte die Hand aus, ein Bediensteter reichte ihm ein Schriftstück. Chomętowski las ab und fasste zusammen: »Seine Majestät der König von Polen beklagt sich darüber, dass Wechsel in Höhe von 40 000 Talern eingelöst sind, aber noch nicht ein Stück den Warschauer Hof glücklich erreicht hat.«

»Wie auch«, verteidigte sich Spiegel, »die Stücke werden eben zerlegt und transportabel gemacht. Ich werde Seiner Majestät Bericht erstatten ...«

»Mir ist zu Ohren gekommen«, fuhr Chomętowski unbeirrt fort, »dass Ihr einen Teil des Geldes zu Eurem eigenen Unterhalt verwandt habt?«

Spiegel lächelte unsicher. »Nicht zu meinem eigenen ...«

»So gebt Ihr also zu, Gelder unterschlagen zu haben!«, brauste Chomętowski auf.

»Seine Majestät hatte die Gnade, mir unbegrenzte Freiheit einzuräumen und Geld aus der königlichen Schatulle nach meinem Gusto verwenden zu dürfen«, hielt Spiegel dagegen. Er wollte sich nicht von Chomętowski zur Rede stellen lassen.

Der Woiwode schwenkte das Schriftstück. »Seine Majestät scheinen das anders zu sehen.«

»Ich kann es mir nur so erklären, dass man mich mit Absicht beschuldigt hat, um mich bei ihm anzuschwärzen. Das liegt auf der Hand.«

Der Woiwode verengte die Augenlider. »Ist das ein Vorwurf? Wollt Ihr etwa mich beschuldigen?«

»Wer ist es denn, der sich erlaubt, an mich gerichtete Depeschen zu öffnen?«

Das Wortgefecht hatte an Lautstärke zugenommen. Chomętowski reichte Spiegel das Blatt, der riss es ihm förmlich aus der Hand.

»Alles, was hier passiert, geht mich an. Wir befinden uns auf dem Gebiet eines fremden Fürsten, sind ihm ausgeliefert. Ich kann nicht dulden, dass ein nachrangiges Mitglied meiner Gesandtschaft Geheimdiplomatie betreibt.«

»Ich betreibe keine Geheimdiplomatie, sondern Handel im Auftrag des Königs«, widersprach Spiegel.

»So es denn dabei bleibt. Ansonsten werde ich dafür sorgen, dass Sie ausgeschlossen und in die Heimat geschickt werden.«

»Nichts lieber als das«, entgegnete Spiegel, wandte sich um und schickte sich an, aus dem Saal zu stürmen.

»Spiegel!«, rief der Woiwode ihn da zurück. Spiegel wirbelte herum. Mit einem diabolischen Gesichtsausdruck hatte Chomętowski eine getrocknete Feige von der Tafel genommen und hielt sie Spiegel entgegen. »Wollen Sie von meinen Früchten kosten?«

Spiegel wandte sich ab und ging seiner Wege. Er hatte die Drohung verstanden.

Aische war jünger als Fatima, fast noch ein Kind, und von einer Unterwürfigkeit, die Fatima nicht gewohnt war. Sie wagte kaum, ihre Herrin anzuschauen. Umso erstaunter war Fatima, als Aische gegen ihren Wunsch aufbegehrte, gemeinsam mit ihr die Moschee zu besuchen.

»Herrin«, sagte Aische erschrocken, »Ihr seid getauft!«

»Steht mir das auf die Stirn geschrieben?«, fragte Fatima zurück.

»Aber nein, natürlich nicht.« Aische verstummte, obwohl ihr etwas auf dem Herzen lag.

»Was also sollte mich daran hindern?«

Aische wagte nicht, Fatima anzuschauen. »Herrin, Ihr könnt Euch verkleiden vor den Augen der Menschen, aber Allah täuscht Ihr nicht.«

Fatima schwieg. Die tiefe, einfache Gläubigkeit der Dienerin rührte sie.

»Wenn Gott der Gott ist, den ich anbete, dann wird er mich nicht verstoßen, nur weil ich Christin bin.«

»Und mich? Dass er Gnade für Euch hat, mag sein. Aber ich bin nur eine kleine Dienerin! Wer wird für mich ein gutes Wort einlegen?«

Fatima berührte Aische aufmunternd an der Schulter. »Ich bin älter als du. Ich werde unseren Schöpfer früher sehen. Und werde ihm berichten, dass er in dir eine treue Dienerin hat.«

Aische seufzte. Ihre großen braunen Augen blickten ängstlich, sie schien noch nicht überzeugt.

»Und welcher Sünde machst du dich schuldig? Du beschaffst mir Kleidung, die mich unerkannt das Haus verlassen und die Gassen Adrianopels durchwandern lässt. Gute, türkische Kleidung. Ich werde nicht auffallen. Ich bin eine Türkin, Aische, vergiss das nicht.«

Unsicher sah Aische zu ihr auf. »Ihr sprecht das Türkisch sehr schlecht, fast wie ein Giaur«, sagte sie ehrlich. »Und Eure Sitten sind ganz ... fremd.«

Fatima versetzte es einen Stich. »Aber ich werde mit jedem Tag besser«, sagte sie trotzig.

Nun wagte Aische, Fatima in die Augen zu schauen. »Seid Ihr hier«, fragte sie, »um Euch zu verwandeln?«

Fatima schwieg lange. Diese Frage hatte sie sich auch schon gestellt. »Beschaffe mir türkische Kleider, dann werden wir sehen, wie tief die Verwandlung reicht.« Die Dienerin zog sich mit einer Verbeugung zurück und versprach, den Auftrag ihrer Herrin – so es in ihrer Macht stand – getreulich auszuführen.

Warschau im Sommer 1713

August und Flemming hielten zwei beinahe identische Briefe in der Hand. Der eine von Spiegels Hand, der andere von Dorengowski. Sie glichen sich der Länge und Form nach, und auch im Wortlaut.

August schüttelte den Kopf. »Was soll das nun wieder? Spiegel maßt sich an, den Woiwoden von Masowien als Verräter bloßzustellen? Und weil er seinen eigenen Worten nicht traut, nimmt er sich Verstärkung?«

Flemming, der mit übergeschlagenen Beinen auf einem Armstuhl saß, fuhr sich mit der Hand über den Mund. »Spiegel und Chomętowski werfen sich gegenseitig Unregelmäßigkeiten vor.«

»Sie werden Grund dazu haben«, sagte August lakonisch.

»Während sich der Woiwode am Geld des Sultans gütlich hält, tut Spiegel dies an Ihrem, Sire.«

August der Starke machte eine wegwerfende Handbewegung. »Dafür gibt es keinerlei Beweise. Von Spiegels Treue bin ich überzeugt! Allein sein Ehrgeiz macht mir Sorgen.«

»Von seiner Treue? Wirklich?«, fragte Flemming listig nach. »Und was gebt Ihr auf die Gerüchte, Fatima und Spiegel hätten ein innigeres Verhältnis, als ihnen zusteht?«

Augusts Miene verfinsterte sich, sein Atem ging schneller. Flemming hatte einen wunden Punkt getroffen. Gelassenheit und Gleichgültigkeit des Königs waren dahin. »Worauf hofft Spiegel? Dass er Resident an der Pforte wird?« Der König hatte dies mit tiefer Ironie ausgesprochen.

Flemming nickte gleichwohl. »Ich schließe nicht aus, dass er auf diese Karte setzt.«

»Unglaublich!« August spie die Worte verächtlich aus: »Spieglein, Spieglein – mein großer Diplomat!« Mit einem Ruck wandte er sich zu seinem Generalfeldmarschall um. »Das kann er nicht ernst meinen! Er macht meine Pläne zunichte!«

»Wenn wir nichts tun«, sagte Flemming, »wird er unser Schweigen als Ermunterung auffassen.«

»Wir sollen ihn ermuntern, auf einem falschen Weg voranzuschreiten?«, fragte August mit gerunzelter Stirn.

Flemming nickte. »Warten wir einfach ab, wie weit er kommt. Und falls er sich von Ehrgeiz und Übermut zu weit treiben lässt, wird uns niemand einen Vorwurf machen können.«

»Und Fatima?«, fragte August, beinahe ängstlich. »Und mein Sohn? Meine Tochter?«

»Auf die Kinder haben wir ein Auge. Doch von ihr – keine Spur«, sagte Flemming zerknirscht. »Nach Lemberg ist sie jedenfalls nicht zurückgekehrt.«

»Teufel auch!«, fluchte August und sah ihn streng an. »Haben wir jemanden vor Ort, der herausfinden kann, was dort geschieht?«

Flemming schüttelte den Kopf. »Nicht in Adrianopel. In Konstantinopel hätten wir Fleischmann, den kaiserlichen Residenten …«

August winkte ab. »Der berichtet auch nur das, wovon der Kaiser möchte, dass wir es erfahren.«

In dem Moment stürmte ein Sekretär Flemmings in den Audienzsaal. »Was störst du?«, empfing Flemming ihn brüsk.

Der Sekretär versuchte, seinen Atem zu beruhigen. »Jussuf Pascha ist tot. Der Sultan hat ihn strangulieren lassen.«

»So hat ihn die Wut erreicht, die eigentlich Karl treffen müsste«, kommentierte Flemming erstaunt.

»Der neue Großwesir heißt Ali Pascha«, fuhr der Sekretär mit fliegendem Atem fort. »Und man erzählt sich, dass er Frieden mit den Russen schließen will!«

August zog seine starken, dunklen Augenbrauen hoch in die Stirn. »Die Pforte? Frieden mit den Russen? Das ist ein altes Lied. Und immer war es nur Vorwand für einen neuen Krieg!«

Flemming lächelte. Ein Ausdruck, den August selten an ihm bemerkte. »Das verbessert immerhin Spiegels Chancen, sich lebend aus der Affäre zu ziehen.«

»Wenn er es schafft, sich vor Chomętowski in Sicherheit zu bringen.«

»Ja. In seiner Haut möchte ich wirklich nicht stecken«, sagte August. Und fuhr nach einem Seufzen fort: »Üben wir also ein wenig Druck auf Chomętowski aus. Ich werde ihm schreiben, er solle endlich eine Audienz erwirken.«

»Aber nur gerade so viel, um zu sehen, ob er reagiert. Ob er etwas auf unsere Befehle gibt. Jetzt, wo Karls Lager allmählich zerbricht und seine Lage immer verzweifelter wird, sollte Chomętowski geneigt sein, den einzigen Strohhalm zu ergreifen, der ihm noch bleibt: das Vertrauen Seiner Majestät des polnischen Königs. Zwei Winkelzüge noch, und der Woiwode ist Euer Freund – oder ein Dummkopf.«

August sah ihn in einer Mischung aus Respekt und Verachtung an. »Flemming, mit Verlaub, Sie sind ein Teufel!«

Flemming sonnte sich im Glanz des zweifelhaften Kompliments.

»Ich bin froh«, fügte August da hinzu, »dass Sie in meinen Diensten stehen. Und nicht in denen meiner Feinde.« Er betrachtete ihn durchdringend. »Es ist doch so, Flemming?«

»Sie können sich voll und ganz auf mich verlassen, Sire«, sagte Flemming nach kurzem Zögern.

August nickte, ohne Flemming anzuschauen. Er wusste, was jeder Herrscher weiß: dass er sich auf niemanden mehr verlassen konnte als auf sich selbst.

Adrianopel im Sommer 1713

Aische nahm Fatima wie ein Kind an die Hand. Ihre Finger waren kalt, obwohl es ein warmer Sommertag war. Die Minarette der Sultan-Selim-Moschee ragten in den blassblauen Himmel. Zwischen ihnen thronte schwerfällig und dennoch eindrucksvoll eine mit Bleiplatten gedeckte graue Kuppel, gestützt von acht äußeren Pfeilern, ebenfalls bleigedeckt. Platanen warfen Schatten auf die Fassade.

Sie kamen über die Treppen, und je mehr sie sich näherten, desto gewaltiger sah das Bauwerk aus. Fatima hatte sich daran gewöhnt, ihre Umgebung durch das begrenzte Sichtfeld des Schleiers wahrzunehmen. Nun schob sie den Stoff etwas zur Seite, um die Pracht ganz in sich aufzunehmen. Sie traten durch einen hohen, aus rotem und weißem Marmor gemauerten Bogen, der den Eingang zum ersten Hof markierte. Alle Gewölberippen wurden durch Marmorstreifen betont, was dem Gebäude ein munteres Gepränge gab. Die Wandelgänge waren hoch wie das Himmelszelt. Nicht einmal die großen Kirchen Dresdens besaßen solche Abmessungen.

In der Mitte des Vorhofs sprudelte ein Brunnen mit zwölf gleichförmigen, reich ornamentierten Platten, aus denen bleierne Nasen Rinnsale frischen Wassers ergossen. Aische half Fatima, die Waschungen vorzunehmen. Zunächst Gesicht und Hände, dann die Arme, dann Beine und Füße. Wasser bedeckte ihre Haut und schenkte Kühle und Klarheit. Fatima folgte Aisches Anweisungen wie in Trance. Nachdem sie die Waschungen vollzogen hatten, schritten sie die schmale Stiege zur Frauenempore hinauf. Jeder Schritt war bleischwer. Doch oben angekommen, hob sich ihr Herz angesichts des prachtvollen Blicks. Aische neben ihr verstummte vor Staunen.

Andere Besucher waren alles andere als stumm. Der Bauch des Gotteshauses war erfüllt vom Summen der Stimmen. Einige hatten sich in der Nähe der Gebetsnische niedergeworfen und zu beten begonnen, andere lustwandelten in kleinen Gruppen und unterhielten sich wie auf einem Markt. »Warum schweigen sie nicht und wenden sich ganz Gott zu?«, fragte Fatima verwundert.

»Dieses Haus ist Gottes Haus«, erläuterte Aische, »und wir dürfen bei ihm zu Gast sein. Gott sieht alles, überall. Wir müssen uns nicht verstellen, wir können so sein, wie wir sind.«

Fatima stellte erstaunt fest, wie wenig sie über den Glauben ihrer Väter wusste. Und doch war ihr fröhlicher zumute als in den christlichen Kirchen, die sie mit ihrer kalten Strenge einschüchterten. Mochte es daran liegen, dass sie im Herzen stets eine Rechtgläubige gewesen war?

Aische empfahl sich und wollte sich zum Beten zurückziehen. Für einen kurzen Moment wurde Fatima von Unruhe erfasst, so ganz auf sich geworfen inmitten dieser fremden Religion, die doch ihre eigene war.

Aber nun waren die Glieder nicht mehr kalt, unter den Sohlen spürte sie den langen Flor der Teppiche, weich und farbenfroh, sie setzte ihre Schritte leichter, denn das Herz ging ihr auf. Um sie herum jagten Kinder, nicht laut, aber dennoch ausgelassen, so als hätten sie ein Gespür dafür, welche Lautstärke man den Betenden zumuten konnte. Fatima schritt an Gruppen vorbei, die sich unterhielten, schnappte Wortfetzen auf, auch Sätze. Beobachtete die Menschen, war unter ihnen, aber auch wieder nicht.

Da Aische fortgegangen war und Fatima sich nicht getraute, einfach zu einer Gruppe zu treten und ein Gespräch zu beginnen, wandte sie sich Gott zu. Sie sprach mit ihm, innerlich, ohne die Lippen zu bewegen, allein die Gedanken ihm zugewandt. Da sie nicht wusste, wie man nach islamischem Ritus betete, unterhielt sie sich mit ihm, wie sie sich zuvor mit Aische unterhalten hatte. Bat ihn, sie heil zu ihrer Familie zurückkehren zu lassen. Flehte, er möge sie mit Spiegel versöhnen und seine schützende Hand über ihn halten. Und Gott antwortete, indem er ihr eine Vision schickte.

Von einem Hof aus sah sie das Innere eines Palasts. Es war keine europäische, sondern osmanische Architektur, mit Gärten, Säulengängen, Brunnen. Ein Mädchen und ein Junge tollten unter Orangen- und Zitronenbäumen umher, die Luft war schwer vom Duft der Früchte. Hand in Hand umrundeten die Geschwister hüpfend ein flaches, in Marmor gefasstes Wasserbecken. Fatima konnte das Wasser plätschern hören. Immer enger hüpften sie am Rande der Einfassung entlang, und je enger die Bögen, desto schneller wurden sie, der Junge innen, das Mädchen außen. Die nackten Fußsohlen platschten wie Regentropfen über den Stein. Fatima versuchte, die Gesichter zu erkennen – ihre Züge, die Farbe ihrer Augen –, sie vermochte es nicht. »Katharina! Gusti!«, rief sie ihnen zu, doch die Kinder reagierten nicht, schienen sie weder zu hören noch zu sehen. Sie begannen zu rangeln, das Mädchen drängte nach innen, der Junge hielt gegen, bis er zu dicht an die Kante trat. Er verlor das Gleichgewicht und stürzte ins Wasser. Das Becken war nicht tief, doch es reichte aus, um ihn wie einen Hund zu durchnässen. Fatima wollte ihm zu Hilfe springen, ihn aus dem Wasser zerren. Da stemmte er sich schon prustend hoch, umfasste die angezogenen Beine mit den Armen und blieb im Wasser sitzen. Das Mädchen lachte lauthals, ein helles, glockenklares Lachen, und der Junge fiel mit ein. Da hörte sie Schritte über den Steinboden nahen. Sie wusste, es war die Mutter, die wissen wollte, was der Grund für die Heiterkeit war. Näher und näher kam sie. War sie selbst die Mutter? Würde sie sich selbst sehen in diesem Tagtraum?

»Fatima?«, fragte eine sanfte weibliche Stimme.

Fatima stand wie vom Schlag gerührt.

»Was ist Ihnen, Herrin?«, fragte die Stimme erneut.

Endlich erwachte Fatima aus dem Tagtraum und sah, wer vor ihr stand. »Aische!«

»Ja, Herrin. Was ist geschehen?«

»Gott schickt mich nach Hause, Aische«, sagte Fatima bestimmt.

»Nach Hause, Herrin?«, fragte Aische. »Wo ist das?«

»Zu meinen Kindern«, sagte Fatima. »Bevor noch ein Unglück geschieht.«

Der Wirt tat für gewöhnlich geschäftig, wenn sie den Eingang passierten. Fatima vermutete, dass sein Desinteresse vom Bey erkauft war. Doch heute war es anders. Schon an der Pforte hatte er die beiden Frauen mit einem durchdringenden Blick eingefangen, der ihnen folgte, bis sie auf der Stiege verschwunden waren. War es, weil sie dieses Gewand trug?

Aische hielt, während sie nach oben stieg, den Kopf gesenkt. Fatima ahnte, was in ihr vor sich ging. Aische liebte Fatima, das hatte sie ihr gestanden. Sie war ihre erste Herrin. Unvorstellbar für sie, fortan ohne sie zu leben. Es waren die Gedanken einer Frau, die noch ein halbes Kind war. Und doch erwog Fatima, Aische mitzunehmen, zurück, in den Norden, denn sie hatte das Mädchen ebenfalls liebgewonnen.

Dann standen sie oben auf dem Gang. Aische wollte sich zurückziehen, doch Fatima beschied ihr, dass sie sie benötige, in der Kammer. Sie wolle gleich anfangen zu packen.

Als Fatima die Tür öffnete, vermeinte sie, ein Scharren von drinnen zu hören. War es Spiegel, der sie erneut zur Rede stellte? Sie ein weiteres Mal mit Vorwürfen überschütten wollte? Ja, sie würde das Lager abbrechen und den Heimweg antreten. Den Kindern zuliebe. Das war es doch, wonach er verlangte!

Fatima schob die Tür auf und nahm einen Geruch wahr. Einen männlichen Duft, der ihr fremd und vertraut zugleich war. Da war jemand in der Kammer – und Spiegel war es nicht. Spiegel rasierte sich täglich, und Fatima hätte den Geruch seiner Rasierseife unter hundert Gerüchen herausgerochen.

Sie entdeckte die Gestalt im Schatten der Zimmerecke neben dem Fenster. Die Lichtstrahlen, die durch ein engmaschiges Holzgitter in den Raum fielen, streiften ihn nicht einmal.

»Wer sind Sie?«, fragte Fatima.

Der Mann, er mochte etwas jünger sein als sie selbst, trat vor. Nun traf ihn das Licht von der Seite, das Gitter warf ein Muster auf seine Haut. Er trug einen dichten Schnauzbart, der bis auf die Wangen reichte. Das Kinn aber war glatt.

Fatima hatte diesen Mann noch nie gesehen, und doch hatte sie das sichere Gefühl, ihn zu kennen.

»Fatima?«, sprach er sie an, brachte die Silben kaum heraus. Erschüttert stellte Fatima fest, dass der Mann weinte. Welch grauenvolle Botschaft hatte er ihr zu überbringen?

»Was ist passiert?«, fragte sie mit trockener Kehle.

»Ich bin«, brachte er stockend heraus, »Habib.«

»Ja«, sagte Fatima, ohne zu verstehen.

»Dein Bruder.«

Als Habib Fatima einige Stunden später verließ, ließ er eine Frau zurück, deren Herz endgültig gespalten war. Zusammengekauert hockte sie auf dem Boden, überwältigt von Glück – und von Ratlosigkeit. Habib hatte ihr Dinge erzählt, die nicht leicht zu verstehen waren.

Die Eltern lebten!

Sie hatte es zunächst für eine Lüge gehalten, so sehr stand es gegen alles, was ihr bislang Gewissheit schien. Doch Habib hatte tausend Eide geschworen. Wie sie dem Blutgericht von Ofen lebend entkommen waren, konnte er ihr allerdings auch nicht erklären. Und hatte sie nicht den Todesschrei der Mutter gehört? Hundertfach in ihren Träumen? Habib wusste nichts davon. Er konnte sich nicht einmal erinnern, überhaupt in Ofen gewesen zu sein. Doch so rätselhaft ihr dies alles erschien, so wollte Fatima es doch glauben! Und hatte ihr Habib nicht vieles berichtet, was sie in ihrem Herzen als wahr empfand? Warum sollte er lügen? Nein, Fatima schloss es kategorisch aus, dass ihr Bruder sie in diesem Punkt belog! Doch wenn die Eltern lebten, wäre es nicht ihre Pflicht als Tochter, zu ihnen zu reisen, in die Heimat? Nicht zu ihren Kindern, sondern zu ihren Eltern?

In diesem Gemütszustand musste sie den Bruder nach einigen Stunden der Tränen und Geständnisse und Umarmungen verabschieden, unter neuerlichen Tränen und Umarmungen. Und als er aus der Kammer war, fühlte sie sich einsam wie ein Stern in der Tiefe des Universums. In ihrer Verwirrung begann sie mit Gott zu sprechen. »Allah, du hast mir zwar einen Traum geschickt«, sagte sie in tiefem Ernst, »doch er gab mir keine Antwort. Im Gegenteil, er hat die Frage nur noch größer gemacht. Bitte«, sagte sie und rang die Hände, »schicke mir einen Rat!«

Auf der Straße vor der Herberge wurde Habib vom Bey erwartet. Er hatte sich unter mehreren Lagen Stoffen verborgen, war vermummt wie ein Bettler. Habib erschrak, als er ihn ansprach. Dann umarmte er ihn in feierlicher Würde. »Ich danke dir«, sagte er aus tiefstem Herzen.

Der Bey hatte gehofft, die richtige Familie gefunden zu haben. Hatte gehofft, dass Habib in der Lage sein würde, seine Schwester auch nach so vielen Jahren noch zu erkennen. Doch hatte er nicht mit der Wucht der Gefühle gerechnet. »Dann ist sie es tatsächlich?«, fragte der Bey, um sich des Wunders ganz zu versichern.

»Sie ist es«, sagte Habib, »bei Allah, sie ist es!«

Schweigend sahen sie einander an. Der Bey begriff, dass er einen Schatz in der Hand hielt. Und nur eine Handvoll Personen wusste davon. Er musste dafür sorgen, dass es so blieb.

»Es ist, als stünde ich vor meiner Mutter«, sagte Habib stockend. Und wieder traten ihm Tränen in die Augen. »Meine Mutter als junge Frau!«

Der Bey klopfte Habib auf die Schulter. »Wir werden Fatima nach Stambul bringen.«

»Wirklich?«

»So der Sultan es gestattet.«

»Sie wusste nicht, dass unsere Eltern noch leben. Als ich es ihr erzählte, wollte sie es nicht glauben. Und als sie es endlich begriff, schwieg sie beinahe eine Ewigkeit lang ...«

»Sie hat sich immer als Waise gefüllt.«

Habib nickte traurig. »Mutter wird die Freude nicht überleben. Wenn sie davon erfährt ...«

»Bitte«, drang der Bey in ihn, »verrate ihnen noch nichts. Wir wollen erst abwarten, ob wir in der Lage sind, sie mitzunehmen. Fatima ist unberechenbar. Wenn sie sich erst einmal etwas in den Kopf gesetzt hat ...« Der Bey ließ den Satz unvollendet, um seine Gedanken nicht ins Ungewisse zu stürzen.

»Sie ist eine starke Frau«, bekräftigte Habib.

»Nie habe ich eine stärkere kennengelernt«, bestätigte der Bey.

Habib nickte, umarmte den Bey erneut und küsste ihn auf beide Wangen. »Unser Wohltäter, unser Bruder! Was für ein Fest wird das geben!«

Der Bey drückte Habib den Arm. »Vorerst müssen wir das Geheimnis hüten. Niemand darf davon erfahren!«

»Ich werde schweigen.«

»Das musst du auch. Wenn Chomętowski davon erfährt, schwebt Fatima in noch größerer Gefahr als ohnehin schon.«

Ein Wimpernschlag, und Habib hatte seinen Dolch aus dem Gürtel gezogen. »Eher will ich sterben, als meine Schwester in Gefahr zu bringen.«

Ebenso schnell schnappte der Bey nach Habibs Handgelenk. »Wir müssen kühlen Kopf bewahren!« Er war sich nicht mehr sicher, ob es hilfreich gewesen war, den impulsiven jungen Mann in Fatimas Nähe zu bringen.

»Der neue Großwesir Ali Pascha wird Sie empfangen, mein Freund«, beschied ihm der Scheferschaha Bey.

»Freund nennen Sie mich?«, fragte Spiegel erstaunt. Es war

das erste Mal, dass der Murza des Khans der Krimtataren ihn mit diesem Titel ehrte. »Womit habe ich diesen Namen verdient? Und die Behandlung?«

»Der Sultan ist zu dem Schluss gekommen, dass wir Ihnen trauen können. Mehr als Chomętowski. Denn der Gesandte tut nichts weiter, als Gastgelder zu verprassen.«

Spiegel nickte. »Dies scheint der Hauptzweck seiner Reise. Schon in Lemberg hat er damit geprahlt, dass er als reicher Mann nach Polen zurückkehren wird.«

»Das ist sein Recht, solange er seine Aufgabe gut macht. Aber er macht sie nicht gut.«

Der Bey bat Spiegel in eine Sänfte, die vor dem Serail bereitstand. Den Weg in den Palast des Großwesirs legten sie schweigend zurück. Die Hitze lag in den Gassen und lähmte die Zunge. Erst als sie das Ziel beinahe erreicht hatten, begann der Scheferschaha Bey, ihn auf das bevorstehende Treffen einzustimmen.

»Ali Pascha ist von anderem Schlage als sein Vorgänger. Er will so schnell wie möglich Frieden schließen, denn der Sultan möchte sich von Karl lossagen. Er ist seiner Kriegslust überdrüssig.«

»Karl hält sich nun vier Jahre in Bender auf«, ergänzte Spiegel süffisant.

Der Scheferschaha Bey starrte finster vor sich hin. »Zum wievielten Male wollte er uns in einen Krieg gegen den Zaren treiben? Nein, viel zu lange hat der Sultan auf die falsche Partei gesetzt. Er hat nicht damit gerechnet, dass Karl Eisenkopf unterliegen könnte und damit auch der polnische Thron fest in Augusts Hände gelangt.«

»Und Stanisław Leszczyński, der große Rivale, der Gegenkönig von Karls Gnaden, ist nur mehr ein Flüchtling!«, ergänzte Spiegel zufrieden.

Der Bey sah ihn von der Seite an. »Es ist gerecht, dass man Euren Herrscher August den Starken nennt. Oder, wie er bei uns heißt: ›Na'lqiran‹ – der Hufeisenbrecher.«

Spiegel spürte sein Selbstbewusstsein erstarken. Eine Zuversicht, die ihm in der Begegnung mit dem Großwesir durchaus hilfreich sein würde.

Sie erreichten den Palast, wo der Wesir residierte. Es war schon Abend, die Dämmerung fiel über die Hügel, in die Adrianopel, die Stadt Kaiser Hadrians, sanft eingebettet lag. Von den Minaretten sangen die Muezzins.

Der Bey und Spiegel wurden in einen Vorraum geführt. Der Großwesir, so wurde ihnen erklärt, befinde sich noch beim Abendgebet.

»Ali Pascha ist ein gläubiger Mann. Doch er respektiert auch Menschen anderen Glaubens. Er ist ein großer Anhänger des Propheten Isas, den Ihr Jesus nennt.«

Spiegel nickte. »So wird er auch ein aufrichtiger Freund des Friedens sein.«

»Ja«, sagte der Bey, »das erzählt man sich.«

Spiegel malte sich ein freundliches Bild von dem Mann und wurde nicht enttäuscht.

Der Großwesir empfing sie in großer Gelassenheit. Eben hatte er sein Verhältnis zu Gott ins Reine gebracht, nun widmete er sich seinen Gelüsten. Vor dem Diwan war eine Tafel aufgerichtet, die eine sächsische Landfamilie ein Jahr lang ernährt hätte.

Nach den fälligen Verbeugungen und Ehrenbezeugungen winkte er den Bey und Spiegel heran und forderte sie auf, sich an der Tafel niederzulassen. Spiegel ließ es sich nicht zweimal sagen. Der Vorgänger hatte die Gesandten auf Abstand gehalten, dieser hier bat sie an seinen Tisch. Ali Pascha ließ sich eine Schale mit Wasser bringen. Ein Sklave träufelte ihm Zitronensaft über die Finger, und der Wesir wusch sich die Hände. Dann trocknete er sich mit einem feinen, dünnen Tuch ab. Er polkte Essensreste aus den Zähnen und begann unvermittelt, über Chomętowski zu klagen: »Er ist wie ein zweiter Karl: Hat sich eingerichtet und ist nicht fortzubewegen.«

»Obendrein feiert er Feste und lässt Wein fließen wie Wasser«, stimmte der Bey in das Klagelied ein. »Karl dagegen übt sich in Askese wie ein Eremit.«

Der Großwesir und der Bey warfen sich einen langen Blick zu. Spiegel schwieg und wartete ab.

»Wie aber«, fragte er dann, »können wir diese Lage verändern?«

»Was schlagt Ihr vor?«, fragte der Wesir.

Spiegel schluckte hinunter, damit er den Vorschlag mit leerem Mund und klarem Kopf unterbreiten konnte. »Ich habe mich bereits bei meinem Herrn beklagt. Wenn Ihr, Exzellenz«, und damit neigte er den Kopf dem Großwesir zu, »Eure Klagen ebenfalls an August Hufeisenbrecher richten wollt ...«

Zwischen den Brauen des Wesirs klaffte eine Zornesfurche. »Wir sollen uns auf offiziellem Wege über einen ernannten und akkreditierten *Envoyé* beschweren?«

Spiegel erschrak. »Verzeiht«, sagte er leise. Einmal mehr wurde ihm bewusst, wie viel ihm zum Gesandten noch fehlte.

»Aber wir können etwas anderes tun«, sagte Ali Pascha, und seine Züge glätteten sich. »Wir können August einen Vorschlag unterbreiten, den Chomętowski nicht ablehnen kann.«

»Und was wäre dies für ein Vorschlag?«, fragte Spiegel neugierig.

»Wir stellen ihm in Aussicht, seine Große Gesandtschaft in Stambul zu akkreditieren und seinen *Envoyé* zu einem ständigen Gesandten, einem Residenten zu machen. Dies wäre beinahe gleichbedeutend mit einer Anerkennung des Hufeisenbrechers als polnischen König.«

»Ihr wollt Chomętowski noch belohnen für seine Untätigkeit?«, empörte sich Spiegel. Der Großwesir warf dem Bey einen Blick zu, lächelte, und seine Wangen blähten sich zu runden, rötlich glänzenden Beulen.

»Wir reden nicht von Chomętowski. Wir reden von dem Gesandten, der sich als treuester Diener seines Herrn erwiesen hat.«

Spiegel blickte irritiert von einem zum anderen. »Ich verstehe nicht recht«, sagte er, und um ganz sicherzugehen: »Ihr würdet Chomętowski links liegenlassen und ... mit wem verhandeln?«

»Wenn sich bis zum Eintreffen der Gesandtschaft in Stambul herausstellen sollte, dass nicht Chomętowski der beste Diener seines Herrn ist, sondern ein anderer Herr, sagen wir ... Monseigneur Spiegel«, der Großwesir hatte die Stimme gesenkt, »würden wir es August wissen lassen.«

»Ihr wollt mit mir verhandeln?«

Der Bey lächelte vor sich hin und überließ es dem Großwesir zu antworten. »Tun wir das nicht längst?«

Spiegels Hunger war verflogen. Vor sich sah er eine Zukunft als Resident des Königs bei der Pforte. Konstantinopel – der Gedanke ließ sein Herz springen. »Was soll ich tun?«, fragte Spiegel, fest entschlossen, in jede Bedingung einzuwilligen.

»Vorerst nichts«, sagte der Großwesir mit der gebotenen Würde. »Wir werden ein Schreiben formulieren, in dem wir die Gesandtschaft nach Stambul, an den Hof des Sultans einbestellen. Weder August noch Chomętowski können dies ablehnen.«

»Niemals wird er dies ablehnen«, bekräftigte der Bey. »Der Hufeisenbrecher ist ein kluger Herrscher.«

Der Großwesir faltete die Hände im Schoß zum Zeichen, dass er in der Würde seines Amtes entschieden hatte. Die Audienz war beendet.

Noch am selben Abend empfing der Großwesir auch Fatima. Spiegel wusste nichts davon, er träumte im Seraj von einer prächtigen Zukunft. Nicht einmal Aische wusste, wohin die Herrin mit dem Scheferschaha Bey gefahren war.

Fatima warf sich vor dem Großwesir auf den Boden, mit dem ganzen Körper, wie der Bey es ihr vorgeschrieben hatte. Kein Wesir des Großherrn aller Gläubigen empfing eine Frau. Ihr Geschlecht war es, in den Augen der osmanischen Herrscher, nicht wert. Was nichts daran änderte, dass so mancher Sultan aus dem Harem heraus beherrscht wurde.

Doch Ali Pascha, peinlich darauf bedacht, dass außer ihm,

Fatima und dem Bey niemand im Raum war, erhob sich von seinem Diwan. Er trat vor, bückte sich und hob Fatima an den Armen auf, so dass sie sich vor ihm aufrichten musste. »Willkommen daheim, Tochter.«

Fatima war sprachlos. Auge in Auge mit ihr stand er und begrüßte die Heimgekehrte. Sie waren nur zu dritt, es würde ein Geheimnis bleiben. Sie war bis in ihr Innerstes erschüttert.

Schließlich bat Ali Pascha sie, neben dem Bey auf dem Diwan Platz zu nehmen. Der war ebenso erstaunt wie beglückt über die Behandlung, die Fatima zuteilwurde.

»Meine Tochter«, begann der Großwesir, »der Bey hat mir von Eurem Schicksal berichtet. Ihr kennt den erstaunlichsten Herrscher der Christen, kennt seinen Hof, seinen Geschmack, seine Vorlieben. Falls sich tatsächlich ein Bund zwischen August Hufeisenbrecher und Sultan Ahmed am Horizont abzeichnen sollte, werdet Ihr diejenige sein, die den Weg dazu bereiten kann. Im Zusammenspiel mit Eurem edlen Gatten.«

Fatima sah den Wesir ungläubig an. Dann suchte sie den Blick Scheferschaha Beys. Der nickte aufmunternd. »Ich bin doch nur«, stammelte Fatima, »eine Frau.«

Die beiden Männer nickten. »Aber, mit Verlaub, eine der bemerkenswertesten auf dem Erdball«, sagte der Wesir.

Fatima errötete. »Wie kommt Ihr darauf?«

»Ihr seid am Hofe Karl Eisenkopfs aufgewachsen. Habt mit dem Hufeisenbrecher das Bett geteilt. Ihr seid die Mutter seiner Kinder …«

Fatima hörte sich die Aufzählung ihrer vermeintlichen Verdienste an, ohne zu ahnen, worauf die Männer hinauswollten. »Ich bin nur eine Frau, die Sehnsucht hat«, sagte sie schließlich mit gesenktem Kopf.

»Sehnsucht? Nach was?«, fragte der Wesir freundlich.

Fatima ließ lange auf die Antwort warten. »Nach meinen Kindern«, sagte sie dann und verbarg ihre Augen hinter einem feuchten Schleier.

Der Bey ließ einen ächzenden Laut hören. Die Augenbrauen des Großwesirs schnellten nach oben. »Soll das heißen, Ihr wollt Euren Gatten nicht nach Stambul begleiten, an die glänzendste Pforte der Welt? In die Stadt am Goldenen Horn, wo sommers wie winters die Nachtigall singt? Die Stadt, der selbst die Störche, die doch so manchen Landstrich besucht haben, jedes Jahr aufs Neue die Ehre erweisen?«

Fatima rang die Hände. »Ich kann nicht«, sagte sie mit gepresster Stimme. »Mein Herz und mein Gatte schicken mich nach Hause, zu meinen Kindern.«

Der Bey und der Großwesir warfen sich Blicke zu. »Und wenn ich es befehle?«, fragte der Großwesir.

Fatima wagte kaum, ihm ins Gesicht zu sehen. »Allah«, flehte sie, »befehlt mir nicht. Ich wäre gezwungen, ungehorsam zu sein.«

Ali Pascha schwieg und strich sich über den Bart. In seinem Herzen kämpfte Zorn gegen Respekt für diese ungewöhnliche Frau, die sich dem Befehl eines Großwesirs zu widersetzen wagte. Endlich wandte er sich erneut an sie: »Fatima, Tochter der Rechtgläubigen, deine Familie wartet auf dich. Vater und Mutter. Du hast Geschwister, auch Nichten und Neffen! Willst du ihnen versagen, dich in die Arme zu schließen?«

»Ihr quält mich! Ich weiß es ja! Doch wie nur – sagt mir, wie! – soll ich mich gegen meine Kinder entscheiden?«

»Du musst.« Die Miene des Wesirs war jetzt hart und unerbittlich.

Mit einem kurzen Seitenblick versicherte sich Fatima, dass der Bey die Aussage des Wesirs bestätigte. »Aber meine Eltern wissen nichts von mir! Für sie macht es doch keinen Unterschied«, flehte sie in heller Verzweiflung, während ihr Widerstand allmählich brach.

»Natürlich wissen sie!«, sagte der Wesir aufgebracht. »Möchtest du deinen Bruder mit der Nachricht zurückschicken, du wolltest sie nicht sehen?«

»Ich kann nicht!«, schrie Fatima und verbarg ihr Gesicht in den Händen.

»Ich befehle es dir!«, sagte der Großwesir und zitterte vor Zorn.

Fatima lag auf dem Boden, von Schluchzen geschüttelt. Sagen konnte sie nichts. Der Bey hob Fatima auf, führte sie an die Schwelle des Saales und übergab sie einem Eunuchen.

Nachdenklich kehrte er zu Ali Pascha zurück. »Sie ist ein gutes Mädchen. Sie will nur dem Willen ihres Gatten folgen. Und ihrem Herzen«, brachte er zu ihrer Entschuldigung vor.

»Unsere Aufgabe ist es aber«, sagte der Großwesir streng, »den Willen des Sultans durchzusetzen.«

»Wir müssen es mit Geschick anstellen«, sagte der Bey.

»Ich bin auf Eure Vorschläge gespannt.«

Spiegel stattete dem Pascha der Kaufleute von Adrianopel einen letzten Besuch ab. Simon Barchodar begleitete ihn. Der Kaufmann bot zum Abschied alle Genüsse des Orients auf, eingelegte Feigen, Oliven, Honig, Melonen und Gebäck. Verschleierte Mädchen tanzten zur Musik unsichtbarer Musiker. Erst mit der Zeit fand Spiegel heraus, dass sie hinter einer papiernen Wand verborgen waren.

Der Pascha lobte seinen Geschäftspartner überschwänglich, und Barchodar übersetzte jedes Lob lakonisch, doch ohne den Inhalt zu schmälern. Wohl tausendmal bat er Spiegel, nach Adrianopel zurückzukehren, sobald sein Herr und König es erlaube. Wortreich beklagte der Kaufmann Spiegels Abreise: Niemals werde ihm das Schicksal wieder einen so glücklichen, freigebigen und ehrenvollen Kunden zuführen. Dann gab es Wein von der Küste des Schwarzen Meeres. Spiegel genoss reichlich davon.

Zum Höhepunkt des Abends warf der Pascha ihm einen mittelgroßen Lederbeutel in den Schoß. Er war mit einem Riemen zu schließen und klimperte beim Aufprall. Barchodar schaute auf. Er und jeder wussten, was sich darin befand.

Spiegel öffnete den Riemen und sah hinein. Silbern und golden glitzerte es ihm entgegen. Entschlossen zog er die Öffnung des Beutels zusammen und warf ihn zurück in den Schoß des Kaufmanns. Spiegel hob beide Hände: »Ich habe bereits einen Vorteil aus dem Handel erhalten: die Zufriedenheit meines Herrn.«

Der Kaufmann lächelte über beide Wangen. »Dann nehmen Sie es als persönliches Geschenk von mir an. Es gehört sich so«, bat er.

Spiegel warf Simon Barchodar einen Blick zu. Der forderte ihn mit einer Geste auf, nicht so zimperlich zu sein. Als Spiegel weiter zögerte, formulierte er mit Nachdruck auf Deutsch: »Der Pascha könnte es als eine Beleidigung auffassen, wenn Sie dieses Abschiedsgeschenk ablehnen.«

Emir Pascha hatte den kurzen Wortwechsel mit wachen Augen und amüsiertem Blick verfolgt. Als er Spiegels Ratlosigkeit bemerkte, warf er ihm den Beutel wieder in den Schoß. Klimpernd landete er zwischen seinen Beinen. Spiegel hatte immer noch nicht gelernt, im Türkensitz zu sitzen. Er streckte die schmerzenden Glieder von sich. Der Kaufmann klatschte in die Hände, erneut erklang Musik und verlor sich in den Säulengängen, die den Hof umgaben. Es war ein heißer Sommerabend, die Grillen zirpten. Spiegel schwitzte. Barchodar beugte sich herüber – und mit einem Seitenblick auf Spiegel nahm er den Beutel an sich. Nachdem sie das Haus des Sultans verlassen und die zweisitzige Sänfte der Gesandtschaft bestiegen hatten, zählte Barchodar seinen Anteil ab. Den Rest gab er Spiegel.

»Ich will es nicht«, sagte Spiegel zornig.

Barchodar sah ernst drein. »Wo Überfluss ist, muss man mit Dummheit geschlagen sein, um nicht zuzugreifen.«

»Es ist nur scheinbarer Überfluss. Das Geld gehört uns nicht.«

Barchodar nickte. »Und doch haben wir nach Landessitte das gute Recht, unseren Teil am Handel einzufordern.«

Spiegel seufzte. Auch für ihn war es nicht leicht, das Leben in der Fremde zu fristen. Chomętowski schnitt ihn von allen Gastgeldern ab. Endlich nahm er den Beutel.

»Es bleibt ein Geheimnis zwischen uns«, sagte Barchodar, in dessen Handfläche die Münzen klimperten. »Vertraut mir.«

Spiegel stieß Luft durch die Nase.

Der Dolmetscher fuhr fort: »Es gibt noch mehr, womit ich mich um Euch verdient machen könnte. Dinge, die Ihr mich nur fragen müsstet ...«

Spiegel spürte, wie Wut in ihm aufstieg. »Drück dich gefälligst klar und deutlich aus!«

Barchodar antwortete, indem er die Hand öffnete. Spiegel ließ ein paar Münzen hineinklimpern. »Nun rede!«

Barchodar presste die Lippen aufeinander. Er hielt die Hand weiterhin ausgestreckt.

»Ich soll für etwas zahlen, was ich noch gar nicht kenne?«

»Glaubt mir«, sagte Barchodar, »die Information ist jeden Preis wert!«

Spiegel ließ weitere Münzen in die ausgestreckte Hand fallen. Mit einer schnellen Bewegung ließ der Dolmetscher sie in den Falten seines Gewandes verschwinden. Spiegel wusste nicht, wie er es anstellte, aber sie klimperten nicht einmal.

»Heraus damit!«

Barchodar sah Spiegel schweigend an.

»Worauf wartest du noch?«

Barchodar senkte demütig den Kopf. Dann sprach er leise vor sich hin: »Ihre Frau, Madame Spiegel, empfängt regelmäßig einen türkischen Herrn.«

Mit einem Schlag wich alle Energie aus Spiegels Körper. Sein Atem ging schnell. Er musste alle Kraft sammeln, bevor er den Dolmetscher zur Rede stellen konnte.

Hasserfüllt sah er ihn an. »Chomętowski will, dass du das sagst. Er hat dich beauftragt, Lügen zu verbreiten, weil er mich zerstören will!«

Barchodar zuckte mit den Schultern. »Mag sein, dass er Sie zerstören will. Dennoch sage ich die Wahrheit.«

»Nein.« Spiegel schüttelte den Kopf. »Niemals. Du lügst!«

Die Sänfte hielt vor dem Tor des Serajs. Barchodar wartete ab, bis die Träger sie sicher niedergesetzt hatten. Dann zog er den Vorhang beiseite und machte Anstalten, hinauszutreten.

Spiegel saß noch immer wie zerschmettert. »Ich glaube dir nicht. Es ist eine Finte Chomętowskis. Sag, dass es so ist!«

Barchodar sprang aus der Sänfte. Gutgelaunt wandte er sich zu Spiegel um. »Überzeugt Euch doch selbst davon, Spiegel. Ihr kennt doch das Versteck Eurer Gattin.« Dann wandte er sich um und ging.

Er hatte im Schatten der Stiege ausgeharrt. Es war ganz einfach gewesen, die Wachen zu überzeugen, ihm nach Sonnenuntergang Ausgang zu gewähren. Nur billig gewesen war es nicht. Wie er es auch anstellte, wie sehr er auch sparte, in dieser Gegend schmolz jeder Vorrat rasch zusammen.

Spiegel ging davon aus, dass Fatima sich vorsehen musste. Wenn sie Besuch empfing, würde sie dies keinesfalls am Tage tun. Drei Abende hatte Spiegel gewacht, bis ihn die Müdigkeit übermannte. Am vierten wollte er schon aufgeben, da vernahm er ein Scharren im Hof. Sofort waren seine Sinne geschärft. Das Tor wurde geöffnet, Zoll für Zoll, dann schlüpfte eine Gestalt hindurch. An den kraftvollen, zielstrebigen Bewegungen erkannte Spiegel den Mann, Frauen bewegten sich geschmeidiger. Der Fremde trug Pluderhosen und hatte den Kopf mit einem Turban bedeckt, das Gesicht in seinen Umhang gehüllt. Spiegel drückte sich in das Dämmerlicht unter der Stiege. Nur der Mond erhellte den zum Hof hin offenen Gang. Spiegel konnte seine Gesichtszüge nicht erkennen, aber er roch seinen Schweiß. Und hatte keinen Zweifel mehr, dass es sich um einen Mann handelte.

Spiegel war zum Speien übel. Er konnte und wollte Fatimas Untreue nicht fassen. Aber war es nicht das Beste so? Hatte er so nicht einen guten Grund, sie zu entfernen, sie endgültig nach Hause zu schicken? Er war entschlossen, das Vertrauen und die Gunst seines Herrschers nicht zu enttäuschen. Eigentlich, so redete er sich ein, war es gut, dass Fatima ihm untreu wurde. So musste er selbst nicht seinem Herrn untreu werden.

Diese Gedanken gaben Spiegel die Kraft, die wenigen Schritte aus dem Dunkel herauszutreten und den Weg über die Stiege zu nehmen, ohne irgendwelche Rücksicht auf quietschende Stufen und Dielen, bis er vor ihrer Kammer stand. Er warf sich gegen die Tür, doch sie gab nicht nach. Natürlich, so dumm wäre niemand, nicht zu verriegeln für ein Stelldichein!

Spiegel schlug mit der flachen Hand gegen das Holz. »Öffne die Tür!«, schrie er. Er hörte Schritte dahinter. Fatimas Stimme klang etwas verschlafen. »Was willst du?«

»Dass du öffnest, was sonst!«, schrie Spiegel. Im nächsten Moment hörte er, wie der Riegel zur Seite geschoben wurde. Mit ganzer Gewalt warf er sich gegen die Tür, krachend brach das Holz. Die Wucht verlieh ihm solchen Schwung, dass er mitten im Zimmer stand. Fatima, noch nicht im Nachtgewand, sondern in Alltagskleidung, sah ihn erschrocken an. Nichts deutete darauf hin, dass sie einen Liebhaber empfangen hätte. Von einem Mann keine Spur. Aber die Fenstervorhänge waren zurückgezogen, kühle Nacht wehte herein, er schien entwischt.

»Der Ofen rußt«, gab Fatima schmallippig eine Erklärung. Spiegel verschränkte die Arme. »Ist es türkische Sitte, fremde Männer zu empfangen? Oder europäische Mätressenwirtschaft?«

Fatimas Augen sprühten Blitze. »Auch wenn du mich beleidigst, Spiegel, ich kann es dir nicht verraten. Aber glaube mir, ich habe dich nicht hintergangen.«

Spiegel spürte Wahrheit in Fatimas Worten, auch Trauer und Aufrichtigkeit. Wohin nur hatte sie das Schicksal getrieben?

»Du reist nach Lemberg. So bald wie möglich«, beschied er ihr.

Fatimas Miene war voller Schmerz. Sie senkte den Kopf. »Ich werde gehorchen.«

Spiegel sah, wie sie wankte. Er trat ihr entgegen, entschlossen, sie aufzufangen. Unversehens lagen sie sich in den Armen.

Spiegel drückte ihr Küsse auf die Wangen, auf die Lippen. »Ich liebe dich doch«, flüsterte er.

Fatima erwiderte den Kuss nicht. Er ließ von ihr ab. Sein Blick streifte die wehenden Fenstervorhänge, er wandte sich um.

Auch Fatimas Blick ging sehnsüchtig zum Fenster hinaus. Spiegel sah Tränen in ihren Augen glänzen.

»Ich gehe jetzt«, sagte er und hoffte auf ihren Protest.

»Ja«, sagte Fatima und stand wie versteinert.

Spiegel zögerte nur einen Moment. »Es ist besser für uns alle«, stieß er hervor und floh aus der Kammer. Er sah nicht mehr, wie Fatima über ihrem Bett zusammenbrach.

Als die letzte Truhe verschlossen und dem Diener das Zeichen zum Abtransport gegeben war, näherte sich Aische unterwürfig. »Herrin«, sagte sie vorsichtig, »darf ich Euch begleiten?«

Fatima musterte die Dienerin wie durch einen Schleier. Sie war noch jung, vielleicht vierzehn oder fünfzehn Jahre. Ihr genaues Alter kannte sie nicht, denn sie stammte vom Land. Da zählte die ewige Wiederkehr der Natur, der Wechsel der Jahreszeiten. Ein Tag bekümmerte niemanden. Aische hatte noch nicht viel gesehen. Nicht viel mehr als das Dorf ihrer Geburt und die Stadt Adrianopel. Fatima seufzte. Das junge Ding wusste nicht, was es tat!

Sie schob den Gesichtsschleier der Dienerin beiseite und streichelte ihr die Wange. »Nein, Aische. Du weißt nicht, was es heißt, die Heimat zu verlieren.«

Aische errötete unter der Liebkosung. »Nein, Herrin, das weiß ich nicht. Ich muss es aber auch nicht wissen, denn ich verliere sie nicht.«

»Aber natürlich verlierst du sie!«, sagte Fatima verzweifelt, denn die Bitte führte ihr erneut den ganzen Schmerz ihrer Lage vor Augen. »Wir ziehen nach Polen, nach Europa, tausend Wegstunden von hier. Es ist eine andere Welt. Wer weiß, ob du jemals zurückkehren wirst.«

Stolz hob die Dienerin das Kinn. »Die Türkei«, sagte sie entschlossen, »ist nicht meine Heimat!«

Fatima wollte protestieren, doch die junge Frau fügte rasch hinzu: »Ihr seid es, Herrin. Ihr seid meine Heimat.«

»Aische!«

»Doch, Herrin. Ihnen zu dienen verleiht meinem Leben einen Sinn. Nie bin ich einem besseren Menschen begegnet.«

»O Aische!« Fatima ergriff ihre Hände und musterte ihr Gesicht. Es waren feine Züge, mit tiefen Augen, in denen Intelligenz und Energie aufblitzten. Fatima war die Heimat mit Gewalt genommen worden – Aische gab sie freiwillig her. So der Wille einer Dienerin frei sein konnte, hatte Aische diese Möglichkeit genutzt.

»Du willst für immer Abschied nehmen von deiner Mutter? Deinem Vater?«, fragte Fatima mit tränenfeuchten Augen.

Aische wich ihrem Blick aus. »Ich habe es bereits getan.«

Fatima wusste nicht, ob sie sie dafür bestrafen sollte. »Aber du konntest doch nicht wissen, ob ich deine Bitte annehme!«

»Auch wenn Sie es nicht tun, gehe ich fort. Der Entschluss ist gefasst.«

Die Bestimmtheit flößte Fatima Bewunderung ein. Sie zog die junge Frau an sich und nahm sie in die Arme. Aische wollte sich sträuben, doch dann gab sie sich ganz der Nähe hin. Sie lehnte den Kopf an Fatimas Schulter und schluchzte leise.

»So bist du auch meine Heimat«, sagte Fatima. Gemeinsam verließen sie die Kammer, die Fatimas Versteck gewesen war, um der Türkei den Rücken zu kehren.

Fatima hatte nicht erwartet, Spiegel an der Kutsche zu sehen. Er war übernächtigt, bleich und blass. An diesem Morgen hatte er sich nicht rasiert. Aus seinen Augen sprach die nackte Angst.

»Willst du schauen, ob ich allein reise?«, fragte Fatima angriffslustig.

»Du reist nicht allein«, stellte Spiegel fest und musterte Aische misstrauisch.

»Meine Dienerin. Sie wird mich begleiten.«

»Wir haben Diener in Lemberg.«

»Eine wie diese haben wir nicht.«

»Das wird Milena nicht gern hören«, sagte Spiegel.

Fatima sah beiseite. Verstohlen hielt sie unter den Umstehenden nach Habib Ausschau. Spiegel bemerkte es nicht.

Aische widmete sich dem Gepäck und übergab dem Knecht die letzten Taschen. Die Truhen waren längst verladen. Spiegel hatte eine Extrapost gedungen, die die beiden so rasch wie möglich in die Heimat bringen würde. Der Kutscher saß schon auf dem Bock. Der Knecht verzurrte die letzten Stücke.

Fatimas Blick trübte sich. »Ich hätte dir in Stambul gute Dienste leisten können«, sagte sie. »Du wirst es schwer haben – allein.«

»Der Scheferschaha Bey ist an meiner Seite.«

»Kannst du dir da sicher sein?«, fragte Fatima. »Ist er nicht Untertan des Tataren-Khans? Und sind seine Interessen auch tatsächlich die von August?«

Spiegel maß seine Frau mit großem Respekt. Fatima kannte sich aus in der Politik. »Es ist gut, dass du nach Hause zurückkehrst«, sagte er, wie um sich selbst zu überzeugen.

»Ich kehre nicht nach Hause zurück«, sagte Fatima, »sondern zu meinen Kindern.«

Spiegel sah sie schweigend an.

»Mein Zuhause ist die Fremde«, setzte Fatima mit fester Stimme nach.

»Du hast dich in einen Traum verrannt: dass du nach Hause zurückkehren könntest, um wieder Tochter zu werden. Du bist aber keine Tochter mehr, sondern meine Frau!«

»Man kann Tochter und Gattin zugleich sein.«

»Deine Eltern sind tot!«, bestürmte Spiegel sie. »Sie sind in Ofen gestorben.«

»Ja, das sind sie«, sagte sie leise. Dann wandte sie sich ab, um die Tränen niederzukämpfen.

»Meine Situation ist schwierig genug ...«, setzte Spiegel zu einer Entschuldigung an.

Fatima schnitt ihm das Wort ab. »Genug. Wir haben schon viel Zeit verloren. Adieu, Spiegel. Allah schütze deine Wege!«

Spiegel nahm die Hände seiner Frau, hob sie an die Lippen und drückte einen Kuss auf beide. »O Fatima!« Er wollte sie um Verzeihung bitten, doch Fatima drehte sich um und stieg in die Kutsche. Aische folgte ihr.

Zwischen Adrianopel und Konstantinopel
im Sommer 1713

Den Bey erreichte die Nachricht, als er den Weg nach Bender schon zur Hälfte zurückgelegt hatte: Der Sultan nähere sich Adrianopel und wünsche ihn zu sehen. Der Wunsch des Sultans war Befehl. Wer ihn nicht befolgte, konnte mit seinem Todesurteil rechnen: der Säbel oder die seidene Strangulationsschnur. Der Scheferschaha Bey wählte sich ein halbes Dutzend Männer mit schnellen Pferden, darunter auch, einer Eingebung folgend, Habib, Fatimas Bruder. Sie versammelten sich auf steinigem Gelände abseits des Trosses. Mit lauter Stimme verkündete der Bey das Ziel ihrer Expedition, und sie preschten los. Sie ritten Tag und Nacht, schliefen nur wenige Stunden in lausigen Herbergen oder verfallenen Karawansereien, und in weniger als drei Tagen standen sie auf einer Anhöhe, unter sich eine graue Ebene. Auf ihr eine Staubsäule, die sich hoch in den Himmel schraubte: der Zug des Sultans.

Den Weg von Konstantinopel nach Adrianopel legte er regelmäßig zurück. Sultan Ahmed liebte die Stadt wegen ihrer Lage im windigen Hügelland. Im Sommer, wenn Hitze und Feuchtigkeit am Bosporus die Glieder lähmten und die Gedanken betäubten, floh er aus dem Topkapı-Seraj an kühlere Orte.

Eine Weile sahen die Männer zu, wie sich der Zug, einem bunten Strom gleich, in die Ebene ergoss. Der Staub machte alles gleich, doch natürlich wussten die Männer, dass der Sultan alles mit sich führte, was das Leben versüßen konnte: Vorräte, Köche, Musiker, Tänzerinnen und den Harem.

Der Bey gab seinem Pferd die Sporen, der kleine Araberhengst preschte hinunter ins Tal und zog eine eigene kleine

Staubfahne hinter sich her. Mit schnalzenden Schreien folgten ihm die anderen. Habib, der aus einer langen Ahnenreihe mutiger Krieger stammte, erreichte als einer der Ersten die Tscherkessen des Sultans.

Am Abend entfaltete sich wie aus dem Nichts eine prachtvolle Zeltstadt. Das Audienzzelt des Sultans bildete den Mittelpunkt. Die Dunkelheit war hereingebrochen, als der Sultan mitsamt seinem neuen, friedliebenden Großwesir, der ihm von Adrianopel aus entgegengeeilt war, den Scheferschaha Bey empfing.

Der Bey hatte Habib gebeten, ihn zu begleiten. Habib fürchtete sich, nie zuvor war er dem Sultan von Angesicht zu Angesicht begegnet. Niemals hatte er den inneren Bereich des Topkapı-Palastes betreten. Zugleich war er neugierig, denn unter den Augen des Sultans schwebte man stets zwischen Leben und Tod. Manch einer war als Leiche aus einer solchen Begegnung getragen worden. Doch Habib beschloss, auf die Gerechtigkeit Allahs und auf die Weisheit seines Herrschers zu vertrauen, und wählte das prächtigste Gewand aus seinem Reisesack.

Sie erreichten das Vorzelt, wo die Leibwachen jede Bewegung, jedes Rascheln des Windes aufmerksam registrierten. Man erwartete sie. Kurze Zeit nachdem ihre Ankunft gemeldet worden war, durften sie den Audienzbereich des Prunkzeltes betreten. Sie fielen auf die Knie und beugten ihre Gesichter zur Erde. Auf allen vieren kriechend näherten sie sich. Und erst als der Bey die üblichen Begrüßungsformeln darzubringen begann, wagte Habib, aufzuschauen.

Wie eine Statue saß der Sultan auf seinem mit kostbaren Teppichen und Edelsteinintarsien geschmückten Diwan. Trotz seiner Bewegungslosigkeit wirkte er vollkommen gelassen, sein Atem ging ruhig. Sein Bart reichte bis zur Brust, gepflegt und von einem kräftigen Schwarz. Ein Büschel graue Haare war schon zu sehen, die Augenbrauen wuchsen kräftig. Auf seinem Haupt thronte ein schneeweißer Turban. Aus dessen oberen Rand ragten die Spitzen weißer Ibisfedern, die an Diamantgeschmeiden befestigt waren. Die Arme lagen entspannt auf Goldbrokatkissen, die den Diwan überreichlich bedeckten.

Von der Seite trat Ali Pascha, der Großwesir, auf sie zu. Da er ein alter, weißhaariger Mann war und die Strecke von Adrianopel so schnell nur mit dem Pferd zurücklegen konnte, schloss Habib, dass er diesem Treffen einige Bedeutung zumaß.

Der Bey und Habib knieten auf den Teppichen, die den Boden des Zeltes weich wie Wolken machten. Der Bey sprach mit dem Sultan, erstattete Bericht, doch Habib wagte kaum, den Herrscher anzuschauen. Umso neugieriger musterte er den Großwesir, der dem Sultan zu Füßen Platz genommen hatte.

Dann stellte der Bey dem Sultan Habib vor, als Angehörigen eines verdienten ehemaligen Kommandanten der Reitersoldaten. Der Großwesir sagte, er habe den Namen der Familie wohl schon gehört, wenngleich er den jungen Mann nicht kenne. Habib verharrte in tiefer Ehrfurcht.

»Wie kann es sein«, fragte der Großwesir den Bey und schlug damit das Thema an, das der Zweck ihrer Zusammenkunft war, »dass ein Herrscher wie August eine verstoßene Geliebte einem anderen Mann zur Frau gibt?«

»In Europa ist das nicht unüblich, Herr«, antwortete der Bey in größter Unterwürfigkeit.

Habib warf dem Sultan einen schüchternen Seitenblick zu, doch der starrte mit unbewegter Miene vor sich hin und gab nicht zu erkennen, ob er der Unterhaltung folgte.

Der Großwesir hob die Augenbrauen, so als stellten die Gepflogenheiten in Europa insgesamt ein großes Rätsel für ihn dar. Der Bey fühlte sich ermuntert, zu erklären: »Die Verstoßene wurde von August Hufeisenbrecher einem engen Vertrauten an die linke Hand vermählt. Diese Ehe ist nur *pro forma* und dient allein dazu, die Frau zu versorgen.«

Ali Pascha schüttelte den Kopf. »Warum muss ein Fürst oder König etwas *pro forma* tun? Er ist doch der König?«

Der Bey hob die Hände. »So ist es nun einmal in Europa. Die Sitten sind andere und mitunter für uns unverständlich.«

»Und diese Haremsdame des Hufeisenbrechers ist Eure Schwester?«, fragte der Großwesir, nun an Habib gerichtet.

Habib nickte.

»Wie konntet Ihr sie erkennen? Sie wurde aus Ofen geraubt. Ihr habt sie fast dreißig Jahre nicht gesehen!«

»Sie ist meine greise Mutter als junge Frau, Herr«, antwortete Habib. »Sie ähnelt ihr wie ein Granatapfelkern dem anderen.«

Der Großwesir warf dem Sultan einen Blick zu, und für einen Moment schienen Ahmeds Lider zu zucken. Es war, als verständigten sich der Großherr der Gläubigen und sein erster Minister mittels winziger Gesten und Zeichen.

»Wo befindet sich Fatima jetzt?«, fragte Ali Pascha.

Der Bey senkte den Kopf. »Ihr Gatte hat sie heimgeschickt.«

»Heimgeschickt?«, fragte der Großwesir. »Und das konntet Ihr nicht verhindern? Es widerspricht meinem ausdrücklichen Befehl!«

Ali Pascha hatte die Stimme unangenehm erhoben, der Bey wagte kaum, ihm in die Augen zu sehen. Habib schmerzten allmählich die Knie – trotz der Teppiche. Doch der Wesir machte keinerlei Anstalten, die Gäste in eine bequemere Position zu bitten.

»Wir können uns nicht gegen den Willen ihres Ehemannes stellen, Aga«, bat der Bey um Verständnis.

»Den Willen eines Hofbeamten, der bislang nicht einmal eine offizielle Funktion in dieser Gesandtschaft bekleidet? Von dem man hört, dass er nicht viel mehr ist als ein Spion? Dessen Wille soll mehr wiegen als der Wille des Großherrn?«

Der Großwesir war offenbar gegen Spiegel eingenommen, das verunsicherte den Bey. Der Sultan jedoch verzog keine Miene und sah stur geradeaus.

»Herr, Ihr wisst allzu gut, er ist mehr als nur ein Spion. Er ist August von Jugendbeinen an vertraut! Und Allah allein weiß, wie nützlich er uns noch werden kann«, verteidigte sich der Scheferschaha Bey.

Habib hörte mit Sorge, wie die Stimme des Beys unsicher wurde. Er war der Gesandte des Khans der Krimtataren, eines engen Verbündeten des Großherrn aller Gläubigen. Doch wenn es dem Sultan gefiel, wäre er nicht der erste Gesandte, dessen Kopf vor seine Füße rollte.

»Wenn ich doch nur wüsste, wie der Wille des Großherrn lautet«, bettelte der Bey.

Der Großwesir atmete tief ein. »Der Großherr wünscht, Fatima zu empfangen«, verkündete er schließlich.

Habib horchte auf. Er sah, wie den Bey eine starke Bewegung durchfuhr. »Der Großherr empfängt eine Frau?«, fragte der Scheferschaha Bey, um sich zu versichern.

»Natürlich nicht persönlich. Aber er ist der Ansicht, dass eine Verstoßene aus dem Harem des Hufeisenbrechers über wichtige Erkenntnisse verfügen könnte – die Charakternatur und Zuverlässigkeit unseres möglichen Verbündeten betreffend.«

Der Sultan schürzte die Lippen, als wollte er selbst etwas sagen. Wie auf Befehl fügte der Großwesir hinzu: »Der Eisenkopf scheint verrückt geworden. Und er wird immer gefährlicher. Wenn wir aber Karl fallenlassen und uns August zuwenden, wollen wir wissen, mit wem wir es zu tun bekommen.«

»Aber August und Peter sind enge Verbündete, man sagt, sogar Freunde. Sie sind gemeinsam gegen den Schweden ins Feld gezogen!«

Der Sultan schwieg weiterhin, und der Großwesir ergriff erneut das Wort. »Doch auch der Hufeisenbrecher hat schon Blicke auf russisches Land geworfen. An der Ostsee, in der Ukraine – da stoßen ihre Interessen aufeinander. Es bedarf nur wenig, um Neid und Feindschaft zu schüren.«

»Ihr zieht in Betracht, mit August Hufeisenbrecher ein Bündnis gegen Russland zu knüpfen?«

»So weit sind wir noch nicht«, schränkte der Großwesir ein. »Doch kann es nicht schaden, einer Person habhaft zu werden, die ihn aus nächster Nähe kennt«, sagte er. Und wiederholte süffisant: »Aus allernächster Nähe! Wer sonst kann dem Sultan unverfälschte Kenntnisse über Sachsen und Polen präsentieren – noch dazu in unserer Sprache?«

Der Bey seufzte tief. »Fatima ist bereits auf dem Weg nach Polen. Wie sollen wir sie zur Rückkehr bewegen?«

Der Großwesir hob die Hände. »Siehe, Scheferschaha Bey, ich habe Sorgen groß wie Elefanten. Soll ich mir um Mäuse Gedanken machen?«

»Verzeiht, Ali Pascha«, sagte der Bey und beugte das Haupt.

»Der Großherr verlangt, dass diese Frau zu ihm gebracht wird.«

Der Bey warf Habib einen Blick zu. Sie empfahlen sich und rutschten rückwärts auf Knien zu dem Durchgang, der durch einen Vorhang versperrt war. Wie von Geisterhand wurden die Vorhanghälften beiseitegezogen. Als der Bey und Habib hindurchgekrochen waren, schlossen sie sich wieder.

Sprachlos sahen die beiden sich an. »Niemals wird mir Fatima folgen«, sagte Habib dann. »Sie hat sich schon in Adrianopel gegen mich entschieden. Was sollte ihre Meinung ändern?«

»Der Befehl des Sultans?«

»Sie ist nicht dem Sultan untertan, sondern dem Hufeisenbrecher. Auf wen also wird sie hören?«

Der Bey erhob sich mit schweren Gliedern. Er verstand die Darlegungen Habibs. »Und dennoch«, sagte er und wischte sich mit der Hand übers Gesicht, als wollte er Müdigkeit vertreiben. »Und dennoch müssen wir versuchen, sie zu überreden.«

»Wir wissen nicht einmal, wo wir sie suchen sollen«, begann Habib.

»Wir müssen es in Angriff nehmen.« Der Tonfall des Bey war schwer vor Bedenken.

»Lasst mich allein reisen, Aga«, bat Habib. »Es wird mir gelingen, sie zu überreden.«

Der Bey schüttelte den Kopf. »Wie kommst du auf den Gedanken?«

Habib schwieg und lächelte verschmitzt. »Gebt mir ein gutes Pferd, ich werde sie einholen.«

Der Bey musterte den jungen Mann, der so heldenmütige Entschlossenheit demonstrierte, dass sie einem Sipahi zur Ehre gereicht hätte.

»So sei es«, sagte der Bey feierlich. Dann verließen sie das Audienzzelt, um alles für Habibs Aufbruch vorzubereiten.

Zwischen Bug und Dniestr
im Spätsommer 1713

Der Bey hatte ihm einen Begleiter beigegeben, der auf den Namen Saher hörte. Das war das türkische Wort für ›Zucker‹. Seinen eigentlichen Namen verschwieg er. Habib wusste, wie gefährlich es für Muselmanen war, auf polnisches Gebiet vorzudringen. Der Bey hatte ihn instruiert und gewarnt. Für alle Fälle hatte er ihm einen *Ferman* mitgegeben, einen gesiegelten Schutzbrief, der ihn der Hilfe und Unterstützung des Sultans versicherte.

Solange es sich rechtfertigen ließ, blieben sie auf dem Gebiet des Moldauer Hospodaren. Dort sprach so mancher Türkisch. Saher beherrschte, anders als Habib, angeblich Französisch und kannte sich auf dem Gebiet der europäischen Fürsten aus. Doch anstatt zu sprechen, spielte er lieber mit der Spitze seines Dolches. Mit ihm vollführte er beinahe jede Alltagsverrichtung: Stutzte sich den Schnurrbart, schnitt sich die Nägel, schabte sogar den Schmutz von seinem Kaftan. Selbst in der Nacht behielt er den Griff in der Hand, für Habib ein sicheres Zeichen, dass Saher gute Gründe haben musste, die Dunkelheit zu fürchten. Doch bei allem, was er tat, ging er mit großer Umsicht und Gewandtheit vor, weshalb Habib ihn gewähren ließ.

Offenbar reiste Fatima schnell. Die reguläre Post hatten Habib und Saher mehrfach eingeholt, doch nirgends waren sie auf eine Spur gestoßen. Abend für Abend beugten sie sich im schlechten Talglicht einer Herberge über eine Karte des Gebietes, das vom Schwarzen Meer bis an die Ausläufer der Karpaten reichte und so viele Fürsten kannte, wie eine Wassermelone Kerne hat.

Saher fuhr mit dem Finger über die Route, die Fatima genommen haben musste. Endlich, in einem kleinen Ort jenseits des Dnjepr, gelangten sie in eine Herberge, wo der Wirt sich erinnerte: »Sie schlief hier eine Nacht. Eine hübsche Frau mit einer großen Nase. Ich wusste gleich, dass sie etwas Besonderes ist.«

»Warum?«, fragte Habib.

»Weil sie eine vornehme Art hatte, Dinge zu tun, die andere auch tun – wenn Sie verstehen, was ich meine.«

»Ich verstehe«, sagte Habib. Und fügte hinzu: »Sie ist wahrhaftig eine besondere Frau.«

»Ist sie auf der Flucht?«, fragte der Wirt erschrocken.

»Ganz und gar nicht. Sie hat sich nichts zuschulden kommen lassen.« Habib bemühte sich, die Schwester nicht in schlechtem Licht erscheinen zu lassen. Saher machte eine unbestimmte Äußerung.

Unsicher irrten die Blicke des Wirts zwischen den beiden Männern hin und her. »Kam mir gleich ungewöhnlich vor, dass zwei Frauen alleine reisen. Nur mit dem Kutscher und seinem Knecht ...«

»Zwei Frauen?«, fragte Habib.

Der Wirt nickte. »Ganz sicher. Zwei Damen. Eine reife Frau, eine Jungfer.«

Mit der Spitze des Dolches schnippte Saher Dreck, den er sich zuvor aus den Nägeln gepolkt hatte, am Kopf des Wirtes vorbei. »Kommen wir endlich zum Boden des Fasses«, polterte er. »Wie lange ist es her, dass sie hier Quartier genommen hat?«

Der Wirt überlegte. »Zwei Tage.«

Saher warf Habib einen Blick zu. »Dann sollten wir keine Zeit verlieren.«

»Wir werden hier übernachten. Habt Ihr eine Kammer?«, fragte Habib den Wirt.

Saher spuckte aus. »Warum? Es kostet Zeit.«

»Für die Beine der Pferde ist die Nacht eine Schlange«, sagte Habib entschlossen. »Wir ruhen aus, und beim ersten Sonnenstrahl brechen wir auf!«

Saher gab sich keine Mühe, seinen Unmut zu verbergen, doch fügte er sich dem Befehl des erfahrenen Reitersoldaten.

In der Kammer beugten sie sich erneut über die Karte. Saher bezeichnete mit der Messerspitze das Gebiet, in dem sich die Reisenden aufhalten mussten. Das Ziel leuchtete ein, der Weg stand ihnen nun klar vor Augen. Was sie nicht kannten, war die Geschwindigkeit, mit der Fatima sich fortbewegte.

Mit der Spitze seines Dolches fuhr Saher durch eine Talsenke, die abseits der Poststrecke eingezeichnet war. »Hier«, sagte er zufrieden, können wir Boden gutmachen.« Er lehnte sich zurück, legte das Messer auf den Tisch und begann, seinen Turban abzuwickeln. Unter den Stoffbahnen kam eine Glatze zum Vorschein, die nur an ihrem Rand von ein wenig platt gedrücktem Flaum begrenzt war. Sie glänzte braun wie Sahers Gesichtshaut. Er war älter, als Habib vermutet hatte.

»Das ist nicht die Poststrecke«, bemerkte Habib skeptisch.

Saher tippte sich mit der Messerspitze auf die Nase. »Nein. Ist es nicht. Es ist ebene Steppe. Die Pferde werden darüberfliegen, während sich die Kutsche auf dem schlechten Postweg abquält. Einen halben Tag, dann haben wir sie eingeholt.«

»Bei Tageslicht.«

»Bei Tageslicht, ja.«

Habib erhob sich und schickte sich an, aus der Kammer zu gehen.

»Was tust du?«, fragte Saher und begann, die Schnüre der Saffianlederstulpen zu lösen.

»Ich werde Ausschau halten nach einem schnelleren Pferd. Deine Mähre bricht nach einer halben Meile im Galopp zusammen!«

Saher stöhnte genussvoll. Er rekelte sich auf dem Stuhl und streckte die Beine weit von sich. Die Lederbänder lagen auf dem Boden, und die Füße waren aus ihren elenden Zwingern befreit.

Die Pferde schnaubten. Ihre Ohren drehten sich nach vorn, dann zur Seite, dann wieder nach vorn. Der Kutscher beobachtete das nervöse Spiel, dann spuckte er aus. Es roch nach Räubern, die Pferde witterten sie schon. Und war nicht aus der Ferne, hinter den Felskämmen, immer wieder Hufgetrappel zu hören? Der Kutscher schlug den Kragen hoch, als erwartete er Regen.

Die alte Poststraße führte durch einen Hohlweg, der leicht anstieg. Rechts und links ragten Felsen auf. Die Pferde stemmten sich gegen den Wagen, rammten die Hufe in den Lehm, den der Sommer steinhart gebacken hatte. Plötzlich warfen sie die Köpfe auf, der Kutscher zuckte zusammen. Wie aus dem Nichts stand ein Mann auf der Straße. Sein Staubmantel reichte ihm bis zu den Knöcheln, auf dem Kopf trug er ein gebundenes Tuch, in der Hand schwenkte er ein Stück Stoff. Die Augen lagen in dunklen Höhlen, und das Gesicht war hinter einem Bart versteckt. Wenn der Räuber die beiden Damen in der Kutsche entdeckte ... der Kutscher wollte den Gedanken nicht zu Ende denken.

Um den Fremden nicht zu überrennen, zog der Kutscher an den Riemen und ließ die Pferde anhalten. In dem Moment – aus den Augenwinkeln sah er noch den Schemen – schwang sich ein zweiter Mann neben ihn auf den Kutschbock, im nächsten Augenblick spürte er die Klinge am Hals. Sie war nass, wohl von warmem Blut. Vermutlich hatte sie kurz zuvor dem Kutschknecht hinten auf dem Bock den Garaus gemacht.

»Geld her, sonst trinkst du noch heute mit dem Scheitan auf mein Wohl«, zischte der Fremde. Wenn es das Leben zu gut mit dir meint, schickt dir der Teufel einen Tataren, dachte der Kutscher.

»Was hast du geladen? Reiche Leute? Edle Leute?«, fragte der Räuber, nachdem er ihm den Geldbeutel von der Hüfte geschnitten hatte.

»Nichts dergleichen. Zwei ... Damen.« Er wischte sich den Schweiß von der Stirn.

»Zwei Damen?«, sagte der Räuber süffisant. »Na, dann wollen wir die Vögelchen mal zum Zwitschern bringen.« Er lachte laut.

»Ich beschwöre Euch, Herr«, flehte der Kutscher. »Nehmt die Damen, nehmt das Geld, aber lasst mir das Leben.«

»Eins nach dem anderen«, sagte der Räuber, und der Kutscher sah, dass er in seinen Bart grinste. Der Zweite trieb derweil die Damen aus dem Schlag. Sie kreischten und wehrten sich. Die Herrin schlug mit einem seidenen Schirm auf den Räuber ein. Der hob die Arme und ging in Deckung. Die Zweite, Jüngere – fast ein Mädchen noch – raffte ihr Gewand und versuchte, über die Felsen zu entkommen. Wie eine Ziege sprang sie höher und höher, und der Verfolger musste sich sputen, um sie einzuholen. Der Kutscher bekreuzigte sich und schickte ein Stoßgebet zum Himmel. Es nützte nichts. Der Verfolger ergriff die junge Dame am Fußgelenk, zog sie herab und hielt ihr die Klinge an die Kehle.

»Nein!«, schrie die Ältere gellend auf. »Tötet mich, lasst sie am Leben!«

In diesem Moment rief der erste Räuber dem zweiten ein paar Worte in fremder Sprache zu, und der Verfolger ließ von dem Mädchen ab. Die Dame starrte den Räuber an, als wäre ihr der Leibhaftige erschienen. Dann sank sie in Ohnmacht.

Der mit dem Messer schleifte die Jüngere die Felsen hinab, dann legte er sie wie einen Sack über die Schulter. Mit den Fäusten trommelte sie gegen seinen Rücken, doch das schien ihm nichts auszumachen. Das Messer trug er grinsend zwischen den Zähnen. Währenddessen holte der erste Räuber drei Pferde herbei.

Der Kutscher hielt dies für einen guten Moment, auf die Knie zu gehen und erneut um sein Leben zu betteln. Doch die beiden Männer gaben sich nicht mit ihm ab. Sie hoben die Ohnmächtige auf das dritte Pferd, während die beißende, kratzende Frau hinter ihrem Bezwinger auf der Kruppe Platz nehmen musste. Die Handgelenke banden sie ihr vor seinem Bauch zusammen. Dann nahm der Anführer das dritte Pferd am Zügel, stieg auf, und binnen weniger Augenblicke waren sie außer Sichtweite. Der Kutscher blieb, fassungslos vor Glück, auf dem Weg knien. Er betastete seinen Körper, um sich zu versichern, dass er tatsächlich vollkommen unverletzt geblieben war. Dann senkte er den Kopf und versank in ein Gebet. Er dankte Gott für das gnädige Schicksal. Sogar die zweite Hälfte der Route nach Lemberg blieb ihm nun erspart. Abzüglich der paar Heller aus dem Geldbeutel war der Lohn fürstlich. Nur den Weg zur nächsten Kommandantur würde ihm niemand abnehmen. Dass tatarische Räuber in der Gegend waren, musste unverzüglich dem Kommandanten der nächsten Festung gemeldet werden.

Saher hatte einen Bauern, dessen Gehöft abseits des Weges lag, für sein Schweigen bezahlt. Es war riskant, so nahe am Ort der Entführung haltzumachen, doch die Verwandlung von Räubern in ehrbare Reisende würde jedweden Verfolger abschütteln.

Habib hob die Schwester mit großer Zärtlichkeit vom Pferd und legte sie auf eine Bank. Dann tränkte er einen Lappen mit kaltem Wasser und wischte ihr übers Gesicht. Auch Aisches Fesseln wurden gelöst, der Knebel aus ihrem Mund gezogen. Im selben Augenblick begann sie, den Bauern um Hilfe anzuflehen. Der tat, als verstünde er kein Türkisch, und zeigte keinerlei Mitleid. Da rannte Aische zu ihrer Herrin, entriss Habib den Lappen und stieß ihn fort. Während die Dienerin der Ohnmächtigen ins Leben zurückhalf, löste Habib die Tücher, mit denen er sein Gesicht verborgen hatte. In dem Moment erwachte Fatima. Mit großen Augen starrte sie an Aische vorbei auf ihren Entführer. Die junge Frau begriff zunächst nicht, was ihre Herrin derart entsetzte. Sie drehte sich um und erkannte Habib. Da war Fatima schon aufgesprungen und fiel dem Bruder um den Hals. Habib zögerte, die Umarmung zu erwidern. Demütig entschuldigte er sich, dass er den beiden Frauen Gewalt angetan hatte. Er habe es tun müssen. Fatima runzelte die Stirn und fragte nach dem Grund.

»Für alle Welt muss es eine Entführung sein«, erläuterte Habib. »Wie vom Erdboden verschluckt sollt Ihr erscheinen. Niemand darf ahnen, wohin wir Euch bringen.«

»Aber uns müsst Ihr es doch verraten.« Fatima richtete sich auf und sah ihren Bruder an.

»Nach Stambul«, sagte Habib. Der Mann mit dem Dolch grunzte zufrieden.

Aische klatschte wie ein Kind in die Hände und rief: »Nach Stambul! Viel lieber gehe ich dorthin als nach Polen!«

Traurig senkte Fatima den Blick und schüttelte den Kopf. »Es geht nicht, ich muss dem Befehl meines Gatten und dem Ruf meiner Kinder folgen.« Sie seufzte. »So gern ich mit dir nach Konstantinopel gereist wäre.«

Habib stemmte sich hoch. Enttäuscht sah er auf seine Schwester hinab. »Du wirst mitkommen. Auch wir haben einen Befehl, dem wir nicht widersprechen können.«

»Welcher Befehl könnte unbeugsamer sein als der meines Mannes?«

»Der des Sultans, des Großherrn aller Gläubigen. Seine Herrlichkeit Ahmed, der dritte seines Namens.«

Fatima knickte ein. »Was wünscht der Sultan von mir?«

»Er ist begierig, eine Frau aus dem Harem August Hufeisenbrechers kennenzulernen. Er kann es kaum erwarten zu hören, was du über ihn erzählen wirst.«

»Mein eigener Bruder entführt mich, um mich als Scheherazade nach Stambul zu bringen? Das ist zu wild!«

Habib schüttelte den Kopf. »Du wirst nicht um dein Leben erzählen, sondern um das Leben vieler. Du wirst um den Frieden erzählen.«

»Und wenn ich mich weigere?«, fragte Fatima.

»Dann werde ich das erste Opfer sein«, sagte Habib. In seinen Augen las sie, dass er es so meinte. Fatima schlug die Hand vor den Mund. »Raue Sitten herrschen in unserer Heimat«, rief sie aus.

»Rau, aber gerecht. Wenn es der Wille des Sultans ist, werde ich mit Vergnügen sterben. Denn ich hatte das Glück, meine totgeglaubte Schwester noch einmal wiederzusehen.«

Fatima streckte die Arme nach ihm aus, doch Habib erwartete stolz und wie ein Mann ihre Entscheidung. Also ließ Fatima die Arme sinken und sagte feierlich: »Wir werden Euch begleiten!«

TEIL VIER

Konstantinopel im Herbst 1713

Hafenstädte breiten ihre Arme zum Meer hin aus. Sie heißen den Seefahrer willkommen und ziehen ihn an ihre salzverkrustete Brust. Ihnen zu Ruhm und Ehren sind diese Städte errichtet. Nähert man sich Konstantinopel mit dem Schiff, so steigt die Stadt aus dem Meer, als hievte eine Laune der Natur das sagenhafte Atlantis wieder ans Tageslicht.

Nähert man sich aber von der Landseite, so gerät als Erstes die schmucklose sandfarbene Stadtmauer in den Blick. Sie versperrt die Sicht auf die schönsten und grünsten Quartiere, die auf der Meerseite gelegen sind. Dort hat auch der Sultan seinen Palast, den Topkapı-Seraj. Konstantinopel ist keine Stadt, die dem Reisenden ihre Schönheit aufdrängt wie eine *Huri*. Sie lüftet verschämt Schleier für Schleier, je näher der Fremde tritt. Bis er schließlich im Angesicht des Paradieses steht, auf einer bewaldeten Felskuppe hoch über den glitzernden Wassern des Goldenen Horns. In diesem Moment ist jeder bereit, ihr ewige Treue zu schwören.

Die Große Polnische Gesandtschaft erreichte Istanbul auf dem Landweg, an einem heißen Herbsttag des Jahres 1713. Vom Volke nahezu unbemerkt zogen sie durch *Yedikule*, die ›Sieben Türme‹, ein. Die auf allen Seiten von Mauern umschlossene Zwingburg gleich hinter dem Stadttor verwahrte für gewöhnlich die Gesandtschaften, mit deren Ländern der Sultan im Krieg lag. Misthaufen und verrottende Tierkadaver kündeten von einstigen Bewohnern, derzeit lag sie verwaist. Die dunklen, schmucklosen Gebäude hinterließen dennoch Eindruck, ein Vorzeichen für das, was die Gesandten erwartete.

Auch als sie das zweite, stadtwärtige Tor der Yedikule durchschritten, blieben die Straßen entvölkert. Warum ihr prächtiger Zug an diesem Tag so wenig Aufmerksamkeit auf sich zog, erfuhren sie von den Wachen, die sie bis ins Herz der Stadt hinein flankierten: Der Sultan hatte erneut Frieden mit Russland geschlossen. Die schon vor Jahren unterzeichneten Vereinbarungen nach der Schlacht am Pruth waren wieder in Kraft gesetzt worden. In einem feierlichen Akt hatte man die russischen Gesandten aus den Sieben Türmen befreit, kurz bevor Augusts Gesandtschaft sie passierte.

Als Chomętowski dies hörte, war er außer sich vor Zorn und machte auch vor den Hofbeamten keinen Hehl daraus. Er beklagte sich, dass der Großherr sie nicht davon in Kenntnis gesetzt hatte. Noch mehr in Rage brachte ihn die Nachricht, Sultan Ahmed sei nach Adrianopel gezogen, um dort den Frieden mit Russland zu bekräftigen. »Wenn wir das gewusst hätten, wären wir gleich dort geblieben!«, schimpfte Chomętowski, alle Höflichkeit hinter sich lassend, gegenüber dem Kaimmakam, dem höchsten Beamten in Abwesenheit von Sultan und Großwesir. »Warum setzt er uns nicht in Kenntnis? Hätten wir uns nicht begegnen müssen?«

»Sie reisten auf verschiedenen Routen«, gab dieser lakonisch Auskunft.

Insgeheim wusste Chomętowski die Antwort: Der Frieden mit Russland war dem Sultan wichtiger als alle Geplänkel mit Sachsen-Polen. Es war der erste Schritt, um Karl in die Bedeutungslosigkeit zu verbannen. Dieser Friedensschluss war ein Affront gegen den Schwedenkönig, der sein Leben hingegeben hätte, um gegen den großen Rivalen an der Ostsee zu ziehen. Wenn Sultan und Tataren-Khan sich von ihm abwandten, konnte der kriegslüsterne Eisenkopf niemanden mehr aufwiegeln. August würde es nicht wagen (und wäre auch nicht so verrückt wie sein hitzköpfiger Vetter), die verbündeten Großreiche anzugreifen oder auch nur zu provozieren. Und Frankreich, das immer noch zu dem Schweden hielt, war weit entfernt …

»Ich muss Seine Exzellenz außerdem davon in Kenntnis setzen«, sagte der Hofbeamte mit ungerührter Miene, »dass der schwedische Gesandte, *Envoyé* Funck, das Zeitliche gesegnet hat. Wir haben ihn in Pera, auf dem fränkischen Friedhof, begraben lassen.«

»Was für ein unglücklicher Zufall!«, sagte Chomętowski mit beißender Ironie. »Der schwedische Gesandte verstirbt just in dem Moment, da der Sultan keinen Nutzen mehr aus ihm zieht.«

Der Kaimmakam verzog keine Miene. »Zufälle sind dem Urteil Allahs zu verdanken. Seine Weisheit ist unendlich.«

Chomętowski verstummte und verließ den Hof grußlos. Er musste die Nachricht als kaum verhohlene Drohung auffassen. Wenn Russland und die Pforte sich zusammentaten, konnte dies für Polen nichts Gutes bedeuten. Die Begehrlichkeiten Russlands nach Gebieten in der Ukraine, nach dem Fürstentum der Wallachei, nach Litauen waren bekannt. Überall standen russische gegen polnische Interessen. Zar Peters Armee war besser organisiert als vordem, war schlagkräftiger und mutiger geworden. Und nun, da der Zar im Licht stand, drohte sein Glanz alle anderen Souveräne zu überstrahlen. Seit der Verlauf des Nordischen Krieges zu seinen Gunsten umgeschlagen war, durchstreiften seine Truppen Polen, wie es ihnen beliebte. Er lagerte, wo er es für richtig hielt, und weder August noch Leszczyński konnten etwas dagegen unternehmen. Wenn es dem Zaren gefiel, nahm er Quartier in polnischen Königsschlössern. Die blanke Provokation!

Ungeachtet aller Beschwerden ließ sich die Große Polnische Gesandtschaft in einem Palast nahe des Topkapı-Palastes unterbringen. Der lag unmittelbar am Meer, in Sichtweite der Großen Moschee, und Spiegel genoss die Gerüche, das Wellenspiel und die im Wind schaukelnden Möwen, er genoss das gute Essen und die Annehmlichkeiten, die Sultan Ahmed, vertreten durch seine Wesire und Hofbeamten, über ihnen ausgoss. Wieder einmal blieb ihm nichts anderes übrig, als abzuwarten. Der Scheferschaha Bey weilte noch in Bender, bei Karl. Bevor er nicht zurückgekehrt war, wagte Spiegel nichts zu unternehmen.

Die polnischen Mitglieder der Gesandtschaft aber schätzten sich glücklich, dass es keinen schwedischen Gesandten mehr in Stambuls Mauern gab, und nahmen flugs und ganz selbstverständlich Tuchfühlung mit den russischen Legaten auf. Ihnen fühlten sie sich nah und verwandt. Erst verständigten sich die Schreiber und Dolmetscher, dann die ranghöheren Mitglieder der Gesandtschaft. Man ließ sich vom Leben in den Sieben Türmen erzählen. Ein Leben mit allen Annehmlichkeiten, doch in ständiger Angst, schon am nächsten Tag den Kopf zu verlieren – ganz buchstäblich.

Für Spiegel hatte das unbeschwerte Leben ein Ende, als er von einem Eilkurier die Nachricht erhielt, Fatima sei, gemeinsam mit ihrer Kammerjungfer, auf dem Weg nach Lemberg in einen Hinterhalt geraten und von tatarischen Räubern verschleppt worden. Niemand in Polen könne sagen, ob sie noch am Leben sei, niemand kenne ihren Aufenthalt.

Spiegel, der den Brief allein in seiner Kammer geöffnet hatte, legte alle Hofkleidung ab und gewandete sich ganz in Schwarz. Für mehrere Tage hielt er sich fern von allem Lebensgenuss und blieb in seiner Kammer.

Am dritten Tag erschien Dorengowski. Schon in Adrianopel war er dazu übergegangen, sich ganz türkisch zu kleiden, den Turban zu wickeln und sogar die im Orient übliche Bauchbinde mit Zierdolch zu tragen. Nun hatte er seine Garderobe um seidenglänzende Pluderhosen ergänzt, in denen er mehr einem Piratenkönig als einem echten Türken ähnelte. Von einem Gedanken zum nächsten springend, berichtete er von einem Besuch des Hamams und schwärmte von dieser Sitte des Badens, das den Leib erfrische und den Geist beflügle. Dann schien er endlich zu bemerken, dass Spiegel Trauer trug, und erkundigte sich nach dem Grund. Er werde doch wohl nicht etwa den schwedischen Gesandten betrauern?

Mit versteinerter Miene erklärte Spiegel, was vorgefallen war. Dorengowski hörte aufmerksam zu, doch sobald Spiegel geendet hatte, ging er in seiner leichtfertigen Art darüber hinweg und fragte frech, wo man denn, wenn Spiegel schon den orientalischen Weibern verfallen sei, mehr von ihnen finde als hier, an diesem Ort? Er für seinen Teil habe den berüchtigten Sklavenmarkt bereits besichtigt, und ansatzlos, ohne jedes Verständnis für Spiegels Gefühlslage, begann er von den Vorzügen der dortigen Sklavinnen zu schwärmen.

Spiegel lehnte diese Vorstellung in Bausch und Bogen ab, und als er Dorengowski vor die Tür bugsieren wollte, äußerte dieser einen noch unseligeren Gedanken: Die Wege des Herrn seien unergründlich, vielleicht finde er ja auf diese Weise sogar seine Frau wieder, denn tatarische Räuber, die in ihren Beutezügen nicht selten polnisches Gebiet erreichten, seien die fleißigsten Lieferanten für den Stambuler Sklavenmarkt.

Mit Verachtung registrierte Spiegel, dass Dorengowski nicht nur gekleidet war wie ein Einheimischer, sondern auch den türkischen Namen für Konstantinopel benutzte.

Als er ihn endlich draußen hatte, fühlte sich Spiegel grässlicher denn je. Und um die Einsamkeit zu fliehen und Zerstreuung zu suchen, und weil die gedankenlose Rede Dorengowskis doch einen Keim gepflanzt hatte, zog er sich tatsächlich den Ausgehrock über und die Perücke auf den Kopf. Dann lenkte er seine Schritte in die Gegenden der Stadt, in denen er die Sklavenmärkte wusste. Dorengowski hatte ihn, ohne es zu wollen, daran erinnert, dass es Wünsche in Augusts Instruktionen gab, die er noch nicht erfüllt hatte:

einen Jungen und ein Mädchen zwischen 12 und 14 Jahren, Araber, schön schwarz, mit flachen Nasen, besonders große Lippen, von schönem Wuchs soll er mitbringen

1 oder 2 Paare von Eunuchen, schwarz oder weiß, soll er beschaffen und mitbringen

*

Fatima hatte europäische Kleidung angelegt. Das war an diesem Ort nichts Ungewöhnliches, denn Stambul beherbergte zahlreiche Europäer: Händler, Geistliche, Diplomaten. Sie lebten in Pera, dem Quartier der Stadt, das man das ›fränkische‹ nannte. In den Augen der Stambuler waren anscheinend alle Fremden Franken. Nur wenn sie sich weit abseits des fränkischen Viertels in einer Sänfte durch die Gassen bewegte, erntete Fatima erstaunte, neugierige Blicke. Doch der Türke zu Pferde an ihrer Seite beruhigte die Passanten.

Die Schönheiten Konstantinopels, die Gerüche des Wassers, die Geräusche der Gassen, die sie seit den fernen Tagen der Kindheit entbehrt hatte, für all dies hatte sie kaum Augen und Ohren. Sie fühlte nur eines, und das trieb sie fast in den Wahnsinn: Angstfreude vor der Begegnung mit ihren Eltern.

Habib schwieg, seit sie Stambul durch das Stadttor betreten hatten. Auch Aische blieb stumm, aber an ihren Augen konnte man erkennen, dass sie des Staunens wegen die Worte verloren hatte. Das Geschrei bettelnder Kinder begleitete sie. Sie zupften an den Ärmeln von Fatimas Bluse, fassten ihre Füße an, die in europäischen Schuhen steckten statt in den hier üblichen gebundenen Saffianstulpen. Nach einer Weile achtete sie nicht mehr darauf. Doch nun, wenige Gassen von ihrem Geburtshaus entfernt, schälten sich einzelne, gut verständliche Worte aus dem Geschrei: »Fatima!«, rief es in türkischer Intonation, und Fatima sah sich selbst durch diese Gassen flitzen, als kleines Mädchen mit den Kindern der Nachbarn, »Fatima, wo bleibst du denn?«

War es Habib, ihr Bruder? Nein, der ritt vor ihr, still und in sich versunken.

Und es war doch die Stimme des Bruders! Sie hörte die Rufe, die vor beinahe dreißig Jahren durch diese Gassen gehallt waren. Die Mauern hatten sie nicht vergessen. Hatten sie bewahrt, um Fatima am Tag ihrer Rückkehr mit den Rufen der Kindheit zu begrüßen. Nun erst verstand sie die Vision, die sie in Adrianopel beim Besuch der Moschee empfangen hatte: Es war ihr vorbestimmtes Schicksal, hierher zurückzukehren. Nicht zu ihren Kindern nach Lemberg. Hierher.

Fatima rang die Tränen nieder.

Die Gassenkinder deuteten mit Fingern auf sie und riefen ihren Namen. Immer mehr Menschen scharten sich um die offene Sänfte, die fast auf der Stelle verharrte, so sehr war die Menge angewachsen.

Endlich entdeckte Fatima ein würdiges altes Paar, das auf der Schwelle eines Holzhauses stand. Ihre Blicke begegneten sich, und Fatima erstarrte. Niemand musste ihr sagen, wer diese Alten waren, die sie mit einer Mischung aus Freude und Unglauben ansahen.

Die Mutter, eine ehrfurchtgebietende Frau mit grauen Strähnen im dunklen Haar, blickte geradewegs zu Fatima. Der Vater, kleiner als seine Frau, hatte die Hände vors Gesicht geschlagen. Der ergraute Krieger wollte nicht, dass die Nachbarn, die Kinder und Enkel die Tränen sahen.

Fatima war wie gelähmt. Habib stieg vom Pferd, ging ihr die wenigen Schritte entgegen und half ihr aus der Sänfte. Jetzt erst, da ihr Bruder es von ihr forderte, konnte sie sich bewegen. Langsam setzte sie die Füße auf das Pflaster, das sie doch kennen musste. Und als sie die Steine unter den Sohlen spürte, über die ihre Kinderfüße schon gehüpft waren, wusste sie, dass sie nun ihren Eltern begegnen konnte.

Mit zitternden Knien ging Fatima auf die Mutter zu. Ihr Blick verschwamm, und sie streckte die Arme aus. Und dann umklammerte sie die alte Frau, als wollte sie sie nicht mehr loslassen. Der Geruch, der sie umfing, war der, den sie seit den ersten Lebenstagen in sich trug. Er bedeutete Liebe. Erst als sie ihre Mutter mit dem überwältigenden Glück allein lassen konnte, wandte sie sich ihrem Vater zu. Der, ein stolzer Mann, ein Soldat, der so manche Todesgefahr überstanden hatte, war noch immer kaum in der Lage, sie anzusehen. Immer wieder wischte er sich übers Gesicht, ohne der Tränen Herr zu werden. Da er sich nicht rührte, ging Fatima auf ihn zu und nahm ihn in ihre

Arme. Im Moment der Berührung musste sie ihn festhalten, sonst wäre er zu Boden geglitten.

»Verzeih mir, Fatima!«, flüsterte er.

»Verzeihen?«, fragte sie ratlos. »Was soll ich verzeihen?«

»Dass ich nicht besser auf dich aufgepasst habe«, stammelte der Mann. Er schien in den wenigen Augenblicken um Jahre gealtert. In diesem Moment begriff Fatima, dass dies allein der Grund für ihre Rückkehr war. All die Jahre hatte sich der Mann, der ihr Vater war, mit der Schuld geplagt, die eigene Tochter nicht vor dem Feind beschützt zu haben! Er hatte in Ofen gelegen, hatte die Belagerung durch die Christen durchlitten, hatte sein Leben in die Schlacht geworfen. Doch die Tochter hatte er nicht schützen können. Durch die Umarmung nahm Fatima ihm die Schuld, die er wie einen Berg aus Blei mit sich herumtrug. Sie heilte ihn, wie nur der Prophet heilen konnte. Oder ein Dschinn. Sie war, und das wurde ihr nie wieder so bewusst wie in diesem Moment, ein Dschinn für diese Menschen, eine Erscheinung. Und würde es immer bleiben. In demselben Moment, da sie ihre Familie gewann, verlor sie sie auf immer.

Spiegel hatte Menschen in Ketten geschmiedet gesehen, die bis auf den Knochen durchgescheuert waren. Er hatte Menschen wie Raubtiere vor Schmerz brüllen und in Todesangst ihren Kot verlieren gesehen. Hatte menschliche Gedärme und Gebeine gesehen und Menschen in dem Moment, da die Hand des Henkers sie dem Tod überantwortete.

Dies alles verblasste gegen diesen Ort. Auf dem Sklavenmarkt sah er zum ersten Mal in seinem Leben Menschen, die sich in Tiere verwandelt hatten. Die sich so erniedrigt fanden, dass sie bis auf den Urgrund der bloßen Existenz zurückgeworfen wurden.

Er hatte Dorengowski gebeten, ihn zu begleiten, da Europäer davor gewarnt wurden, einzeln durch die Stadt zu streifen. Der Legationssekretär hatte gleich eingeschlagen, denn er hatte den Sklavenmarkt bereits mehrfach aufgesucht. Für ihn schien der

Ort seinen Schrecken verloren zu haben. Im Gegenteil, Dorengowski gebärdete sich, als wünschte er Lob für die exotische Szenerie, die er Spiegel darbot.

Um einen weitläufigen Innenhof erhob sich ein zweigeschossiger Umlauf, dessen untere Etage Arkaden waren. An deren Rückseite befanden sich Zellen, in denen die Frauen – konnte man sie überhaupt so nennen? – vegetierten, solange man sie noch nicht den Kunden präsentierte. Bevor sie auf den Markt kamen, erklärte Dorengowski fasziniert, wurden sie ins Bad geschickt, wo man ihnen die Haare kämmte und sie zu Zöpfen flocht. Um ihren Wert zu erhöhen, trugen sie an Armen und Beinen Bänder und Ringe. Mit Fett wurde ihre Haut glänzend gemacht. Schmuck für Ohren und Zopfspitzen wurde ihnen nach orientalischer Sitte angehängt. Sie wurden herausgeputzt, wie ein Rosstäuscher seine Pferde herausputzt. Dann wurden sie auf den Hof geführt und herumgezeigt.

Die gefangenen Frauen waren nackt bis auf äußerst dürftige Bedeckungen ihrer verschämtesten Körperteile. Doch Kratzer, blaue Flecken und Wunden nahmen der Nacktheit jeden Reiz. Solange niemand Interesse zeigte, lagen sie auf Strohhaufen herum. Die Kaufinteressenten gingen zwischen ihnen umher. Wollte einer von ihnen die Zähne einer Sklavin begutachten, öffnete der Sklavenhändler ihr den Mund. Leistete sie Widerstand, stieß er ihr die Faust in die Magengrube, damit das Gesicht nicht zu Schaden kam. Man hieß sie, Luft zu pusten, um zu prüfen, ob der Atem stank. Es war auch erlaubt, sie eingehend zu betrachten und zu befühlen. Sie im Kreis laufen, hüpfen, sprechen oder singen zu lassen. Wenn das Mädchen nicht folgte, schwang der Sklavenhändler die Peitsche.

Kurz vor dem Abschluss des Handels wurden Käufer und Kaufobjekt hinter ein großes Tuch geführt, wo das Mädchen von einer kundigen Matrone auf Jungfräulichkeit geprüft wurde. Eine positive Antwort steigerte den Wert. Daher erfreuten sich die Matronen eines guten Auskommens.

Die meisten der angebotenen Sklavinnen hatten dunkle

Haut. Auf welchen Pfaden sie aus dem tiefen Afrika hierhergekommen waren, an die Grenze des Morgen- zum Abendland, wusste auch der angebliche Kenner Dorengowski nicht zu sagen. Aber die große Zahl der Sklavinnen ließ darauf schließen, dass es eine organisierte Route geben musste. Ein ausgefeiltes, erbarmungsloses Wesen zum Handel mit Menschen, wie Spiegel es noch nie gesehen hatte, es nie wieder sehen wollte. Seinen Einkaufsauftrag hatte er vor Augen. Doch war er nicht in der Lage, ihm zu willfahren. Mit Knaben und Mädchen an einer Kette von diesem Orte abzuziehen, das lag jenseits seiner Vorstellungskraft. Allein der Gedanke ekelte ihn.

Spiegel betete zu Gott, dass er Fatima nicht entdecken möge. Im Angesicht dieses Elends wäre der Tod ein Geschenk gewesen. Dann wieder erhoffte Spiegel es inniglich, denn wie rasch hätte er sie auslösen können mit dem Gold, das er bei sich trug? Wenn er sie fände, das schwor sich Spiegel, würde er ihr sogar die Liaison mit dem Türken verzeihen.

Sie traten in den am dichtesten bevölkerten Winkel des Marktes. Dorengowski deutete mit einigem Naserümpfen auf die Menschtiere zu seinen Füßen, als ekle er sich vor ihnen, und legte die Hand vors Gesicht, um den Gestank zu dämpfen. »Sie nennen sie ›Weiße‹«, sagte er durch die gespreizten Finger, »doch in der Mehrzahl sind es Kaukasierinnen. Es gibt Banden, die durch die wilden Täler des Kaukasus streifen und sich alle Frauen schnappen, derer sie habhaft werden können. Auch Frauen aus den Karpaten, doch die sind selten geworden ...«

Spiegel war wie elektrisiert. »Wenn also Fatima in die Hände von Sklavenhändlern gefallen sein sollte, würden wir sie hier finden?«

»Höchstwahrscheinlich«, sagte Dorengowski. »Aber«, fügte er dann hinzu, »Ihr jagt, mein lieber Spiegel, einem Gespenst hinterher. Fatima ist tot, glaubt mir.«

Spiegel ließ sich nicht beirren, sondern warf sich ins engste Gedränge. Da sah er sie: Fatima. Schlafend oder bewusstlos lag sie auf dem Stroh, die langen dunklen Haare wie eine Decke über ihre Schultern gebreitet, mit nackten Brüsten und einem ledernen Schurz über der Hüfte. Er eilte zu ihr, kniete nieder und berührte ihre Schulter. »Fatima!«

Da hob die junge Frau den Kopf, und Spiegel schreckte zurück. Ihr Gesicht war zerschlagen, Zähne fehlten, über einer Augenbraue war die Haut gerissen und mit grobem Faden notdürftig vernäht. So entstellt das Gesicht war, eines erkannte er: Sie war es nicht! Spiegel erhob sich und wandte sich ab. In diesem Moment ergriff auch ihn die grausige Gewissheit und umklammerte mit kalter Faust sein Herz: Fatima war tot.

Als Spiegel in den Palast zurückkehrte, der ihnen zur Wohnung angewiesen war, erwartete ihn ein Kurier. An der Art und Weise, wie er Spiegel begrüßte, an der Art, wie das Schriftstück gefaltet und gesiegelt war, erkannte er, dass die Nachricht von August stammte. Die Anrede und der erste Satz waren in Klarschrift verfasst, danach folgte eine lange Reihe von Zahlen, die durch Striche getrennt waren. August hatte das Schreiben verschlüsseln lassen. Zum ersten Mal während dieser Mission.

Spiegel verfügte, dass der Kurier in der Küche mit den besten Speisen und Weinen versorgt werden solle. Dann entließ er ihn mit einem Dank. Er eilte durch die Gänge und achtete darauf, dass niemand ihm folgte. Er begegnete Dorengowski, doch der wich nach einem flüchtigen Gruß aus, als wollte er vermeiden, von Spiegel in ein Gespräch verwickelt zu werden. Sorgfältig schloss Spiegel die Tür zu seiner Kammer und zog die Reisebibel vom Regal, die zur Grundausstattung aller Gesandten des polnischen Königs gehörte. Er setzte sich an einen schmalen Tisch an der Wand, nahm Feder und Papier. Dann schlug er das erste Buch der Könige auf und begann, die bezeichneten Ziffern in Wörtern abzuzählen. Buchstabe für Buchstabe, Wort für Wort zeichnete er Tinte aufs Papier, ohne noch auf den Zusammenhang zu achten. Das Kratzen brach nur ab, wenn er die Feder an den Rand des Tintenglases schlug, um überflüssige Tropfen abzustreifen. Das Papier wellte sich unter seiner Hand, und je weiter Spiegel mit der Dechiffrierung vorankam, desto mehr nahm er einzelne Ausdrücke und Wendungen wahr. Und desto röter lief sein Kopf an.

Aus dem Brief sprach der blanke Zorn. Es gefiel August nicht, wie Spiegel seinen Befehlen folgte. Von Fatima gebe es kein Lebenszeichen, seit sie auf dem Weg nach Lemberg überfallen und allem Anschein nach entführt worden war. Ihre Leiche sei jedenfalls nie aufgefunden worden. Die Kinder habe er einer Frau ohne Ruf und Stand anvertraut und somit auch in dieser Hinsicht seine Pflichten sträflich vernachlässigt. Vermutlich sei es, so schrieb August, ein Fehler gewesen, Spiegel jemals mit der Sorge für Fatima zu beauftragen. Nun solle er sich wenigstens befleißigen, die ihm anheimgegebene diplomatische Aufgabe wahrzunehmen! Während Chomętowski seit Monaten auf der Stelle trete, sagten Gerüchte, dass ein Bündnis zwischen Zar Peter und Sultan Ahmed unmittelbar bevorstehe. Polen-Sachsen gerate, falls Zar und Sultan sich tatsächlich einig würden, in eine äußerst unangenehme Lage. Die Ukraine, das Fürstentum Moldau, die Wallachei, Teile Galiziens und Wolhyniens, all diese Landstriche seien umstrittenes Gebiet zwischen der Pforte, Polen und Russland. Wenn sich hier zwei einig würden, könne der Dritte nur der Verlierer sein. Spiegel müsse alles daransetzen, so bald wie möglich zum Sultan oder wenigstens zum Großwesir vorzudringen. Dabei solle er so umsichtig und verschwiegen wie möglich vorgehen. Umsichtiger jedenfalls als bislang!

Aus dem Ton des Briefes sprach die nackte Not. Die Befehle waren unmissverständlich, und die Dinge duldeten keinen Aufschub. Endlich schien August aufgewacht. Und Dorengowskis These, dass die Untätigkeit von höchster Stelle verordnet sei, war widerlegt. Spiegel ließ sich gegen die Lehne sinken. Das Schreiben erschöpfte ihn, doch noch mehr erschöpfte ihn die Tragweite der Vorgänge. Und August verlangte von ihm, dass er sich immer noch tiefer verstricke.

Spiegel überwand seine Ermattung und gab sich einen Ruck,

auch den Rest des Briefes zu decodieren. Gott sei Dank, der Ton wurde versöhnlicher. August beteuerte, er werde Spiegel alle Nachlässigkeit und alles Ungemach verzeihen. Sogar die Unsummen, die er für türkische Stücke ausgegeben habe, obgleich bislang nicht ein einziges davon in Warschau oder Dresden eingetroffen sei! Falls es Spiegel gelingen sollte, das Herz des Sultans für ihn zu gewinnen, werde er alle Misshelligkeiten vergessen, womöglich sogar in Betracht ziehen, ihn zum regulären Gesandten an der Pforte zu machen. Für den Fall, dass es zu einer regelrechten Vereinbarung zwischen Sachsen-Polen und dem Osmanischen Reich kommen sollte, werde dies mehr als notwendig sein. Er möge jedoch vor allem achtgeben, dass die Russen nicht Wind davon bekämen. Denn ihre Gegenliebe fände das Projekt ganz gewiss nicht!

Am Ende des Schreibens hatte August auf die hochoffiziellen Formulierungen verzichtet und Spiegel sogar »meinen lieben, verehrten Freund« genannt. Ein Umschlag enthielt ein zweites Schreiben, das er dem Großwesir aushändigen sollte. Der Stolz hob Spiegels Brust. »Envoyé des Königreichs Polen an der Hohen Pforte«, sprach er sich leise vor – ein durchaus angemessener Titel. Die Krönung eines Lebens im Dienste seines Herrschers. Spiegel beschloss, noch am gleichen Tag um eine Audienz beim Großwesir nachzusuchen.

Fatimas Familie bewohnte ein Haus auf der Landzunge, dort, wo sie sich weitete, mit Blick auf das Goldene Horn und Galata auf der anderen Seite des Hafens. Es lag nicht unten am Meer, wo die Fischer ihre Netze flickten und es nach Fisch stank, sondern auf dem Hang, wo stets ein Lüftchen ging. Gebaut war es aus Holz, in mehreren Etagen um einen luftigen Innenhof herum. Nachdem Fatima den süßen Wiedersehensschmerz ganz ausgekostet hatte, zog die Mutter sie mit beiden Händen fort. Stumm folgte Fatima ihr durch Zimmer und Gänge. Sie gelangten vor eine Truhe mit reichen Intarsien. Ebenhölzerne und elfenbeinerne Rauten verschlangen sich zu Ornamentbändern. Die Mutter drehte einen Schlüssel, der Deckel der Truhe hob sich. Die Mutter klappte ihn ganz auf, und Fatima erblickte Tücher und Stoffe. Einige waren zu Kleidern vernäht. Sie strich mit flacher Hand darüber und erfreute sich am Rascheln. »Was ist das?«, fragte sie fröhlich.

»Das«, sagte die Mutter, »sind Kleider, die du als Kind getragen hast.«

Fatima fand keine Worte.

»Und das«, sagte die Mutter und hob andächtig einen Fetzen mit zerrissenen Rändern heraus, »ist uns zuletzt von dir geblieben.«

Zögernd nahm Fatima das Stück Stoff in die Hände. Dunkle, bräunliche Flecken, längst eingetrocknet und verblasst.

»Blut«, sagte die Mutter, da sie Fatimas Frage erraten hatte. »Das hat dein Vater an jenem unseligen Ort gefunden, an dem Tag, da sie dich aus unseren Herzen geschnitten haben!«

Mutter und Tochter fielen sich in die Arme, und beider Tränen flossen. Endlich fand Fatima Mut für die Frage, die sie schon so lange beschäftigte: »All die Jahre hatte ich einen Traum. Ich sah, wie fremde Krieger in unser Haus eindrangen. Wie sie dich überwältigten, Vater töteten. Nur ein Traum? Oder eine Prophezeiung? Sag, was habe ich gesehen?«

»Vermutlich«, sagte die Mutter, »hast du die Wahrheit gesehen.«

»Aber wie kann das sein? Hat denn Vater nicht in Ofen gekämpft?«

»Vater war dort. Und ich auch. Doch du warst nicht mit uns.«

»Aber wen habe ich dann in meinen Träumen gesehen? Wo war ich?«

Entkräftet ließ sich die Mutter auf einem Schemel nieder. Fatima kniete sich wie ein Kind neben sie, zu ihren Füßen. Die Mutter sah an ihr vorüber, in unbestimmte Ferne. Während sie sprach, wurde ihr Gesichtsausdruck hart. »Ich werde die Geschichte nur dieses eine Mal erzählen und dann nie wieder. Bis zum heutigen Tag habe ich meine Erinnerungen begraben und will es auch in Zukunft tun. Höre also: Du warst in Ofen, aber nicht mit uns, sondern ...« Die Mutter stockte. Fatima schwieg, um sie nicht zu bedrängen. »Sondern«, fuhr sie endlich fort, »bei deinem Ehemann.«

»Ich bin verheiratet?«

»Natürlich.«

»Aber ich war ...«

»Du warst zehn oder elf Jahre alt. Ich erinnere mich nicht genau.«

Fatima brauchte einen Moment, um die Wahrheit zu akzeptieren. »So war der Mann, den ich in meinen Träumen sterben sah, mein Ehemann? Und wer waren die Frau und die Mädchen?«, fragte Fatima erregt.

Die Mutter legte eine Hand auf ihren Arm. »Er war ein Freund deines Vaters, ein hochangesehener Mann, ein Imam. Obwohl er schon lange mit seiner Frau verheiratet war, hatten sie keine Kinder. Doch er wollte seine erste Frau nicht verstoßen, da er sie sehr liebte ...«

Fatima konnte nicht glauben, was sie hörte. »So hat er Nebenfrauen angenommen? Um Kinder zu zeugen?«

Die Mutter nickte. »Dich und zwei weitere Mädchen in deinem Alter.«

»Und ich war zehn oder elf?«, fasste Fatima mit ersterbender Stimme nach.

Die Mutter bestätigte auch dies. »So weit ich mich erinnere. Du warst schon eine Frau«, fügte sie dann ungefragt hinzu.

Fatima schüttelte fassungslos den Kopf. »Wie konntet Ihr das tun?«

»Er war ein guter Mann. Möge Allah seiner Seele Frieden geben.«

»Ihr habt mich einem Greis gegeben?« Fatima sprang auf und beschimpfte die alte Frau. »Und nun«, schrie sie lauter, als es dem guten Benehmen entsprach, »vergrabe diese grässliche Wahrheit wieder in deinem Herzen! Sie war dort gut aufgehoben. Ich wünschte, du hättest sie nie hervorgezerrt!«

»Du hast mich gefragt«, verteidigte sich die Mutter mit kraftlosen Worten. »Wir haben lange um dich geweint, Fatima, es steht dir nicht zu, uns Vorwürfe zu machen.«

»Mein Schicksal war Euch gleichgültig. Vermutlich wart Ihr froh, mich los zu sein. Eine Esserin weniger am Tisch!«

Nun blitzten die Augen der Mutter kampfeslustig auf. »Allah möge dich strafen für deine bösen Gedanken, Fatima! Am Tage nach der Schlacht haben wir dich überall gesucht. Jeden, der noch sprechen konnte, haben wir nach dir gefragt. Einen ganzen Tag lang watete dein Vater im Blut. Er hat deinen getöteten Mann gesehen, und seine Hauptfrau, die sie schändeten, bevor sie ihr den Kopf abschlugen! All das Gift hat er getrunken, das der Krieg braut. Doch es half nichts, du warst verschwunden. Dies«, und sie nahm den Stofffetzen und hielt ihn Fatima so dicht vors Gesicht, dass sie das Blut zu riechen meinte, »war das Einzige, was uns blieb! Wir haben gehofft und gebetet. Doch wenn man dreißig Jahre ohne Nachricht ist, stirbt selbst die frommste Hoffnung.«

Fatima war sprachlos. Eine Weile schwiegen sie, jede in ihre Gedanken versunken. Dann setzte die Mutter erneut zu einer Verteidigung an: »Allzu schlecht ist es dir doch nicht ergangen.«

Fatima blieb stumm.

Leise fuhr die Mutter fort: »Ich habe gehört, dass du die Lieblingsfrau im Harem eines Königs warst, den man den Hufeisenbrecher nennt«, stellte sie fest. »Ein starker Mann offenbar. Und ein König.« Ihre Augen glänzten.

Fatima ließ sich zu einer unbestimmten Kopfbewegung hinreißen. Was sie innerlich bewegte, war nicht August Hufeisenbrecher, sondern die Wucht dieser unwirklichen Geschichte. Jeder Winkel dieses Hauses stürzte sie in tiefste Verzückung. Doch die Empörung über das, was sie erfahren hatte, war größer.

»Fatima?«

Sie sah auf.

»Wenn du die Lieblingsfrau von August Hufeisenbrecher

bist, warum bist du nicht bei ihm, in seinem Harem? Ich hörte, du hast Kinder von ihm, einen Sohn sogar. Die Haremsdame, die dem Sultan einen Sohn gebiert, darf auf ein Leben in Ehre hoffen. Wo sind sie, deine Kinder?«

Fatima biss die Zähne zusammen. »Meinen Kindern geht es gut. Ich bin lediglich meinem Mann gefolgt.«

»Deinem Mann? Ich dachte, der Hufeisenbrecher ist dein Mann?«

»Er hat mich in die Hand eines anderen gegeben.«

Die Mutter runzelte die Stirn. Die dunklen gemalten Brauen wölbten sich über ihren Augen. »In die Hände eines anderen? Wieso? War er krank? Lag er im Sterben?«

»Nein.« Fatima schlug die Blicke nieder. »Er verlor das Interesse an mir.« Die eigenen Worte versetzten ihrem Herzen einen Stich.

»So etwas passiert«, sagte die Mutter seltsam gleichgültig und strich ihre Kleidung glatt, »aber musste er dich darum verstoßen?« Prüfend sah sie ihre Tochter von der Seite an.

»Er hat es jedenfalls getan«, sagte Fatima ausweichend. Und dann: »Du kennst die Giauren nicht. Sie tun Dinge, die man nicht verstehen kann.«

Die Mutter schnalzte empört. »Ich spüre, dass du mir etwas verschweigst.«

Fatima seufzte. Wie konnte sie einer einfachen Frau, die diese Stadt seit Jahrzehnten nicht verlassen und niemals ein anderes Leben kennengelernt hatte, erklären, dass August Hufeisenbrecher keinen Harem besitzen konnte – und dennoch einen besaß?

»Sieh, Mutter, im Islam«, begann sie geduldig, »darf man nur einen Gott haben.«

Die Mutter nickte. »Und bei den Christen – soviel ich weiß – auch«, fügte sie hinzu.

»So ist es. Und wie Gläubige nur einen Gott, so dürfen christliche Männer nur eine Frau haben. Und Frauen nur einen Mann.«

»Aber sagtest du nicht, er habe dich einem anderen gegeben?«

Fatima schlug die Hände zusammen. »So sind die Herrscher nun einmal. Sie halten sich nicht an Regeln. Sie tun, was ihnen die Laune eingibt.«

»Herrscher halten sich an die Regeln, die Allah ihnen gegeben hat«, versetzte die Mutter und wies mit der Hand nach oben, wie um sich göttliche Bestätigung zu erbitten.

Fatima sah ihre Mutter lange an. Dann sagte sie. »Nicht alle.« Sie hatte wahrlich Herrscher kennengelernt. Karl Eisenkopf betete jeden Tag. Und folgte dennoch keinem anderen Willen als dem eigenen. Aber was sollte sie ihrer Mutter auch noch vom Schwedenkönig erzählen?

»Man hat mir berichtet«, sagte die Mutter da unvermittelt, »du habest den Glauben deiner Väter verlassen und verleugnet. Stimmt das?«

Fatima wurde kalt ums Herz. »Ich habe mich taufen lassen. Ja.«

Die Miene der Mutter versteinerte.

»Mutter«, erinnerte Fatima sie, »ich war ein Kind, was wusste ich, was mit mir geschieht? Ich hatte keine Wahl!«

»Es gibt Menschen, die sterben für ihren Glauben«, sagte die Mutter. »Man nennt sie Märtyrer. Dein Mann, der Imam, ist ein Märtyrer.«

Dann verstummte sie. Doch Fatima wusste, was die Mutter insgeheim dachte: dass sie ihrem Manne hätte nacheifern sollen.

Fatima seufzte. Ihr Herz schmerzte, als sie zu sprechen fortfuhr: »Kinder sind keine Märtyrer. Sie fürchten den Tod. Ein grausamer Gott, der Kinderopfer fordert.«

Die Mutter wandte sich brüsk ab. »Ich dulde keine Blasphemie in meinem Haus«, sagte sie laut und deutlich.

Fatima schwieg. Sie begriff, sie war eine Tochter in diesem Haus – und zugleich eine Fremde.

Spiegel näherte sich der Hohen Pforte allein, ohne Gefolge, wie ein gewöhnlicher Bittsteller. In Konstantinopel war jeder Gang geregelt. Es gab eine Pforte für die Einheimischen, eine Pforte für die Legaten anderer Länder, eine Pforte für die Juden und eine Pforte für die Frauen. Eine andere durfte der Sultan nur mit seinem Hofstaat durchschreiten. Der Topkapı-Seraj war ebenso unterteilt: Höfe für die Geistlichen, Höfe für den Harem, für die Eunuchen, für die Bittsteller und die Diplomaten. Alles am Hofe war – wie das gesamte Reich – strengstens geordnet. Spiegel wandte sich an den Kapidschi Pascha, der hinter einem Stehpult unter einem prächtigen Baldachin den Zutritt zum Palast verwaltete. Der Kapidschi Pascha rief, da er in Spiegel längst einen Europäer erkannt hatte, einen der Dolmetscher herbei, und Spiegel brachte sein Anliegen in französischer Sprache vor: eine Audienz bei Großwesir Ali Pascha.

Der sei in Adrianopel, wurde Spiegel vermeldet. Das überraschte ihn. »Der Großwesir ist auch dort? Mit dem Sultan?«

»Der Sultan ist hier.«

»Warum haben Sie das nicht gleich gesagt, Aga?«, entrüstete sich Spiegel. Der Dolmetscher übersetzte in gleichmütigem Tonfall.

»Weil Sie nach dem Großwesir gefragt haben«, sagte der Kapidschi Pascha mit unbewegtem Gesicht.

»So ist es möglich, eine Audienz beim Sultan zu erlangen?«

»Nur, wenn der Sultan es wünscht«, antwortete der Kapidschi Pascha.

»Ich bin ein Legat August Hufeisenbrechers und im Besitz wichtiger Instruktionen meines Herrschers. Ich muss den Sultan davon unterrichten. Es verträgt keinen Aufschub!«

Der Pascha musterte ihn eingehend. »Welcher Gesandtschaft gehören Sie an?«

»Der polnischen. Doch der Leiter meiner Delegation darf nichts davon erfahren!«

Der Aga wies ihm mit deutlicher Geste die Tür. »Mit derartigen Dingen wird der Sultan nicht belästigt. Entweder Sie sind der Legat, mein Herr, und in der Lage, für Euren Herrscher zu sprechen, oder Sie sind es nicht. Dazwischen gibt es nichts.«

Spiegel sah ein, dass er auf diesem Weg nicht zum Ziel gelangen würde. Also wandte er dem Pascha und seinem Dolmetscher den Rücken und ging seiner Wege, innig hoffend, dass der Scheferschaha Bey bald aus Bender zurückkehrte. Dieser allein würde ihm den Weg zum Sultan ebnen, da war sich Spiegel sicher.

Als Habib einmal mit seiner Ehefrau und seinen Kindern Gast im Haus war, sprach Fatima ihn, obwohl es sich nicht geziemte, noch vor ihrem Vater an: »Sag mir, Habib, warum kann Mutter mich nicht annehmen wie eine zurückgekehrte Tochter? Warum straft sie mich mit Kälte?«

Der Vater warf ihr einen strengen Blick zu und antwortete für den Bruder. »Du wagst es, dich bei deinem Bruder über deine Mutter zu beschweren?«

»Ich muss, Baba. Denn ich bin unglücklich in diesem Haus. Ich würde so gern glücklich sein!«

Der Vater schwieg. Habib stand auf, trat zu ihr und nahm sie beim Arm. Sanft, aber energisch führte er Fatima vom Vater fort. Sie durchschritten eine zum Hof hin offene Tür, dann standen sie dort, wo der Brunnen plätscherte wie eh und je. Der Ort, den sie im Traum gesehen hatte. Nicht Katharina und Friedrich August waren es gewesen, die sich um das Becken herumjagten, sondern sie und Habib!

»Mutter hasst mich, ich spüre das«, klagte Fatima.

Habib strich ihr über das Haar, das Fatima im Hause offen tragen durfte. »Du musst sie verstehen, sie ist eine alte Frau. Erwachsene Töchter im Haus geben ihr das Gefühl, versagt zu haben.«

»Du meinst, ihr wäre es lieber, ich wäre tot?«

Habib beschwor Fatima mit Gesten. »Sei nicht ungerecht, Fatima! Welche Mutter möchte, dass ihre Kinder tot sind? Aber womöglich flößt du ihr unangenehme Gedanken und Gefühle ein? Weißt du denn, was mit ihr passierte, als du geraubt wurdest?«

Fatimas Miene war hart und anklagend. »Willst du mein Leid gegen ihres stellen?«

Habib packte sie bei den Armen, redete auf sie ein: »Niemand weiß, was an jenem Tag mit ihr geschah, Fatima. Niemals ist in diesem Haus auch nur ein Wort darüber gesprochen worden. Jetzt erst, mit deiner Ankunft, kommt überhaupt erst die Rede auf von dieser Stunde, diesem Gemetzel. Zum ersten Mal …« Habib hatte die Stimme gesenkt.

»Ihr wolltet gar nicht wissen, was mit mir geschah!«, erregte sich Fatima. »Ich verschwand, und ihr habt geschwiegen!«

»Schmerzliches muss man ruhenlassen, Fatima.«

»Aber den Vater hat sie nicht aufgegeben. Ihn hat sie gepflegt, so lange, bis er gesund war. Mich habt ihr sterben lassen – in eurer Erinnerung!«

»Welche Wahl hatten wir denn, Fatima? Du warst fort! Hätten wir dich suchen sollen? Wo denn?«

Fatima gab keine Antwort. Stattdessen warf sie ihrem Bruder fortwährend böse Blicke zu. Im Hintergrund plätscherte wie zum Hohn der Brunnen.

Habib senkte den Kopf. »Ich fragte nach dir: ›Was ist mit Fatima? Wo ist Fatima?‹ Immer und immer wieder habe ich gefragt, wo meine kleine Schwester war, mit der ich Puppen und Lachen und aufgeschürfte Knie geteilt habe.«

Fatimas Lippen zitterten. »Und was haben sie geantwortet?«

»›Fatima ist tot!‹ Das haben sie geantwortet. Und irgendwann war ich alt genug, es zu begreifen.«

»Du hast dich ihrer Lüge angeschlossen!« Fatima wandte sich brüsk ab. Nach einem Moment fuhr sie fort: »Doch nein, es war keine Lüge. Sie hatten recht. Und wie recht sie hatten: Fatima ist tot! Die Fatima, die einst in diesem Haus Kind war, ist längst gestorben. Sie ist nur noch Erinnerung.«

Ohne sie anzusehen, nickte Habib.

»Du hättest mich niemals hierherbringen dürfen. Ich war auf

dem Weg zu meinen Kindern. Dorthin gehöre ich. Das ist meine Heimat. Du hast mich ein zweites Mal geraubt!« Mit ihren Fäusten ging Fatima plötzlich auf Habib los. Wie von Sinnen hieb sie auf seine Brust ein. Drei, vier Schläge, dann packte er ihre Handgelenke. Fatima wand sich. Sosehr sie ihre Muskeln auch anspannte, aus diesem Griff war kein Entkommen. Langsam zwang er ihre Fäuste nach unten.

»Du hast mich meiner Familie geraubt!«, schrie Fatima immer wieder. »Du hast mich zum zweiten Mal geraubt!«

Endlich ließ Habib sie frei. Fatima stürzte nach vorn und fiel ihm um den Hals. »Bring mich zurück, Habib, bring mich zurück!«, flehte sie.

Unschlüssig stand Habib und hielt sie umfangen. Nur das gleichmütige Plätschern des Brunnens füllte auf absurde Weise die Stille.

Fatima löste sich und fiel vor ihm auf die Knie. Ihre Stimme erstarb zu einem Flüstern. »Bring mich zurück, ich flehe dich an!«

»Es geht nicht«, sagte er dann.

Entsetzt sah Fatima zu ihm auf. Ihre Lippen formten ein tonloses ›Warum?‹.

»Weil du auf Befehl des Großwesirs hier bist. Nur er kann dich entlassen.«

»So bin ich deine Gefangene?«

Habib schlug die Augen nieder. »Nicht meine Gefangene, Fatima. Gefangene deines Herrschers.«

»Mein Herrscher ist August, den ihr den Hufeisenbrecher nennt. Wenn er erfährt, was mit mir geschieht, wird er nur umso entschlossener gegen euch in die Schlacht ziehen!«

Ungläubig verzog Habib den Mund. Doch Fatima war überzeugt davon. Endlich gab es einen Gedanken, der ihr Hoffnung einflößte. Sie musste nur dafür sorgen, dass August von ihrem Schicksal erfuhr. Er allein war der Ausweg. Er würde seinen Kindern die Mutter zurückgeben. Wortlos stand sie auf, drehte sich um und ließ ihren Bruder neben dem Brunnen zurück.

Konstantinopel im Frühjahr 1714

An einem Abend im Februar kam der Scheferschaha Bey zu Pferde mit kleinem Gefolge von Demotika her an, ohne dass man viel Aufhebens darum machte. Auf Befehl des Sultans hatte er Karl Eisenkopf dorthin gebracht. Es war eine sichtliche Verschlechterung der Lage, denn nun war der Schwedenkönig noch viel weniger Gast, sondern tatsächlich ein Gefangener des Sultans. Stanisław Leszczyński hingegen hatte darum gebeten, sich nach Frankreich begeben zu dürfen – und man hatte der Bitte stattgegeben. Es wurde einsam um Karl.

Der erste Weg führte den Bey vor den Diwan des Großwesirs, der ebenfalls im Topkapı-Palast residierte. Er vermeldete ihm, dass sich der Eisenkopf ruhig verhielt und dass er den Ernst der Lage vollkommen begriffen habe. Dass er aber auch entschieden gegen den erneuerten Frieden der Pforte mit Russland protestiert habe.

Der Großwesir nickte. »Wenn Zar und Sultan Frieden schließen, wenn sogar Sachsen-Polen und der deutsche Kaiser gegen ihn sind, wenn ihn die treuesten seiner Gefolgsleute verlassen und er in ganz Europa keinen einzigen Verbündeten mehr hat, dann bricht sogar die Kriegslust von Karl Eisenschädel!«

Der Bey, der den schwedischen König mittlerweile wie einen Bruder zu kennen glaubte, wagte einzuwenden: »Es ist nicht so, dass er nur Lust zum Kriege hätte. Es ist so, dass der Krieg und der Kampf Teil seines Wesens sind. Es ist sein Charakter, der ihn immer wieder antreibt, Dinge zu tun, die für ihn selbst verheerend sein können.«

»Wir müssen die Gunst der Stunde nutzen«, führte der Großwesir aus, »der Frieden mit Peter wird nicht lange währen.«

»Was also verlangt die Gunst der Stunde?«

»Wenn es uns gelingt, August Hufeisenbrecher auf unsere Seite zu ziehen, haben wir einen starken Verbündeten im Kampf gegen den Zaren.«

»August und Peter wird man nicht entzweien können. August wird sich nie gegen ihn stellen. Es wäre sein Untergang.«

»Wir werden es dennoch versuchen. Das Geringste, was wir gewinnen können, ist Unfrieden im Lager unserer Gegner.«

»Also werden wir die polnische Gesandtschaft empfangen? Auch der Sultan?«

Der Großwesir winkte ab. »Ihr wisst, dass es Russenfreunde in dieser Gesandtschaft gibt. Wir müssen uns genau überlegen, mit wem wir worüber reden.«

»Spiegel ist auf unserer Seite«, legte sich der Bey ins Zeug.

»Und seine Frau?«

»Fatima auch, ja.«

»Der Sultan möchte sie sehen.«

»Wen? Fatima?«, fragte der Bey ungläubig.

Der Großwesir nickte. »Wann haben wir schon einmal Gelegenheit, von jemandem, der das Bett mit ihm geteilt hat, etwas über den Hufeisenbrecher zu erfahren?«

»Der Sultan empfängt eine Frau?«, versicherte sich der Bey erneut.

»Er wird sie beiläufig treffen, wie unbeabsichtigt. Es muss geschickt arrangiert sein.«

»Wann?«

»Das entscheidet allein die Weisheit des Sultans. Haltet Euch bereit.«

»Möge Allah ihm einen weisen Ratschluss schenken.« Der Bey verbeugte sich tief und ließ den Großwesir mit seinen Gedanken allein.

Rydzyna nahe Leszno im Frühjahr 1714

Das polnische Städtchen Rydzyna war klein genug, um Gerüchte über ein Geheimtreffen Zar Peters und Augusts des Starken für sich zu behalten. Und es war groß genug, zwei glanzvolle Herrscher in seinen Mauern beherbergen zu können. August hatte sich des Schlosses seines Erzrivalen Leszczyński bemächtigt, während Peter und seine Entourage in den beiden Redouten, die in symmetrischem Halbkreis den kleineren Teil des Gartens umgaben, Quartier genommen hatten. Wollten sich die Herrscher begegnen, musste Peter nichts weiter tun, als die barocken Rabatten mit wenigen Schritten zu durchqueren und über eine kurze Freitreppe in den Empfangssaal des Schlosses zu treten.

Dort erwartete ihn August. Unter Austausch von Höflichkeiten schritten sie über eine breite barocke Treppe hinauf in den kleinen Ecksaal mit Kamin, den man den ›Meeressaal‹ nannte. Wände und Decke waren überreich mit Stuckarbeiten geschmückt, die Muscheln, Fische und Fabelwesen des Meeres darstellten. August hatte zwei Sessel nah ans Feuer stellen lassen, denn obwohl sich der Frühling durch eine ungewöhnliche Hitze ankündigte, waren die Abende kühl und feucht. Das Holz knisterte im Kamin, und der russische Herrscher strebte, obwohl August noch kurzatmig vom Treppensteigen war, unmittelbar auf sein Ziel zu: »Wenn es zum Krieg zwischen Russland und der Pforte kommt, hoffe ich, dass Sachsen-Polen auf der richtigen Seite steht!«

August tat irritiert: »Krieg? Hat denn der Sultan nicht eben erst den Frieden ausgerufen?«

Peter lächelte, legte seine Fingerspitzen aneinander und strich sich über den schmalen Schnurrbart, der seine Oberlippe zierte: »Mein Bruder, Ihr wisst, worauf es ankommt in der Politik: Man muss den anderen stets voraus sein. Schon knüpft der Sultan an einem neuen Bündnis, das gegen mich gerichtet ist ...«

Mit verschlagenem Blick sah Peter den polnischen König an. August fühlte sich unwohl in seiner Haut. Er verharrte im Schweigen, da ergriff der Zar erneut das Wort: »Zwischen der Pforte und Russland kann es auf Dauer keinen Frieden geben. An zu vielen Orten kreuzen sich unsere Interessen: auf der Krim, an der Schwarzmeerküste, im Fürstentum Moldau, in der Walachei. Die Ukraine gibt stets Anlass zum Streit. Solange der Sultan seine Hand über das Schwarze Meer hinweg ausstreckt, werden wir uns in die Quere kommen.«

August zog eine Augenbraue hoch. »Wollt Ihr mich nun, nachdem wir Karl glücklich überwunden haben, zum Verbündeten im Krieg gegen die Pforte machen?«

»Natürlich!«, erklärte Peter. »Gegen den Sultan sind wir gottgegebene Brüder. Oder wollt Ihr Euch etwa einem Muselmann anschließen?«

Trotz seiner Sympathien für Peter blieb August reserviert. »Wie kann ich mit jemandem verbündet sein, der seine Kosaken durch mein Königreich streifen und es nach Lust und Laune verwüsten lässt? Habt Ihr den westlichen Schlossflügel besichtigt? Ich kann ihn Euch gern zeigen. Besser gesagt: das, was davon übrig ist. Dort sind die Spuren Eurer Gunst zu sehen.«

Peter stieß sich aus dem Sessel ab und sprang auf. »Das war im Krieg. Nun herrscht Frieden.«

»Und schon rüstet Ihr für den nächsten Krieg!«

Peter ging unruhig auf und ab. »Selbstverständlich. Die Zustände sind so zerbrechlich, dass sie nicht von Dauer sein können. Wenn der Sultan keinen Krieg vom Zaun bricht, werde ich es tun.«

August hieß seinen Mundschenk Wein eingießen, um die Gemüter zu beruhigen. Sie stießen ihre Becher aneinander und stürzten sie dann ansatzlos hinunter. »Ich bin den Krieg leid«, klagte August. »Und genug damit beschäftigt, die polnischen Magnaten zu befrieden. Selbst Karl scheint diesmal zur Ruhe zu kommen.«

Peter stieß Luft durch die Zähne. »Karl ist nur deshalb zur Ruhe gekommen, weil seine Lage aussichtslos ist. Was kann er schon ausrichten mit zweitausend Mann? Und täglich werden es weniger, weil sie ihm heimlich von der Fahne gehen. Aber Ihr lenkt ab, werter Bruder! Auf welche Seite gedenkt Ihr Euch zu schlagen, wenn es Spitz auf Knopf steht?«

August überlegte, wie er den Kopf aus der Schlinge ziehen konnte. Teufel auch, dass Flemming in Warschau saß! Er sollte hier sein, bei seinem Herrn und Herrscher! Seine Zunge war schneller, seine Gedanken wendiger!

»Ich stehe auf der Seite meines Landes«, sagte August schließlich salomonisch.

Peter lachte. Dann wurde er plötzlich wieder ernst und sagte: »Keine Ausflüchte!«

Natürlich, so konnte er dem gewieften russischen Herrscher nicht entkommen. August gab seinem Gesicht einen verschlagenen Ausdruck. »Wenn Ihr den Treueeid von mir fordert, was seid Ihr bereit zu geben?«

Peter lehnte sich zufrieden zurück. »Nun sprechen wir eine Sprache. Höre, zweiter August von Polen, was ich Euch anbiete: die Souveränität und Unversehrtheit Eures Königreichs für Euch und Eure Nachkommen.«

August lief rot an. »Das, Bruder, kannst du mir nicht geben. Denn das besitze ich bereits.«

»So werde ich dafür sorgen, dass Ihr es nicht verliert.« Peter winkte erneut nach Wein, und August ließ ihnen einschenken.

»Dafür kann ich selbst sorgen«, konterte August. Er hatte alle Gelassenheit verloren.

»Könnt Ihr da ganz sicher sein?«, fragte Peter mit einem teuflischen Lächeln. »Nicht alle Polen sind der Meinung, dass Ihr der rechtmäßige König seid.«

August zuckte mit den Schultern. »So ist es nun einmal in diesem Land. Es ist ein Fehler, den Menschen die Wahl zu lassen. Man muss ihnen absolute Loyalität befehlen, gerade so, wie es der Sultan tut. Ansonsten: Kopf ab.«

»Leszczyński hat schon einmal gewagt, sich auf Euren Thron zu setzen. Er wird es kein zweites Mal wagen, wenn er weiß, dass Peter bereitsteht, Euch zu stützen!«

»Leszczyński ist nichts ohne Karl.«

»Karl ist Geschichte. Aber Leszczyński ist quicklebendig. Was, wenn er auf die Suche geht? Wenn er einen anderen Freund und Förderer findet?«

Peter legte den Kopf schräg und zwinkerte August amüsiert zu. Dann stürzte er den zweiten Becher Wein hinab, August nahm einen Schluck. Mehr brachte er nicht hinunter, denn sein Bauch war voller Groll gegen Peter. »Euch etwa?«, fragte August, obwohl er die Antwort längst wusste.

Peter machte eine ironische Geste der Ergebenheit.

»Die polnischen Magnaten«, sagte August gepresst, »mögen mich nicht fürchten. Euch aber, werter Zar Peter, Euch fürchten die Polen. Ich möchte mein Königreich nicht auf Furcht bauen, sondern auf Zuneigung.«

»Zuneigung nennt Ihr das? Ich nenne es Gold!«

August schwieg und nahm einen Schluck. »Mancher Zuneigung muss man einen Anstoß geben«, sagte er dann aufrichtig.

»Habt Ihr nicht eben noch von den Zuständen unter dem Sultan geschwärmt? Ein Sultan will nicht geliebt, er will gefürchtet werden.«

»Ich bin nicht der Sultan«, konterte August sogleich. »Aber warum sollte ich mich nicht mit ihm verbünden? Wir haben vieles gemeinsam.«

Nun war es an Peter, rot anzulaufen. »Das würdet Ihr nicht wagen!«

August spürte, dass ein Lachen in seiner Kehle kitzelte. Er

unterdrückte es, denn er wollte den Vorteil nicht leichtfertig aus der Hand geben: Es war ihm gelungen, den Zaren aus der Fassung zu bringen. »Mein Gesandter steht bereits in Konstantinopel. Nicht lange, und er wird eine Audienz beim Sultan erlangen.«

»Chomętowski? Der ist nicht an einer Audienz interessiert!«

August spitzte die Ohren. Er hatte Peter dazu gebracht, mehr zu offenbaren, als ihm lieb sein konnte. »So kennt Ihr, Bruder, die Zustände besser als ich. Wie mir zu Ohren kam, wird er in Ehren bei der Pforte angenommen, während Euer Gesandter sich glücklich schätzen kann, den Sieben Türmen entronnen zu sein.«

»Schafirow? Er kennt den Sultan seit Jahren. Euer Chomętowski hingegen wird eine lange Zeit darauf verwenden müssen, sich das Vertrauen zu erkämpfen und erkaufen. Ihr, August, mit Verlaub, kennt die Türken nicht.«

August behielt für sich, dass er diese Ansicht ganz und gar nicht teilte. Niemals würde er seinen Trumpf preisgeben: Sein Spiegel, der, wie er vermeldet hatte, beinahe schon am Ziel war! Peter stürzte den dritten Becher Wein und grummelte ungeduldig. Er mochte sich das beredte Schweigen nicht länger gefallen lassen. »Darf ich das als Weigerung auffassen, Euch in aller Offenheit auf meine Seite zu stellen?«

»Es würde den Sultan provozieren und die Aussichten meines Gesandten verschlechtern.«

»Genau. Darauf kommt es an.«

»Nein, ich bleibe dabei. So wie die Dinge stehen, sehe ich keinen Grund, jemanden zu provozieren. Wenn es zum Krieg kommen sollte, ist immer noch Zeit, sich zu entscheiden.«

Peter erhob sich ruckartig. »Falls Ihr wirklich der Meinung seid, Ihr hättet niemanden provoziert, so befindet Ihr Euch im Irrtum!«

August sprang auf und sandte dem Zaren einen Gruß hinterher. Doch machte er sich nicht die Mühe, ihn zum Ausgang zu begleiten. Im Grunde genommen war er sogar erleichtert, dass dieses Treffen mit dem Zaren nicht in das übliche Besäufnis mit anschließendem Katzenjammer ausartete. Im Feiern standen sich die beiden Herrscher in nichts nach. Doch das war auch das Einzige, was sie einte.

Konstantinopel im Frühjahr 1714

Die Nachrichten waren schlecht und wurden Tag für Tag schlechter. Spiegel war zu Ohren gekommen, dass Chomętowski sich mit dem russischen Gesandten Graf Tolstoj getroffen hatte. Er selbst war nicht gebeten worden, an dem Treffen teilzunehmen. Der Legationssekretär Dorengowski allerdings war dabei gewesen. Seine Rolle in der ganzen Affäre war alles andere als durchschaubar. Es war nicht auszuschließen, dass er Spiegel in Chomętowskis Auftrag falsche Nachrichten übermittelte.

Das aber, was er Spiegel berichtete, war alarmierend: Der Russe habe dem polnischen Gesandten angeboten, dessen Pflichten an der Pforte mit wahrzunehmen. Das Einvernehmen der beiden Herrscher war bekannt, warum es also nicht auf die Gesandten übertragen? Graf Tolstoj suchte Chomętowskis Nähe. Und Spiegel wusste nicht, ob August dies guthieß. Im Gegenteil, er war sich sicher, dass der Vorschlag des Russen von August abgelehnt würde. Wenn es ihn überhaupt gab und er nicht erfunden worden war, damit Dorengowski ihn Spiegel unterbreitete. Chomętowski wusste vermutlich, dass Spiegel einen eigenen Zugang zum Sultan anstrebte. Er wusste, wie es um sein Verhältnis zum Scheferschaha Bey stand und dass er, wenn der Bey erst in der Stadt war, alle Möglichkeiten hatte, eine Audienz zu erhalten. Und zwar vor ihm, dem offiziellen Gesandten! Chomętowski musste alarmiert sein, da Spiegel seiner Kontrolle zu entgleiten drohte.

Niemals hatte sich Spiegel einsamer gefühlt. Mehr und mehr sickerte die Trauer in sein Leben. Während er in den ersten

Tagen gehofft hatte, es habe sich um einen Irrtum, eine Fehlinformation gehandelt, musste er doch mit jedem Tag, der ohne ein Lebenszeichen von Fatima verging, fester annehmen, dass sie tot war.

In seiner Betrübnis suchte er eine griechische Kirche auf. Nie zuvor hatte er eine solche betreten und war überrascht von der Vielfalt der Farben und Gerüche, vom Glanz des Goldes und von der Würde der Ikonen. Er entzündete eine Kerze und kniete nieder, um für Fatima zu beten. Er fühlte sich schuldig an ihrem Tod. Dann wiederum kam ihm in den Sinn, wie sie ihn hintergangen hatte. Doch nur kurz, dann verdrängte er den Gedanken wieder. Er wollte sie als treue, keusche Geliebte in Erinnerung behalten. Als die einzige Frau in seinem Leben, die er mit jeder Faser seines Körpers und seiner Seele geliebt hatte. Tränen rannen ihm übers Gesicht, und die Farben vor seinen Augen flossen ineinander wie auf der Palette eines Malers. Am liebsten hätte er sich in diese tiefen, bunt leuchtenden Seen gestürzt.

Da legte sich eine Hand auf seine Schulter, Spiegel wandte sich um. Es war Dorengowski. Er war in türkischer Kleidung gewandet und trug einen Turban auf dem Kopf.

»Sie befinden sich in einer Kirche, mein Herr!«, mahnte ihn Spiegel.

Dorengowski hob abwehrend die Hände. »Der orthodoxe Glaube ist nicht der meine, Spiegel.«

»Ist es nicht gleich?«, antwortete Spiegel zornig. »Kirche ist Kirche, Gott ist Gott.«

»Ich bin nicht gekommen, um zu streiten«, beschwichtigte Dorengowski. »Im Gegenteil, wir können alle Streitigkeiten begraben. Höre die Neuigkeit: Peter und August haben sich getroffen. Sie haben vereinbart, dass August sich, falls es zum Krieg kommt, an Peters Seite gegen Ahmed stellen wird.«

»Das kann nicht sein!«, sagte Spiegel.

»Warum nicht?«, fragte Dorengowski einfältig zurück.

Spiegel würde den Teufel tun, ihm von seinen geheimen

Instruktionen zu erzählen. »Ich glaube es nicht, Dorengowski!«

Ein Pope erschien und bat die beiden Herren, sich zum Streiten nach draußen zu begeben. Widerstandslos ließen sie sich vor die Kirchenpforte schicken.

»Wenn ich es dir doch sage!«, bekräftigte Dorengowski, als sie, vom Treiben auf den Gassen umfangen, vor der Tür standen. »Wir können unsere Tätigkeiten einstellen. Sicherlich wird bald der Befehl zur Heimreise erfolgen. Der russische Gesandte wird unsere Angelegenheiten übernehmen.«

»Das glaube ich nicht«, beharrte Spiegel.

»Was willst du tun?«, fragte Dorengowski.

»Ich werde auf Instruktionen meines Herrn, Seiner Majestät König Augusts, warten.«

Dorengowski runzelte die Stirn. »So erhältst du also eigene Instruktionen?«

»Natürlich!«, wollte Spiegel sagen. Doch dann gewahrte er, dass er im Begriff war, Dorengowski leichtfertig etwas zu verraten, was dieser wohl vermutete, aber nicht wusste. Voller Zorn auf sich und seine Tölpelei stürzte sich Spiegel auf Dorengowski und ging ihm an die Kehle: »Du sollst mich ausspionieren, gib's zu! Nennst dich einen Freund und verrätst alles brühwarm deinem Herrn.«

Dorengowski antwortete mit zugeschnürter Kehle. »Nein, Spiegel, glaube mir, ich stehe auf deiner Seite. Habe ich es nicht bewiesen?«

»Zum Schein hast du es bewiesen, um mich in Sicherheit zu wiegen!«

»Ich bin auf deiner Seite!«

»Warum fragst du mich dann fortwährend aus?«

Dorengowski blieb stumm.

»Was hast du ihnen verraten? Was? Rede!«

Dorengowski wich seinem Blick aus.

»Hast du ihnen von Fatima verraten?«

»Fatima?«, fragte Dorengowski dümmlich.

»Hast du ihr die Meuchelmörder auf die Fersen gesetzt? Los, rede!«

Dorengowski machte große Augen. »Ich weiß nicht, was du meinst, Spiegel!«

Konnte dieser einfältige, treulose Mensch schuld sein an Fatimas Tod? Am Tod einer Frau, die Spiegel einst angebetet hatte wie eine Göttin? Spiegel schleuderte Dorengowski von sich. Der stolperte ein paar Schritte rückwärts und fiel in den Staub. Einen Moment lang war Spiegel versucht, ihm aufzuhelfen, ihn zu stützen, um ihn zurück in das Quartier der Gesandtschaft zu bringen. Doch dann entschied er sich anders und ließ ihn liegen.

Als Chomętowski Spiegel zum Rapport bestellte, ließ er ihn nicht in den Saal beordern, in dem offizielle Empfänge stattfanden, sondern in ein Nebenzimmer. Dorthin, wo er zu speisen pflegte. Neben ihm saß ein edel gekleideter Herr mit langen, natürlichen Locken, ungepudert und nicht unter einer Perücke versteckt. Ein schmaler, an den Enden gezwirbelter Schnurrbart fiel rechts und links der Mundwinkel fast bis zum Kinn hinab, als säße Chomętowski mit Dschingis Khan zu Tisch. Doch es war nicht der Tatarenfürst, sondern der russische Gesandte Graf Tolstoj. Während der Graf mit spitzen Zähnen Hühnerbeine vom Fleisch befreite und dazu süßen Wein trank, beobachtete er Spiegel aus dunklen, funkelnden Augen über Gläser und Flaschen hinweg. Beide Herren strahlten vollkommene Eintracht aus. Und mit einem Male packte Spiegel die Erkenntnis: Chomętowski war nicht länger ein Parteigänger Karls von Schweden. Er war auf die Seite der Russen gesprungen.

Der russische Gesandte überließ das Reden Chomętowski. »Ihr kennt Seine Exzellenz, den Grafen Tolstoj?«, versicherte sich der Leiter der polnischen Gesandtschaft.

Mit einem kurzen Kopfnicken begrüßte Spiegel den Russen. »Wir hatten noch nicht die Ehre«, sagte er.

Tolstoj machte keinerlei Anstalten, den Gruß zu erwidern.

Seine Zähne widmeten sich weiterhin den Hühnerbeinen, während er Spiegel nicht aus den Augen ließ.

»Sie haben ein Mitglied meiner Gesandtschaft angegriffen!«, sagte Chomętowski, als wollte er ein Tribunal eröffnen. Und tatsächlich hatte das Zusammentreffen diesen Anstrich: ein Frühstückstribunal.

Spiegel sah keinen Anlass, das Vorgefallene zu leugnen. »Ja.«

»Warum?«

Gewiss war es kein Zufall, dass der Russe mit am Tisch saß. In seiner Gegenwart konnte Spiegel nicht viel preisgeben. Er suchte Ausflüchte. »Es ging um Schulden. Ich hatte ihm Geld geliehen und es zurückgefordert. Dorengowski behauptete, sich nicht erinnern zu können«, log er.

In aller Gelassenheit nahm Chomętowski einen Schluck Wein. Spiegel sah, wie sein Adamsapfel beim Trinken hüpfte. Dann wischte er sich mit dem Handrücken über die Lippen und nahm ihn wieder fest in den Blick. »Dorengowski behauptet etwas anderes.«

Spiegel schwieg.

»Es scheint«, fuhr Chomętowski fort, »Ihr habt etwas gegen eine Verbindung des polnischen Königreichs mit dem Zarenreich einzuwenden.«

Spiegel würdigte Tolstoj keines Blickes. Doch da die Essgeräusche beinahe verstummt waren, nahm er an, dass auch der Russe genau zuhörte.

»Ich weiß nicht, wie Ihr zu dieser Ansicht kommt«, wich Spiegel aus.

Schweigend sah Chomętowski Spiegel über den Rand seines Weinbechers hinweg an. Er nahm einen Schluck, rollte die Lippen und sagte dann süffisant: »Es ist das, was Dorengowski behauptet. Und Simon Barchodar behauptet es auch.«

»Der Dolmetscher?« Spiegel stieß Luft hervor. »Seit wann dürfen sich Mitglieder der Großen Polnischen Gesandtschaft gegenseitig mit derartigen Vorwürfen überziehen?«

»Seit wann dürfen sich Mitglieder der Großen Polnischen

Gesandtschaft auf offener Straße prügeln?«, erwiderte Chomętowski flugs.

Graf Tolstoj murmelte auf Russisch eine abfällige Bemerkung, die nicht für Spiegels Ohren bestimmt war, die er aber dennoch verstand: Der Russe forderte, kurzen Prozess mit dem Spion zu machen. Spiegel spürte, wie sich seine Kehle zusammenschnürte.

Chomętowski ließ sich nicht beirren. »Der enge Bund zwischen dem Königreich Polen und dem russischen Reich ist beschlossene Sache zwischen unseren Herrschern. Gemeinsam haben sie Karl von Schweden überwunden, gemeinsam werden sie in die Zukunft schreiten. Seine Majestät der polnische König erwägt, Seiner Exzellenz Graf Tolstoj die Wahrnehmung unserer gemeinsamen Interessen anzutragen. Und wenn Sie mich fragen, Spiegel, ich kann es kaum erwarten, den Heimweg anzutreten.«

Spiegel nickte, obwohl er entschlossen war, die Wahrheit der Behauptung so lange anzuzweifeln, bis August sie ihm bestätigt hatte. Und er war sich alles andere als sicher, ob er sich nach der Heimat sehnen sollte. Wenn er an die Kinder dachte, zerriss es ihm das Herz. Ein Haus ohne Mutter war ein trostloses Haus.

Spiegel wollte sich empfehlen, doch Chomętowski wollte ihn nicht ohne eine Drohung entlassen. »Sie werden von nun an alles unterbinden, was Ihnen als Hochverrat ausgelegt werden könnte, Monseigneur«, befahl Chomętowski scharf.

Tolstoj grummelte zustimmend. »Wenn nicht, machen wir kurzen Prozess«, murmelte er gerade so laut, dass Spiegel es hören konnte.

»Mit Verlaub«, sagte Spiegel tapfer, »ich glaube nicht, dass es meinem König gefällt, einen seiner engsten Diener von einem fremden Herrscher gemaßregelt zu sehen.« Spiegel verbeugte sich ohne ein weiteres Wort.

Chomętowski tat, als hätte er Spiegels Bemerkung nicht gehört. »Ich bin der Leiter der Gesandtschaft, Spiegel. Mir allein obliegt es, Sie zur Rechenschaft zu ziehen. Und ich befehle Ihnen: Enthalten Sie sich jeglicher Verbindung zu Vertretern und Beamten des Sultans!«

Spiegel tat, als habe er nicht verstanden, und ging hinaus.

Daheim fand er einen Eilboten vor, der von August gesandt war. Er brachte eine schriftliche, sorgfältig codierte Depesche. Spiegel entlohnte den Boten, schickte ihn fort und machte sich daran, das Schriftstück zu entziffern. Nachdem er es Wort für Wort in eine lesbare Sprache übertragen hatte, pfiff er durch die Zähne. Der Wortlaut enthielt das exakte Gegenteil dessen, was Chomętowski ihm angeblich so offiziell mitgeteilt hatte: Er, Spiegel, solle einen Weg finden, mit dem Sultan zu einer Vereinbarung zu gelangen. Auf keinen Fall solle Spiegel die Verhandlungen einstellen! Und falls Chomętowski sich dagegenwende, solle er auf jeden Fall insgeheim und am polnischen Gesandten vorbei die Dinge verfolgen, die ihm aufgetragen waren. Die letzte Zeile befahl ihm überaus eindeutig: »Nach dem Lesen verbrennen!«

Verblüfft ließ Spiegel das Schreiben sinken. Er entschied sich, es nicht zu verbrennen, sondern stattdessen gut zu verstecken. Denn von nun an war er endgültig auf sich allein gestellt.

Fatima hatte den Scheferschaha Bey um ein Treffen gebeten. Als sie in der Sänfte hinunter zum Hafen schaukelten, dorthin, wo Stambul am orientalischsten war, fragte der Bey nach Fatimas Familie. Fatima wich aus und bedrängte ihn, ihr so schnell wie möglich den Rückweg nach Lemberg zu ermöglichen. Das aber verriet ihm alles.

Der Bey musterte sie schweigend, mit verschlossenem Gesicht. Dann sagte er: »Dein Gatte, Monseigneur Spiegel, befindet sich hier in dieser Stadt.«

»Ich weiß«, sagte Fatima. »Lasst mich zu ihm!«

Der Bey senkte den Kopf. »Das ist vollkommen unmöglich!«

»Ihr macht mich zum Mittel für Eure Politik, Scheferschaha Bey, aber ich bin nicht Eure Sklavin. Ich habe einen Ehemann, eine Familie. Ich werde eine treue Frau sein und zu ihnen zurückkehren!«

Über das Gesicht des Bey legte sich ein Schleier der Trauer. »Das kann ich nicht.«

»Ich befehle es Euch!«, schrie Fatima gegen alle Regeln der Höflichkeit. »Im Namen August Hufeisenbrechers. Ich bin ihm angetraut zur linken Hand!«

Der Blick des Bey wurde noch trauriger. »Für die Welt bist du tot, Fatima. Auch für den Hufeisenbrecher. Nur wenige Menschen wissen, dass du es nicht bist. Den Rest wollen wir in dem Glauben lassen.«

Fatimas Augen funkelten zornig. Der Bey blieb ungerührt. »Es liegt an dir, ob du ein neues Leben geschenkt bekommst. Hier, in Stambul. Mit deinem Gatten. Es hängt davon ab, ob du deine Aufgabe gut erfüllst.«

»Welche Aufgabe?«

»Sultan Ahmed den Weg zu August zu ebnen.«

»Aber ich habe doch dem Großwesir längst von August erzählt. Was kann ich noch tun?«

»Der Sultan will dich empfangen.«

»Der Sultan? Er empfängt keine Frauen!«

»Natürlich nicht«, sagte der Bey mit dem Anflug eines Lächelns. »Es wird eine zufällige Begegnung sein, keine Audienz.«

»Wo?«

»In seinem Harem«, sagte der Bey und lächelte.

Fatima war verwirrt. »Aber niemand darf den Harem des Sultans betreten – außer den Eunuchen und den Haremsdamen.«

Nun drehte der Bey auch seinen Körper zu Fatima herum und lächelte übers ganze Gesicht. »Der Sultan wird dich zu seiner Haremsdame machen. Für einen Tag. Nur um dich zu Gesicht zu bekommen. Schmeichelt dir das?«

»Zu viel Ehre für eine Tote«, sagte Fatima lakonisch.

Mit einer ruckartigen Bewegung griff der Bey nach Fatimas Hand. »Es tut mir leid, Madame, sehr. Aber es gibt Dinge, die sind größer als wir. Es geht um einen dauerhaften Frieden in dieser Weltgegend.«

»Wenn Mächtige beisammen sind, geht es immer um Macht, so viel habe ich gelernt. Ihr vergesst, dass ich mein Leben mit den Mächtigen verbracht habe!«

Der Bey strich gedankenverloren mit der Linken über ihre Hand, die er mit der Rechten hielt. Im Abendland wäre dies nur eine harmlose Geste der Zuneigung. In Stambul war es zwischen Unverheirateten eine Unmöglichkeit. Fatima ließ es dennoch geschehen.

»Ihr seid eine kluge Frau, Madame Spiegel. Ihr werdet verstehen, dass wir nichts sind, wenn es um das Reich Osmans und seiner Nachkommen geht. Wir dürfen an der Tafel der Mächtigen Platz nehmen. Doch dafür müssen wir Opfer bringen.«

»Welches Opfer wird das sein, das ich Ahmed bringen muss?«

Der Bey entließ ihre Hand und machte eine Geste, als wasche er die seine in Unschuld. »Ich weiß es nicht. Er verlangt, dich zu sehen, Fatima. Und es ist unmöglich, dem Willen des Sultans nicht zu entsprechen. Niemand in seinem Reich kann das. Nicht einmal der Großwesir. Wenn der Sultan sagt, der Großwesir solle morgen sterben, wird er morgen sterben. Nur das Wort Allahs ist größer.«

»Ich habe keine Angst vor dem Sterben. Wie auch? Ich bin bereits tot.«

Der Bey lächelte. Mit ruhiger Stimme sagte er: »Das bist du nicht – du weißt es so gut wie ich. Du bist lebendig und liebst das Leben.«

»Ihr habt mir meine Kinder genommen, meinen Mann, meinen guten Ruf ohnehin. Und die Möglichkeit, über mein Leben frei zu verfügen. Was hab ich noch zu verlieren, Scheferschaha Bey, sagt es mir?«

Fatima sah ihn erwartungsvoll an. Doch der Bey schwieg.

Der Bey brachte Fatima bis an die Schwelle des Harems. Weiter durfte kein Mann gehen, wenn er nicht entmannt werden wollte. Er drückte Fatima aufmunternd die Hände, dann sagte er: »Es ist dem Sultan unmöglich, Frauen zu empfangen – außer seine Haremsdamen. Er will dich sehen. Aber zuvor musst du dich in eine Haremsdame verwandeln.«

»Ich hoffe, nur um den Schein zu wahren.«

»Aber natürlich, Fatima. Der Sultan respektiert dich als Geliebte des Hufeisenbrechers. Sei ohne Furcht!« Damit entließ er sie.

Fatima wurde von Eunuchen empfangen und in die weitläufigen Gemächer geführt. Parfüms schwängerten die Luft, der Duft von Rosen, Aloe und Lavendel. Die Räume waren mit edlen Stoffen ausgeschlagen. Frauen und Kinder lagerten auf Diwanen, aßen und gaben sich dem Müßiggang hin. Das Gespräch war laut und lebhaft. Brunnen plätscherten, und überall hingen Vogelkäfige, aus denen fröhliches Gezwitscher tönte. Alles war von verschwenderischem Überfluss, selbst die Geräusche. Die Eunuchen gaben Fatima in die Hände zweier Haremsdamen, die sie ins Bad führten. Hitze schlug ihr entgegen. Sie spürte ihre Fußgelenke umfasst – schon streifte man ihr die Schuhe ab. Eine Berührung an den Schultern öffnete die Verschlüsse ihres Gewandes, und so wurde sie Stück für Stück entkleidet, ohne dass sie sich wehren konnte. Sie spürte die Finger der Haremsdamen auf ihrer Haut und ein Kribbeln unter der Stirn. Der Raum atmete Hingabe und Leidenschaft. Fatima konnte nicht verhindern, dass sich die Atmosphäre wie ein Nebel auf ihre Wünsche und Sehnsüchte legte.

Am Ende stand sie nackt da – und es kam ihr vollkommen natürlich vor. Die Haremsdamen musterten sie nicht oder starrten sie gar an, sondern gingen ihr unauffällig zur Hand. Nahmen ihre Nacktheit ganz selbstverständlich. Fatimas Blicken freilich wichen sie aus.

Fatima schlüpfte in ein Paar hölzerner Pantinen mit hohen Absätzen, die sie schon aus den öffentlichen Bädern kannte. So ging sie, nur mit den klappernden Badeschuhen bekleidet, in die Mitte der großen Halle. Sie fand sich unter einer Kuppel wieder, hoch wie ein Dom, mit einem Loch im Zenit, durch das der Dampf entwich. Fatima spürte, wie sie zu schwitzen begann. Sie legte sich auf die marmorne Mittelplatte, streckte die Glieder von sich und schloss die Augen. Sie öffnete sie auch nicht, als dienstbare Hände sie zu waschen begannen – Haare, Gesicht, Beine –, zuerst mit Wasser, dann mit Seife. Am ganzen Körper wischte und schrubbte es. Fatima fühlte sich auf eine Weise angefasst wie noch nie in ihrem Leben. Doch wehren wollte sie sich nicht.

Man führte sie hinaus aus der Badehalle, in einen trockenen und warmen Raum. Hier rieb man sie mit allerlei Essenzen ein, bemalte auch einige Partien ihres Körpers. Ihre Brüste, die den Helferinnen wohl zu blass erschienen, wurden mit Farbe gerötet. Am Ende besprühte man den ganzen Körper mit Rosenwasser. Dann wurde sie angekleidet, mit kostbaren, beinahe durchsichtigen Gewändern, und schließlich aus dem Bad geführt. Fatima erhaschte einen flüchtigen Blick in einen Spiegel. Die Frau, die dort auf Armeslänge entfernt vorüberschritt, war nicht sie. Es war eine fremde Schönheit aus dem Reich der Feen.

Man platzierte sie auf einem Diwan. Von irgendwoher tönten Klänge einer Laute an ihr Ohr, die das allgegenwärtige Vogelzwitschern durchdrangen. Vor dem Diwan auf einem niedrigen Tisch waren Früchte und süße Speisen in unglaublicher Menge versammelt. Fatima wagte nicht, davon zu essen, denn sicherlich war dies alles für den Sultan bestimmt. Man hatte ihr eingebläut, nicht zu sprechen, bevor der Sultan sie dazu auffordere. Nichts zu tun, was den Sultan verärgern konnte, und nichts zu verweigern, wozu der Sultan sie aufforderte. Gegenüber dem Großherrn der Gläubigen schrumpfte jeder und jede zum willenlosen Geschöpf. Nicht einmal der Großwesir durfte widersprechen. Ein falsches Wort konnte die Strangulationsschnur bedeuten.

Fatima hörte ein Rascheln, und der Sultan trat ein. Er nahm ihr Kinn in die Hand und hob ihren Kopf. Das verwirrte Fatima, denn man hatte sie ermahnt, ihm nicht ins Gesicht zu schauen. Er zwang sie, es zu tun. Schamhaft sah sie ihn an. Sein Gesicht war freundlich und mild. Der Bart war gepflegt, eine graue Strähne verlieh ihm etwas Keckes. Die Gesichtszüge waren schlank und edel.

Er setzte sich auf die Polsterkissen, nachdem er kurzzeitig zwischen den Säulen verschwunden war und die unsichtbaren Musiker mit einem Händeklatschen fortgeschickt hatte. Gemütlich verschränkte er die Beine und zog die Fußgelenke heran. Fatima lagerte auf der Seite, den Kopf auf den Ellbogen gestützt. Sie hatte dem Sultan das Gesicht zugewandt, doch vermied sie es nun, ihn anzuschauen. Er griff nach einer Feige, nach Trauben. Barg alles in seiner Hand und begann genüsslich davon zu essen. Den Turban hatte er abgesetzt, seinen Kopf bedeckte eine seidene Kappe. Nachdem er ein paar Früchte gegessen hatte, begann er mit sanfter Stimme zu sprechen. »Ich hoffe, man hat dir keine Unannehmlichkeiten bereitet.«

Fatima errötete. »Bislang durfte ich an Eurem Hof nur Annehmlichkeiten erfahren, Padischah.« Sie benutzte den Sultanstitel, der in ihren Ohren solch einen zärtlichen Klang besaß.

»Ich werde dafür einstehen, dass es so bleibt.«

Fatima beugte den Kopf. »Danke, Padischah.«

»Du bist also eine Nebenfrau August Hufeisenbrechers?«, fragte er, während er sie eingehend musterte.

»Ich war seine Nebenfrau. Er pflegt die Frauen auszutauschen wie die Postkutscher ihre Pferde.«

Sultan Ahmed legte den Kopf zurück und ließ ein kurzes Lachen hören. Fatima war erfreut, wie ungezwungen sich der Herrscher in dieser Umgebung gab. Bei Hofe, so hieß es, bewegte er sich kaum. Wenn er Audienzen gab, saß er wie eine Statue vor den Bittstellern. Das Wort ergriff er so gut wie nie. Stattdessen ließ er den Großwesir reden.

»Du hast Kinder von ihm?«, fragte der Sultan.

Fatima seufzte. »Ja«, sagte sie schließlich schwermütig.

»Ist er ein guter Vater?«, fragte der Sultan. »Sorgt er für seine Kinder?«

»Ja«, sagte Fatima. Und dachte: Besser als ich! Doch dann sagte sie: »Er hat mich angemessen verheiratet.«

Sultan Ahmed sah Fatima lange an, als versuchte er zu verstehen, was sie ihm erzählte. Fatima fiel die Geschichte der Sultana Hafitén ein. Eine Frau, die die Geliebte des Sultans war, wurde nie wieder etwas anderes.

»Er muss ein Herrscher voller Großmut sein, wenn er seine Damen freigibt«, sagte der Sultan stirnrunzelnd.

»Er bewundert Euch aus tiefster Seele«, versetzte Fatima. Sie erschrak über ihren Mut.

»Mich?«, fragte Ahmed und runzelte die Stirn. »Er kennt mich doch gar nicht?«

»Dennoch bewundert er Euch aus der Ferne«, erklärte sie. Er besitzt mehrere Garderoben, die ihn als Sultan darstellen. Zu Hoffesten, die er besonders prachtvoll ausstatten möchte, steckt er Soldaten in Janitscharen-Uniformen. Er speist von chinesischem Geschirr und lässt Kaffee in türkischen Zelten nach türkischer Art kredenzen. Er ist ein vorzüglicher Kenner und Liebhaber türkischen Kunsthandwerks.«

Amüsiert hob Ahmed die Augenbrauen. »Ein angenehmer Zeitgenosse, so scheint es. Angenehmer als sein Vetter Karl, der verschlossen ist wie ein Fels. Es wäre wohl ein Vergnügen, August Hufeisenbrecher kennenzulernen.«

»Er würde sich glücklich schätzen, da bin ich mir sicher.«

Ahmed war näher herangerückt, lüpfte die oberste Lage ihres Schleiergewandes mit spitzen Fingern. Fatima wurde heiß unter der Stirn. »Einstweilen«, bemerkte Ahmed, »schätze ich mich glücklich, Bekanntschaft mit seiner Nebenfrau zu machen.«

Ahmed öffnete Fatimas Kleidung, als wäre es seine eigene. Fatima hingegen konnte nicht verhindern, dass sich ihre Wangen röteten. Der Sultan sah es und zog seine Hände zurück.

»Wenn Fatima an Stelle des Sultans wäre, würde sie sich auf einen freundschaftlichen Vertrag mit August Hufeisenbrecher einlassen?« Ahmed angelte eine weitere Frucht vom Tisch und schob sie sich mit spitzen Fingern in den Mund. Genüsslich begann er zu kauen, während er Fatimas Antwort erwartete.

»Ich habe mich auf ihn eingelassen«, sagte Fatima, »und es nie bereut.«

Ahmed betrachtete sie eindringlich. »Er hat dich von seinem Hof entfernt«, erinnerte er sie. »Empfindest du keinen Hass? Keine Eifersucht?«

Das Reden über August brachte Fatima durcheinander. Jetzt erst wurde ihr bewusst, wie sehr sie sich nach ihm sehnte. »Es ist seine Natur«, sagte sie mit Bedacht. Und dann, etwas leiser: »In meinen Augen gibt es auf der Welt keinen liebenswürdigeren Menschen.«

Der Sultan schlug sich auf die Schenkel. »Sicherlich hat er dir viel Geld gegeben, damit du so gut von ihm sprichst.«

Fatima verzog den Mund. »Im Gegenteil. Er hat es mir genommen.« Ihre Stimme war nur noch ein Flüstern.

Sultan Ahmed legte seine Hand auf ihren Oberschenkel. Fatima war die Berührung willkommen. Sie zuckte nicht zurück. »So musst du ihn lieben«, stellte der Sultan mit großer Bestimmtheit fest. Fatima wich seinem forschenden Blick aus. »Doch deine Liebe ist heimatlos«, fügte er dann hinzu.

»Nicht nur meine Liebe, Padischah. Ich bin es auch.«

Der Sultan beugte seinen Kopf zu ihr herüber. Seine Hand übte einen leichten Druck auf ihren Schenkel aus. Mit der Nase streifte er ihren Hals, seine Lippen suchten ihr Ohr. »So lass mich dir eine Heimat geben.«

Fatima zitterte am ganzen Körper. Die Berührungen des Sultans waren flüchtig wie ein Frühlingswind. »Ich bin das Weib eines braven Mannes«, sagte Fatima mit bebender Stimme.

»Wessen Weib?«, sprach der Sultan plötzlich sehr energisch. »Eines Ungläubigen, eines Giaurs, eines nichtswürdigen Spions! Ein Wort von mir, und er ist tot.« Ahmed machte eine Geste, die an seiner Entschlossenheit keinen Zweifel ließ.

»Er ist ein guter Mann«, beteuerte Fatima erschrocken. »Den Tod hat er nicht verdient. Und er steht unter dem persönlichen

Schutz Augusts. Wer Frieden mit dem Hufeisenbrecher will, sollte Spiegel schützen.«

Der Blick Ahmeds wurde milde. Er strich Fatima das Haar hinter die Schulter. Dann legte er seine Hand an ihren Hals und streichelte sie zärtlich. »So sei es denn. Alles, was August Hufeisenbrecher liebt, liebe auch ich.« Er lächelte vieldeutig und fügte hinzu: »Sehr.«

Er beugte sich vor und küsste sie auf den Hals. Nicht ungestüm, mit Lippen leicht und zart wie Federn. Es hatte nichts von dem Drängen, das vielen Männern eigen war. Als sie seine Hände auf ihren Brüsten spürte, schloss sie die Augen und wünschte sich, es wären Augusts Hände. Und da ein Dschinn in der Nähe war, ging der Wunsch in Erfüllung. Sie ließ sich auf den Rücken sinken, breitete die Glieder aus und hieß ihn willkommen.

Eben hatte Spiegel sich ausgehfertig gemacht, da stand der Scheferschaha Bey in der Kammer wie eine Fata Morgana. »Der Sultan wünscht, Sie zu empfangen.«

Spiegel wollte nach Barchodar, dem Dolmetscher, schicken lassen, doch der Bey winkte ab. »Der Großherr wünscht, Sie allein zu sehen.«

In einer Sänfte ließen sie sich zur Hohen Pforte tragen. »Chomętowski hat uns einen Spitzel auf die Fersen gesetzt«, setzte ihn der Bey ins Bild, ohne eine Miene zu verziehen. Spiegel wandte sich um und entdeckte im Getümmel einen der Diener aus Chomętowskis Gefolge. Ganz offen, ohne Verkleidung oder auch nur den Versuch, sich zu verbergen, folgte er der Sänfte. Er blickte nicht einmal zu Boden, als er in Spiegels Blickfeld geriet. »Wenn der Großherr mich empfängt, während er Chomętowski ausharren lässt, sollten wir dann nicht vorsichtiger sein?«, fragte Spiegel, indem er sich wieder nach vorn wandte.

Der Bey sah unbewegt geradeaus. »Er wird nicht weit kommen.«

Das Tor zum ersten Hof des Serajs, das man das ›Großherrliche‹ nennt, geriet in Sichtweite. Sie passierten einen Pavillon mit pagodenartig geschwungenem Dach, und einen Brunnen, der dazu diente, sich zu säubern, bevor man vor den Großherrn und seine Beamten trat. Es war früher Morgen, im Hof der Janitscharen drängelten sich schon die Bittsteller um die wenigen Schreiber, die berechtigt waren, die Wünsche der Wartenden aufzunehmen. Mehrfach hatte Spiegel versucht, bis hierhin vorzudringen – vergeblich. Diesmal passierten sie den Hof, ohne einen Fuß aus der Sänfte zu setzen. Auch das kleine Fußgefolge – Diener, die Geschenke für den Sultan trugen – wurde anstandslos durchgewinkt. Die Gegenwart des Beys war ihr Passierschein.

Spiegel wandte sich um und schaute nach Chomętowskis Spitzel. Der wurde gerade von zwei Wärtern mit starken Armen abgefangen. Es sah nicht so aus, als wollten sie ihn entkommen lassen. Breit lächelnd wandte sich Spiegel wieder nach vorn. In den Mundwinkeln des Bey zuckte nur ein Schmunzeln.

Eben kamen sie durch das ›Tor der Begrüßung‹, den Eingang zum zweiten Hof, dem Ort der Staatsempfänge und Paraden. Dort ging es ruhiger zu. Niemand drängelte, niemand hastete, gemessenen Schrittes ging ein jeder im Schatten der mächtigen Platanen seiner Wege, mit gesenktem Kopf, um Sinne und Gedanken für die bevorstehende Begegnung zu schärfen. Auch Spiegel wurde nervös. Nun, da sie so weit vorgedrungen waren – weiter als je zuvor –, schloss er nicht mehr aus, dass er an diesem Tag tatsächlich dem Sultan begegnen würde.

Sie überquerten den zweiten Hof. Die Gebäude, die die Höfe rechts und links umgaben – die Palastküche, Unterkünfte der Leibgarde –, rückten näher. Nicht größer und prächtiger wurde alles, sondern schmaler und enger. Als wollte die Architektur den mächtigsten, absolutesten Herrscher der Welt auf ein menschliches Maß zurückwerfen. Die Höfe des Topkapı-Palastes erschienen Spiegel wie Trichter. Und vor dem letzten Hof, an der engsten Stelle, so stellte Spiegel es sich vor, erwartete ihn, von zwergenhafter Gestalt, aber prächtig ausstaffiert, der Großherr. Angesichts dieser Vorstellung musste Spiegel kichern, und der Bey warf ihm mahnende Blicke zu. Spiegel winkte ab, ohne seinen gelösten Gesichtsausdruck zu verlieren.

Der Bey nutzte die Gelegenheit, ihn zu instruieren. »Man lacht nicht in Gegenwart des Sultans. Man sagt nichts, solange man nicht dazu aufgefordert wird. Gesandte befreundeter Herrscher und die höchsten Hofbeamten dürfen ihn anschauen. Gewöhnliche Sterbliche nähern sich ihm mit zu Boden gewandtem Gesicht.«

Mit einem Rumpeln wurde die Sänfte abgestellt. Diener sprangen herbei und reichten ihnen die Hände. Spiegel setzte seine Füße auf den Boden und versank in dicken Teppichen.

Eine Handvoll Janitscharen, die treuesten der treuen, geleiteten sie durch das ›Tor der Glückseligkeit‹. Rasch durchschritten sie den dritten Hof und gelangten in einen letzten, vierten, in dessen Mitte ein Brunnen Kühle verbreitete. Längst hatten sie den Ort, da die offiziellen Gesandtschaften empfangen und die Staatsgeschäfte abgewickelt wurden, hinter sich gelassen. Und als sie um den Brunnen herum waren, erkannte Spiegel im Schatten eines Pavillons auf einem prachtvollen Thron den Herrscher derer, die an Allah glaubten: Sultan Ahmed den Dritten. Sein weißer Turban überragte die Rückenlehne des Throns. Der lange, gepflegte Kinnbart lag auf einer prächtigen, offenen Jacke mit goldenen Knöpfen. Das Gesicht schien wie ein Anker der Ruhe und Gelassenheit in einem Universum der Bewegung. Mit neugierigen Augen beobachtete der Herrscher die Neuankömmlinge, die sich ihm auf allen vieren näherten.

Ein nervöses Kribbeln erfasste Spiegel: Vor ihm saß derjenige, für den er Tausende von Meilen gereist war. Während der Scheferschaha Bey Worte der Begrüßung sprach, wagte Spiegel, nach oben zu spähen. Ein Paravent links vom Sultansthron fiel ihm ins Auge. Er schien nicht nur europäischer Herkunft zu sein, sondern war überhaupt ein Fremdkörper in dem sorgfältigen Arrangement aus Architektur und Prunk, das dem

Herrscher den gebührenden Auftritt verschaffte. Der Paravent nahm Spiegels Aufmerksamkeit derart gefangen, dass er nicht bemerkte, dass der Bey zum Ende seiner höflichen Eingangsworte gelangt war und der Sultan nun seinerseits eine Ansprache Spiegels erwartete. Es entstand eine unangenehme Pause, und Spiegel schwieg immer noch. Er konnte seine Aufmerksamkeit einfach nicht vom Paravent abwenden.

Endlich riss Spiegel sich los und ließ die Diener mit den Geschenken vortreten. Er nahm sie ihnen aus der Hand, um sie dem Sultan, sich unterwürfig nähernd, persönlich zu überreichen. Auch ein Pusikan war darunter, ein reichverzierter Streitkolben. Lächelnd nahm der Sultan die Geschenke an, doch den Pusikan reichte er Spiegel zurück. Er benutzte türkische Worte, die Spiegel nicht verstand.

Als der Sultan seine Ansprache beendet hatte, entstand eine kurze Pause, in der niemand zu wissen schien, was als Nächstes geschehen sollte. Doch da erhob sich hinter dem Paravent eine sanfte, glockenklare, ein wenig zitternde Stimme. Sie begrüßte Spiegel in deutscher Sprache, wenn auch mit merkwürdig fremd klingenden Worten und Wendungen. Es dauerte eine Weile, bis Spiegel begriff, dass die Stimme die Worte des Sultans wiedergab. Es war jedoch nicht der Inhalt, der Spiegel fesselte, es war die Stimme selbst: der lieblichste Ton, den er jemals vernommen hatte. Er musste direkt aus dem Paradies kommen!

Schon endete der süße Klang, und Spiegel hätte zwei Glieder der rechten Hand dafür gegeben, sie erneut zu hören. Der Bey beugte sich zu ihm und erklärte, nun sei der rechte Zeitpunkt gekommen, dem Sultan sein Anliegen darzulegen.

Da ordnete Spiegel seine Gedanken und sprach auf Deutsch, in der Hoffnung, die himmlische Stimme bald wieder hören zu dürfen. »Seine Majestät, August der Zweite, König von Polen, Kurfürst von Sachsen, Landgraf von Meißen etc. pp. – entbietet euch seinen Gruß, allmächtiger Großherr.« Spiegel verstummte, er zitterte vor Freude auf die Übersetzung. Und da erklang sie auch schon, die schönste Musik, die Spiegel sich vorstellen konnte.

Der Großherr nickte, nachdem die Stimme geendet hatte. »Meine Wenigkeit ist angehalten«, fuhr Spiegel fort, »dem Großherrn zu überbringen, dass August sich der Gnade des Großherrn anheimgibt, seinen Friedensgruß anzunehmen.«

Wieder hielt Spiegel inne, um verzückt der Übersetzung zu lauschen. Dann fuhr er fort: »Zur Aushandlung unserer Angelegenheit empfehlen Wir Euch meinen treuen Untertan Johann Georg Spiegel, der an Unserer Stelle handeln und verhandeln kann, wie es ihm richtig und in Unserem Sinne erscheint. Das, was er mit Euch beschließt, soll auch von Mir beschlossene Sache sein.«

Spiegel hatte wortgetreu den Inhalt der geheimen Instruktion wiederholt, die er von August erhalten, aber entgegen dem Befehl nicht verbrannt hatte.

Der Sultan lauschte der Übersetzung wohlwollend. Er bewegte sein Haupt nicht um einen Zoll, sondern hörte mit ernstem Gesichtsausdruck zu. Als die himmlische Stimme geendet hatte, erhob er sich von seinem Thron. Alle in seiner Umgebung, die noch aufrecht standen, fielen auf die Knie. Der Bey bedeutete Spiegel, sich noch tiefer zu verbeugen. Spiegels Stirn ruhte auf dem Teppich, doch er konnte den Sultan noch aus den Augenwinkeln beobachten. Der begab sich huldvoll in den Hintergrund des Pavillons. Von zwei Janitscharen wurde ein Vorhang einen Spaltbreit gelüftet, durch den Ahmed entschlüpfte. Kaum hatte der Großherr den Hof verlassen, sprang Spiegel auf. Gleich traten ihm die Janitscharen entgegen und kreuzten die Spieße. Spiegel wagte keinen Schritt mehr. Stattdessen rief er: »Fatima!«

Die Gerufene trat hinter dem Paravent hervor und warf den Janitscharen türkische Worte zu. Die Leibwachen schienen verunsichert, hoben dann aber die Spieße. Schritt für Schritt trat Spiegel seiner Frau entgegen, so vorsichtig, als erwartete er, die Erscheinung könnte jeden Moment wieder verschwinden.

In dem Moment sackte Fatima in sich zusammen. Spiegel

sprang herbei und konnte sie gerade noch ergreifen, bevor sie zu Boden glitt. Wärter stürmten heran, ebenso der Bey. Spiegel hielt Fatima in den Armen, ihr Haupt und ihre Glieder hingen schlaff herunter.

»Es ist Fatima!«, schrie Spiegel wie von Sinnen. »Sie lebt!« Und seine Tränen tropften auf ihr Gewand.

Mit vereinten Kräften hatten der Bey und Spiegel Fatima in einen Nebenhof gebracht. Zwar wurden sie von Janitscharen bewacht, doch unterhalten konnten sie sich frei. Spiegel hatte seine Hände in einem Wasserbecken benetzt, das nach Rosenöl duftete und ein angenehmes Geräusch sowie eine wohltuende Kühle verbreitete. Fatima lag auf einer marmornen Bank. Ein lauer Wind strich durch den Hof und spielte mit ihren Gewändern. Das Nass, das Spiegel ihr mit beiden Händen auf die Wangen strich, weckte sie endlich auf.

»Spiegel«, bat sie, indem sie die Augen aufschlug, »verzeih mir!«

Spiegel nahm ihr Gesicht zwischen die Hände und bedeckte es mit Küssen. »Was soll ich dir verzeihen? Du lebst, das wiegt alles andere auf!«

Fatima richtete sich auf und strich ihre Kleider glatt. An den Knien und Beinen ging sie besonders vorsichtig zu Werke, so als hätte sie Angst, sich selbst zu berühren.

Spiegel betrachtete sie verzückt, freute sich wie ein Kind über jede ihrer Bewegungen und wollte ihr tausend Fragen stellen. Doch der Ernst, mit dem Fatima die einfachsten Handgriffe verrichtete, verbot ihm die Neugier.

Während sie noch verwundert schwiegen über alles, was vorgefallen war, näherte sich der Bey. Unbemerkt hatte er sich entfernt und – wie sich herausstellte – erneut den Sultan konsultiert.

»Fatima ist frei«, sagte der Bey. »Der Großherr erhebt keinerlei Ansprüche auf sie.«

Fatima senkte den Kopf, und Spiegel sah ihr verwundert

dabei zu. Er begriff die Bedeutung dieser Worte nicht, war nur überrascht von Fatimas Reaktion. Dann drückte der Bey Spiegel einen Beutel Gold in die Hand. »Dem Gesandten August Hufeisenbrechers an der Pforte gebührt eine angemessene Ausstattung.«

Spiegel stand der Mund offen. Der Bey fuhr fort: »Der Sultan wird alles tun, was in seiner Macht steht, um Spiegels Interessen gegen die von Pan Chomętowski durchzusetzen. Der polnische *Envoyé* hat sich unaufrichtig gegen den Großherrn gezeigt, wir haben keinerlei Vertrauen mehr zu ihm. Er steht im Verdacht, mit den Feinden der Pforte zu paktieren.«

Spiegel ergriff Fatimas Hände. Er küsste jeden ihrer Finger und redete auf sie ein: »Ist das nicht wunderbar? Wir werden ein Haus in Pera bewohnen – mit Blick auf den Bosporus! Wir werden die Kinder holen lassen und Augusts treueste Diener sein.«

Fatima blieb seltsam wortkarg. Eine Dienerin näherte sich in unterwürfiger Haltung. In ihren Armen trug sie fränkische Damenkleidung. Der Bey nahm ein Gewand herunter und hielt es Fatima hin. »Sobald du die Pforte der Glückseligkeit durchschreitest, wirst du wieder eine Fränkin sein.« Er verzog den Mund.

Mit ernstem Ausdruck nahm Fatima das Kleidungsstück entgegen. »Ich bin«, sagte sie, »seit man mich meiner Heimat entrissen hat, nie etwas anderes gewesen.«

Dann zog sie sich mit der Dienerin zurück, um ihre Kleidung zu wechseln.

Ein Korsett zu tragen gehört nicht zu den vergnüglichsten Dingen im Leben einer ›Fränkin‹. Und doch hatte sich Fatima so sehr daran gewöhnt, dass sie das zwängende Gefühl vom Brustkorb bis hinunter zum Bauch mit herzlichem Willkommen empfing.

Aische hatte sie in eines der Bäder geführt, die auf dem Topkapı-Hügel lagen. Stück für Stück konnte Fatima in einem angelaufenen Spiegel ihre Rückverwandlung von der Orientalin in eine Europäerin verfolgen. Aische verrichtete ihren Dienst mit geübten Handgriffen, und Fatima sah ihr dabei zu. War auch sie eine Geraubte, die das Schicksal mit Fatima teilte, nur in umgekehrter Richtung? Zu gern hätte Fatima sie gefragt, doch zu fasziniert war sie von der eigenen Veränderung.

Als sie vor dem Bad auf den Hof trat, warteten Spiegel und der Bey bereits auf sie. »Rasch«, sagte der Bey, »wir müssen uns beeilen.« Mit weit ausgreifenden Schritten ging er auf das Großherrliche Tor zu. Spiegel und Fatima bemühten sich in unchristlicher Hast, ihm zu folgen. Sie liefen über die Wiese, da sie sich abseits des Hauptweges befanden. »Warum müssen wir uns beeilen?«, fragte Spiegel und sprach damit auch Fatimas Gedanken aus.

»Chomętowski wurde zugetragen, dass Ihr im Seraj seid«, rief der Bey ihnen zu.

»Und wenn?«, sagte Spiegel forsch. »Wir werden ihm ohnehin mitteilen müssen, dass er weder Augusts Vertrauen noch das des Sultans besitzt.«

Der Bey dämpfte Spiegels Eifer. »Wir selbst sollten den Zeitpunkt der Wahrheit bestimmen. Die Angelegenheit ist zu wichtig, um sie durch Eitelkeiten aufs Spiel zu setzen.«

Spiegel wollte protestieren, da durchschritten sie bereits das Tor. Während der Bey sie weiterhin mit schnellen Schritten und Rufen vorantrieb, wurde das Gedränge der Bittsteller dichter. Sie erreichten den Hof der Janitscharen. Der Bey ließ einen Pfiff ertönen. Die Träger einer der zahlreichen Sänften, die sich am Ausgang des Tores bereithielten, setzten sich in Bewegung, brachten die Sänfte dicht neben den Brunnen am Eingang zum Palast. Der Bey half Fatima bereits hinein, als ein Reiter in gestrecktem Galopp die Auffahrt heraufkam. Händler brachten Hühnerkäfige in Sicherheit, Diener sprangen auf die Seite, um ihr Leben zu retten.

Das Pferd war noch nicht ganz zum Stand gekommen, da sprang der Leiter der polnischen Gesandtschaft bereits aus dem Sattel. Geistesgegenwärtig zog der Bey den Vorhang der Sänfte zu. Ein zweiter Reiter folgte dichtauf. Es war Graf Tolstoj, der Sondergesandte des Zaren. Auch er sprang vom Pferd. Gemeinsam umringten sie Spiegel und drangen in polnischer Sprache in ihn. »Ein unglaublicher Affront gegen den polnischen Gesandten! Sie haben eine Audienz erhalten, noch bevor die Gesandtschaft vom Sultan empfangen wurde! Sie sind ein Spion der Pforte!«

Der Scheferschaha Bey trat den Beschwerdeführern entgegen. »Es ist nicht so, meine Herren«, erklärte er, »dass Monseigneur Spiegel Anlass für diesen Besuch war. Vielmehr war es Madame Spiegel.«

Nun gab der Bey den Blick in die Sänfte frei, wo Fatima – gekleidet wie eine Fränkin, allerdings ohne Perücke – auf dem Polster saß. Erstaunt ließen die beiden hohen Herrn von Spiegel ab und wandten sich Fatima zu, die wie eine Königin auf ihrem Sitz thronte.

»Madame Spiegel!«, riefen die Herren erstaunt aus. »Madame Spiegel ist in Konstantinopel?« Huldvoll nickte Fatima den Herren zu.

Da bedrängten sie Spiegel erneut: »Was fällt Ihnen ein, Ihre Gattin nach Konstantinopel zu bestellen!« Spiegel schwieg, denn der Bey hatte bereits das Wort ergriffen. »Und wieder ist es nicht so, wie Sie vermuten, Exzellenzen!«

»Dann klären Sie uns auf!«, verlangte Tolstoj. Sein Verhalten gegenüber einem hohen Vertreter der Pforte, einem Murza des Tataren-Khans, war nicht anders als ruppig zu nennen.

Während der Bey nun auch Spiegel den Arm reichte, um ihm in die Sänfte zu helfen, tischte er im Plauderton eine Geschichte auf: »Seiner Hoheit, dem Großherrn der Gläubigen, war zu Ohren gekommen, dass Madame Spiegel auf ihrer Heimreise Entführern anheimgefallen war. Der Zufall wollte es, dass sie nach Konstantinopel verschleppt wurde, um auf dem Sklavenmarkt verkauft zu werden. Glücklicherweise konnte sie eine Nachricht aus dem Gefängnis herausschmuggeln. Von ihrem Schicksal alarmiert, ließ der Großherr es sich nicht nehmen,

Madame Spiegel höchstselbst aus der finsteren Gefangenschaft zu befreien und den Sklavenhändler seiner gerechten Strafe zu übergeben. Sein Leichnam baumelt schon vor dem Hafentor, und die Raben tun sich gütlich daran.«

Chomętowski und Tolstoj warfen sich Blicke zu. So einleuchtend die Erklärung auch war, so sicher schienen beide anzunehmen, dass es sich um eine Lüge handelte. Der Bey nutzte den Moment der Verblüffung, um einem der vorderen Sänftenträger das Ziel zu nennen. Dann gab er dem Mann – wie einem Pferd – einen Klaps aufs Hinterteil. Die Träger hoben an und setzten sich in Bewegung.

Der Scheferschaha Bey folgte der Sänfte einige Schritte weit zu Fuß. Als sie außer Hörweite der Gesandten waren, holte er auf, zog den Vorhang zur Seite, beugte sich hinein und zischte Spiegel zu: »Nun wisst Ihr, wer Eure Todfeinde sind.« Damit wandte er sich ab und verlor sich in der Menge.

Am Nachmittag bat Fatima Aische, sie nach Pera zu begleiten, in die Siedlung der Franken auf die andere Seite des Hafens. Spiegel fiel es schwer, seine Frau so bald wieder zu entlassen. Er wollte jeden einzelnen Moment, der seit ihrer Trennung vergangen war, nacherleben. Am meisten verblüffte ihn die Erzählung über die Entführung durch den Bruder. Als Fatima geendet hatte, sagte Spiegel zu ihr, er liebe sie mehr als je zuvor.

Fatima senkte den Kopf. Sie liebte Spiegel ebenfalls, ja. Aber sie verschwieg ihm, dass ihre Liebe zu August schwerer wog.

In ihrer Not wollte sie Hilfe bei Gott suchen. Mit einem Kaik ließen sie sich über das Goldene Horn rudern, hinüber auf die Galata-Seite. Auf dem Wasser fragte Fatima ihre Begleiterin: »Aische, hast du Stambul sehr liebgewonnen?«

Die Nachmittagssonne tauchte die Hügel in goldenes Licht. Der Wind, der die Wasser des Hafens in Aufruhr hielt, ließ ihre Gewänder flattern. Der Bootsführer klemmte die Ruder unter die Bordwand und drehte das Segel in den Wind. Seinen nachlässig gewickelten Turban schob er hoch in die Stirn. Man hätte sterben mögen in diesem Moment, um die Stadt zu beiden Seiten des Wassers niemals verlassen zu müssen. Doch Aische antwortete: »Ich gehe, wohin Ihr geht, Herrin.«

Fatima fiel der Dienerin um den Hals. Aische wusste nicht, wie sie reagieren sollte, doch am Ende erwiderte sie die Umarmung. Der Bootsführer, ein junger Mann von vielleicht zwanzig Jahren, schaute in eine andere Richtung.

Am anderen Ufer des Goldenen Horns warteten Karren mit Eseln und Maultieren, die die beiden den Hügel hinauf nach Pera trugen. Dort, zwischen Friedhöfen und Felskuppen, war die Stadt der Giauren, dort waren die fränkischen Gesandten und Händler untergebracht. Eine einsame Kirche stand auf dem Hügel, aus rotem Backstein, drei Rosetten von Maßwerk über dem Portal in der ansonsten schmucklosen Fassade. Anders als die grandiosen Gotteshäuser auf der anderen Seite des Horns musste sich diese Kirche in Bescheidenheit üben. Just in diesem Moment klangen die Rufe des Muezzins über das Wasser. Fatima begab sich rasch in das Dunkel der Kirche, Aische suchte den Schatten einer Sykomore und ließ sich dort nieder. Der Eseltreiber band einen Strick um einen Felsbrocken und überließ es seinem Tier, sich am kargen Gesträuch zu weiden. Ein paar Schritte entfernt zupften Ziegen an Ästen. Der Mann legte sich unter eine andere Sykomore und schlief bald ein.

Währenddessen stand Fatima in der Kirche. Verglichen mit der überwältigenden Pracht einer Hagia Sophia oder der Sultan-Ahmed-Moschee nahm sich das Innere dieses Gotteshauses karg aus. Rasch durchschritt Fatima das Mittelschiff, ließ die Kirchenbänke hinter sich, um sich vor dem Altar unter das Bild des Gekreuzigten zu werfen. Ihre Gefühle waren in Aufruhr, und die Vernunft konnte ihr keinen Rat geben. Also suchte sie im Gebet den Ratschluss Gottes – ob er nun Allah hieß oder Jahwe oder Jesus.

Gott jedenfalls erhörte ihre Gebete und schickte ihr eine Vision. Mit flatternden Augenlidern durchlebte sie erneut den Traum, den sie in der Nacht vor ihrer Abreise aus Adrianopel geträumt hatte. Sie sah ihre Kinder mit einer Intensität, die jede reale Umgebung verblassen ließ. Katharina und Friedrich August standen zum Greifen nahe vor ihr, als erwachsene Menschen. Friedrich August in Uniform, Katharina im Brautgewand. Das Herz wollte ihr schier zerreißen. Seit Monaten war sie ohne Nachricht von den Kindern – und die Kinder ohne Nachricht von ihr!

Als sie das Gotteshaus verließ, lief Aische auf sie zu. Der Eselstreiber schnarchte laut, doch die Dienerin hatte die ganze Zeit über auf ihre Herrin gewartet. Sie versuchte in Fatimas Miene zu lesen, was Gott ihr geraten haben mochte. Doch stand dort keine Antwort, sondern nur eine große, friedliche Gelassenheit.

Am Abend eröffnete Fatima Spiegel, sie sei entschlossen, nach Lemberg zurückzukehren. Er verharrte in hilfloser Starre, so als hätte sie angekündigt, sich in die Fluten des Bosporus zu stürzen. Dann sprang er auf und bestürmte sie: »Aber unsere Zukunft liegt hier, in dieser Stadt!«

Doch Fatima war nicht umzustimmen. »Mir ist gleich, wo du deine Zukunft siehst. Ich will Mutter für meine Kinder sein.«

»Wir werden sie herbringen lassen. Sie sollen hier aufwachsen, als Kinder des sächsisch-polnischen Gesandten.«

Fatima sah auf Spiegel hinab: »Sie sind die Kinder des Königs. Er bestimmt, wohin sie zu gehen haben.«

Spiegel versuchte es auf die trotzige Art: »August hat dich in meine Gewalt gegeben. Ich bestimme, wohin du zu gehen hast. Und dorthin werden auch deine Kinder gehen.«

Fatima ignorierte ihn einfach. »Sobald ich einen Ferman des Sultans erhalten habe, werde ich reisen.«

Spiegel lief im Zimmer auf und ab. »Ich verstehe nicht, warum du das tust. Niemals waren die Aussichten auf ein Leben in Ehre und Wohlstand größer. Gesandter des Königs von Polen – Fatima, begreifst du nicht, was das heißt?«

»Falls Krieg ausbricht, werden wir in die Sieben Türme geführt«, sagte sie lakonisch.

Spiegel wischte den Einwand beiseite. »Es liegt in unserer Hand, ob Krieg ausbricht oder nicht. Wozu bin ich Gesandter?«

Fatima schwieg.

»Um Krieg zu verhindern!«, gab Spiegel die Antwort selbst. Fatima verdrehte die Augen.

»Du sprichst Türkisch«, fuhr Spiegel fort, »du bist eine Tochter des Orients. Wir werden ein Muster für alle Gesandten sein. Wir werden das Innere des orientalischen Menschen erkunden. Wir werden die Grenzen der Kulturen überschreiten, du und ich!«

»Ich habe die Grenze mehrfach überschritten, in beide Richtungen. Ich bin des Reisens müde. Ich kenne meine Heimat, doch so viel nötiger brauche ich ein Zuhause. Für meine Kinder und für mich.« Erschöpft senkte Fatima den Kopf. Sie hatte die Worte mit so großem Ernst und Würde gesprochen, dass Spiegel diesmal keinen Widerspruch wagte.

»So müssen wir uns trennen«, sagte Spiegel nach langem Schweigen. »Ich werde meine Mission erfüllen. Und sollte es mich das Leben kosten.«

Angst loderte für einen kurzen Moment in Fatimas Augen. Spiegel ging es gut, beruhigte sie sich. Er stand doch unter dem Schutz des Scheferschaha Bey! Warum sollte er sein Leben lassen? Weil, gab sie sich selbst die Antwort, dies in Stambul tagtäglich geschah. Weil der Sultan nur ein Augenlid senken musste, um jeden beliebigen seiner Untertanen umbringen zu lassen. Und für Gesandte, die unter dem Schutz ihrer Herrscher standen, gab es andere Mittel und Wege …

»Ich werde reisen, sobald ich den Ferman des Sultans in den Händen halte«, bekräftigte Fatima. Und fügte dann hinzu: »Aische, meine treue Dienerin, wird mit mir gehen.«

Spiegel machte eine hilflose Geste. »Ich bedauere dies sehr. Aber wenn es dein Wille ist, werde ich mich nicht widersetzen.«

In der Nacht waren sie weniger förmlich. Die Leidenschaft und die Sorge, sich niemals wiederzusehen, trieb sie wieder und wieder zueinander. Sie küssten sich, liebkosten sich, schworen sich Treue. Doch zum Äußersten kam es nicht.

»Nein, nicht!«, sagte Fatima stets. In Gedanken war sie viel zu sehr bei August. Was auch immer ihr diese unstillbare Sehnsucht eingeflößt hatte, Fatima spürte sie körperlich. Und Spiegel spürte sie auch. Er respektierte ihren Willen, wenn es auch übermenschliche Anstrengung kostete.

Als sie endlich friedlich beieinanderlagen, flehte Spiegel Fatima an, ihn nicht allein zu lassen. Fatima tröstete ihn, streichelte ihn, redete ihm gut zu. Doch von ihrem Entschluss ließ sie nicht ab. Enttäuscht drehte sich Spiegel zur Wand und schlief ein.

In den frühen Morgenstunden des nächsten Tages, die Sonne hatte den Horizont schon tiefblau gefärbt, erwachte Spiegel von Stiefelgetrappel. Sipahis warfen sich Kommandos zu, dann stand der Bey in der Kammer. »Spiegel?«, fragte er ins Zwielicht hinein.

Spiegel zog das Laken über seine Blöße und setzte sich auf.

»Der Sultan verlangt nach dir«, sagte der Bey. »Zieh dich an, wir dürfen keine Zeit verlieren.«

Spiegel erhob sich, das Laken um die Hüften geschlungen. Fatima rührte sich nicht, doch Spiegel wusste, dass sie wach war. »Ist dies die übliche Art, Gesandte zur Audienz zu bitten?«

»Nein«, lächelte der Bey vieldeutig, »es ist aber auch keine übliche Audienz.«

Die Hähne begrüßten gerade den Morgen, da durchschritten der Scheferschaha Bey und Spiegel die Tore zu den inneren Höfen des Serajs. Die Plätze waren verwaist, Janitscharen hielten Wache. Im Audienzsaal des Sultans brannten Feuerschalen. Der Großherr war in einen schweren Mantel aus golddurchwirkter Seide gehüllt. Seine Miene war straff, und die Augen, die selten jemand Bestimmten ansahen, blickten wach. Er schien bereits seit Stunden zu empfangen. Der Großwesir trug Sorgenfalten unter dem weißen Haar, seine Augen waren eingefallen. Es war nicht zu entscheiden, ob aus Müdigkeit oder weil ihn zu schwere Gedanken belasteten.

Der Großwesir führte das Gespräch, der Sultan hörte mit konzentrierter Miene zu. In seltenen Momenten neigte er den Kopf, um Wohlwollen zu bekunden.

»Es gibt sichere Nachricht«, sagte der Großwesir, »dass August und Peter sich erneut getroffen haben.«

Spiegel horchte entsetzt auf. Doch er wartete ab, bis der Großwesir geendet hatte.

»Ein Bündnis mit Peter«, fuhr der Wesir fort, »kann nicht in Augusts Interesse sein. Zu stark sind die Absichten des Zaren in Bezug auf polnische Gebiete. Ich verlange von Ihnen«, und damit richtete er seine Worte unmittelbar an Spiegel, »dass Sie August Nachricht geben, wir seien bereit, ihn als polnischen König endgültig anzuerkennen und ein weitreichendes Bündnis einzugehen. Wenn August sich im Gegenzug verpflichtet, sich im Kriegsfall nicht auf Peters Seite zu schlagen.«

Spiegel neigte den Kopf, um sein Einverständnis anzudeuten. Der Großwesir Ali Pascha trat einen Schritt auf ihn zu, eindringlich sah er ihm in die Augen. »Ich hoffe, Ihr versteht, Envoyé Spiegel, was dies bedeuten kann. Ein Abkommen, wie es noch nie eines zwischen Polen und der Pforte, ja überhaupt zwischen einem europäischen Staat und dem Osmanischen Reich gegeben hat! Einen Vertrag, der unsere Reiche zu Brüdern macht.«

Spiegel schwieg beeindruckt.

»In wenigen Stunden«, fuhr der Großwesir fort, »werden wir dem Woiwoden von Masowien, Stanisław Chomętowski, eine Audienz gewähren. Bei dieser Gelegenheit werden wir ihm eröffnen, dass wir seiner Vermittlung nicht länger vertrauen, da er geheime Absprachen mit dem Unterhändler des Zaren getroffen hat. In unserem diesbezüglichen Schreiben an den polnischen König werden wir die enorme Klugheit, Umsicht und Zuverlässigkeit des Monseigneur Johann Georg Spiegel betonen. Wenn er klug ist, wird er nicht zögern, Sie zum Envoyé und Anführer der Gesandtschaft zu ernennen.«

»Das wird August nicht tun«, ergriff Spiegel nun das Wort. »Chomętowski ist ein mächtiger Mann. Er kann halb Polen gegen ihn aufwiegeln.«

Großwesir Ali Pascha runzelte die Stirn und sah auf Spiegeln hinab. »Die Macht des Woiwoden ist gebrochen. Zu eng hat er sich an Karl gebunden. Der Eisenschädel aber hat den Bogen überspannt. Nun sitzt er wie ein Hund in Demotika und wartet darauf, welche Schicksalsglocke ihm schlägt. Dies ist der letzte Akt. Seine Macht ist zerschlagen.«

Die Neuigkeit machte Spiegel sprachlos. Einer der einst mächtigsten Herrscher Europas – ein hilfloser Gefangener des Sultans! Wenn so etwas geschehen konnte, war nichts mehr sicher. Dann konnte auch Chomętowski in die Sieben Türme geworfen werden. Dann konnte er sogar hingerichtet werden – wie auch immer es dem Sultan gefiel. Spiegel spürte, dass seine Beine zu zittern begannen.

Der Großwesir gab Spiegel letzte Anweisungen zum Verhalten gegenüber Chomętowski. Er solle sich auf keine Zusagen einlassen, jeden Kontakt mit dem Polen meiden. An der Audienz werde er nicht teilnehmen. Er solle auch die Russen unter Graf Tolstoj, dem Sondergesandten des Zaren, meiden, denn Chomętowski schließe sich seit Karls Niederlage immer enger an diesen an.

Spiegel vernahm das alles schweigend. Sein Mund war wie ausgetrocknet. Der Sultan und sein Großwesir machten einen entschlossenen Eindruck. Was, wenn sie Krieg gegen Peter führen wollten? Und Spiegel sollte dafür sorgen, dass August dabei auf Ahmeds Seite stand? Niemals würde August sich gegen Peter stellen! So stolz Spiegel auf die besondere Gnade war, die ihm zuteilwurde, er wusste, er hatte sich auf ein Parkett begeben, dessen Schritte er noch nicht beherrschte. Doch er musste sie bald erlernen, denn einmal ausgerutscht, erhob man sich nicht mehr.

Spiegel erkannte, dass Fatima gut daran tat, die Stadt zu verlassen. Wenigstens sie sollte in Sicherheit sein. In Stambul war jeder den Launen des Herrschers unterworfen. Er bat den Großwesir um einen Ferman für Fatima, damit sie die Heimreise antreten konnte. Der Sultan hob erstaunt die Augenbraue, doch dann nickte er unmerklich, und der Großwesir wies einen Schreiber an, die Erlaubnis der Pforte für die Ausfertigung eines Schutzbriefs festzuhalten. Zum Abschluss der Audienz erhielt Spiegel erneut einen Beutel mit Goldstücken. Diesmal hingen sie ihm schwer am Gürtel.

Warschau im Frühjahr 1714

Am Vormittag wurde Baron Pjotr Pawlowitsch Schafirow, der Vizekanzler und enge Vertraute Peters, in Warschau beim König vorstellig. Er war ein freundlicher, eiförmiger Herr mit einem überaus rundlichen Gesicht. Aufgrund seines Äußeren neigte alle Welt dazu, ihn zu unterschätzen, doch seine Klugheit war bestechend. Von einem einfachen Kopisten in der Kanzlei des Zaren hatte er sich hochgedient zu einem der wichtigsten Männer des Reiches.

Flemming war bei dem Treffen zugegen und die Atmosphäre freundlich. Verhandlungssprache war Französisch, obschon Schafirow auch Deutsch verstand. Im höflichsten Ton und mit leiser Stimme trug der kleine Russe vor, Peter plane, seine Festungen an der Grenze zum Osmanischen Reich weiter auszubauen. Als Zeichen guten Willens wolle er sich darüber mit August abstimmen. Es sei nämlich nicht auszuschließen, dass der Sultan auf diesen Akt, der allein der Verteidigung diene und absolut notwendig sei, mit einer neuerlichen Kriegserklärung reagiere. Dies setze alle Gesandten an der Pforte einer großen Gefahr aus. Schafirow betonte, er wisse, wovon er spreche. Er habe selbst einige Zeit in den Sieben Türmen verbracht – einem Festungskerker der durchaus schlechteren Sorte. Plötzlich und unvermittelt hielt der Gesandte inne und fragte wie nebenbei: »Man hört, dass die Gesandtschaft Seiner Majestät des Königs von Polen von Ahmed angenommen wurde. Das bedeutet eine große Ehre und Aufwertung seiner Majestät.«

August nickte voller Huld, doch seine Miene versteinerte. Der spitze Unterton war nicht zu überhören. »Wie Sie wissen,

Exzellenz, haben wir eine Gesandtschaft zur Pforte geschickt allein mit dem Ziel, über die Bedingungen der Rückkehr König Karls nach Schweden zu verhandeln.«

Der russische Gesandte nickte und lächelte zuvorkommend. »Und darüber hinaus gibt es keine Ziele?«

Flemming und August warfen sich einen Blick zu. Er blieb dem russischen Gesandten nicht verborgen. »Welche Ziele könnten das sein?«, fragte Flemming unbestimmt und kam damit August zuvor. Der zog sich in den Thronsessel zurück.

»Es gibt ein überaus fragwürdiges Subjekt in der Polnisch-Sächsischen Gesandtschaft …«, hob der Gesandte an. August schnellte nach vorn. »Spiegel!«, rief er erzürnt aus. »Ich bereue es längst, dass ich ihm die Aufgabe anvertraut habe! Er hat Unsummen ausgegeben, und von den Stücken habe ich noch keines gesehen! Ich hätte ihn längst zurückbeordern sollen!«

»Warum«, fragte der russische Gesandte listig, »haben Sie es nicht längst getan?«

August schwieg und suchte Hilfe bei Flemming. Dessen Blicke sprachen Bände, doch auch er blieb stumm.

Anstatt in Ruhe abzuwarten, wie sich August aus dieser selbstgestellten Falle wand, wartete Schafirow mit der nächsten Überraschung auf: »Und seine Gattin, Madame Spiegel, hält sich ebenfalls dort auf. Sie ist des Türkischen mächtig und stammt aus einer angesehenen Familie. Der Verdacht liegt nahe, dass Monseigneur Spiegel mitsamt seiner Gattin Verhandlungen führt, von denen der Woiwode nichts erfahren soll.« Der Gesandte machte eine bedeutsame Pause. Dann fügte er hinzu: »Von denen auch die übrige Welt – und so auch wir – nichts erfahren sollen.«

August und Flemming protestierten laut. »Es ist mir nicht bekannt«, beteuerte August, »dass Madame Spiegel noch lebt. Sie sehen mich tief getroffen von dieser Botschaft. Woher stammt sie? Können wir uns auf die Quellen verlassen?«

Der polnische König saß sehr aufrecht in seinem Thronsessel. Die Hand hatte er auf seine Brust gelegt, mitten zwischen die Orden und Abzeichen. Der Gedanke, dass Fatima leben könnte, traf ihn tatsächlich ins Herz. Was trieben Spiegel und seine Frau? Wie weit sollte diese unglaubliche Untreue und Eigenmächtigkeit die beiden noch führen? August bemühte sich um äußere Gelassenheit. »Offenbaren Sie uns Ihre Quellen, dann offenbaren wir Ihnen unsere Pläne«, sagte er. Dabei suchte er, Flemmings Miene zu ergründen, doch die war steinern und abweisend. Natürlich war August weit davon entfernt, Pläne zu verraten.

Der russische Gesandte lächelte verbindlich. »Meine Quellen sind kein Geheimnis. Russland ist in der glücklichen Lage, einen Residenten an der Pforte zu unterhalten. Er trägt den Namen Pjotr Alexejewitsch Tolstoj ...«

»Dieser Herr ist uns bekannt«, fuhr Flemming ihm in die Parade. Er konnte seine Unruhe nicht länger unterdrücken.

»... und den Zweiten kennen Sie noch besser: Es handelt sich um Stanisław Chomętowski, den Woiwoden von Masowien.«

»Sie erhalten Depeschen von Unserem Gesandten?«, fragte August zornig, doch Schafirow winkte ab. »Tolstoj und Chomętowski stehen in engem Kontakt. Sie tauschen sich aus. Dinge, die an unseren Vertreter an der Pforte übermittelt werden, erreichen uns binnen Tagen mit der Kurierstafette.«

»Erstaunlich«, sagte August mit hörbarer Verärgerung, »dass Chomętowski sich nun als Freund der Russen erweist, während er doch bislang den Schweden zuneigte.«

»Er hat die Zeichen der Zeit erkannt«, sagte Schafirow ungerührt. »Selbst die treuesten unter seinen Getreuen verlassen Karl ...«

August erhob sich. »Eine Frechheit, dass Sie meinen eigenen Gesandten benutzen, um Uns auszuspionieren!«

»Eine ebenso große Frechheit wäre es«, setzte der Gesandte lächelnd fort, »wenn Sie an Russland und Ihrem eigenen Gesandten vorbei Sonderabsprachen mit Sultan Ahmed träfen.«

»Wir sind weit davon entfernt«, sagte August. Er mühte sich, seine Wut im Zaum zu halten. Selbst Flemming zog seinen Kopf ein. »Berichten Sie Zar Peter«, polterte August, »er möge sich nicht den Schädel über unsere Pläne zerbrechen. Sie liegen auf dem Tisch, er kennt sie samt und sonders. Und nun bitte ich Sie, Exzellenz, sich zu empfehlen!«

Ohne einen weiteren Gruß, dafür mit einer umso tieferen Verbeugung, zog sich der russische Sondergesandte zurück.

Nachdem er den Saal verlassen hatte, sahen sich August und Flemming stumm an. »Was auch immer er treibt«, brach Flemming schließlich das Schweigen, »Spiegel muss umsichtiger vorgehen.«

»Wussten Sie, dass Fatima noch lebt?«, fragte August.

Langsam schüttelte Flemming den Kopf.

»Warum beschäftigen wir ein Heer von Spionen, wenn sie nicht einmal herausfinden können, ob eine Frau, die für uns aus Gründen der Staatsräson von größtem Interesse ist, am Leben ist oder nicht?«, fuhr ihn der Herrscher an.

»Wir erfahren doch immerhin allerhand, was in Konstantinopel vor sich geht«, erwiderte Flemming in einem lauen Versuch, sich zu rechtfertigen.

»Allerdings«, sagte August mit unverhohlener Wut, »allerdings aus den falschen Quellen und immer als letzte Partei!«

Flemming schwieg angesichts dieses Vorwurfs.

»Wir werden noch heute an Spiegel schreiben und Rechenschaft fordern!«

Flemming empfahl sich, um nach einem Schreiber zu schicken. Und war heilfroh, dass er einen Vorwand hatte, den Saal zu verlassen.

Konstantinopel im Frühjahr 1714

Der erste Abschied sollte der von ihrer Familie sein. Fatima hatte Spiegel gebeten, sie zu begleiten. Nicht, um ihren Ehemann vorzustellen, sondern um ihrer Mutter zu demonstrieren, dass sie keine Verstoßene war. Sie besaß einen Gatten, sie führte ein Leben in Ehre und Würde.

Als sie im geschlossenen fränkischen Wagen und in fränkischer Tracht vorfuhr, fühlte sie sich schon ganz als Europäerin. Sie sah mit abendländischen Augen auf den Staub der Straße, auf die Mutter, die Schwestern, die Cousinen und Nichten, die niemals in ihrem Leben dieses Viertel verlassen würden. Wie viel mehr hatte sie gesehen und erfahren – wenn es auch oft schmerzvoll gewesen war.

Der Vater empfing Spiegel, der die Hofuniform angelegt hatte, mit ausgesuchter Höflichkeit. Man trat in ein Nebenzimmer, um auf einen Diwan gelagert die Wasserpfeife zu rauchen. Der Vater sprach nur einige Brocken Französisch, nicht ausreichend, um die andächtige Stille, die beim Rauchen entstand, zu stören. Als wäre sie nicht ein Gast aus Europa, als wäre sie noch die Tochter des Hauses, ging Fatima mit der Mutter in die Küche, wo die Zubereitung des Essens zu beaufsichtigen war. Sofort wurde sie von den Nichten und Cousinen umringt, die alles über ihre Kleidung und ihren Putz wissen wollten – über die Reifen unter den Röcken, die Korsettstangen, die Perücke, die Schönheitsflecken, das Eau de Cologne. Junge Mädchen waren darunter, die noch unbefangen auf der Straße ohne Kopftuch laufen konnten. Ältere und jüngere Schwestern waren mit ihren Kindern zu Gast. Das Fest, das an diesem Tag gefeiert wurde, war größer als erwartet. Obwohl sie nichts davon wissen konnten, hatten die Eltern wohl geahnt, dass Fatima von ihnen Abschied nehmen wollte. Die letzten Zweifel wurden beiseitegelegt, als die Tochter in der Aufmachung der fränkischen Dame erschien. Alles an ihr verriet: Diese Frau gehörte nicht nach Stambul.

Beim Vorzeigen und Erklären der Puffbeutelchen und Silberknöpfe vergaß Fatima den traurigen Anlass ihres Besuchs. Sie lachte und scherzte mit den Cousinen und Schwestern, und am Ende ließ sie sich dazu hinreißen, die auftoupierte, gepuderte Perücke, die Aische mit so großer Sorgfalt auf Fatimas Kopf drapiert hatte, abzunehmen. Das Ding machte große Sensation, denn es war den Mädchen unbekannt. Selten genug sahen sie einen Fremden aus dem Abendland, und noch seltener trug er seine Perücke. Die meisten Europäer warfen ihren Kopfputz angesichts des Klimas rasch in die Ecke. Wie viel eleganter und leichter zu pflegen war dagegen ein Kopftuch! Das gepuderte Haarteil ging von Hand zu Hand, einige Cousinen setzten sie sich probeweise auf den Kopf. Fatima lachte herzlich darüber.

Sie löste die Haarklammern, ein Kopfschütteln, und ihr schönes dunkelbraunes Haar fiel ihr rechts und links über die Schultern. Die anwesenden Mädchen und Frauen verharrten einen Moment in stillem Erstaunen, Fatimas Schönheit erschien ihnen überirdisch. Die dunklen Strähnen rahmten die helle, gepuderte Haut. Ihre roten Lippen schwangen sich zart, wie ein bildgewordenes Liebesversprechen. Dies war der Moment, da Spiegel und Habib die Frauenkammer betraten, in die sich das Geschehen verlagert hatte. Spiegel starrte mit offenem Mund, Habib aber trat auf seine Schwester zu und drückte ihr einen Kuss auf die Wange. Ein erschrockener, entzückter Laut entfuhr den Mädchen und jungen Frauen. Selbst Fatimas Mutter, die hereingekommen war, um zum Essen zu rufen, lachte auf.

Habib lachte Spiegel an und sagte auf Französisch: »Ich will nur schauen, ob ich dich noch eifersüchtig machen kann.«

Zur Wasserpfeife hatte Spiegel Habib preisgegeben, wie niedergeschlagen er gewesen war, als er von den heimlichen

Rendezvous seines Schwagers mit seiner Frau erfuhr – ohne zu wissen, wer er war. Habib küsste Fatima auf die andere Wange. »Nun? Eifersüchtig?«, fragte er mit einem Zwinkern.

Spiegel ergriff die Hand seiner Frau und zog sie zu sich herüber. »Sehr«, sagte er und gab ihr einen Kuss auf den Mund. Ausrufe des Entsetzens bei den Mädchen, während Habib sich zu erklären bemühte, dass es unter Europäern nicht ungewöhnlich sei, sich – auch beiläufig – auf den Mund zu küssen.

»Ohne Perücke«, flüsterte Spiegel Fatima zu, »gefällst du mir viel besser.«

Just in diesem Moment reichte man ihr das Stück, und sie setzte es sich, ohne zu zögern, wieder auf. Den Hintergedanken der Bemerkung hatte sie wohl begriffen.

Spiegel zog eine Miene des Bedauerns. »Fatima, du gehörst hierher«, sagte er auf Deutsch, damit man sie nicht verstehen konnte. »Dies ist deine Familie! Wie kannst du sie verlassen? Wollen wir nicht die Kinder herholen und ein neues Leben beginnen?«

Fatima wandte sich ab.

Der Vater bat alle Familienmitglieder auf den zentralen Diwan, der zum Hof hin geöffnet war. Die Hitze lag schwer im Haus, doch die Freude verschaffte ihren Bewegungen Leichtigkeit. Spiegel nahm Fatimas Hand und drückte sie, und während sie hinübergingen, betrachtete Fatima ihren Ehemann von der Seite. Der Bauchansatz war stärker hervorgetreten, seitdem sie sich getrennt hatten. Das süße Leben hatte seine Spuren hinterlassen. Spiegel trug keine Perücke, seine Haare waren dünn geworden, die Sorgen hatten die Schläfen grau gefärbt. In der Verantwortung eines sächsisch-polnischen Gesandten an der Pforte wäre er rasch ganz ergraut. Dann könnte er sich das Pudern der Haare sparen, dachte Fatima und betrachtete Spiegel mit Milde und Dankbarkeit. Sie spürte jedoch auch: Liebe war es nicht, was sie verband. Derjenige, den sie liebte, war Tausende Meilen entfernt, sie wusste nicht, ob er gesund war, ob er unter der Verantwortung litt oder ob er mit leichter Hand regierte. Ganz sicher wusste sie, dass er keinen Gedanken an sie verschwendete. Oder vielleicht doch, ein leises Flimmern des Herzens? Nun, er liebte gewiss auch nicht die bedeutungslosen Buhlschaften, die er sich ins Bett holte. Ganz sicher liebte er auch seine Frau Christiane Eberhardine nicht. Aber die Mätressen, die er sich nach eigenem königlichen Willen erwählte, oder weil es die Diplomatie gebot? Die Esterle, die Bielińska, die Teschen oder die Gräfin Hoym, die, wie man hörte, seine neueste Favoritin war?

Während die Mutter jede der Speisen, die auf den Tisch getragen wurden, mit ihrem türkischen Namen vorstellte, dachte Fatima an die glücklichen Tage von Moritzburg und Dresden. An die Begegnungen mit August, die Leidenschaft, die Innigkeit, die glückliche Befriedigung, die noch jetzt ihr Herz pochen ließ. Je weiter ihre Gedanken inmitten all dieses Trubels abschweifen konnten, desto sicherer wusste sie, dass sie August gehörte. Ihm und ihren gemeinsamen Kindern! Sie seufzte.

Spiegel drückte ihre Hand und schenkte ihr einen besorgten Blick. Es war ihr arg, ihn allein in dieser Stadt zu lassen. Aber als Frau würde sie ihm kaum nützlich sein. Der Sultan hatte von ihr erhalten, was er wollte. Sie hatte ihre Schuldigkeit getan und war nicht verpflichtet, mehr zu geben. Es war Zeit, endlich auf ihr Herz zu hören, lange genug hatte sie diese Stimme unterdrückt.

Als sich Fatima von ihren Eltern verabschiedete, wussten alle, dass es für immer war. Und selbst die Mutter weinte. Auch Fatima vergoss viele Tränen. Doch sie wusste, dass dies nicht der Tag war, an dem sie ihre Eltern verlor. Sie hatte sie bereits vor vielen, vielen Jahren verloren. Die Zeit hatte sie gelehrt, damit zu leben. Sie dachte mit viel wärmeren Gedanken an die Gräfin Königsmarck als an ihre wirkliche Mutter. Fast frohen Mutes ließ Fatima die Eltern zurück, denn sie waren wohl und versorgt, umschwirrt von Kindern, Enkeln und Nichten.

Der Vater drückte Spiegel herzlich an die Brust und eröffnete ihm, er könne jederzeit als Sohn in dieses Haus zurückkehren.

Fatima sah, dass auch Habib sich von Frau und Kindern verabschiedete.

»Was tust du?«, fragte sie ihn.

»Ich verabschiede mich«, erklärte Habib im selbstverständlichsten Tonfall.

»Warum?«

»Ich habe dich hierhergebracht«, erklärte Habib feierlich, »ich werde dich auch wieder nach Hause bringen.«

Mit einem Schrei des Entzückens fiel Fatima ihrem Bruder um den Hals. Gemeinsam stiegen sie in die Kutsche.

Den Blick starr nach vorn gerichtet, ertrug Fatima die Rufe und Segenswünsche, die ihr aus der Gasse nachhallten. Wie zu ihrer Ankunft schien das ganze Viertel auf den Beinen zu sein. Spiegel und Habib winkten aus den Fenstern des Wagens und erwiderten die Zurufe von allen Seiten. Fatima aber sah sich nicht mehr um.

Am Abend wollte Spiegel zärtlich sein, doch Fatima verweigerte sich. Sie wandte sich ab und hüllte sich in ihre Decke, obwohl die Nacht sehr heiß war. So begnügte Spiegel sich damit, ihr die nackte Schulter zu streicheln. Er lehnte sich herüber, beugte seinen Kopf an ihr Ohr und flüsterte mit belegter Stimme: »Auch wenn es dich zu deinen Kindern zieht – wie soll ich nur leben ohne dich?«

Fatima blieb ihm die Antwort schuldig und zog das Laken höher.

Spiegel redete weiter auf sie ein: »Wir könnten hier ein sorgloses Leben haben, voller Sonnenschein und Süße.«

Da konnte Fatima nicht länger schweigen. »Ein Leben voller Gefahren! Kommt es zum Krieg, gehst du in die Sieben Türme. Oder verlierst gleich ganz deinen Kopf.«

»Aber es liegt doch in unserer Hand, ob es zum Krieg kommt!«

Da drehte sich Fatima zu ihm um. »Glaubst du wirklich, dass ein Gesandter einen Krieg verhindern kann?«

»Natürlich«, sagte Spiegel, auch wenn er keineswegs davon überzeugt war.

»Das hat der russische Gesandte sicher auch gedacht. Und dennoch war er schon mehrmals in den Türmen.«

Spiegel rollte sich auf den Rücken und erklärte: »Russland und das Osmanische Reich haben viele Streitpunkte miteinander. Peter will sein Territorium vergrößern, er ist ein junger, aufstrebender Herrscher. August und Ahmed wollen jeder für sich ihre Grenzen sichern. Sie müssen zwangsläufig aneinandergeraten.«

»Und wenn August sich mit Peter verbündet? Gegen Ahmed?«

Spiegel sah Fatima ernst an. Wie schön sie war! »Das wird er nicht tun. Der Sultan ist der gefälligere Partner. Er ist weiter entfernt.«

»Hörst du nicht, was die Gerüchte sagen?«

»Was sagen die Gerüchte?«

»Dass August sich in Verhandlungen mit Peter befindet. Dass man sich einer Lösung nähert.«

»Natürlich«, sagte Spiegel und wischte den Einwand beiseite, »man verhandelt mit Peter über Karls Rückkehr nach Schweden. So wie ich mit Ahmed darüber verhandele.«

»Man sagt, dass ein weitreichendes Bündnis zwischen Sachsen-Polen und Russland bevorsteht. Was, wenn es ein Bündnis ist, das gegen Ahmed gerichtet ist?«

»Unmöglich. Ich wüsste es. August würde es nicht vor mir verbergen.«

Fatima schnaubte durch die Nase und wandte sich ab.

»August würde mich doch nicht mit Ahmed verhandeln lassen, wenn er wüsste, dass er sich niemals gegen Peter stellen möchte?«

Fatima wünschte sich innig, dass Spiegel recht hatte. Aber was, wenn nicht? Dann musste man ihn der Gnade Allahs empfehlen. Denn Ahmed würde sich getäuscht fühlen und Spiegel alle Schuld geben.

»Es tut so weh, dich gehenzulassen. Mit dir könnte ich alle Gefahren bestehen!«, beschwor Spiegel sie.

Fatima schloss die Augen und seufzte. »Was kann eine Frau schon bewirken? Hier doch noch weniger als bei euch!«

»Du sagst ›bei euch‹«, stellte Spiegel begeistert fest, »du fühlst dich also doch deiner Heimat zugehörig!«

Fatima war es leid. »Nein«, sagte sie mit harter Entschiedenheit. »Ich habe mich entschlossen. Ich werde nach Hause zurückkehren.«

Spiegel rückte von ihr ab. Traurigkeit überfiel ihn. »Und ich werde hierbleiben. Und doch liebe ich dich«, sagte Spiegel, »mehr als Er.«

Ein Lächeln schlich sich auf ihr Gesicht. Nun wandte sie sich doch zu Spiegel um und gab ihm einen Kuss. Seine Lippen waren heiß und drängend. Doch Fatima blieb stark. Bevor er näher rücken konnte, zeigte sie ihm wieder den Rücken. Beide schwiegen. Da hub Spiegel erneut an: »Wirst du Ihn sehen? Dich zu Ihm begeben?«

Fatima gab keine Antwort. Es durfte doch nicht sein, dachte sie bei sich, dass sie zwei Männer liebte.

Wie Schachspieler saßen sie einander gegenüber. Diesmal hatte der Bey die europäische Art zu sitzen gewählt: auf Stühlen, mit einem Tisch in der Mitte, groß genug, Papiere zwischen ihnen auszubreiten, klein genug, um so eng beisammenzusitzen, wie es das heikle Thema erforderte.

Punkt für Punkt gingen sie die notwendigen Bedingungen durch, die zu einem Abkommen zwischen der Pforte und Sachsen-Polen führen mussten: keine russischen Soldaten auf polnischem oder sächsischem Territorium. Keine sächsischen oder polnischen Soldaten auf russischem Territorium. Freies Geleit für Karl und seine Begleiter über das Gebiet des polnischen Königs. Die Anzahl der Soldaten, die Karls Entourage ausmachen sollten, war noch unbestimmt. Bis zur polnischen Grenze, auch über das Gebiet der verbündeten Wallachei, würden Janitscharen den Geleitschutz geben. Danach sollten die polnischen Magnaten übernehmen. Gemeinsam überlegten sie, welchen Zeitraum man Karl zugestehen musste, sein Lager abzubrechen. Die Verbringung nach Demotika hatte die Lage erleichtert. Es war ohnehin ein Provisorium, während in der Senke vor Bender über die Jahre eine kleine Stadt aus dem Boden gewachsen war.

Sie kamen überein, dass ein Monat ein großzügiger Zeitraum war. So großzügig, wie es sich einem Herrscher gegenüber geziemte. Denn der Sultan, setzte der Scheferschaha Bey hinzu, der Sultan sei der Schatten Gottes auf Erden, und in jeder seiner Handlungen erweise sich die Gnade Allahs.

Spiegel nickte. Ihn plagten andere Sorgen, und er zögerte nicht, sie dem Bey mitzuteilen. »Mag er die Gnade Gottes an mir walten lassen! Chomętowski schneidet mich von allem ab. Ich bin gezwungen, Augusts Wechsel einzusetzen, um zu überleben. Um den Wagen für Fatimas Heimkehr zu dingen, musste ich einen Teil meiner Garderobe versetzen.«

Der Bey wiegelte mit einer Handbewegung ab. »Sorge dich nicht! Für dein Auskommen wird von nun an der Sultan Sorge tragen.«

»Ihr habt mir den Glanz eines Gesandten versprochen. Doch bisher spüre ich nur die Gefahr.«

Der Bey schwieg, denn er wusste, wie berechtigt Spiegels Bedenken waren.

Nach einigen Stunden der Unterhandlung unterbrachen sie das Gespräch, um sich im offenen Hof türkischen Mokka und einige Züge aus der Wasserpfeife zu gestatten. Der Bey machte keinen Hehl daraus, was für ein Vergnügen es war, mit Spiegel zu verhandeln. Er habe Hoffnung, dass man ihn bald auch ganz offiziell in den Diplomatenstatus erheben werde – wenn August nur erst erkannt habe, wie umsichtig Spiegel sei. Der aber blieb skeptisch.

Während sie noch an den Meerschaummundstücken zogen – die Blasen sprudelten wie weiche, durchsichtige Perlen an die Oberfläche –, kam Dorengowski herbeigestürzt. Er trug eine tatarische Tracht – womöglich hatte er sich als Kurier des Tataren-Khans ausgegeben, um Zutritt zu erlangen. Womöglich aber entsprang die Lust an der Verkleidung einer Geistesverwirrung, die Dorengowski befallen hatte, seitdem sie den Orient erreicht hatten. Als er den Bey und Spiegel so einträchtig beisammensitzen sah, zog er Schlüsse: »So stimmt es also, was man sich erzählt.«

Der Bey und Spiegel lächelten gelassen, um die innere Unruhe zu verbergen. »Was erzählt man sich denn in den Zirkeln des polnischen Gesandten?«

»Dass Ihr darauf bedacht seid, ein Geheimabkommen hinter dem Rücken des Woiwoden auszuhandeln.«

Spiegel und der Bey sahen einander an. Mit ausnehmender Höflichkeit bot der Bey Dorengowski einen Sitzplatz an. Dem Diener gab er Handzeichen, eine weitere Wasserpfeife herbeizuschaffen.

»Das ist nicht wahr«, sagte der Bey mit breitem Lächeln. »Doch selbst wenn es der Wahrheit entspräche und Spiegel und ich insgeheim Verhandlungen unterhielten – so ist seine Exzellenz, der Woiwode, doch eingeweiht. Wüsste er sonst davon?«

Dorengowski lächelte unsicher. »Er weiß es, weil er es vermutet – nicht, weil Ihr es ihm gesagt hättet.«

»Kommst du als Spion oder als Freund?«, fragte Spiegel nun freiheraus.

»Als Freund«, sagte Dorengowski und senkte den Kopf.

»Es fällt mir schwer, das zu glauben«, sagte Spiegel. In seiner Stimme schwang Enttäuschung.

»Vertrau mir!«, flüsterte Dorengowski. Dann hob er den Kopf und blickte Spiegel stolz in die Augen. »Es wird dein Nachteil nicht sein.«

Spiegel war irritiert. »Wie meinst du das?«

Dorengowski machte eine Kunstpause und sah von Spiegel zum Bey. Mit Hilfe eines Hausklaven im Knabenalter bereitete der Diener die dritte Wasserpfeife vor. Dorengowski beobachtete jeden ihrer Handgriffe und fuhr währenddessen fort:

»Du solltest glauben, was ich dir zu berichten habe. Dein Leben hängt davon ab.«

Spiegel kniff die Augen zusammen.

Dorengowski hob an: »Chomętowski und Tolstoj haben einen Plan geschmiedet, um dich bei August in Ungnade zu werfen. Sie erheben schwere Anschuldigungen.«

Spiegel blieb der Mund offen stehen. Er war zu keiner Antwort fähig.

»Das wird ihnen nicht gelingen«, sagte der Bey hilflos.

Spiegel starrte mit düsterer Miene vor sich hin. Er hatte aufgehört, an der Pfeife zu ziehen. Ein dünner Rauchfaden ging von der Kohle aus, die auf dem Telleraufsatz lag. Endlich fand er Worte: »Wenn es ihnen aber gelingt, sind unsere Pläne das Papier nicht wert ...«

»Warum aber sollten sie dich mir nichts, dir nichts anschwärzen können?«, fragte der Bey mit Empörung. »August wird dich nicht so einfach fallenlassen!«

Spiegel wich den Blicken der beiden anderen aus. »Wenn sie mich anschwärzen wollen, werden sie Mittel und Wege finden.«

»Hast du dir ihm gegenüber etwas zuschulden kommen lassen?«, fragte der Bey und zog die Augenbrauen zusammen.

Spiegel schwieg. Hatte er? Bei Lichte betrachtet war er seinem Herrscher treu ergeben. Doch die Wege seiner Treue waren mitunter nicht die geradesten ... Spiegel wurde blass. Verlöre er Augusts Gunst, wäre er auch für die Pforte wertlos. Der Bey erhob sich mit enttäuschter Miene und machte Anstalten, ihn zu verlassen.

»Warte!« Spiegel war aufgesprungen und rief dem Bey hinterher: »Es gibt Hoffnung!«

Der Bey wandte sich zu ihm um. »Worauf gründest du die Hoffnung, wenn dein Verhältnis zu deinem Herrscher nicht im Reinen ist?«

»Auf die wunderbarste Frau, die diese Welt je gesehen hat. Sie kann Felsen zum Weinen bringen. Es wird ihr gelingen,

Augusts Herz umzustimmen, auf dass er mir wieder Vertrauen schenkt.«

»Fatima«, sagte der Bey und nickte.

»Fatima!«, bekräftigte Spiegel.

Den Abend vor ihrer Abreise verbrachte Spiegel mit seiner Frau. Doch nicht in inniger Zärtlichkeit, trunken von Abschiedsschmerz. Seine Rolle war nun die des Diplomaten, der seinem Kurier letzte Instruktionen gibt.

»Ich weiß nicht«, erklärte er, »welche Anschuldigungen im Raume stehen. Aber allein um deine Abreise zu bewerkstelligen, musste ich ein halbes Dutzend Beamte bestechen.«

Fatima gab zu bedenken: »Wenn Augusts Groll berechtigt ist, wie soll ich ihn dann besänftigen?«

»Durch deine Zärtlichkeit, deinen Charme.«

»Mein Charme erreicht ihn längst nicht mehr«, gab Fatima mit traurigem Blick zu. »Jeden Tag erliegt er einem neuen Paar knospender Brüste.«

Spiegel streckte die Hand nach ihrer Wange aus. Er sah, wie sich ihre Haut unter seiner Berührung rötete, und schloss die Augen. »Wie kann dir ein Mann widerstehen?«, flüsterte er mit fliegendem Atem. »Er wird vor dir dahinschmelzen, und du wirst ihm erklären, dass ich, wenn ich mir auch manches zuschulden kommen ließ, alles nur zu dem einen Zweck getan habe: seinen Ruhm als Herrscher zu mehren.«

Fatima schmiegte ihre Wange in seine Hand. Sie genoss die Zärtlichkeit. Und sie genoss es, Spiegel damit glücklich zu machen. »In unseren Herzen sind wir August stets treu geblieben«, sagte sie vieldeutig. »Und mit unseren Körpern sind wir ihm untreu geworden.« Spiegel sah sie verwundert an und zugleich so durchdringend, als wollte er ihre Gedanken lesen. Aber Fatimas Gesicht war verschlossen wie eine Maske.

»Was auch immer vorgefallen ist, du musst seine Bedenken zerstreuen. Musst ihm sagen, dass ich alles zu seinem Besten ausgehandelt habe. Dir wird er glauben. Wirst du das tun?«

Fatima nickte.

»Mein Leben hängt von deinen Worten ab«, beschwor Spiegel sie.

Erschrocken sah Fatima ihn an.

»Ich bin ganz ruhig«, sagte Spiegel da, »denn ich wüsste nicht, in wessen Hände ich mein Leben lieber legte.«

Sie fielen sich in die Arme.

Als sie voneinander abließen, zog Fatima ein Schmuckstück aus einer Falte des Gewandes. Spiegel hatte desgleichen schon in den Basaren gesehen, doch nie zuvor ein so prächtiges Exemplar: drei gerade nach oben gereckte Finger, die beiden anderen rechts und links als kleine Sicheln angedeutet. In der Mitte des Handtellers ein meerblaues Auge – das Auge der Fatima. Es hing an einer silbernen Kette.

Fatima ließ es sich nicht nehmen, es Spiegel eigenhändig um den Hals zu legen. »Das Auge der Fatima wird dich beschützen«, sagte sie feierlich.

Spiegel sah auf seine Brust hinab. Er spürte die Kraft, die von dort ausströmte. Erneut fielen sie sich in die Arme. Dann suchten sich ihre Lippen. Sie küssten sich nicht, sie verschlangen einander.

Als Fatimas Kutsche am nächsten Morgen abfuhr, war Spiegel nicht zugegen. Eine ganze Nacht lang hatten sie Abschied genommen. Eine Nacht der Tränen und Zärtlichkeiten, des Schmerzes und der Freude. Nun saß er zerschlagen in seiner Kammer und starrte vor sich hin.

Fatima sah ebenso tief in sich hinein, als ihre Kutsche Konstantinopel verließ. Die letzten Kuppeln und Minarette jener Stadt, die als die schönste der Welt gelten musste, gerieten außer Sicht. Sie warf keinen Blick zurück, auch keinen hinaus, sie wollte überhaupt nichts sehen. Aische spürte, wie unglücklich ihre Herrin war. Sie weinte die Tränen, die Fatima versagt blieben, versuchte, sie in die Arme zu nehmen. Doch Fatima schob sie sachte von sich fort.

TEIL FÜNF

Dresden im Frühsommer 1714

Flemming trug einen Stapel Briefe und Papiere herein, die allesamt Auskunft über die türkischen Affären gaben. Den Vorwurf, schlecht informiert zu sein, wollte er nicht unwidersprochen lassen. August schoss auf ihn zu. »Peter schäumt vor Wut – soweit sich das aus Briefen lesen lässt.«

»Das verwundert nicht«, sagte Flemming und legte die Papiere vor August auf den Schreibtisch mit dem goldenen Zierrat. »Alle Botschaften«, fuhr er fort, »so widersprüchlich sie *en detail* sein mögen, sagen das eine: Spiegel scheint es gelungen, das Vertrauen der osmanischen Verhandlungspartner zu erschleichen.«

»Während er das meinige verspielt hat«, polterte August.

Flemming setzte sich auf einen Sessel, dem Schreibtisch gegenüber, und schlug die Beine übereinander. »Vielleicht bedingt das eine das andere«, vermutete er und umfasste mit beiden Händen sein Knie.

August sah ihn verständnislos an.

Flemming erläuterte: »Vielleicht musste er sich Euch gegenüber als illoyal zeigen, um seine Freiräume bei Chomętowski zu erweitern?«

August konnte nicht länger stillsitzen. Er sprang aus dem Sessel und ging mit energischen Schritten auf und ab. »Es ist unerträglich, wie weit die Ereignisse von uns entfernt sind! Mit welcher Verzögerung erhalten wir Nachrichten?«

»Mindestens drei Wochen«, erläuterte Flemming. »Und wir benötigen einen weiteren Tag, bis wir uns aus den vielen widersprüchlichen Kundschaften ein Bild gemacht haben.«

»Das ist zu lang!«, rief August aus. »Kann man das nicht beschleunigen?«

»Ich wüsste nicht, wie«, sagte Flemming seltsam ungerührt. Im Gegensatz zu August, dem man die Stimmungen leicht ansehen konnte, trug er stets eine maskenhafte Miene.

August hob den Zeigefinger und spreizte die Worte: »Indem wir die Ereignisse in unsere Nähe holen.«

Flemmings Mundwinkel zuckten amüsiert, er beugte sich vor. »Wie soll das vor sich gehen?«

»Wir verhandeln mit dem Sultan hier bei uns, in Dresden!« Augusts Augen glänzten.

»Unmöglich«, sagte Flemming. »Er anerkennt Euch als König von Polen. Mit einem Kurfürsten des Heiligen Römischen Reiches gibt er sich nicht ab.«

»Gut. So kommen wir ihm entgegen. Treffen wir uns in Warschau.«

»Außerdem sollte die Reise verschwiegen sein. Allzu viel Aufhebens wäre schädlich. Eine kleine türkische Gesandtschaft an einen abgelegenen Ort ist unauffällig genug. Denn würde Peter davon erfahren ...«

Augusts Blick ging in die Ferne. »Rydzyna wäre ein geeigneter Ort, abgelegen und zugleich prachtvoll genug, um Eindruck zu machen.«

»Die Russen würden vor Wut zerspringen, wenn Ihr mit ihren Todfeinden paktiert – ausgerechnet in Rydzyna!«, warnte Flemming.

»Nicht, wenn wir sie in die Verhandlungen einbinden. Dann werden wir sehen, welchen Preis er zu zahlen bereit ist.«

Flemming, der einen Moment brauchte, bis er dieser Volte gefolgt war, senkte ebenfalls die Stimme. »Und wenn Ihr am Ende selbst den Preis zahlt?«

»Wenn ich von beiden umgarnt werde, suche ich mir die besten Bedingungen, Flemming.«

Flemming schüttelte den Kopf. »Ein Spiel mit dem Feuer!«

»Aber es brennt doch schon«, sagte August und zwinkerte

Flemming zu. Dem konnte der Minister nicht widersprechen. »Was hält uns davon ab, die Flammen zu schüren und die Bedingungen auszureizen? Was würde Peter tun, wenn er befürchtet, wir würden ihm von der Fahne gehen, um uns mit unseren türkischen Freunden zu einigen?«

Flemming legte die Fingerspitzen gegeneinander und nickte mit einem friedlichen, zufriedenen Gesichtsausdruck. Es war einer der Momente, da sich ihm der Machtgenius seines Herrschers in ganzer Schönheit entblößte. »Er würde sich umso mehr ins Zeug legen!«, bestätigte er, langsam nickend, Augusts Gedankengang.

»Alsdann, frisch ans Werk! Lasst uns sehen, welche Mittel er benutzt, uns dem Sultan abspenstig zu machen. Ob er uns zwingt oder lockt, Peter muss sein wahres Gesicht zeigen. Die Pforte zu gewinnen kann niemals schaden. Und wenn wir sie verlieren, stehen wir da, wo wir jetzt stehen. Karl ist erledigt. Seine Truppen im Norden sind besiegt. Er ist ein atmendes Nichts. Das allein wäre ein Hoffeuerwerk wert, wie es die Welt noch nie gesehen hat.«

»Ihr wollt also, dass Spiegel weiter voranschreitet?«, fragte Flemming noch einmal nach. »Selbst auf die Gefahr hin, dass er sein Wort dem Sultan gegenüber später nicht halten kann?«

»Ja!«, sagte August, lauter als notwendig. »Was haben wir denn zu verlieren?«

»Spiegel hat etwas zu verlieren – sein Leben«, gab Flemming zu bedenken.

Augusts Miene blieb unbewegt.

»Was, wenn der Sultan erfährt, dass wir ihn hinhalten? In Konstantinopel geraten Leib und Leben schnell in Gefahr.«

»Nicht Spiegel. Der ist zäh. Und Fatima ist eine Tochter des Landes!«

»Das schützt niemanden. Wie viele Töchter und Söhne des Landes sind schon den Haremsintrigen zum Opfer gefallen! Was zählen da ein kleiner fremder Spion und eine abgelegte

Mätresse?« Flemming hatte das Wort ›Mätresse‹ mit unüberhörbarem Unterton ausgesprochen.

August warf ihm einen strengen Blick zu. »Verfasst die nächste Instruktion für Spiegel. Er soll mutig weiter verhandeln, welchen Ausgang er auch immer erlangen kann. Wenn ein Bündnis in Aussicht steht, von mir aus. Wenn er zu weit geht, widerrufen wir.«

»Wir behaupten einfach, er habe seine Kompetenzen überschritten und ohne Euer Wissen verhandelt?«

August neigte zustimmend das Haupt.

»Sollen wir die neue Instruktion verschlüsseln?«

»Unnützer Zinnober! Sendet sie frank und frei. Spiegel soll alles nach eigenem Ermessen vorantreiben. Aber hütet Euch, zu benennen, was er vorantreiben soll.«

Flemming schickte sich an, den Raum zu verlassen, um das Konzept, das er in Gedanken schon vorformuliert hatte, einem Schreiber vorzustellen. Einen Monat später, mit Glück drei Wochen, dann würden die Instruktionen bereits an der rechten Stelle sein.

»Er wird es schon richtig verstehen«, sagte August zufrieden. »Er ist ein kluges Bürschchen. Und seine Frau ist noch zehnmal so klug.« Dann kehrte er den Blick nach innen und fügte hinzu: »Viel zu klug für ein Weibsbild.«

Konstantinopel im Frühsommer 1714

Am Morgen des nächsten Verhandlungstages war der Scheferschaha Bey zerknirscht. Während die Schreiber schon die Federn spitzten und die Bögen glattstrichen, tat er sich schwer, die nötigen Utensilien vor sich auszubreiten. Seine Gedanken kreisten um ein Problem, das alle Aufmerksamkeit gefangen zu nehmen schien.

»Was bewegt Euch, Aga?«, sprach Spiegel ihn bei einem Titel an, der Vertrauen und Respekt zugleich ausdrückte.

Der Bey sah Spiegel lange an, bevor er mit der Sache herausrückte. »Euer Erzrivale Chomętowski wird täglich beim Großwesir vorstellig, um das Vertrauen in Eure Mission zu erschüttern. Er behauptet, Ihr hättet keinerlei Legitimation, mit uns zu verhandeln. Chomętowski sei der einzige mögliche Partner für den Sultan, er allein sei der Envoyé des Hufeisenbrechers. Sie, Monseigneur Spiegel, seien ein Nichts, ein Betrüger, ein Hochstapler. Das sind die Titel, mit denen er Sie belegt, und man muss dem Sultan mühsam auseinandersetzen, was sie bedeuten.«

Spiegel überraschten die Vorwürfe nicht. Er versuchte, ihnen so gelassen wie möglich zu begegnen. »Ihr wisst, dass es sich nicht so verhält. Ich bin von August ermächtigt, mit Euch zu verhandeln.«

»Zeigt mir Eure Instruktion!«

»Sie ist verschlüsselt. Ich darf sie nicht herumzeigen!«

Der Bey seufzte und faltete die Hände im Schoß. »So befürchte ich, dass wir hier um ein Ergebnis verhandeln, das niemandem nützt. Da niemand die Möglichkeit hat, es auch durchzusetzen.«

»Aber nein!«, beschwor ihn Spiegel. »Ich werde mit dem Ergebnis in der Hand vor August stehen. Und er wird es akzeptieren und bekräftigen.«

Der Bey beugte sich vor und fixierte Spiegel eindringlich. »Seid Ihr da ganz sicher? Es gibt Gerüchte – und nicht wenige, darunter leider auch der Sultan, schenken ihnen mehr und mehr Glauben ...«

»Was sind das für Gerüchte?«, unterbrach Spiegel ihn ungeduldig.

»Dass Ihr nur zum Schein mit uns verhandelt. Dass die Große Polnische Gesandtschaft von Anfang an ein einziges Hinhaltemanöver war, um die Pforte so lange in Sicherheit zu wiegen, bis das Abkommen mit Peter ausgehandelt ist.« Die Worte des Beys hatten eine bittere Färbung angenommen.

»Unsinn! August und Peter haben Interessen, die gegen ein Bündnis stehen. In Polen, in der Ukraine – überall konkurrieren sie um dieselben Gebiete.«

»Und wenn sie sich friedlich einigten? Sie sind Nachbarn und würden von einem dauerhaften Frieden in gleichem Maße profitieren.«

»Ich sage: Unsinn.«

Der Bey runzelte die Stirn. »Es ist eine Tatsache, dass August und Peter in Verhandlungen stehen.«

»Und wir? Stehen wir nicht in Verhandlungen?«

»Aber Spiegel, das wisst Ihr so gut wie ich: Ein Frieden mit Russland und zugleich ein Frieden mit der Pforte – das ist unmöglich.«

»Warum?«

»Weil dann alle drei Parteien miteinander verhandeln müssten. An einem Tisch.«

»Warum?«

»Weil, sobald das Bündnis mit der einen Partei geschlossen ist, die andere dies als Affront auffassen würde!«

Spiegel erkannte die klare, zwingende Logik. Doch er wollte sich seinen so nah geglaubten Erfolg nicht trüben lassen. »Lasst uns beginnen, Aga! Wenn immer nur Furcht und Bedenken unser Handeln bestimmt hätten, wären wir nicht so weit.« Spiegel wusste genau, seine Situation war verfahren und aus sich selbst heraus unlösbar. Dennoch fand er ein Argument, das selbst den Bey überzeugen musste: »Wenn August Scheinverhandlungen mit Euch führen wollte, würde er dann nicht den offiziellen Gesandten vorschicken, um der Affäre einen möglichst amtlichen Anstrich zu geben?«

Der Bey sah Spiegel ins Gesicht. »Das ist ein Punkt«, sagte er zufrieden. »Allerdings könnte es sein, dass Chomętowski sich geweigert hat, das fadenscheinige Spiel mitzuspielen.«

»Ein Gesandter, der sich weigert?«, hakte Spiegel skeptisch nach.

»Bei Euch in Polen ist alles möglich!« Der Bey lachte. »Ein König in Polen ist kein König, sondern ein Bettler vor seinen Untertanen. Stets muss er um Erlaubnis bitten, stets muss er Sorge haben, von einem anderen, der ebenso gut König sein könnte, abgesetzt zu werden. Ihr habt eine merkwürdige Vorstellung vom Königtum!«

»August würde nur zu gern mit dem Sultan tauschen«, stimmte Spiegel ihm zu. »Denn gegen das Wort des Sultans steht allein Gottes Wort.«

Da rief der Muezzin auf dem Minarett der nahen Ahmediye zum dritten Gebet des Tages: »Gott ist groß.« Der Bey erhob sich. »Wenn Sie nichts dagegen haben, werde ich beten.«

Mit einer Geste gewährte Spiegel die Bitte. Der Bey trat ein paar Schritte beiseite. Auch die Schreiber im Zimmer ließen ihre Utensilien fallen, um ihr Haupt gen Mekka zu beugen. Spiegel bekreuzigte sich. Ein Gebet brachte er jedoch nicht zustande, denn er hing seinen Sorgen nach. Dass der Sultan an seiner Legitimität zweifelte, war ein ernstes Problem. Was hatte er schon in der Hand?

Am nächsten Morgen wurde Spiegel durch Kanonenschüsse geweckt. Spiegel zählte sie, es waren fünf. Fünf Schüsse über den

Wassern des Bosporus bedeutete: Der Sultan befindet sich im Krieg mit einer fremden Macht. Mit Polen? Mit Russland? Wer immer es war, Spiegel konnte sich keine Konstellation denken, die seine Lage verbessert hätte. Mit schweren Gliedern hob er sich aus dem Bett.

Als er das Haus verlassen wollte, eilte ihm der Bey entgegen. »Eine Katastrophe«, rief er schon auf der Treppe. »Zar Peter hat der Pforte erneut den Krieg erklärt! Tolstoj und sein Gefolge werden eben wieder in die Yedikule gebracht. Es wird ihn nicht bekümmern, er kennt sich aus in den Türmen. In den letzten Jahren saß er mehr dort als sonst irgendwo. Aber der Sultan hat befohlen, auch Chomętowski dorthin zu bringen. Seiner Meinung nach haben sich Peter und Sachsen-Polen gegen die Pforte verbündet.«

»Das ist nicht wahr!«, rief Spiegel aus, da er begriff, wie eng sich die Schlinge zugezogen hatte. »Es gibt kein Bündnis gegen den Sultan!«

»Es gibt regelmäßige Geheimtreffen«, wandte der Bey ein.

»Gerüchte«, zischte Spiegel.

Der Bey hob hilflos die Hände. »Erklärt es dem Großherrn. Und wenn Ihr mit tausend Zungen zugleich sprecht, man wird Euch nicht glauben, Monseigneur Spiegel.«

»Ich werde es versuchen«, sagte Spiegel und zog den Rock vor der Brust zusammen.

»Das halte ich für einen Fehler«, wandte der Bey ein. »Es nützt niemandem!«

»Und ich werde es dennoch versuchen.«

Kopfschüttelnd folgte ihm der Scheferschaha Bey.

Im Hof der Janitscharen herrschte noch größeres Gedränge als gewöhnlich, die Schreiber und Wächter wurden des Andrangs kaum Herr. Spiegel durchpflügte die Menge. Er schwitzte unter Rock und Perücke, doch er bestand darauf, vorgelassen zu werden.

Der Bey gab einem Schreiber ein Zeichen, raunte ihm ein paar Worte auf Türkisch zu, dann war der Audienzzettel geschrieben. Damit bewegten sie sich zur zweiten Pforte. Bevor sie jedoch hindurchschreiten konnten, hörte Spiegel jemanden seinen Namen rufen. Er drehte sich um. Es war Chomętowski. Er wurde von Janitscharen eskortiert, während er schnell auf Spiegel zuschritt. Die Wachsoldaten waren durch den Ausfall überrumpelt worden, sie beeilten sich, ihm zu folgen. »Spiegel«, rief er erneut, »um Gottes willen, Sie müssen mir helfen! Man will mich in die Sieben Türme schließen!«

Spiegel musterte ihn mit Herablassung. Er genoss es, dass derjenige, der ihn seit dem Aufbruch aus Lemberg ohne Unterlass drangsaliert hatte, nun als Bittsteller vor ihn trat. »Von wem erbetteln Sie Hilfe?«, erwiderte er hochmütig. »Vom geringsten Diener Eurer Gesandtschaft?«

»Ich beschwöre Sie, Spiegel, für unseren gemeinsamen König! Helfen Sie mir, mein Anliegen vorzubringen.«

»Welches wäre denn Ihr Anliegen?«

»Polen steht nicht an der Seite Russlands, August hat der Pforte nicht den Krieg erklärt. Es gibt keinen Grund, uns in die Sieben Türme zu werfen.«

»Die Entscheidungen des Großherrn werden nicht in Frage gestellt. Von niemandem.«

»Aber die Entscheidung ist noch nicht gefallen! Man hat mich aufgefordert, mich bereitzuhalten. Das Verlassen der Stadt ist mir verboten. Ich fasse dies als Warnung auf, nicht als Beschluss. Ich muss dem Sultan erklären, dass es kein gegen ihn gerichtetes Bündnis gibt. Auch in Ihrem Interesse, Monseigneur Spiegel – helfen Sie mir!«

Spiegel stieß verächtlich Luft durch die Nase. »Es wäre dies das erste Mal, dass Sie sich um mein Schicksal sorgten, Exzellenz!«

»Wollen Sie in einem Moment wie diesem Wäsche von gestern waschen, Spiegel? Das geziemt sich nicht für einen Mann von Format! Einem Mann, der sich anschickt, Gesandter zu werden.« Chomętowski hatte die Stimme gesenkt.

Spiegel versuchte, seine Überraschung zu verbergen. Selbst

davon hatte der Woiwode Wind bekommen! Er bedachte Dorengowski insgeheim mit einem Fluch.

Aufmerksam beobachtete Chomętowski Spiegels Gemütsbewegung. Die Janitscharen schickten sich an, den polnischen Gesandten abzuführen, doch mit einer Geste gebot der Bey Einhalt.

Endlich hatte Spiegel sich wieder unter Kontrolle. Mit fester Stimme beschied er dem Bey: »Monseigneur Chomętowski wird uns begleiten.«

»Aber er ist nicht zugelassen zur Audienz«, wandte der Bey ein.

»Dann kommt er mit uns als mein Adjutant.«

Chomętowski machte große Augen, erhob aber keinen Einwand.

Der Bey warf Spiegel einen wütenden Blick zu. »Sie verbrüdern sich mit dem Falschen!«

»Ich bestehe darauf«, bekräftigte Spiegel.

»Niemand kann Sie davor schützen, Fehler zu begehen«, knurrte der Bey schließlich und schickte mit ein paar kurzen Kommandos die Wachen fort.

Der Kapidschi Pascha nahm sie persönlich in Empfang und führte sie mit gravitätischen Schritten durch den zweiten Hof. Die Menge der Menschen nahm spürbar ab, obwohl noch immer rege Geschäftigkeit herrschte. Die Pforte zum dritten Hof durchschritten sie nicht mehr. Stattdessen bog der Pascha auf Höhe der Hagia Irene ab. »Wohin gehen wir?«, fragte Spiegel den Bey. Doch der zuckte nur mit den Schultern. Sein Blick war voll gespannter Erwartung. Den Kapidschi Pascha zu befragen unterließ er.

Sie betraten ein Nebengebäude mit schattigen, kühlen Räumen. Die Wände waren schmucklos und kahl, ohne Fresken oder Mosaiken. Unbeirrt setzte der Hofbeamte seinen Weg fort, eine hölzerne Pforte wurde aufgestoßen, und plötzlich befanden sie sich wieder im Freien. Wunderbar und weit fiel der Blick über das

Marmarameer. Die Sonne stand fast im Zenit, doch die gleißende Hitze, die in der Stadt herrschte, war hier nicht zu spüren. Ein lauer Wind trug die Kühle des Meeres herüber.

Auf einem mit Polstern verschwenderisch ausgelegten Holzgestell saß der Großwesir Ali Pascha. Mit freundlichen Augen betrachtete er die Bittsteller, die sich unter zahlreichen Verbeugungen und Kratzfüßen näherten. Zu seiner Rechten, auf einem Kissen am Boden, befand sich ein Schreiber, das niedrige vierfüßige Pult vor sich.

Spiegel war enttäuscht, dass man sie nicht zum Sultan gebracht hatte, doch hütete er sich, seiner Enttäuschung Ausdruck zu verleihen. Es wäre als Beleidigung aufgefasst worden – so viel hatte er in seiner Zeit als geheimer Gesandter gelernt.

Der Großwesir begrüßte die Fremden auf Französisch, doch da er die Sprache offenbar nicht gut beherrschte, erbot sich der Bey zu übersetzen. Chomętowski, der sich bislang im Hintergrund gehalten hatte, trat mit einer erneuten Verbeugung vor. Ohne Spiegel auch nur zu erwähnen, dankte er für die Gnade der Audienz. Er holte sehr weit aus, nur um zu betonen, dass das Königreich Polen, für das er im Namen seines Herrschers August spreche, nicht mit Russland verbündet sei und keinerlei Kriegspläne gegen die Pforte hege.

Der Großwesir lächelte während der gesamten Ansprache des Woiwoden. Dann sagte er mit dem allerfreundlichsten Gesichtsausdruck: »Wir wissen, dass Ihr mit Graf Tolstoj befreundet seid. Dass Ihr jedes Vorkommnis, und sei es auch noch so gering, besprecht und bewertet und Euer Vorgehen absprecht. Sollten auch Russland und Polen nicht verbündet sein, so sind es doch Chomętowski und Tolstoj.«

Chomętowski wand sich, doch da sich die Pforte so gut informiert zeigte, konnte er nicht anders, als das enge Verhältnis einzugestehen. »Doch«, fügte er dann hinzu und hob die Stimme, »dass zwei Personen miteinander befreundet sind, bedeutet nicht, dass die Länder, die sie als Gesandte vertreten, ebenfalls Freundschaft pflegen.«

Der Großwesir beugte sich lächelnd vor. »Es ist in der ganzen Welt bekannt, dass Peter und August sich nahestehen.«

»Dennoch«, beharrte Chomętowski, »von einem Bündnis beider Staaten, das gegen die Pforte gerichtet ist, ist mir nichts bekannt.«

Der Großwesir breitete die Hände aus. »Es mag nicht offiziell besiegelt sein. Noch nicht.«

Chomętowski trat einen Schritt näher. »Ein bloßer Verdacht rechtfertigt doch nicht, mich in die Sieben Türme zu schließen!« Die Empörung rötete sein Gesicht.

Der Großwesir lächelte noch breiter. »Ich sehe, dass Sie frei umherlaufen und nicht in die Yedikule gebracht wurden.«

Chomętowski benötigte ein paar Augenblicke, um die Botschaft zu verstehen. »Heißt das, dass ich Tolstoj nicht begleiten muss?«

Der Großwesir stellte abrupt das Lächeln ein und sah Chomętowski durch halb geschlossene Augenlider an. »Solange sich Polen für Peters kriegstreiberische Pläne nicht missbrauchen lässt, könnt Ihr weiterhin Euren hübschen Seraj bewohnen.«

Chomętowski fiel vor dem Großwesir auf die Knie. »Ich kann mir nicht vorstellen, dass meinem König an einem Krieg mit der Pforte gelegen ist.«

»Wollt Ihr«, sagte der Großwesir da, »Eurem König einen guten Dienst erweisen? Dann empfehlt ihm ein derart kluges Verhalten.«

Unter neuerlichen Verbeugungen zog sich Chomętowski zurück. Spiegel und der Scheferschaha Bey schlossen sich ihm an, da der Großwesir sich bereits von ihnen abgewandt und anscheinend nichts mehr mitzuteilen hatte.

Auf dem Vorhof schritt Chomętowski weit aus. Spiegel beeilte sich, ihm zu folgen. »Ich finde ein Wort des Dankes nicht zu viel verlangt.«

Chomętowski wandte ihm den Kopf zu, ohne seine Schritte zu verlangsamen. »Mich bei Ihnen bedanken? Der Sie mich zu Ihrem Adjutanten gemacht haben? Zu einem Bittsteller?«

»Eben deshalb bin ich mir nicht zu fein, Dank zu fordern«, erwiderte Spiegel verblüfft.

Chomętowski stützte die Fäuste in die Hüften. »Aber führt das nicht aller Welt vor Augen, dass Sie ohne meine Erlaubnis und in aller Heimlichkeit mit dem Sultan oder dem Großwesir oder wem auch immer verkehren? Und jener«, Chomętowski warf dem Bey einen abschätzigen Blick zu, »ist Ihr Erfüllungsgehilfe.«

Der Bey warf sich den Umhang über die Schultern und hob stolz den Kopf. »Sie sprechen mit dem Murza des Tataren-Khans!«

»Sie haben sich«, sagte Chomętowski und zeigte auf den Bey, »für jenen entschieden und gegen mich. Das ist Meuterei! Ich werde bei meinem König um Entbindung aus den Pflichten eines Gesandten nachsuchen. Und darum, dass die Gesandtschaft so bald wie möglich nach Warschau zurückkehrt.«

Spiegel sah seine Pläne zerfließen. »Nicht so dicht vor dem Ziel!«

»Vor welchem Ziel?«, hakte Chomętowski ein. »Vor dem Ziel, nach mehr als einem Jahr des Katzbuckelns und Bestechens endlich eine Audienz zu erhalten? Oder sprechen Sie von eigenen Zielen, die Sie vor mir zu verbergen suchen?«

»Unsere Ziele sollten dieselben sein«, sagte Spiegel.

»Sie waren es nie«, beschied Chomętowski, »und werden es nie sein. Ich werde zurückkehren nach Warschau. Was Sie tun, ist mir gleichgültig. Wir haben nichts mehr miteinander zu schaffen.« Damit wandte er sich ab und ging.

Spiegel sah den Scheferschaha Bey entsetzt an. Dessen Gesicht war unbewegt, aber sein Atem ging rasch. »Eine Katastrophe«, sagte der Bey endlich. »Nun lässt es sich nicht länger verbergen: Die polnische Gesandtschaft zerfällt!«

Otschakow und Lemberg
im Sommer 1714

Sie lagen sich in den Armen. Fatima spürte, wie der Bruder sich mühte, die Tränen zurückzudrängen, doch sie ließ den ihren freien Lauf. Ein Schluchzen, unterbrochen von tiefen Seufzern, wühlte ihre Brust auf. Nach einer halben Ewigkeit gelang es ihnen, sich zu trennen.

Habib stieg auf sein Pferd, und Fatima betrat die Fähre, die sie über den Grenzfluss tragen sollte. Keiner von beiden drehte sich noch einmal um. Während das Hämmern der Hufe verklang, überquerte Fatima das Deck und eilte hinüber an die jenseitige Reling, wo Aische sie schon erwartete. Gemeinsam schauten sie der polnischen Seite des Flusses entgegen. Böiger Wind aus dem Norden blies ihnen ins Gesicht, das Licht war schon kälter und schärfer. Doch Fatima war die Rückkehr gleichgültig, sie wusste nicht mehr, was Heimat bedeutete. Allein die Vorfreude, ihre Kinder wiederzusehen, machte ihr Herz froh.

Auf der anderen Seite des Grenzflusses wartete die Postkutsche. Ein europäisches Fuhrwerk, schlank und nicht so ausladend wie die türkischen Wagen, aber mit höherem Aufbau. Solange der Postillion noch die Vertäuung des Gepäcks prüfte, ging Aische zum Fluss hinunter, um eine Hand ins Wasser zu tauchen.

Als sie wieder heraufkam, die Finger noch feucht, sprach Fatima sie an: »Bist du wirklich sicher, dass du mich begleiten möchtest?«

Aische presste die Lippen zusammen und nickte.

»Dann nimm Abschied. Er wird endgültig sein. Ich werde nicht zurückkehren. Niemals.«

Wieder nickte Aische. »Ich werde meine Herrin begleiten, wohin sie auch geht.«

»Aber deine Heimat ...«, wollte Fatima einwenden, doch Aische unterbrach sie: »Sie, Herrin, sind meine Heimat.« Sie maßen sich mit Blicken, die voller Liebe und Respekt waren.

Endlich blies der Postillion zur Abfahrt. Die Passagiere bestiegen eilig die Kutsche, und die Gäule zogen an.

Unterwegs besserte sich ihre Laune. Sie lachten über Wirte, über die Flüche der Kutschknechte und die schlechten Wege. Fatima brachte Aische bei, wie die fränkischen Frauen das Kopftuch wickelten und banden. Sie schliefen Seite an Seite in lausigen Herbergen. Und manchmal, im Schlaf, legte Aische ihren Arm um Fatima, als wäre diese ihre Mutter oder Schwester. Und tatsächlich fühlte sich Fatima so, als hätte sie nun ein großes Kind in ihrer Obhut.

Als sie sich der Stadt Lemberg näherten, versuchte Fatima ihre Nervosität zu verbergen, indem sie Aische auf allerlei Kleinigkeiten aufmerksam machte: auf einen Brunnen am Wegesrand, an dem sie einst gelagert hatte. Auf die Türme und Zinnen der Stadtmauer, die aus der Ferne aufstieg. Auf die lichten, sonnendurchfluteten Birkenwälder und die weiten Grasebenen. Ja, selbst auf einen Adler, der hoch über ihnen kreiste. Fatima betrachtete ihn lange, dann sagte sie: »Er ist allein.«

Aische bedeckte die Augen mit der Hand, um den Raubvogel besser sehen zu können, und bekräftigte: »Ja, allein.«

Am Tor gaben sie Auskunft, und der Torwächter verdrehte die Augen, als sie mit lauter Stimme verkündete, dass sie Fatima Spiegel sei, die Gattin des vormaligen Ober-Akziserates und Domänenverwalters – und Aische ihre Dienerin. Zeigte ein letztes Mal den Schutzbrief des Sultans vor, dessen türkische Schriftzeichen hier wieder und wieder beäugt wurden. Aische beobachtete alles schüchtern, aber mit wachen Augen.

Bald hielt die Kutsche vor einem Garten. Blumen grüßten über die niedrige Bruchsteinmauer: Sonnenblumen, Rittersporn, Kamille. Dahinter ein freundliches Haus, eine steinerne Bank neben dem Eingang.

Fatima rief die Namen ihrer Kinder und wartete. In ihren zweiten Ruf mischten sich Angst und Sorge, doch öfter musste sie nicht rufen. Zwei Wirbelwinden gleich schossen sie aus unterschiedlichen Richtungen auf sie zu und prallten so heftig in sie, dass Fatima umgeworfen wurde. Zu dritt kullerten sie in den Straßenstaub, herzend und lachend. Tränen der Freude rannen ihnen übers Gesicht.

Aische ging in die Knie, um die Kinder gleichermaßen zu herzen – Katharina im einen Arm, Friedrich August im anderen. Sie schauten noch skeptisch auf die Fremde, doch ließen sie es sich gefallen. Mit gerafftem Kleid kam nun auch Milena gelaufen, die treue Kinderfrau. Ihr Gesicht war immer noch schön, aber die Haut spannte über den Wangenknochen, und einige Haare waren über die Sorgen grau geworden. Als sie die Herrin erblickte, verlangsamte sie ihren Schritt. Vorsichtig ging sie auf Fatima zu, als näherte sie sich einer Erscheinung, die man durch zu große Eile vertreiben konnte. Dann, als sie sich in den Armen lagen, strahlte sie glücklich, und aller Kummer fiel von ihr ab.

Die Kinder rannten ins Haus, um die frohe Kunde bis in den letzten Winkel zu tragen. Nun konnte Milena die Tränen nicht mehr zurückhalten. »Ich dachte, Sie sind tot!«, schluchzte sie.

Ihr Blick wanderte zu Aische, die mit den ersten Koffern auf dem Weg stand und nicht wusste, wohin mit ihren Händen. Die beiden musterten sich mit Sympathie, Fatima wusste sofort, dass sie Freundinnen werden konnten. Mehr noch, die Erleichterung in Milenas Miene ließ erkennen, dass sie mehr als bereit war, das Feld mit einer Jüngeren zu teilen.

Etwas später, als sie Aische Haus und Garten zeigten, fragte Katharina unvermittelt: »Und wo ist Papa Spiegel?«

Die muntere Gesellschaft verstummte. Selbst Aische, die kein Deutsch verstand, fühlte, wonach das Mädchen gefragt hatte.

Fatima bückte sich, nahm beide Kinder in den Arm, drückte sie an sich und sagte: »Er wird nicht zurückkehren.«

Katharinas Nasenspitze zitterte, sie begann zu schluchzen, während Friedrich August sich auf die Lippen biss, um tapfer zu sein. »Ist er tot?«, fragte er, als er seine Stimme wieder in der Gewalt hatte.

Fatima senkte den Kopf. »Nein. Doch er hat sich entschieden, in der Ferne zu bleiben.«

»In Ihrer Heimat?«, fragte Milena nach.

Fatima zögerte. »In meiner ... Heimat.« Dann klopfte sie beiden Kindern aufmunternd auf den Po. »Aber wir werden Euren richtigen Vater besuchen – bald schon!«

»Wirklich?«, fragte Friedrich August erstaunt. »Unseren Vater – den König?«

»Euren Vater, den König«, bekräftigte Fatima.

»Wollt Ihr schon wieder fort?«, fragte Milena nicht ohne Vorwurf.

Fatima bat lächelnd um Verzeihung. »Es geht nicht anders. Ich muss ihn sprechen. So bald wie möglich.«

Milena schüttelte den Kopf. »Bitte verlangt nicht, dass ich Euch begleite. Ich vertrage nicht so viel Hin und Her.«

Fatima nickte und lachte. »Aische wird uns begleiten. Du bleibst hier und bereitest alles für unsere Rückkehr vor. Ein paar Tage nur, dann sind wir wieder hier.«

Milena eilte ins Haus. »Ihr müsst so hungrig sein, nach solch einer Reise!«

»Das sind wir«, antwortete Fatima, »hungrig wie russische Bären!«

Dresden im Sommer 1714

Flemming und August saßen gleichermaßen ratlos über den Briefen. Innerhalb weniger Tage hatten sie vier durchaus unterschiedliche Nachrichten von ein und demselben Schauplatz erreicht. Flemming breitete die verschiedenen Papiere auf einem Tisch aus – und August schritt um sie herum. Den Inhalt hatte er ein ums andere Mal gelesen, und nun versuchte er im Gehen, ihn auch zu begreifen. »Ich werde den Verdacht nicht los, dass Spiegel uns in eine überaus vertrackte Lage hat schlittern lassen.«

Nachdenklich überwand sich Flemming zu einem Eingeständnis: »Seine Instruktionen waren zu weit gefasst.«

»Spiegel hat seinen Spielraum schamlos ausgenutzt!«, erregte sich August.

»Er hat ihn zu seinem Vorteil verwandt«, stellte Flemming mit schmalen Lippen richtig. »Wir haben seinen Ehrgeiz geweckt – und er hat gehandelt.«

»Warum hat er seine Ziele nicht vor den anderen verborgen?«

»Lest die Briefe genauer, Sire«, sagte Flemming. »Es sind nichts als Vermutungen.« Er nahm ein Blatt vom Tisch und las vor: ›... gehen wir davon aus, dass Sie Spiegel vor meiner Wenigkeit den Vorzug gaben. Ich bitte daher, ins Königreich Polen zurückkehren zu können‹, schreibt Chomętowski.«

August nickte. »Er scheint regelrecht erleichtert zu sein.«

Flemming ergriff das zweite Blatt. »Bei den Russen klingt es schon schärfer: ›... haben Sie offenbar die Absicht, ein Bündnis mit der Pforte zu schließen. Ein Bündnis, das gegen Russland gerichtet sein muss. Wir fordern Sie daher auf, sämtliche Gesandten, die damit befasst sind, heimzurufen. Es ist nicht hinnehmbar, dass sie die Arbeit unseres Residenten bei der Pforte, die ohnehin eine schwierige ist, gefährden.‹«

»Zar Peter«, ergänzte August, »geht noch weiter. Er schreibt, ich müsse mich entscheiden: er oder der Sultan.«

»Und Spiegel selbst«, ergänzte Flemming, »schreibt, dass er kurz vor der Einigung mit der Pforte steht.«

»Wenn das herauskommt, wird Peter uns den Krieg erklären!« Die tiefe Furche auf Augusts Stirn zeigte den Grad seiner Sorgen. »Oft genug hat er es angedroht. Wir müssen unser Spieglein zurückpfeifen!«

»Nein«, wagte Flemming zu widersprechen, »er soll dort bleiben und seine Verbindungen in unseren Dienst stellen. Chomętowski soll zurückkehren.«

»Das wird uns der Woiwode nie verzeihen.«

»Er war uns immer nur so treu, wie er es sich erlauben konnte. Leider hat er uns den größten Gefallen – zu scheitern – nicht getan.«

August nickte. »Wie viel einfacher wäre die Sache für Spiegel gewesen!«

»Im Ernstfall müssten wir uns für die Russen entscheiden«, sagte Flemming. »Peter würde uns niedermachen, wie er Karl vor Poltawa niedergemacht hat!«

August griff sich an die Stirn. »Spiegel hat uns in diese katastrophale Lage gebracht.«

»Zweifellos wird er sie auch ausbaden. Und wenn es uns gelingt, alle Schuld auf ihn zu laden, wird er uns am Ende noch zum Nutzen gereichen.«

»Und Spiegel? Was wird aus ihm?«, fragte August. Für einen kurzen Moment ging sein Blick ins Unbestimmte, als wollte er seinem Gedächtnis die fernen Zeiten zurückrufen, da August ein sorgloser Jüngling und Spiegel einer seiner amüsantesten Aufwärter war.

»Ein Emporkömmling«, sagte Flemming mit zusammengebissenen Zähnen, »möge er dorthin zurückkehren, wo er herstammt!«

»Ich habe Verantwortung für seine Frau und deren Kinder.«

»Soll sie sich von ihm lossagen!«

Die Erwähnung Fatimas ließ August die Fäuste ballen. »Die beiden haben sich wahrlich nicht in Treue geübt.«

Flemming nickte. »Umso weniger haben sie das Recht, Treue von Euch zu fordern, Sire.«

»Was raten Sie also, Flemming?«

»Wir werden den Russen gegenüber beteuern, dass, wenn Spiegel tatsächlich auf dem Weg zu einem regelrechten Bündnis sein sollte, er nicht in unserem Auftrag handelt. Dann werden wir die polnische Gesandtschaft zurückbeordern und zugleich eine türkische Gesandtschaft nach Rydzyna laden. Es ist besser, wenn wir selbst verhandeln, als verhandeln zu lassen.« Und mit verschlagenem Lächeln fügte er hinzu: »Auf diese Weise können wir auch sicher sein, die Ergebnisse zu erzielen, die wir beabsichtigen.«

»Ja«, pflichtete August bei, »in Rydzyna haben wir die Ereignisse besser im Griff.« Er schwieg. »Und Spiegel?«

»Soll er doch mit seiner Frau in Konstantinopel bleiben. Dann kommt er uns nicht in die Quere«, beschied Flemming.

August seufzte. »Es ist wirklich schade um die beiden!«

Flemming hob beschwichtigend die Hand. »Noch sind sie nicht am Ende. Sie werden ihre Verbindungen nutzen, so gut sie es vermögen.«

Wieder seufzte August, doch ohne eine Silbe von sich zu geben.

»Dann wird sich erweisen«, ergänzte Flemming listig, »welch exzellente Diplomaten sie sind.«

Fatima verwandte größte Sorgfalt auf ihre Garderobe. Eigens hatte sie eines ihrer prachtvollsten Kleider aus Lemberg mitgeführt. Aische half ihr, das Korsett zu schnüren, auch wenn sie darin noch ein wenig ungeübt war. Die dunklen Haare wurden mit Nadeln hochgesteckt und mit der voluminösen Perücke bedeckt. Aische puderte die falschen Haare ausgiebig, während Fatima ihr Gesicht mit einer Maske schützte. Schließlich tupfte sie sich eigenhändig einen Schönheitsfleck neben den Mundwinkel. Als sie sich im Spiegel betrachtete, war sie zufrieden.

Plötzlich trat Katharina neben sie. Mit offenem Mund musterte das Mädchen ihre Mutter im Spiegel. »Eines Tages möchte ich auch so schön sein wie du!« Fatima nahm sie in den Arm und drückte sie fest an sich. »Eines Tages? Du bist es doch schon!«

In höfischem Gewand sprach Fatima bei Flemming vor, um eine Audienz beim König zu erwirken. Der mittlerweile zum Minister avancierte Berater des Königs empfing sie mit neugierigem Gesichtsausdruck: »Madame Spiegel, es überrascht mich, Sie zu sehen. Sie müssen eine Odyssee hinter sich haben! Wir sind hocherfreut, dass Sie sich dennoch so wohl befinden, und erwarten Ihren Bericht!«

Fatima überging die Beteuerungen. »Es war nicht zu spüren, dass Sie sich für mein Wohlergehen interessierten. Doch das können Sie wiedergutmachen, indem Sie mir jetzt helfen.«

Ohne auf Fatimas Wunsch einzugehen, fragte Flemming: »Stimmt es, was die Gerüchte sagen – dass es Sie bis nach Konstantinopel verschlagen hat?«

»In dieser Sache möchte ich Seine Majestät den König sprechen.«

»Um was von ihm zu fordern?«, fragte Flemming mit spitzen Lippen.

»Das werde ich dem König offenbaren.«

»Wenn er aber im Moment keine Möglichkeit hat, Sie zu empfangen, Madame?«

»Dann werde ich schweigen.«

Flemming zog eine Miene, als hätte er auf Saures gebissen. »Madame, Sie werden nicht die Unverschämtheit besitzen, uns erpressen zu wollen?«

»Sagen Sie Seiner Majestät dem König, wenn ihm etwas an mir und seinen Kindern gelegen ist, soll er sich zeigen.«
Damit drehte sie sich um und verließ den Empfangssaal.

Gegen Mittag nahm Fatima mit Aische und den Kindern die Mahlzeit ein. Sie bewohnten eine Herberge, die Adligen und anderen hohen Leuten vorbehalten war. Allerdings nahmen sie nicht an der Table d'hôte teil, sondern speisten in einem Separée, abseits ihres Zimmers. Ohne Vorankündigung, ohne jegliches Klopfen an der Tür trat August ein. Fatima sprang so heftig auf, dass der Stuhl nach hinten stürzte. Sie war vollkommen blass. Rasch forderte sie Friedrich August und Katharina auf, sich vom Stuhl zu erheben und zu verbeugen. Aische tat desgleichen, auch wenn sie nicht wissen konnte, wen sie vor sich hatte. Die Reaktion ihrer Herrin ließ es erraten.

August würdigte die Kinder keines Blickes. Er winkte alle hinaus, um mit Fatima allein zu sein. Sobald sich die Tür hinter Aische und den Kindern geschlossen hatte, fiel Fatima vor ihm auf die Knie. »Mein König«, beteuerte sie und wollte nach seiner Hand greifen, um sie zu küssen. August wischte die Ehrbezeugungen als unnützen Firlefanz beiseite. »Was treibt Ihr, Madame? Ohne mein Wissen und meine Billigung! Eine Mätresse und ein Akziserat reisen über die Kontinente, wie es ihnen beliebt, und spielen sich als Gesandte Seiner Majestät auf! Habt Ihr den Verstand verloren? Was ist in Spiegel gefahren?«

Fatima, der das Herz in der Brust schlug wie ein Hammer auf den Amboss, war sich keiner Schuld bewusst. »War es denn nicht Spiegels Auftrag, mit dem Sultan zu verhandeln?«

Obwohl es eng war, lief August im Zimmer auf und ab. »Er hat sämtliche Parteien einschließlich der meinen gegen sich aufgebracht. Den russischen Gesandten wie den polnischen. Den schwedischen König wie den Zaren. Das war gewiss nicht sein Auftrag!«

»Aber er konnte den Murza des Tataren-Khans und sogar

den Sultan für sich einnehmen. Sie haben ein offenes Ohr für alles, was Ihr von ihnen verlangt, Sire!«

August hielt inne und sah Fatima lange und durchdringend an.

»Er hat alles getan, was Euch zu Ehre und Vorteil gereicht«, bekräftigte sie.

Der König trat näher. Durch Fatimas heftige Bewegungen hatte sich eine Strähne ihres dunklen Haares gelöst, war unter dem Saum der Perücke hervorgekrochen und baumelte von ihrer Schläfe herunter. August griff danach und ließ sie durch seine Finger gleiten. Fatima neigte das Haupt zur Seite, so dass ihre Wange Augusts Finger berührte. Ganz sachte strich er über ihre Haut, dann ließ er die Locke los und zog die Hand zurück.

»Alles, was Ihr mir erwiesen habt, waren Untreue und Ungehorsam«, klagte er.

In seinen Augen erkannte sie, dass er wusste, sie war ihm mit Körper und Geist abtrünnig geworden. »Verzeiht mir«, sagte sie leise.

August wandte den Blick ab.

»Habt Ihr gesehen, wie prächtig unsere Kinder gediehen sind?«, versuchte sich Fatima an einem unverfänglicheren Thema. August presste die Lippen aufeinander.

»Die Früchte unserer Liebe!« Mit einem koketten Augenaufschlag sah sie ihn geradeheraus an. August schwieg. »Ist das nicht ein denkbar gutes Omen für die sächsisch-polnisch-türkische Allianz?«

Da drehte sich August brüsk zu ihr um. »Kann es ein gutes Omen sein, dass Ihr mich betrügt, sobald Ihr mir den Rücken kehrt?«

Entschieden schüttelte Fatima den Kopf. »Ich habe Euch nicht betrogen. Mit dem Herzen habe ich Euch immer geliebt, das müsst Ihr mir glauben!«

»Und mit dem Leibe?«

Fatima errötete. August nahm ihr Kinn zwischen Daumen und Zeigefinger und drehte den Kopf zu sich herum. »Weißt du denn nicht, dass Hafitén keine anderen Liebhaber als den Sultan haben darf?« Seine Stimme war trotz des Vorwurfs weich, beinahe zärtlich.

Die Tränen rannen Fatima über die Wangen. »Ich weiß es, Sire, ich weiß es.«

Er stieß sie fort und wandte sich rasch ab. Fatima war, als habe sie auch in seinen Augen Tränen gesehen. »Für die Kinder werde ich sorgen, für Spiegel kann ich nichts mehr tun«, sagte er.

Fatima schrie auf. »Ihr wollt ihn seinem Schicksal überlassen?«

August kam noch einmal ganz nah, und Fatima konnte seine Haut riechen, sein männliches Aroma, das unter einem leichten Parfüm lag. Sie schloss die Augen und erbebte. Ganz dicht an ihrem Gesicht sprach er, sie spürte den Atemhauch auf ihrer Haut. »Andere Kammerdiener, die unter meinen Augen Buhlschaft getrieben haben, sind auf dem Sonnenstein verdorrt!«

»*Amman!*«, rief Fatima und warf sich auf die Knie.

August kannte das Wort von den Schlachtfeldern: Gnade! Berührt sah er beiseite.

»Lasst Milde walten!«, flehte sie. »Spiegel ist Euch treu ergeben!«

Zornig sah August auf sie hinab. »Spiegel hat bereits weit mehr von meiner Gnade empfangen, als er verdient hat.« Damit wandte er sich ab.

An der Türschwelle zögerte August. Er seufzte tief und murmelte dann, ohne sich noch einmal umzuwenden: »Schickt ihm einen Wink, dass er Konstantinopel so rasch wie möglich verlassen soll.« Dann trat er hinaus. Fatima hörte, wie sich seine Schritte entfernten.

Einen Moment lang gab sie sich der Trauer hin. Dann wurde ihr mit einem Schlag bewusst: Niemand verließ Konstantinopel ohne die Erlaubnis des Sultans!

August war schon zu weit entfernt, um ihren entsetzten Ausruf zu hören. Fatima brach in Tränen aus. So wurde sie von

Aische und ihren Kinder gefunden. »Wie geht es Vater?«, fragte Katharina unschuldig.

»Gut«, sagte Fatima mit feuchten Augen, »es geht ihm gut.«

»Und Gevatter Spiegel?«, fragte Friedrich August mit ernstem Gesicht.

Fatima ergriff seine Oberarme und sah ihm fest in die Augen. »Ich weiß es nicht.«

Gusti riss sich los und rannte aus dem Raum. Fatima schaute erst Aische an, dann wanderte ihr Blick zu Boden und verlor sich in der Maserung der Dielen.

Konstantinopel im Sommer 1714

Spiegel empfing Chomętowski so herausgeputzt, wie es nur ging. Nicht nur auf seine Kleidung hatte er größten Wert gelegt, ebenso sorgfältig hatte er auch den Empfangsraum ausschmücken lassen. Wandteppiche und riesige Porzellanvasen zierten den Raum so reich wie einen Basar. Chomętowski verbeugte sich mit ausgesuchter Höflichkeit. Dann eröffnete er Spiegel: »Ich empfehle Ihnen, begleiten Sie uns zurück in die Heimat. Allein sind Sie verloren. Unsere Mission ist beendet.« Er senkte den Kopf, und Spiegel konnte an seinem Mienenspiel nicht ablesen, ob er es aufrichtig meinte.

»Ich bin überzeugt davon«, antwortete Spiegel, »dass die meinige eben erst anfängt.«

Chomętowski lachte und hob den Kopf. »Was wollen Sie hier ausrichten? Ohne jegliche Begleitung?«

»Ich bin nicht allein«, antwortete Spiegel. »Dorengowski wird bei mir bleiben.«

»Tatsächlich?«, fragte Chomętowski skeptisch zurück. »Ich meinte, ich sah ihn eben packen. Und hat er sich nicht auf die Reiseliste eingetragen?«

Spiegel versuchte, sich die Niederlage nicht anmerken zu lassen. »Ich bin dennoch nicht allein«, beharrte er, »es gibt den Gesandten Seiner Majestät des Kaisers, der mich nach Kräften unterstützen wird. Und bald werde ich als Envoyé vollständig etabliert sein. Sobald August mir seine volle Unterstützung gewährt, werde ich eine angemessene Residenz beziehen.«

Chomętowski lachte mit zurückgelegtem Kopf. »Ihr seid schon echt orientalisch, Ihr glaubt an Träume!«

»Es sind keine Träume«, beharrte Spiegel. »Meine hervorragende Stellung gegenüber dem Sultan wird sehr schnell Ergebnisse zeitigen.«

Chomętowski beruhigte sich allmählich. »Ihr führt Verhandlungen, die kein Mensch benötigt. Die Einigung Augusts mit Peter steht unmittelbar bevor. Ich schließe nicht aus, dass sich Sachsen-Polen der neuerlichen Kriegserklärung gegen die Pforte anschließen wird. Dann müsst Ihr Euch keine neue Residenz suchen, Ihr bekommt eine zugewiesen: die Sieben Türme!«

»Redet nur gehässig daher«, verteidigte sich Spiegel. »Ihr neidet mir den Erfolg.«

»Erfolg? Nicht jeder Fortschritt ist auch ein Erfolg. Mein Erfolg war der Stillstand.« Stolz hob Chomętowski den Kopf.

»Gebt Ihr also endlich zu, dass Ihr niemals die Absicht hattet zu verhandeln!«

Chomętowski lächelte diabolisch. Er senkte die Stimme. »Damit habe ich meinem Herrscher am besten gedient. Denn der enge Bund mit Peter ist viel mehr wert. Es ist zu seinen Gunsten und in seinem Sinne. Es nützt allen. Das ist Diplomatie, mein bester Spiegel!«

»Ach«, sagte Spiegel und wollte hämisch klingen. Doch seine Kehle war wie ausgedörrt.

»Ja«, bekräftigte Chomętowski. »Die Große Polnische Gesandtschaft war nur ein großer Bluff, ein farbenprächtiges Theater. Was glaubt Ihr, wo Karl dem König von Polen und dem Zaren von Russland am meisten nützt? In Stralsund oder in Bender?«

»In Bender«, antwortete Spiegel kleinlaut.

»Ich hatte von Anfang an die Instruktion, Verhandlungen nach Möglichkeit auszuweichen und zu verschleppen. Versteht Ihr, Spiegel?«

Spiegel wurde heiß und kalt. »Ihr behauptet, die Verzögerung war mit August abgesprochen?«

Chomętowski nickte. »August benötigte lediglich Zeit, um die Unterhandlungen mit Peter zu einem guten Ende zu bringen. Und dieser Punkt ist nun beinahe erreicht. Ich rate Ihnen noch einmal, Spiegel, suchen Sie das Weite. Schließen Sie sich uns an! Ihre Aufgabe ist erfüllt: hübsche Stücke für Augusts orientalische Sammlung zu kaufen. Nicht mehr und nicht weniger.«

Es konnte nicht wahr sein. Chomętowski belog ihn, wie er noch nie belogen worden war. Und doch war es denkbar! Die Gedankenlawine, die der Pole in seinem Kopf losgetreten hatte, drohte seine Vernunft zu verschütten. Warum sollte August ihn derart hintergehen?

»Leben Sie wohl, Spiegel«, sagte Chomętowski da. »Und zögern Sie nicht länger. Bald könnte es zu spät sein.«

Spiegel winkte ab. »Sie erzählen mir Märchen, um mich schwankend zu machen und gegen meinen Herrn aufzubringen. Doch mein Entschluss steht fest. Ich bleibe.«

»Nun gut«, sagte Chomętowski süffisant. »Dann werde ich August darum bitten, Euch offiziell aus meiner Gesandtschaft zu entlassen. Ihr seid dann für alles, was Euch zustößt, selbst verantwortlich. Und sei es der Tod.«

Spiegel neigte leicht den Kopf. »Ich bitte darum.«

Dorengowski war gekommen, um sich zu verabschieden. Wie er es sich angewöhnt hatte, war er ganz in türkischer Tracht gekleidet. In der Bauchbinde steckte ein Zierdolch, der perlenbesetzte Griff ragte seitlich heraus. Einen Turban trug er nicht, aber einen großen Ring am rechten Ohr, wie ein Piratenkapitän. Auch er redete Spiegel zu, Konstantinopel zu verlassen.

»Was versprichst du dir davon, hier auszuharren?«, fragte er ihn. Spiegel antwortete ausweichend. »Niemals wirst du Gesandter an der Pforte werden, Spiegel«, redete Dorengowski weiter auf ihn ein. »Du bekleidest keine öffentliche Funktion wie der Woiwode. Du bist ein Mann fürs Geheime.«

»Meine Mission ist noch nicht beendet«, sagte Spiegel vieldeutig. Es klang nicht so, als ob er daran glaubte.

»Du hast dich in eine fixe Idee verbissen«, sagte Dorengowski.

Spiegel wandte sich ab. Es tat weh, dass Dorengowski die Wahrheiten einfach aussprach, die Spiegel so sorgfältig vor sich selbst verborgen hielt. Doch wollte er lieber einsam hier in Konstantinopel sterben, als voller Schmach nach Hause zurückzukehren. Wie sollte er seinen Kindern unter die Augen treten? Spiegel stutzte. Nicht seinen, Augusts Kindern! Alles, was er war, war er allein durch ihn!

Spiegel hatte nicht bemerkt, dass Dorengowski an ihn herangetreten war. Er umarmte Spiegel. Der ließ es willenlos geschehen. »Viel Glück, mein Freund«, sagte Dorengowski. Er zögerte, dann ging er.

Am nächsten Tag wurde die große polnische Gesandtschaft unter Janitscharenmusik und Salutschüssen zum Tor hinausgeleitet. Sie passierten die Bastion der Sieben Türme, wo Graf Tolstoj, der russische Gesandte, ihnen in den Weg trat und Glück wünschte. Glück, das ihm selbst nicht lächeln wollte in diesem fremden, zauberhaften Land.

Spiegel hatte mehrfach vergeblich versucht, Audienzen zu erhalten: beim Großwesir, beim Sultan. Der Hofmarschall tat, als kennte er ihn nicht. In der ganzen Stadt ließ Spiegel nach dem Bey suchen, doch der schien wie vom Erdboden verschluckt. Vermutlich befand er sich bei seinem Herrn in Bachtschysaraj, um Bericht zu erstatten.

Endlich kam Nachricht von Fatima. Ein Brief, in aller Eile geschrieben. Spiegel erkannte ihre kleine, etwas unsichere Handschrift. Der eine oder andere Schnörkel ließ an Kalligraphie denken. Spiegel riss das Siegel auf und küsste die Seiten. Er hob das Papier an die Nase in der Hoffnung, den Duft ihrer Haut zu riechen. Doch nach vielen Tausend Meilen verströmte der Brief nur noch den Geruch von Tinte, Sand und Pferdeschweiß.

Dennoch, als Spiegel zu lesen begann, war ihm, als stünde Fatima im Raum. »Mein lieber Spiegel«, beschwor sie ihn, »setze alles daran, nach Hause zurückzukehren! Lieber jetzt als später. August hat sich längst für den Zaren entschieden. Es ist denkbar, dass er nur noch verhandelt, um einen russischen Überraschungsangriff auf das Osmanische Reich zu decken. Ich muss dir nicht erklären, was dies für dich bedeuten würde! Noch genießt du nicht den Schutz eines echten Gesandten. Der Sultan würde es als Verrat auffassen und nicht zögern, dich dem Henker zu übergeben.«

Spiegel ließ den Brief sinken, als enthielte er sein Todesurteil. Niemals wird der Sultan mich abreisen lassen, dachte er resigniert. Ich bin sein Unterpfand, dass es überhaupt noch Verhandlungen gibt. Zu groß wäre das Eingeständnis einer Niederlage, würde er mich ziehen lassen. Spiegel beschloss trotzdem, sich erneut in den Hof der Janitscharen zu begeben, um einen Ferman und sicheres Geleit bis zur Grenze zu erbitten. Doch wie sollte er das Reisegeld beschaffen? Wie die Summen, die zur Bestechung der Schreiber und Wächter notwendig waren? Diese Stadt war ein Gefängnis, wenn der Sultan dies wollte. Man musste auf Wunder hoffen, wenn man etwas gegen den Willen des Großherrn unternahm. Allmählich ahnte Spiegel: Seine letzte Möglichkeit, die Stadt erhobenen Hauptes zu verlassen, war vorübergegangen: im Gefolge Chomętowskis.

*

Fatima hatte lange gezögert, ehe sie sich entschloss, das Haxthausen'sche Palais aufzusuchen. Sie war nicht sicher, ob sie Aurora – die Frau, die sie einmal Mutter genannt hatte – wiedersehen wollte. Nun hatte sie eine Mutter. Wie sollte sie Aurora von nun an nennen?

Als die Tragchaise vor dem Palais haltmachte, war zu erkennen, dass etwas anders war. Die Vorhänge vor den Fenstern waren nichts als weiße Laken, welche die Fensterhöhlen gegen Blicke abschotteten. Alles sah abweisend aus, anders als bei ihrem letzten Besuch. Nicht verlassen und verwahrlost, aber auch nicht auf Gäste eingerichtet. Fatima hieß die Sänftenträger zu warten und stieg die wenigen Stufen zum Eingang hinauf.

Aus den Fugen wuchs Unkraut. Fatima rang mit sich. Dann ließ sie den schweren Metallklopfer auf das Holz fallen. Das dumpfe Echo des Schlags setzte sich im Inneren des Hauses fort. Es schien ungehört zu verhallen. Fatima versuchte es noch einmal, doch niemand öffnete. Sie wandte sich um und ging die Stufen hinunter. Als sie beinahe unten angekommen war, hörte sie ein Knarren in ihrem Rücken. Sie wandte sich um. Die alte Dienerin stand in der Tür und kniff die Augen zusammen. »Wer da?«

Fatima zögerte. Da schien die Dienerin sie zu erkennen. »Fatima?«

Sie stieg einen Schritt nach oben. »Thilda.«

»Fatima, du bist es! Tritt näher, damit ich dich besser sehen kann!«

Fatima gehorchte. Die vertraute Anrede öffnete ihr Herz. Sie ließ zu, dass die Alte ihre Hände nach ihr ausstreckte und ihre Wangen betastete. Sie schien fast blind zu sein.

Fatima kamen die Worte schwer über die Lippen: »Was ist mit der Herrin? Lebt sie noch hier?«

»Die Gräfin?«, fragte die alte Dienerin zurück.

Das bestätigte Fatima.

»Sie ist in die Dienste des Kaisers getreten. Als Pröbstin des Damenstifts von Quedlinburg. Wusstest du das nicht?«

»Quedlinburg!«, rief Fatima aus.

Die alte Dienerin lächelte versonnen. »Ich wollte ihr nicht folgen. Einen alten Baum verpflanzt man nicht. Daher hüte ich das Haus für den Fall, dass sie zurückkehrt.«

»Warum sollte sie?«

»Nun, gelegentlich stattet sie unserem Herrn und König einen Besuch ab. Ganz im Geheimen. Niemand erfährt es. Das Haus ist groß und verschwiegen.«

Fatima schlug den Blick nieder. Mehr zu sich selbst als zur Dienerin sagte sie: »Sie entblödet sich nicht, ein ganzes Haus bereitzuhalten für ein … Tête-à-Tête?«

Die alte Dienerin lächelte. »Die Liebe scheint immer noch wach …«

Darüber wollte Fatima nichts hören. »Ich muss abreisen. Ich wollte die Gräfin nur ein letztes Mal sehen – und das Haus, in dem wir so ereignisreiche Jahre verbracht haben.«

»Wohin gehst du?«, fragte die alte Dienerin.

»Heim«, antwortete Fatima mit belegter Stimme. »Endlich heim.«

»Gott segne deine Wege!«, rief die Alte ihr hinterher. Und Fatima erwiderte den Wunsch.

Sie trat auf die Straße vor dem Palais und wollte schon die Sänfte besteigen, als ein Bote die Straße heraufkam. An der kurfürstlichen Hofuniform war leicht zu erkennen, dass er von August geschickt worden war. Er erkannte Fatima und überreichte ihr einen schriftlichen Befehl.

»Der König wünscht, Euch zu sehen«, sagte der Bote, noch bevor Fatima die Notiz überfliegen konnte. »Unverzüglich.«

*

Spiegel fand sich inmitten eines Pulks von Bittstellern wieder. Sie umlagerten einen Schreiber des Kapidschi Pascha, um gute Gründe vorzubringen, warum ausgerechnet sie heute zur Audienz des Großwesirs zugelassen werden sollten. Doch an diesem Morgen wiesen die Schreiber alle ab. Keine Bitte konnte ihr Ohr erweichen, nicht einmal Bakschisch wollten sie nehmen – und niemand wusste, warum. Bis sich plötzlich vom ›Tor der Begrüßung‹ eine Gruppe Janitscharen löste und sich anschickte, den Hof zu durchqueren. Bald drängte sich alles um die Wachen, die mit strammen Schritten dem Ausgang des Serajs zustrebten. Ihnen voran ging ein Tschausch Pascha, hinter ihm ein ganz in Schwarz gekleideter Janitschar, der ein schwarzes Samtkissen feierlich vor sich hertrug. Ihm folgte ein furchteinflößender Gesell mit breiten Schultern und blutunterlaufenem Blick. »Der Henker des Sultans«, flüsterten die Umstehenden.

Spiegel fand einen Giauren neben sich, einen Sekretär des französischen Gesandten, der wie er den Hals reckte. »Was geht vor sich?«, rief Spiegel in das Getümmel hinein. Die Würde, mit der die Janitscharen einherschritten, kontrastierte absurd mit dem unwürdigen Geschrei und Geschubse am Rande.

»Sie überbringen ihm das Todesurteil«, schrie der Gesandtschaftssekretär zurück.

Spiegel erblasste. »Wem?«

»Dem Großwesir«, antwortete der Gesandtschaftssekretär, »er ist in Ungnade gefallen.«

»Aber warum denn?«

Der Sekretär zuckte mit den Schultern. »Vielleicht hat er sich als Freund Karls entpuppt? Die sind zurzeit nicht wohlgelitten!«

Spiegel musste sich mühen, den Sekretär nicht aus den Augen zu verlieren. Der Pulk schob sich dem Ausgang des Hofes zu. »Was geschieht nun?«, fragte Spiegel.

Der Sekretär deutete auf das schwarze Samtkissen, das vorangetragen wurde. »Sehen Sie die geknotete Seidenschnur? Damit wird der Großwesir erdrosselt.«

Spiegel erstarrte. »Erdrosselt wie ein Hund? Solch ein hoher Herr?«

»Es gibt in diesem Land nur einen hohen Herrn. Alle anderen sind Staub am Absatz seiner Stiefel.«

Erschüttert blieb Spiegel zurück. Er wusste, dass man in diesem Land nicht zimperlich war. Doch machte es einen Unterschied, es mit eigenen Augen zu sehen. Er wartete, bis sich der Pulk am Ausgang des Hofes der Glückseligkeit verlief. Dann verließ er den Seraj.

Wenn man durch das Sultanstor trat und sich hinter dem prächtigen Brunnen Ahmeds III. nach links wandte, gelangte man durch eine Gasse von Holzhäusern hinunter zum Marmornen Meer. Es vermischte sich an dieser Stelle mit den Wassern des Goldenen Horns. Die Spitze der Landzunge, auf deren Rücken sich der Topkapı-Palast erstreckte, trennte die beiden Meere. Dort hatte sich Spiegel angewöhnt, Trost zu suchen. Er setzte sich auf einen behauenen Stein, der offenbar ohne eine Bestimmung liegengeblieben war. Dann versank er in seine Gedanken und lauschte den Wellen. An diesem Ort schwappten sie milde gegen das Land, nicht mit der brachialen Wut, wie er es von Felsküsten im Norden kannte. Dieses Meer war ein süßliches, südliches Meer, das seine zerstörerische Natur verbarg. Wie all die Weichheit und Zerbrechlichkeit der osmanischen Kultur leugnete, welche brutalen Herrscher den Thron innehaben konnten. Wie er eine Weile so dasaß und über die Ausweglosigkeit seiner Lage sinnierte, fühlte er sich an der Schulter berührt. Er zuckte zusammen, denn die Berührung schien aus dem blauen Himmel zu kommen. Doch es war nicht Allahs Finger, sondern die Hand des Scheferschaha Bey.

Spiegel sprang auf und umarmte ihn überschwänglich. Der Bey erwiderte die Umarmung nicht, doch ein Lächeln umspielte seine Mundwinkel, und die Freude, die Spiegel zeigte, war ihm Genugtuung. Spiegel bot dem Bey seinen Platz auf dem grob behauenen Block an, doch der winkte ab.

»Woher wusstest du, dass du mich hier finden kannst, mein Freund?«, fragte Spiegel.

»Ganz einfach: Ich bin dir gefolgt.«

»Vom Hof der Janitscharen?«

»Natürlich«, sagte der Bey und musterte sein Gegenüber. »Es macht mich traurig, dass du versuchst, das Land zu verlassen, das dir so hohe Ehren erwiesen hat.«

Spiegel dachte über den Vorwurf nach, doch dann schüttelte er den Kopf. »Seit Tagen versuche ich, eine Audienz zu erlangen – doch niemand will mich vorlassen. Von meinem König habe ich lange keine Nachricht. Wie kann ich für ihn sprechen?«

Der Bey legte ihm erneut die Hand auf die Schulter. »Wir haben Nachricht von ihm.«

Spiegel tat nur mäßig interessiert. »Ach?«

»Ja«, sagte der Bey.

Spiegel empfand Bitterkeit. »Wäre es nicht der übliche Weg, er würde mir die Nachricht senden und ich sie dem Sultan unterbreiten?«

Ernst sah der Bey ihm in die Augen. »In der Tat, das wäre der übliche Weg.«

»Und warum, denkst du, benutzt August ihn nicht?«

Der Bey schwieg lange, doch Spiegel ahnte, dass er nicht nach einer Antwort suchte, sondern nach einer schonenden Art, es ihm beizubringen. »Es ist gut möglich«, sagte der Bey dann stockend, »dass der Hufeisenbrecher dir nicht länger vertraut.«

Spiegel nickte. »Das allerdings macht meine Anwesenheit als Gesandter unhaltbar und höchst überflüssig. Was kann ich dann noch ausrichten?«

Der Bey enthielt sich eines Kommentars. Stattdessen sagte er: »Du möchtest reisen? Du möchtest die schönste Stadt der Welt verlassen?«

»Ich hätte es längst tun sollen. Ich bin hier zu nichts mehr nütze!«

Der Bey sah aufs Meer hinaus. »August wünscht, eine Gesandtschaft des Sultans zu empfangen. In Polen. Einer kleinen Stadt namens Reußen.«

»Rydzyna«, Spiegel nickte wissend, »das Stammschloss der Leszczyński – Augusts überwundenen Rivalen um den polnischen Thron.«

Der Bey zog die Augenbrauen hoch. »Du kennst es?«

Spiegel breitete die Arme aus. »Natürlich. Ich war dort.«

»Du wirst unsere Gesandtschaft begleiten«, sagte der Bey mit zufriedenem Gesichtsausdruck.

»Weil August dies so wünscht?«, fragte Spiegel nach.

»Weil Sultan Ahmed dies so wünscht.«

Spiegel ließ den Bey nicht aus den Augen. Dass der seinem Blick auswich, sagte alles. Wenn August ein Treffen mit der türkischen Gesandtschaft plante – ohne Spiegel, ohne ihn auch nur zu unterrichten! –, dann war er kein Gesandter, sondern ein Gescheiterter. Der Bey bot ihm eine – vermutlich die letzte – Möglichkeit, nach Hause zurückzukehren.

»Es wird mir eine Ehre sein, als Teil der Gesandtschaft des

Sultans zu reisen.« Spiegel sagte dies mechanisch, ohne jede Bewegung, ohne auch nur einen Anflug von Freude. Denn indem er es aussprach, begriff er, dass er nicht im Geringsten wusste, was ihn in Rydzyna erwartete. Doch er nahm sich vor, August zu beweisen, dass der König in Spiegel immer noch einen treuen Anhänger besaß.

Rydzyna im August 1714

Feucht und schwer wie eine Gewitterwolke lag der Monat August über dem Städtchen. Tag für Tag krochen die Mücken aus dem Schlossteich und umsponnen das verlassene Gebäude und den Garten mit ihrem Tanz.

Da, wie aus heiterem Himmel, sahen die Rydzyner Karren mit Handwerkern aus dem nahen Leszno einrollen. Sie schlugen Zelte auf, lehnten ihre Holzleitern und Gerüste gegen die Fassaden und rührten Farben an. Ohne sich an den Zerstörungen am Nebenflügel zu stören, der seit dem Durchzug Zar Peters durch diesen Landstrich ruiniert lag, tünchten sie den Hauptflügel. Binnen weniger Tage leuchtete das Schloss, das etwa auf halbem Wege zwischen Warschau und Dresden gelegen war, erwartungsfroh.

Am Mittag des 5. August 1714 nahm die *Avant Garde* von den Gebäuden Besitz: Köche, Haus- und Stallknechte bevölkerten Säle und Treppen, der Hofmarschall ergriff das Regiment, und dann, am Abend des 5. August, knirschten Equipagen über die Sandwege, wurden Wimpel und Fahnen gehisst, und das Volk wusste: Seine Majestät der König von Polen weilt in der Stadt.

Als die Sonne unterging, wurden Lichter entzündet. Der späte Abend sah alle Fenster des Schlosses erleuchtet. Das Eckzimmer am stadtseitigen Flügel war Augusts Lieblingsaufenthalt, und die Lichter leuchteten noch lange nach Mitternacht. Es schien, als wollte der König überhaupt nicht mehr zu Bett gehen.

Und in der Tat, August wartete.

Die Turmuhr des nahen Rydzyner Rathauses hatte zur vierten Stunde geschlagen, der Horizont verlor schon wieder sein nachttiefes Schwarz, da preschte ein einsamer Reiter im Galopp über die Hauptstraße. Am Brunnen bog er in die kurze Auffahrt zum Schloss, ohne das Pferd zu zügeln.

Die Hufe hatten die Holzbohlen der Brücke noch nicht erreicht, da rannten zwei Pferdeknechte aus dem Innenhof herbei. Der Reiter sprang aus dem Sattel, die Knechte suchten die Zügel zu ergreifen, während das Pferd den Kopf aufwarf. Es war schweißdurchnässt, weiße Schaumränder an Maul und Sattel. Die Stallknechte führten es ab, um es mit Strohwischen trockenzureiben.

Währenddessen stürmte der Reiter, nachdem er sich der Tasche an seiner Flanke versichert hatte, über die Freitreppe nach oben. Hinaufeilen und den Hut ziehen waren eins. Am Treppenabsatz trat Flemming ihm mit ausgestreckten Armen entgegen: »Rittmeister Lamar, Sie werden erwartet. Kommen Sie!«

Raschen Schrittes durchquerten sie den Flur, Diener rissen die Türflügel auf, und ohne weitere Förmlichkeiten betraten sie das Turmzimmer, das August gern ›das Kaminzimmer‹ nannte. Es war die blanke Untertreibung. So reich mit Stuck verziert war es, dass es einem Krönungssaal zur Ehre gereicht hätte – das Kleinod des Schlosses.

Als Flemming und Lamar eintraten, schaute August auf. Trotz der vorgerückten Stunde war er alles andere als schläfrig.

»In zwei Tagen werden sie eintreffen«, erstattete Lamar Bericht.

»Gut«, sagte August. »Bis dahin wird alles vorbereitet sein.«

»Es gibt da noch etwas«, sagte Lamar, und an seiner Miene erahnten August und Flemming schon die unangenehme Nachricht. Flemming machte eine auffordernde Geste, der Rittmeister räusperte sich: »Spiegel ist mit ihnen.«

»Spiegel?«, wiederholte August erstaunt und warf Flemming einen Seitenblick zu.

»Unkraut vergeht nicht«, sprach Flemming tonlos vor sich hin.

»Wie kommt er dazu? Er ist kein Teil unserer Gesandtschaft!«, fasste August die Empörung, die im Raum lag, in Worte.

»Er ist ein Teil«, sagte Lamar und runzelte die Stirn, »der türkischen.«

Überrascht sahen sich Flemming und August kurz in die Augen. Lamar trat von einem Bein aufs andere.

»Bei Lichte besehen«, sagte Flemming gedehnt, »ist das Hochverrat.«

»Wir könnten ihn erschießen lassen«, sagte August und lächelte vor sich hin. »Oder wollen wir zuvor hören, was er zu seiner Verteidigung vorzubringen hat?«

Rittmeister Lamar hielt den Handrücken vor den Mund und hüstelte: »Erschießen? Ein Mitglied der türkischen Gesandtschaft?«

»Dann hat Peter seinen Krieg!«, rief August aus. Unruhig schritt er auf und ab. Der Zorn auf den einstigen Untergebenen elektrisierte den Raum. Dann räusperte sich Lamar erneut.

»Ich habe noch eine Nachricht vom Murza des Tataren-Khans dem Scheferschaha Bey zu überbringen. Eine vertrauliche Nachricht.«

»Wir sind unter uns«, sagte August und machte eine ungeduldige Geste.

»Der von uns zur Unterhandlung benannte und in Dienst gestellte Dolmetscher Simon Barchodar ist ein Spion des Zaren.«

August runzelte die Stirn.

»Ich habe ihn schon längere Zeit in Verdacht!«, rief Flemming aus.

»Soso«, sagte August und ließ nicht erkennen, ob er damit Flemmings Bemerkung kommentierte oder die Botschaft des Gesandten.

»Wir müssen ihn ausschließen, sonst erfährt Peter jedes Wort, das zwischen uns und dem Murza fällt«, sagte Flemming.

»Schlimmer noch«, führte August den Gedanken fort, »er weiß vermutlich schon jetzt von den Verhandlungen.«

»Wir müssen diesem doppelten Spiel ein Ende bereiten! Bevor es uns in Teufels Küche bringt«, stieß Flemming entnervt hervor.

»Nun denn, soll Peter es doch erfahren. Wir verhandeln hier allein um die Zukunft Karls, nichts weiter«, sprach August mit größter Gelassenheit. »Das glaubt Peter doch längst nicht mehr«, warf Flemming ein.

»Wir werden ihm glaubhafte Nachricht geben.«

»Durch Barchodar?«

»Natürlich nicht.«

»Warum nicht?«

»Weil Barchodar bei den Gesprächen nicht anwesend sein wird«, sagte August ruhig, mit scharfem Verstand. »Er erhält fingierte Nachrichten.«

»Aber wer wird dann dolmetschen?«, fragte Flemming.

August wandte sich ab und sah in den Kamin. Trotz der warmen Augustnacht brannte ein kleines Feuer, das Behaglichkeit verbreiten sollte. Eine Weile beobachtete August die Flammen, dann sprach er: »Rittmeister Lamar, lassen Sie sich ein frisches Pferd geben!«

Lamar beugte ergeben den Kopf.

»Verlieren Sie keine Zeit. Versuchen Sie so rasch wie möglich Lemberg zu erreichen!«

»Lemberg?«, sagte Lamar und wurde blass.

»Die Spiegelin!«, erriet Flemming Augusts Gedanken.

»Die Spiegelin«, bestätigte August. Er lächelte, und seine Lippen formten ungleich zärtlicher den vertrauteren Namen: »Fatima.« Als er Flemmings betretene Miene sah, warf er den Kopf zurück und lachte. »Sie wird uns, anders als ihr Gatte, treue Dienste leisten«, sagte er.

»Ich soll Madame Spiegel nach Rydzyna eskortieren?«, fragte Lamar nach.

August bestätigte und bedeutete ihm mit einer Geste, dass er sich sogleich auf den Weg zu machen habe. Lamar drehte sich auf den Stiefelabsätzen um und verließ den Raum.

»Ob dies wirklich eine gute Idee ist, sie und ihren treulosen Gatten am Rande einer so wichtigen Gesandtschaft aufeinandertreffen zu lassen?«, gab Flemming zu bedenken.

»Das wird sich weisen. Sie wird alles tun, um nicht in Ungnade zu fallen. Und ich würde zu gern erfahren, wie weit sie geht, um diesen Filou zu retten. Soll sie doch zusehen, wie er um Leben und Ehre kämpft! Soll sie nur zusehen«, August hob die Hand und ballte die Finger zur Faust, dass die Knöchel weiß wurden, »wie ich ihn zerquetsche.« Für einen Moment verlor er die Maske der Gelassenheit, dann hatte er sich wieder im Griff.

Flemming hüstelte betreten. »Es ist ein Risiko. Wenn Spiegel unser doppeltes Spiel an die Russen verrät, wird Peter nicht erbaut sein. Das ist es, was mir wirklich Sorge bereitet: Spiegel hält den Schlüssel zu Krieg oder Frieden in der Hand.«

August nickte nachdenklich. »Für alle Fälle«, befahl er, »lassen wir eine Zelle auf dem Sonnenstein für ihn herrichten. Gleich morgen werde ich an den Kommandanten schreiben. Für heute ziehe ich mich zurück – wenn Sie erlauben.« Eine Antwort erwartete August nicht, denn wer würde es wagen, die Ermattung Seiner Majestät des Königs in Frage zu stellen? Flemming ließ ihn mit einer Verbeugung passieren.

Rydzyna hatte Zaren und Könige gesehen. Doch die Pracht einer türkischen Gesandtschaft war für das Residenzstädtchen neu. Die Klänge der Janitscharenmusik lockten sogar die Alten und Lahmen auf die Hauptstraße. Die Feldzeichen und Wimpel waren mit Federn geschmückt, die Rossschweife aufgesteckt, zum Zeichen, dass man sich im Krieg befand. Die breiten, ausladenden Fuhrwerke strahlten in Farben, die die sandbraunen Straßenzüge Rydzynas aufblühen ließen wie die Maisonne eine Frühlingswiese. Auch die Mohrensklaven machten Sensation. Die älteren Diener und Mitglieder der Gesandtschaft saßen in Wagen. Spiegel und der Bey aber hatten Rösser zwischen den

Schenkeln. Prächtige Tiere mit wehenden Mähnen, die der Sultan seinen Gesandten eigens zu diesem Zweck verehrt hatte.

August stand mit seinem Adjutanten und dem Minister auf dem Mittelbalkon des Seitenflügels. Mit gerunzelter Stirn beobachtete er, wie der bunte Lindwurm die Schlossstraße heraufzog. Gelegentlich hob er den Arm, um ein Winken anzudeuten. Die Wimpel und Standarten flatterten, die Baldachine, die die Wagen überspannten, blähten sich mit jeder Windböe. Nachdem der Zug die Bohlenbrücke des Schlossgrabens überquert hatte, bog er scharf nach links ab, auf die Nebengebäude zu, die den Gesandtschaften seit jeher zugewiesen wurden.

Im Vorüberreiten erwiesen die Würdenträger August ihre Referenz, und der König schenkte ihnen freundliche Gesten. Er tat dies mit einem in vielen Hundert Paraden und Audienzen erprobten, vordergründigen und überaus gleichgültigen Lächeln. Doch als er Spiegel erblickte, versteinerte seine Miene.

»Da ist er«, zischte Flemming seinem Herrscher überflüssigerweise zu.

»Er reizt uns«, stellte August mit unbewegter Miene fest.

Tatsächlich bemühte sich Spiegel auf dem kleinen weißen Pferd, das vor Temperament tänzelte, seinem Herrscher ins Auge zu fallen. August wandte sich demonstrativ zu Flemming um und vertiefte sich in ein Gespräch über Belanglosigkeiten. Erst als Spiegels Pferd vor dem Hauptflügel abgebogen war und der Reiter dem Balkon den Rücken zuwandte, schaute August wieder nach vorn. Sogleich setzte er seine huldvollste Miene auf. Die Fahrigkeit aber, mit der er in unregelmäßigen Abständen über die Sandsteinbrüstung strich, verriet seine Nervosität.

Am Abend ließ August auf den Rasenflächen, die das Hauptschloss mit den beiden im Halbrund angeordneten Redouten verbanden, Erfrischungen und kristallene Karaffen mit Limonaden auftragen. Man traf sich außerhalb der strengen Hofetikette, doch mit Scheu. Beschattet von einem Sonnenschirm, schritt August von Gruppe zu Gruppe und ließ es sich nicht nehmen, die Reisenden persönlich zu begrüßen. Als einem der

Ersten machte er dem Scheferschaha Bey die Honneurs, der, umgeben von Sklaven, Adjutanten und Getreuen, gleich auf August zuschritt. Er tat dies mit Würde und in vollem Bewusstsein der Bedeutung seiner Mission. Sie wechselten die üblichen vorgeschriebenen Höflichkeiten. Als August sich schon wieder abwenden wollte, rief der Bey einen Mann aus dem Pulk seiner Begleiter hervor, dem der König am liebsten ausgewichen wäre. »Sire, darf ich Euch noch mit Johann Georg Spiegel vertraut machen? Er wird Euch wohlbekannt sein.«

Spiegel trat vor und erwies dem Herrscher die Ehre, während August sich hilfesuchend nach Flemming umwandte. »Euer treuester Diener«, beteuerte Spiegel, indem er sich verbeugte.

Nun konnte August nicht mehr an sich halten. »Wenn Ihr tatsächlich mein treuer Diener wäret, hättet Ihr meine Anweisungen befolgt«, warf er Spiegel unverhohlen und lauter, als es schicklich war, vor. Spiegel wollte sich verteidigen, doch der Bey mischte sich ein. »Seine Majestät König August kann sich keines treueren Dieners bei der Pforte rühmen. Spiegel ist dem Wort seines Herrschers nur deshalb abhold geworden, um es auf viel bessere Weise in die Tat setzen zu können.«

»Diese Volte müsst Ihr mir erklären!«, verlangte August.

»Nun«, sagte der Bey mit klug zurechtgelegten Worten, »Ihr konntet gar nicht wissen, welch hervorragende Dienste Spiegel leisten kann, sonst wärt Ihr sicher selbst auf den Gedanken gekommen, ihn einzubestellen.«

Mit unsicherem Lächeln suchte August Flemmings Beistand. Doch der Minister hatte ihm, im Gespräch mit seinem Adjutanten, den Rücken zugewandt. »Wir werden sehen, welche Dienste zu leisten er in der Lage ist«, gab August dann unbestimmt zurück und lenkte nach einem kurzen Kopfnicken seine Schritte in eine andere Richtung.

»Majestät«, rief der Bey August nach, »Ihr erlaubt, dass ich Euch die Geschenke des Sultans, des Großherrn der Gläubigen, überreiche?«

Einige Mohrensklaven, die sich im Hintergrund bereitgehalten hatten, traten auf einen Wink hin vor. Sie präsentierten prachtvolle Stoffe und Steine und einige herrliche, in Goldblech getriebene Wasserpfeifen mit bauchigen Kristallglasbehältern.

August konnte nicht anders, seine Augen glänzten. Mit Begeisterung betrachtete er die Schätze, das unangenehme Gespräch war vergessen.

In einem langen Defilee ließ der Bey weitere Kostbarkeiten an August vorüberziehen. Zuletzt, als das Auge des Herrschers von der Pracht schon ermüdet war, schleppten ein halbes Dutzend Mohren einige seltsam aufgewölbte Hornschilde herbei. Sie trugen sie umständlich, mit weit vorgestreckten Armen, beinahe so, als wehrten sich die Objekte gegen diese Behandlung. Und tatsächlich, auf den zweiten Blick sah man, warum: Die Last war lebendig. Die Schilde waren Schildkröten, deren Füße hilflos in der Luft ruderten. Groß wie Dachse waren sie und schwer, und auf jedem Panzer waren Kerzen befestigt. Ein Staunen und Raunen ging durch die Hofgesellschaft, und als man sich noch fragte, was ein solches Arrangement bezwecken sollte, setzten die Sklaven ihre Last schon auf den Boden. Die Füße der Schildkröten fanden festen Grund, und sogleich strebten sie wackligen, doch erstaunlich zügigen Schrittes auseinander. Die Mohren entzündeten die Kerzen, und bald wanderten Dutzende von Lichthaufen über die Schlosswiesen.

Der Bey genoss das Staunen der Hofgesellschaft und sagte dann, zu August gewandt: »Auf diese Weise werden am Hof des Sultans die Feste illuminiert.«

Die Lichter der Schildkröten zauberten einen Glanz der Freude auf Augusts Miene, und Flemming war der Erste – doch lange nicht der Letzte – an diesem Abend, dem August versicherte, wie sehr man den Sultan für seinen kultivierten und ausgefallenen Geschmack bewundern müsse.

Am nächsten Morgen – dem des 8. August 1714 – traf man sich im Hauptsaal des Schlosses zur *Première Visite*. Bequeme Sessel für die Anführer der Delegation waren einander gegenüber postiert, daneben etwas einfachere Stühle für die Übersetzer, seitlich davon Schreibpulte mit Federn und Tintenfässern für die Sekretäre. Die Delegationen achteten peinlich genau darauf, exakt zur gleichen Zeit aus gegenüberliegenden Flügeltüren in den Saal zu treten, damit keine der beiden Parteien der anderen etwa den Vortritt ließe. Der Murza des Tataren-Khans, Scheferschaha Bey, führte die osmanische Delegation an. Er wurde begleitet von seinem Legationssekretär, der sogleich am Schreibpult Platz nahm. In zweiter Reihe folgten Johann Georg Spiegel und der Dolmetscher Simon Barchodar. Auf polnisch-sächsischer Seite betraten den Raum: August der Starke, Kurfürst von Sachsen und König von Polen höchstselbst, dann Minister Flemming und Kriegsrat Pauli. Ferner ein Schreiber, der sogleich am Pult Platz nahm. August und der Bey nickten sich freundlich zu, auch die übrigen Mitglieder der Gesandtschaft wurden mit einem Kopfneigen bedacht. Nur Spiegel erhielt nichts als böse Blicke.

Der Bey stellte dem König alle Mitglieder seiner Gesandtschaft dem Rang nach vor. August hatte mit einer kurzen Formel jeden Envoyé einzeln zu begrüßen und in seiner Funktion zu akzeptieren. Als die Reihe an Spiegel kam, verweigerte August die Formel. Der Bey warf ihm einen kurzen Blick zu, doch mit Widerstand hatten sie gerechnet. Auch dem Dolmetscher Simon Barchodar verweigerte August die Anerkennung. Ein Raunen ging durch den Saal. Der Bey blieb bewundernswert ruhig. Mit freundlichem Ausdruck bemerkte er: »Seine Königliche Hoheit werden uns nicht tausend Meilen reisen lassen, um die Gesandtschaft dann sogleich auf die Hälfte zu reduzieren ...«

August enthielt sich einer direkten Antwort. Stattdessen ergriff Flemming das Wort: »Spiegel können wir auf Eurer Seite nicht zulassen, Monseigneurs. Er kennt intimste Details aus unserem Hause, wir bezichtigen ihn der Untreue und der Spionage.«

Der Bey breitete die Hände aus. »Exzellenz, Sire«, sprach

er seine Gegenüber mit ausgesuchter Höflichkeit an, »Monseigneur Spiegel hat Euch bei der Pforte stets in Treue und mit großer Umsicht gedient. Dass dieses Treffen zustande kommt, habt Ihr ihm zu verdanken. Dass wir beinahe in der Lage sind, ein Abkommen zu unterzeichnen, welches die Beziehungen der Pforte und des Königreichs Sachsen-Polen auf eine neue Stufe heben wird, eine, die den Namen Freundschaft verdient – all dies ist sein Verdienst. Diesen Mann wollt Ihr ausschließen?«

Augusts Gesicht rötete sich, er verzog die Miene und gab Flemming einen Wink. Alles an ihm drückte Ablehnung aus. Es fehlte nicht viel, und Spiegel hätte von sich aus den Verzicht erklärt. Für ihn war die Gesandtschaftsreise schon jetzt erfolgreich. Er hatte Konstantinopel hinter sich gelassen, war in die Heimat zurückgekehrt, Lemberg und seine Familie waren nicht weit. Allerdings durfte er für seine Laufbahn als Diplomat nichts mehr erhoffen. Der Pforte konnte er als Fremder auf Dauer nicht dienen, und dass er in Augusts Augen keine Gnade mehr fand, spürte er jeden Augenblick.

Flemming und August baten darum, sich unter vier Augen beraten zu dürfen. Der Bey gestattete es. Sie zogen sich in einen Erker zurück, wo man sie einige Minuten beim Flüstern und Gestikulieren beobachten konnte. Dann kehrten sie auf ihre Sessel in der Mitte des Saales zurück.

Die Vormittagssonne tauchte den Innenraum in gleißendes Licht, das die Meereswesen an der Decke plastisch hervortreten ließ und durch sein Schattenspiel zum Leben erweckte. Der Bey und Spiegel aber verharrten angespannt auf ihren Stühlen, der Legationssekretär rutschte unruhig darauf herum. Endlich richtete August das Wort an den Bey, wobei seine Blicke auch hin und wieder zu Spiegel wanderten. »Monseigneur Scheferschaha Bey«, sprach August ihn auf Französisch an, »Monseigneur Spiegel darf fürs Erste im Saal verbleiben, aber den Barchodar müsst Ihr entbehren. Er ist ein Lügner und Betrüger.« Inmitten der diplomatischen Höflichkeiten klangen diese Worte doppelt hart.

Flemming bot an, zum Beweis ein Portefeuille mit verräterischen Briefen des Barchodar holen zu lassen, die man verschiedenen Kurieren abgenommen hatte. Doch der Bey unterband dies mit einer Handbewegung. Er wandte sich um und forderte Barchodar, der hinter ihm saß, mit erlesener Freundlichkeit auf, den Saal zu verlassen. Der Dolmetscher ging gesenkten Hauptes hinaus. Spiegel ließ sich gegen die Rückenlehne sinken und atmete hörbar auf.

Alle schwiegen, bis die Tür hinter Barchodar ins Schloss gefallen war. Dann sah der Bey lächelnd von einem zum anderen. Eine Sorgenfalte stand auf seiner Stirn. »Ich sehe keinen Dolmetscher in der Runde. Wer wird uns also vor Missverständnissen durch den Gebrauch einer fremden Sprache bewahren?«

Flemming und August lächelten unabhängig voneinander. Offensichtlich gingen sie nach einem abgesprochenen Plan vor. »Wir dürfen einen neuen Dolmetscher benennen, nicht wahr? Eine Person, die unser beider Vertrauen genießt und des Deutschen wie des Türkischen mächtig ist?«

Der Bey zeigte eine Geste der Ergebenheit: »So sei es.«

»Es wird Sie nicht überraschen, wenn ich Ihnen den Namen der Person mitteile«, sagte Flemming mit einem Lächeln, das die Sicherheit ausstrahlte, seine Worte im nächsten Moment widerlegt zu sehen. »Es handelt sich um Maria Aurora, Madame de Spiegel.«

Johann Georg Spiegel sprang auf, der Bey verlor augenblicklich sein Lächeln. »Halten Sie es für klug, unsere Verhandlungen durch Eheleute auf beiden Seiten der Schranke zu belasten?«

»Falls Sie es für unklug halten«, fiel Flemming dem Bey beinahe ins Wort, »so schließen Sie doch Spiegel aus. Wir kennen in ganz Polen keine zweite Person, die des Türkischen so mächtig ist wie Madame Spiegel und zugleich Deutsch wie ihre Muttersprache spricht. Zudem ein akzeptables Polnisch. Glauben Sie mir, es gibt im Umkreis von fünfhundert Meilen keine geeignetere Person!«

Nun war es der Bey, der sich Bedenkzeit erbot. Er verlangte außerdem, zuvor mit Madame Spiegel reden zu dürfen.

Darauf schien Flemming nur gewartet zu haben. Er gab dem Türdiener ein Handzeichen. Der schlüpfte behände hinaus, und wenig später trat sie in den Saal. Spiegel blieb der Mund offen. Fatima war schöner denn je. Sie war ganz europäisch gekleidet, trug sogar eine Perücke von herrlichstem Haar, hochgetürmt und gepudert. Doch wenn Spiegel in ihr Gesicht sah und die bronzene Haut im Lichte schimmerte, dann erblickte er in ihr immer noch die Fatima der Schleier und der wallenden Gewänder. Eine Erinnerung an ihre glückliche Zeit, an Spaziergänge am Bosporus, an die laue, salzgeschwängerte Luft, die vom Meer kam ... Wie glücklich hätten sie dort werden können!

Fatima schritt erhobenen Hauptes bis in die Mitte des Saales. Der Bey begrüßte sie auf europäische Art mit einer tiefen Verbeugung. Dann fragte er sie leise, doch in aller Öffentlichkeit: »Seid Ihr aus freien Stücken hier, oder hat man Euch Gewalt angetan?«

Fatima schüttelte den Kopf und sagte laut: »Ich bin aus freien Stücken hier.«

Sie schenkte Spiegel einen kurzen Blick, und sein Herz setzte für einen Moment aus. Er hätte sie gleich hier vor allen umarmen mögen.

»Ich bin aus freien Stücken hier und gelobe, alles Gesprochene wahrheitsgemäß zu übersetzen.«

Der Bey drückte ihr die Hand und wandte sich wieder an Flemming: »Es ist bei uns nicht üblich, Frauen zu diplomatischen Diensten heranzuziehen.«

»Und doch haben Sie es selbst schon getan«, konterte Flemming umgehend.

August sah den Bey erwartungsvoll an. »Können wir beginnen?«

Der Bey schaute überaus freundlich von einem zum anderen. Dann nickte er und sagte: »Wir können beginnen.« Mit ausladenden Schritten ging er hinüber und nahm auf seinem Sessel

Platz. Dann musterte er Fatima von Kopf bis Fuß, und als er bei ihren Füßen angelangt war, begann er auf Türkisch zu sprechen: »Wir schlagen vor, die Verhandlungen in Abschnitte zu unterteilen: Zum Ersten bitte ich darum, die genauen Umstände der Heimkehr Karls XII. von Demotika aus, wo er sich mittlerweile in der Obhut des Sultans befindet, nach Greifswald, Wismar oder Stralsund auszuhandeln. Die Route, die begleitenden Soldaten, die Bedingungen der *Sauvegarde*. Darüber hinaus möchte ich zum Zweiten die Bereitschaft und den dringenden Wunsch Sultan Ahmeds überbringen, mit Sachsen-Polen zu einem Bündnisvertrag zu gelangen. Ein Bündnis, das die Freundschaft unserer Staaten begründet und auch den gegenseitigen Beistand im Kriegsfall umfasst. Entsprechend den Verabredungen, die Monseigneur Spiegel im Auftrag Seiner Majestät des Königs in Konstantinopel bereits getroffen hat. Ich muss noch einmal betonen, wie hilfreich Monseigneur Spiegel bei den Verhandlungen war.«

Bei diesen Worten hob der sächsische Legationssekretär kurz den Kopf. August seufzte mit gequälter Miene und warf Flemming einen Blick zu.

Der Minister bewahrte kühlen Kopf. »Zunächst werden wir über die Rückkehr König Karls nach Schweden verhandeln. Dann sehen wir weiter.«

August ergriff das Wort. »Ihnen ist doch, Monseigneur, vollkommen klar, dass ein weitreichender Bündnisvertrag zwischen Ihnen und uns den äußersten Unmut der russischen Seite hervorrufen muss? Dass dies nicht weniger als einen neuen Krieg zur Folge haben wird?« Es war als Frage formuliert, aber als Drohung gemeint. Fatima übersetzte zuverlässig und ohne Stocken.

»Das ist uns vollkommen geläufig«, antwortete der Bey. Und fügte dann hinzu: »Ein Handel wird daraus, wenn es uns beiden zum Vorteil gereicht. Und der Sultan ist bereit, manches zu tun, um es zum Vorteil gereichen zu lassen.«

Fürs Erste beließ der Bey es bei Andeutungen. Und tatsächlich schien August sich beeindrucken zu lassen. Zufrieden nickte der Bey. Und auch August war zufrieden, dass das Thema des Bündnisvertrages vertagt war.

In der Dämmerung hastete Spiegel über den kurzgeschnittenen Rasen, der die Redouten vom Hauptschloss trennte. Die Wächter entzündeten eben die Fackeln, als er den Haupteingang erreichte. Die Soldaten der Leibwache waren zu sehr mit dem Feuer beschäftigt, um Spiegel in den Weg zu treten, dennoch fragten sie ihn nach seinem Ziel.

»Ich möchte mit meiner Frau sprechen, der königlichen Hof-Dolmetscherin Madame Spiegel, und niemand wird mich daran hindern.«

Die Leibwächter waren verunsichert.

»Ich verlange Zutritt«, platzte es aus Spiegel heraus. »Sie ist mein angetrautes Weib!« Spiegel machte einen Schritt nach vorn, die Wachen versperrten ihm mit den Fackeln den Weg. Sie schienen zu allem entschlossen. Der flackernde Feuerschein verzerrte ihre Gesichter. Spiegel schreckte zurück.

»Sie werden entschuldigen«, bat einer der Wächter, »aber wir müssen uns bei Madame Spiegel erkundigen, ob sie bereit und in der Lage ist zu empfangen.«

In übler Laune verschränkte Spiegel die Arme, während einer der Soldaten zur Freitreppe eilte. Seine Fackel hatte er kurzerhand dem zweiten in die Faust gedrückt. Um eines der Lichter in die Halterung zu stecken, musste der Wächter auf ein Steinpodest klettern, und dazu war es unerlässlich, sich mit der anderen Hand festzuhalten. Er sah zu Spiegel hin, der missmutig von einem Bein aufs andere stieg, und streckte ihm die zweite Fackel entgegen. »Wären Sie so freundlich?«, bat er.

Spiegel, der nichts Besseres zu tun hatte, ergriff sie, schwang und stieß sie durch die Luft, als wäre sie ein Säbel. Die Flamme fauchte bei jeder Bewegung. Nach vollbrachter Tat stieg der Leibwächter vom Podest, sah dem feuerfechtenden Spiegel eine Weile zu. Dann sagte er nachdenklich: »Sie werden der Madame doch kein Leid antun?«

Ertappt hielt Spiegel inne. Er winkelte den Arm an, um die Fackel wieder so unverdächtig zu tragen, wie man dies gemeinhin tat. Endlich wurde er gewahr, dass er niemandem Rechenschaft schuldig war, schon gar nicht einem Leibwächter. »Ich werde meine Frau behandeln, wie ich es für richtig halte.«

Der Leibwächter nahm ihm die Fackel vorsorglich aus der Hand. »Natürlich«, sagte er und stieg auf das steinerne Podest an der anderen Flanke der Pforte, um sie einzustecken.

Spiegel beobachtete ihn und merkte nicht, wie der andere Leibwächter neben ihn trat. »Es tut mir leid«, sagte dieser, und Spiegel zuckte zusammen. »Madame empfängt nicht.«

Spiegel stand wie vom Donner gerührt. »Was soll das heißen, sie empfängt nicht?«

Der Soldat wand sich. »Sie ist nicht in ihrer Kammer.«

»Empfängt sie nicht? Oder ist sie nicht in ihrer Kammer?«

Betreten sah der Soldat zu Boden. »Sie ist … nicht in ihrer Kammer.«

Spiegel witterte, dass etwas nicht stimmte. »Lassen Sie mich hinauf. Ich werde sie erwarten«, forderte er.

»Das«, sagte der Soldat nun mit großer Bestimmtheit, »geht rein gar nicht.«

»Warum soll es nicht gehen? Ich bin ihr Gatte. Wollen Sie meine Frau vor mir verstecken?«

Der Leibwächter verschränkte die Arme. »Ich will nichts. Ich kann Ihnen nur sagen, dass es nicht geht.«

Da verlor Spiegel die Geduld und sprang ihm an die Kehle. »Nun sagen Sie mir schon einen Grund, warum ich meine Frau nicht sehen darf!«

Der zweite Soldat kam dem ersten zu Hilfe, riss Spiegel fort und schleuderte ihn auf die Erde. Spiegel rappelte sich gleich wieder auf. »Ich werde mich beim König beschweren. Lassen Sie mich vor! Melden Sie mich!«

»Seine Majestät der König empfängt ebenfalls nicht«, sagte der Wächter etwas zu hastig.

Spiegel schoss auf ihn zu, zählte eins und eins zusammen.

»Sie ist bei ihm«, sagte er dann tonlos. »Habe ich recht? Sie ist bei ihm!«

Die Leibwächter schweigen betreten.

»Ha!«, rief Spiegel, indem er sich umwandte. Und dann noch einmal: »Ha!« Es war die bittere Karikatur eines Lachens. Dann stürzte er hinaus in die Dunkelheit.

August umgarnte Fatima, als wäre dies die erste Begegnung und ihre Liebe noch jung. Und Fatima gab sich der Illusion hin, August sei es tatsächlich allein um ihre Zuneigung getan. Er küsste sie auf die Wange, auf die Hände, den Arm hinauf bis in die Ellenbeuge. Strich ihr über die Wange und küsste sie zärtlich auf die Lippen, doch tat er dies alles ohne Leidenschaft und nur, um sie für sich einzunehmen.

»Spiegel hat sich«, so begann er, nachdem sie Zärtlichkeiten ausgetauscht hatten, »für die türkische Seite entschieden.«

Fatima nahm etwas Abstand. »Das ist nicht wahr. Spiegel war stets auf der Seite Eurer Majestät, des Königs. Er ist Euer treuer Diener, Sire!«

August sah Fatima ernst an. »Er hat mich hintergangen. Um Geld betrogen. Und«, hier zögerte August, und seine Lider flatterten, »um Ihre Liebe.«

»O Sire, niemals habe ich aufgehört, Sie zu lieben!«

»Und doch hast du dich einem Diener hingegeben – einem Spiegel, einem Nichts. Er ist nur das, was andere in ihm sehen. Aus sich selbst heraus ist er gar nichts!« Die Rage, in die August sich geredet hatte, war nicht gespielt.

Fatima strich ihm beruhigend über den Bauch. August ergriff ihr Handgelenk. »Du hast ihn geliebt?«, fragte er.

»Niemals mehr als Sie«, beteuerte Fatima sofort, jedoch zu heftig, um unverfänglich zu klingen.

Mit spitzen Fingern legte August ihre Hand beiseite. »Schwören Sie, dass Sie niemand anderen als mich lieben werden, Sultana Hafitén.«

»Ich schwöre, mein Gebieter, ich schwöre.« Fatima bedeckte Augusts Hals mit Küssen. »Ich habe immer nur Sie geliebt, Sire.« Ihre Wangen hatten eine rote Farbe angenommen. Ihre Lippen suchten und fanden sich. »Niemals mehr wirst du einen anderen lieben!«, presste August hervor. »Niemals!«

»Niemals«, bekräftigte Fatima atemlos. »Ich liebe nur dich, mein Sultan!«

Ineinander verschlungen sanken sie auf das Kanapee.

Rydzyna am 10. August 1714

Während der *Deuxième Visite* am 10. August 1714 führte sich Spiegel unverschämt auf. Vor allem gegenüber der Dolmetscherin, Madame Spiegel, ließ er harte Worte fallen. Während der Pausen versuchte Fatima ihren Gatten zur Seite zu nehmen, doch der weigerte sich. Einmal, als sein Auftreten dem König gegenüber als Beleidigung aufgefasst werden konnte, musste der Bey Spiegel in die Schranken weisen. August ging derweil dazu über, ihn zu ignorieren.

Am Nachmittag kam man auf das Verhältnis zu sprechen, das zwischen August und den Moskowitern herrschen sollte. Allen war bewusst, dass man damit schwieriges Terrain betrat. Selbst die Schreiber waren nervös. Der König warf Flemming einen Blick zu und übernahm es selbst, zu antworten: »Wir möchten dazu sagen, wenn man Freund der Pforte und auch des Tataren-Khans sein möchte, dann müsste man auch Feind von ihrem Feind sein.«

Mit einem Kopfnicken bedeutete der Bey, dass er dieser Überlegung folgen könne. August fuhr fort: »Keinesfalls aber wollen wir dadurch zum Feind von Freunden werden. Da Ihro Kaiserliche Russische Majestät auf alle Fälle Seiner Königlichen Majestät Freund bleibt, so muss die Pforte sich entscheiden, ob sie ihr Verhältnis zu Zar Peter befrieden kann. Denn keinesfalls wollen wir uns durch den Sultan in einen Krieg gegen Russland ziehen lassen ...«

Der Bey hörte sich Augusts Bedenken geduldig an. Dann erhob er sich von seinem Sessel und sagte, dass es in Konstantinopel Gesandte und Verbündete gebe, die nicht in jeden Krieg der Pforte einwilligten und sich daher auch nicht beteiligten. Worum es ihm ginge, sei, dem polnischen König einen Platz inmitten der anderen mächtigen Häupter Europas zu geben und demzufolge auch einen eigenen Residenten bei der Pforte. Denn wie die Lage nun einmal sei, würden derzeit die wichtigsten Entscheidungen in Stambul getroffen. Ohne eigenen Residenten schlösse sich der polnische König vom Konzert der europäischen Mächte aus. Johann Georg Spiegel habe sich in diesem Punkt durchaus bewährt. Er sei der Erste, der sich für den Posten eines Ambassadeurs und Residenten des polnischen Königs eigne.

Flemming hob eine Augenbraue. Seine Nasenflügel zitterten. August wollte schon antworten, als der Minister ihn mit einer Handbewegung bat, ihm ein kurzes Gespräch unter vier Augen zu gewähren. Der Bey hatte nichts dagegen, also zogen sich August und Flemming in eine Ecke des Saals zurück. »Spiegel wird niemals Gesandter werden, niemals!«, stellte August mit mühsam unterdrückter Wut klar.

Flemming nickte, sprach dann aber eindringlich auf ihn ein: »Ein Resident an der Pforte bedeutet, dass sie Euch als polnischer König anerkennt! Dass Ihr damit Eure Königswürde an dieser wichtigen südlichen Flanke verteidigt.«

August schnaubte. »Das heißt noch lange nicht, dass ich die Mehrzahl der polnischen Magnaten auf meiner Seite habe.«

»Gegen so mächtige Freunde wird Euch niemand mehr die Würde abspenstig machen. Die Anerkennung von außen wird die innere Anerkennung nach sich ziehen.«

»Aber was werden die Russen sagen, wenn sie davon erfahren? Sie werden glauben, dass wir uns gegen sie stellen wollen.«

»Das«, und Flemming nahm eine stolze Haltung an, »wird der schwierigste Punkt sein: Ein Bündnis zu schmieden, das uns nützlich, aber nicht gegen Peter gerichtet ist.«

»Ahmed ist des Zaren Todfeind! Es ist faktisch unmöglich! Spiegel hat einen Unsinn ausgehandelt!«

Flemming schwieg. August wandte sich nach dem Bey um,

doch der sprach gerade Spiegel an. Der Schreiber der polnisch-sächsischen Partei hatte sich verdächtig nahe an August und Flemming gewagt, Flemming jagte ihn wie einen Hund mit einer Handbewegung davon. Dann wandte er sich erneut und mit gesenkter Stimme an seinen König. »Lasst uns die Verhandlungen unterbrechen. Alles will gut überlegt sein. Wer hätte gedacht, dass der Sultan bereit ist, uns so weit entgegenzukommen?«

»Diesen ganzen Schlamassel haben wir nur Spiegel zu verdanken«, sagte August gepresst. Er rieb sich die schwitzenden Hände.

»In der Tat«, bekräftigte Flemming, »das haben wir alles ihm zu verdanken.« Zum ersten Mal schwang Hochachtung in seinem Tonfall mit. »Womöglich ist er doch recht talentiert.«

Vorsichtig sah Flemming zu dem hinüber, von dem die Rede war. Der Bey und Spiegel hatten in vertrautem Gespräch die Köpfe zusammengesteckt. Nur Madame Spiegel saß wie eine Statue auf ihrem Stuhl und erwartete weitere Weisungen. In den weichen Strahlen der Abendsonne leuchtete ihre Schönheit.

»Lassen Sie uns die Verhandlungen für heute beenden«, entschied August. »Morgen ist ein neuer Tag.« Und sein Gesicht strahlte vor Freude, einen passablen Ausweg gefunden zu haben. Halbherzig willigte Flemming ein. Dann trat er in die Mitte des Saales, um die Entscheidung zu verkünden.

Am Mittag des 16. August 1714 waren die Verhandlungen so weit gediehen, dass man in Bälde die Unterschriften unter die Verträge würde setzen können. Die Bedingungen der Heimkehr Karls nach Schweden waren detailliert dargelegt. Ferner war ein Freundschaftsvertrag zwischen Sachsen-Polen und der Pforte skizziert sowie der Austausch ständiger Residenten vereinbart. Damit stiege Augusts Reich auf eine Stufe mit so bedeutenden Staaten wie Frankreich, England oder auch das Reich des Kaisers.

Flemming und August saßen beim *Jeuner à deux*, als sich

Unruhe im Schloss ausbreitete. Im Hof war ein Reiter eingetroffen, der sein schweißtriefendes Pferd kurzerhand den Wachen übergab. Grund für die Aufregung waren nicht sein souveränes Auftreten, nicht seine entschieden vorgetragene Forderung, den König zu sprechen, sofort, unmittelbar und hochpersönlich, nicht seine ernste und besorgte Miene, sondern seine Nationalität: Der Kurier war Russe. Ein Bote des Zaren, im Auftrag seines Sondergesandten Schafirow. Da ein Schloss aber wie ein Dorf ist und jedermann bis hinunter zum Küchenjungen wusste, dass man hier die Russen am meisten fürchtete, machte die Neuigkeit schnell die Runde.

Noch bevor der Bote August und Flemming gemeldet werden konnte, war schon überall herum, dass Zar Peter Wind von den Verhandlungen bekommen hatte.

Der Kurier bat, die Nachricht persönlich vortragen zu dürfen, denn dies habe sein Herr ihm aufgetragen. Ein Schriftstück, das er bei sich führe, enthalte die nämlichen Worte, der Zar habe aber außerdem auf mündlicher Mitteilung bestanden.

Während der Bote schwer atmend im Raum stand, betupfte August sich mit finsterer Miene die Lippen und legte dann die Serviette auf den Tisch. Er gab sich den äußeren Anschein von Ruhe, doch wer genau hinsah, bemerkte, dass seine Finger zitterten. Dann wandten sich August und Flemming ganz dem Boten zu und ließen die Tirade des Zaren über sich ergehen: Er habe vom Stand der Verhandlungen erfahren, sei vollends im Bilde über das, was August und der Sultan im Schilde führten. Schon das Verhalten Spiegels in Konstantinopel habe zu höchster Empörung Anlass gegeben, nun mache man sich auch am sächsisch-polnischen Hofe die verräterische, intrigante Haltung dieses nichtswürdigen Subjekts zu eigen. Dies schlage dem Fass den Boden aus!

August und Flemming sahen stur geradeaus: Sie hatten diese Reaktion vorhergesehen, nun musste man sie überstehen. Doch dann holte der Abgesandte des Zaren zu seiner schärfsten Drohung aus: Falls es zu einem Freundschaftsbund zwischen August und Ahmed kommen sollte, falls der Anführer einer sächsisch-polnischen Gesandtschaft in den Rang eines ständigen Residenten erhoben werde, würde Peter dies als ein gegen ihn gerichtetes Kriegsbündnis auffassen. Er werde nicht zögern, die Kriegserklärung zu erwidern und in Polen einzumarschieren. Seine Armee und sein Reich seien mächtig genug, es mit beiden Gegnern aufzunehmen. Sosehr er den Verlust der Freundschaft auch bedauere.

Mit einer Verbeugung kennzeichnete der Kurier das Ende der Botschaft.

August wollte ihn rasch hinauswinken, doch sein Zorn war grenzenlos. Er benötigte ein Opfer. Wenn ich Sultan wäre, dachte er bei sich, würde ich ihn köpfen. Doch er war nur der König.

»Höre Er«, rief August den Boten zurück, »ich glaube kaum, dass Peter eine Antwort erwartet, denn anscheinend ist er bestens darüber informiert, was in unseren Schlössern vor sich geht. Bestellen Sie Seiner Majestät dem Zaren lediglich, dass Ich die Richtlinien Meiner Politik immer noch selbst bestimme. Und dass Ich persönlich darüber entscheide, welche Herrscher Ich meine Freunde und welche Meine Feinde nenne.«

»Ich werde es meinem Herrn Schafirow sagen, und der wird es dem Zaren ausrichten«, sagte der Bote und trat durch die Tür ab.

Nun erst getrauten sich Flemming und August, die Köpfe zusammenzustecken. Flemming war erstaunlich blass. »Ein offener Krieg gegen Russland wäre eine Katastrophe – und Polen das Erste, was wir verlören.«

»Das weiß ich selbst«, zischte August, »das habe ich doch die ganze Zeit gesagt!« Erzürnt erhob er sich und ließ keinen Zweifel daran, dass er die Zusammenkunft als beendet ansah.

Fatima war am ganzen Körper gepudert, denn August konnte verschwitzte Haut nicht ausstehen. Zuletzt hatte sie ein Parfüm von Rosenduft aufgelegt, das er sehr liebte. Ihr Herz jubelte in dem Glauben, den König von Polen ganz für sich erobert zu haben. Sie wollte sich nicht eingestehen, dass dies kein Zustand von Dauer sein konnte.

In freudiger Erregung ließ sie sich von einem der Kammerdiener eskortieren, umrundete über lange Flure den Innenhof des Schlosses, passierte das Treppenhaus und stand dann mit klopfendem Herzen und schwer atmend vor der Tür der königlichen Privatgemächer. Der Kammerdiener öffnete die Tür einen Spaltbreit und schlüpfte heraus. Flackernder Lichtschein aus Hunderten Kerzen drang aus dem Raum. Fatima bauschte mit spitzen Fingern das Kleid auf. Sie hatte sich leicht bekleidet, um nicht in Hitzewallungen zu geraten, und – ohne dass sie dies vor sich selbst zugegeben hätte – wohl auch, um das Ausziehen zu erleichtern. Mit den Fingerspitzen rieb sie sich über die Wangen, um sie röter erscheinen zu lassen. Durch die Tür vernahm sie das Brummeln von Männerstimmen. Die freudige Erregung wich der Ernüchterung.

Der Kammerdiener trat beiseite, und mit klopfendem Herzen tat sie einen Schritt über die Schwelle. Vom Licht der Kerzen war sie einen Moment wie geblendet. Sie hatte Schmuck angelegt – Steine, die Spiegel ihr in Stambul verehrt hatte – und wusste, dass sich der Lichtschein der Kerzen tausendfach darin brach. Zwei Männer starrten sie an, und ein warmes Gefühl des Triumphes durchflutete Fatima. Das Gottesgeschenk ihrer Schönheit vermochte durchaus noch zu beeindrucken ...

August trat näher, fasste sie galant beim Arm und führte sie zu einem Sessel. Bevor sie sich niederließ, reichte sie Flemming die Hand. Der nahm sie, ohne zu zögern, und hauchte einen Kuss darauf. Dann erst nahm Fatima Platz, ordnete mit Sorgfalt die raffinierten Lagen ihres Kleides und sah die Männer erwartungsvoll an. »Was verschafft mir die Ehre?«

August und Flemming verständigten sich durch einen Blickwechsel. Dann begann Flemming: »Es stehen verschiedentlich Anschuldigungen im Raum, und zwar gegen den Ihnen angetrauten Ehegatten Johann Georg Spiegel.«

»Anschuldigungen? Welcher Art? Wer bringt sie vor?«

König August wandte sich ab und sah zum Fenster hinaus, obwohl da nichts als Dunkelheit war. Fatima spürte seine Verletztheit. Flemming übernahm es, zu antworten: »Wer sie vorbringt, tut nichts zur Sache. Doch die Art werden Sie freilich schon erraten haben: dass Spiegel es an der nötigen Treue zu seinem König fehlen lasse.«

Fatima stieß einen Laut der Empörung aus. »Ich kenne niemanden, der seinem König treuer ergeben wäre«, sagte sie voller Überzeugung und fügte dann leicht errötend hinzu: »Mich selbst ausgenommen.«

August drehte sich zu ihr um, der Anflug eines Lächelns milderte seine Züge. »Fatima«, hob er leise und mit Bedacht an, »meine liebe, kleine Sultana ...« Ihr Herz setzte aus, Glut schoss ihr in den Kopf. Dass er sie vor Flemming so nannte, war das nicht ein Beweis, wie ernst er es mit ihr meinte?

August fuhr fort: »Versteh doch, dass wir uns in einer so wichtigen, so gefährlichen Angelegenheit, wie es die Frage von Krieg oder Frieden ist, ganz sicher sein müssen, auf wen wir bauen können ...«

»Ich sage doch, Ihr könnt Euch auf Spiegel verlassen«, platzte es aus Fatima heraus.

Flemming eilte an den Sekretär und blätterte durch die Papiere. Dann zog er eines heraus. »Es gibt gewichtige Anschuldigungen gegen Ihren Gatten, Madame.«

»Welcher Art?«

»Er habe Wechsel zur Beschaffung türkischer Pretiosen deklariert und sie dann zu seinem eigenen Unterhalt verwendet. Er habe den türkischen Beamten Geschenke gemacht, um sie für sich einzunehmen. Er habe Verhandlungen geführt, die weit über seine Instruktionen und Vollmachten hinausgingen. Andere Instruktionen wiederum habe er missachtet ...«

»Wer behauptet dies?«, fiel Fatima dem Minister ins Wort.

»Sind die Behauptungen wahr, oder sind sie es nicht?«, fragte Flemming zurück.

Fatima legte die Hand auf das kostbare Geschmeide an ihrem Hals – ein Geschenk Spiegels. Sie atmete tief, bevor sie zu einer Verteidigung ansetzte: »Niemand kann an der Pforte Gesandter sein, niemand betritt auch nur den ersten Hof des Palastes, ohne die Wärter, die Schreiber, die Hofbeamten mit einem Bakschisch versehen zu haben. So ist es Brauch und Sitte.«

»Spiegel hat«, mischte sich August nun ein, »Preziosen zu überteuerten Preisen gekauft und einen Teil der Differenz eingestrichen.«

»Das Leben in Konstantinopel ist für Franken schwierig und teuer, ich mag es nicht ausschließen«, gab Fatima seufzend zu.

»Er hat«, fügte Flemming an, »sich großspurig und in aller Öffentlichkeit als Gesandter Seiner Majestät König Augusts ausgegeben, obwohl er diese Funktion nicht bekleidete.«

»Wäre er sonst vorgelassen worden? Der Scheferschaha Bey hat ihn dazu ermuntert!« Fatima schrie die Worte beinahe.

Indigniert sahen sich August und Flemming an. »Der Bey hat was getan?«

»Ohne dessen Fürsprache hätte sich Spiegel niemals zu solchen Schritten hinreißen lassen«, erklärte Fatima. »Der Bey hat ihm die Türen zum Sultanspalast geöffnet. Von Anfang an hat er ihn ermuntert, an Chomętowski vorbei zu agieren ...«

»Ach«, sagte August und klang hilflos.

»Summa summarum stellt sich doch die Frage«, versuchte Flemming ein Resümee, »welchem Herrn Spiegel diente?«

August schwenkte ein anderes Papier. »Da Ihr von Summen redet, denke ich, vor allem sich selbst.«

»Das ist nicht wahr!«, rief Fatima und schlug die Hände vors Gesicht, um ihre Tränen zu verbergen. »Andere mögen sich bereichert haben, Spiegel hat lediglich versucht, zu überleben!«

In diesem Moment klopfte es an der Tür. August gewährte Einlass, und der Kammerdiener öffnete. Mit fester Stimme vermeldete er: »Der Bote vom Sonnenstein ist zurückgekehrt. Er hat Nachricht vom Festungskommandanten und bittet um Gehör.«

Fatima horchte auf. Sie kannte die Gepflogenheiten des Hofes gut genug, um zu wissen, dass der Sonnenstein Augusts Staatsgefängnis für besondere Fälle war. Diejenigen, für die der Königstein nicht geeignet war. Jene Anschuldigungen, die vor Gericht keinerlei Gültigkeit hätten …

Mit dunklen, drohenden Augen sah sie August an. Der König schreckte zurück, als er gewahr wurde, dass Fatima verstanden hatte. Zum Kammerdiener gewandt sagte August verärgert: »Er möge vor der Tür warten!«

Fatima erhob sich, raffte den Saum ihres leichten Kleides und ging mit raschen Schritten zur Tür. »Er möge ruhig eintreten, ich habe nichts mehr zu sagen.«

August verlor kein Wort über den Affront. Stattdessen wandte er sich erbost an den Kammerdiener: »Was müssen Sie auch hier hereinplatzen und alles ausplaudern!«

Der Diener errötete bis über beide Ohren, unterließ es aber, sich zu verteidigen. Er bat nur darum, sich empfehlen zu dürfen.

»Ja, natürlich«, polterte August verärgert, »und vergessen Sie nicht, den Unglücksboten hereinzuschicken.«

Mit glühenden Ohren verschwand der Kammerdiener.

Als die beiden Männer unter sich waren, bemerkte Flemming trocken: »Sie wird Spiegel warnen. Das ist das Erste, was sie tun wird.«

»Und?«, erwiderte August ungehalten. »Wird es ihm nützen?«

»Er könnte zu fliehen versuchen.«

August lachte kurz auf. »Fliehen? Wohin denn? Wovor denn?«

»Vor dem Sonnenstein.«

August verging das Lachen. Er verstand, dass er Spiegel die Pistole auf die Brust gesetzt hatte. Wer ließ sich schon gern erschießen? Also rief er den Kammerdiener wieder herein und befahl ihm, Spiegel durch zwei Soldaten seiner Leibgarde bewachen zu lassen.

»Spiegel ist Mitglied der türkischen Gesandtschaft! Das wäre ein diplomatischer Affront«, gab der Kammerdiener zu bedenken.

Hilfesuchend wandte sich der König an Flemming. »Teufel noch mal, er hat recht.« Der Kammerdiener senkte den Blick, nie zuvor hatte er den König fluchen hören. August starrte leer vor sich hin. Flemming übernahm es, zu antworten: »So lasse Er die Wärter in einiger Entfernung postieren. Auf dass niemand das Gebäude der türkischen Gesandtschaft unbemerkt betrete oder verlasse! Am wenigsten Monseigneur Spiegel.«

Der Kammerdiener empfahl sich.

»Und sorge Er dafür«, rief Flemming ihm nach, »dass es im Verborgenen geschieht!«

Spiegel öffnete Fatima im Nachthemd. An seinen trüben Augen sah sie, dass er schon geschlafen hatte. Doch als er sie in überaus leichter Kleidung erblickte, nur durch einen Umhang vor der Nachtkälte geschützt, war er sofort hellwach. Er zog die Tür ganz auf, trat einen Schritt zurück und ließ sie ein. Ihre Schönheit durchströmte alle Winkel der Kammer und verzauberte den Raum.

Spiegel ging mit dem Nachtlicht von Docht zu Docht und entzündete Kerzen und Öllichter. Nachdem er seine Runde beendet hatte, stand er wieder vor Fatima. Mit dem Licht in der Hand und verstrubbelten Haaren sah er wenig appetitlich aus. »Wie schön, dass mich meine Gattin des Nachts beehrt. Ich dachte, du hättest dich August an die Brust geworfen. Wozu brauchst du mich noch? Was ist ein kleiner Gesandter gegen einen König?« Fatima legte Spiegel den Zeigefinger auf die Lippen. Er verstummte augenblicklich, um ihn zu küssen. Dann schob sie den Finger beiseite und gab ihm selbst einen Kuss auf die Wangen. »Ich danke dir – für alles«, flüsterte sie.

Spiegel stützte sich auf eine Stuhllehne. »Was ist das?«, fragte er erschüttert. »Ein Abschied für immer?«

Fatima senkte den Blick. »Ich fürchte, ja.« Im Flüstern brach ihre Stimme.

»Aber wieso denn?« Spiegel gab sich keine Mühe, sein Entsetzen zu verbergen. »Es fällt mir zwar schwer, dich mit meinem König zu teilen, aber bevor ich dich ganz verliere ...«

Fatimas Blick wurde mild. Sie sah auf seine Hände, die zitterten. Ihre Stimme wurde sanft. »Glaub ja nicht, dass es mir leichtfällt, mich von dir zu trennen.«

»Trennen? Aber wieso denn?«

»Du musst fort. Bevor sie dich einsperren.«

»Wer soll mich einsperren?«, fragte Spiegel verwundert.

»Der König«, antwortete Fatima ernst.

»August? Warum sollte er?« Spiegel begriff überhaupt nichts.

»Weil es bequemer für ihn ist. Weil er auf diese Weise alle Schuld auf dich laden kann.«

»Welche Schuld denn?«

»Siehst du es denn nicht? Er will die Verhandlungen scheitern lassen! Er will kein Bündnis mit dem Sultan. Und er wird dir alle Schuld daran geben!«

»Wer sagt das?«

»Ich sage das«, erklärte Fatima energisch. »Ich verfolge die Verhandlungen genau wie du. Und ich ziehe meine Schlüsse aus dem, was ich sehe ...«

»Und deine Schlüsse sagen, dass ich eingekerkert werden soll? Wo denn überhaupt? In Rydzyna? Im Schloss?«

»Auf dem Sonnenstein«, sagte Fatima mit ernster Miene.

Spiegel ergriff ihre Arme und lachte. »Das kann nicht sein!«, sagte er dann. »Du irrst dich, Liebes.«

»Ich habe es mit eigenen Ohren gehört«, beteuerte Fatima und errötete.

Spiegel schüttelte sie sachte, wie um sie zur Vernunft zu bringen. »Der Sonnenstein ist zweihundert Meilen entfernt! Du musst dich irren.«

»Bitte«, beschwor Fatima ihn, »vertraue mir. Vielleicht ist dies die letzte Gelegenheit ...«

Spiegel schüttelte lächelnd den Kopf. »Du hast Nachtgesichte, Liebes!«

Fatima schossen die Tränen in die Augen. Sie fiel ihm um den Hals. »Ich will nicht, dass dir etwas zustößt!«

Beruhigend strich Spiegel ihr über den Rücken. »Ich stehe unter dem Schutz des Sultans. Was soll mir zustoßen?«

»So weit von der Pforte entfernt vermag die Hand des Sultans wenig auszurichten. Hier erreichen dich Augusts Arm und Peters Faust.«

Spiegel lehnte sich zurück und lachte. »Ich fürchte sie nicht.«

Fatima wischte sich die Tränen von den Wangen. »Pass auf dich auf!«

Spiegel nahm sie noch einmal fest in die Arme. Er versuchte, einen Schritt rückwärts zu machen und sie auf das Bett zu ziehen, doch Fatima befreite sich aus der Umarmung. Mit fester Stimme erklärte sie: »Nur dem Sultan ist es gestattet, mehrere Frauen zu lieben. Eine Frau wie ich darf nicht mehrere Männer lieben.«

Ihr schneller Schritt zur Tür glich einer Flucht. Auf der Schwelle wandte sie sich noch einmal um: »Für den Fall, dass du Unterschlupf benötigst: Meine liebe Mutter, die Gräfin von Königsmarck, ist Pröbstin des Damenstifts in Quedlinburg. Das Stift untersteht dem Kaiser. Seine Hand ist mächtig genug, dich zu schützen.«

»Das wird nicht nötig sein«, sagte Spiegel.

Fatima sah ihn an, als wollte sie ihm widersprechen. Doch dann wandte sie sich um und verschwand in die Dunkelheit. Spiegel blieb allein zurück.

Am nächsten Tag gerieten die Verhandlungen ins Stocken. Spiegel sah sich auf eine Anklagebank gesetzt, ohne dass der Bey dies hätte verhindern können. Stoisch saß der Murza des Tataren-Khans auf seinem Sessel und ließ wieder und wieder eine vielgliedrige Kette durch seine Finger gleiten.

Flemming trat mit einem Zettel in der Hand vor. In den letzten Jahren war sein Augenlicht schwächer geworden, daher musste er die Lider zusammenkneifen. »Niemandem wird besser bekannt sein als Ihnen selbst, welche unglaublichen Summen Sie verausgabt haben, um dem König Preziosen zu verschaffen ...«

»... wie es meine Aufgabe war ...«, fügte Spiegel ungefragt hinzu.

»... und«, ergänzte Flemming mit einem gestrengen Blick, »um Ihre eigene Position zu verbessern.« Seine Augen suchten die richtige Zeile auf dem Zettel. »Uns liegt eine Forderung der Kaufleute Holwell, Fremaat und Wolters vor, ferner Forderungen des Griechen Eutimos, insgesamt wurden Wechsel von weit über 50 000 Taler ausgestellt. Der Wert der von Spiegel an uns überlieferten Ware übersteigt nach fachkundiger Schätzung 25 000 Taler nicht. Wie erklären Sie sich diese Differenz?« Damit sah Flemming auf und blickte Spiegel streng an.

Spiegel erhob sich müde von seinem Stuhl. »Simon Barchodar wird bestätigen, dass man im Osmanischen Reich kein Geschäft abschließen kann, ohne die an dem Geschäft Beteiligten mit einer anteiligen Summe zu bedenken.« Spiegel wies auf Barchodar, den man eigens zum Zweck der Beschuldigung Spiegels herbeigerufen hatte. »Er selbst hat mich auf diesen Brauch hingewiesen.«

Barchodar beschwor, Zeuge einer Veruntreuung beim Kaufe türkischer Spezereien gewesen zu sein.

»Aber Ihr seid nicht Zeuge, sondern selbst Nutznießer gewesen! Ihr habt mich dazu überredet! Ich selbst habe keinerlei Nutzen daraus gezogen«, schrie Spiegel Barchodar in blanker Wut entgegen. Der fühlte sich sichtlich unwohl in seiner Haut, sagte aber nichts.

Flemming trat dazwischen und versuchte zu beschwichtigen. »Sind Sie in der Lage, Monseigneur Spiegel, die Summen, die Sie für Geschenke und Handgelder verausgabt haben, zu rekonstruieren?«

Spiegel überlegte einen Moment. »Sicher, Sire. Gebt mir einen Zettel und etwas Zeit.«

Die Verhandlungen wurden unterbrochen, und Spiegel zog sich zurück.

Nachdem die Uhr des nahen Rathausturmes die Hälfte der ersten Mittagsstunde geschlagen hatte, trafen sich die Unterhändler erneut. Flemming hob einen Zettel an die Augen, kniff die Lider zusammen und las vor: »Liste der Bestechungen und Tribute, welche ich, Johann Georg Spiegel, an die tatarischen und türkischen Herrn habe geben müssen: *1 Fuß Teppich, in ein Zimmer ausgelegt, Carmosin, Gold und Silber; 5 Pfund Goldfäden; 5 Pfund Silberfäden; 1 Kasten mit Gläsern aus Sachsen; auch an den Scheferschaha Bey Goldfäden und Silberfäden, verschiedene Stoffe, 1 Paar Pistolen, 1 Karabiner, Riemen nebst Patronentasche von Carmosinsamt, reich mit Gold bestickt; an den Wesir des Tataren-Khans: einen schönen Zobelpelz mit Carmosinscharlach überzogen; 24 Ellen grünen Brokat für seine Frauen, auch Gold- und Silberfäden, auch ein Kasten Gläser an den Ibrahim Efendi, Minister des türkischen Kaisers und Marschall des Tataren-Khans; 10 Pfund Gold- und Silberfäden an den Schulamit Geraj Sultan, Bruder des Tataren-Khans, der den schwedischen König durch Polen führen soll; eine silberne englische Uhr, 12 Ellen Brokatstoff; 2 Säbelklingen aus Constantinopel, dazu 1300 Taler in bar und Wechseln, welche ich zur Beförderung meiner Angelegenheiten an verschiedene Leute habe geben müssen. Alles in allem*«, und hier hob Flemming den Blick und sah streng auf Spiegel, »*eine Summe an Bargeld von 5706 Talern.*«

Flemming ließ den Zettel sinken und fügte hinzu: »Dies alles eigenmächtig und ohne den König zu fragen. Und immer noch bleibt eine Lücke von weit über dreißigtausend Talern.«

Spiegel war in seinen Stuhl zurückgesunken. »Längst sind nicht alle Erwerbungen in Warschau angelangt. Es wird sich alles nachweisen lassen. Ich habe immer treu und ehrlich gehandelt«, sprach Spiegel kraftlos vor sich hin.

Der Bey verfolgte die Angelegenheit mit finsteren Blicken.

Fatima war, da es während der ganzen Affäre auf Deutsch zuging, nicht im Raum. Sie hätte es auch nicht ertragen.

Nun verlangte August vollständige Rechenschaft. Er wollte wissen, wie Spiegel überhaupt an der Pforte Zugang erhalten habe? Wie er zu einem so engen Verhältnis mit dem Scheferschaha Bey gelangt sei? Ob es allein den Bestechungen zu verdanken sei, dass man ihn, obwohl von geringem Rang, überhaupt zum Sultan vorgelassen habe?

Mit schweren Gliedern erhob sich Spiegel und trat in die Mitte des Saales. Dann erklärte er in monotonem Tonfall: »Erste Bekanntschaft mit dem Scheferschaha Bey, Gesandter und Murza des Khans der Krimtataren, habe ich in Lemberg gemacht. Durch ihn wurde mein Name sowohl bei der Pforte als auch bei dem Tataren-Khan Kaplan Giray bekannt. In erste Verhandlungen trat ich mit ihm gemäß Ihrer eigenen Instruktion, Sire, Ihro Majestät des Königs von Polen. Ihr befandet mich für geeignet, in einen engeren Kontakt als Kurier zwischen den Großherrn der Pforte und Seine Majestät König August zu treten. Freilich ohne Wissen der polnischen Gesandten, die dem König zu dem Zeitpunkt nicht wohlgesonnen waren. Den Rest der Affäre kennt Ihr.« Unter den Blicken der Übrigen ging Spiegel schleppenden Schrittes zu seinem Sessel zurück und ließ sich nieder.

»Wie aber ist es nun gekommen«, fragte August dann, »dass Ihr als unser Gesandter an die Hohe Pforte gereist seid, aber als Getreuer des Sultans zu mir zurückkehrt? Haben die Handgelder und Geschenke, die Ihr aus meiner Schatulle verausgabt habt, am Ende nicht dazu gedient, meine Interessen zu verfolgen, sondern vielmehr dazu, Euch von mir frei und in die Gunst des Sultans einzukaufen?«

Spiegel erhob sich erneut. Er vermied es, August anzusehen. »Es mag so erscheinen. Tatsächlich ist dies kein Zeichen für einen Treuebruch, sondern lediglich für die Tatsache, dass ich die mir gestellte Aufgabe, mit der Pforte zu einem guten Verhältnis zu kommen, gewissenhaft erfüllt habe.«

Flemming erging sich in halblaut vorgebrachten Kommentaren. Spiegel vermeinte so etwas wie ›Hochverrat‹ zu vernehmen.

Als er sah, dass keiner der Anwesenden das Wort für ihn ergreifen wollte, fügte Spiegel hinzu: »Ist es denn polnisch-sächsisches Recht, dass Urteile schon gesprochen sind, bevor die Verhandlungen beginnen?«

Ein Raunen auf Seiten der königlichen Partei.

Er fuhr fort: »Trifft es zu, dass es einen Befehl gibt, einen Kerker für mich bereitzuhalten? Einen Befehl, der längst unterzeichnet war, bevor mir überhaupt Gelegenheit gegeben wurde, mich zu erklären?«

Insgeheim verfluchten August und Flemming die Spiegelin, die – das lag nun klar vor aller Augen – ihrem Gatten die Informationen übermittelt hatte.

»Das tut jetzt nichts zur Sache«, wiegelte August ab. Dann, in milderem, beinahe süßlichem Tonfall bat er: »Fahren Sie doch bitte fort, Monseigneur Spiegel, mir zu erklären, wie Ihre Funktion innerhalb der türkischen Gesandtschaft zustande kam! Wie, wenn nicht durch den Einsatz der oben beschriebenen Handgelder?«

Spiegel räusperte sich. »Ich erbat vom Sultan die Möglichkeit, alles das, was ich mit der Pforte verabredet, an Ihro Königliche Majestät höchstselbst richtig zu überbringen. Dies ist mir bewilligt worden. Und ich habe bei der Pforte einen Eid schwören müssen, dass ich selbst Antwort hierauf zurückbringen will!«

Der Bey und Spiegel warfen sich einen Blick zu. Der Bey hatte die List verstanden.

»Ich verlange daher«, fuhr Spiegel mit fester Stimme fort, »mir, unbesehen aller gegen mich erhobenen Anschuldigungen, freien Abzug und die Rückkehr nach Konstantinopel zu gewähren, wie es der Befehl meines Herrn gebietet!«

Der Scheferschaha Bey blickte freundlich in die Runde. Mit diesem Winkelzug schien es Spiegel gelungen zu sein, seinen

Hals aus der Schlinge zu ziehen. August würde nicht wagen, einen Diplomaten des Sultans verhaften zu lassen!

Flemming ergriff das Wort: »Wenn Ihr kein offizieller Gesandter des Khans oder des Sultans seid, genießt Ihr auch nicht den Schutz, den Mitglieder der Gesandtschaften für gewöhnlich genießen. Ihr müsst Euch den Gesetzen und Befehlen Seiner Majestät des Königs von Polen unterwerfen!«

Nun trat der Scheferschaha Bey vor. »Alles, was Monsieur Spiegel erklärt hat, ist richtig. Er ist nicht nur Mitglied der türkisch-tatarischen Gesandtschaft, sondern deren wichtigster Legat. Ich stehe mit Leib und Leben dafür ein, dass Spiegel an die Pforte zurückkehrt, um dem Sultan Bericht zu erstatten. Sie wissen, dass der Sultan nicht den Flügelschlag einer Taube lang zögert, einen Gesandten, der seiner Mission nicht gerecht wurde, dem Tode zu überantworten. Wenn Ihnen also mein Leben lieb ist, lassen Sie Monseigneur Spiegel mit mir zurückkehren!«

August und Flemming schwiegen empört. Sie waren nicht geneigt, ihren untreuen Untertan ungeschoren davonkommen zu lassen. Allein, es mangelte an einem klugen Weg zu diesem Ziel.

In diesem Moment betrat ein Kurier ohne Ankündigung den Raum. Flemming stürmte auf ihn zu, um ihn zur Rede zu stellen, doch nach einem kurzen, flüsternd geführten Wortwechsel schwieg er sichtlich beeindruckt.

August bemerkte die Erschütterung seines Ministers. »Was will er?«

Flemming wandte sich ganz zu ihm um. »Seine Exzellenz der Sondergesandte des Zaren, Pjotr Schafirow, ist auf dem Weg nach Rydzyna. Er wird morgen, vermutlich gegen Mittag, hier eintreffen.«

»Wer hat ihn einbestellt?«, rief August erbost aus.

»Ich fürchte«, sagte Flemming tonlos und mit starrem Blick, »er hat sich selbst einbestellt.«

Der alte Diener Anton meldete, dass das Pferd bereitstehe. Mit trostloser Miene stand er auf der Schwelle.

»Auf meinem nächsten Weg kannst du mich nicht begleiten«, sagte Spiegel.

»Was soll ich tun?«, fragte der Diener verzweifelt.

»Wende dich an Madame Spiegel«, sagte Spiegel, »sie wird in Zukunft für dein Auskommen sorgen.«

Anton wollte dennoch keine fröhlichere Miene zeigen.

»Nun schau nicht so zerschlagen«, forderte ihn Spiegel mit aufreizend guter Laune auf, »ich werde mein Leben schon retten.« Spiegel und der Diener fielen sich in die Arme und herzten sich nach Männerart. Da hörten sie vom Flur her Schritte. Sie lösten sich und sahen erwartungsvoll zur Tür.

Es erschien der Scheferschaha Bey. »So trifft es zu, was mir vermeldet wurde: Flucht!«

Spiegel sah keinen Grund, das Offensichtliche zu leugnen.

Der Bey blickte besorgt. »Wenn Sie jetzt fliehen, Spiegel, kann ich für Ihr Wohlergehen nicht mehr garantieren!«

Spiegel klopfte auf seine lederne Umhängetasche. »Dies hier garantiert für mein Wohlergehen!«, sagte er zuversichtlich.

Der Bey ließ sich nicht ablenken. »Nur wenn Sie bleiben, Spiegel, kann ich freien Abzug für Sie erwirken! Als offiziellen Gesandten des Sultans wird August es nicht wagen, Sie zu behelligen.«

»Er wird es ohnehin nicht wagen.« Spiegel klopfte erneut auf seine Tasche. Endlich erkundigte sich der Bey nach dem Inhalt. Bereitwillig gab Spiegel Auskunft: »Darin ist meine schärfste Waffe: die schriftliche Instruktion Augusts, dass ich mit Ahmed in Verhandlungen treten soll. Die Russen wird sicherlich interessieren, welchen Verrat sie von ihrem Bündnispartner zu gewärtigen haben ...«

Der Bey zog die Stirn kraus. »Das ist ein Spiel auf Leben und Tod, Spiegel!«

»Ich habe es nicht gewählt!«, sagte Spiegel und zog den Riemen der Tasche fest.

»Wohin wollen Sie gehen?«, fragte der Bey dann, als er sah, dass sich Spiegel nicht beirren ließ.

»An einen sicheren Ort.«

»Glauben Sie mir, Spiegel, kein Ort kann sicherer sein als meine Nähe. Niemand würde es wagen, einem Legaten der Pforte zu Leibe zu rücken. Er riskiert eine Antwort von Feuer und Schwert!«

Spiegel sah dem Bey lange in die Augen. Er kannte den Preis für den Schutz des Sultans: Spiegel musste endgültig mit August brechen und sein Leben in Stambul beschließen. Er war nicht bereit dafür. Noch hatte er einen Trumpf im Ärmel …

Spiegel umarmte Anton erneut und verbeugte sich tief vor dem Bey, der ein Gesicht zog, als wollte die Welt untergehen. Dann schritt er aufrecht aus der Tür.

August schlief noch, als Flemming eintrat, um ihm zu melden, dass Spiegel seinen Aufbruch vorbereite. Zunächst beklagte sich der König über die Störung. Doch als er begriff, worum es ging, war er hellwach. Am Horizont stand bereits eine feuerrote Linie, und August verzichtete darauf, Lichter entzünden zu lassen. Während er sich im Halbdunkel ankleidete, setzte Flemming ihn von der Sachlage in Kenntnis: »Er hat ein Pferd satteln lassen. Bei Tagesanbruch wird er aufbrechen. Das Ziel ist unbekannt. Doch er behauptet, er trage ein Dokument bei sich, das für die Russen von Interesse sein könnte.«

August runzelte die Stirn. »Was könnte das sein?«

»Im ärgsten Falle«, und Flemming machte eine nachdenkliche Pause, »ist es die Instruktion, die Spiegel befiehlt, in Verhandlungen über ein Bündnis mit dem Sultan einzutreten.«

Wütend schlug August Puderkrümel vom Ärmelaufschlag. »Hatte er nicht Befehl, alle Instruktionen zu vernichten?«

»Kann es noch verwundern, Sire«, fragte Flemming zurück, »dass Spiegel Befehle nicht befolgt? Es wird Zeit, sich von ihm zu trennen!«

August hatte den Unterton wohl wahrgenommen. »So sind Sie der Meinung, wir sollten ihn ziehen lassen?«

Flemming wog den Kopf. »Wir sollten alles daransetzen, dieses Schriftstückes habhaft zu werden. Wenn Peter davon Wind bekommt ...«

»Teufel auch«, fluchte August ungehalten, »haben wir es denn nicht verschlüsselt?«

»Haben wir. Doch Spiegel wird es nicht schwerfallen, den Schlüssel zu verraten. Für den Fall, dass er den Zaren lebend erreicht.«

Sie warfen sich einen langen Blick zu.

Dann wandte sich August ab, ballte die Faust und presste die Worte einzeln durch seine Zähne: »Niemand hat mich mehr enttäuscht als jener! Ein Kammerdiener, der uns alles, aber auch alles verdankt! Was denkt er sich nur? Spieglein, Spieglein, oh, wenn wir deiner nur habhaft werden könnten ...«, setzte August an, brach den Gedanken aber erschrocken ab.

»... dann gibt es keine Gnade«, vervollständigte Flemming ungerührt.

Mit finsterer Miene trat August ans Fenster. Die Sonne zeigte sich als schmaler goldener Bogen über der Horizontlinie. »Lasst ihn ziehen. Aber setzt zwei gute Reiter auf seine Spur – in Zivilkleidung. Sie sollen mir treu ergeben sein. Stündlich und im Wechsel sollen sie Nachricht geben, wo Spiegel sich aufhält und was er im Schilde führt.« Flemming nickte wohlwollend.

August wandte sich zu ihm um. Ein bitteres Lächeln verzerrte sein Gesicht. »Eigentlich erweist er uns einen Gefallen.«

»Allerdings. Unter dem Schutz des Bey hätten wir keinerlei Handhabe«, stimmte Flemming zu.

Der König starrte in die Ferne. Dann schüttelte er den Kopf: »Warum tut er das nur?«

Flemming zuckte gleichgültig mit den Schultern. »Wenn es noch eines Beweises bedurft hätte, dass er keine verlässliche Seele ist ...« Er brach ab, denn Augusts Blick ruhte jetzt sehr eindringlich auf ihm. Und plötzlich fiel die Maske: Hasserfüllt loderten Augusts Augen, und er fuhr seinen Minister an: »Wie gern wäre ich einmal von echten Menschen umgeben – und nicht von Hofröcken!« Dann wandte er sich ab und befahl Flemming, den Raum zu verlassen. Der gehorchte unverzüglich.

Spiegel schwang sich aufs Pferd. Bevor er ihm die Sporen in die Flanken hieb, versicherte er sich der ledernen Umhängetasche an seiner Seite. Die wenigen sonstigen Habseligkeiten – ein Mantelsack, ein Degen, eine Pistole, ein Überrock – waren in einem Wulst auf der Kruppe des Pferdes verstaut und mit Riemen am Sattel befestigt. Spiegel zog seinen Dreispitz fest und ließ das Pferd in den Galopp fallen. Als er die Pfeiler passierte, die die Grenze des königlichen Besitzes markierten, tippte er kurz an den Hut. Im vollen Galopp warf er einen letzten Gruß über die Schulter. Nicht August grüßte er, den Herrn, der seine Dienste nicht zu schätzen wusste, sondern Fatima. Sein Herz wollte zerspringen bei der Vorstellung, dass sie in einer dieser Kammern schlief, nach Wärme duftend, umhüllt von weichen Kissen und Decken ... Was, wenn sie erfuhr, dass er fort war und um sein Leben ritt? Spiegel hoffte, nein, er wusste, dass es ihr nicht gleichgültig war.

Eben als er sich wieder nach vorn wenden wollte, bemerkte er zwei Reiter, die auf den Sandweg einbogen. Zwar zügelten sie das Tempo, als sie Spiegels gewahr wurden, doch über ihre Absichten konnte kein Zweifel bestehen: Sie hefteten sich an seine Fersen. Soso, dachte Spiegel, August schickte ihm also Verfolger auf den Nacken! Sollte er doch! Warum auch nicht?

Am Abend desselben Tages, kurz vor Sonnenuntergang, erreichte Spiegel die Pforte eines Klosters. Eine Novizin öffnete die Holzklappe im Schlag. Spiegel erkannte feine Gesichtszüge und die Augen eines Rehs, die ängstlich durch die schmale Öffnung lugten. »Wer seid Ihr? Was wünscht Ihr?«

»Johann Georg Spiegel«, gab der Gefragte erschöpft Auskunft, »Ober-Akziserat Seiner Majestät, des Königs von Polen.«

Er hatte sich entschlossen, seinen letzten beglaubigten Titel zu führen.

Ein Riegel wurde zurückgeschoben, und wenig später öffnete sich der Schlag einen Spaltbreit. Bevor Spiegel, sein Pferd am Zügel führend, hindurchschlüpfte, sah er sich um. Das weite, abgeerntete Feld vor dem Kloster konnte man gut überblicken. Dort, wo die Sonne unterging, entdeckte Spiegel im Gegenlicht eine Staubwolke. Er zweifelte nicht daran, dass sie zu den beiden Reitern gehörte, die ihm folgten, seit er Rydzyna verlassen hatte.

»Die Schwester Oberin erwartet Sie«, sagte die schüchterne junge Frau leise, und Spiegel dachte erneut mit Dankbarkeit und Liebe an Fatima. Warum nur war ihnen beiden das Schicksal nicht gewogen?, fragte sich Spiegel erneut. Dann schluckte er die Traurigkeit. Er musste nach vorn schauen.

Noch am selben Abend setzte Spiegel ein Schreiben an den Gesandten Schafirow auf, der sich auf dem Weg nach Rydzyna befinden musste. Seine Route vorauszuberechnen war ein Leichtes für Spiegel. Als er mit der Schwester Oberin – einer ehemaligen Quedlinburger Mitschwester Maria Aurora von Königsmarcks – nach dem Angelusläuten ein karges Mahl einnahm, befragte er sie über die Möglichkeiten, Nachrichten unauffällig aus den Klostermauern zu schmuggeln. Die Schwester Oberin verzog den Mund und ließ keinen Zweifel aufkommen, wie sehr sie es missbilligte, dass Spiegel ihr Kloster zur Basis zweifelhafter Operationen machte. Doch da sie der Königsmarck zu Dank verpflichtet war, empfahl sie ihm einen jungen Bauernburschen, der an manchem Morgen ins Kloster kam, um Eier für die Schwestern zu Markte zu tragen.

»Wann ist es wieder so weit?«, fragte Spiegel.

Die Schwester Oberin antwortete mit dem Anflug eines Lächelns: »Ihr habt Glück. Er kommt morgen.«

Das Klosterleben behagte Spiegel nicht. Um sich die Zeit zu vertreiben, nahm er an Gottesdiensten und Andachten teil. Dies sorgte für Gerede – vor allem unter den Novizinnen. Während der Messen ließ die Schwester Oberin ihren gestrengen Blick über die jungen Frauen schweifen, doch das verstärkte nur die Unruhe. Getuschel in den Bänken, immer wieder wandten sich Köpfe zu Spiegel herum, nur um sich gleich darauf wieder nach vorn zu drehen und in umso eifrigere Andacht zu versinken. Doch Spiegel hatte keinerlei Interesse an jungen Dingern, die demnächst das Gelübde ablegen wollten. Er würde den Teufel tun, die Gastfreundschaft der Schwester Oberin zu missbrauchen.

Am dritten Tag befragte die Schwester Oberin Spiegel, wie lange er seinen Aufenthalt auszudehnen gedenke. Die Anwesenheit eines Mannes in einem Nonnenkloster erzeuge gewisse Spannungen. Spiegel antwortete, er rechne jeden Tag mit einer Antwort des Gesandten Schafirow. Dann musterte er die Schwester Oberin und ihre besorgte Miene und fügte hinzu, er werde dem Gesandten ein Angebot machen, das jener nicht ausschlagen könne. Alsdann werde er sich in den Schutz Zar Peters begeben, der seine Dienste hoffentlich mehr zu schätzen wisse. Die Schwester Oberin nickte gottergeben und erbat für Spiegel den Segen des Herrn.

Am nächsten Morgen erwartete Spiegel den Eierburschen an der Klosterpforte. Ohne sich lange bestürmen zu lassen, griff der Knecht in die Westentasche und zog ein Billet heraus. Spiegel riss es ihm förmlich aus der Hand und entfaltete es mit zitternden Fingern. Erleichtert starrte er auf das Siegel des russischen Gesandten und entzifferte die engen, hastig verfassten Zeilen. Währenddessen entfernte sich der Eierbote mit hochrotem Kopf und eilig, ohne auch nur den Lohn für seine Dienste einzufordern.

So blieb Spiegel allein mit dem Hochgefühl zurück, welches ihm der Inhalt der Nachricht verschaffte. Schafirow war höchlichst interessiert an einem Treffen! Mehr noch als Spiegels Person interessierte ihn, einen Beweis in den Händen zu halten, dass August selbst die Verhandlungen mit Sultan Ahmed forciert und beinahe zum Abschluss gebracht hatte. Und, ja, er war bereit, Spiegel als Lohn für seinen Verrat in russische Dienste zu nehmen.

Beglückt ließ Spiegel den Zettel sinken. Endlich sah er Morgenlicht. Noch war es nicht mehr als eine Ahnung, doch bald würde die Sonne aufsteigen und Spiegels neue, glänzende Laufbahn im Dienste des Zaren erstrahlen lassen. Peter war stets auf der Suche nach getreuen Dienern aus der Mitte Europas, die ihm bei den gewaltigen Plänen, das Zarenreich zu einer der ersten Nationen des Kontinents zu machen, behilflich sein konnten. Und wahrlich, Spiegel konnte!

Er war sich im Klaren darüber, dass seinem Handeln nichts als Rache zugrunde lag. Jeder Gedanke an August überschwemmte ihn mit Bitterkeit. Doch wie lange hatte er seine eigenen Gefühle aus Rücksichtnahme und Diensteifer hintangestellt? Er konnte es nicht länger!

Eingehend studierte Spiegel die Bedingungen für ein Treffen, die Schafirow auf dem Billet dargelegt hatte. Eindringlich warnte er vor Augusts Häschern, die gewiss nicht zögern würden, Spiegel den Garaus zu machen, sobald sie von seinen Absichten erfuhren. Er solle das Kloster also im Schutze der Dunkelheit verlassen, aber nicht durch die Pforte, sondern über die Mauern auf der Rückseite. Diese müsse er überklettern, um sich dann zu einem verlassenen Gehöft in Sichtweite des Klosters zu begeben.

Spiegel nahm seinen Hut, eilte hinaus, schritt durch den Klostergarten, der in der knisternden Sommerhitze alle Gerüche des Paradieses ausschwitzte, und fand an der rückwärtigen Klostermauer alles wie beschrieben. Sehnsüchtig blickte er zu der Ruine hinüber – etwa eine Meile entfernt –, die Schafirow meinen musste. Es konnte keinen Zweifel geben. Wenn doch schon Nacht wäre!

Endlich war es so weit. Spiegel steckte nicht mehr ein als das Schreiben, das nichts weniger war als der Beweis, dass er August stets treu ergeben gedient hatte. Für die Russen besaß es freilich eine ganz andere Bedeutung: Ihnen würde es ein Zeugnis sein von Augusts doppeltem Spiel, seinem Verrat Zar Peter gegenüber.

Spiegel faltete den Brief und steckte ihn in den Ärmelaufschlag. Mit einem letzten Blick auf die Kammer, die er sehr geordnet und sicherlich zur Zufriedenheit der Schwester Oberin hinterließ, stieß er die Tür auf.

Der Mond schien nicht voll, doch hell genug, um die nächtliche Flucht in einen Spaziergang zu verwandeln. Die Mauer des Klosters war auf der Gartenseite nicht besonders hoch. Er fand einen alten, erdverkrusteten Bottich mit Griffen aus Seil, der von den Schwestern vermutlich dazu benutzt wurde, Unkraut auf den Misthaufen zu schaffen. Den drehte er mit dem Boden nach oben und schwang sich von diesem Podest aus auf die Mauerkrone. Er verharrte einen Moment, dann sprang er auf der anderen Seite hinunter ins weiche Gras des Feldrains. Ohne Hast schritt Spiegel über ein Stoppelfeld auf das bezeichnete Gehöft zu. Seine Silhouette war im Mondlicht deutlich auszumachen. Er beschleunigte seinen Gang, pfiff sogar eine Melodie, denn er wusste, er war auf dem Weg in eine glanzvolle Zukunft! Schritt für Schritt ließ er die Vergangenheit hinter sich.

Als er näher kam, trübte sich sein Hochgefühl. Er gewahrte, dass von dem stolzen Gehöft kaum mehr als die Fassade und das halb eingestürzte Dach übrig waren. In die Vorderseite des Hauptflügels war eine Bresche geschossen. In irgendeinem Feldzug, bei irgendeinem Scharmützel musste es zwischen die Fronten geraten sein.

Spiegel betrat die Ruine. Er hörte die Ratten beiseitehuschen, erklomm eine Stiege, warf einen Blick auf den Dachboden. Alles befand sich in miserablem Zustand. In ein paar Jahren schon würde das Gebäude in sich zusammenfallen. Da vernahm Spiegel von der Rückseite das Schnauben eines Pferdes, das Flüstern einer Stimme. Er wollte den Kurieren Schafirows entgegengehen und kletterte über Schutt und Balken in einen zweiten, rückwärtigen Raum. Hier war es dunkler als im ersten, da Wände und Dach besser erhalten waren. An der hinteren Mauer aber war ein Fenster ohne Glas, in dem konnte man die Umrisse eines Pferdes erkennen. Eben schnaubte es und warf den Kopf auf. Rasch griff ihm eine Hand auf die Nüstern, um es zu beruhigen.

Mit lauter, fester Stimme sagte Spiegel: »Ich bin Spiegel. Wer seid Ihr?«

Unmittelbar hinter ihm erklang ein Flüstern: »Wir sind auch Spiegel.«

Er wirbelte herum. Kaum hatte er dem Fremden die Brust zugewandt, spürte er den Stahl in seinen Rippen. Erst die Kälte der Klinge, dann den Schmerz. Er schmeckte Blut, dann sackten ihm die Beine weg. Er lag mit dem Gesicht nach oben, durch die Lücke im Dach konnte er den Mond sehen. Er wurde größer und größer, schien sich über ihn zu beugen, um ihm das Leben auszusaugen.

Spiegel hörte sich röchelnd atmen. Der Mond verschwamm.

Da beugte sich ein Gesicht über ihn, sehr nah, Spiegel erkannte einen Schnurrbart. »Der ist hinüber«, sagte eine Stimme, und jemand begann, an Spiegels Tasche zu nesteln.

Rydzyna im September 1714

Die fünfte Visite war von einem anderen Geist geprägt. Nicht die tastende Neugier der ersten Besuche, sondern ein tiefes, lähmendes Misstrauen war in jedem Wort und jeder Handlung zu spüren. Madame Spiegel hatte sich wegen Unpässlichkeit entschuldigen lassen. Man beschloss, dass man für diesen Tag keinen Dolmetscher benötige, da man von den Feinheiten eines Vertrages weit entfernt sei.

Der Scheferschaha Bey erkundigte sich nach Spiegels Wohlergehen. Zugleich setzte er die sächsisch-polnische Partei davon in Kenntnis, dass er nicht nach Stambul zurückkehren werde, ohne dass Johann Georg Spiegel mit den Titeln und Mitteln eines ordentlichen Gesandten ausgestattet sei. Er habe seinem Sultan versprochen, nicht ohne Spiegel heimzukehren. Sollte er dieses Versprechen nicht erfüllen, stünde er vor seinem Herrscher als Lügner und Wortbrecher da. Er hatte die Worte mit leiser, unterschwelliger Drohung ausgesprochen.

Flemming durchbrach als Erster das unangenehme Schweigen, das daraufhin eingetreten war, und entgegnete harsch, der polnische König geruhe, seine Gesandten aus eigener Machtvollkommenheit zu benennen. Der Gesandte an der Pforte sei eine Mission von höchster Bedeutung und die Sorgfalt der Auswahl daher umso wichtiger.

August ergriff das Wort und fügte hinzu, dass Spiegel sich vielerlei Unregelmäßigkeiten habe zuschulden kommen lassen, von denen einige auch erst dieses Treffen ans Tageslicht gebracht habe. Er bat Flemming, den Inhalt eines Schreibens von Schafirow vorzutragen, worin jener klar zum Ausdruck brachte, er wünsche Spiegel nicht mehr als Gesandten des polnischen Königs zu sehen.

Flemming hatte den Brief rasch zur Hand und las den Wortlaut auszugweise vor:

... dergestalt es Ihro Königliche Majestät weder für dero Dienst noch für die Pforte und den Khan zuträglich sei, den Spiegel wieder in die Türkei zu schicken. Man sei von allen durch den Spiegel geschehenen Vorschlägen und Schritten informiert, und hege wider denselben große Abneigung, die durch seine Rückkehr in die Türkei noch vergrößert würde, welche viele Ungelegenheit verursachen könnte.

Der Bey lauschte dem Vortrag gespannt. Dann zog er eine ironische Miene und bemerkte: »Ich dachte, Seine Majestät der König von Polen lasse sich in der Auswahl seiner Gesandten nicht dreinreden und ernenne sie aus eigener Machtvollkommenheit?«

»Durchaus«, sagte August mit erlesener Freundlichkeit. »Wir haben den Brief nur deshalb vorlesen lassen, um Ihnen zu zeigen, dass es Spiegel gelungen ist, sich in kürzester Zeit wichtige Diplomaten zu Feinden zu machen. Dies ist nicht unbedingt eine Empfehlung für weitere Aufgaben.«

»Ist es nicht vielmehr so«, versuchte der Bey von Spiegel abzulenken, »dass Ihr Euch vom russischen Botschafter gern Ratschläge geben lasst, während Ihr sie von Seiten der Pforte ablehnt?«

»Würden wir dann hier mit Ihnen zusammensitzen anstatt mit dem Gesandten des Zaren?«, gab Flemming scharf zurück.

Der Bey trat einen Schritt vor. Er stand nun zwischen August und seinem Minister und bedachte beide mit strengen Blicken. »Mehr als einmal hatte ich den Verdacht, dass Ihr nur hier sitzt, um unseren Wünschen zu genügen und den Sultan nicht vor den Kopf zu stoßen. Insgeheim ist es längst ausgemachte Sache, dass Ihr das Bündnis mit Peter nicht aufgeben wollt. Der russische Einfluss in diesem Saal ist zu spüren, ohne dass auch nur ein einziger Russe zugegen ist!« Mit einer knappen Verbeugung trat der Bey ein paar Schritte zurück und ließ sich auf seinen Sessel nieder.

August und Flemming schwiegen. So offen hatte selten ein Gesandter gesprochen. Just da keine der Parteien wusste, woran man ein weiteres Gespräch knüpfen könnte, preschte ein Bote in den Raum. Flemming verzichtete darauf, ihn zurechtzuweisen, und nahm ihn beiseite. Gebärdete sich geheim und flüsterte. Der Bey beobachtete Flemming und versuchte, aus dessen Miene und Gestik zu lesen. August hingegen wartete in stolzer Haltung ab.

Flemmings Ausdruck verfinsterte sich zusehends. Nachdem er den Boten abgefertigt hatte, trat er in die Mitte des Raumes und verkündete: »Ihro Königliche Majestät, Seine Exzellenz, meine Herren: König Karl ist aus Demotika geflohen. Niemand weiß, wie viele Soldaten er bei sich hat. Niemand weiß, auf welcher Route er zu ziehen gedenkt. Er ist einfach aufgebrochen.«

Tiefe Ratlosigkeit lag in diesen letzten Worten. Wieder einmal hatte der Eisenkopf alle überrumpelt. Ein König und sein Gefolge – verschwunden. Unterwegs in den Weiten des europäischen Kontinents, auf schlechten Wegen, mit unbekanntem Ziel.

August und der Bey erblassten. Alle anderen Anwesenden sahen sich nach Nachbarn um, wollten sich über das Unerhörte austauschen. Allein: Jeder stand für sich im Raum.

August erhob sich. »Wir müssen die Grenzen sichern.«

»Sein Gefolge ist viel zu klein, um zu beunruhigen«, beschwichtigte der Bey.

»Seid Ihr da so sicher?«, warf Flemming ein.

»Zieht er durch mein Königreich, sind die Folgen unabsehbar!«, gab August zu bedenken. »Zahlreiche Magnaten sind ihm noch immer gewogen. Wenn er mit tausend Mann über die Grenze kommt, können sie während des Zuges leicht auf fünf-, auf zehntausend anwachsen. Und was, wenn er dann nicht auf

Stralsund zieht, sondern auf Warschau?« Augusts Hand bebte, als er nach dem Sesselknauf griff. Er wandte sich um. »Ihr habt ihn entkommen lassen!«, warf er dem Bey vor – lauter, als es schicklich war.

Der Bey senkte den Kopf. »Wir hätten längst zu einem Abschluss kommen können.«

»Wir haben uns in Kleinigkeiten verloren«, fügte Flemming hinzu.

»Spiegel!«, zischte August, als wäre allein sein Name ein Fluch. Alle schwiegen betreten.

Der Bey durchbrach das Schweigen als Erster: »Lassen Sie uns, mit werter Genehmigung Seiner Majestät, des Königs von Polen, die Verhandlungen an dieser Stelle aussetzen! Wir haben eine völlig neue Lage. Und da Euer Wille, ein weitreichendes Bündnis mit der Pforte zu schließen, nicht sehr ausgeprägt scheint, habe ich für den Moment den Sinn und das Ziel unseres Zusammentreffens aus den Augen verloren.«

Mit diesen Worten gab der Scheferschaha Bey dem Schreiber ein Zeichen, Pult und Saal zu räumen.

Wenig später sahen sich auch Fleming und August von ihren Schreibern und Sekretären alleingelassen. Die Sonne funkelte durch die Scheiben, und Flemming, der sich nur selten ein Lachen gestattete, zog eine freundliche Miene. »Diese Nachricht schickte uns der Himmel«, sagte er gelassen.

August nickte. »In der Tat, doch wissen wir noch nicht, ob er uns prüfen will. Wenn Karl marschiert, müssen wir uns fürchten. Das lehrt die Vergangenheit.«

»Wir werden sehen«, sagte Flemming, »ob die Vergangenheit der Zukunft noch etwas anhaben kann. Auf jeden Fall ist dies das Ende der Verhandlungen.«

August seufzte. »Wen sollen wir nun nach Konstantinopel schicken?«

Flemming zuckte mit den Schultern. »Lamar hat diesen Dienst oft zu unserer Zufriedenheit und ohne großes Aufhebens verrichtet.«

August schwieg sich zu dem Vorschlag aus. Dann sagte er leise, mehr zu sich als zu Flemming: »Wie gern würde ich selbst gehen!«

Der Minister musterte seinen Herrscher verblüfft. »Der Sultan verlässt seine Residenz nur selten. Der Sultan ist Sultan in seinem Palast.«

August seufzte, ausgelaugt von der Reiseherrschaft der letzten Jahre. »Noch etwas, das uns unterscheidet.«

Zwischen Rydzyna und Lemberg, Herbst 1714

Vierzehn Tage blieb Fatima ohne Nachricht von Spiegel. Die Gesandtschaften hatten Rydzyna verlassen, und sie hatte August gebeten, sie am Hof in Warschau als Hofdame anzunehmen. Er lehnte ab. Mit der freundlichsten Miene und ehrlicher Besorgnis bat er sie stattdessen, zu ihren Kindern zurückzukehren und sich mit ganzer Liebe um deren Wohlergehen zu kümmern. Fatima wollte mit einem Kuss Abschied nehmen, doch auch den verweigerte August ihr. Stattdessen nahm er ihre Hand.

Sie war noch nicht in Lemberg angelangt, da holte ein Bote der Vorsteherin des Quedlinburger Klosters sie ein. Mit verschlossener Miene überreichte er ihr ein Schreiben.

Maria Aurora von Königsmarck hatte es übernommen, Fatima mitzuteilen, man habe Spiegel tot aufgefunden. Sein Leichnam sei in der Nähe jenes Klosters entdeckt worden, das seine Zuflucht hätte sein sollen. Maria Aurora von Königsmarck bedauerte, was vorgefallen war, und wünschte Fatima, dass es zu einer vorteilhaften Regelung ihrer Angelegenheiten kommen werde. Während sie noch las, begann Fatima zu zittern.

Sie ließ den Kutscher erneut anhalten und rannte in ein nahes Wäldchen. Ohne Ziel irrte sie zwischen den Stämmen umher, aus denen die trockene Sommerhitze ein harziges Aroma trieb. Die Sonne fiel durch Äste, doch Fatima konnte nicht begreifen, dass es eine Sonne ohne Spiegel war. Endlich fiel sie auf die Knie und betete für ihn.

Als sie aus dem Wäldchen trat, waren ihre Schritte energisch. Sie hatte einen Entschluss gefasst. Sie befahl dem Kutscher, kehrtzumachen und die nördliche Richtung einzuschlagen.

Als die Schwester Oberin begriff, wen sie vor sich hatte, umfasste sie Fatimas Hände und sank vor ihr auf die Knie. »Verzeihen Sie, Herrin!«

Fatima zog sie wieder auf die Beine. Ihre Augen waren gerötet. »Es ist nicht Ihre Schuld«, sagte sie. »Es war sein Schicksal.« Sie wandte sich einen Moment ab, dann hatte sie sich wieder gefangen.

Die Schwester Oberin hielt den Kopf gesenkt. »Ich hätte besser auf ihn aufpassen sollen.«

»Sie haben ihm Obdach gegeben in einer Notlage. Das ist es, was ich von einem Christenmenschen erwarte. Nicht mehr und nicht weniger.«

»Ich hätte gern mehr für ihn getan«, beteuerte die Schwester, »aber er gab mir keine Gelegenheit. Es tut mir so furchtbar leid!«

Behutsam legte Fatima den Arm um sie. Die Schwester ergab sich ihren Tränen, und die beiden Frauen weinten gemeinsam.

»Sicherlich möchten Sie sein Grab sehen?«, fragte die Schwester Oberin, nachdem sie ihre Tränen getrocknet hatte. Fatimas Miene versteinerte. »Wir haben ihn nicht hier begraben, sondern auf dem Dorffriedhof. Der Klosterhof ist allein den Nonnen vorbehalten.«

Fatima blickte stur geradeaus. Es kostete sie Überwindung. Dann sagte sie stockend: »Nicht das Grab. Ich will den Ort sehen, wo man ihn gefunden hat.«

Die Schwester Oberin nickte.

Wenig später standen sie an der niedrigen Mauer. Die Schwester kletterte auf einen umgedrehten Bottich aus Holz, der irgendwann liegen geblieben war. Sie reichte Fatima die Hand und half ihr hinauf. Der Wind fuhr ihr in das geistliche Gewand. Fatima hatte ein Tuch über ihre Perücke gebunden. Weit blickten sie über das Stoppelfeld. Die Schwester deutete mit ausgestreckter Hand hinüber: »Dort hinten.« Fatima folgte der Geste und sah bröckelnde Mauern und einen eingefallenen Dachstuhl.

Dann stieg die Schwester peinlich berührt, als habe sie etwas Unrechtes getan, vom Bottich hinunter. »Ich werde Sie nicht dorthin begleiten«, sagte sie mit ängstlichem Gesichtsausdruck und senkte den Kopf. »Der Teufel geht um an diesem Ort!«

Überrascht sah Fatima sie an. »Sie waren niemals dort?«

Die Schwester Oberin schüttelte den Kopf.

»Wer hat ihn dann gefunden?«, setzte Fatima rasch nach, um die unheimliche Stimmung nicht noch zu forcieren.

»Kinder. Beim Spielen.« Die Schwester war totenbleich. »Wollen Sie wirklich dorthin?« Und ohne eine Antwort abzuwarten, wandte die Nonne sich um und eilte zum Klostergebäude zurück.

»Nehmen Sie ein Kreuz mit und ein Licht«, hatte ihr die Schwester Oberin geraten, und für jeden der Ratschläge war Fatima dankbar. Das Kreuz nahm ihr die Angst, die sie nun doch befiel; die Lampe gab ihr Licht, das in dem Bereich des Gebäudes, wo der Dachstuhl noch intakt war, jämmerlich fehlte. Selbst bei Tage.

Als sie die Stelle fand, stieg Übelkeit in ihr auf. Der gestampfte Lehm war dunkel, beinahe schwarz gefärbt. Auf dem Stroh aber, das den Boden bedeckte, war noch die tiefrote Farbe getrockneten Blutes zu erkennen. Im Schein der Laterne leuchtete es auf, als wollte es sich im Lichtschein wieder verflüssigen – wie Totes, das wieder lebendig wird.

Auf einem schmalen Flecken war das Stroh flachgedrückt. An dieser Stelle war viel Blut. Offenbar hatte Spiegel sich, auf der Seite liegend, zusammengerollt wie ein Hund.

Fatima küsste das Kreuz und sprach ein Gebet für Spiegel. Ein herzensguter Mann war er gewesen, ganz gleich, was August behauptete. Sie hieb sich mit der Faust gegen die Stirn, um die Gedanken an den polnischen König zu vertreiben. Dies hier war Spiegels Ort.

Mit schweren Beinen erhob sie sich. Im Lichtstrahl der Blendlaterne suchte sie den Boden ab, entdeckte Spuren, die in einen Nebenraum führten: Stiefelspuren. Da, wo der Lehmboden uneben war, gab es Kratzspuren, die den Stiefelabdrücken folgten: Sporen. Ein Bauer trug keine Sporen. Dies war die Spur eines Soldaten, eines Kriegers ...

Fatima ging ihr nach bis in den Nebenraum. Hier, hinter einem niedrigen Durchgang, hatte er Spiegel erwartet. Sie suchte erneut den Boden ab. Außer den Stiefelabdrücken nichts, was ihn hätte verraten können. Doch noch weiter führte die Spur. Zu einer Tür auf der Rückseite des Hauses, in den Stall, durch ihn hindurch, dann wiederum durch ein schmales Tor ins Freie. Rauer Wind schlug ihr entgegen. Hier, auf der Rückseite, gab es Hufspuren. Es waren nicht vier Abdrücke, sondern acht. Der Mörder hatte also einen Gehilfen gehabt. Doch auch hier nichts, was auf eine Identität oder Parteigängerschaft hätte schließen lassen. Fatima stand über den Hufspuren, die von russischen wie polnischen oder auch sächsischen Pferden stammen konnten. Türkische schloss Fatima aus, denn die trugen keine Eisen. Es hätten allerdings türkische Reiter auf europäischen Pferden sein können.

Sie ging in die Knie und barg – zerknautscht und in den Lehm getreten – die Umhängetasche. Die Schnallen waren geöffnet, das Leder lehmverschmiert. Fatima schlug die Tasche auf – sie war leer. Natürlich. Fatima schaute in die windzerzauste Landschaft und musste sich eingestehen, dass sie der Mörder ihres Mannes niemals würde habhaft werden können.

Warschau im Herbst 1714

Fatima stand mit dem Rücken an einen Pfeiler der Arkaden gelehnt. Ihr gegenüber das Gebäude des Hoftheaters, das prächtig illuminiert war, während der Vorplatz im Nachtdunkel lag. Sie wusste, dass August dort zu Gast war. Sie wusste, dass er an diesem Abend nicht in Begleitung war, und auch, dass er die Vorstellung wie stets als Erster verlassen würde. Fest hatte sie die königliche Equipage im Blick, die vor dem Theater wartete. Hin und wieder hörte sie das Schnauben der vier edlen Rösser, die vor die Staatskarosse gespannt waren – das einzige Geräusch in dieser Warschauer Nacht.

Dann erhob sich ein gedämpftes Rauschen, das Fatima zuerst für einen Windstoß hielt. Doch die Luft war lau und stand über dem Platz. Sie begriff, dass es das Beifallsrauschen war. Fatima stieß sich vom Pfeiler ab und ging gemessenen Schrittes über das Pflaster. Nicht hastig, aber schnell genug, um Augusts Karosse rechtzeitig zu erreichen. Schon öffneten sich die Flügel der Portale, die den zentralen Ausgang der Hofoper markierten. Im warmen Licht stand eine imposante Gestalt. Zwei Leibgardisten flankierten ihn rechts und links und geleiteten ihn hinüber zur Karosse. Fatima war fast heran, da bemerkte sie, wie sich einer der Gardisten ihr zuwandte.

»Wer da?« Er senkte seinen Spieß auf Brusthöhe.

Diesmal würde sich Fatima nicht abweisen lassen. Ein Dutzend Gesuche hatte sie an August gesandt, die meisten hatte er nicht einmal beantwortet. Das Herz klopfte ihr bis zum Hals.

»Sire«, wandte sich Fatima mit brüchiger Stimme an den Herrscher.

August kniff die Augenlider zusammen. »Fatima?« Dann wiederholte er mehrfach ihren Namen, überrascht zwar, doch in der festen Überzeugung, dass sie es war: »Fatima!«

Er streckte den Arm nach ihr aus. Die Gardisten traten beiseite. Behutsam legte Fatima ihre Hand in die seine. Zärtlich küsste er ihren Handrücken. Dann zog er sie zur Kutsche. »Komm!«, sagte er.

Fatima hätte sich gern gesträubt. Sie war nicht hier, um sich von ihm einwickeln zu lassen.

Der Lakai in königlicher Livree klappte die Stiege herunter und öffnete den Schlag. August gewährte Fatima Vortritt, ohne ihre Hand zu entlassen, während sie über die Trittbretter in die Karosse stieg. Ehe sie sich's versah, war das geschehen, was sie unbedingt hatte vermeiden wollen. Das Innere war von zwei Öllichtern unter Glas in ein unruhiges Flackern getaucht. August setzte sich vis-à-vis und fasste erneut ihre Hände.

»Wie geht es Ihnen, Madame? Wie geht es unseren Königskindern?«, fragte er aufgeräumt.

»Sie gedeihen ordentlich«, sagte Fatima kühl. Sie hatte nicht die Absicht, sich auf irgendetwas einzulassen.

»Das freut mich zu hören.«

»Noch besser«, sagte Fatima in ernstem Tonfall, »würde es ihnen ergehen, wenn sie einen Vater ihr Eigen nennen könnten.«

August lächelte verunsichert. »Sorge ich nicht gut für sie? Fehlt es ihnen an irgendetwas?«

Fatima spürte, wie längst überwundene Trauer sie einzuholen drohte. Sie presste die Lippen aufeinander.

»Madame, nun reden Sie doch«, sagte August und sank mit verschränkten Armen in die Polster. Offenbar hatte er sich einen angenehmeren Verlauf des Abends vorgestellt.

Fatimas Wangen glühten, atemlos stieß sie hervor: »Ich muss es wissen, um der Wahrheit willen: Habt Ihr befohlen, ihn ermorden zu lassen?« Sie schlug sich die Hand vor den Mund und wandte sich ab, entsetzt über ihre eigenen Worte.

August versteinerte. Er runzelte die Stirn und beugte sich vor. »Wen? Was meint Ihr?«

»Ihr wisst, wen ich meine: meinen Mann. Meinen Gatten. Spiegel.«

Ein gequetschter Laut entrang sich seiner Kehle. »Ah, den«, sagte er. Dann schüttelte er den Kopf und räusperte sich. »Wie kommt Ihr nur darauf?«

»Nun, er floh vor Euch. Er trug ein Schriftstück bei sich, das Euch unbequem hätte werden können …«

»Was sind das für Hirngespinste!«, fiel August ihr ins Wort. »Ich werde mir das nicht länger anhören.«

»Das müsst Ihr auch nicht«, sagte Fatima. Ihre Stimme hatte nun eine große Festigkeit. »Ihr müsst mir nur sagen: Habt Ihr seinen Tod befohlen? Ich bitte Euch, bei Gott zu schwören!«

»Nun wird es aber zu toll«, rief August aus. Er war ganz an den Rand gerückt.

»Schwört, dass Ihr unschuldig seid!«, beharrte Fatima.

»Wie mir zu Ohren kam, war es ein Unglücksfall …«, wich er aus.

Fatimas Miene nahm einen Ausdruck tiefster Verachtung an. Es hatte tatsächlich den Anschein, als versuche der König, sich herauszureden. »Unmöglich. Ich war an jenem Ort …«, sagte sie bestimmt. »Es war kein Unglücksfall. Es war Mord.«

Lange sah August sie an. Angst und auch ein wenig Bewunderung mischten sich in seinen Blick. »Wie dem auch sei – er hatte den Tod verdient«, sagte er leise. Er beugte sich vor und kam ihr ganz nahe. »Hochverrat, Fatima! Niemand weiß das besser als du!«

»Es geschah also auf Euren Befehl hin?«

Erneut wich August ihrem Blick aus und lehnte sich zurück. »Ihr macht Euch allzu düstere Gedanken. Das ist nicht gut für eine Dame. Wie schade wäre es um Eure hübsche, glatte Stirn.«

Fatima hörte seine Schmeichelworte, und obwohl sie sich innerlich dagegen wehrte, wurde ihr warm ums Herz. So geschah es immer, und immer auf die gleiche Weise, selbst gegen ihren

Willen. Es war wie ein Zauber, über den August nach Belieben verfügen konnte!

»Sire«, hob sie mit warmer Stimme an, da pochte es von außen an den Kutschschlag. Ein Kammerdiener zog ihn auf. »Majestät«, rief er mit gesenktem Kopf hinein, »Mademoiselle Dombrowski!«

»Wer?«, fragte August ungehalten zurück.

»Die Aktrice«, sagte der Kammerdiener, offenbar erstaunt, dass August sich nicht erinnerte.

»Gewiss doch«, sagte August verlegen.

Mit einem Mal wurde ihr Herz kalt. Ohne Gruß verließ Fatima die Kutsche.

Als sie auf das Pflaster trat und an dem jungen Ding vorüberstreifte, spürte sie keine Eifersucht. Sie warf ihr nur einen kurzen Blick zu, registrierte das schmale, sehr hübsche Gesicht. Sie roch das Parfüm, sah die dunklen Augenbrauen, die sich von der weißen Haut abhoben, sah den schlanken Hals, den blass gepuderten Busen, der sich rasch hob und senkte. Lebhaft erinnerte sie sich an das Herzklopfen bei ihrem ersten Stelldichein. An den milden und doch männlichen Charme, mit dem August von der ersten Begegnung an zu umgarnen und für sich einzunehmen wusste. Doch sie ließe sich nicht mehr einnehmen, nie mehr. Sie wünschte der polnischen Aktrice *bonne chance* und wandte sich ab. Albern klapperten ihre Schuhe über das Pflaster, und Fatima hätte laut lachen mögen. Sie war froh, dass sie in diesem Moment ganz bei sich war. Sie hätte nicht tauschen wollen.

Warschau, 19 Jahre später

Aus dem Fenster fiel ein warmer Streifen Licht auf den Schnee, der sich in den Gassen Warschaus bis unter die Traufen türmte. Eisige Trampelpfade führten von Haus zu Haus. Fuhrwerke verkehrten in diesem strengen Winter nicht mehr, die Straßen lagen still und verlassen.

Fatima benutzte den Türklopfer, um sich beim Hofjuwelier anzukündigen. Das Pochen hallte durch das Haus, und sogleich hörte man Schritte – eilige, dienstfertige Schritte. Ein Mädchen in Schürze, mit kleiner Haube auf dem lockigen braunen Haar, öffnete. Als sie Fatima erblickte, trat sie erstaunt einen Schritt zurück.

»Sie wünschen? Ich habe Sie hier noch nie gesehen!«, sagte die Magd auf Deutsch.

Fatima lächelte nachsichtig. Kleine Fältchen spreizten sich in den Mundwinkeln und um die Augen. Ihr Haar war grau unter dem schwarzen Tuch. Der Rücken schmerzte, und das Gehen fiel ihr schwer. Doch das Alter war auch so gnädig gewesen, ihr neben den zahlreichen Gebrechen Gleichgültigkeit zu schenken.

»Darf ich dennoch eintreten? Ich kannte einst den Vater des Hausherrn.«

»Den alten Dinglinger?«, fragte die Magd mit großen Augen.

»Den alten Dinglinger«, bestätigte Fatima.

»Wen soll ich melden?«

»Eine Freundin Seiner Majestät des Königs.«

»Der König ist tot. Vor ein paar Tagen erst ...«

»Ich weiß«, fiel Fatima dem vorwitzigen Ding ins Wort. Allmählich begann ihre Gelassenheit zu schwinden. »Wärst du so freundlich, mich zu melden?«

Nach kurzem Zögern kam die Magd der Bitte nach. Sie bat Fatima herein, schloss die Tür, verriegelte sie und eilte dann fort, um den Hausherrn zu holen.

Der erschien nach kurzer Frist. Fatima glaubte fast, der alte Dinglinger stehe vor ihr, nur schlanker und etwas größer. Der Sohn war seinem Vater zum Verwechseln ähnlich. Oder lag es an ihrem schwindenden Augenlicht? Jedenfalls sah sie den Jungen und den Alten zugleich, in seiner Werkstatt, über funkelnde Preziosen gebeugt. Und wie ein Bach zur Schneeschmelze schwoll die Erinnerung an und überschwemmte Fatima mit Vergangenem. Sie wankte. Der junge Dinglinger sprang ihr bei. Nahm ihre Hand und geleitete sie auf einen Stuhl. »Madame, geht es Ihnen gut?«

Fatima winkte ab. »Es ist nur ... die Reise.«

»Von wo kommen Sie?«, fragte er ohne Hintersinn. Doch für Fatima hatte die Frage seit jeher einen anderen Klang. Man sah ihr an, dass sie keine Europäerin war. Niemals würde sie so farblos sein wie die anderen.

»Von Dresden«, sagte sie. »Ich hörte, dass Seine Majestät der König dahingeschieden sei.«

»Auf der Herreise ereilte ihn der Schlagfluss«, sagte der junge Dinglinger und senkte den Kopf. »Er kam halbtot hier an. Der Herr hab ihn selig.« Er bekreuzigte sich. Dann musterte er Fatima neugierig. »Sie bezeichneten sich als Freundin? Darf ich fragen, wie nahe Sie Seiner Majestät gestanden haben?«

Mit einem bohrenden Blick strafte Fatima seine Neugier. Dann sagte sie, jedes Wort betonend, damit kein Zweifel blieb: »Dass es näher nicht geht.«

Dinglinger nickte und bat um ihren Namen.

»Maria Aurora von Spiegel«, sagte sie.

»Fatima!«, rief Dinglinger aus.

Sie senkte den Kopf.

Er nahm ihre Hand und küsste sie. »Es ist mir eine Ehre, Ihre

Bekanntschaft zu machen. Mein Vater hat mir viel von Ihnen erzählt. Ich bin sozusagen mit Ihrem Namen groß geworden.«

Fatima lächelte. »So werden Sie mir eine Bitte nicht verwehren.«

Der junge Dinglinger schwieg.

Fatima atmete tief ein. »Wie ich hörte, arbeiten Sie an dem Gefäß, in welchem Augusts Herz aufgebahrt werden soll.«

Dinglinger nickte stumm. Sein Gesichtsausdruck war nun ernst und verschlossen.

»Ich weiß«, sagte Fatima ein wenig entmutigt, »es ist viel verlangt von einem so gewissenhaften Juwelier, wie Sie es sind.«

Dinglinger schwieg angespannt, ohne das Kompliment zurückzuweisen.

Unbeirrt fuhr sie fort: »Würden Sie einen letzten Gruß an diesem Geschmeide anbringen? Etwas, das mich stets mit ihm verbunden hat?«

Der junge Dinglinger legte seine Hände auf die Schenkel und rieb verlegen über den Stoff. »Madame, Sie werden verstehen, es gibt … ich meine … die Damen, die August in zärtlicher Liebe verbunden sind und waren … sie sind …« Dinglinger suchte nach Worten.

Fatima nahm ihm die Bürde ab. »Seien Sie versichert, ich bin nicht irgendeine …«

»Das ist mir bekannt«, beteuerte Dinglinger. Er wollte fortfahren, doch Fatima hob die Hand.

»Wir haben gemeinsame Kinder, Monseigneur. Unser Sohn, Friedrich August Graf von Rutowski, ist einer der ersten und tapfersten Generäle Seiner Majestät. Katharina, unsere Tochter, ist mit dem Grafen Bieliński vermählt. Die Hochzeit und ihre Mitgift hat August einst – als es an der Zeit war – fürstlich ausgestattet. Es …« Fatima hielt kurz inne. Die Erinnerungen überwältigten sie. Lange hatte sie versucht, alles, was August betraf, zu vergessen. Zu viel Leid war damit verbunden. Doch es war unmöglich. Sie nahm alle Kraft zusammen und fuhr fort. »August hat mir mehr als eine Gunst erwiesen – und mehr als eine

Kränkung zugefügt. Er hat mir das Wertvollste genommen, was ich nach meinen Kindern besaß. Und dennoch«, sie senkte den Kopf, »ich habe ihn geliebt.«

Dinglinger rang mit sich. Endlich stieß er sich vom Stuhl ab und bat Fatima, ihm zu folgen. Gemeinsam durchschritten sie das Haus. Er öffnete eine schwere, mit Eisenbändern gesicherte Tür, die in einen Innenhof führte, umgeben von den hohen Flügeln des Hauptgebäudes. Sicher wie in Ibrahims Schoß, dachte Fatima. Die Tür zur Werkstatt war mit zahlreichen Schlössern gesichert. Dinglinger zog einen Schlüsselbund heraus und öffnete eines nach dem anderen. Aus dem nachtdunklen Himmel fiel neuer Schnee wie aus dem Nichts. Endlich sprang der letzte Riegel auf, und die Tür schwenkte nach innen. Dinglinger wies ihr den Weg. Es war kalt, denn der Juwelier heizte die Werkstatt nur, wenn er zu arbeiten hatte.

Fatima trat ein und war wie geblendet, obwohl kein Licht brannte. Der Juwelier hielt einen Kienspan in die Ofenglut und entzündete mit geübten Handgriffen eine Handvoll Öllämpchen. Mit den zuckenden Flammen vervielfachte sich das Funkeln der halbfertigen Schmuckstücke, die auf den Tischen und in Kästen lagen, auch an den Wänden hingen. Doch in der Mitte des Raumes, auf dem zentralen Werktisch stand, in einer sichelförmigen Halterung, eine unscheinbare Kapsel aus reinem Silber. Sie hatte Form und Größe eines Straußeneis und glänzte fahl wie der Mond.

»Das ist es?«, fragte Fatima. Die Schlichtheit berührte sie.

Dinglinger nickte. »Eine Kapsel aus Silber, die Innenseite vergoldet.«

»Darf ich sie anfassen?«

Er zögerte, doch dann nickte er.

Fatima trat näher, umrundete das Gefäß und ließ ihre Fingerspitzen sachte darübergleiten. »Hier also wird dein rastloses Herz Ruhe finden«, flüsterte sie. Fatima umfasste die Kapsel und lehnte ihre Stirn gegen das kalte Metall. Dinglinger ließ sie gewähren.

Nach einer schieren Ewigkeit löste sie sich. Stumm blickte Dinglinger sie an. Bevor sie eine Bitte äußern konnte, die er ablehnen musste, sagte er: »Sie sehen die Schlichtheit und Reinheit der Form. So, wie es ist, ist es vollkommen. Ich werde dem nichts hinzufügen und nichts fortnehmen.«

Mit einer Körperdrehung wandte sich Fatima ganz dem Juwelier zu. Aus einem Ridicule holte sie ein unscheinbares Kästchen und öffnete es. Malvenfarbene Seidentücher kamen zum Vorschein, Fatima schlug sie einzeln auseinander wie die Blätter einer Blüte. Endlich, als sie das letzte Tüchlein hob, war eine schwarze Perle zu sehen.

Dinglinger stockte der Atem. Er zog eine Klemmlupe aus der Weste. »Darf ich?« Vorsichtig nahm er das Kästchen aus Fatimas Händen. Mit spitzen Fingern hob er die Perle heraus und betrachtete sie von allen Seiten.

»Nie habe ich solch ein Stück gesehen«, sagte er atemlos. Er nahm das Okular vom Auge und sah Fatima an. Sie schien still in sich hineinzulächeln.

»Sind Sie sicher, dass Sie sie nicht behalten wollen, Madame?«

Fatima ging nicht auf die Frage ein. »Sie würden sie also für wert erachten, Augusts Herzschrein zu schmücken?«

Dinglinger rang mit sich. »Ich würde die Perle an der Innenseite anbringen. So, dass von außen die Schlichtheit gewahrt bleibt und sie ihm dennoch nahe ist.«

Fatima zog das Ridicule zu und ließ es an ihrem Handgelenk herunterbaumeln. Ihre Miene strahlte vollkommenen Triumph aus. Sie musste sich abwenden, damit Dinglinger nicht auf die Idee kam, seinen Entschluss rückgängig zu machen.

Als sie die Gewalt über ihre Empfindungen wiedererlangt hatte, sagte sie in aller Bescheidenheit: »Das, Herr Hofjuwelier, würde Madame Spiegel sehr, sehr glücklich machen.«

Dank des Autors

Mein Dank gilt in erster Linie Holger Schuckelt, ohne den ich niemals auf diese Fußnote der sächsischen Geschichte gestoßen wäre. In überaus großzügiger Weise hat er mir seine gesamten Recherchen zur ›Großen Polnischen Gesandtschaft‹ – das Ergebnis langjähriger Forschungen – zur Verfügung gestellt. Diese wahre Geschichte um die Kriegsbeute Fatima und Johann Georg Spiegel hat es verdient, dem Vergessen entrissen zu werden. Sie enthüllt eine spannende Charakterfacette einer der interessantesten Herrscherpersönlichkeiten der gemeinsamen europäischen Vergangenheit: Augusts des Starken. Sie ist, im umfassenden Sinn des Wortes, eine Dreiecksgeschichte.

Ferner gilt mein besonderer Dank: Joanna Dolińska, Agnieszka Erlenbusch, Birgit Grimm, Michael Lobscheid, Andriy Luntovsky, Brygida Mich, Halina Mieczkowska, Zdzisław Moliński, Uta Rupprecht, Claudia Winkler und – last but not least – meiner Familie, die mir in jeder Hinsicht eine großartige Unterstützung war.

Ralf Günther, 3. Oktober 2012

Historischer Hintergrund

von Holger Schuckelt, Oberkonservator der Dresdner Rüstkammer
und Kurator der Türckischen Cammer

Die folgende Betrachtung zu den historischen Hintergründen des Romans von Ralf Günther basiert auf jahrelangen Studien. Dabei bildeten sowohl die umfangreichen Aktenbestände des Sächsischen Hauptstaatsarchivs in Dresden als auch die Materialien und Kunstwerke der Dresdner Rüstkammer eine wichtige Grundlage. Aus einer anfangs nur unbedeutenden historischen Episode im Zusammenhang mit einer kleinen Gruppe von Reitzeugen der Rüstkammer entwickelte sich im Verlauf der Recherchen eine hochspannende Geschichte, die einen bisher kaum beachteten Teil der sächsisch-osmanischen Beziehungen des frühen 18. Jahrhunderts betrifft. Inzwischen konnten mehr als sechzig Einzelstücke im Bestand der Türckischen Cammer identifiziert werden, die mit den von August dem Starken initiierten Kontakten zu Sultan Ahmed III. in Verbindung stehen. Noch wichtiger als das sind jedoch die Ereignisse aus dem Umfeld der Verhandlungen zwischen Sachsen-Polen und dem Osmanischen Reich, die zwar einen wesentlichen, in der Geschichtsschreibung aber dennoch kaum berücksichtigten Machtfaktor des Nordischen Krieges darstellten.

Handlungsträger in Ralf Günthers Roman sind Fatima und Johann Georg Spiegel, die es beide tatsächlich gegeben hat. Zu unterschiedlichen Zeiten traten sie in das Leben Augusts des Starken. Während Spiegel, über dessen Herkunft nichts bekannt ist, bereits 1685 dem gerade erst fünfzehnjährigen sächsischen Kurprinzen als Leibpage diente, war Fatima zwischen 1700 und 1706 Mätresse des mittlerweile zum Kurfürsten von Sachsen und König von Polen aufgestiegenen Augusts. Fatima war Türkin von Geburt und soll angeblich 1686 bei der Einnahme Ofens durch christliche Truppen erbeutet worden sein. Über ihren Weg nach Dresden gibt es mehrere Theorien. In einer davon spielt Maria Aurora Gräfin von Königsmarck eine Rolle. Demnach ist Fatima, ebenfalls auf den Namen Maria Aurora getauft, 1694 als Gesellschafterin der Gräfin nach Sachsen gekommen. Sie schenkte August dem Starken zwei Kinder: 1702 Friedrich August und 1706 Katharina. Im selben Jahr verheiratete der König Fatima mit dem Kammerdiener und Akzisrat Johann Georg Spiegel. Gemeinsam lebte das Ehepaar vermutlich ab 1709 in Lemberg.

Ihrer beider weiteres Schicksal war auf das engste mit dem schwedischen König Karl XII. verbunden, der nach der verlorenen Schlacht von Poltawa am 8. Juli 1709 auf türkisches Territorium geflohen war. Von dort aus setzte er alles daran, seinen Krieg gegen Russland und Sachsen-Polen fortzusetzen. Zwar hatte der auf Druck Karls XII. gewählte Gegenkönig Stanisław I. Leszczyński Polen damals bereits verlassen und sich ebenfalls unter türkischen Schutz begeben, doch der Sultan wollte August nicht als rechtmäßigen König von Polen anerkennen, da dieser im Frieden von Altranstädt (1706) auf die polnische Krone verzichtet hatte. Außerdem stellte der Plan Karls XII., mit einem umfangreichen militärischen Aufgebot durch Polen in seine Heimat zu reisen, für Augusts Reich eine permanente Bedrohung dar. Bereits zu dieser Zeit war Spiegel im Auftrag August des Starken unterwegs, um verlässliche Informationen über die Aktivitäten Karls XII. zu erlangen. So berichtete er am 7. März 1711 über russische Truppenbewegungen in Ostpolen und über Vorkommnisse in Karls Lager in Bender.

Nach der Schlacht am Pruth (19.–21. Juli 1711) zwischen Russland und dem Osmanischen Reich erreichten zahlreiche widersprüchliche Informationen mit großer zeitlicher Verzögerung den sächsisch-polnischen Hof. Während die einen von einem Sieg der

Russen sprachen, berichteten andere, dass Zar Peter I. in türkische Gefangenschaft geraten sei. Selbst als die Nachrichten allmählich verlässlicher wurden, bestand am Hof Augusts des Starken weiterhin großer Bedarf an Informationen aus erster Hand. In dieser Situation traf im September 1711 eine türkisch-tatarische Abordnung in Polen ein, um über den osmanischen Sieg vom Pruth zu berichten. Hauptaufgabe dieser Gesandtschaft war es, wichtige Fragen der nachbarschaftlichen Beziehungen zu klären. Dazu zählten der Abzug der russischen Truppen aus Polen, die Regelung des Besitzes der Ukraine und schließlich die Heimreise Karls XII. von Schweden, dessen Aufenthalt in Bender für den Sultan mittlerweile ein Problem darstellte. Dabei wurden die polnischen Gesprächspartner aufgefordert, ihrerseits einen Gesandten an den Hof Sultan Ahmeds III. zu schicken. Allerdings wandte sich der Sultan mit seinen Anliegen an den polnischen Adel, während sich August der Starke, der den erzwungenen Frieden von Altranstädt als null und nichtig betrachtete, als den rechtmäßigen Herrscher und obersten Vertreter Polens sah.

Anfang Juni 1712 traf Generalmajor Franz Joachim von der Goltz als Abgesandter Augusts des Starken in Istanbul ein. Obwohl von der Goltz Audienzen beim Großwesir und schließlich auch beim Sultan selbst erhielt, bestand seine Mission wohl in erster Linie darin, eine polnische Gesandtschaft am Hof in Istanbul vorzubereiten. Auch Baron Peter Pawlowitsch Schafirow, russischer Vizekanzler unter Zar Peter I. und als Geisel in Istanbul, um die Einhaltung des russisch-türkischen Friedens zu garantieren, empfahl August dem Starken, eine polnische Gesandtschaft nach Istanbul zu schicken, um den Sultan davon zu überzeugen, dass August vom polnischen Adel allgemein als König anerkannt sei.

Um diese Zeit intensivierte Johann Georg Spiegel sein Engagement in den sächsisch-türkischen Beziehungen, wobei nicht ganz klar ist, was hierfür der Auslöser war. Möglich wäre, dass August der Starke sich im Zusammenhang mit den anstehenden heiklen Aufgaben an den engen Vertrauten seiner Jugendjahre erinnerte. Vielleicht war der Grund aber auch ein ganz anderer. Am 10. Mai 1712 berichtete Spiegel nämlich an August den Starken, er habe aufschlussreiche Briefe aus Bender erhalten. Darunter befand sich auch der Brief eines schwedischen Oberst an Fatima, wonach deren leiblicher Bruder angeblich Pascha von Bender sei. Vielleicht fühlte sich Spiegel erst durch diese verwandtschaftliche Beziehung seiner Frau ermutigt, die Vorgänge in Bender weiter zu beobachten und seinem König darüber zu berichten. Am 19. Juli 1712 schrieb er an August, er habe Kontakt zum Aga von Bender (womit sein Schwager gemeint sein könnte), der ihn über Vorkommnisse aus dem Umfeld des schwedischen Königs unterrichten werde. Am gleichen Tag schrieb er an Jacob Heinrich Reichsgraf von Flemming, königlich-polnischer und kurfürstlich-sächsischer Generalfeldmarschall, wirklicher Geheimer Rat und Kabinettsminister sowie Geheimer Kriegsrat, und berichtete über sein Treffen mit einem türkischen Aga und einem tatarischen Murza. Die beiden hatten Spiegel vorgeschlagen, er solle getrennt von der polnischen Gesandtschaft nach Istanbul reisen. Da er eine solche Mission für äußerst nützlich hielt, bat er den König um geheime Instruktionen. Offenbar schien es von türkischer Seite schon genauere Vorschläge gegeben zu haben, denn Spiegel versicherte bei Leib und Leben, dass August vom Sultan alles verlangen könne. Das verwundert umso mehr, da Spiegel zumindest offiziell keine Funktion innerhalb der polnischen Gesandtschaft hatte und auch in späteren Berichten mehrfach betonte, dass er erst in Istanbul in die Verhandlungen einbezogen wurde.

Ob nun ein geheimer Auftrag August des Starken oder der zufällige Kontakt zu Fatimas vermeintlichem Bruder den Anstoß dazu gaben, am 27. Juli 1712 schrieb Flemming an Spiegel, der König begrüße es sehr, wenn er sich zur Grenze nahe Bender begebe. Flemming beauftragte Spiegel damit, möglichst genaue Informationen über die Lage in Bender zu besorgen. Allerdings sollte Spiegel nicht auf türkisches Territorium reisen. Flemming betonte, die polnische Großbotschaft sei über alles genauestens unterrichtet, weshalb Spiegel keine weiteren Instruktionen brauche. Bis dahin würde alles dafür sprechen, dass Johann Georg Spiegel seine Türkeireise auf eigene Faust unternahm. Am Ende seines Schreibens relativierte Flemming seinen ansonsten eindeutigen Auftrag allerdings. Quasi in einem Nebensatz teilte er Spiegel mit, dass er sich überall, egal an welchem Ort, für die Interessen seines Königs einzusetzen habe. Sei es, dass Flemming mit dieser Bemerkung ungewollt Spiegels Ehrgeiz geweckt hatte oder dass dies eine berechnende Formulierung war, Spiegel muss diesen Satz als Auftrag Augusts des Starken interpretiert haben – falls es nicht sogar doch einen direkten Auftrag gab.

Während sich Spiegel auf seine Reise in Richtung Bender vorbereitete, sollte von der Goltz in Istanbul mit dem russischen Vizekanzler Schafirow zusammenarbeiten. August der Starke und Flemming machten sich ihrerseits am 28. Juli 1712 auf den Weg zu einem Treffen mit dem Zaren, um mit ihm das weitere Vorgehen gegen Karl XII. abzustimmen. Unterdessen war die Lage im polnisch-türkischen Grenzgebiet alles andere als sicher. Ende August teilte Spiegel in einem Brief aus Lemberg mit, dass er wegen herumstreifender Kosaken nicht nach Bender reisen könne. Er änderte seine Pläne kurzerhand und beabsichtigte nun, von Lemberg zusammen mit der polnischen Gesandtschaft nach Istanbul und von dort aus weiter nach Bender zu reisen.

Mitte September 1712 traf erneut eine türkisch-tatarische Gesandtschaft zu Gesprächen mit Vertretern des polnischen Adels in Lemberg ein. Sie stand unter Leitung des türkischen Oberstallmeisters Ahmed Bey und des tatarischen Abgesandten Scheferschaha Bey, der sich auf einem Passierschein für Spiegel selbst als Sefer Šak Aga bezeichnete. Spiegel, der anscheinend bei den offiziellen Gesprächen nicht zugegen war, informierte Flemming darüber, er werde gemeinsam mit seiner Frau und mit Unterstützung des tatarischen Murza, wie er den Sefer Šak Aga häufig bezeichnete, über alle Details und die Pläne der Gesandtschaft berichten. Vor allem die Tatsache, dass Fatima in diese Gespräche involviert war, verwundert, da dies Frauen zu dieser Zeit nicht zustand. Auf der anderen Seite entbehrt es aber auch nicht einer gewissen Logik, handelte es sich doch um Gespräche im Verborgenen, bei denen Fatima bequem und unauffällig dolmetschen konnte.

Zusammen mit den Gesandten aus Istanbul, unter denen sich vermutlich auch Fatimas Bruder befand, und mit der polnischen Gesandtschaft verließ Johann Georg Spiegel Ende September oder Anfang Oktober 1712 Lemberg. Fatima begleitete ihren Mann noch ein ganzes Stück des Weges, was zu jener Zeit vollkommen ungewöhnlich war. An der polnisch-türkischen Grenze verabschiedete sich Fatima von den Gesandten sowie von ihrem Mann und begab sich zurück nach Lemberg. Es sollte beinahe ein Abschied für immer werden.

In einem Brief vom Oktober 1712, geschrieben an der Grenze der Moldau zur Walachei, berichtete Spiegel an August den Starken, dass der Gesandte des Sultans inzwischen nach Bender weitergereist sei, um von dort seinen Weg nach Istanbul fortzusetzen. Der tatarische Murza hingegen begleite die polnische Gesandtschaft. Es sei vereinbart, dass in Iaşi Pferde und ein Dolmetscher auf Spiegel warteten, mit denen er umgehend nach Istanbul reisen wolle. Die verwendeten Formulierungen seines Briefes lassen darauf schließen, dass nicht Spiegel diese Entscheidungen getroffen hatte. Vielmehr klingt es so, als hätten die beiden Gesandten des Sultans und des Khans für alles Nötige gesorgt. Während die aufgefundenen Akten zwar ersichtlich machen, dass Spiegel schon in Lemberg mit beiden Gesandten gesprochen hatte, aber offenlassen, wie intensiv diese Gespräche waren, lässt der Brief den Schluss zu, dass schon dort die Beziehungen der drei sehr eng waren und sich die Umstände auf der Reise rasant entwickelten. Auf jeden Fall deutete Spiegel darin bereits an, dass er mit wichtigen Vorschlägen des Sultans und des Tataren-Khans zurück nach Polen kommen werde. Ausdrücklich betonte er auch, dass Fatima großen Anteil am Ausgang der Lemberger Gespräche hatte.

Am 21. November 1712 traf Johann Georg Spiegel in Begleitung der polnischen Gesandtschaft in Edirne ein. In der Zwischenzeit hatte sich das russisch-türkische Verhältnis wieder verschlechtert. Da entgegen dem ausgehandelten Vertrag noch immer russische Truppen in Polen standen, hatte der Sultan Anfang November dem Zaren erneut den Krieg erklärt, was auch die Situation für die polnische Gesandtschaft erschwerte. Sie wurde quasi unter Arrest gehalten, und man verwehrte ihr jegliche Audienz. Erst im folgenden Frühjahr trat wieder Bewegung ein. König Karl XII. von Schweden hatte in Bender den Bogen überspannt, und am 11. Februar 1713 hatte ihn der Sultan gefangen nehmen und nach Demotika bringen lassen. In Edirne hatten der Kapudan Pascha und der Reis Efendi den Auftrag erhalten, mit der polnischen Gesandtschaft ins Gespräch zu kommen, und der Sultan hatte seinerseits erneut eine Delegation nach Polen geschickt, um mit König August zu verhandeln. Zu dieser Zeit wurden auch die russischen Gesandten aus den Sieben Türmen entlassen, da der Sultan sich auch mit dem Zaren auszusöhnen trachtete.

Spiegel war bis dahin überhaupt nicht in Erscheinung getreten. Möglicherweise wurde auch er durch den Arrest der polnischen Gesandtschaft in seinen Aktivitäten behindert. Allerdings beschwerten sich der polnische Gesandtschaftssekretär Adam Dorengowski und Spiegel beim König darüber, der Gesandtschaftsleiter und Woiwode von Masuren, Stanisław Chomętowski, halte sie wie Gefangene. Schließlich ließ August der Starke am 30. April 1713 in Warschau einen Einkaufsauftrag für Johann Georg Spiegel schreiben. Dieses Schreiben ist aus mehrfacher Sicht von großem Interesse. Auf der einen Seite ist es die Grundlage dafür, dass Spiegel nun endlich aktiv wurde. Unmittelbar nach dem Erhalt des Auftrags stellte er die ersten Wechsel aus und begann mit seiner Einkaufstätigkeit – bis heute haben sich zahlreiche Stücke in der Türckischen Cammer in Dresden erhalten. Auf der anderen Seite drängt sich jedoch der Verdacht auf, dass diese Einkaufsliste auch deshalb verfasst wurde, um Spiegel ein Alibi für seine diplomatischen Tätigkeiten zu liefern. Die Tatsache, dass er bereits während der Reise nach Edirne von Übereinkünften zwischen ihm und den türkischen Gesandten sprach, lässt zumindest darauf schließen.

Überhaupt scheint das Verhältnis des Woiwoden von Masuren zu Spiegel und Dorengowski von großer Bedeutung gewesen zu sein. Unter anderem berichtete Dorengowski darüber, dass der Woiwode Gelder veruntreuen würde und schon in Lemberg gesagt habe, er werde als reicher Mann in die Heimat zurückkehren. Er unterstellte Chomętowski, dass er nicht die Interessen des Königs vertrat. Besonders aufschlussreich ist seine Feststellung, dass der Woiwode angeblich behauptet habe, Spiegel gehe damit hausieren, dass er als Gesandter des polnischen Königs auf Reisen sei. Dorengowski widersprach dem jedoch kategorisch: Spiegel habe das nie behauptet, sondern immer nur gesagt, er sei wegen Einkäufen für August den Starken unterwegs. Noch deutlicher beschrieb Spiegel die Situation in seinem Schreiben vom 4. Juli 1713. Der König solle Dorengowski mit weiteren Aufträgen versehen, heißt es darin, da dieser August dem Starken treu ergeben sei. Gleichzeitig empfahl Spiegel dem König, den Woiwoden von Masuren als Verräter zu verurteilen und zu bestrafen.

Während Spiegel in Edirne sowohl als Einkäufer als auch als Diplomat für August den Starken tätig wurde und auch erfolgreich agierte, war der König mit seinem Vertrauten unzufrieden. Bis zum 4. August 1713 hatte er von Spiegel lediglich erfahren, dass dieser gewaltige Summen geliehen hatte, um deren Rückzahlung er den König bat. August wusste zu diesem Zeitpunkt aber nicht, wofür Spiegel dieses Geld ausgab. Ein Problem war offenbar, dass Briefe zwischen Warschau und Edirne mehrere Wochen brauchten. Bereits im Juli hatte Spiegel an August geschrieben, er habe mehrere Zelte gekauft und außerdem für von der Goltz zwanzigtausend Taler besorgt, die dieser für die Bestechung türkischer Beamte benötigte.

Der Konflikt mit dem Woiwoden von Masuren spitzte sich um diese Zeit offenbar immer weiter zu. So berichteten Dorengowski und

Spiegel an August den Starken, der Gesandtschaftsleiter weigere sich, seinen Aufgaben nachzugehen. Zusammen mit von der Goltz hatten sie geplant, dem Sultan ein Schreiben zu übergeben, um endlich Bewegung in die Affäre zu bringen. Der Woiwode verhinderte das jedoch. Schließlich wusste man sich nicht anders zu helfen, als selbst die türkische Seite darüber zu informieren, dass der Woiwode von Masuren ein falsches Spiel spiele.

Im September 1713 kam es endlich zu ersten offiziellen Gesprächen. Während sich der polnische Gesandte im Beisein Dorengowskis am 9. September mit dem Großwesir traf, hatte der Sultan erneut eine eigene Gesandtschaft nach Warschau geschickt, die am 29. September von Lemberg aus nach Warschau aufbrach. Alles schien sich zum Vorteil Augusts des Starken zu entwickeln. Sultan und Zar waren bereit für eine friedliche Verständigung, und Karl XII. versuchte zu dieser Zeit, mit Sachsen und Dänemark Frieden zu schließen. Selbst der Woiwode von Masuren begann endlich im Interesse von August dem Starken zu handeln, nachdem Dorengowski ihn in Anwesenheit des Freiherrn von der Goltz mit seinen Versäumnissen konfrontiert hatte. Unterdessen hatte Spiegel einen Ferman der Pforte erhalten, der ihn dazu befähigte, über Istanbul zurück in die Heimat zu reisen. Während dieser ganzen Zeit betrachtete August der Starke Russland als seinen treuen Verbündeten und ließ dem Zaren über den Fortgang der offiziellen Verhandlungen mit den Türken berichten.

Anfang Dezember 1713 trafen sowohl Sultan Ahmed III. als auch die polnische Gesandtschaft in der osmanischen Hauptstadt ein, während sich Spiegel offenbar schon seit einem Monat in Istanbul befand. Hier sollten die Gespräche in den nächsten Tagen fortgesetzt werden. Man wartete lediglich noch auf die Heimkehr der türkisch-tatarischen Gesandtschaft aus Polen. Trotz dieser positiven Entwicklung verzögerte sich die Audienz des polnischen Gesandten beim Sultan immer noch. Über die Gründe hierfür gibt ein Schreiben des Sefer Šak Aga Auskunft. Als dieser, nach Istanbul zurückgekehrt, über die ausgehandelten Punkte informieren wollte, musste er feststellen, dass der polnische Gesandte die Gespräche von Warschau nicht anerkannte. Voraussetzung für die Audienz beim Sultan sollte jedoch ein beglaubigtes und gesiegeltes Schreiben des Gesandten mit den Verhandlungsergebnissen sein. Dem Aga war völlig unverständlich, weshalb der Gesandte dies verweigerte. Er vermutete falsches Spiel. Auf jeden Fall sollten Lamar, der als Vertreter Augusts des Starken am Hof des Tataren-Khans weilte, und Spiegel über diese Problematik nach Warschau berichten.

Das geschah wenige Wochen später. Am 4. Februar 1714 schrieb Johann Georg Spiegel dem König über seinen Kontakt zum Sefer Šak Aga, mit dem auch August der Starke schon 1712 verhandelt hatte. Der Aga, der beim Sultan großen Einfluss zu haben schien, habe Spiegel gegenüber geäußert, er halte den Woiwoden von Masuren für einen Anhänger von Stanisław Leszczyński. Aus diesem Grund wolle der Sultan den polnischen Gesandten ohne Audienz wieder in seine Heimat schicken. Erst auf Spiegels Einwand hin, dass dies eine Beleidigung des polnischen Königs bedeuten würde, versprach man, den Woiwoden zu empfangen. Im gleichen Brief informierte Spiegel August den Starken auch darüber, dass er den Einkaufsauftrag weitestgehend abgeschlossen und der Aga versprochen habe, die Sachen bis Kameniec zu bringen.

Die angekündigte Audienz beim Sultan ließ jedoch noch immer auf sich warten. Erst am 23. April berichteten der polnische Gesandtschaftssekretär Dorengowski und Johann Georg Spiegel in ähnlich abgefassten Briefen darüber, dass am Tag zuvor eine Audienz beim Großwesir stattgefunden habe, in der man sich endlich auf die zu beschließende Vereinbarung einigen konnte. Besonders Spiegel betonte in seinem Schreiben die Rolle des Khans und des Sefer Šak Aga, die dazu beigetragen hätten, dass von den ursprünglich fünf Punkten des Vertragsentwurfs schließlich nur zwei übrigblieben: die Anerkennung des Polen betreffenden ersten Punktes des türkisch-russischen Friedens von Edirne vom 13. Juni 1713 und die Übereinkunft, dass die Pforte mit dem polnischen König über alle Einzelheiten sprechen werde, sollte es bei der Heimreise Karls XII. durch Polen bleiben. Nun waren der polnische Gesandte und der Großwesir bereit, den Vertrag zu bestätigen, so dass am folgenden Tag die lange verschobene Audienz beim Sultan stattfinden konnte.

Bereits am nächsten Tag berichtete Spiegel in einem neuerlichen Brief über die Audienz, wobei er insbesondere auf die Übergabe der Geschenke des polnischen Königs an den Sultan einging. Neben verschiedenen anderen prächtigen Dingen befand sich darunter auch ein Pusikan, dessen Überreichung bei den Türken allerdings Krieg bedeutet. Da Ahmed III. mit Polen aber im Frieden leben wollte, wies er den Pusikan höflich, aber bestimmt zurück. Zum ersten Mal erwähnte Spiegel in diesem Brief ausdrücklich einen osmanischen Geheimauftrag, mit dem man ihn bedacht habe, und berichtet auch, dass der Woiwode von Masuren noch mehrere Monate in Istanbul festgehalten werden solle. Spiegel war sich vollkommen darüber im Klaren, wie heikel diese Angelegenheit war, weshalb er den König unmissverständlich bat, den Brief zu verbrennen. Vermutlich hatte er August nur deshalb schon von Istanbul aus über den Geheimauftrag informiert, da ihm seine Frau geschrieben hatte, dass der König nicht gut auf ihn zu sprechen sei. Schon in früheren Briefen hatte August der Starke Spiegel mitteilen lassen, er verlange Aufklärung über die Finanzen.

Sein überschwängliches Versprechen vom Anfang der Reise, er werde mit weitreichenden Vorschlägen wieder nach Polen zurückkommen, konnte Johann Georg Spiegel erst im Frühjahr 1714 einlösen. Selbst der Sefer Šak Aga berichtete später davon, dass Spiegel erst auf seine Initiative hin in die diplomatischen Verhandlungen einbezogen wurde. Am 8. Mai wurde Spiegel dann der Geheimauftrag des Sultans in sämtlichen Details vorgestellt, doch bei aller Geheimhaltung war man dabei offenbar nicht vorsichtig genug. Am 21. Juni schrieb der russische Vizekanzler Schafirow aus Istanbul, er habe von Absprachen des polnischen Königs mit Türken und Schweden erfahren, in denen ein Separatfrieden mit Karl XII. sowie eine türkisch-polnische

Allianz gegen Russland angestrebt werde. Schafirow betonte, verantwortlich für diese Ungeheuerlichkeiten wäre Spiegel, der in Istanbul mit einem Geheimauftrag prahlen würde. Sowohl Spiegel als auch der polnische Gesandtschaftssekretär Dorengowski und der Sefer Šak Aga leugneten dies später beharrlich. Nie habe Spiegel über derartige Dinge gesprochen, sondern immer nur betont, er wäre wegen eines Einkaufsauftrags des polnischen Königs in der Türkei. Wie aber waren die russischen Gesandten an diese Informationen gelangt? Darüber könnte ein Brief von Flemming an den Schatzmeister des Khans vom 26. Februar 1715 Auskunft geben. Darin berichtete er, der Dolmetscher der polnischen Gesandtschaft, Simon Barkieda, sei Türke geworden und habe den Russen neben vielen Lügen Informationen über die Verhandlungen zukommen lassen.

Während sich Schafirow über Spiegel beschwerte, befand sich dieser schon in Begleitung des Sefer Šak Aga auf der Reise von Istanbul nach Warschau. Auch ihm war bewusst, dass die Lage, in der er sich befand, nicht ungefährlich war. So hatte er erfahren, dass der Woiwode von Masuren aus Istanbul an August den Starken geschrieben hatte, Spiegel sei verrückt geworden. Umso wichtiger wurde es für Spiegel, seine Mission zu einem Erfolg zu bringen. Zwei Tagesreisen vor Lemberg ersuchte er den König, unbedingt in Warschau zu sein, wenn der Gesandte des Sultans und des Khans mit ihm dort eintreffe. Es müsse unbedingt zu Gesprächen kommen, und der Aga habe keinen Auftrag, weiter als bis Warschau zu gehen. Auch für Spiegel wurde die Zeit knapp, denn er sollte spätestens nach sechs Wochen mit einer Antwort des polnischen Königs auf die Vorschläge des Sultans wieder in Istanbul sein.

Am 29. Juni 1714 erreichte Spiegel Lemberg und hatte endlich Gelegenheit, seinen König auf einem sicheren Weg über die türkischen Geheimvorschläge zu unterrichten. Anliegen des Sultans war es demnach in erster Linie, mit Polen ein gegen Russland gerichtetes Bündnis zu schließen. August der Starke sollte seine Allianz mit dem Zaren aufkündigen und später zusammen mit den Türken Russland den Krieg erklären. Der Sultan bot an, dem polnischen König eine große Zahl tatarischer Truppen zur Verfügung zu stellen und sämtliche Kriegskosten Polens zu übernehmen. Offenbar war dieser abenteuerliche Vorschlag August dem Starken durchaus Überlegungen wert. Auf jeden Fall brach er den Kontakt nicht demonstrativ ab. Im Gegenteil, er beorderte die türkische Gesandtschaft und Spiegel statt nach Warschau nach Rydzyna in Westpolen. Offizielle Begründung dafür war ein leichtes Unwohlsein des Königs. Denkbar wäre aber auch, dass August der Starke durch die Verlagerung der Gespräche hoffte, eine gewisse Geheimhaltung aufrechterhalten zu können.

Am 13. Juli 1714 verließ August der Starke Dresden, um sich bereits am 8. August mit dem Sefer Šak Aga in Rydzyna zu einer ersten Konferenz zu treffen. Von dem umfangreichen Geschenk des Tataren-Khans an den polnischen König haben sich mehrere Gegenstände in der Türckischen Cammer in Dresden erhalten. Die türkisch-tatarisch-sächsisch-polnischen Gespräche, deren offizielle Grundlage ein Schreiben des Khans an den König war, dauerten einen ganzen Monat. Während dieser Zeit waren sowohl Simon Barkieda als auch Fatima als Dolmetscher für August den Starken und seine Verhandlungsführer tätig. Leider konnte die offizielle Antwort Augusts des Starken auf die Vorschläge des Khans beziehungsweise des Sultans bisher nicht gefunden werden. Vielleicht wurde sie aufgrund der Brisanz dieser Gespräche auch nie schriftlich festgehalten. Tatsache ist, dass es nicht zu einer Allianz zwischen Sultan Ahmed III. und August dem Starken gegen Zar Peter I. kam. Zu sehr fürchtete die sächsisch-polnische Seite eine Konfrontation mit Russland. Offenbar war es in erster Linie Flemming, der die bestehende Allianz mit Russland für wichtig erachtete, während August der Starke es für legitim hielt, zum eigenen Vorteil in unterschiedliche Richtungen zu verhandeln.

Ende August 1714 wurden die Gespräche in Rydzyna ergebnislos beendet. Doch auch ohne ein offizielles Bündnis zwischen dem polnischen König und dem Sultan scheint sich infolge dieser Verhandlungen das Konfliktpotential der vergangenen Jahre zerstreut zu haben. Innerhalb weniger Tage erhielten der Woiwode von Masuren zusammen mit Franz Joachim von der Goltz und auch der schwedische Envoyé ihre Abschiedsaudienz beim Sultan. August der Starke hatte alle seine Ziele erreicht. Karl XII. machte sich in Ermangelung der weiteren Unterstützung des Sultans auf die Heimreise, ohne sächsisch-polnisches Territorium zu durchqueren. Gleichzeitig war es August gelungen, seine Allianz mit Russland zu halten, ohne die gutnachbarschaftlichen Beziehungen zum Sultan und zum Tataren-Khan zu belasten. Der einzige »Schönheitsfehler« war Johann Georg Spiegel, der über die Geheimverhandlungen zwischen August dem Starken und dem Sultan genauestens informiert war und somit zu einem unliebsamen Zeugen werden konnte.

Noch im Verlauf der Verhandlungen in Rydzyna hatte sich die Schlinge um Spiegels Hals zusammengezogen. Während der Sefer Šak Aga fest davon ausging, Spiegel werde als vom polnischen König autorisierter Verhandlungspartner wieder mit zurück nach Istanbul reisen (er hatte sogar schon einen Wegepass für Spiegel ausgestellt), unterrichtete man ihn schließlich davon, dass Spiegel diesen Auftrag nicht bekäme. August ließ dem Aga mitteilen, man habe aus Istanbul Nachrichten des russischen Vizekanzlers Schafirow über das dortige Verhalten Spiegels erhalten. Demnach würde dessen Person die Beziehungen zur Pforte und zu Russland nur belasten.

Zahlreiche Akten des Sächsischen Hauptstaatsarchivs in Dresden befassen sich mit dem weiteren Schicksal Spiegels. Zunächst kämpfte der Sefer Šak Aga noch eine ganze Weile um seinen Verhandlungspartner, der ihm aus vielen Gesprächen ein Vertrauter und vielleicht sogar Freund war. Bei seinen Vorstößen betonte er mehrfach, er habe geschworen, Spiegel wieder mit nach Istanbul zu bringen, und er wolle nicht als Lügner dastehen. Spiegel selbst wurde einer umfangreichen Befragung unterzogen. So haben sich Aussagen von ihm erhalten, wie er mit der Pforte und mit dem Aga in Kontakt gekommen war und worin der Auftrag des Sultans an ihn im Detail bestand.

Noch einmal wies Spiegel darauf hin, dass er erst im Verlauf der Verhandlungen in Istanbul durch den Sefer Šak Aga in die Gespräche einbezogen wurde und dass er vom Großwesir beziehungsweise vom Sultan und vom Tataren-Khan mit einer geheimen Mission für August den Starken beauftragt wurde. Parallel dazu verfasste Spiegel mehrere Spezifikationen über seine Ankäufe und die Verwendung von Geldern für Geschenke an hohe osmanische Würdenträger.

Am 7. September 1714 kam es noch einmal zu einem Gespräch zwischen Flemming und dem Sefer Šak Aga, bei dem Fatima erneut dolmetschte. Wiederum lehnte Flemming kategorisch ab, Spiegel als Vertreter des Königs nach Istanbul zu schicken, versprach aber einen anderen Unterhändler und sagte zu, in einem Schreiben an den Khan Spiegel rühmlich zu erwähnen. Der Aga bat darum, dem neuen Unterhändler die Antwort des polnischen Königs aus Geheimhaltungsgründen mündlich mitzugeben. Noch am selben Tag erhielt Kapitän de la Verdonniere, der anstelle Spiegels nach Istanbul reisen sollte, seine Instruktionen. Darin heißt es unter anderem, er solle dem Khan sagen, der polnische König habe so großes Vertrauen zum Sefer Šak Aga, dass niemand Augusts mündliche Antwort auf das Schreiben des Khans bestätigen müsse. Spiegel könne, obwohl der König mit ihm sehr zufrieden sei, nicht nach Istanbul geschickt werden, da August der Starke ihn in Polen brauche. Schließlich solle de la Verdonniere dem Khan und dem Sultan die mündliche Antwort übermitteln. Am 9. September 1714 verließ der Sefer Šak Aga Rydzyna, dem Kapitän de la Verdonniere am nächsten Tag folgte.

Die letzten Monate vom Leben Johann Georg Spiegels sind im Nebel der Geschichte verschwunden. Alles spricht dafür, dass man Spiegel opferte, um das Ansehen des Königs von Polen zu wahren. Offenbar wollte sich August der Starke dem Zaren gegenüber vom Verdacht der Geheimdiplomatie mit dem Sultan reinwaschen und alles auf seinen Untertan Spiegel abwälzen. In der Folgezeit wurden in Berichten über Spiegel immer wieder finanzielle Unregelmäßigkeiten während seines Türkeiaufenthalts in den Vordergrund gerückt. So schrieb Flemming am 26. Februar 1715 an den Schatzmeister des Khans, Spiegel habe gewaltige Schulden, sowohl beim König als auch bei anderen, und sei deshalb im November 1714 in ein Kloster gegangen. Allerdings erwähnte Flemming mit keiner Silbe den Vorwurf, Spiegel habe gegen die Interessen des Königs gehandelt. Ganz im Gegenteil, er betonte in diesem Schreiben, der Dolmetscher Barkieda habe die geheimen Verhandlungen zwischen Sultan und König an die Russen verraten, womit er indirekt zugab, dass Spiegel zu Unrecht des Verrats beschuldigt wurde.

Intern jedoch behandelte man Spiegel als Staatsfeind und Schwerverbrecher, obwohl der König offenbar keine wirklich schlagkräftigen Argumente in der Hand hatte: Die Diskussionen zu den Geldfragen zogen sich noch mehrere Jahre hin, und man ließ sogar juristische Gutachten in Den Haag erstellen. Am 30. Mai 1715 ordnete August der Starke an, man solle dem Kommandanten der Festung Sonnenstein bei Pirna, wo adlige Verbrecher und politische Oppositionelle inhaftiert wurden, zwölf Groschen pro Tag zur Verpflegung des dorthin zu bringenden Johann Georg Spiegel auszahlen und für den Winter das nötige Brennholz zur Verfügung stellen. Jedoch ist völlig unklar, ob Spiegel den Sonnenstein jemals erreichte.

Spiegels Ableben kurz darauf war dem König lediglich die lapidare Notiz »Da nun endlich Spiegel gestorben ...« in einem Kanzleibericht vom 30. Juli 1715 wert. August der Starke muss über diese Nachricht sehr erleichtert gewesen sein. Schließlich war damit ein Eingeweihter und wichtiger Zeuge der türkisch-polnischen Geheimverhandlungen für immer verstummt. Da es weder ein Grab noch irgendwelche Dokumente über Spiegels Tod gibt, ist dessen Ursache bis heute offen. So könnte er wegen Erschöpfung oder Krankheit eines natürlichen Todes gestorben sein oder wegen der Aussichtslosigkeit seiner Lage Selbstmord begangen haben. Oder aber er saß tatsächlich auf dem Sonnenstein und ist dort auf die eine oder andere Weise ums Leben gekommen. Natürlich ist auch ein Mord im Rahmen des Möglichen ... Wie dem auch sei, August der Starke konnte nun alle Vorwürfe und Geldforderungen auf den verstorbenen Spiegel abwälzen.

Fatima hat, anders als im Roman dargestellt, ihren Mann nicht nach Istanbul begleitet. Während Spiegel dort verhandelte, schickte sie ihm aus Lemberg Nachrichten aus der Heimat und warnte ihn vor August dem Starken. Offenbar war die Verbindung Fatimas zu Johann Georg Spiegel längst nicht mehr bloß eine Zweckehe. Zumindest Achtung müssen beide füreinander empfunden haben. Ob es darüber hinaus auch eine echte Liebesbeziehung zwischen Fatima und Spiegel gab, lässt sich anhand der Akten leider nicht sagen.

Nach dem Tod ihres Mannes kehrte Madame Spiegel alias Fatima nach Dresden zurück und spielte am kursächsischen und königlich-polnischen Hof weiterhin eine Rolle. So verkaufte sie beispielsweise im März 1717 »türckische Tapeten«, womit Wandbehänge oder Zeltbahnen gemeint sein dürften, an August den Starken. Im gleichen Jahr erwarb sie ein Haus in der Rampischen Gasse gegenüber dem Dresdner Albertinum, dem damaligen Zeughaus. 1724 erkannte August der Starke seine beiden mit Fatima gezeugten Kinder offiziell an. Dem 1702 geborenen Sohn Friedrich August verlieh er den Titel eines Grafen Rutowski. Später heiratete dieser Louise Amalie Lubomirska und wurde in den Rang eines Generalfeldmarschalls erhoben. Die 1706 geborene Tochter Katharina wurde zunächst zur Gräfin Rutowska ernannt. 1728 verheiratete sie August der Starke mit dem polnischen Grafen Michal Bieliński. Während das Leben der beiden Kinder relativ gut überliefert ist, weiß man über Fatimas weiteres Schicksal so gut wie nichts. Ob sie den Tod Augusts des Starken noch erlebte und wann sie starb, ist unbekannt.

Ralf Günther
DER GARTENKÜNSTLER
Historischer Roman

Fürst Pücklers gefährliche Liebschaften

Im Jahr 1826 steht der geniale Gartenarchitekt Hermann Fürst Pückler finanziell am Abgrund. Gemeinsam mit seiner geliebten Frau Lucie beschließt er, sich scheiden zu lassen und sich in England eine Gattin mit üppiger Mitgift zu suchen. Als mehrere junge Damen gewaltsam ums Leben kommen, gerät der Fürst in bösen Verdacht.

»Ein opulenter Roman voller Charme und historischer Details« *Für Sie*

www.list-taschenbuch.de

Ralf Günther
Der Dieb von Dresden

Historischer Roman
ISBN 978-3-548-60906-5

Dresden in napoleonischer Zeit. Hofrat Block, der Direktor der berühmten Kunstsammlung im Grünen Gewölbe, gerät unter Mordverdacht, als sein Stellvertreter tot aufgefunden wird. Blocks Tochter Ariane ist von der Unschuld des Vaters überzeugt; gemeinsam mir ihrem Klavierlehrer, dem späteren Dichter E. T. A. Hoffmann, beginnt sie zu ermitteln. Doch je mehr die beiden herausfinden, desto klarer zeigt sich, dass Block tatsächlich etwas zu verbergen hat.

»Ralf Günther bietet hohen Lesegenuss.«
Die Welt

»Ralf Günther lässt in diesem gut recherchierten Roman eine spannende Epoche in der Geschichte Dresdens lebendig werden.« *Sächsische Zeitung*

List

www.list-taschenbuch.de

Ralf Günther
DER LEIBARZT
Historischer Roman

»Dieser Historienkrimi unterhält blendend.«

Für Sie

ISBN 978-3-548-60959-1

In der sächsischen Residenzstadt Dresden kommt 1832 eine Hofschauspielerin auf grausame Weise zu Tode. Der König beauftragt seinen Leibarzt Carl Gustav Carus, den Fall aufzuklären und bringt ihn damit in höchste Not: Carus war in die Ereignisse verwickelt, er kann die Wahrheit nicht erzählen, ohne sich selbst ans Messer zu liefern.

»Ein fesselnder Krimi vor historischer Kulisse, lebendig und gut erzählt, psychologisch dicht und glaubwürdig.«
Astrid Braun, Sonntag aktuell

www.list-taschenbuch.de

Oliver Pötzsch
Die Henkerstochter
Historischer Kriminalroman
Originalausgabe

ISBN 978-3-548-26852-1
www.ullstein-buchverlage.de

Kurz nach dem Dreißigjährigen Krieg wird in der bayerischen Stadt Schongau ein sterbender Junge aus dem Lech gezogen. Eine Tätowierung deutet auf Hexenwerk hin, und sofort beschuldigen die Schongauer die Hebamme des Ortes. Der Henker Jakob Kuisl soll ihr unter Folter ein Geständnis entlocken, doch er ist überzeugt: die alte Frau ist unschuldig. Unterstützt von seiner Tochter Magdalena und dem jungen Stadtmedicus macht er sich auf die Suche nach dem Täter.